中山出版
ZHONGSHAN　PUBLISHING
香山承文脉　好书读百年

从这里开始

旷 达 潘秋婷 著

SPM 南方传媒 | 广东人民出版社

· 广州 ·

图书在版编目（CIP）数据

从这里开始 / 旷达，潘秋婷著. —广州：广东人民出版社，2022.9
ISBN 978-7-218-15948-5

Ⅰ. ①从…　Ⅱ. ①旷…　②潘…　Ⅲ. ①长篇小说—中国—当代　Ⅳ.
①I247.5

中国版本图书馆CIP数据核字（2022）第163185号

CONG ZHELI KAISHI

从这里开始　旷　达　潘秋婷　著

出　版　人：肖风华

责任编辑：李锐锋　吕斯敏
装帧设计：陈宝玉
责任技编：吴彦斌　周星奎

统　　筹：广东人民出版社中山出版有限公司
执　　行：王　忠
地　　址：广东省中山市中山五路1号中山日报社8楼（邮政编码：528403）
电　　话：（0760）89882926　　（0760）89882925

出版发行：广东人民出版社
地　　址：广东省广州市越秀区大沙头四马路10号（邮政编码：510199）
电　　话：（020）85716809（总编室）
传　　真：（020）83289585
网　　址：http://www.gdpph.com
印　　刷：广东鹏腾宇文化创新有限公司
开　　本：787mm×1092mm　　1/16
印　　张：29.75　　字　数：544千
版　　次：2022年9月第1版
印　　次：2022年9月第1次印刷
定　　价：78.00元

如发现印装质量问题影响阅读，请与出版社（0760-89882925）联系调换。
售书热线：（0760）88367862　　邮购：（0760）89882925

目 录

————

第一章

黄昏的海滩，还是那块礁石边，夏末坐在那里看涨潮，心中波浪翻卷。

夏末眼前掠过李孟东年轻时潇洒的身影，李孟东的声音犹在耳边："美好的时代，青葱的岁月，这是一个阳光普照、充满希望的春天。我们信心百倍，我们曾经一无所有，我们终将无所不有。"

夏末心里隐隐作痛，这个浪漫英俊的才子，哪儿去了？夏末原以为可以终身依靠的潇洒才子，金融危机后，果断地冲出亚洲，要为美丽的妻子和可爱的儿子去开辟新的事业。几年后，他却回国来平静地和夏末谈论协议离婚，像分析投资案例一样给夏末讲离婚的利弊，讲他们之间性格的不可融合性。夏末强忍住痛苦和失望，像签业务合同一样在离婚协议上签了字。

夏末的思绪很快就回到现实。前几天，公司销售给她报告，订单减少，还有退单的。财务总监说，要么压缩生产线，遣散部分工人，要么停止研发投资，否则公司无法运转下去。夏末觉得一切都在变。市场在变，这个城市也在变，本来以速度效率著称，两头在外，加工制造，每天上下班，每个企业门口都人流如潮的城市。可如今？……企业也在变，怎么变？

不知为什么，表弟方远舰活蹦乱跳的样子一下子从她的脑海里跳出来。他说：表姐，我也在搞企业，和你的老机电完全不同，是尖端产业，云端市场，不是一日千里，而是一个跟头就十万八千里。

夏末问自己：难道真的要脱胎换骨，还是姊妹篇呢？

"又想念游吟诗人了？"一个声音在她背后响起来。

师兄潘安站在她身后，他似乎永远穿着一件中式的褂子，仙风道骨，一副超然的神态。潘安此刻说的话，触动夏末神经敏感处。在夏末的记忆里，在校时听博士后潘安的演讲，那简直就是享受，光听声音，就充满磁性，很男人，但现在睁开眼睛仔细看，瘦骨嶙峋，尽管儒雅，却似乎从他身上看不到一块肌肉。女同学们都调侃：潘博士，那就是胸有块垒，形如枯木，怎么就敢用潘安这个名字呢？潘安那可是千古第一美男耶。但校花夏末除了被李孟东穷追不舍之外，就是喜欢和这个枯木聊天，而且枯木慢慢成了固定听众。几年前，这里成了夏末和潘安的聊斋。

夏末没回答潘安的话，却站起来，说：去喝你的茶吧，醒酒茶。

夏末不等回答，兀自向茶铺走去。

如果从海上来往的船只上看去，掠过波光粼粼的海湾，穿梭往来的舰船，被海浪经年累月冲刷的礁石、海滩，凉茶摊似乎坐落在波浪中。凉茶摊上挂着招牌——獠寨凉茶铺。

棚子下面挂着一排木牌，写着各种凉茶名称。一排燃气炉上面十几个大砂锅咕嘟咕嘟热气滚滚。

临海凉棚下，夏末淡青色的裙子看不出年代来，而潘安则像个道长。

夏末说：那年和李孟东一起来这里，他站在礁石边，望着大海，即兴朗诵过一首诗《从这里开始》——那是我们开始的地方，一无所有开始，到无所不有，一场梦，青春梦。一眨眼，二十多年过去了。

潘安接话说：问君能有几多愁？恰似一江春水向东流。

夏末瞥了一眼潘安。

潘安问：李孟东怎么样？

夏末答：很久了，他曾经打电话劝我，说金融危机之后，西方经济一团糟，萎靡不振，各国在想尽办法刺激经济，也是死马当作活马医。但他却劝我关掉厂子，带小考拉出国，他帮我们安排国外生活。但他似乎还在做金融。

潘安：他不了解鹏城乃至整个中国大环境的情况。

夏末：确实有点看不透。我们用了这么多年，好不容易把这里建成了世界工厂，可世界塌了，来淘金的矿主关矿离场，春江冷暖鸭先知，矿工跑得比矿主还快……师哥，这座城的黄金时代真的落幕了吗？

潘安：鹏城是在腾笼换鸟，把落后产业转移出去，腾出地方让高新科技产业进来。整个国家都面临着经济发展方式的转变，企业应该考虑怎么适应。走一步看两步才行。

夏末沉默。

潘安问：你遇到问题了，打算怎么办？

夏末答：我先自己想办法解决。

潘安注意看她的表情，欲言又止。

夏末说：这里有我的青春，我不会离开这座城市的，公司已经扩大了规模，建了新的实验室，换了新的办公地点。

潘安沉吟着：夏末，现在面临前所未有的变化。如果这次不能脱胎换骨，涅槃重生，很可能二十多年的努力一夜归零，又回到一无所有。

夏末坚决地说：那我就从头再来，二次创业！

潘安怀疑地说：中国已经是世界第二大经济实体，随之而来的国际竞争会更激烈，特别是新材料、新技术上的竞争会一直持续下去，这是全局性问题。一个中型企业，你的核心竞争力何在？一手转型一手研发，这条路很难走！

夏末：我有心理准备。

潘安赞赏地看着夏末。

夏末：师哥，你一个研究计划单列市经济发展模式的专家，为什么要在这开凉茶店？

潘安：想做一个闲人。

夏末摇头：假话，你根本闲不住。你是要更多的思考时间？还是，这也属于你研究的一部分？

潘安笑了笑，没有回答。

夏末在这个城市打拼二十年，她越来越觉得这个城市变得她似乎不认识了，身边发生的事情既熟悉又陌生。

夏末的车在公路上行驶。车内，夏末心事重重，一脸严肃。她看着车窗外，觉得林立着的高楼似乎像一座森林，驾车的人在林子中寻找着自己的出路。

夏末匆匆走进公司，女秘书快步迎上来，接过夏末的包。

夏末吩咐：叫财务总监来我这里。

秘书：他在办公室等您了。

夏末走进了总裁室。

总裁办公室显得很整洁，一切都很有秩序。夏末接过财务报表翻看起来。

财务总监说：夏总，公司上月持续亏损，比前一个月亏损扩大20%，这个月的统计还没有出来，预估亏损还会扩大。

夏末放下财务报表，问：账面资金情况呢？

财务总监：最多再支撑两个月。

夏末：阿壳发公司的欠款追了吗？

财务总监：阿壳发的胡总消失了，电话关机，他们的工人砸了他办公室，满世界找他讨薪。

夏末：武砚公司欠的货款到账了吗？

财务总监摇头：说好上周到账，他们又食言了。

夏末：通知法务处出律师函。

秘书推门进来，走到夏末跟前：夏总，市场总监有急事找您。

夏末点点头。

秘书出去，市场总监匆匆进来。

市场总监：夏总，刚收到欧洲客户电子邮件，他们取消了所有订单。

夏末僵住：为什么？

市场总监：他们国家修改了产品技术标准，我们的技术指标达不到要求。

夏末：我们现在使用的技术标准是他们制定的，他们怎么说变就变！

市场总监忧心忡忡，一脸无奈。

一个四十岁左右的清瘦男人推门进来，脸上一副眼镜让他显得文质彬彬，他是研发部总监聂锌。

聂锌：你们在开会？

夏末示意让两位总监出去。

夏末问聂锌：你们研发部是来报喜还是报忧？

聂锌拿出一本图片资料：好消息，这是斯卓姆公司最新推出的电子分析仪器，国际最先进的。

夏末：多少钱？

聂锌：二百万美元。

夏末：不买。

聂锌：它可以加快研发节奏，缩短研发周期。

夏末：不买。

聂锌急了：这是世界顶尖的仪器，很难买到，是我的导师好不容易……

夏末：我说过了，不买！

聂锌：为什么？

夏末不语。

聂锌气愤：当初动员我回国加入公司搞新材料研发，您怎么说的？

夏末：保证你的科研经费。

夏末说完起身就走，聂锌呆站在屋里。

夏末的车在公路上行驶，她想去武砚公司要回欠款，否则，她没法解决企业面临的问题。车窗玻璃映着城市建筑，透过车窗玻璃看到，夏末阴郁地坐在后排，她觉得耸立着的高楼，就像荆棘、刀剑。她脑子里闪现出自己像个身穿铠甲的勇士，挥动刀剑，披荆斩棘。

夏末的车子驶向武砚公司，在大门口停下，夏末透过车窗望着大门里，她愣住。

武砚公司大楼前面空地上，站满了工人，人群默默地站着。

夏末想了许久，拨通电话：马总，是我，我在你公司门口。

电话里传来马总的声音：来吧，我在。

来到武砚公司办公室里，夏末和马总站在窗前，望着楼下在排队领钱的工人。

马总：我知道你来做什么，我现在没钱还你，他们要吃饭，请你谅解！

夏末急了：我的工人们也要吃饭，下个月我们也发不出工资了。

马总：你还能撑到下个月，境遇比我好。

夏末恼火了，高声嚷道：你不还钱，澳雾公司下个月就要倒闭，比你还惨。我们今天接到邮件，国外取消了所有订单。

马总也怒火中生：我一个月前就收到邮件了，可是我的钱全部变成了产品，装在集装箱里漂在海上，他们取消订单的邮件来了，那批货怎么办我还不知道呢。要不然，你把那批货收了抵债，价值只多不少。

夏末：我满仓库的货还在四处找买家，你必须还钱。我们的法务已经在起草律师函，你很快就会收到，我要给股东一个交代。

马总：对不起你了，我的房子，车子都卖了，一无所有。

夏末听到"一无所有"这个词，心里涌上一种不可名状的感受。她转身要走，到门口突然停下。

夏末回头，望着马总心里发酸，二人相视。

马总：对不起！

夏末语气缓和：咬牙挺下去！会好的。

马总：放心，大风大浪经历多了，要还你的钱，我不会寻短见。

夏末眼睛湿润：保重！

马总惨然：你也一样！

夏末按照原定的计划，继续往另一家欠款的企业奔去。她心里在想，运气没那么坏吧。

夏末的车子进入阿壳发公司前的小道，夏末给胡总打电话，对方已关机的声音从听筒里传出来。她的车子继续沿小路行进，没走多久，夏末看到胡总在前面疯跑，后面跟着一大群追赶的人。

胡总看到夏末的车，打开车门一头扎了进来。

胡总：快，倒车！

看着挡风玻璃前围上来的人群，夏末也慌了。

夏末：胡总，怎么回事？

胡总：快倒车啊！

工人们已经将车团团围住。

工人甲：你出来。

工人乙：还我们的钱。

工人们拍打车窗。

胡总沮丧：完了，今天是过不去了。

夏末：怎么了这是？

胡总：是我公司的工人，我破产了，没钱发工资。

工人们继续拍打车窗。

工人甲：再不出来我们就砸车了。

夏末：你不下去？

胡总：别，我要是出去就没命了，夏总，求求你，能不能再借我一笔钱，让我把今天先扛过去了。

夏末急了：你有没有搞错，我是来找你要钱的！

夏末陷入了困境，她无奈地仰天长叹。

她的车子在城市里慢慢地穿行，看着周围的高楼，感觉似乎摇摇欲坠。她晃晃脑袋，避免自己陷入幻觉。要债无果，她真切地感受到压力，感受到烦躁，非常想大喊大叫。突然那活蹦乱跳的表弟方远舰的形象蹦出来了，她在想，他怎样了？

一间咖啡厅楼下，长条咖啡长桌，坐着六七个十六七岁少年，每人面前一个魔方。

方远舰戴着墨镜，面前摆了两个。

"预备，……开始！"

有人发出指令，大家抓起魔方旋转，方远舰两只手各抓一个魔方。

方远舰双手飞速旋转，手里两个魔方很快完成，拍在桌子上，少年们随之陆续完成，大家诧异地看着方远舰。

方远舰摆出黄飞鸿白鹤亮翅经典造型，得意扬扬。

突然出现一只女人的手，摘掉方远舰墨镜。

方远舰扭头看，是范小雨。

范小雨：谈判到了关键时候，你还在这里玩。

方远舰：你们谈吧，我在场只想骂人，反而坏了你们的事。

范小雨气愤：方远舰，你混账，是咱们的事。

方远舰探头到范小雨面前搐鼻子：你喷男士香水了？

范小雨：啊！

方远舰：为什么？

范小雨：你给我的生日礼物，问我为什么？

方远舰：张枫让我送香水，他替我挑的。

范小雨晃晃手腕。

范小雨：漂亮不？

方远舰：漂亮。

范小雨：张枫送的。

方远舰嗤之以鼻：说实话，真难看。

范小雨：正经点，张枫在楼上已经谈不下去了。

方远舰不语。

范小雨：MK3 机械臂对客户很重要，我们答应帮他们买到的。

方远舰：技术上的事我负责，商务是你俩的事。

范小雨不等方远舰说完，拽着他就走……

瑄晖会议室在高楼上，可以俯瞰城市。英国代理商和张枫在谈判，方远舰和范小雨悄悄走进来。

Mike：枫，别再浪费时间了，我们不如聊聊怎么扩大中低端客户群，什么钱都是钱。

张枫：钱，永远是你们的钱，我们都在给你们打工。

Mike：你们应该懂知识产权的价值。

方远舰走到他身后，从后面搂住 Mike。

方远舰：Mike，你个老滑头。

Mike：见鬼！阿舰……看见你就头疼！

方远舰：买我专利那会儿，你可不头疼！

Mike：你也因此拿了我们公司中国区的总代理权，赚了不少钱。

方远舰坐在 Mike 对面。

方远舰：你那会儿和我说，科技无国界，我应该把专利拿出来人类共同享用。

Mike：……

方远舰：现在你怎么不把产品拿出来，让我们也共同享用？

Mike 语塞：你卖专利时还在上大学，现在……时代变了。

方远舰：Mike，不能因为你是甲方，什么话都让你说了。

Mike：阿舰，MK3 的柔性减速器和陀螺仪是地球上最先进的，这两个核心技术可以利用到军事、航天，它们是不允许被出口到中国的。

方远舰：Mike，想想办法！我的客户真的很需要 MK3 机械臂。

张枫：可不可以变通一下，让我们从日本或韩国代理商那里拿货？钱不是问题！

Mike 审视着两人。

张枫：只要能给货，我可以出双倍价钱！

Mike 仰头笑了。

Mike：我知道中国人现在有钱了，当年你们的邻国也是这样的口气，以为可以用钱买下美国。

方远舰、张枫脸色顿时变得难看了。

Mike：不管是谁，用什么方式，把 MK3 卖给中国，都会受到严厉惩罚！我不是傻瓜！

方远舰：……

Mike：在核心利益面前，你们有钱没有用！德国当年席卷欧洲，靠的就是科技碾压，没有技术立国，钱再多也是待宰羔羊！

方远舰：中国不是羔羊！

众人沉默。

方远舰：新中国刚成立时就有大国和你们现在一样，封锁技术，打压中国，可我们还是造出了万吨水压机，造出了原子弹，发射了东方红一号卫星。我们曾经一无所有，但我们终将无所不有！知道不？

Mike 不屑一笑：舰，你们已经富有了，中国有句俗话，富不过三代。想像你们前辈一样坚守并不容易。

三个人看着他高傲的笑容，彼此交换了一下眼神。

Mike 继续夸夸其谈：技术突破需要积累，十年二十年甚至更漫长。要能忍受枯燥寂寞，大多时候看起来和一个失败者没有区别……

方远舰注视着他。

Mike 挪揄地说：现在的中国，有多少人能坚守这种寂寞？

方远舰三人和 Mike 没谈出什么结果，但受到了刺激。

他们的车子在城市公路上行驶着。张枫窝火，用力捶打方向盘。

范小雨：受制于人，这是没办法的事。

张枫：我换个渠道联系日本的代理商，看看有没有办法搞到。

方远舰：别费劲了，没用，遏制潜在竞争对手，是他们的共识。

范小雨：我们答应了客户帮他们想办法买到 MK3 机械臂，怎么办？

无人说话。

范小雨：有没有办法打破僵局？

张枫：没有。

方远舰：有！

范小雨扭头瞪方远舰。

方远舰：这局已经输了，只能另开一局。

范小雨：什么意思？

方远舰：做双足机器人，直接拿下决胜局！

范小雨白眼：绕来绕去还是双足机器人……

张枫：你做工业机器人，我举双手赞成。

方远舰：工业机器人就是个机器，没意思，双足才是人工智能的皇冠！

张枫：双足机器人几乎没有现实意义。

方远舰：你太追求现实，鼠目寸光！

张枫：现实都解决不掉，摘皇冠就是空谈！

范小雨：别吵了，去喝酒吧，我想去上次的酒吧。

方远舰：我不去，我回家！

范小雨：你真扫兴！我回国可就这么几天！

张枫：小雨，我带你去。

范小雨噘嘴。

方远舰满腹心思地回到工作室。黑暗中，方远舰不开灯，径直走上阁楼。

阁楼上是一个宽敞的工作区。

方远舰坐下，打开台灯，在工作计划上打钩。

屋子里摆放着各种机械、图纸、电脑。

方远舰让自己冷静下来，他抬头看见墙上的相框，是东方红一号的照片。父亲告诉他，当年他们研制人造卫星时，西方也对中国技术封锁，自力更生是逼出来的，但你慢慢会觉得它是一种精神，甚至是文化。《周易》里就说："天行健，君子以自强不息。"要做前人未做过的事情，不仅靠勇气，还要靠智慧，还要面对失败。当初我们的火箭发射时离地 20 秒就爆炸了，大家抱头痛哭，但很快就去分析问题，一次次战胜困难，最后在 1970 年成功上天，现在还在太空运行。

方远舰自言自语：它是一种精神啊！

这个城市里，另外一群人，他们也在经受变化。

民政局内，蒋楠楠在婚姻登记处为两位年轻人办完结婚证，将证件交给二人。

一对耄耋老人互相搀扶，来到服务台前。

老爷爷声音颤抖：同志，我们想领结婚证。

蒋楠楠：您先得填一下这个表。

老奶奶：我不会写字。

蒋楠楠：那我来帮您填。

蒋楠楠比对着老奶奶的身份证信息，将表填好。

蒋楠楠：最后签名这一项您得自己来，照着身份证把名字一笔一画描出个大概就行。

老奶奶用奇怪的姿势握着笔，迟迟没有落下，老爷爷握住她的手，一笔一画地写下名字。

蒋楠楠看到这一幕，满眼感动。

两位老人等结婚证发放的时候。一个中年女人从外面进来，来到老爷爷身边，是他的儿媳。

中年女人：爸，咱们回家！

老爷爷颤颤巍巍：我不走！

中年女人：都跟您说了多少遍了，咱们全家再商量。

中年女人想要强行搀扶老爷爷离开。

老爷爷：我不回去！

蒋楠楠制止道：女士，这种事情应该尊重老人的意愿。

中年女人：这是我们的家事，你再多说一句我就投诉你！

蒋楠楠：我们主任的办公室在你右手边，想投诉尽管去，但是你再这样，我就叫保安了。

中年女人：有本事你现在叫。

蒋楠楠看沟通无果，起身去后面，将崭新的结婚证拿了出来。

蒋楠楠：证件已经发放，现在你们已经是合法夫妻了，谁反对都没用。

中年女人气急败坏：你等着！

周围的人也围上来看热闹，中年女人离开。

蒋楠楠将证件交给两位老人，围上来看热闹的人为他们鼓掌。

蒋楠楠还没来得及回味依法维护老年人权利的感觉，就被主任找去谈话。

蒋楠楠推门进入主任室。

蒋楠楠：主任，你找我？

刘主任：楠楠，你又被投诉了。

蒋楠楠：我知道，批评我吧。

刘主任：楠楠，你干婚姻登记一年多了，有什么感想？

蒋楠楠：见尽了悲欢离合，领略了人间冷暖，明白了世间最脆弱的是什么，最强大的是什么。

刘主任：是什么？

蒋楠楠：爱情！经不住柴米油盐，抗得动山崩地裂。主任，如果没有这一年多的感悟，也许我的婚姻也会解体。

刘主任：你的婚姻现在牢固了吗？

蒋楠楠：牢固，坚如磐石。

刘主任：那就好，给你调动个岗位。

蒋楠楠愣住：为什么？

刘主任：你泼辣能干，又是高学历，天天在这办结婚、离婚的事太浪费人才了。

蒋楠楠：把我调哪里？

刘主任：鹏海街道办。

蒋楠楠：街道办？

刘主任：鹏海街道办的袁主任点名向区里要的你。

蒋楠楠顿时愣住。最终，她还是表态服从组织的安排。

蒋楠楠是从自己工作岗位调整才感受到这个城市的变化的，而她的丈夫崔江北的变化则是单位由科技局变为科创委。

科创委资料室内，一排排高大的资料柜中间，有一张桌子，科创委高新技术处处长崔江北埋头桌前。

科创委主任高山来查资料，看到了崔江北。

高山：江北，资料室都成你的办公室了。

崔江北起身：主任您回来了，我图个方便，这边需要什么资料顺手就能查到。

高山：是不错，明天把我桌子也搬过来。

崔江北：这不合适吧，您一个主任来这办公……

高山：科创委又不是衙门，有什么不合适？

崔江北：整个科技局，哦，科创委，您说了算，您在哪办公都可以。

崔江北给高山让位置，高山坐下。

崔江北：赵市长这次专门叫您过去，是有新指示？

高山：督促我们加速完成"十二五"规划，尽早拿出方案。

崔江北：看来市里的决心很大啊。

高山：投入更大，赵市长亲自挂帅，让我们重点抓项目、抓人才、抓服务。转变经济发展方式，建立科技创新型城市，科创委是主力军呀。

崔江北：机遇来了！

高山：机遇？你以为这还是改革开放之初吗？中国现在已经是全球第二大经济体，知道谁会不舒服吗？

崔江北看着高山，等他说下去。

高山：中国的贸易总额快要超过美国了，现在的贸易摩擦只是开始，未来的形势只会更加严峻，你说，这是机遇还是挑战？

崔江北继续聆听着。

高山：我们要练真功夫，出硬举措，科技创新型城市谈何容易，要求我们拿出具体的、切实可行的科技发展规划和政策。

崔江北：这几年腾笼换鸟，落后产能大量都搬出了鹏城，发展空间腾出来了，真正的大鹏该飞进来了吧？

高山：不仅仅是大，这是插着科技创新翅膀的鲲鹏，但现在得要靠政策吸引、孵化培育。

崔江北点点头：您是高山呀，我只是流水。

高山：你这态度可不谦卑啊，高山流水是知音呐。你们高新技术处牵头，立即制订出规划，尽快拿出具体方案后咱们再讨论。

崔江北的手机，有条信息提示：在哪里会合？

崔江北看了一眼手机信息，说：主任，下班了，我明天就开始详细规划方案。

高山：今天加个班，咱们讨论一下。

崔江北眉头一紧。

夜晚，一家像样的餐厅内，方远舰、张枫、范小雨一起宴请Mike。

范小雨举起酒杯：Mike，祝我们的友谊地久天长。

Mike已经微醺：大家一起喝。

范小雨：不可以，张枫要开车送你，阿舰去机场接父母，不能喝酒。

Mike仰头喝下杯中酒。

Mike：感谢你们的款待，MK3机械臂的事我很抱歉，这不是我能决定的。

张枫：你们是逼我们自己吃这块蛋糕。

Mike：枫，蛋糕在你们盘子里，你们也吃不了。你们的祖先创造了四大发明，但是已经一千多年了。从人类发明了蒸汽机到今天，你们为这个星球创造了什么？除了模仿。

方远舰：英国人发明了蒸汽机，德国跟在英国后面追赶了120年，抓住了电气化时代的机遇，超越了英国。其后日本靠模仿成为亚洲制造业第一，而美国后来居上，抓住了科技信息化机遇，实现了超越。现代产业发展史就是不断超越的历史。我们为什么不能追赶超越？

Mike：你们只能在后面追赶，不会超越。你们没有基础科学研究，你们是实用主义的民族。

方远舰重重地将茶杯放在桌上，茶水四溅。

Mike：舰，我说得不对，你可以反驳我。

窗外一架飞机飞过，范小雨看看表，示意方远舰。

张枫领会，说：Mike，我送你回酒店。

张枫开着保时捷吉普，Mike坐在旁边。

Mike（英语）：这辆车，在我的国家是一辆高级的车，公路上很少见到，鹏城却随处可以看到。

张枫：这不奇怪，世界上说英语的人，比英国人多，包括你我。

Mike：这个比喻不对。

张枫：你没有听懂，我的意思是谁强大，谁的东西就更多被别人使用。

Mike摇头：岂止是汽车，中国现在是世界奢侈品最大的消费国家，随处可见女人背着昂贵的皮包，但是很少看到读书的人，你们更愿意从手机里面寻找营养，不论是咖啡店，还是地铁里随处可见。一个靠身上的财富来增加自信，从手机里面寻找真理的民族，怎么能强大？

张枫不语。

Mike：鹏城是年轻人的世界，为什么这个世界没有人跑步、骑车、冲浪、晒沙滩浴？而在我的国家比比皆是。

张枫：你们的生活方式不是标准化模板，也不是文明的唯一尺度。

他突然看向前方路边，前方人行道上，一男一女在撕扯，男的抢过女人的包掉头飞跑，女人边喊边追。

张枫：Mike，坐好了。

一脚油门，汽车冲了出去。车追上抢包人，张枫急刹车，打开车门，跳下车追了去。

张枫跑得飞快，追近抢包人，飞起一脚踹在抢包人腿上，抢包人一跟头栽倒。

张枫一脚踢出一场误会和官司。

鹏城机场到达出口，方远舰戴着墨镜站在出口处，望着从里面出来的人群。

方父方母随着人流过来，方母衣着艳丽昂首挺胸走在前面，方父戴着一副老式墨镜推着行李车跟着。

方母老远看到方远舰：阿舰！

方远舰迎上去，上下仔细打量妈妈。

方母不解：怎么了，不认识你妈了？

方远舰：变得好年轻。

方母：真的？

方远舰认真地：真的！像我后妈。

方母认真地：人家也都这么说，我告诉你啊，生命在于运动，妈加入了舞蹈团天天跳舞，自然就年轻了。妈是领舞。

方远舰惊讶：舞蹈团……领舞？

方父挖苦：广场舞，领着扰民的那种。

方父伸手摘下方远舰的墨镜，看了看，换掉自己的墨镜戴在方远舰脸上。

方远舰望着行李车上的一个大帆布袋子：哎……爸，这是啥东西？

方父：你弟！

方远舰：啥东西？

方父昂首走去。

方远舰看母亲。

方母：你爸给你弄了一个弟弟，叫方远舟。

方远舰推着行李车，方母亲密挽着方远舰胳膊跟着。

方远舰的车子行驶在海边高架桥上，车子里，嗲甜的女声提示线路，车载导航屏幕显示线路。

方父摸索着打开车载冰箱取出矿泉水，拧开递给方母。

方母兴奋地：这车比你爸的车舒服、宽敞、高级。

方远舰：这车是给你买的，我爸是司机。

方母：你爸是个路痴，开车带我去看海，大半天都在找路，到了海边天也黑了，黑黢黢的啥也看不到。

方远舰：这车有导航，专给路痴司机开的。

方母扭头看窗外的海：你看人家城市，名字里没海，抬头就见海，咱们上海叫上海，去个海边还要坐半天的车。

方远舰电话响，他戴上蓝牙耳机通话：喂……阿枫。

张枫没有回答，车子继续在高架桥上行驶。

海景洋房的廊道宽敞、亮堂、讲究。方远舰拉着行李箱出电梯，父母跟着出来。

方父方母四处环顾，显然被楼品的档次吸引。

方远舰在家门口停下，按门铃。开门人是范小雨。

范小雨：旅途辛苦！欢迎叔叔阿姨回家。

方父方母愣住……

方远舰：她是范小雨，我的哥们儿。

范小雨：阿姨……好年轻。叔叔，阿姨，你们休息一下，晚宴已经安排好了，一会儿给你们接风。

方远舰把范小雨拽到一边：张枫出事了，人在派出所。

范小雨：出什么事？

方远舰：没说，我去派出所看看。

范小雨点点头。

方远舰：爸，妈，我有急事要办，一会儿小雨带你们去吃饭。

方母沉脸：什么事这么着急，丢下我们就走？

话音未落，方远舰已经冲出了屋门。

方母：他这是搞什么名堂？

方父：我怎么晓得，让你晓得搞什么名堂，他就不是你儿子了。

方远舰开着车在车流里穿梭。他用车载蓝牙拨打张枫电话，对方已关机。

海景洋房内，范小雨端着洗好的水果从厨房出来：阿姨、叔叔吃水果。

方母打量范小雨：谢谢侬，谢谢侬，明明是姑娘，方远舰为啥称你哥们儿。

范小雨：他从不把我当姑娘。

方母：你们是？

范小雨：我们是同学，也是合伙人。

方母：合伙人？你们合伙做什么？

范小雨：做欧洲的机械进口业务，就是代理德国公司在国内的销售。

方母：晓得了，你也在德国学机械。

范小雨：我和阿舰是大学同学，在英国读的金融硕士，现在在伦敦工作，最近回来休假。

方母：在伦敦工作，和方远舰合伙在这里开公司？

范小雨：还有一个叫张枫的同学，我们三个人合伙，国内业务主要是他们两个做，我负责欧洲的一些事情。

方母：晓得了，晓得了！

派出所里，张枫在看笔录，屋子一角坐着一个姑娘，头发零乱。她叫宫妙。

张枫将笔录递还警察。

警察：属实吗？有没有遗漏？

张枫：属实，没有遗漏。

警察：在名字上按手印。

张枫遵照警察指示在笔录上按下指纹。

方远舰匆匆寻找过来，站在门口。

警察冲方远舰：你有什么事情？

方远舰指张枫，进了屋子。

警察：出去。

方远舰连忙退到门外：发生了什么事情？

张枫：见义勇为。

宫妙：你是多管闲事！

张枫猛地站起来：你不喊抓坏人，我怎么会多管闲事？

警察冲宫妙：他是你丈夫，为什么要喊抓坏人？

宫妙：他抢我的包。

警察：他为什么要抢你的包？

宫妙：包里有证件。

警察：说详细点。

宫妙：我要离开鹏城回老家，他不让我走，还抢走了我的身份证。

张枫：典型的限制人身自由。

方远舰听明白个大概，眉头皱成一团。

方远舰进门：我听明白了，警察同志，我的合伙人在马路上遇到这位女士喊抓坏人，他见义勇为……

警察：出去！

方远舰慌忙退出门外：警察同志，我的朋友已经获得过两面见义勇为的锦旗了。

警察拿着卷宗在前面走，方远舰跟在后面。

方远舰：虽然是场误会，可我的合伙人主观上是见义勇为的正义行为，您觉得呢？

警察站住：你是在给我普法吗？

方远舰：不是……不是……我哪敢给警察普法，我只是说出我的看法。

警察继续走去。

方远舰跟着警察······

警察：你跟着我干吗？你该去找受害人，和他谈和解。

方远舰站住。

傍晚，方远舰开着车行驶在路上，宫妙坐在后座，一脸阴沉。

方远舰通过后视镜观察宫妙，宫妙觉察，脸扭向窗外。

方远舰：你老公做什么的？

宫妙不理会方远舰。

方远舰：我替我的朋友先给你赔礼道歉。

宫妙不理会。

方远舰：你是做什么的？

宫妙不理会。

方远舰的车在车流里继续穿梭。

海景洋房客厅，大屏幕电视正播放新闻（关于科技创新的内容，2012年12月新闻）。方父在认真地观看。

方母无所事事，在阳台扭着广场舞。

定了时的扫地机器人自动工作，从一间屋子出来，路过方母身后。

方母惊讶：哎，你看，这是什么东西？

方父回头看了一眼：扫地机器人。

方母：胡说八道，明明就是一个乌龟，哪里是人？

机器人向另一间屋子扫去，方母好奇地跟了过去。

扫地机器把方母带到了楼梯旁，方母注意力转向阁楼，拾阶而上。

方母慢慢推开阁楼屋门进了里面。

阁楼里黑着灯，光从门外和窗口泻进来，屋子中央是一个大台案，一块大布把台面上的东西罩得严严实实。

方母掀开罩布一角，下面是一些工具和机械部件，方母放下罩桌布，视线停留在旁边一个被布罩着，人形一样的东西上。她轻轻掀开布罩，突然惊恐大叫。

布滑落下来，露出一个医用人体骨骼标本。

方母惊慌逃出屋子。

天色渐渐暗下来了，方远舰的吉普车停在一个破旧厂房外，二人下车，方远舰打量着厂房，宫妙推开铁门，方远舰跟了进去。

厂房里灯光昏暗，杂乱无章，几台机床泛着油腻的光。穿过横七竖八的机床，是用半透明的大塑料布围隔出的一个空间，里面隐隐绰绰。

宫妙止步，示意方远舰，方远舰犹豫一下，撩帘进入里面。

方远舰怔住。

眼前一张很大的工作台案，上面堆满了机械零件，残疾人用的假肢假腿。案子周围站着一副医用人体骨骼标本。

桌案上一条绷着石膏的腿动了，方远舰吓一跳。那条腿慢慢挪下桌案，一个人吃力地从案边的长椅上坐了起来。他是宫妙的丈夫，叫陆路。

二人互相打量。

陆路：你找谁？

方远舰：找你。

陆路：什么事？

方远舰：我叫方远舰，替朋友来给你道歉。

陆路：你怎么找到这里的？

"我带他来的"，隔着塑料布，隐隐可以看到宫妙的轮廓。

陆路沉默。

方远舰：这是一场误会，你的医疗费全部由我们支付……

陆路：我不想说这些。

方远舰顿了一下：赔偿费……

陆路：请你离开这里。

宫妙：这事也不能全怪人家。

陆路冲宫妙：你回来干什么，你走啊，回你的湖南老家去。

宫妙不语。

方远舰目光落在旁边的一块红布盖着的架子上，他轻轻撩开红布，露出一副各种材料拼凑的人体下肢，他轻轻搬弄肘关节……

陆路：别碰它……

话音未落，"哗啦"一声，模型散架，零件散落一地。

陆路气愤至极，无奈动弹不得：你有毛病啊！乱动什么？

方远舰：你在做什么？

陆路：你管呢！

方远舰：人的关节模型？你在做机器人？

陆路愤怒：今天倒霉死了，请你马上离开！

方远舰：我也在做这个东西。

陆路愣住。

方远舰：这个关节模型力学结构不对，材料选择和结构搭建不科学。

陆路愣了片刻：别在这里胡扯，请你马上消失。

方远舰：我是学精密机械设计的，你根本不懂机械构造。

陆路瞪大眼睛。

方远舰仔细察看着电脑屏幕满屏的代码。

方远舰：这个是运动控制的代码吗？

陆路不语。

方远舰兴奋了，一屁股坐在陆路身边，热情地伸出手。

方远舰：太意外了，我的朋友一脚给我踢出一个同路人。

陆路、宫妙眉头一紧。

方远舰：踏破铁鞋无觅处，得来全不费工夫，我已经孤独地做了四年，你呢？

陆路：四年。

方远舰激动地握着陆路的手：同是天涯沦落人，相见恨晚！

宫妙在外面忍无可忍，撩开塑料布进来。

宫妙：别忽悠了，你这种人我们见多了，快说今天的事情怎么解决？

方远舰：做个交易，我帮你搭建一个机械腿模型，你和我朋友的事一笔勾销。

陆路一眼不眨地看着方远舰。

微信提示音响，方远舰按亮电话，范小雨留言"阿姨心脏病，速来第一医院急诊室"。

夜晚，城市高架桥上，方远舰焦急，疯狂地开车。

方远舰急匆匆冲进医院急诊大厅，四处寻找。

大厅里有排列多张病床，中间帘子相隔，方远舰发现了父亲、范小雨、张枫围在病床边。方母闭眼躺着输液，身上接着心脏监护仪的电线。

方远舰冲到床前：爸，什么情况？

范小雨急忙示意方远舰小声说话。

方远舰压着嗓子：我妈怎么样？

方父：好多了，刚才很危险，你差点害死你妈。

方远舰一惊：我？害死我妈？

范小雨：阿姨是被屋里的骷髅惊吓的。

方远舰：……

方远舰扇了自己一巴掌：忘锁门了。

张枫很气愤：早就告诉你那东西放在家里不吉利，你不听……

方远舰怒火顿生：你还怪我了？你不做没脑子的事，我会不在家吗？我在家，就不会发生这种事。

范小雨噘嘴：嘘……

方母被吵醒，睁眼看着方远舰。

方远舰：妈，你没事吧？

方母：阿舰，妈想回上海。

破旧厂房内，宫妙、陆路隔着塑料布在各自空间里闷头坐着。

陆路打破沉默：我……口渴。

宫妙沉默一下：你把那个东西盖上。

陆路挣扎着起来，单腿蹦着用破布盖上骨骼标本。

宫妙进来，拿起电烧水壶烧水。

宫妙看着陆路绷着石膏的腿：医生怎么说？

陆路：骨裂，那个家伙够狠。

宫妙：自找的，这下，你更有理由不出这个破地方了。

陆路不语。

宫妙：林子大了什么鸟都有，一条腿换来一个同类，你找到组织了。

陆路不语。

鹏城的夜晚，万家灯火，车灯蜿蜒如河。

方远舰开着吉普车，后座坐着医用骨骼标本，旁边堆满了各种材料工具。

夜晚，破旧厂房内传来砸门声。

“来了，来了。”宫妙匆忙过来开门。

宫妙打开铁门，迎面一具骷髅，宫妙惨叫一声掉头就跑。方远舰抱着骷髅进来，把它靠在机床上。

方远舰：对不起，吓着你了。

宫妙躲得远远的：你干什么？

方远舰：送给你老公。

方远舰转身出去抱着一条机械腿模型进来。

宫妙喊着：拿走，拿走！

方远舰：我答应给他的。

陆路拄着拐杖出来。

方远舰：机器人腿。

宫妙冲陆路喊叫：让他拿走。

陆路不理会，跟在方远舰后面进了里面。方远舰将机械腿支在案子上，陆路凑近看。

宫妙气冲冲过来，指着骷髅：你把那玩意儿拿回去！

方远舰冲陆路：我妈今天刚从上海来，被这玩意儿吓出了心脏病，现在还在留院观察，刚才醒了的第一句话是要回上海。商量一下，这东西先存在你这里行吗？

宫妙：不行，你当这里是鬼屋吗？

陆路冲宫妙：多一个无所谓了。

宫妙：你！

陆路：她也害怕，你把它盖上。

宫妙愤怒，抓起包就走。

陆路：你干吗去？

宫妙拉开铁门出去，重重地把门摔上。

方远舰、陆路尴尬地站着。

轮滑场外，一个约莫五岁的男孩，穿戴头盔护具，老练地滑轮滑，后面一个姑娘身着同样装备在追赶。男孩叫小考拉，姑娘叫赵莹莹。

二人追逐，小考拉灵活地躲闪，赵莹莹总是扑空，两人玩得非常开心，赵莹莹不时拿出手机给小考拉录像。

小考拉和赵莹莹滑累了，准备回去，夏末却姗姗来迟。

小考拉看到夏末：妈妈。

夏末冲过去：对不起，妈妈来迟了。

赵莹莹也蹬着滑轮过来，一个不小心滑了一跤。

夏末：你可小心点啊。

赵莹莹：没事，姐，小考拉现在滑得可好了，我给你看视频。

赵莹莹掏出手机，上面布满裂纹，赵莹莹有些心疼。

赵莹莹：这一跤摔的。

夏末：回家以后，你去我房间的抽屉里找找，好像有个没拆封的手机。

赵莹莹：那怎么行！你昨天刚给我发了工资，我能自己买。

夏末：你要是拿我当姐，就别跟我客气。

赵莹莹：谢谢姐。

夏末：把鞋换了，咱们去吃饭。

赵莹莹拉着小考拉去换鞋，夏末看着二人渐行渐远。

在夏末家厨房里，赵莹莹在做早餐，餐桌上已摆好了牛奶、咖啡等。

夏末穿着居家服，拿着一沓报表来到餐厅。

赵莹莹回头：姐，咖啡好了。

夏末：小考拉起床了吗?

赵莹莹：起床了，在刷牙洗脸。

夏末：他自己会刷?

赵莹莹：早就会了。

夏末坐下，边喝咖啡，边翻看报表。

而小考拉在刷牙，弄得自己满脸牙膏泡沫。突然他停下刷牙，吐出一个东西在手心，拧开水龙头冲干净，是一颗脱落的小牙齿。

小考拉走出洗漱间，伸出手：小姨，又掉了一颗牙。

夏末匆忙过来看，紧张地问：小考拉，怎么掉的，疼不疼?

小考拉：刷牙刷掉的，不疼。

赵莹莹：姐，他在换牙，那颗牙早就松动了，这是换的第四颗牙了。

夏末拿着小牙：这颗牙怎么办?

小考拉抓过牙齿，转身回到洗漱间，从柜子里拿出一个小塑料盒子，将牙放进里面，然后继续刷牙。

夏末跟进去，拿过盒子，看到里面共有四颗牙。

夏末回到餐桌旁：莹莹，留着那些掉了的牙做什么?

赵莹莹：做纪念，等他大了，那些牙是他小时候的成长记忆，别人家的孩子有的还保存着出生的毛发、小脚丫印迹，小考拉都没有。

夏末愧疚：我太粗心了，什么都没有保存。

赵莹莹端着煎好的鸡蛋递到夏末跟前：姐，幼儿园今天开放日，家长与孩子互动，你能去吗？

夏末想想，翻看记事本：今天上午开管理层会议，这个会很重要。

赵莹莹点点头。

小考拉背着小书包，牵着赵莹莹的手，欢快地一蹦一跳走去上学。

一个无红绿灯的路口，赵莹莹牵着小考拉站住，等待过马路。一辆车停下，礼让行人。此时，夏末的车隔着前面一辆车停住，夏末抬头望，赵莹莹牵着小考拉的手过马路，赵莹莹走到路中央，给司机鞠躬致谢，小考拉已走过去，返身回来模仿赵莹莹鞠躬。

看到这一幕，夏末酸楚地微笑着。

澳雳公司研发部内，实验室内成排的仪器引人注目，仪表灯闪烁着。研发人员忙碌着。

一台仪器前，聂锌盯着显示屏窗口上跳跃的数字，他后面站着七八个身着工作服的研发人员，大家神情严肃中透着紧张不安。

来到澳雳公司会议室内，落地玻璃幕墙，反光的桌面，会议室简洁又有品位，夏末与几个高管围桌而坐。

夏末：国内国外的形势，公司的困境，大家都很清楚，公司目前该怎么办，今后往何处去，大家说说。

会议室鸦雀无声。

夏末：市场总监先说。

市场总监：我还是那个意见，目前我们库存积压严重，建议先关闭部分生产线，遣散部分工人，缩小生产规模。

夏末：澳雳成长到今天，离不开这些人的付出，他们很多人为澳雳任劳任怨干了十多年。遇到危机首先牺牲他们，我做不出来。

市场总监一脸尴尬。

财务总监：目前公司最大的财务支出是研发部，研发部迟迟不出成果，研发投入是个无底洞。

市场总监：如果研发短期内无法突破，无法生产新的产品，也可以转换思路，关停研发部门，调整生产线，去建立东南亚地区的销售渠道。

夏末：你们呢？都这么觉得？

其他几个总监点头。

财务总监：这是咱们现在最好的选择了。

夏末：我不同意。

与会者沉默。

夏末：今天这么被动，就是因为我们没有自己的核心技术。代加工，人家吃肉，我们吃苦，还要看脸色。命运在人家手上，就算活了下来，也只能苟延残喘。自己不下决心改变自己命运，没人会给我们改变。

众人继续沉默。

夏末：国家经济发展很快，电力保障成为重中之重，超高压特高压变压器是电力输送的关键，目前使用的传统变压器在安全、环保、损耗等方面很难满足输电要求，我们研发的 FT 绝缘冷却液一旦成功，将解决这些问题，我们的核心技术一定是高压输电变压器最前沿的技术，研发决不能停止，再难也要干下去。

夏末看了看所有与会者。

夏末：从我开始，在公司境遇改善以前，冻结管理层薪酬。

与会者低头不语。

夏末离开会议室，走进澳雾公司研发部实验室内，里面气氛压抑，研发人员各自闷头坐着。

聂锌坐在仪器前，目光呆滞，夏末过来，研发人员自觉离开。

夏末坐在聂锌身旁，拿起案上试验报告翻看。

聂锌：又失败了。

夏末放下试验报告，沉默。

聂锌：对不起。

夏末：该道歉的是我，对不起，承诺给你提供最好的科研条件，我食言了。

聂锌：昨天是我不对，你已经竭尽全力在支持我。

夏末不语，二人沉默。

聂锌：我会做好善后工作。

夏末：什么善后工作？

聂锌：终止研发，解散实验室。

夏末惊讶：为什么？

聂锌：公司的困境我知道了。

夏末突然火冒三丈：公司的困境与你有何关系，谁给你的权力解散实验室？

聂锌提高嗓门：研发是个无底洞，我不想让公司垮在我手里。

夏末：此刻停止，公司才真的毁在你手里了。

研发人员远远望着他俩。

夏末冲大伙：大家辛苦了，给你们放假，大家休息一天。

研发人员纷纷离开，实验室只剩下他俩。

夏末咄咄逼人：你怕了？

聂锌昂头：是！

夏末：你怕什么？

聂锌：怕失败！

夏末腾地站到聂锌对面：你是怕担责任！聂锌，当年我动员你到公司来，除了你的才华，还有你身上那种初生牛犊不怕虎的朝气，感染了我。没想到关键时刻，你是个自私的懦夫，是逃兵。

聂锌：此时此刻我是懦夫，但不自私！我不想让你倾家荡产。

夏末：天塌下来我顶着！

聂锌：让一个女人为我顶着天，才是自私的懦夫。

夏末：那你更应该和我一起顶着，我们都在澳雳这条船上。

聂锌：你给我道歉！

夏末愣住：……

聂锌：请你为你刚才的错误言论道歉。

夏末：休想！

二人沉默，许久。

夏末：我道歉，我错了。

聂锌气呼呼地坐下：我现在还不能接受，我需要时间。

二人继续沉默。

夏末：我也害怕失败。

聂锌：……

夏末：但我更害怕我们对自己没有信心。

聂锌倾听着。

夏末：我们现在只能孤注一掷了！

夏末凭着一种模糊的感觉，也出于感情，做出了抉择。但她隐隐约约觉得做事的方式需要改变，企业经营的理念要变。车子行走在高楼群里，她觉得一栋栋高楼在长高，像竹笋一样，噼啪作响。

来到獠寨凉茶店铺，潘安抱着一桶纯净水添进砂锅，搅拌。

夏末独坐在凉棚边缘的矮桌边，怔怔望着大海。

潘安从大桶里盛了杯凉茶，到夏末对面坐下。

潘安：凉茶，去热清湿。

夏末：谢谢师哥。

潘安：今天怎么有空来了？

夏末：路过，讨杯茶喝。

潘安给夏末倒茶，端给她。

夏末：师哥，我现在好无助。

潘安看着夏末。铺子外面传来隐隐的雷声。

夏末点点头：没有海外订单了，国内市场又萎缩，雪上加霜。今天刚接到国外客户邮件，所有订单取消。我还在鼓舞我们的下游企业主，让他挺住，自己却有些撑不住了。

潘安：为什么取消订单？

夏末：他们更改了行业标准，只有他们本国的工厂能生产，他们既是裁判，又是运动员。

潘安：他们在垒墙，保护自己的工业。

夏末点点头：自由贸易，原来是打压别人的贸易。

潘安：这只是开始，往后墙会越垒越高，下手会越来越狠。这不是简单的贸易保护……

夏末在听，思索着。外面的雨下起来了，电闪雷鸣，天黑下来了。

潘安：新材料研发有进展吗？

夏末摇摇头：烧了很多钱，进展缓慢，股东意见很大。

潘安：坚持，再难也不能放弃。

夏末：谈何容易。

潘安：挺住，核心技术在谁手里，话语权就在谁手里，制定标准的权力就在谁手里，就不会像今天这样受制于人。

夏末：打铁还须自身硬，这个道理我懂，那也得能活下来再说。

潘安：记得网上论坛《鹏城，你被谁抛弃》那篇帖子吗？

夏末点点头：记得，当时反响很大，引起了社会大讨论。

潘安：只要自己不放弃，谁也抛弃不了我们。

夏末不语。

潘安：以前上下班的时候人群像奔腾的河流，那景象已成为记忆。鹏城新战略布局，劳动密集型低科技含量企业全部迁出，腾笼换鸟，以后这将是一座科技新城。政策环境会改变的。

夏末思索：那我就更不能退了。

潘安：你必须撑住，咬碎了牙也得撑住。又一个新的拓荒时代，要抓住这个机遇。

夏末目光炯炯地看着他。电闪雷鸣中，她觉得这个说大话、硬话的人，越发像枯木，一尊根雕。

夜已经很深了，潘安却失眠了。

他回想起和夏末的谈话，直接感受到的是一个女性的不屈、倔强。这些年来，夏末每次到他这里来，都是在倾诉中给自己打气，然后再勇敢地回到现实中去，面对生活。他这里成了一处特殊的所在，那么他这个人呢？

潘安经受过一系列打击，包括感情、事业。若干年前他觉得那么崇拜他的妻子，离他而去，直接的原因是自己与原单位领导意见分歧，他发表了对于亚洲金融危机的不同看法，提出了与主管领导截然不同的政策建议，业务主管领导把学术上的分歧带到人际关系上来了，潘安一气之下辞职了。他辞去的是安定的生活、每个月固定的收入。但后来，一个更重要的咨询研究院聘用了他，让他专题研究计划单列市的经济和发展模式。可夏末是怎么回事呢？

他对夏末来访总是由衷欢迎的，似乎来自男人对校花的异性开放心理机制。对于夏末这样颜值的校友，大概说什么不重要，只要她的大眼睛能够专注地盯着你，就是男生的幸福了。但现在，他觉得夏末把他当成了特殊的倾听者，没有一起分享欢乐，但却在共同体验痛苦和挫折。他自己觉得倾听成了某种义务，共同体验也有了某种责任的感觉，自己开始牵挂夏末了。但他能帮夏末吗？她明显遇到了问题，市场？政策？想到这里，潘安起身，到洗手间洗了把脸，让自己清醒些。

潘安在电脑上飞快地敲打着"关于鹏城转型期产业政策的建议"。他要用自己的方式解决问题，给鹏城书记、市长写信，这是他们应该重视研究解决的问题。

第二章

　　鹏城街头的大屏幕里，不断出现"科技创新城市"等字样，醒目的位置也有类似的标语。鹏城的氛围在变化，这似乎意味着在城市的管理层里，有了明确的目标。但城市里的不同人群、各色人等，还在消化、体会，也在诠释和推动着这个变化。多少年后，人们说那时我们进入了新时代。而新时代可能是从痛楚、麻木、觉悟、奋起开始的。

　　澳雳公司里，夏末在面对现实中的困难。

　　夏末从电梯出来，进了公司总部。

　　财务总监从后面追上：夏总。

　　夏末站住。

　　财务总监：明天是发工资的日子，资金差缺一半。

　　夏末：公司（含工厂）运转账户还有多少钱？

　　财务总监：只够保证公司勉强运转，能挪用的只有研发资金。

　　夏末想想：研发经费不能挪用，先发一半工资，给工人解释一下，另一半等公司状况转好了再发，同时补给拖欠工资的利息。

　　财务总监：用不用写个东西，给工人们解释一下公司困境。

　　夏末：生产线都停了，就是最有力的解释。

　　财务总监：我联系了晖士投资公司，他们看了资料，说融资的事情可以面谈。

夏末：你安排一下，我们上门拜访。但我还是先去厂子里看看吧。

澳雳工厂车间里的声音很单调，工厂里只有一台机器在生产，工人们闷头坐在各自的岗位上。

夏末匆匆进来，工人们纷纷站起来，默默看着夏末。

夏末走到李工长跟前，抓起李工长的大塑料杯大口喝水。

夏末：李工长，我们遇到了麻烦，大家要过一段苦日子了。

李工长不语。

夏末：别担心，等我们自己的东西研发出来，就熬过去了。

李工长：生产线关得只剩一条了，大家心里发慌。有人传，您要卖了澳雳拿钱去国外。

夏末：你们也相信了？

李工长：我们不信！

夏末盯着李工长，李工长视线回避。

夏末：不信，你问我这个问题？

李工长：工人们人心惶惶，有人去政府告您了，我们没能拦住。

夏末看了他一眼，扔下人群，气冲冲地走了。

在鹏海街道企业服务中心（以下简称企服办）里，电脑屏幕上放着会议画面，市领导在讲话。

"2012 年上半年，鹏城进出口形势趋向严峻，进出口总额下降 0.9 个百分点，这是多年来没过的现象。对于全国外贸进出口第一市、对外依存度非常高的鹏城来说，鹏城急需检讨，对症下药。"

余真正在收拾桌面，蒋楠楠抱着一叠文件走过来。

余真：楠楠姐，咱今天干啥？

蒋楠楠打量余真，看着余真一身青春奔放的服装。

蒋楠楠：改变造型。你去买身衣服。

余真：买什么衣服？

蒋楠楠：和你身份相符的衣服。

余真：……

一阵喧哗，蒋楠楠看向门口，一群工人涌了进来。

带头工人：你们这里是企服办？

蒋楠楠：是。

带头工人：企服办是干啥的？

蒋楠楠：是……为企业服务。

带头工人：你们为工人服务，还是为老板服务？

蒋楠楠：都服务，你们？

带头工人：工厂拖欠我们工资，你们能帮着要不？

蒋楠楠：具体是什么情况？

带头工人：我们是澳雳公司的员工，工厂只发一半的工资。老板要关厂子跑了，那我们的钱咋办呢？

蒋楠楠：……

蒋楠楠：我们了解一下情况，尽快给你们答复。

带头工人：你们可得快点！不然老板就跑了！

蒋楠楠：放心，有我在，谁也跑不了！

此时，夏末在办公室看最新的文件，秘书走进来，说：夏总，来了两个人要见您，说是街道办的。

夏末：街道办？见我干吗？

秘书：说是我们的工人去街道办投诉，发一半工资的事情。

夏末批改文件的手没停：这和他们有什么关系，就说我不在。

秘书知趣离开。

夏末迟疑一下：等等，请他们进来吧。

秘书带蒋楠楠和余真进来。

秘书：这是我们夏总。

夏末离开板台，指着沙发说：请坐。

余真痛快坐下，蒋楠楠没坐，余真忙又站起来。

夏末打量两人，蹙眉。

蒋楠楠掏出名片，递给夏末：夏总你好，我是鹏海街道办的蒋楠楠，她是我的同事余真。

夏末：你们有什么事吗？

蒋楠楠：你的工人投诉，这个月只给工人发一半的工资，是真的吗？

夏末：是真的。

蒋楠楠：为什么？

夏末：资金困难，发不出足额工资。

蒋楠楠：工人全靠工资养活一家老小，有再大困难，也不能拖欠他们的劳动所得。

夏末：你说完了吗？

蒋楠楠：说完了。

夏末和蒋楠楠对视。

夏末：澳雳门外的街道归你们管，里面好像不是。

蒋楠楠愣了一下：工人们找到了我们，我们不得不管。

夏末沉默一会儿。

夏末：你们打算怎么管？

蒋楠楠：说实话，我也不知道，我们企服办刚成立，我今天第一天上任……

余真打断蒋楠楠：我也是。

夏末打断蒋楠楠，苦笑：我给你们开了张，我都不知道该荣幸还是悲哀。

蒋楠楠：……

夏末：对不起，你们企服办是干什么的？

蒋楠楠：为企业服务。

夏末：太好了，我的下游企业欠了我们很多钱，你能帮我追回来吗？我一定首先保障工人的利益。

蒋楠楠和余真对视又尴尬。

夏末：工人的欠款目前解决不了。

蒋楠楠：夏总，您不必对我们有敌意，企服办为企业服务，既服务工人，也服务老板，我们来，是想了解您的企业有什么困难，我们能帮您做些什么……

夏末打断她。

夏末：我们的困难，你们解决不了。

余真拿出笔和本子准备记录。

蒋楠楠：什么困难？

夏末：你们知道，下游工厂也回不了款，工人发不出工资，能解决吗？

蒋楠楠：解决不了，其他事我们一定尽力。

夏末：好，国外公司撕毁了我们的代工合同，现在缺少订单，工厂没活可干。

夏末看着她俩。

二人表情尴尬。

蒋楠楠与余真眼神交流，余真记录下来。

蒋楠楠：还有呢？

夏末：研发遇到了瓶颈，一直攻克不了难关。

蒋楠楠：夏总，我会把您的困难汇报给领导。

夏末：然后呢？

二人被夏末问住。

蒋楠楠：夏总，我们没法马上给您"然后"，但绝对不会石沉大海。

夏末下了逐客令：你们不浪费企业家的时间和精力，就是为企业排忧解难了，对不起，我要去想办法自救了。

夏末自救的办法就是去找投资。企业家作为市场主体，遇到问题首先想到的是到市场上寻找资金，而不是向政府伸手请求扶持。这大概是改革开放以来，尤其是世纪之交思想观念的进步，或者叫变化。但在转型时期似乎遇到了问题，夏末接着再碰钉子，街道办蒋楠楠他们也没有现成的解决办法。这个城市的变化已经深入到生产和生活中去了，企业已经有了痛感，但人们似乎还不知疼的原因，是不是要疼入骨髓，才能理出头绪来，找到解决的办法？

夏末来到晖士投资公司，接待员将夏末、财务总监引进洽谈室，桌上已经摆好了两瓶矿泉水。

女职员：请坐，宋总和客户洽谈还没有结束，请二位稍等。

夏末：好的，谢谢。

女职员出去，夏末和财务总监坐下。二人在静静等待。

夏末有些不耐烦。

女职员推门进来：我们宋总来了。

话音未落，宋功进来，身后跟着两位助理。

宋功：不好意思，上一轮会谈刚结束。

财务总监：宋总好，这是我们澳雳总裁，夏总。

宋功与夏末相互点头示意。

宋功在对面坐下，一位助理打开笔记本电脑，摆在宋功面前。

夏末：宋总好年轻啊。

宋功：我们资本领域与你们传统行业不同，35岁就是老龄人了。

夏末沉默。

宋玏：咱们开始吧，夏总请先讲。

夏末：我们澳雳成立于2000年，前身是为国外厂家代工制造汽车电瓶，公司成立后主营电力设备……

宋玏打断夏末：澳雳公司的背景我们都了解，不必再介绍了，直接说你们的诉求。

夏末：我们在研发一种变压器散热新材料，这项技术一旦成功，将破解电力变压器行业的百年难题。

宋玏：能用最简单的话，给我解释清楚什么叫百年难题吗？

夏末：变压器散热环节，可能出现燃烧、爆炸、漏油、产生有害气体等问题。

宋玏：那又怎样？

夏末顿了一下：广东省用电量的30%，来自西电东输。电力变压器是电力输送过程中的重要环节，我们国家目前使用的变压器主要是油散热、气体散热……

宋玏打断夏末：不用讲了，我听懂了。我们主要投资互联网科技类的小型企业，要负担小，队伍年轻，创造力强。

夏末：我们在研发的项目有很大的商业前景。

宋玏：你们的首席研发官——聂锌博士，我认识，他很优秀。留学的时候我们是同学会的。

夏末和财务总监对视。

夏末：真巧。

宋玏：我们入资有三点要求：第一，只投你们的科研项目，撇清和你们传统产业的关系。第二，我们要60%的份额，包括专利权。第三，这个项目我们要有决策权。

夏末急了：不可能，你们完全是霸王条款。

宋玏：那是因为你找到我，如果是我找澳雳，话语权就在你手上。

夏末脸色铁青，收起笔记本：对不起，我们没有谈下去的必要。

一阵沉默后。

宋玏：夏总，我送你一个建议，尽快断掉尾巴，你们老工人太多，负担太重，会拖垮你。

夏末：我20多岁就在鹏城创业，我知道我的企业该怎么办，不用你建议！

夏末愤愤地离开洽谈室。

夏末反感宋玏的建议，但宋玏的确触及问题的实质。夏末在回来的路上想，市场变了，企业经营的理念是不是也要从根本上改变？想到这些，心里很纠结。她让司机把她送到厂子里去。

夜晚，澳雾工厂巨大的厂房内，冷冷清清，仍然只有一台机器在开动，十几个工人在流水线上工作。

夏末进来，默默看着厂房。

李工长发现夏末，给夏末接了杯水送来。

夏末拿着满是茶锈的搪瓷杯，仰头咕嘟咕嘟地大口喝水。

夏末放下水杯：你这水杯用了有十年了吧。

李工长：您记性真好。

夏末笑笑：我每次来厂子里，都用它喝水，怎么能记不住。

夏末感慨地摇摇头，找地方坐下，看着生产线的工人们。

夏末：他们都是厂里的老人。

李工长：是，最短的在澳雾也干了十年。

夏末点点头，沉默。

李工长也没说话，只有车间内机器运转的声音。

夏末：李工长，你还不下班？

李工长：我住在厂子里，没有什么上班下班的，您有心事？

夏末：来看看，以前来，机器都开动着，那声音像听交响乐，今天突然听到独奏，好悲凉。

李工长试探：订单吃不饱，这条线开动每天都赔钱，干脆先关了吧。

夏末短暂沉默。

夏末：当年你们来澳雾，是跟着我来的，我承诺要让你们有活干，我不能辜负了这份信任。

李工长：当年咱们厂出了事故，你和我们几个都丢了工作，大家处境都不好，还是你站出来说不会让大家伙饿肚子，也会让我们的孩子有学上，这场景值得记一辈子。现在大家都有手艺，孩子们也大了，你的承诺已经做到了。

夏末的眼睛湿润了：我舍不得你们！

夏末心情沉重地回到家里，屋里空荡荡的。她脱下外衣换了拖鞋，蹑手蹑脚推开小考拉的房门，看见小考拉搂着赵莹莹熟睡。

夏末又轻轻关上门，去餐台前给自己倒了杯水，疲惫地坐下，发怔。

赵莹莹睡眼惺忪地走过来。

赵莹莹：姐，你回来了。

夏末：我吵醒你了。

赵莹莹：我迷迷糊糊的还没有睡踏实，姐，我给你热杯牛奶。

夏末：莹莹，我想喝杯酒。

赵莹莹：姐，你……

夏末：我有点累。

赵莹莹从冰箱里取出半瓶洋酒，倒了半杯递给夏末。

赵莹莹：姐，白天小考拉发烧了，38℃，我带他去了儿童医院，医生说是感冒。

夏末紧张：现在还烧吗？

赵莹莹：给他喝了好多水，刚才出了不少汗，现在体温正常。

夏末松弛下来，喝了口酒。

夏末：我只会做老板，不会做妈妈。莹莹，我有些嫉妒你了，小考拉把你当成了妈妈。

赵莹莹：……

夏末：岂止小考拉，我也依赖你了。

赵莹莹：……

夏末：刚生下小考拉不久，就跟他爸离了婚，这个家幸亏还有你。

赵莹莹沉默。

夏末喝酒。

夏末：莹莹，小考拉上小学后，学校是寄宿制，我想送你去读书，将来帮我管理公司。

赵莹莹：姐，什么叫腾笼换鸟？

夏末：鹏城要把一些落后的企业迁走，腾出地方给高新企业用。你为什么问这个？

赵莹莹：姐，有个事情，我不知怎么和你讲。

夏末：什么事情？

赵莹莹：我要回老家，不能再照顾小考拉了。

夏末紧张：回老家做什么？

赵莹莹：结婚。

夏末：和谁结婚？

赵莹莹：我男朋友。我们是中学同学，他也在鹏城打工，他们工厂腾笼换鸟要迁移到东南亚去，工厂关门了。他想回老家结婚，以后一起在那边做小生意。

夏末不语，屋里寂静。

夏末为难地：你不能走，小考拉离不开你，我也是。

赵莹莹：我也舍不得离开你们，可是……

夏末：你们既然走出了大山，不能一事无成就回去。

赵莹莹：……

夏末无助：莹莹，公司陷入困境，我现在好难，留下来帮帮我。你们商量一下，他可以来公司上班。你们一定要回老家，等我熬过最难的时候，好吗？

赵莹莹：……

夏末：我知道我的要求很自私，但我需要你。

赵莹莹犹豫地点点头。

在鹏城市政府副市长赵玉章办公室里，他和科创委主任高山谈话，让高山看书记、市长在专家来信上的批示。

赵玉章：这是一名专家写给书记、市长的，两位领导都做了批示。专家意见是我们要研究产业结构调整和发展方式转变过程中的产业政策。书记、市长要我们研究产业升级中的新问题，提出新的产业政策方案来，并且要具备可操作性。

高山：我们还是先做调研，从问题入手，尽快把问题梳理一下，分别就几个专题，有针对性地提出方案吧。

赵玉章：要快，否则人们觉得我们只是在提目标、喊口号，见不到实际效果。

高山：我们立即行动。

科创委资料室内，高山把桌子搬到了资料室，一大早就开始了办公。

崔江北进来。

崔江北：主任，您这是鹏城速度啊，昨天说搬今天就搬过来了。

高山：你呢，啥速度，昨天说今天给我方案，方案呢？

崔江北：刚开了个头，已经有雏形了。

高山：给我讲讲。

崔江北：我觉得咱们还是直接抓问题的根源——资金。比起人才、技术、政策这些，钱是企业最常见最根本的问题。

崔江北顿了一下。

崔江北：科创委现在的扶持资金，非常充足，但是能得到的企业并不多，我们应该研究一下列入发改委和科技创新产业目录的重点项目和企业，阳光普照，万物生长，但是最需要资金的企业，现在阳光给的温暖可能不够。

高山：你是说我们的扶持资金的针对性不强，重点不突出？

崔江北：复杂的审核流程筛掉了那些别有用心的申请者，但没有筛选出重点的企业和我们需要扶持的有发展潜力的项目和团队。我计划推出一个融资平台，让那些有发展潜力的科技企业可以通过质押知识产权来融资。

高山：想法是可行的，但要协调好专利部门的评定和银行的估值，这不是光科创委就能办的，你把方案做出来，我去市里汇报。赵市长昨天找我传达书记、市长的指示，是要我们提出一揽子解决的方案来，这需要进行系统深入的研究。

夏末心情忧郁地回到家里，赵莹莹在洗衣房晾晒衣服。夏末到卫生间对着镜子梳头，她突然停住，照着镜子拔下一根白发，她看着白发发怔，然后照着镜子满头寻找。

外面传来门铃声，赵莹莹忙去开门，郭磊站在门口，怀里抱着几盒玩具。

赵莹莹让郭磊进来，夏末从卫生间出来。

赵莹莹：姐，他是我对象，郭磊。

夏末热情地打招呼：你好。

郭磊：夏总好。送给孩子的玩具，变形金刚。

夏末：干吗买这么多玩具，浪费钱。

郭磊：没花钱，我们厂子做的，厂子关了门，发给我们自己去卖，我还有好多。

赵莹莹接了过来。

夏末：谢谢，请坐。

郭磊拘谨地坐下。

小考拉跑出来，打量郭磊。

夏末将玩具递给小考拉：叔叔送你的。

"谢谢叔叔！"小考拉接过玩具回屋子了。

夏末：谢谢你，让莹莹留下来帮我。

郭磊紧张，结巴着：……没什么……应该……该的。

夏末：我们家幸亏有莹莹在，她就是我亲妹妹，你别拘束。

郭磊：不……拘束。

赵莹莹：看你那点出息，话都说不利索，夏姐又不是老虎。

郭磊：是老板。

夏末、赵莹莹笑了。

夏末：在公司是老板，在家不是。

郭磊：都是，都是。

夏末：我已经给人力说了，你今天就可以上班，公司现在遇到一些困难，熬过去就好了。好好干，会有发展前途。

郭磊点点头。

赵莹莹：咱俩约法三章：第一，干活不许偷奸耍滑；第二，不许让人知道和夏姐的关系；第三，没事不许来找我。

郭磊频频点头：我懂，我懂。

夏末觉得心里很乱，企业的问题没有解决，她觉得自己应该好好理理思绪。下班了，她来到澳雳研发中心，实验室里只有聂锌一人，他埋头电脑前，面对一堆令人眼花缭乱的公式，计算着数据。夏末悄无声息地进来。

聂锌没有察觉，专心在计算。

夏末默默看着。

聂锌伸手摸旁边的水杯喝水，杯内空空的，又把水杯放在一旁，继续工作。

夏末拿过水杯，去给聂锌倒水。

聂锌发现夏末，放下工作。

聂锌：这么晚了，你怎么还在公司？

夏末把水杯递给聂锌：你不也一样。

聂锌：我晚上住这里。

夏末吃惊：为什么？

聂锌：一个人，住哪里都一样，省了上下班的麻烦。

夏末：假话。

聂锌笑笑：真的，在国外我也常住实验室，累了可以随时躺倒。

夏末鼻子发酸：我知道你着急，那也不能把自己当成机器。

聂锌反问：你呢？

夏末沉默。

夏末看看手表：还不是很晚。咱们把自己当一会儿人去。

两人驱车来到酒吧。在酒吧内，某种浪漫的情调弥漫在空气中。

夏末与聂锌碰杯，各自喝了一口杯中红酒，静静听驻场歌手唱歌。

> 看不见雪的冬天不夜的城市
> 我听见有人欢呼有人在哭泣
> 早习惯穿梭充满诱惑的黑夜
> 但却无法忘记你的脸
> 有没有人告诉你我很爱你……

歌声似乎飘荡在城市的夜空，之后，又飘回到酒吧，余音绕梁。

夏末、聂锌沉浸在余音中。

夏末从恍惚中出来，举杯示意，二人各喝了一口。

夏末：上一次被一首歌感动，不记得是什么时候了。

聂锌：这首歌里有故事。

夏末点点头：这座充满诱惑、不夜的城市，发生过多少故事啊。

聂锌：讲讲你的故事。

夏末：一个离了婚的女人，千篇一律的故事。

聂锌：为什么离婚？

夏末：天下所有离婚都是一个原因，缘分已尽。

聂锌：当年你们一起乘火车来的这个城市？

夏末点点头：那时这里是一片荒地，没有城市，没有路灯，更没有霓虹灯。

聂锌：什么都没有，你们为什么来这里？

夏末：因为我们来了，这里什么都有了。

聂锌沉默。

夏末：讲讲你的故事，为什么还单身一人？

聂锌：在我决定回国后，我的故事就结束了。

夏末愣住：是我鼓动你回国，让你们画了句号？

聂锌摇头：你不鼓动，我也决定回来。

夏末：为什么要回来？

聂锌：因为你们在这里。

夏末动容，再举起杯来。

两个人默默无语。

夏末的微信提醒音响了，她看到是表弟方远舰发来的信息：姐姐，你姨妈来这好几天了，她说想见你，方便时到我家来，她一直在。

　　夏末：我表弟，他在做机器人，哦，不，是智能人。也完全做不出市场预测，但他很自信。

　　聂锌：我们这里把市场看成了作坊和买主、顾客的交易场所，太窄了，但没有几代人估计变不了。

　　夏末：你就这么悲观吗？鹏城只有一代人就变了，三十年。

　　聂锌：新生代不经过阵痛是成长不起来的。您目前经受的不就是这些吗？

　　夏末：有时候，我觉得你是学哲学的。算了，送你回去休息吧，我再想想。

　　聂锌：我打车回去，节省点您的时间。谢谢您的慰问。

　　聂锌自己先走了出去，头也没有回。

　　夏末端起杯子，喝干了杯里的酒。

　　方远舰不像他表姐已经陷入困境，他正在向困境走去。他的困境像迷人的魔女，充满了诱惑力。

　　方远舰趴在案子上组装机械腿，陆路在一旁对着电脑敲键盘。

　　方远舰：你在哪里工作？

　　陆路边敲键盘边回答：就在这儿。

　　方远舰：这个厂房是你的？

　　陆路：租的。

　　方远舰：你是自由职业者？

　　陆路继续敲键盘，不理方远舰。

　　方远舰扭头看看：你不会是个"码农"吧？

　　陆路："程序猿"。

　　方远舰：帮别人写程序？

　　陆路：搞算法。

　　方远舰停住手里的活。

　　方远舰：你家里有矿？

　　陆路停敲键盘：什么意思？

　　方远舰：研发这玩意儿很烧钱。

　　陆路：要烧多少钱？

　　方远舰想想：不好说。

　　陆路：我家没矿，家里都是挣工资的。

方远舰愣一下：初生牛犊不怕虎。

陆路：你家有矿？

方远舰：我有矿。我是国外一家厂商的中国区代理，他们生产的机器是世界上最好的。

陆路低头继续敲键盘。

方远舰看见旁边有个简易的送餐机器人。

方远舰：这是什么？

陆路：送餐机器人。

方远舰：你做的？

陆路：我接的外包，给它写运动控制程序。

方远舰：能动吗？

陆路：一直调不稳，总是把汤弄洒，可能我写的有问题。

"哐当"的声音传来，铁门被推开，一个比他俩年龄大几岁的男人进来，他是崔江北。

崔江北手里提着一盒快餐边走边喊：陆路！……陆路！你的腿被人打断了？

崔江北发现方远舰在，冲方远舰点点头：有客人，不好意思。

陆路：你怎么来了？

崔江北：你老婆打电话，说你行动不便，让我给你送饭。你和宫妙又吵架了？

陆路不语。

崔江北发现机械腿，凑上去细看。

陆路为方远舰介绍：崔江北，我大学学长，在市科创委工作。

陆路不知该如何介绍方远舰。

方远舰：我叫方远舰，军舰的舰。

陆路：你是机器人发烧友？

方远舰：发烧是上大学的时候，现在是机器人制造商。

崔江北：机器人制造商？你哪家公司啊？

方远舰：以后你就知道了。

方远舰的电话信息提示音响，方远舰查看，是张枫的微信：客户到了，你在哪里？

霓虹灯下某高档餐厅内，灯红酒绿，豪华包间里，坐了六七个人，张枫、范小雨在宴请客户。

酒已过三巡，众人微醺。

张枫手机提示音响，张枫看电话。

方远舰的回复：我在替你擦屁股，还没擦干净。

张枫把手机递给范小雨，范小雨看完强忍住笑。

张枫举起酒杯：诸位，方总有麻烦缠身，不能来陪大家了，他让大家吃好喝好。

众人举杯碰杯。

方远舰继续待在旧厂房里组装、调试机械腿。他将两根细鱼线，拴在着力点上，站在后面像在操纵提线木偶，机械小腿前后摆动。

方远舰看陆路和崔江北。

崔江北：挺好玩的。

崔江北冲陆路说：我走了，主动给宫妙电话，女人要哄，有事电话我。

崔江北冲方远舰点点头，离开。

陆路埋头吃盒饭。

方远舰：发表一下你的意见。

陆路：我的腿我认了，你走吧，把你的腿拿走，还有那个标本。

方远舰：怎么了，你觉得这个腿模型不好吗？

陆路：好不好我都不需要，我自己做。

方远舰：为什么？

陆路扔下盒饭：你烦不烦，快走吧。

方远舰看到桌上放着几个异型魔方（鬼魔），抓起两个鬼魔，拧乱形状，丢给陆路一个。两人各自观察着手里的魔方。

方远舰：比一个？

陆路冷冷一笑。

陆路盯着方远舰，方远舰盯着陆路。突然，两人同时旋转魔方，手指飞快拨弄，两人目不转睛盯着对方眼睛，同时将魔方拍在桌上，二人不分输赢，都被对方震惊到。

陆路：你记忆力超群，空间感、逻辑感、判断力远超常人！

方远舰：你也一样，鬼魔盲拧，我第一次碰到对手。

陆路小兴奋，随即失落，把魔方扔进纸箱。

方远舰：你这么聪明的人，居然把日子过成这样，真也没谁了！

陆路：我的日子怎么过，和你有什么关系？别在这里婆婆妈妈的，走开。

方远舰：咱俩合伙吧，一起做机器人。

陆路：为什么要跟你合伙？

方远舰：你一个人做不了，我一个人也做不了。

陆路淡然一笑：你这种骗子我见多了，拉我做个样子骗投资罢了。

方远舰：我不是骗子。

陆路：别废话了，拿着你的东西走，还有那个骷髅。

方远舰无语。

门口响动，是宫妙进来。

宫妙望着方远舰：你又来做什么？

方远舰尴尬地笑笑，抱着骷髅离开了。

方远舰开着吉普车行进在夜晚城市道上，后面载着骨骼标本和那堆材料。

方远舰拨打蓝牙电话给范小雨。

方远舰：饭局结束了吗？

范小雨：刚结束，今晚又谈定一个大单，你在哪儿？

方远舰：你俩等着，我去接你们。

方远舰的车在车海里穿梭。张枫、范小雨等在酒店路边，吉普车开来，停在他俩跟前。

方远舰：小雨坐前面。

张枫微醉：为啥？

方远舰：不为啥。

范小雨拉开车门坐进副驾。张枫开后门，吓了一跳，刹那间酒醒了。

张枫急了：大半夜的，你拉着它干什么？

范小雨回头发现了标本，倒还淡定。

方远舰：没找到地方存放，快上车。

张枫：我不坐。

方远舰：不坐拉倒。

方远舰一脚油门，将车开出十多米停下，张枫无奈，走向汽车。

张枫阴着脸并排与骨骼标本坐着，范小雨回头看张枫狂笑不止。

方远舰：帮我找个地方存一下。

张枫：没地方，自己找。

方远舰：先放你家，我找好了地方马上搬走？

张枫：滚！

一个小颠簸，骨骼标本倒向张枫怀里，"滚！"张枫厌恶地将骨架推开，骨骼标本慢慢又倒了过来。

范小雨笑得前仰后合。

而在破旧厂房内，陆路、宫妙隔着塑料布帘坐着，进行着一场关于未来的对话。

宫妙：我已经给了你三年时间，我不想再过这种日子了，我们之间的问题今晚必须解决。我现在心平气和地请你做出选择。

陆路不语。

宫妙：沉默不是解决问题的办法。

陆路不语。

宫妙：你快选择。

陆路憋了半天：……机器……人。

宫妙蹙眉：机器和人，两个选项你只能选一个。

陆路：机器……人。

宫妙沉默一下，深出口气：太难为你了，我帮你选择吧。

宫妙慢慢站起身：祝你成功！

宫妙往外走。

陆路：……人！

宫妙站住：真人，还是机器人？

陆路：真人。

宫妙：你想好了。

陆路起身单腿蹦着撩开帘子：想好了。

宫妙：不许变卦。

陆路点点头：今天那个叫方远舰的家伙拉我一起做，我就没答应。

宫妙久久看着陆路，莞尔一笑，冲过去抱住陆路。

宫妙：你离开这里，我们租一个独立的房子，一室一厅就好，重新规划我们的未来。

夜晚，海边也在进行着一场关于未来的对话。

张枫盯着方远舰：你想造什么？

方远舰：你们知道。

张枫与范小雨对视，张枫：女娲造了人，你要造机器人。

方远舰皱眉。

范小雨坏笑：你野心不小，想跟女娲比高低。

方远舰：西方几十年前就开始造了。

张枫：西方有几十年的技术积累，你有什么？

方远舰：有你俩。

张枫一把拽起范小雨：你不用造了，我俩就是你的机器人。

张枫说完模仿机器人的卡通动作行走，舞蹈。

方远舰：这几年我已经在研发伺服舵机了。

张枫：结果呢？

方远舰不理张枫。

范小雨：什么是伺服舵机？

方远舰用手势比画、模仿机器人：其实就是关节系统，小型机器人能动起来全靠它。

范小雨：没有现成的吗？

方远舰：有，很贵，人家还不卖给我们。

张枫：我们可以造工业机械臂啊。

方远舰摇头：机械臂，技术已经很成熟，现在造还是跟在后面追赶。

张枫：造双足机器人就不是追赶了吗？

方远舰：双足机器人还在发展初期，要集合伺服器、陀螺仪、控制算法等所有人工智能技术集合体，是人工智能的最高点。

张枫：就算你到了这个最高点又能怎么样呢？你考虑过市场前景吗？

方远舰：社会需求就是前景。我看过大兴安岭救火的专题片，很受刺激，机器人可以代替人类去一些极端环境工作，当然也可以超越人的体力甚至智力工作。双足机器人是技术科学和应用科学的结合体，别小看21世纪机器人的一小步！它的研发突破会带动起一个全新的产业。

张枫：国外几十年前开始，到现在仍然在研发，双足智能机器人就是个天方夜谭。

方远舰打断张枫：那才够刺激！

张枫：造机器人干吗用？

方远舰：为人服务。

张枫：那人做什么？

方远舰：做人该做的事，过人该过的日子。

张枫沉思。

方远舰：机械臂是冰冷的机器，我想做有温度的机器人。

三人沉默。

方远舰：你俩不同意，我就自己造。

范小雨：我俩不同意，你也不能造。

三个人沉默片刻。

范小雨：举手表决，同意的举手。

三人同时举起手。

范小雨瞪张枫，张枫：瞪我干吗？我反对也是少数派。

范小雨：全票通过。

海上鱼排大排档里，摊主从海中网箱里捞出一条大石斑鱼和一只巨大的螃蟹，方父方母在一旁观看，夏末笑眯眯地陪着他们。

方母惊叹不已：嗷呦呦，这个螃蟹比锅还大，第一次见到。

桌子上，摆好了几道海鲜，夏末、方远舰、张枫、范小雨围桌而坐。

方远舰：这是我表姐夏末，从小和我姨妈在大三线的山沟里长大的学霸，现在是女强人、企业家。

方母：你说人生真的很有意思，你姨妈那么漂亮，非跟夏末爸爸跑到山沟里去搞什么研究。可你们下一代又都在鹏城工作了。只是夏末你们前三十年多么辉煌，好做些。现在摸不着头脑，我也不知阿舰在做些什么。

夏末：姨妈，那一篇翻过去了，制造业固然重要，但现在不完全是工业经济了，鹏城是科技新城，我们老了，呵呵。

方父：我一直不赞同经济学界简单划分工业经济和服务经济的提法，代表一个时期的特点是可以的，对立起来就不符合辩证法。就像市场和计划，政府和社会，时间长了才知道它们的本质。

几个人诧异地看着方父，原来他思考得这么深入。

方母：他的名字叫方卓识，本来给儿子起的名字叫远见，自己觉得远见在先，卓识在后，就改成了舰艇的舰。让他放开讲，需要一晚上的。

方父：不要乱讲好吗，远舰是因为我们上一辈人想要造航母，我们，还有夏末的爸爸，都是老军工。我已经和夏末讲了一下午了，现在是聚餐，轻松点，快快乐乐。

方母：今天开眼界了，上海的螃蟹和这里一比，都是小刺喽。

方远舰：上海也有大螃蟹，我爸舍不得买给你吃。

张枫端起酒杯：叔叔阿姨，一会儿还要开车送小雨，我以茶代酒，这餐饭是欢迎你们的接风宴，也是送小雨的送别宴，叔叔阿姨，欢迎你们来鹏城。

方母：谢谢侬，谢谢侬！

众人喝酒寒暄。

方母：小雨，你要去哪里？

范小雨：回欧洲，我的假期要结束了，吃完饭就去机场。

方母：好遗憾，阿姨第一眼就喜欢你，还想和你好好聊聊呢。

范小雨：我也喜欢阿姨，欢迎阿姨到欧洲玩，我做导游。

方母：好的啦，我和阿舰一起去。

范小雨给方母夹菜。夏末为方父夹菜。

张枫：方叔叔，阿舰说您做过机械工程师，经常自己动手做东西。

方母：是的，你方叔干别的不行，做东西可没人比得过，阿舰小时候的婴儿车、学步车、自行车，都是你方叔亲手做的。

方远舰皱眉。

张枫冲方远舰：难怪你这样，原来有遗传。

方父：你要造什么？

方远舰：机器人。

方父：别造了。

方远舰：为什么？

方父：我已经造出来了。

三人愣住。

方远舰眉毛拧成团：爸……

方父拿出手机，找出录像：你们看。

张枫接过手机，范小雨、方远舰凑上去观看。

手机屏幕画面，一片稻子地里，一个穿着人衣服的简陋稻草人，手握绑着红布条的竹竿在挥舞。

张枫：您这是机器人？

方父：啊！驱鸟机器人。

方远舰：稻草人。

方父：稻草人能动吗？不光能驱鸟，还能在施工的路段指挥交通，你们帮我申请个专利，技术优先转让给你们。

方远舰：我们不要，你自己去申请吧。

方父：你要造什么机器人。

方远舰：能走路，会说话，有脑子的。

方父：那要花很多钱。

张枫：方叔，您的驱鸟机器人花了多少钱？

方父：五千块。

张枫：您是机械制造的专家了，您估计阿舰要造的机器人要花多少钱？

方父琢磨一下：最少十万，最多二十五万。

方远舰愁得抱住头。

范小雨想想：二百五。

方父：什么二百五？

范小雨举手；张枫犹豫一下，举手；方远舰无奈，举手。

方父：二十五万，我给你们造。

方远舰：别捣乱，你老老实实给我妈开车。

聚餐后，夏末告别，她把方远舰拉到一边。

夏末：这个小雨，是个好姑娘，你不要错过了。人的一生，感情会影响、改变许多事情。你应该让她留下来，女孩子最害怕别人苦苦哀求。

方远舰：姐姐，你应该知道我和你目前遇到的问题是什么，心里最关心的是什么。鱼和熊掌？

夏末：是宝剑和玫瑰，可以一起佩戴。祝你好运，去送送她吧。

方远舰、范小雨沿着跨海桥步行道走着。

范小雨：时间真快，眨眼假期就结束了。

方远舰：干脆回来吧，和我一起造机器人。

范小雨：我不造假人。

范小雨：阿舰，你的梦里只有机器人吗？

方远舰：我一直觉得你懂得我的一切。

范小雨幽幽地瞪了一眼方远舰。

二人默默地走着。

范小雨：阿舰，我在乎你的梦。那好吧，我在乎我们三个的友谊，很纯粹，希望它永远牢不可破。

方远舰看着范小雨：你想说什么？

范小雨：人形机器人是个陷阱，别陷进去。

方远舰：万一掉进去了，你救不救我？

范小雨：不救！我和张枫都不会救你。

方远舰：真话？

范小雨：真话！

方远舰笑了：那我就放心了！

张枫开车从后面上来，鸣笛示意。

范小雨和方远舰拥抱：你别送我了，让张枫送我。

张枫在车里看着二人。范小雨上车。方远舰看着车子远去，他在海边站了很久。

新的一天，方远舰的车开到破旧厂房外停下。他从车上卸下一辆轮椅，推进厂房。

方远舰推着轮椅过来，愣住。

分割空间的塑料布被去掉，长案上堆满纸箱，陆路拄着拐杖在打包东西。

陆路看到方远舰，一愣。

陆路：你又来做什么？

方远舰示意轮椅：德国的。

陆路：你拿走，我不需要。

陆路继续收拾东西。

方远舰：你干吗？

陆路：搬家。

方远舰：搬哪儿去？

陆路：回家。

方远舰：……

陆路指着一堆材料：你来得正好，这些东西我不要了，你需要就送给你。

方远舰：不要了？你不造机器人了？

陆路：不造了。

方远舰：为什么？

陆路：家里没矿。

方远舰哑然。

方远舰掏出两个垫圈，拍了拍送餐机器人。

方远舰：我帮你修好它。

陆路：一个公司的人都修不好。

方远舰：我可以。

陆路：不用了，没意义了。

方远舰：存在就有意义，别让它就这么死掉。

方远舰拆开送餐机器人底盘。

方远舰：设计没问题，但显然经验不足，微调下就好。

陆路递扳手给方远舰，将信将疑。

两人七手八脚一起把机器人组装好，把一杯水放在机器人顶上。

方远舰：开机。

陆路接通电源，运行之前自己的控制代码。

机器人在地上变速、拐弯，杯子里的水稳稳地没有洒出。

两个人像孩子一样笑起来。

陆路面露伤感。

陆路：我一直以为是我的问题。

方远舰：你没问题，你只是缺一个靠谱的伙伴。

陆路：谢谢。

方远舰：我们一起吧！一起造双足机器人！

陆路呆呆地看着方远舰。

方远舰：钱的事你不用管，我来解决。

陆路不语。

方远舰：我们商量一个合作方式，你做技术合伙人。

陆路：我答应了老婆，过正常人的日子。

方远舰纳闷：正常人的日子，是什么日子？

陆路：没经验，不知道。

方远舰：现在放弃，你这几年的心血岂不白费了。

陆路沉默。

"不放弃，后半生就白费了"，宫妙不知何时进来，站在他俩身后。

宫妙：方总，你还是不肯放过他。

方远舰：你知道他是天鹅，就该帮他飞出去。

宫妙：如果我错了，他不是天鹅呢？

方远舰：……

宫妙：对不起，我们承受不起。

陆路低头。

宫妙冲陆路：我们走吧。

陆路环顾一下厂房，拄着拐杖跟随宫妙往外走。

方远舰尴尬地站着。

方远舰：你是个笨蛋，你已经站到矿边了，继续挖下去就是矿，是个大矿，价值不可估量的富矿，现在放弃了，将来你会悔青肠子的。

陆路被方远舰的话击中。

方远舰：我们联合起来挖这个矿，一定能挖出东西……

宫妙怒道：你自己开豪车住豪宅，过着奢华的日子，给一个一无所有的穷光蛋画大饼，没有比你这种人更坏的了！

陆路盯着宫妙。

宫妙气冲冲搀着陆路出了铁门，拦下一辆出租车。

搬家车的司机：唉，等会，这货还没搬完！

宫妙吼：能搬的搬，不能搬就扔了！

宫妙打开出租车门等待陆路上车，陆路原地不动。

宫妙：上车！

陆路不动，躲避宫妙目光。

宫妙：你想干什么？

陆路沉默不语。

宫妙：你看着我！

二人对视，陆路微微摇头。

宫妙眼中露出愤怒，她坐进车里，狠狠地关上车门：开车！

出租车驶离，陆路望着车远去。

方远舰推着轮椅从里面出来，意外地望着陆路。

愤怒的宫妙无处发泄，来到露天奶茶馆，她手捧奶茶独自坐着。蒋楠楠匆匆过来。

蒋楠楠：宫妙。

宫妙：楠楠姐……

蒋楠楠摆摆手：对不起晚到了，我调了岗位，比以前更忙了。

宫妙：楠楠姐，你约我什么事？

蒋楠楠：崔江北昨晚回家说，你和陆路又吵架了，让我劝劝你。

宫妙：不用劝了。

蒋楠楠：你们和好了。

宫妙：我们分手了。

蒋楠楠愣住：分手？为什么？

宫妙：他选择了和"鬼"在一起。

蒋楠楠沉默片刻：江北说，陆路孤注一掷地造机器人，是想让你过上好日子。

宫妙：楠楠姐，你别劝我，我可以过穷日子，不可以再过"鬼"日子。

蒋楠楠不语。

宫妙：我好失败，大学毕业，信心百倍地来这里发展，五年换了八份工作，搬了十次家。现在每天过得提心吊胆的，就怕听到公司裁员，房东涨房价。

蒋楠楠：……

宫妙：白天在高大上的写字楼里工作，晚上回到一室一厅的房子，隔成五间小格子的家，隔壁的私事听得一清二楚……

蒋楠楠：……

宫妙：下了班无处可去，幸亏还有这家奶茶店。楠楠姐，我好羡慕你和江北哥，在鹏城有稳定的工作，有自己的小窝。

蒋楠楠没有接话，望着喝奶茶的男男女女们。

而在破旧厂房内，陆路的东西又堆回来，陆路坐着轮椅在案子上安装他的电脑。方远舰围着几台机床查看。

方远舰：车床、铣床、刨床，这几台机床太老了，不高端，但是还能凑合用。

陆路不语，埋头继续安装电脑。

方远舰：你会用这些机床吗？

陆路：不会。

方远舰：那你租这个地方干吗？

陆路：这个工厂倒闭了，租金便宜。

方远舰：歪打正着，我们搞研发倒很合适，从这个月开始，租金公司出。

方远舰到案子边：这个厂房要重新规划一下，划分出功能区。

陆路不置可否。

方远舰凑近陆路电脑细看：你的电脑老了，运算速度太慢。我们换一批新的，计算机是你的专业，你选一款功能最强大的。

陆路停下手里的活：为什么要跟我合作？

方远舰：我一个人做不了。

陆路不语。

方远舰：我的专业是做身体，你的专业是做大脑，我一个人走不下去，你一个人也不行。

陆路：我要专心做算法，就不能兼职了。

方远舰：那是必须的。

陆路沉默一下：我不能喝西北风。

方远舰没有听明白：……

陆路：不兼职，我没有收入。

方远舰：这个不是问题，你可以月薪＋技术股份，月薪你自己定，不能少于别的公司给你的。

大门响动，二人扭头看，是崔江北推门进来。

崔江北一脸严肃走到陆路跟前：你和宫妙怎么回事？楠楠说你们分手了。

陆路看一眼方远舰，方远舰离开。

崔江北：为什么？

陆路：我只能二选一。

崔江北：你选了机器人？

陆路不语。

崔江北：你真冰冷！

陆路：我没得选，离开机器人我就是个废物，我不想拖累她！

崔江北：这么多年的感情就白费了？

陆路：我需要时间证明自己，如果我是废物，她应该有更好的生活！如果我赚到钱，天涯海角我都会找她回来！

崔江北无语。

崔江北气冲冲走到方远舰跟前。

崔江北：你怎么还在这儿？

方远舰：我以后天天都在这儿了，有什么问题吗？

崔江北：陆路和宫妙分手，与你有关。

方远舰：你别瞎说，我们是合作者，不是第三者。

崔江北：他俩要生孩子重新规划未来，你突然插足，蛊惑他造机器人，你说谁是第三者。

方远舰：生孩子和造机器人相矛盾吗？他可以同时做啊，我没意见。

崔江北语塞：你选错人了。

方远舰：怎么讲？

崔江北：让他和你一起天马行空，对他不公平。

方远舰：怎么不公平？

崔江北：摔下来你有人接得住，他会摔得粉身碎骨。

方远舰：造智能机器人，怎么成了天马行空？

崔江北：在你我还没有智力的时候，西方就在制造智能机器人，深不见底的研发费烧死一家又一家公司，靠几十年的技术积累，博通动力在大财团的支撑下，几百名工程师协作，才在近几年推出了四条腿行走的机器狗。

方远舰：你想说什么？

崔江北：你们几个人？

方远舰：目前两个。

崔江北：做几条腿支撑平衡的。

方远舰：机器人当然是双足。

崔江北：有技术积累吗？

方远舰：干吗要告诉你？

崔江北：研发人形智能机器人，需要仿生学、力学、机械制造技术、计算机技术、声学、光学、控制系统。你们两个人，纯属天方夜谭。

门口出现外卖员，提着讲究的食盒：方先生点的餐。

方远舰冲崔江北：对不起，我们要吃饭了，不知道你要来，只点了二人餐。

崔江北一言不发，离开了。

案子上摆着一瓶红酒和几盒精致的外卖菜，方远舰倒了两杯酒。

方远舰举杯示意，但陆路摇头。

方远舰：你朋友说得也对，你想好了再做决定。

陆路：我还能回头吗？

方远舰喝酒。

陆路：你为什么要造机器人？

方远舰：做了婊子想立牌坊。

陆路：听不懂。

方远舰：我大学毕业后创业，走了狗屎运，实现了财务自由。这几年吃喝玩乐，该体验的都体验过了，腻了……心里还是缺点什么，直到前天遇到你，我心里说，去！造机器人！

陆路闷头不语。

方远舰：你为什么要造机器人？

陆路：想体验你过腻了的日子……可惜没有狗屎运。

方远舰无奈，抿了口酒。

陆路：你技术储备有多少？别吹牛。

方远舰：精通机械和电子，勉强算个机械和电子双料工程师，还算厉害的那种！你呢？

陆路：我只研究算法，困在机器人相关算法里，也有五年了。

方远舰打个响指。

方远舰：天作之合！我做躯体，你做大脑，你我联手，双足机器人指日可待！

陆路：光我们两个人可完不成。

方远舰：核心在我们俩，其他人，有几个就行。

陆路端起酒杯，两人碰杯，仰头喝干。

方远舰手机提示音响起，是张枫的微信：你在哪里？我回公司了。

方远舰回复：我在喝酒，屁股替你擦干净了，但是出现新问题，需要你擦屁股，明天公司详谈。

第二天，在瑄晖公司内，方远舰的办公室里摆满了各种机器模型及变形金刚，方远舰在收拾东西。

张枫端着两杯咖啡进来：你昨晚和谁喝酒？

方远舰：你猜。

张枫：没那闲工夫。

方远舰：和一个瘸子。

张枫：好好说话。

方远舰：被你踢瘸的那个人。

张枫：跟他喝什么酒，赔钱还不行吗？他还没完没了啦？

方远舰：是我没完没了。

张枫：什么意思？

方远舰：你干了件好事，一脚踢出个合伙人。

张枫：你会不会好好说话？

方远舰：那人叫陆路，超厉害的算法工程师，也在造机器人。

张枫：……

方远舰：我昨晚和他谈妥了，合伙一起造。

张枫：为什么和他合伙？

方远舰：他造大脑，我造躯体。

张枫：他入股多少？

方远舰：技术入股。

张枫：钱呢？

方远舰耸肩：他只有技术。

张枫：没钱他玩什么机器人，我不同意。

方远舰：为什么？

张枫：我们出钱，让他白玩，还给股份……哪有这样的好事……

方远舰瞪大眼睛看着张枫。

张枫：怎么了？

方远舰：白玩，什么意思？

张枫：……

方远舰：你是说我可以白玩，他不可以。

张枫：你理解错了……

方远舰：咱们三个是彼此肚子里的虫子，你和小雨怎么想的，我心里清楚。

张枫：我们怎么想的？

方远舰：拿钱哄我玩。

张枫摇头：我的意思是，我们是铁三角，不是四边形。

方远舰瞪着张枫。

张枫：怎么了？

方远舰：你真实的想法吗？

张枫：是！

方远舰：小肚鸡肠，他改变不了我们的形状。

张枫：你了解他吗？

方远舰：这要问你。

张枫：我怎么知道。

方远舰：鹏城一千多万人，你偏偏踢断他的腿，偏偏他也在搞机器人，为什么？

张枫：靠，还怪我了。

方远舰：这是天意。

张枫语塞。

张枫：你让我擦什么屁股？

方远舰：他老婆要和他造"小人"，我要和他造机器人，结果他俩分手了，搞得我像个第三者。你去劝劝那个女的，告诉她造"小人"和造机器人，二者不冲突。

张枫气急败坏：这……这……这事我不管，你自己惹的事，你自己说去。

方远舰：源头上是谁惹的？

破旧修理厂门口停着搬家公司的货车，搬家工人在往里搬运工作台案。方远舰指挥工人，把台案按区域摆放。

陆路和电脑工作人员在安装调试新的台式电脑。

一通忙碌后，厂房变了样子，方远舰、陆路各自有了工作区域，有摆放着咖啡机和微波炉的休息区，有投影设备的会议区。

方远舰煮了两杯咖啡，端给陆路一杯。

方远舰：怎么样？工作、休闲区域都有了，还有音乐。

方远舰将音响打开，播放轻松的音乐。

方远舰：做机器人不是坐牢，不能把自己弄得苦哈哈的，像艰苦奋斗的老科学家。

陆路不语。

方远舰：人不是机器，不能只埋头工作，要在工作中享受，这样才可持续发展。

陆路沉默一下，摇着轮椅到方远舰工作区域，看方远舰挂在墙上的躯干设计图纸。

陆路：下一步，我们该怎么办？

方远舰环顾厂房：招兵买马。

陆路：我是说我们先从哪里下手。

方远舰：你觉得呢？

陆路：算法。

方远舰：为什么？

陆路：人的生命之初，先长的脑子，胎儿第一次呼吸以前，大脑就已经诞生八个月了。

方远舰：那时候只是搭建基本结构，增加神经元和神经链接，还没产生意识，不能算脑子。我认为精子和卵子结合后，先生长出躯体，没有躯体思想无处寄托。

陆路：那这人一定是莽夫，四肢发达，大脑简单，你朋友那种。

方远舰：我们之间的讨论，请不要借机羞辱我的朋友，况且他的大脑也很发达。

陆路不屑，抱起伤腿活动。

方远舰瞪着陆路，放下咖啡杯，推着陆路的轮椅往外走。

陆路：你干什么？

方远舰：我带你去一个地方看看。

陆路：什么地方，干吗去？

方远舰：到那儿你就知道了

方远舰不由分说，推着陆路出去，并把他抬上了吉普车。陆路坐在旁边，他打量着车子。

方远舰：喜欢车吗？

陆路：有男人不喜欢车的吗？

方远舰：男人一辈子，一定要驾驭一辆好车。

陆路不语。

方远舰：会有的，等我们挖出矿，世界上的好车任你选。

他们来到康复医院，方远舰推着陆路在走廊里走着，形形色色的康复病人与他们擦肩而过。

陆路：来这里做什么？

方远舰：我做机械骨架的时候，常来这里请教骨科专家。

二人进入康复大厅。各种康复病人在大厅里康复训练，千姿百态，行动艰难。陆路看着在进行康复训练的病人们。

陆路：你想说明什么？

方远舰小声：好的大脑要支配好的身体才有意义。

陆路：你为什么不带我去精神病康复中心？

瑄晖公司会议室内，张枫、Mike 面对面坐着，两人面前摆着笔记本电脑。

Mike：舰在哪里？我没有见到他。

张枫：他有事情，最近不来公司。

Mike 看着电脑数据：枫，你们的销售数据很难看。

张枫：Mike，全球市场都在萎缩，中国地区也一样。

Mike：你知道，中国市场是我们最重要的市场，这个成绩我的老板会很不高兴。

张枫：你们放开高端产品的限制，数据就会直线上升。

Mike：我说过，这个限制我决定不了，我的老板决定不了，老板的老板也决定不了，甚至我的国家也决定不了。

张枫：中国有句谚语，想让马儿跑，又不给马吃草，你懂是什么意思吗？

Mike：枫，作为朋友，我有责任提醒你，据我所知，有许多公司想要得到给你们的授权。

张枫沉默片刻：Mike，谢谢你，我们会努力的，也请你帮我们解释一下。

Mike 摇头：没有人会听我的解释，数据是唯一的真理。

张枫忧心忡忡。

在宫妙租住的屋子内，卫生间门紧闭，一位女生在门口踱步，过了一会儿她忍不住敲卫生间的门。卫生间门开了，宫妙出来，手里拿着一个试孕条。

女生：对不起，我大姨妈来了。

女生看到宫妙手里东西，关心地问：中招了？

宫妙没有回答，进了自己格子屋里。

试孕条渐渐呈现阳性，宫妙望着红线发怔。手机信息提示音响，宫妙按开信息内容：哈喽，我是见义勇为者，有事和你商量。

宫妙放下手机，发呆。

又有信息进来：很唐突，受人之托，很无奈。

宫妙想想，回复：有事说事。

张枫回复：事情很重要，最好面谈。

来到街头咖啡厅外，宫妙与张枫相对而坐，桌上空空，气氛尴尬。服务生端着两杯冰水和酒水单放在桌上。

张枫：你喝点什么？

宫妙：什么事情，说吧。

张枫：我的朋友和你老公联合做机器人了。

宫妙纠正：前夫。

张枫：我朋友让我劝你与他和好。

宫妙：咸吃萝卜淡操心，关他什么事？

张枫：他说事情因他而起，他很内疚。

宫妙：你们真是吃饱了撑的。

张枫：我觉得也是。

宫妙恼怒：无聊至极。

宫妙起身怒冲冲离开。

张枫：分手不是解决问题的办法，蠢笨的女人才会用这一招。

宫妙调头回来，横眉冷对：你骂谁？

张枫：你别激动，咱们好好说。

宫妙：你骂谁蠢笨？

张枫：你用分手胁迫他，是蠢招笨招。

宫妙突然抓起桌上冰水泼在张枫脸上。

张枫僵住。

张枫：泼妇！我明白他为什么选择机器人了。

宫妙以迅雷不及掩耳之速将另一杯冰水泼出，张枫闪身躲过。

二人对峙，远处客人张望他俩。

张枫：机器人是个大陷阱，根本没有前景，你此时和他分手，只会让他孤注一掷，越陷越深，最后被吞噬。

宫妙狠狠盯着张枫。

张枫：我的朋友也一样，现在还为时不晚，要想办法阻止他们。

宫妙：原来你是来救你朋友的。

张枫：我们各救各的人，你的目的正确，但是方法不对，示弱才能让男人投降。

宫妙：你休想利用我达到你的目的。

宫妙从包里掏出包纸巾丢在桌子上，转身离去。

来到妇幼保健院里，宫妙坐在医生对面，医生在查看 B 超报告。

宫妙：大夫，是怀孕吗？

医生看了看宫妙，有些迟疑。

医生：妊娠 5 周，但你有个 5 厘米的子宫肌瘤，位置不好，这个孩子留不住。

宫妙呆住。

医生：你们这些年轻人，太不把自己当回事了。子宫肌瘤应该早有症状，你没有例行体检吗？

宫妙：太忙了，顾不上。

医生：你爱人也没有提醒过你吗？

宫妙：……

医生：有什么事比自己和爱人身体更重要的？

宫妙：大夫，没有别的办法吗？

医生：子宫肌瘤会影响胎儿发育，勉强留下来也无法保证胎儿健康存活，你可以和爱人商量一下。

宫妙：……

医生：商量好，两周后可以过来做。

医生推过来诊断单，写着"建议终止妊娠"。

夜晚，破旧厂房内，电脑显示屏上内容：

怂人勿入

怀揣机器人梦想，跋涉在荒漠中的英雄们，我们需要你的加盟。

女娲创造了我们，我们创造未来！

方远舰、陆路趴在电脑前看着制作好的招聘页面。

方远舰看陆路，陆路："怂人勿入"，会不会赶客？

方远舰：我们是拓路人，谁知道前方有什么，最终会是什么结果。

陆路：文字的力度和感染力似乎不够。

方远舰想想：我让小雨润色一下。

陆路：小雨是谁？

方远舰：一个女孩子。

陆路：你女朋友？

方远舰犹豫一下：铁哥们儿。

陆路：……

方远舰给范小雨发微信。

而此时在英国伦敦的范小雨正埋头工作，手机提示音响，她点开信息查看，是方远舰的文稿信息。

范小雨读完内容，思索片刻，修改内容：

骑士联盟

> 怀揣梦想，孤独跋涉在荒漠里的骑士们，集结号已经吹响，
> 我们一起披荆斩棘。女娲创造了人，我们去创造机器人！

夜晚，破修理厂内，方远舰在看范小雨的信息。

方远舰看得兴奋：刺激，改了几个词，分量大不一样。

陆路也很激动：悲壮的理想主义情怀，不矫揉造作，有感染力！

方远舰：你我是骑士，我们是骑士联盟！

陆路：大胸怀，大格局，很好奇这是一个什么样的女人。

方远舰打开手机相册，点出三人合影照片，范小雨在中间搂着二人。

陆路看照片：你们三个是什么关系？

方远舰：三角关系。

陆路迷惑：三角恋？

方远舰：我们三个是铁哥们儿。

陆路：拿她做哥们儿，太浪费了。

方远舰：怎么讲？

陆路：值得做女朋友。

方远舰沉默片刻：做女朋友才是浪费。

陆路：为什么？

方远舰看着陆路：不保鲜。

陆路沉默。

铁门响动，二人扭头看，是宫妙推门进来。

宫妙走到二人跟前，三人尴尬。

方远舰起身：我走了，明天见。

宫妙：你别走。

方远舰站住。

宫妙：你的朋友找我了，既然你很关心我俩的事情，留下听听。

方远舰：你们聊，我不打扰你们。

宫妙：我们聊的事，和你有关。

方远舰走也不是，留也不是，尴尬站着。

宫妙从包里掏出医院化验单，递给陆路。

宫妙：我怀孕了。

陆路，方远舰愣住。

方远舰：这……和我有什么关系？我走了。

宫妙：当然有关系，他又要选择了，在我俩的孩子，和你俩的机器人之间。

方远舰：为什么非要逼他二选一，为什么他不可以都选择。

宫妙：如果你们的机器人不用电，他就可以都选择。

方远舰：什么意思？

宫妙：我的孩子要吃饭，要穿衣，要接受教育。

方远舰：谁家的孩子不是呢？

宫妙：生下孩子，你来抚养吗？

方远舰被激怒，脱口而出：你要生，我就养。

陆路愤怒：和你有什么关系？

方远舰语塞。

陆路：让他走，我们的事与他无关。

宫妙：他的朋友都不相信他干的事情，你凭什么消耗生命陪他玩？

方远舰一愣：什么意思，我朋友和你讲了什么？

宫妙不理方远舰，冲陆路：听到了吗？他要替你抚养孩子，你的尊严都给了机器人了吗？

方远舰：我不是这个意思。

陆路冲方远舰大喊：你走，这里没有你的事。

汽车在公路上飞驰，方远舰怒气冲冲，边开车边拨通蓝牙电话。

方远舰：你在哪里？

张枫：我在公司，什么事情？

方远舰：我去找你，见面说。

破旧修理厂内，宫妙和陆路默默坐着。

宫妙：本来以为各奔东西了，冥冥之中却有个灵魂要把我拽回来。

陆路掩面不语。

宫妙苦笑：你要造机器人，老天却送给你一个真人。

陆路看宫妙。

宫妙：这个礼物你收不收？

陆路：我收，给我时间，我……

宫妙盯着陆路，寂静无声。

宫妙含泪：你是不合格的丈夫，我是不合格的母亲，我有子宫肌瘤，医生要我打掉它。

陆路：……

宫妙：之前想要孩子要不到，以为有了孩子，你就会变成一个正常人。是我错了。

陆路：我想改变我们的命运，机器人是我唯一会做的事。

宫妙：你是逃避，你不敢正视自己和社会脱节，拿一个不可能实现的梦来安慰自己，在那个梦里，你是英雄！

陆路继续咬牙沉默。

宫妙：我以前想一直保护你，但现在我真的累了，我不能活在你的梦里……

陆路咬牙沉默。

宫妙：没有我的羁绊，也许你能梦想成真！

宫妙站起身，陆路抓住宫妙的手。

陆路轻轻啜泣，宫妙抚摸陆路的头发。

宫妙轻轻挣脱，陆路放手。

陆路：你什么时候去医院？

宫妙：不用你管。

陆路：那也是我的孩子，我想送送他。

瑄晖公司里，张枫坐在落地窗前，望着夜色发呆，方远舰气冲冲进来。

张枫回身发觉方远舰眼神异样：怎么了？

方远舰：你和那个女的谈了？

张枫：谈了。

方远舰：怎么谈的？

张枫：告诉她留住男人的正确办法。

方远舰：还有呢？

张枫：分手只会刺激对方孤注一掷，越陷越深。怎么样，有效果了？

方远舰：为什么要这么讲？

张枫：提醒他谨慎行事，免得将来找我们麻烦。

方远舰：诡辩，你意在拆散我们的合作，阻止我造机器人。

张枫：香烟盒上有香烟有害健康的警示，瘾君子因此戒烟了吗？这是策略。

方远舰语塞。

张枫：你不来，我还要去找你，公司遇到麻烦了，最近业绩不好，Mike给我们亮了红灯，咱们的大本营危险了。

方远舰：是他们不卖给我们高端机械……

张枫打断方远舰：我都说了，没用。

方远舰：小雨知道吗？

张枫：知道，她在欧洲找别的厂商洽谈我们的代理业务。

二人沉默片刻。

方远舰：你不会让我停下机器人，帮你跑市场吧？

张枫不语。

方远舰：索性不和他们玩了，我们集中力量搞机器人……

方远舰发现张枫狠狠盯着自己，把话咽下。

医院妇产科走廊，拐杖靠在一旁，陆路独自坐在长椅上，每当手术室有人出入，都让他紧张张望。

迟迟不见宫妙出来，陆路心神不宁。

许久后，宫妙被护士搀扶出来，她脸色惨白，脚步踉跄。

陆路挂着拐杖慌忙迎过去，护士打量陆路。

护士：你是他老公？

陆路下意识点点头。

宫妙虚弱地说：他不是。

陆路手足无措。

护士将宫妙搀扶进休息室，冲陆路：让她在这里休息一小时再离开。

护士出去，屋里剩下宫妙和陆路。

宫妙闭着眼睛：我们之间干干净净了。

陆路不语。

宫妙：你走吧，楠楠会来照顾我。

陆路不动。

宫妙：你走！

陆路拄着拐杖出了屋子，仰头靠在墙上，目光呆滞。

蒋楠楠搀着宫妙出了休息室，经过陆路向外走去，宫妙看了一眼陆路，如同陌路人。陆路目送她们走远。

蒋楠楠开着车，宫妙坐在副驾上，二人默默无声。

宫妙：楠楠姐，我想听音乐。

蒋楠楠打开收音机，扬着《青春舞曲》：

太阳下去明早依旧爬上来，
花儿谢了明年还是一样开。
美丽小鸟一去无踪影，
我的青春小鸟一样不回来，
我的青春小鸟一样不回来。

歌声中，宫妙泪落成行……

第三章

　　夜晚，伦敦公寓里，范小雨看到方远舰发来兴奋的表情，她眼前浮现出他那嬉皮笑脸的样子，但很快就被他忧郁的眼神遮盖了。范小雨在想自己对方远舰，到底是什么感觉。她给他的招聘广告里使用了骑士的称谓，但塞万提斯的骑士是对着风车作战，法国的骑士会为心中的女士决斗，这个方远舰绝不会为了她范小雨放弃他的机器人。方远舰不写诗，但他身上似乎散发出某种朦胧的诗意，为了做机器人，他不顾一切。机器人在他看来是美好的作品，它会证明中国人的智商、创造力。那里面也许还有美感、快感。可范小雨自己为什么会被他的诗意吸引，她在现实世界里目前看不到前景，也无法理解方远舰对美好前景的执着追求。可女孩子就是这么奇怪，方远舰的这种状态偏偏让她觉得有某种魅力和雄性美。她不忍心去破坏和中断他的追求。

　　范小雨不曾从经济和发展角度去思考方远舰的探索创造，但夏末却在思考他的产业前景。她那天和姨父方卓识一个下午都在讨论，中国的制造业向何处去。方卓识认为制造业的生命力是很强的，但要吸收科技创新最新的成果。但他并不看好方远舰机器人的产业前景。

　　夏末本来正在思考企业的发展方向和经营理念的问题，她在姨父方卓识那里没有得到答案，方远舰似乎也没有考虑机器人的市场效益问题。夏末就急切地来找潘安了。

　　又是个黄昏，茶铺里，夏末和潘安直接来了个专题对话。

　　夏末：师哥，我表弟，还有鹏城一些年轻人也在做机器人，你可以告诉我有市场前景吗？或者这意味着什么？

　　潘安：先告诉你个好消息，我给鹏城的"知府大人"写了一封信，他们在研究新的产业政策了，前几天政策研究室的人来专门听取了我的意见，我以你的企业为案例提出了建议，希望政府加大对企业自主研发的资金、金融和政策扶持，也许会有变化的。

　　夏末：谢谢师哥。但也不能指望他们那么有效率。你还是回答我的问题啊。

　　潘安：你知道罗伯特·奥本海默吗？一个制造原子弹的美籍犹太人。

　　夏末：知道，主持曼哈顿计划的科学家。

　　潘安：你当然也知道爱因斯坦，但却不一定知道莉泽·迈特纳。美国人奥本海默只是应用，而奥地利人莉泽·迈特纳和她的合作者哈恩发现了核裂变现象，她利用爱因斯坦相对论的公式计算出了核当量，完成了原子弹制造的基本原理。如果没有物理实验室和基础研究，就不会有应用。现在核反应原理已经被用于核电站等和平项目。

　　夏末：你是说，智能人研究就像是发现和试验，之后才是应用。

　　潘安：它会拉起一个产业链，市场前景是广阔的。

　　夏末：你应该就此写个建议，否则肉食者鄙，不知民间疾苦。

　　潘安：不要有偏见，鹏城政府的幕僚们还是很有民本思想的。

　　夏末：你又给我画了个饼，但我会举一反三的，知道产业的方位在哪里。

　　潘安：是梅，望梅可以止渴！

　　方远舰觉得自己的工作有了新的含义，骑士精神！很提气，富有诗意。他觉得范小雨实在是个好女人！她好像举着骑士联盟的仪仗牌，走在他们这些骑士队列的前面似的。但他又想起那天告别时范小雨的问话，难道你心里只有机器人吗？尽管范小雨说话的风格显得比较硬派些，但他当然听出了其中的柔情。他那天看到范小雨乘车远去，心里完全是一种不舍的感觉。一个男人，当自己在做尚不被别人理解的事情时，在遇到挫折和打击时，固然因为挑战，可以激发奋斗的勇气，激发雄性的荷尔蒙。可难道不需要一个范小雨这样的女友吗？她在看不清产品市场前景的时候，就因为相信他方远舰，诚心诚意地支持他，难道不也是爱吗？她的柔情和爱意是默化在行动中的。可他方远舰有资格说"嫁给我"这句话吗？他方远舰只能给范小雨一个充满希望但又不确定的未来。

　　在破旧厂房内，新添了很多东西，因为厂房正在改造。

　　意式传统咖啡壶在冒气，方远舰将咖啡倒进两个杯子。

陆路拄拐杖过来，接过咖啡。

陆路喝了一口：你换了咖啡？

方远舰：只是换了煮法，用量和时间不同，味道就不同，你永远不知道下一壶是惊是喜。

陆路：一把壶就能煮出不同的咖啡，为什么还要造咖啡机？

方远舰：省事！其实发明咖啡机纯属脱裤子放屁，千杯一味。幸亏中国没人发明泡茶机！

陆路：我们造机器人代替人工作，人的生活会不会也变得乏味。

方远舰：不会，人有更高级的事做。

陆路：什么事？

方远舰：不知道。

陆路继续喝咖啡。

方远舰：我做过一个梦，我们是另一个维度的人创造的生物机器人。

陆路：你的意思是，创造机器人，可能是人类进化的必然？

方远舰点头：机器人也许是人类升向另一维度的阶梯。

方远舰神往的表情，陆路倒掉咖啡残渣。

陆路看看厂房：这就是我们的阶梯？

方远舰：别急，厂房改造很快就完成，好环境是成功的开始！

陆路：环境不重要，我们需要人！

门铃响，二人一愣。

方远舰兴奋：来人应聘了！

方远舰去开门，是方父、方母、张枫。

方母兴奋：听说你在这造机器人，你爸要来给你把把关。

方远舰将他们让进来，三个人四下打量厂房。

方远舰拽住张枫：你带他们来这里干吗？

张枫：你爸在朋友圈看到你的招聘信息，要来应聘。

方远舰眉头皱成团。

方远舰给陆路介绍：我爸妈，……张枫，你们认识。……他叫陆路，我的新伙伴。

陆路起身冲方父方母点头示意，不理张枫，二人尴尬。

大家在休息区坐下，方母：阿舰啊，怎么只有你们两个人？

方远舰：我们刚开始，正在招聘。

方母：不能只招男人，也要招漂亮的姑娘。

方远舰：晓得了。

方母：这里破破烂烂的，能造出机器人？

方父：怎么不能，当年你生阿舰的产房，还不如这里呢。

张枫忍不住笑。

方远舰冲陆路示意张枫，张枫起身去陆路那里。

张枫：正式给你道歉。

陆路不语。

张枫伸出手：不打不相识，欢迎你加入我们团队。

陆路犹豫一下，伸出手，两只手礼貌性地握了一下。

张枫：法务在拟我们的合作协议，希望合作愉快。

方父关心：阿舰，有人来应聘了吗？

方远舰：还没有。

方父：我算一个。

方远舰：不要。

方父：为什么？这些机床我都会使用。

方远舰：这些机床老了，要淘汰。

方父脸沉下来：阿舰，你小时候做航模，花了我多少私房钱？做人不能没良心。

方远舰：爸，你和张枫合作，你的驱鸟机器人有商业前景，降低成本，把它改成太阳能驱动，如果还能喷淋灌溉，一定能打开市场。

张枫狠狠地瞪方远舰。

汽车行驶在郊区的山间公路上。张枫开车送方父方母，方父坐在副驾驶，方母坐在后面。

方父问：小枫，你怎么想？

张枫答：方叔，您别上阿舰的当，他在搪塞你。

方父：我是说阿舰造机器人的事。

张枫沉默。

方父：你为什么不和阿舰一起研发机器人？

张枫：我们有分工，我负责公司的事情。

方父：你们有分歧吗？

张枫：没有。

方父：叔叔认识你这么多年，真假话还是听得出来的。

张枫犹豫一下：分歧是有，但是我们共进共退。

方父：分歧在哪里？

张枫：造工业机械人还是仿人形机器人。

方父沉默一会儿：小枫，你知道我和阿舰的妈妈为什么来鹏城吗？

张枫：阿舰为您买了海景房，让你们换个环境。

方父：如果想换环境，我们早就来了。

张枫：……

方父：阿舰告诉我，他要做机器人。

张枫：您想和阿舰一起造？

方父幽幽地：我搞机械的为什么会参加到卫星行列去？事实上当时中央就有航天的长远想法。但那是国家行为，需要各方面的人才。现在才有商业卫星。你们自己要搞，也许鹏城有这个魄力。

张枫：我知道这是件很艰难的事，但可能有长远价值。

在破旧厂房里，方远舰自嘲道：真滑稽，盼穿双眼，第一个来应聘的是我爸。

陆路：你爸妈挺好玩的，你爸是做什么的？

方远舰：航天系统的机械工程师。

陆路：难怪你喜欢机械，有你爸的基因。

方远舰：我爸的基因太 Low 了，我的基因是我爷爷的。

陆路：你爷爷？

方远舰：我爷爷年轻时候留洋学机械制造，当年国家被封锁卡脖子，我爷爷在最难的时候回来了，参加过万吨水压机的研制，解决了很多技术难题。

陆路：你们家是机械世家了。我们上哪儿找这样的合作方？

方远舰：怕什么，他们也是人，我们也是人，只要有人才，什么不能做？

陆路看着方远舰，抿了口咖啡。

陆路：这咖啡是不是煳了。

两个人说着话，破旧厂房外，来了一辆跑车，停在方远舰车旁。

卓烨下车，打量方远舰的车，然后打量门上挂的牌子。

门铃响了，二人一愣，方远舰过去看监视器，是一个二十多岁的潮男。

方远舰兴奋：年轻人，应聘的。

方远舰开门，卓烨站在门口。

方远舰：你是……

卓烨带着广东味的普通话：那辆车是谁的？

方远舰：我的，怎么了？

卓烨：好车，够酷！骑士联盟是干什么的？

方远舰：机器人工作室。

卓烨眼睛一亮：机器人？能进去参观一下吗？

方远舰闪身让卓烨进来，卓烨打量厂房。

方远舰疑惑：你有什么事？

卓烨：收租。

方远舰：收什么租？

卓烨：厂房租赁费。

方远舰：你是房主？

卓烨：我爸是，我替他管理了，你们的租期到了，续租的话租金要涨20%。

方远舰冲陆路：你认识他吗？

陆路摇头：不认识。

方远舰冲卓烨：我怎么确定你不是骗子？

卓烨：有开跑车骗房租的骗子吗？以前的租赁合同在车上，你们有我爸电话，可以打给他。

卓烨饶有兴趣地看墙上挂的图纸和搭建好的腿部骨架模型。

方远舰：你去拿合同。

卓烨：不急，我参观完了再说，你们做像人的那种两条腿走路的机器人？

方远舰：是的。

卓烨惊讶地看着二人：就你们俩？

方远舰：目前是。

卓烨不太相信的眼神。

方远舰：怎么了？

卓烨：吹牛。

方远舰：为什么？

卓烨：全世界都没那个技术，什么扫地机器人、工业机器人，做那些的多了，通通都是挂羊头卖狗肉，明明就是个机器，无非比别的机器聪明点，凭什么叫人。

方远舰惊讶地看着卓烨。

卓烨：地球上最牛的机器人公司哈士奇动力，也才做出四条腿行走的狗，你俩做两条腿的人，纯属吹牛。

方远舰：他们叫博通动力，他们刚开始的时候，也被人嘲笑吹牛，现在变成了真牛。

卓烨想想，说：没你俩牛，两个人，敢想敢做！

方远舰：贬义的还是褒义的？

卓烨：当然是褒义了。

方远舰兴奋：请坐，喝杯咖啡，咱们慢慢聊。

方远舰、陆路、卓烨三人围在休息区，方远舰给大家煮咖啡。

卓烨：这个破厂子，被你俩收拾得还蛮有格调，我喜欢。

方远舰：你喜欢机器人？

卓烨：当然喜欢！

方远舰：为什么喜欢？

卓烨：酷！和狗一样忠诚人类，你想啊，我以后不论走到哪里，身边都有一个像变形金刚，或是高达跟着，那是什么威风。

陆路：你动画片看多了。

卓烨：哎，你们未来的机器人长什么模样？

方远舰，陆路对视。

方远舰：对不起，现在保密。

卓烨：别学变形金刚，也别学高达，我觉得一定做中国元素的。

方远舰：英雄所见略同，你还是蛮有情怀的。

卓烨：如果你们愿意，我也可以帮你们出出主意。

陆路：你还是别涨房租，帮我们省点钱。

卓烨：这点钱都没有，你们还做机器人？

陆路：我们现在只花钱，不挣钱。

卓烨想想：这个不是问题，房租减免一半，算我支持你们，咱们一会儿就签新租房协议。

方远舰激动：谢谢你！你是第一个支持我们的人。

陆路：你能做你爸的主吗？

卓烨：我爸的产业多，他顾不过来，帮他收租是我的副业。

方远舰：你主业做什么？

卓烨拿出名片递给二人：我做视觉效果，有自己的制作团队，只做炫酷的内容，往后有什么能帮上你们的，尽管开口。

方远舰、陆路有些意外。

卓烨愉快地回到公司。他走到公司门口，公司 logo 蒙尘，旁边挂着一张大纸"打字复印"。卓烨一把扯下大纸，抓起扫帚，悄悄打开门。

屋内光线昏暗，几台电脑亮着，几个男生在打游戏。

制片：快快快！我控住他了！守家！守家啊！我去！

卓烨扫帚砸在制片桌子上，制片吓得蹦起来，手却不离开键盘鼠标。

制片与众人：老大，这把晋级赛！晋级赛啊！

卓烨拿扫帚捅制片。制片强忍，手中继续操作，突然屏幕显示失败。

众人嘘声，灯光打开。

卓烨：我替我爹收租养你们，你们天天在公司打游戏，对得起我吗？

众人沉默。

卓烨：门口的"打字复印"是怎么回事？

制片：这设备不能浪费，我们寻思着给公司赚点小钱。

门外有人探头：这儿能复印吗？

卓烨：走开！看清楚！这里是视觉公司！

卓烨再看向众人。

卓烨：想打游戏，回老家啊，找份饿不死的工作，随便玩！你们背井离乡来鹏城，不玩命做事，脑子有病啊！

制片：一年到头也接不到个正经活儿，不是保健包装就是三无小广告，还怪我们了？

卓烨：刚才，中国最牛的双足机器人公司委托我，给他们的机器人设计外观！

制片：最牛的机器人公司？啥公司？

卓烨：骑士联盟！

制片：没听过，哪里牛了？

卓烨：两个人就要造机器人，还不牛吗？

制片：我们哪会做这个？

卓烨：没吃过猪肉，还没见过猪跑吗？你们给我设计一个比变形金刚、比高达还酷的样子出来！

　　卓烨在这个城市里发现了新鲜的事情，而同样一件事情，带给宫妙的却是失望。

　　在露天奶茶馆里，宫妙在和蒋楠楠告别。

　　宫妙：楠楠姐，谢谢你这些天照顾我。

　　蒋楠楠：烦人，我最讨厌自己人说客气话了。

　　宫妙：做女人真亏，两个人干下的事情，一个人承担后果。

　　蒋楠楠：那个小生命更亏。

　　宫妙不语，二人沉默。

　　宫妙：楠楠姐，我已经交了辞职报告。

　　蒋楠楠有些意外：以后怎么打算？

　　宫妙：手续我们马上就办好，回了老家，重新生活。

　　蒋楠楠沉默一下：幸亏我换了岗位，不然还得亲手给你们办离婚。

　　宫妙：鹏城这个地方来过了，也奋斗过了，遍体鳞伤，回去也就安心了。

　　蒋楠楠：这里爬到金字塔尖上的人，哪个不是伤痕累累的。

　　宫妙：那他们也是幸运儿，爬到了塔顶。

　　蒋楠楠：我今天走访了塔尖上的人，高处不胜寒，那种滋味我们根本无法体会。

　　宫妙不语。

　　蒋楠楠：妙妙，你和陆路这样的结局，你想过原因吗？

　　宫妙：已经翻篇了，我不再想了。

　　蒋楠楠：如果你靠自己改变了命运，你还会阻止他做机器人吗？

　　宫妙愣怔：……

　　蒋楠楠：陆路一意孤行地造机器人，有没有是因为不堪重负逃避现实？

　　宫妙：背负不起一个女人的重量，算什么男人。

　　蒋楠楠：那他也得背得动，机器超载负荷也会崩的，何况肉身。

　　宫妙沉默。

　　蒋楠楠：女人要有独立的人格，不能把自己命运一股脑儿押在男人身上。

　　宫妙沉思。

　　夜晚，破旧厂房内很安静。

　　方远舰通过电脑，将骨架设计图投影在屏幕上。

陆路：这图……你做过测试了吗？

方远舰：没有，只是初步堆叠，还在运动原理仿真阶段。

方远舰摆弄着人体骨架模型，像在操作木偶，边摆出各种姿势，边说：人有206块骨头，78个主要关节，有平动、转动、复合运动三种形式，关节决定了人体的灵活度和自由度。对应在机器人身上，就是舵机。

陆路面无表情。

方远舰：可惜，高品质舵机都产自国外，价格贵，还不卖给我们。

陆路：为什么不尝试液压驱动？

方远舰尴尬：你们这些搞算法的，脑子里只看得见代码吗？

方远舰看陆路无语，继续说：都知道液压驱动好，功率大，爆发强，可以支持机器人跑、跳、空翻，更拟真，博通机器人就是这个路线，但全世界，也只有博通可以走这个路线。

陆路脸上充满疑问。

方远舰：国外最高端液压缸调速比可以达到2000∶1，这就是差距！

陆路问：什么意思？

方远舰：目前国内的工业体系支撑不了我们做液压驱动机器人，就这么简单。

陆路讥讽道：1962年就能造万吨水压机，现在却连个液压驱动关节都做不了，你们这些搞机械制造的，都是体育生特招上来的吧？

方远舰：你们做算法的不也一样？算计老百姓的钱包你们最在行！

陆路：你们能踏实点做事，中国早就是工业强国了！

方远舰：你们少在互联网捞点钱，中国就不用依赖GPS了！救灾战士就不用舍命盲跳了！

二人斗完嘴，陷入沉默。

方远舰打破沉默，说道：钱要赚，事也要做，我们做好现在，免得后辈骂我们。

通往机场的地铁里，宫妙搂着小一诺坐在座位上，蒋楠楠坐在旁边，崔江北靠车门站着，脚旁放着两个大行李箱子。

小一诺：小姨，你要去哪里？

宫妙：回湖南老家，你长大了去看小姨好吗？

小一诺：鹏城不是小姨的家吗？

宫妙苦笑：鹏城是一诺的家，不是小姨的。

蒋楠楠和宫妙对视一眼。

地铁到了一站，车门打开，上来许多带着行李箱的人。地铁关门，继续行驶。

广播报站名：列车前方到站宝安机场站，宝安机场站上下车的人比较多，请下车的旅客提前做好准备。

宫妙望着各色人：楠楠姐，你说这列车厢里有多少梦想粉碎的人？

蒋楠楠小声的：妙妙，其实人这一生，不管坐通往哪里的车，都是在路上。

宫妙点点头，继而沉默。

宝安机场站到了，提着大箱小包的人涌出车厢。蒋楠楠、崔江北、宫妙、小一诺在站台站定，对面站台一趟地铁进站，从机场出来的年轻人们提着箱子兴冲冲挤进车厢。

地铁开走，站台空荡，宫妙久久发怔。

宫妙默默地：祝他们好运！

宫妙亲了一口一诺，把小手递给蒋楠楠。

宫妙：楠楠姐，江北哥，你们就此留步。

崔江北：那怎么行，送你到安检口。

宫妙微笑着摇摇头：最后这点路，我想独自享受。

蒋楠楠冲崔江北：听妙妙的。

崔江北把两个拉杆箱递给宫妙，宫妙冲他们笑笑，转身拖着箱子就走了。

蒋楠楠、崔江北、小一诺望着宫妙上了通往机场的扶梯，宫妙消失在尽头。

破旧厂房内，陆路腿跷在高处，方远舰帮他解绑夹板。

方远舰：枷锁解除，你自由了，起来走两步，重温一下没有羁绊的滋味。

陆路慢慢站起来，小心翼翼地走着，他试了几小步，觉得没有问题，加大力度和步伐，突然身子一歪，"哎哟"一声坐在旁边椅子上。

方远舰紧张：怎么了？

陆路：没事，步子大了一点，吃不住力。

方远舰：小心点，步子太大容易扯了……那啥。

陆路手机提示音响，他慢慢过去抓起手机。

崔江北的微信：人飞了。

陆路放下电话，沉默一下，又趴在电脑前敲码。

方远舰手机有新加好友，名字是"哈尔滨红肠"，头像是冒油的烤肠。

哈尔滨红肠发来一个表情动画。一个人骑着毛驴手持一把弯刀挥向一架风车。驴上之人被风车转动摔落下来，他爬上驴继续挥舞弯刀，动画不停地循环往复。

方远舰拿手机凑到陆路身边。

方远舰：看，唐·吉诃德的帽子我们是摘不掉了。

陆路：谁啊，你朋友？

方远舰：不认识，新加的。

方远舰在动画下面回复：动画不错，再画一位骑士就更完美了。

对方回复：你们是两个人的联盟？

方远舰回复：目前是。

对方回复：祝贺，比我多一个。

方远舰来了兴趣，敲击键盘：你也在做机器人？

对方回复：是。

方远舰：怎么称呼。

对方：哈尔滨红肠。

方远舰：好名字，你为什么造机器人？

哈尔滨红肠：黑龙江冬天冰天雪地，人不能长时间承受极寒。你们呢？

方远舰想想：广东夏天炎热，人不能长时间承受高温，还有人不能潜入深海。

哈尔滨红肠：人没有狗的鼻子，蜻蜓的眼睛，蝙蝠的雷达波，信鸽的导航系统，这些机器人可以有。

方远舰：英雄所见一致，你什么专业？

哈尔滨红肠：计算机。

方远舰：为什么一个人做？

哈尔滨红肠：招不到人，都去了大厂，估计你们情况也一样。

方远舰：加入骑士联盟，一起做。

哈尔滨红肠：鹏城大学有全国最好的机器人大赛团队，为什么不去找他们？

方远舰愣了一下，回复：你知道他们？

哈尔滨红肠：当然，他们很厉害。

方远舰：他们领队当年是我手下败将，弱爆了。

哈尔滨红肠：原来如此，佩服，佩服！

方远舰：鹏城欢迎你！

哈尔滨红肠：哈哈，拜拜！

对方下线。

陆路：鹏城大学机器人大赛领队是怎么回事？

方远舰：他是我大学同学，也是机器人比赛 PK 对手，在美国读完硕士，回母校做了助教，人工智能方面的。

方远舰开车在公路上行驶，他打开音响，传出《青春圆舞曲》，方远舰愣了一下，跟着唱了起来："太阳落了明日依旧爬上来，花儿谢了明年还是一样的开……"

他唱得轻松欢快。他要回学校去，心情好像一下子轻松起来。

鹏城大学一片生机，校园里，大学生们在草地上看书，在球场奔跑，在空地上操纵无人机……

方远舰边走边看，回到阔别已久的母校，被久违的青春气息感染，他不由自主地变得朝气蓬勃。

方远舰走进机器人战队工作场地。

工作场地像一个大仓库，靠墙的大货架上堆满了各种材料，中间有两个硕大的鱼缸，里面游着热带鱼、水母，缸底的海底世界有几只螃蟹在爬行。

方远舰贴着鱼缸壁看里面游动的鱼，贴近了仔细看才发现，原来这些鱼、水母、螃蟹居然是以假乱真的仿生机器。

方远舰一点也不意外，跟着一条游动的鱼往前走，透过鱼缸对面出现一张人脸。

此人年龄与方远舰相仿，戴着一副眼镜，文质彬彬。

两人隔着鱼缸对视，更像对峙。

他就是机器人战队的领队，叫熊尔，被人叫成"熊二"。

熊尔起身往另一个空间走去，这里有十几个学生在搭建调试比赛机器人。

所谓的比赛机器人，根本不是人，它是一个方方正正，结构复杂，四个轮子驱动的机器，更像一辆战车。

熊尔拍拍手，喊着：新加入战队的同学跟我来。

十几个同学，其中有一个外国留学生阿巴斯，他们跟着熊尔来到一面墙前。此墙是一面陈列墙，架子上摆着一排战斗机器人，四轮驱动，像战车的那种。

熊尔：你们首先需要了解我们机器人战队的辉煌历史，当然也有至暗的时刻。

熊尔指着第一组两辆战车。

熊尔：2004 年，学校计算机专业和机械工程专业的足球队，因为之间的一场足球赛，在校园论坛上展开一场足球是用脚踢，还是用脑子踢的辩论。两个专业的同学站在本专业的立场争吵不休，辩论焦灼，最后火药味十足。由此引发了两个专业的机器人发烧友之间的 PK。分别组建团队，设计搭建战斗机器人，决战胜负。两个战队约定，胜者代表学校参加全国大学生机器人大赛。

方远舰过来，悄悄站在一旁。

熊尔指着战车：红方是计算机专业的，黑方是机械工程的。

熊尔瞥了一眼方远舰：PK 结果，黑方……惨败，大脑战胜了脚，机械制造专业颜面扫地。红方代表学校第一次参加全国比赛，赢得冠军，开启了辉煌时刻。

方远舰皱眉。

熊尔指着方远舰：隆重给大家介绍一下，这位是你们的学长，当时黑方的队长。

同学们鼓掌。

方远舰措手不及，狼狈地冲大家摆摆手。

熊尔走到第二组战车跟前：黑方输得不服，强词夺理说他们输在了颜色上，因为红色代表着胜利。

方远舰打断熊尔，指着机器人战车：不是强词夺理，那次我们选择了红方，PK 结果黑方丢盔卸甲，惨不忍睹，计算机专业颜面扫地，一片哀嚎。你们熊指导是黑方队长。

方远舰看着熊尔：我没有夸张吧？

熊尔停顿一下：继续说。

方远舰冲大伙：我讲完了。

熊尔：然后，你们这位方学长，领队参加全国大赛，又为学校争到了第一，倒数的！这次是学校颜面扫地，学校机器人战队跌入至暗时刻。

同学们看着方远舰，方远舰尴尬地冲大家摆手。

熊尔：即使这样，你们也不能小瞧了这位学长，那次失败后他大学毕业了，去了工业强国继续学习工业自动化，在国外他发愤图强，努力提升自己，最终成功地做了买办，生意做得风生水起，不但为国家进口了大量的先进机器，也为自己赚得盆满钵满，早早实现了财务自由。

方远舰：别贬低买办，代理商看到了中国市场，我们也知道自己工业的差距，陶醉在老牛拉破车里是不行的。不财富自由，我今天没有见你们熊指导的底气。

熊尔领着方远舰，到自己的办公室。办公室内，一张很大的工作台上，摆着一台奇怪的机器图纸。熊尔和方远舰坐下。两人对视片刻，相视一笑。

方远舰：几年不见，我们还是两只好斗的公鸡，见面就掐。

熊尔：我是，你不是！

方远舰：我怎么不是，哪不一样了？

熊尔：一股铜臭味。

方远舰抽了下鼻子闻闻：铜公鸡也是公鸡。

熊尔：来故地重游？

方远舰摇摇头。

熊尔：推销产品？

方远舰指着那台奇怪的机器图纸：这是在做什么？

熊尔：深海机器人。

方远舰不屑：还在混淆概念，深海机器，不是人。

熊尔：你说是什么就是什么，咱们是鸡同鸭讲，不在一个语系里，直接说你来的目的。

方远舰：我要做真的机器人，两腿走路的。

熊尔：不做买办了？

方远舰：买办要做，自己的东西也要做。

熊尔：野心不小。

方远舰：是贼心不死，

熊尔：你做机器人，找我干什么？

方远舰：没有对手太孤独，咱们继续 PK ？

熊尔：怎么 PK ？

方远舰想想：你的深海机器，我的人形双足机器人。

熊尔：深海机器人是国家项目，背后的资金和人才力量不是一个量级，PK 对你不公平。

方远舰：钱不是问题，帮我找几个专业人才就行。

熊尔盯着方远舰。

方远舰挑衅：不敢吗？

熊尔：没人和你一同做白日梦，来忽悠我了？

方远舰：有一个，他叫陆路，做算法。

熊尔：就你们俩？

方远舰：……

熊尔：又差点被你忽悠了。

破旧修理厂内，陆路在编辑程序库。

方远舰推门，垂头丧气地站在门口。

陆路看方远舰。

方远舰：熊二太狡猾，看穿了我的计划。

陆路摇摇头，继续工作。

方远舰冲门外：骑士们！欢迎加入骑士联盟！

门外进来五个学生，最后是个老外。学生们打量厂房。

方远舰：介绍一下，这位是我的合伙人，算法大牛，陆路！

陆路站起来。

李世恒：鹏城老怪……对……对不起！您之前是不是帮物流公司的机械臂写过控制软件，只写了一半？

陆路：写了四分之三，甲方不懂还瞎指挥，不想伺候了。

李世恒点头：巧了，后来我接了这活儿，补完您的代码，您那代码写得太漂亮了，惊为天人！我一直留着学习呢。

陆路：你可以把它丢了，那就是垃圾。

李世恒呆住，众人尴尬。方远舰拍拍李世恒。

方远舰：缘分哪！世恒做软硬件开发，也是大牛，你们好好交流。

方远舰给王源远递眼色。

王源远：我叫王源远，主要负责机器人视听觉，不过我最近在研究 AI 的算法。

张一博：我叫张一博，研究机械结构的，擅长做机器人骨架。

曾翔：我叫曾翔，自动化专业，负责机器人的神经，就是控制电路。

阿巴斯：我叫阿巴斯，我是砖头！

方远舰：砖头？

阿巴斯：我是一块砖，哪里需要哪里搬。

众人愣住。

方远舰拍陆路：骑士们已经联盟了，麻雀虽小，五脏俱全！

方远舰开香槟，大家各自拿杯子倒满。

方远舰：怀揣梦想，孤独跋涉在荒漠里的骑士们，集结号已经吹响，我们一起披荆斩棘！

陆路转身离开。

破旧修理厂门口，陆路满脸怒气，方远舰从后面过来，拍了拍陆路。

陆路：你在忽悠我！

方远舰：怎么……？

陆路：我们要造双足机器人！你就找这么几个大学生？

方远舰：他们可不是一般的学生，技术不弱，也认同我们……

陆路：但凡有点常识的人看看我们这些人，都知道不可能！有哪个资本会投我们？

方远舰：没人投就不投，钱，我自有办法。

陆路无语。

陆路：在鹏城造机器人，最大的优势就是产业链完整，人才充裕，我们能找到更好的。

方远舰：你以为我没找过？

陆路：……

方远舰：五年了，我只找到你一个人。

陆路：……

方远舰：找人干活儿容易，找团队，难！

陆路：那就找人来干活儿，团队……不过就是拿来洗脑而已。

方远舰：人的初心很重要，我们要干大事，不是一朝一夕，身边必须是志同道合的人！

陆路看向远处。

陆路：人的心是会变的，初心……没什么价值。

方远舰笑：你不会变心就行！

琯晖公司会议室里，张枫与三个市场人员闷头坐着，气氛沉闷。

张枫情绪低落：对不起，很突然，我毫无准备。

室内寂静，大家没反应。

张枫：我希望你们留下来，你们是琯晖的半壁江山，我需要你们。

三人垂头不语，室内寂静。

张枫：你们有什么诉求，可以提出来。

市场总监：张总，我们留下来也帮不了你，帮不了琯晖。我们辞职更不是要坐地起价。

张枫：给我一个理由。

市场总监：我们对公司前景失去信心。

张枫：……

市场总监：我们是做市场的，瑄晖代理的品牌，尖端的产品国外厂商不给我们，给我们的产品，现在国内有工厂追赶上来了，性能和质量不低于我们代理的品牌，价格却低三分之一，瑄晖现在毫无优势，市场怎么开拓？

张枫：范总正在欧洲接洽别的高端品牌代理，很快会有消息。

市场总监：张总，我们当初加入瑄晖，是因为你和方总、范总的组合，让我们对公司的前景满怀信心。如今方总另起炉灶，瑄晖失去了灵魂……

市场总监意识到不妥，收住嘴。

张枫：我们的铁三角牢不可破，方总不是另起炉灶，是将重心放在研发自己的产品上面。

市场总监：人形机器人，瑄晖将来是要向玩具公司发展了？

张枫不语。

市场总监：张总，我们知道 Mike 已经给瑄晖亮了红灯，也知道他们正在和别的公司洽谈代理的事情。

张枫脸色铁青，沉默片刻：既然去意已决，我尊重你们的选择。

市场总监拿着一沓资料和几个手机进来，将东西放在桌上。

张枫与市场总监握手，真诚地说：谢谢你！祝你们前程远大。

市场总监：张总，对不起，我们是逃兵。

张枫：水往低处流，人往高处走，你们的选择没毛病。

市场总监也真诚地说：张总，以后与客户喝酒不能玩命，您多保重！

张枫点点头。

方远舰兴冲冲进来，市场总监和他打了个招呼，退了出去。

方远舰：张枫，想听坏消息，还是好消息？

张枫没好气地说：都不想听。

方远舰：不想听也得听，好消息是熊二给了人，都是有资历的研究生，这是他们的资料，你看下，尽快把人签了。

张枫皱眉。

方远舰：坏消息是研发费肯定不够，我查了下，一个3D打印机就要五十多万元……还不算金属打印材料……

张枫：有三万元一台的。

方远舰：三万元一台的那是打玩具的。

张枫：你买二百万元一台的也可以，一台精密机床要几千万美元，你也买吗？

方远舰：……

张枫：研发费二百五十万元，一块钱都不增加。

方远舰：二百五是你们说的，我根本就没答应。

张枫：超过二百五，我也不答应，小雨也不答应。

方远舰：张枫，你别装傻，你知道研发一个机器人需要……

张枫突然大喊：我知道它是个无底洞，多少钱都填不满。

方远舰愣了一下：你怎么了？脾气这么大。

张枫控制情绪：我有两个坏消息。

方远舰：……

张枫：Mike 给我们亮了红灯，屋漏偏逢连夜雨，销售今天集体辞职。

方远舰：他们为什么辞职？

张枫不语。

方远舰：索性公司关闭，我们集中力量做机器人。

张枫狠狠地瞪着方远舰：你是认真的？

方远舰：我是认真的。

张枫：从今往后，你做机器人，我卖机器，咱们互不干涉。

方远舰：……

张枫：我也是认真的。

方远舰狠狠地：我同意！

方远舰怒气冲冲离开。

破修理厂内，新成员和陆路坐在休息区，方远舰站在设计好的图纸前。

方远舰：在开始干活以前，我们首先要统一思想。

阿巴斯：统一思想是什么？

方远舰：就是大家要想得一样。

阿巴斯：我们现在是七个大脑，应该有七个思想，为什么要想得一样？

方远舰：阿巴斯，你理解不了我们语言的博大精深，这个问题我们以后再讨论。

方远舰停顿一下：首先要知道我们的目标。你们是鹏大机器人战队的成员，但是，你们做的机器人，叫挂羊头卖狗肉。准确地说是智能机器，不是机器人。

几个同学不解地看着他。

方远舰：我认为，机器人，首先要像人，要具备人的主要物理属性，用双足直立行走。

同学们沉默。

方远舰：双足直立行走，解放了人的双手，人用双手制造工具，使用工具。

陆路：大脑呢？

方远舰：大脑指令双足使人获取自由，指令双手让人谋取幸福。

陆路不语。

方远舰：我们要走的第一步，是让双足机器人自主地走出第一步。

方远舰扫视大家，指着图纸：它的一小步，是我们骑士联盟的一大步，也许是我们国家人工智能工业的一大步，大家明白我们第一步的小目标了吗？

同学们：明白！

阿巴斯：我不明白，挂羊头卖狗肉是什么？是它的名字吗？

阿巴斯指着图纸。

方远舰皱眉，不知该怎么解释：……

门禁铃响，屏幕上看到卓烨的脸，方远舰冲陆路：收房租的又来了。

方远舰按开锁，卓烨推门进来，手里抱着电脑。

卓烨望着众人：你们招兵买马了……还有老外？

方远舰点点头：他们是加入联盟的新骑士，……你怎么又来了？

卓烨：答应帮你们忙，我说到做到。

方远舰迷惑：答应帮我们什么忙？

卓烨指着挂着的图纸：给它设计造型啊。

卓烨不由分说，打开电脑：那天回去后，我发动我们团队加班加点，设计了两款中国元素的造型，一版男款，一版女款。

电脑上出现三维动画，两个中国元素的动漫人物，一男一女。

方远舰围在桌前看卓烨的视频。

卓烨：男的叫盘古，女的叫女娲，名字超级赞。

大伙围观视频，发出赞叹：够酷！炫！

卓烨掩饰不住得意，问方远舰和陆路：喜欢吗？

方远舰，陆路相互对视。

方远舰：喜欢，但不适合。

卓烨：为什么？

方远舰：本末倒置。

卓烨：怎么本末倒置了？

陆路：盘古用斧子开天辟地创造了世界，女娲用黄泥巴塑造了生命。有他们在，我们永远是被创造者。

卓烨沉思。

方远舰：神创造了人，人不能创造神。

卓烨：明白了……我的思想没有这个高度。

方远舰愧疚：让你白辛苦了，很感动，真心地感谢你。

卓烨不语。方远舰、陆路又相互对视。

方远舰：虽然是你主动帮我们，但我还是愿意给你一些辛苦费。

卓烨：孙猴子的造型？名字叫悟空，也很中国元素。

方远舰看陆路，两人思索。

方远舰摇摇头：一只没有进化好的猴子，毛还没退干净，猴里猴气。

阿巴斯努力地想听懂他们在说什么？

卓烨突然又蹦出想法：哪吒！……叫哪吒怎么样？

方远舰眼睛一亮，看陆路。

方远舰：我命由我不由天。

陆路：还丹成金亿万年。

方远舰：不畏权威，永不言败，敢为天下先的懵懂少年，我喜欢。

陆路：我也喜欢。

卓烨坏笑：哪吒可是有名的坑爹，你不怕被坑？

方远舰：那它也得生出来才能坑。

卓烨：就叫哪吒，我也喜欢，咱们商量个事情。

方远舰：你说。

卓烨：我总是无偿服务，你们会受之有愧，是不是？

方远舰愣了一下：你接着说。

卓烨：我帮你们成长，将来骑士联盟壮大了，所有视频包装交给我们做，有偿服务。

方远舰：有头脑，有眼界，我越来越喜欢你了，成交！

卓烨从电脑包里拿出一份打印文件：我拟了一份战略伙伴协议，你看看，没有问题我下次来，咱们签了。

方远舰又被卓烨弄蒙：……

卓烨拾起电脑就走：我回去重新做设计方案。

卓烨话音未落人已消失，一屋子人瞠目结舌。

鹏城似乎在经受着生死的考验，一些企业死了，一些生了。一些人走了，一些人又来了。

但最煎熬的是挣扎在生死线上的人。

澳雳公司硕大的厂房里，长长的生产线，冷冷清清的只有一两台机器在工作。

工人们情绪低落，坐在休息区里玩手机，或是闭目养神。

郭磊推着一车物料送到开动的生产线上，把物料搬下车，他干得毫不惜力。

郭磊卸完车，不知该干什么，他走向独自闷头坐着的工长。

郭磊：李工长，我接下来干啥？

李工长：坐着。

郭磊没听明白：……？

李工长：没活可干，去找地方坐着。

郭磊转身离开。

李工长：你，回来。

郭磊转身看李工长。

李工长挪了一下屁股，腾出一块地方，用手拍拍，示意郭磊坐在身旁。郭磊犹豫一下，走过去坐下，他有些不知所措。

二人沉默一会儿，李工长开口。

李工长：都没活干了，你来厂子做什么？

郭磊不知怎么回答：……

李工长：厂子不会真没了吧？

郭磊一头雾水：……

李工长：放心，我不会乱说。

郭磊：李工长，我刚来厂子，生产线还没熟悉，这么大的事，你怎么会问我？

李工长：你是老板身边的人。

郭磊惊讶：你怎么知道？

李工长：厂子里的人都知道，你是夏总安排的人，工资是夏总单独发给你。

郭磊瞠目结舌：……我……我原来的厂子被腾笼换……鸟了，才来的这里。

李工长扭头看郭磊。

李工长：不管你为什么来这里，咱们是自己人。

郭磊：自己人？

工长：我是老澳雳，跟着夏总从小作坊开始，用了二十多年干到今天这个样子，厂子是我们这些老澳雳的饭碗。

郭磊：您在厂子干了二十多年？

李工长望着生产线：这些年，除了维修，这些机器从来没有这样清闲过，让人心里不是滋味。

郭磊：我打工的厂子黄了，饭碗说没就没了，那滋味我懂。

李工长沉默，望着那台干活的机器，几个老工人在给机器部件上油。

李工长：那台机器耗电不出活，知道为什么它还在转吗？

郭磊摇摇头：为什么？

李工长：它是澳雳的第一台机器，是澳雳的心脏，它转动，澳雳就活着，活着就有希望……夏总说的。

郭磊琢磨一下：就像以前看过打仗的老电影，战场上，军旗再破都不能倒。

李工长点点头，望着远处一群交头接耳的工人。

李工长：可惜那些鼠目寸光的人不明白。

澳雳会议室内气氛压抑又紧张，几个董事脸色阴沉，有董事不停地用文件夹扇风纳凉。

吴董：澳雳已经山穷水尽了？冷气都用不起？

夏末：是，形势就是这么严峻，整个公司都停放冷气，研发中心除外。

董事C：已经是生死关头了，为什么还不关掉那个无底洞？

夏末：关了研发中心，不但前功尽弃，澳雳柳暗花明的机会也被关死了。

董事C：是怕别的机会没了吧？

夏末愣住：什么意思？

董事A：窗户纸最好不要捅破，大家心照不宣就好了。男人女人都是人，武则天还有几个男宠不是。不过做人不能太自私，要讲究分寸，大家合伙是一起做生意。

夏末拍案而起：窗户纸今天必须捅破，男宠是什么意思？

无人说话，屋里寂静。

夏末：我是澳雳的执行总裁，澳雳今天的困境我有责任，但是你们无中生有，诬陷诽谤，侮辱人格我绝不接受，请你们说清楚。

董事C：夏总，你别激动，无风不起浪，外面传得有鼻子有眼的事情，不由我们不信。

夏末：什么事情有鼻子有眼？

董事A：夜半三更不回家，和谁在酒吧一醉方休？

夏末：无耻，你们让我恶心。

吴董拍桌子：各位搞清楚我们在开什么会？

夏末沉默一下，微笑着：你们不提醒，我忘了自己是个独身女人，还在用婚姻枷锁约束自己。

众人沉默。

吴董：澳雳到了生死关头，夏总打算怎么办？

夏末不语。

吴董：你召集董事会，要讨论什么方案？

夏末沉默一会儿，轻声说出：断尾求生！

董事C：怎么断尾求生？

夏末淡然：召集股东开会是出于对大家的尊重，但是尊重的前提是得到尊重，不讨论了，我占70%的股份，有决策权。

夏末起身离开，股东瞠目结舌。

澳雳工厂内，那台运转的生产线前，站着十几个年纪大一些的工人，李工长一马当先站在最前面。

他们的后面是电闸。二十多个年轻工人站在他们对面相互对峙。成百的工人远远看着他们。

郭磊独自在一旁看着。

李工长：天有阴晴，人有福祸，厂子也是。厂子兴旺的时候，你们拿了奖金高兴得睡不着觉的时候，那时候你们咋那么爱厂如家呢？

对面无人说话。

郭磊默默地看着。

李工长：大家都在澳雳这条船上，是船就会随浪颠簸，你们谁见过永远待在浪尖上的船，航空母舰也不能。倒是船沉了，大家一起淹死。

胡江河：别扯没用的，不发工钱，肯定拉闸。

郭磊默默看着。

李工长：这台机器让我娶了老婆，让我在老家盖了房子，帮我养大了娃娃，供我娃娃上了大学。这个厂子让我从一个打工的娃娃变成了工长，让我一头黑发变成现在这个样子。谁敢拉闸，就是要我的命，我先砸破他吃东西的家伙。

胡江河：你有吃有喝了，不发工钱我们吃什么？

胡江河一把拽住李工长的衣领用力一甩，李工长踉跄摔倒。

场面一时混乱，郭磊突然抓起旁边的灭火器窜出去，抢起灭火器砸在胡江河头上。鲜血四溅，场面寂静。夏末来到工厂，发现工厂里面站满了工人。厂房门口停着一辆警车，老远看到郭磊被警察押上了警车。警车与夏末擦身而过，郭磊与夏末隔窗相望。夏末走进厂房内，除了机器的转动，没有其他声音。十几个工人在流水线旁继续工作，李工长默默地坐在一边。夏末匆匆过来，李工长起身。

夏末：怎么回事？

李工长：他们要关机器，郭磊打了带头闹事的人。

夏末：人伤得重吗？

李工长：头破了，人昏迷了，被救护车送到医院了，什么情况不知道，厂长在医院看着。

夏末蹙眉：为什么不拦住郭磊？

李工长：他动手很突然，我们都没料到。

夏末：鲁莽，刚来就惹事。

李工长：他是为了厂子。

夏末沉默一会儿：去把机器关了。

李工长愣住：……

夏末重复一遍：去把机器关了。

李工长：夏总……厂子要没了吗？

夏末沉默。

李工长僵住不动。

夏末：马上会发出通知，工人们会按 N+1 获得补偿。

李工长呆若木鸡。

夏末：在厂子十年以上的老人，愿意留下的，暂时只发生活补助，欠发的工资今后按银行最高利息补发。

李工长沉默。

夏末：我想明白了，它本是台钢铁机器，我们却把它当成了澳雾的心脏在捍卫。

李工长：……

夏末：澳霁的心脏不是机器，是人，我们在，澳霁就在。

李工长木然地听着。

夏末：李工长，旧时代不去，新时代不来！

夏末默默看着李工长，眼神坚定。

李工长慢慢地走到电闸跟前，艰难地举起手，缓缓拉下电闸。流水线停止运转，厂房里顿时万籁寂静，工人们立如雕塑，在为一个时代的落幕默哀。

夏末潸然泪下。

第四章

命运之神似乎在考验夏末,郭磊的一时冲动,给她带来了新的问题。

澳雳公司总裁办公室里,夏末正在和公司法务谈话。

夏末:受伤的工人什么情况?

法务:医院的诊断出来了,中度脑震荡,头部裂伤八厘米。

夏末:郭磊呢?

法务:人现在羁押在看守所。

夏末:最坏什么情况?

法务:法律制裁是肯定的,量刑不好说,要看能不能和解。

夏末:你什么意见?

法务:安抚被害人,为郭磊聘请专业律师。

夏末:两件事同时办,费用我个人承担。

法务起身出去。

财务总监走进来,将报表递给夏末。

财务总监:统计完了,发放所有工人工资和赔偿的资金,还差一千五百万。

夏末:研发账户上还有多少钱?

财务总监:一千万。

夏末沉默一会儿：挪用研发资金，剩下的再想办法。

财务总监：知道了。

门口，秘书探头进来看。

夏末：什么事情？

秘书：夏总，街道办的那两个人又来了……

夏末烦躁：不见！没时间，她们搅什么乱。

秘书：她们来了两个小时了，说等您。

夏末眉头皱成了团：走吧！

澳雳公司接待室内，蒋楠楠、余真捧着手机浏览资讯。

崔江北发来微信：今天加班，不要等我。

蒋楠楠回复：我也加班，在等那个霸道总裁。

夏末和秘书走进来，坐下，生硬地说道：我知道你们为何而来，事情已经解决了，厂子也关停了。

蒋楠楠：夏总，情况我们都知道了。

夏末：你们放心，澳雳公司会遵守劳动法，以前是，现在也是。我的态度表明了，还有事情吗？

蒋楠楠：夏总，请您不要用这样不耐烦的语气，我们不是您的员工，也不是上门化缘的尼姑，我们等了您两个小时，希望我们能平等沟通。

夏末：对不起，我很忙！

蒋楠楠：今天有工人去了仲裁委员会申请劳动仲裁，说公司扣发他们的工资搞研发……

夏末打断蒋楠楠的话：对不起，我说了问题已经解决了，他们明天就能拿到 N+1 补偿。

蒋楠楠：夏总，请您尊重我说话的权利！让我把话说完。

余真：夏总，我们了解到公司在做新材料的研发，我们来是想告诉您，市里和区里有扶持企业科研创新的政策。如果需要，您的公司可以申请科技扶持资金，具体申请办法，我们可以进行指导。

夏末一时反应不过来，喃喃道：对不起，有具体的文件吗？

蒋楠楠站起来：有，您考虑一下吧。不耽误您时间了。

蒋楠楠和余真起身离开了。

科创委的办公室更像一个图书阅览室，很大，灯火通明，崔江北和几个职员趴在一张长桌上埋头整理，审核资料。大家将手中资料签完字，交到崔江北手中，崔江北在审核人栏签上名字，拿着资料来到隔壁资料室。此刻，主任高山在翻阅资料。

崔江北：主任，这一批科研扶持的项目审核完了，四个生物工程，六个 AI 方向，都通过了专家组论证。

崔江北将资料放在高主任面前。

高主任放下手中资料：明天上会，半个月行吗？把扶持资金发到企业手上。

崔江北：一个月没问题，半个月我得争取，主任，没事的话，我可以下班了吗？

高主任：不可以。

崔江北：您怎么比资本家还狠？

高主任：什么意思，我压榨你了？

崔江北：我没说。说实话，我还愿意加班，回到家里，我老婆比您更像资本家，还不如在这听您谆谆教导呢。

高主任：你在这抱怨，偷着乐吧你。

高主任拿起资料丢给崔江北：今天市里开会，讨论企业科研成果转化遇到的融资困难问题，你的方案批了，市里决定组建知识产权质押融资平台，我们科创委负责制定专业类条款，你研究一下会议精神，负责带人起草。

崔江北：真的？

高主任：现在还说我像资本家吗？

崔江北做个鬼脸，拿着资料看起来。

夏末心情沉重地回到家里，刚进家门，听到的是小提琴的琴声，缓缓而出。赵莹莹正在客厅窗前拉着小考拉的提琴，夏末默默地看着。

"小姨，你拉得不对，跑调调了"，卫生间传来小考拉的声音。

赵莹莹专注地继续拉琴，她从窗户玻璃里看到映出的夏末，吓了一跳。

赵莹莹回头：姐，你什么时候进来的？吓我一跳。

夏末笑笑，放下包。

小考拉的声音：小姨，你怎么停了，不许偷懒，继续拉琴。

赵莹莹冲卫生间：你妈妈回来了。

夏末：小考拉在干吗？

赵莹莹：他在洗澡。

夏末不解：他一个人洗澡？

赵莹莹点点头：小考拉快六岁，是个小男人了。

夏末过去轻轻推开卫生间的门，看到小考拉赤裸着站在喷头下面抹泡泡。小考拉发现夏末，双手捂住私处喊道：妈妈出去，不许偷看男人。

夏末关上卫生间的门：他什么时候长成男人了？

赵莹莹笑笑：一不留神呗。

夏末坐在吧台前，深深地叹了口气。

赵莹莹：姐，你脸色不好，

夏末：有些累，刚在车上睡着了。

赵莹莹：我去给你放热水泡澡。

夏末摇摇头，给自己倒了杯水。

赵莹莹：姐，郭磊在厂里干得咋样？我给他发信息他也不回复。

夏末不语。

赵莹莹看着夏末：他不好好干？

夏末：他出事了。

赵莹莹愣住：怎么了？

夏末：打伤了人。

赵莹莹气愤地说：我说他怎么不接电话，刚上班就惹事，姐，让他回老家去。

夏末：人被关进看守所了。

赵莹莹：……

夏末：他为了维护工厂，打伤了带头闹事的工人。

赵莹莹：工人伤得重吗？

夏末：脑震荡住院了，律师说，已经够上故意伤害罪，恐怕要蹲监狱。

赵莹莹：……

二人沉默许久。

赵莹莹：姐，他打人，是不是给你惹了麻烦？

夏末：最大的麻烦是我不知该怎么面对你。

赵莹莹：他就是脑子简单爱冲动，以前为我也惹过事，还不长记性！

夏末：事情已经出来，不说这些了。

两人又是一阵沉默。

夏末：莹莹，我想喝杯酒。

赵莹莹开启红酒，给夏末倒了一杯。

赵莹莹：姐，我也想喝。

夏末点点头。

赵莹莹给自己倒了一杯，端起酒喝了一大口，咽进肚子。

赵莹莹眼泪情不自禁流了出来，她憋住不哭：……姐，对不起！

夏末喝了口酒，咽下：莹莹，是姐给你们添了麻烦。

两人默默地喝酒。

不眠的夜晚，夏末在想企业怎么渡过眼前的难关。眼看着不兑现工资是很难被人们接受的。她脑子里在翻着通讯录，一个个人物的形象在脑海里闪过，她决定试试借钱求助。

赵莹莹在想要不要请求夏末想想办法，别让郭磊坐牢。但她很快就否定了自己的想法，夏末一定会替莹莹考虑的。只是这个郭磊，帮倒忙，实在是让人欲哭无泪。但她似乎又觉得这个男人还是讲义气、有血性的。翻来覆去地想，不知道何时睡着了。

马路上，夏末坐在车里，拨打电话：杨总，……是我。

电话里："夏总，好久没有联系……听说你的厂子关了。"

夏末：是，我正是为这事给你打电话。

"夏总，你不会是要借钱吧？"

夏末沉默一下：是，安置工人差五百万的缺口，周期两个月，利息按市场上最高的支付。

"夏末，我想帮你，但是董事会肯定通不过，救急不救穷！"

夏末：我是急，不是穷，我们的新材料研发到了关键期，一旦突破……

"愿景不是现实，我没法用大饼去说服股东们，夏总，你谅解。"

夏末：明白了，打扰你了。

夏末回到澳雳公司，走进研发中心。研发人员各自做着自己的事情，聂锌和助手在讨论数据。

夏末进来走到聂锌跟前，助手主动回避。

夏末：工厂关了。

聂锌：知道。

夏末：研发费需要挪用。

聂锌沉默一下，点点头。

夏末：我想和大家说一下境况。

聂锌起身：大家停一下，夏总有话要说。

研发人员停下手里的活，看着夏末。

聂锌：公司的情况大家都知道，你不用说了。

夏末点点头：情况很突然，研发费不得不用来善后，研发现在弹尽粮绝，包括大家的薪酬。

大家沉默。

夏末：但是研发不能停，它是澳雳起死回生的唯一希望。我现在能做的，就是拿出股份分给大家。

大家面面相觑。

夏末：这些股份也许是个大饼，以后会分文不值，但这是我现在唯一能做到的。

无人说话。

夏末：我不会绑架大家，上不上这条船大家自由选择。

屋内寂静。研发人员纷纷回到工作状态。

夏末感动，看聂锌。

聂锌暗暗冲夏末竖起了个赞。

听说公司遇到问题了，澳雳公司的人员，纷纷开始亮相了。

夏末从电梯里出来，往总裁室走，市场总监在门口等她。

市场总监：夏总……

夏末打断她：进办公室说。

二人进了总裁室。

夏末站住：你们市场部什么情况？

市场总监摇头：大部分人不要股份。

夏末沉默。

市场总监：对不起夏总，我做了工作……他们说，看不到希望。

夏末：让他们给公司几天时间，先把工人的善后解决了。请他们放心，卖厂房，也不会欠他们的钱。

市场总监点点头，走出去。

夏末进了财务总监室，财务总监刚好通话结束。

财务总监：夏总，刚联系了两家机构，条件非常苛刻。

夏末：打电话给晖士投资的宋总，接受他的条件，我们现在过去谈细节。

财务总监：夏总，他们是趁火打劫！

夏末沉默。

夏末的车子在城市公路行驶，她现在看着那些耸立的高楼，好像乱箭飞驰。万箭穿心，正是她此刻的心情。

车里，夏末和销售总监坐在后面，财务总监坐在副驾位置，三人一路无语，心情沉重。

电话响，是财务总监的电话，她接听电话。

财务总监：你们确认？哪里来的？

听完对方回答，财务总监挂断电话。

财务总监：夏总，刚才有一千万进账。

夏末一愣：怎么会，是不是搞错了？

财务总监：没错，是马总公司汇进来的。

夏末：马总？

夏末急忙拿出手机，拨通马总电话。

夏末：马总，……对，刚才公司账户收到了一千万……什么？……我现在就去厂子找你。那，我们在凉茶铺见。

夏末放下电话，冲司机：我们去海边凉茶铺。

夏末冲财务总监：是马总公司汇的欠款，我在凉茶铺下来见马总，司机送你回公司。

销售总监：好的，那晖士投资那边我先找个借口回了他们？

夏末点点头，长出一口气。

来到海边凉茶铺，夏末看到潘安和马总坐在茶摊前。

潘安：到底是师妹，照顾我的买卖，生意都约到我这个破凉棚里了。

夏末：师哥，你去忙吧，我们谈业务。

潘安看眼马总，耸耸肩冲夏末：凉茶已经给你准备好了。

夏末一屁股坐下，望着马总，马总胡子拉碴，一脸沧桑。

马总嘿嘿一笑：没剃胡子，不认识了？

夏末：……

马总：厂子已经是别人的了，所以约你来这里谈。

夏末：你把厂子卖了？

马总点点头。

夏末：为了还钱？

马总摇头：不是，我没有那么讲义气。

夏末：……

马总：死马当作活马医，那是脑子有水，趁早卖掉厂子，还能剩个仨瓜俩枣。

夏末：你救了澳雳一命。

马总：本来就是你的钱，怎么成了我救你？

夏末不语。

马总：你活下来，还能东山再起，我活下来，不过多喘几天罢了。

夏末不语。

马总：还是你看得远，早就看到今天了，早早研发自己的东西。

夏末：差一点就看不到了。我有高人指点。

二人扭头看潘安，潘安在搅拌大锅凉茶。

夏末：马总，别灰心，等澳雳的新产品研发成功，咱们重新开始。

马总苦笑摇头：你可以，我不行。

夏末：为什么？

马总：我的时代过去了。

夏末：……

马总：你不用画饼安慰我，其实今天这样，我已经满足了。

夏末看马总。

马总：生得逢时，遇到好时代，年轻力壮时，赶上鹏城建特区，经历过时间就是生命，尝试过摸着石头过河，和黑猫白猫一起捉过老鼠。享受过豪迈的日子，也感受了酸甜苦辣。三十年，我的家乡从一个渔村变成了大都市。这就够了，曾经一个出海捕鱼的人，虽有乡愁，但如今还有什么不满足。

夏末点点头。

马总感慨万分：其实我挺理解腾笼换鸟的，三十年河东，三十年河西。我们用力气扑腾了三十年，该急流勇退，腾出地方，让给用脑子的人扑腾。

夏末惊讶：马总，你今天让我刮目相看，想得这么深。

马总：曾经沧海……

夏末：再挂云帆……

马总冲潘安努努嘴：我也有高人指点。

夏末扭头看潘安，潘安在埋头看书。

夏末刚走到崩溃的边缘，又看见一线生机，企业的命运似乎要转机。而方远舰尽管危机四伏，他却只看到生机。

还是破修理厂，但门庭改换，牌子却是骑士联盟。厂房里，彩色打印机打出一张大型结构图纸，阿巴斯将图纸钉在展板上。

方远舰接到张枫的微信：公司遇到突发情况，我冲动说了过头的话，对不起。我在东北跑订单。

方远舰回复：和你认真不起来。

组装区，长工作台案上，支着方远舰做好的下肢模型。旁边还摆着石膏人体骨骼。

大家过来，围案坐下，看着结构设计图。

方远舰：哪吒的结构设计已经完成，从人体仿生学意义上，让哪吒具有人的基本物理运动属性，需要 78 个不同自由度的关节。也就是说，哪吒需要 78 个多轴和不同功率质量，扭力惯量比的伺服舵机。

大家相互眼神交流。

方远舰：目前我们面临的问题是，我找遍了国内外相关厂家，国外最高端的不卖给我们，我们能买到的，几何体大，质量重，价格昂贵，应用到哪吒身上，哪吒最小是身高两米五，体重二百公斤的巨婴。国内有几家制造厂商能生产伺服舵机，功率、扭力、平滑稳定性、调速范围、自由度都达不到设计要求，装在哪吒身上，一定是一个犯羊羔风的哪吒。

张一博：那怎么办？

方远舰：你们有什么好的办法？

无人说话。

张一博：你不会要自己造吧。

方远舰：是。

众人哑然。

曾翔：我们……自己造伺服舵机？

方远舰：我们没有选择，只能自己造。

众人瞠目结舌。

方远舰：这是挡在我们面前的第一座大山，我们必须靠自己翻过去。

仍然无人说话。

方远舰：当然，路要一步一步走，山要一座一座翻，我们先解决哪吒下半身的问题。

张一博：先做胯、膝、踝，三个主关节，六自由度伺服舵？

方远舰点点头，看看同学们：大家有信心没有？

无人说话，气氛尴尬。

方远舰：不回答的好，有信心没意思。做不可能完成的事，这才是骑士精神。

阿巴斯：是唐·吉诃德，……我喜欢唐·吉诃德。

骑士联盟外，停着一辆箱式货车，几个送货工人从车上卸下大大小小的箱子，抬进厂房。

骑士联盟内，技术工人在安装 3D 打印机，方远舰在一边看着。

陆路趴在自己工作台前，拿着手机，对着厚厚一沓采购清单算账。

方远舰翻着打印机资料走过来。

方远舰兴奋地说：这台 3D 打印机，是目前能买到的欧洲工业级最牛 × 的，张枫他要知道是二百五十万，肯定会杀了我。

陆路：早晚会知道的。

方远舰：生米煮成熟饭，他知道也晚了。

陆路：超出预算二百万，他会认吗？

方远舰：干吗让他认，这点钱我还有。

陆路：我们是不是太奢侈，太浪费了？

方远舰不屑：你怎么和张枫一个格局？要买就买最好的，好机器才能制造出好机器。

陆路不语。

方远舰：现在是纳米时代，精打细算可以保证温饱，但是造不出芯片，也造不出哪吒。

陆路：我不想看到哪吒还没出生，就死在娘胎里了。

方远舰盯着陆路：你担心我没有财务能力？

陆路：我是说该把钱用在刀刃上。

方远舰：这台 3D 机器就是刀刃，或者说它可以打印刀刃。

陆路无语。

方远舰：陆路，你要转变观念，我们是骑士联盟，不是小作坊，我们要造的，是人工智能的皇冠，不是我爸的驱鸟机械人。

陆路不语，低头对着清单在手机上加了最后两组数字，将计算结果写在清单底部：2,150,000.00，陆路将清单递给方远舰。

陆路：这是各小组最近需要购买的物资清单和预算。

方远舰数数：个，十，百，千，万，十万，……二十一万五千。

陆路：你少数了一个零。

方远舰吃惊：二百一十五万？

陆路起身去了别处。

方远舰翻看清单，微微皱眉，急速地转换着思维，他似乎有了主意。

方远舰开车行驶在海中高架公路上，竟然轻松地在车载音响放着《青春舞曲》。

行驶到小区门口附近，方远舰突然将车靠边停下，关掉音响，望着小区旁的空地。

空地上，方父的驱鸟机器人随着《青春舞曲》歌声节奏挥舞双臂，歌声从驱鸟机器人肚子的音箱飘出，方父捧着一个水杯坐在一旁看书，方母带领几个年龄相仿的阿姨在跳新疆舞。

方远舰下车走过去，绕到驱鸟机器人后面，开始研究起来。

方母关掉驱鸟机器人：不跳了，不跳了，我儿子回来了，回家给儿子做饭！

阿姨们打量方远舰。

方母挽着方远舰胳膊：这是我儿子，一表人才，我没有瞎说的。

阿姨们纷纷点头称赞。

方母：阿舰，阿姨们认识很多优秀的女孩子，你抽个时间见见！

方远舰双手合十：谢谢阿姨！谢谢阿姨！拜托你们了。

回到家，方母做了几个上海菜。方父和方远舰围桌而坐，方母端上两碗云吞，方父和阿舰各自一碗。

方母：阿舰，你最爱吃的虾仁云吞，新鲜虾仁，又大又肥。

阿舰：妈，你怎么不吃？

方母：妈妈节食，身上有了多余的肉，跳舞不好看。

方远舰：虾仁不长肉。

方父：云吞皮长肉。

方远舰看眼方父：你把我爸养得又白又胖的。

方母：男人太瘦不好看，像柴火棍。

方父不理他俩，闷头吃饭。

方母：阿舰，小雨有没有和你联系啊？

方远舰：最近没有。

方母：为什么不联系？

方远舰：我睡觉她工作，她睡觉我工作，我在东半球，她在西半球，时间刚好相反。

方父：不对！

方父咽下嘴里的云吞：欧洲大陆绝大部分在东半球，只有冰岛的西半部分在西半球上。

方远舰：我说的是意识形态上的东西半球。

方父：那叫东西方。

方母：不管什么球，都是在地球上，阿舰，你的智商有余，情商不如你爸。你要主动和小雨多联系。

方父眉头紧皱。

阿舰：妈，你别乱点鸳鸯谱，我和小雨是好朋友，好兄弟的那种。

方母： 你和张枫是兄弟，和小雨不是。

方远舰：为什么？

方母：男女怎么能做兄弟？

方远舰：妈，你不懂。

方母：是你不懂，小雨的心思，妈一眼就能看出来。

方远舰：妈，时代不一样了，你理解不了人和人新的相处模式。

方父：这个时代，男人是女人，女人是男人。

方父捧碗喝完云吞汤，用餐巾纸擦嘴。

方父：你回来有什么事？

方远舰：没事就不能回来了？……妈，帮我买的基金什么时候到期？

方母：还早呢，怎么了？

方远舰：你给我提前赎回来一些。

方母：为什么？

方远舰：公司用。

方母：要多少？

方远舰：一千万。

方母吃惊：那么多？不能赎，现在赎吃大亏了。

方远舰：那点收益不算什么，我给您挣回十倍。

方母：那是你娶媳妇过日子的钱，不能动！

方远舰央求着：妈，我给你造一个机器人儿媳妇，聪明漂亮，贤惠听话，不花钱，不惹你生气，什么舞蹈都能跳的那种。

方母：会生孩子不？

方远舰：……

方母收拾桌上的碗筷去厨房。

方远舰求助父亲：爸……

方父起身去了阳台，趴在阳台栏杆上，望着大海。方远舰也走出来。

方父：二百五十万烧没了？

方远舰：没了。

方父：什么感想？

方远舰：钱，不耐烧。

方父：你还要继续烧？

方远舰：已经继续烧了。

方父回头看方远舰：张枫增加投入了？

方远舰不语。

方父：你不能用大家的钱做自己的梦，更不能绑架好兄弟陪你做梦。

方远舰：是我私房钱，已经烧没了。马上还要采购一批设备和材料，要发人员工资，卡里剩下的钱已经不是我的了。

方父：存在你妈那里的钱，也不是你的了。

方远舰：为什么？

方父：钱在你妈手里攥着，她睡觉才踏实，跳舞才开心。

方远舰皱眉：……

方父：你是她的骄傲，也是她的忧虑，你不能为了你的梦，让你妈做噩梦。

方远舰急了：爸，你别总拿我妈做挡箭牌，我做机器人，怎么就成了你们的噩梦？你们怎么就认定我必定失败，要倾家荡产，凭什么认定我走了一条必死之路？

方父：你做的，不是你自己能做成的东西。西方人也在做同样的东西，但他们后面有机构，有先进的基础科学体系，有发达的工业基础。

方远舰：我们没有就不做了吗？当年我爷爷他们有什么？

方父：他们背后有国家，有举国之力支撑。

方远舰：他们有"我命由我不由天"的勇气，还有"还丹成金亿万年"的气魄。

方父：你爷爷不是哪吒。

方远舰：他们是！你们不是！

方父：扯我们干啥？

方远舰：如果你们是哪吒，我们现在也会有先进的基础科学和先进的工业链，我们的工业也早已经进入了后工业时代。

方父不语，二人沉默。

方父从兜里掏出钱包，拿出一张银行卡：这是我的私房钱，里面有五十万。

方远舰皱眉：我不要，你留着自己用。

方远舰起身：妈，我走了。

方远舰将车开进自动洗车机，他坐在车里默默看着喷淋水，涂抹清洗剂，滚刷，一整套自动程序。

4S店内，方远舰的车锃亮如新，4S店的评估师对车里车外仔细查看了一遍。

评估师：这款车出厂还不到一年，完全是一辆新车，为什么要卖？

方远舰：差钱。

评估师：我建议你再考虑一下，卖了太可惜。

方远舰：能卖多少钱？

评估师：一口价……一百八十万。

方远舰：这车在你们店买的，两百三十万，开了不到一年，跑了不到一万公里。

评估师：你上午买的，下午卖，它就是二手车。

落日余晖，海面波光粼粼，沿海公路上，方远舰开着一辆成色很旧的轿车在路上行驶。

同样时间，行驶的公交车上，蒋楠楠靠在门边发信息。

公交车到站，蒋楠楠下车。

蒋楠楠：我到站了，你在哪儿？

她在车站匆忙的人流里寻找，不见崔江北的影子。

有信息进来，是崔江北的：今天还要加班，不要等我。

蒋楠楠看完信息，独自回家。饭桌上少了崔江北，冷清不少。崔父面前摆着一个巨大的陕西老碗，里面盛了满满的面，一诺小碗里也是。

崔父：不回来吃也不早说，面条不是别的，坨了没法吃了。

崔父给一诺又添了许多面：帮爷爷吃一些。

一诺并不拒绝。

蒋楠楠：爸，别给他了，撑着了。

崔父：撑不着，吃完了喝碗面汤就消化了，这叫原汤化原食。

蒋楠楠：你也小心撑出毛病了。

崔父剥了一颗大蒜，递给一诺一瓣，爷俩就着大蒜香喷喷地吃面。

蒋楠楠眉头皱起。

蒋楠楠：一诺，作业写完没有？一会儿我要检查。

一诺：写完了。妈妈，语文课造句，我遭到老师的表扬。

蒋父：用词不对，是受到老师表扬。

蒋楠楠：肯定是遭到老师批评，造的什么句，我听听。

一诺跑去书包拿出语文书，翻开读。

一诺：用"听话"二字造句，我造的是"我们家里，我听妈妈的话，爷爷、姥爷听我的话，爸爸听我们大家的话，我们都听妈妈的话，妈妈最听老师的话"。

三个大人瞠目结舌。

蒋楠楠：谁教你的？

一诺：我爸。

三个人面面相觑。

此时，在科创委资料室长案子上，崔江北趴在案子上写方案。

高山拿着文件，提着几盒快餐进来，放在长案的一头。

高主任：我点了外卖，吃了再干。

崔江北：主任，您善良，既让马儿跑，还给马儿草。

高主任：胡扯，你打开看看。

崔江北过去，打开饭盒，里面都是肉菜。

崔江北：不是草，都是硬菜。

二人坐下来，开始吃饭。

高山：天天在这加班，不给你吃点好的，你媳妇不得怪我啊。

崔江北：我在家里说一不二，借她个胆子都不敢。

高山：这么忙，平时也没空联系朋友吧？

崔江北：他们也忙，我大学师弟在创业，很不靠谱，在搞机器人。

高山：这我就得批评你了，人工智能也是未来趋势。

崔江北：我是说他和他的合伙人不靠谱，拿了点投资却招不到人，只能从网上的论坛里找。

高山：那招来的人能用吗？

崔江北扒着饭：不知道，不过我看鹏城做什么的都有，像他们这样的肯定不是特例，一定还有别的企业非常缺少人才，咱们是不是也得搞点政策来帮助一下。

高山笑了，从一旁的桌案拿了一个文件，递给崔江北。

高山：正好，今天市里的新文件，方案就交给你来出了。

崔江北看文件——《人才安居办法》。

崔江北：主任，已经有一个人才引进政策正在执行了啊，怎么又出一个？

高山：那个是对海外有成就人才的政策，这个主要面对国内刚毕业的本科以上学生，吸引他们入户。

崔江北：真好，我们毕业那会儿，什么政策都没有享受。我都想回到学校或是出国深造，然后回来重新开始。

高山：你们享受了我们的建设成就。你还觉得委屈，我们这些"深一代"岂不是欲哭无泪了。

崔江北：那倒是，最惨的是你们，享受了一片泥泞的荒地。

高山：我们是你们这代的垫脚石，你们是下一代的垫脚石，一代踩在一代的肩上，像叠罗汉一样，才能让鹏城立起来。

崔江北情绪低落：我还没踩稳，就成了别人的垫脚石，我心不甘。

夜晚，蒋楠楠家里，洗衣机在转动，蒋楠楠在卫生间贴面膜，一诺在客厅看动画片，蒋父和崔父在屋里下一诺的跳棋。

蒋楠楠贴着面膜从卫生间出来：一诺，检查作业。

一诺：爷爷和姥爷检查过了。

蒋楠楠关掉电视：妈妈还要检查。

一诺吊着脸拿着书包进了蒋楠楠卧室。

崔父、蒋父相互看看，继续下棋。

蒋楠楠拿出手机找到老师的家庭作业微信群，群里通知：请家长监督，朗读课文《春雨的色彩》。

蒋楠楠：朗读《春雨的色彩》。

一诺翻书找出课文，带有明显的陕西普通话发音朗读：春雨，像姑娘纺出的线，轻轻地落在地上，沙沙沙，沙沙沙……田野里，一群小鸟正在争论一个有趣的问题：春雨到底是什么颜色的？

蒋楠楠叫停：不对，发音不对，重读。

一诺琢磨一下，换四川普通话发音：春雨，像姑娘纺出的线……

蒋楠楠蹙眉：不对，不对。

一诺急了：怎么不对？爷爷，姥爷就这么读的！

蒋父、崔父相互看着。

蒋楠楠："跟妈妈读，春雨，像姑娘……"

一诺跟着妈妈朗读。

洗衣机蜂鸣声响，崔父起身去卫生间，打开洗衣机，将里面衣服抓出放在一个盆里，然后用衣架挂起来晾晒，他这才发现是女人的内衣内裤。慌忙放进盆里，端着盆不知所措，蒋楠楠出来晾晒衣服，二人尴尬地站着。

蒋楠楠接过盆：爸，以后一诺的语文你们不要辅导了，有了口音很难纠正。

崔父：好的，好的。

蒋楠楠冲屋里喊：爸，你听到没有？

蒋父：晓得，晓得了。

蒋楠楠穿着吊带睡衣在翻看澳雾公司的研发报告，她拿起手机看看时间，刚要给崔江北发信息，就听到门口有动静。

崔江北开门进来，蹑手蹑脚地进了卧室。

蒋楠楠：加班这么晚？

崔江北：地铁上走神了，坐过了一站，走回来的。

蒋楠楠：以后晚了打车回来，不要坐地铁。

崔江北：他们睡了？

蒋楠楠点点头。

崔江北：你怎么还不睡？

蒋楠楠温柔暧昧的：等你啊，累不累？

崔江北顿时来了精神：不累！我去洗澡。

蒋楠楠一把拽住崔江北：等一会儿再洗。

崔江北：为什么？

蒋楠楠从旁边拿出资料，递给崔江北：你帮我看看这个？

崔江北：这是什么？

蒋楠楠：申请你们科技创新扶持资金报告，你看有戏吗？

崔江北警觉：谁给你的？

蒋楠楠：我们辖区的一家企业，就是叫夏末的那个女企业家，他们在研发新材料，资金遇到困难。

崔江北把资料丢在一边：这两天太忙，过两天再说。

蒋楠楠：不行，现在看。

崔江北：行不行都赶不上这趟车了，这一批的扶持对象我们已经审核结束，开始拨款了。

蒋楠楠：你看看资料，如果够条件，一定帮帮她的企业，要快，他们已经弹尽粮绝了。这个霸气老板，最近做的几件事，让我对她刮目相看。她说服研发部的人暂缓付薪酬，而全额兑现了停产解除合同工人的薪酬和补偿。有这样胸怀的人，她的研发项目一定是有价值的。

崔江北：楠楠，我们在家不谈工作好吗？

蒋楠楠：下不为例。

崔江北不语。

蒋楠楠：说实话，我不喜欢她那种高傲的姿态，但她的企业确实是有潜力的，在我的辖区，生死关头不能不管。

崔江北：明天你们去科创委递交申报材料，按程序办。

蒋楠楠语气加重：崔江北，你支持一下我的工作，好不好？

崔江北火了：蒋楠楠，你讲点道理好不好？

蒋楠楠：我哪不讲道理了？算了，你按程序办吧，我就不相信你的程序能分出轻重缓急！

两个人冷战，谁也不理谁。

夜深了，蒋楠楠睡醒来，发现崔江北不在卧室，便起身下床，出了卧室。

客厅黑着灯，光从厨房泄出，蒋楠楠来到厨房，看到崔江北坐在灶边看澳雾的研发报告，便过去从崔江北手里拿过资料：洗澡去。

同样的夜晚，澳雾研发中心内，聂锌和几个研发人员在做测试，聂锌将材料放入仪器，手放在启动按钮上，久久下不去手，大家看着他，忐忑不安。

聂锌深吸口气，按下按钮，大家紧张地望着仪器显示屏上的数字变化。

助手转动旋钮，加大电压，数字飞快地变化，大家紧张地屏住呼吸。助手继续加大电压，突然仪器数字崩溃，红灯闪烁，发出报警声。

大家似泄气的球，蔫不做声。

聂锌：对不起，让大家白受累了。

此时，夏末独自在家里喝红酒，收到聂锌的微信：对不起，又让你失望了。

夏末情绪烦躁，仰头一口喝完杯里的酒，稳定一下情绪，回复聂锌：嗯，我们离成功又近了一步，辛苦了！

夏末放下手机怔怔地坐着。

崔江北拿着资料，进了高主任办公室。

崔江北：高主任……

高主任：昨晚回去又加班了？

崔江北：你怎么知道？

高主任：脸色苍白、憔悴，《产权质押融资分项》做好了？

崔江北：没有，昨晚被您压榨完，回到家被我老婆又压榨了大半夜。

高主任愣了一下：含蓄点，那事不用和领导汇报，但也不能精疲力尽地来工作。

崔江北：高主任，您想多了。

崔江北把手里的资料递给高主任：您看看这个。

高主任看看资料：这个怎么回事？

崔江北：蒋楠楠给我的，他们街道辖区的企业，让我看看符不符合咱们的创新扶持政策。

高主任纳闷：她不是婚姻登记吗？这事也管？

崔江北：蒋楠楠调到企服办了，为他们辖区的企业做服务。

高主任：这家电力企业我知道，纳税大户。

崔江北：现在举步维艰，到了生死关头，……蒋楠楠说的。

高主任：然后呢？

崔江北：如果合规，请我们一定支持企业。

高主任：合规吗？

崔江北：企业在自主研发新的特高压输变电材料，如果技术突破，此技术是国际前沿，具体还要请行业专家进行论证。

高主任用审视的眼光看着他：这件事对你是个真正的考验。当然，如果是前沿技术，必须支持。

崔江北：我懂！

蒋楠楠、余真坐在澳雾会客室里等崔江北。

崔江北带着几个科创委职员匆匆进来：楠楠，他们是我的同事，负责项目评定的。

蒋楠楠为崔江北介绍余真：她就是余真，我的美女同事。

余真凑近崔江北，小声地：姐夫好，昨晚辛苦了。

崔江北愣了一下：不辛苦，应该的！

夏末秘书过来：几位领导，都到齐了吧，夏总在研发中心等你们。

聂锌带着崔江北等人参观研发中心。

夏末和蒋楠楠、余真、远远地站在一旁看着他们。

夏末感慨：动作真快，你们代表了鹏城速度。

余真：澳雾的情况特殊，特事特办。

夏末：谢谢你们，请原谅前面对你们的态度。

蒋楠楠笑笑：能争取到夏总的平视，和你们的研发一样难。

夏末：你的性格也很强势。

余真：夏总，澳雾能特事特办，楠姐的强势功不可没。

夏末：你们企服办是一个什么神仙单位？科创委也要听你们的？

余真：我们庙小神仙大，可不能小看我们。

蒋楠楠：我们代表政府和公正。

夏末：领教了！以后不会了。

聂锌将大家领到一个角落，那里摆着很多材料样品。

聂锌：这些是我们实验失败的样本，一百二十批次，也就是说，两年时间里，我们失败了一百二十次，最近的失败是昨天晚上。所有数据都有原始记录，我用人格保证数据的真实性，虽然说每一次实验数据都有提升，但是到目前还没有实质性突破。

崔江北看着样本，有些感动。

聂锌：但是，我们的新材料技术性能一旦突破，在特高压输变电领域，从环保、安全、节能方面都具有很大意义，这一点我们很自信。

大家无人说话，认真地看样品标签上的实验数据。

夏末送大家往外走，秘书过来：夏总，工作餐已经安排好了。

夏末看大家：吃完饭再走……

崔江北：谢谢夏总，我们回去吃。

夏末：只是简单的工作餐，不会违反标准的。

蒋楠楠：夏总，一顿工作餐，可能就把扶持资金吃没了噢。

夏末苦笑一下：我懂了，谢谢大家。

大家继续往外走，余真突然叫住崔江北。

余真：崔老师！

崔江北站住。

余真从包里拿出那沓申请资料：姐夫，我们还有几份申请资料，您费心也帮我看看啊。

崔江北：……

蒋楠楠：小余，这些资料我们走正常程序。

余真：是走正常程序，只是让崔老师顺便带回科创委，省得我们再跑一趟。

崔江北不得不接过资料。

蒋楠楠狠狠地瞪了崔江北一眼。

如果说夏末的企业到了更年期，那么方远舰的骑士联盟正在青春期，而鹏城正在转型期。

海边公路上，吉普车内 Rap 音乐中，卓烨在驾车。车是方远舰卖掉的车，开车人是卓烨。卓烨戴上墨镜，跟随音乐用潮汕普通话唱着歌。

骑士联盟门外，奔驰吉普开了过来，停在方远舰的破车旁边。卓烨下车打量着破车，一脸的纳闷。

卓烨按响门铃。阿巴斯开门，卓烨进来。

卓烨：我又来了，哪吒的造型出来了，你们看看。

卓烨发现屋里气氛不对：你们在开会？

方远舰：我们在讨论问题，没事的。

卓烨放下电脑：你的车在哪儿？那辆破车怎么停在这里？

方远舰：……

卓烨拽着方远舰往外走：我新买了一辆车，和你的同款。

方远舰拽着陆路：走，看看去。

三人出来，卓烨走到车跟前。

方远舰愣住，围车转了一圈：你什么时候买的？

卓烨：昨天提的车，二手的，跑了不到一万公里，比你的便宜三十万。

方远舰：你在哪里买的？

卓烨：4S店，卖车的是我的房客，便宜了我，我免了他两年房租，划算吧。

方远舰：这是我的车。

卓烨瞠目结舌：不……不会吧。

方远舰：如果你不说，我会以为它自己跑回来了。

卓烨：为什么要卖了？

方远舰：太张扬，想低调一些。

卓烨指着旁边的破车：不会是你买的吧？

方远舰：是！找遍了二手车市场，买了辆最破的。

卓烨：这破车是我的，一身的毛病，你上当了。

方远舰目瞪口呆：你的破车？

陆路站在门口冷冷地看着。

三人尴尬地回到屋内，大屏幕上投放卓烨新做的视频，哪吒被设计成未来人物，造型很酷，也很炫。

哪吒的每一个角度的造型都引来同学们的赞叹。动画滚动播放，卓烨得意之情不加掩饰。

方远舰和陆路默不作声地看着。

卓烨：怎么样，喜欢吗？

同学们：酷，喜欢。

方远舰、陆路默不作声。

卓烨：你俩不喜欢？

方远舰：这是第三代哪吒的造型。

卓烨：第三代？

陆路：这是超人类机器人的造型，我们要的，是仿人机器人。也许到第六代哪吒的能力，才能配上你的造型。

卓烨看方远舰。

方远舰点点头。

卓烨：你们不会要大头萌娃娃造型吧？

陆路：现在的技术，只能匹配那种。

卓烨的脸沉下来：你早说啊，我干吗费这个劲。

方远舰：我哪知道你会设计成这样?

陆路：要不你再设计一款?

卓烨：我只做炫、酷、有未来感的设计，你们要的太傻了，我不做。

方远舰：未来感也不是你设计的这个样子，哪吒不是钢铁侠，也不是高达，你这个设计，除了模仿国外的动画片，哪有自己的思想?

卓烨：大叔！你们两个老了，太 Low，不懂未来，我不和你们玩了。

方远舰：求之不得，好好收你的房租，别再想入非非。

卓烨拿起电脑，气冲冲地离开。

卓烨到了门口，站住：明年这个房费不减半了，再涨 20%。

陆路皱眉，埋怨地看着方远舰。

澳雳公司，电梯门开，两个警察从里面出来，公司前台迎上。

前台小姐：您二位是……?

警察：我们是派出所的，找夏总了解一些情况。

前台犹豫着：二位稍等。

前台进了公司里面。

澳雳会议室，两个警察坐在夏末对面，一个询问，一个做笔录。

警察：占用你一些时间，我们要了解一些情况。

夏末：能让我们公司的法务回答吗?

警察：这些问题牵扯到了你个人，只能你本人回答。

夏末：你们问吧。

警察：你和郭磊什么关系?

夏末：老板和员工的关系。

警察：仅此吗?

夏末：她是我妹妹的男朋友。

警察：你亲妹妹?

夏末：我家的保姆，我把她当亲妹妹。

警察：郭磊在工厂具体负责什么工作?

夏末：我不知道，要去问他的工长。他刚进厂子没几天，应该什么都还不会干。

警察：郭磊给工友说，他是你的人。

夏末蹙眉：他的表达不准确，我不懂我的人含义是指什么?

　　警察：受害人说，郭磊是你派到厂子的监工和打手，是你指使他动的手。

　　夏末气愤：胡说八道，子虚乌有。

　　警察：工厂有拖欠被害人的工资吗？

　　夏末：有，公司财务困难，发不出全额工资，晚发两个月，情况事先给工人们说明了。

　　警察：郭磊打人有维护公司利益的动机吗？

　　夏末：有，但是他的动机是自发的，没有人指使。

　　警察离开了。夏末办公室里只剩夏末和帮郭磊找的刘律师和法务，坐在她对面。

　　刘律师：案子已经到了检察院，因为受害者一口咬定是讨薪被打，情况很特殊，各单位都很重视。

　　夏末：批捕了还有可能和解吗？

　　刘律师：有难度，不过和解总归是好的，即使判了也会酌情从轻处罚。

　　夏末：争取和解。

　　刘律师：我和受害人谈了，他开出了价钱。

　　法务：多少？

　　刘律师：一百万。

　　夏末瞠目结舌：一百万？

　　刘律师点点头：还要留在厂子工作，拿老工人标准的股份。对方很坚决，没得商量余地。

　　法务：这个人，刚来澳雳一年，之前差点没过试用期，但是老工长心好，留下他了，结果养了个小人，趁机反咬一口，讹诈公司。

　　刘律师：对方一口咬定郭磊是夏总的亲戚，是夏总指使他动的手，如果不满足他的条件，他要起诉夏总。

　　法务：警察找夏总做笔录了。这人太卑鄙了！

　　刘律师：我见了郭磊，也看了他的笔录，他坚定是自己一时冲动动的手，动机是自己失业后刚找到工作，对方行为会让厂子停产，他又要面临失业。

　　法务：我再去和这个工人谈谈，让他胃口小一些。

　　夏末：不要谈，我不给恶人妥协，不和解了，走法律程序。

　　夏末遇到烦恼，径直来找潘安。很奇怪，又下起雨来了。

　　潘安：每逢下雨，似乎就能看到你。来这里想告诉我好消息还是坏消息？

夏末：喜忧参半。

潘安：先说让人开心的。

夏末：街道办的那个小姑娘说，科创委审查通过了我们的申请报告，特事特批，扶持资金很快就会下来，五百万。

潘安：雪中送炭。

夏末点点头：这笔钱能给我争取一些缓冲，让我喘口气。

潘安：不好的消息呢？

夏末：被打伤的那个工人是个小人，贪得无厌，我不能跟他和解。

潘安沉默一会儿：赵莹莹知道了吗？

夏末摇头：我害怕回家，不知怎么面对她。

潘安：所以你躲到我这里望雨发呆来了。

夏末：不来这儿，我还能去哪里？

潘安沉默。

夏末：师哥，郭磊是为了维护公司利益，我这么做是不是很自私？

潘安：回避不能解决问题。和赵莹莹坦诚地讲明情况。

夏末点点头：更重要的是，我得到政府的研发支持，就更像过河的卒子了。一个新产品研发很烧钱，但更可怕的是漫长的研发周期，现在产品更新换代得很快，没有技术储备，一旦产品迭代，就又会像现在这样等米下锅，狼狈不堪。

潘安：想法正确，实施困难，资金怎么解决？那几个掣肘的董事怎么说服？

夏末摇摇头：办法总比困难多。

潘安：一边抱怨不堪重负，一边给自己增加重量，我很奇怪，弱小的身子，你哪来的力气？

夏末：没人帮我，我只能硬扛。

潘安：我能帮你做什么？

夏末：给点力量。

潘安沉默片刻，肘关节支在桌子上，伸出手。

夏末握住潘安的手，两人像掰腕一样，手紧紧攥在一起。

潘安：我正在写关于制造业的文章，哪天我去你的研发中心看看。

夏末：我等着你！

凉茶铺里，潘安笑吟吟地看着方远舰和陆路走进来。

潘安：我这里雨夜总是很有情调，姐姐刚走，弟弟就来了。

方远舰：我表姐最近是不是有好事了？有您这位高参。

潘安：喜忧参半，这是转型期所有企业的共性。你们聊吧，我去写作了，别介意，请随意。

方远舰：凉茶是用草药加茶叶熬制的，清热排湿，对身体有好处。

陆路：我们现在刹车还来得急。

方远舰愣住。

陆路：你现在只是损失点钱……及时止损，对你、对我，都是挽救。

方远舰：对不起，保护张枫和小雨是我的本能，我没有不顾及你……

陆路：不用和我解释，你们是朋友！

方远舰：……

陆路：我们只是合伙人，划同一条船而已，靠了岸，我们就各奔东西。

方远舰：船还在水里，我们要同舟共济。

陆路：对不起，我想上岸了。

方远舰疑惑地看着他：为什么？我们才刚刚开始。

陆路：我们太冲动了。

方远舰急了：怎么就冲动了？

陆路：不怕虎的牛犊，大概率是被老虎吃掉。

方远舰激动：你怕了，你这是逃兵！不是骑士！

陆路：我本来就不是骑士！被你封成了骑士。

方远舰：……

陆路：刚要迈第一步，就遇到资金问题，后面的路我没有信心。

方远舰：这点钱，只是个小麻烦，很好解决的！

陆路：蚂蚁和大象的视角不一样，你觉得只是块小石头，我看过去就是山！

两人沉默。方远舰咽下一口茶。

方远舰：对不起，我没考虑过你的承受能力。你想上岸，我不拦你。

雨停了，方远舰离开桌子，眺望大海。惊涛拍岸，云诡波谲。陆路走过来并排眺望。

陆路：那你怎么打算？

方远舰：自己干，我不会退缩。

陆路：再走下去，你我就真的没退路了，前面是深渊也只能往里跳。

方远舰看陆路：我们是骑士，只要向前！我们一定能摘到皇冠！

陆路看方远舰：我不是骑士，我只想赚钱。

方远舰：……

陆路：但我绝不是逃兵，我们继续向前吧，皇冠应该能卖个好价钱。

方远舰：我在你身上看到了骑士的影子，我不会看错。

二人相视而笑。

陆路：今后大额的资金支出，我希望你能征求一下我的意见。

方远舰：为什么？

陆路：我有20%的话语权。

方远舰：多少是大额？

陆路：一万元以上。

方远舰：一万元，也叫大额？

陆路：对我是。

方远舰沉默片刻：可以，但我有80%的话语权。

陆路点头。

方远舰：那有何意义？产生分歧还是我说了算。

陆路：我们是合伙人，我不是空气。

方远舰：怎么讲？

陆路：随时都在，却没有存在感。

方远舰：对不起！我疏忽了你的感受，往后我们开源节流，我开源，你节流。

方远舰手机响，是张枫的微信：我明天下午回鹏城，去机场接我。

深夜，夏末开门进来，赵莹莹坐在餐桌前。

赵莹莹：姐……

夏末：莹莹，你还没睡。

赵莹莹：我睡不着。

夏末到冰箱里取出一瓶打开的红酒，倒了两杯：睡前喝杯红酒，我的经验。

赵莹莹不语。二人默默坐了一会儿。

赵莹莹：姐，老师说小考拉的音乐天赋很高，今天拉的一首曲子，老师说感觉非常好，我录了音，你听听。

赵莹莹拿出手机，播放录音，欢快的《第二号小步舞曲》如丝般滑出。

二人静静地听着，好像欢快中夹杂着一丝凄凉。

一曲终了，意犹未尽的感觉。

夏末：小考拉身上，遗传了很多他爸爸的基因。

二人沉默。

少许，夏末：莹莹，我想和你说一个事情。

赵莹莹：郭磊的吗？

夏末点点头：律师和被打的那个工人谈和解，对方狮子大张口，要一百万，还要留在厂子拿股份，没有商量余地，不给他就要诬告是我指使郭磊动的手。

赵莹莹：……

夏末：莹莹，这不是钱的问题。

赵莹莹：姐，我懂，我知道郭磊为什么打他了，该打。

夏末：莹莹，对不起。

赵莹莹眼泪流出来：姐，你别难过，你已经尽力了。

夏末苦笑一下：莹莹，是该我安慰你。

赵莹莹：我能去看郭磊吗？

夏末：我让公司律师安排，如果可以，让他带你去。

赵莹莹：姐，律师费多少钱？我出。

赵莹莹拿出银行卡，递给夏末。

夏末生气：莹莹，你这样我会更难过。

赵莹莹固执的：姐，你要想让我在这家里干下去，这钱必须是我出。

夏末不知所措。小考拉不知什么时候站在屋门口看着她俩。赵莹莹发现小考拉，忙擦干眼泪。

赵莹莹：小考拉，你怎么醒了？

小考拉冷冷地看了眼夏末，过来拽着赵莹莹的手：小姨，陪我睡觉。

小考拉把赵莹莹拽进自己屋子，关上门。

夏末怔怔地看着。

机场候机楼外，张枫拖着箱子从出发口出来，他边走边打电话。

张枫：阿舰，我在出发口 6 号门口外面，你在哪里？

张枫挂掉电话，站在路边张望。

一辆破轿车驶来，停在张枫跟前，张枫没有注意到开车的方远舰，还在四处寻找。

方远舰探身打开副驾车门：往哪看，快上车。

张枫望着他，惊讶不已：谁的车？

方远舰：快上车，警察罚。

张枫慌忙将行李放在后座，上了副驾，方远舰驾车驶离。

破车行驶在沿海高架路上。

张枫：什么情况？开谁的破车，你的车呢？

方远舰：卖了，炮换鸟枪，换了这辆。

张枫：为什么？

方远舰：极简主义，你也换一辆。

张枫：骑自行车更极简主义，你怎么不换自行车？

方远舰：机场不让骑自行车接人。

张枫：你能不能正经点？

方远舰：开破车就不正经了？你什么逻辑。

张枫：钱花完了？

方远舰：你别装傻。

张枫：然后呢？

方远舰：然后卖了车。

张枫眉头皱成一团，扭头望车外。二人沉默。

张枫：公司可以追加投资到五百万元。

方远舰：我不同意。

张枫：你还嫌少？

方远舰：嫌多，说好多少就是多少，我改主意了。

张枫：别赌气。

方远舰：不赌气，我是认真的。

张枫：那资金缺口怎么解决？

方远舰：我有办法。

张枫：你要用自己的钱，我更不同意。

方远舰烦躁：你怎么比我爸我妈还多妈。

张枫：你爸妈也不会同意……

方远舰打断张枫：别操我的心了，你这一圈跑得怎么样？

张枫：白醉了几顿酒，没谈下一个单子。

方远舰沉默。

张枫：有一家客户到了鹏城，我赶回来接待，今晚你能和我一起去吗？

方远舰：不去，伺服舵机我们要自己做，到现在还没进展，我没心思。

张枫不语。

方远舰：别玩命喝酒，生意宁可不做。

二人默不作声，破车在车流里穿梭。

夜晚，某高档餐厅内，张枫在宴请客户，酒桌上四五个人，酒过三巡都已微醺，他一人独战群雄。

张枫：牛总，你们在鹏城还想去哪里玩？我来安排。

牛总：鹏城一年来八次，没什么可玩的。

张枫：如果我们这次能签订意向，我认为牛总应该带队去德国参观企业，顺便考察欧洲工业发展状况，我们范总在那儿，她可以全程接待安排几位的行程。

牛总端起酒杯：那我先敬你三杯。

张枫：大家一起来。

牛总：不可以，一个一个地敬。

张枫豪放地：听牛总的。

张枫与牛总碰杯，仰头喝下。

骑士联盟内，阿巴斯一直拿着喷枪，在与蚊子作战。

阿巴斯：方老师，蚊子为什么喜欢晚上出来？

方远舰：哦，他们喜欢潮湿和灯光。

方远舰到陆路跟前：要不我们重新装修厂房，安装中央空调和新风系统，让大家有个舒服一些的环境。

陆路沉默一下：谁知哪天那个少爷就把我们撵走了，得不偿失。

方远舰：那也不能让大家挨着蚊虫叮咬干活。

陆路：我来想办法。

方远舰：你不会用蚊香熏吧？人和蚊子同归于尽的那种办法。

陆路：现在最重要的问题不是蚊子，是伺服舵机，你们硬件组拿不出解决方案，我们软件无从下手。

方远舰有些烦躁：舵机设计方案哪有那么容易，西方半个世纪前就研究伺服舵机了，我们几个人在几天内要交作业，是天方夜谭。

陆路：所以我坚持我的意见，正向设计不现实，应该逆向设计。

方远舰：怎么逆向设计？解剖别人的东西，照葫芦画瓢？

陆路：借鉴别人设计思路，这是最捷径的一条路，世界上所有的技术本来就是你中有我，我中有你。

方远舰：你中有我什么？

陆路哑然：……

方远舰：且不说国外先进舵机的不可复制性，即使我们照葫芦画瓢，复制出来，也是知其然不知其所以然。

陆路：那我们怎么办？就这样天天在这里埋头发呆，喂蚊子？

方远舰：弯道超车不是急功近利，该走的路一步都不能少，该做的功课都要补上。没有解决我们的核心技术，造机器人有何意义？

陆路：别讲大道理，我不需要，我现在要的是程序和算法的载体。

几个同学远远地看着他俩争吵。

陆路突然说：我们去找崔江北。

方远舰：找他干什么？

陆路：他们科创委一直在关注国际前沿的科技动态，特别是人工智能方面。和国内一流大学、研究机构都有联系，也许他能帮上我们。

方远舰：不去，我不喜欢他。

陆路：这个时候你怎么不讲格局了？

深夜的海堤上，张枫独自一人，醉意醺然，走得东倒西歪。一阵风来，酒劲涌上胸口，他趴在海堤护栏上向海里呕吐。

翻江倒海地吐完，他背靠护栏缓缓地坐在地上，拿出手机找到范小雨的微信。

张枫发信息：今晚谈妥了一单，准备在欧洲接待。

张枫放下手机，闭眼靠着，胸中又是一阵翻滚，他爬起来继续呕吐。

方远舰还是屈尊来见崔江北了。路边咖啡厅外崔江北匆匆走来，发现陆路和方远舰。

崔江北：陆路。

陆路：师哥，坐。

崔江北和方远舰点头示意，二人都有些尴尬。

陆路把一杯咖啡递给崔江北：给你点了黑咖啡。

崔江北：找我什么事？

陆路：我们遇到了困难，需要帮助。

崔江北：什么困难？

陆路看方远舰，方远舰端起咖啡杯喝咖啡。

陆路：我们要自己造伺服舵机，需要技术支持。

崔江北惊讶：你们自己做伺服舵？

陆路点点头：国产的低端，不能用，国外高端的贵，而且买不到，只能自己做。

崔江北：我能支持你们什么？

陆路：国内几所一流高校，都在研发人工智能，驱动电机是人工智能的核心技术之一，我们想请科创委帮我们牵线搭桥，找一家有实力的研究机构给我们一些支持。

崔江北沉默。

陆路：有问题吗？

崔江北端起大杯咖啡放到桌子中间，抓起小圆盒牛奶摆在咖啡旁。

崔江北：这两个是什么？

陆路：咖啡、奶。

崔江北：是正规军和游击队。

陆路：什么意思？

崔江北指着咖啡和奶：他们是正规军，你俩是游击队。游击队找上门让正规军打掩护，把阵地让给游击队主攻，你俩算算正规军心里阴影面积有多大？

陆路：……

方远舰：如果正规军早就攻下阵地，我们游击队干吗还要冒死往上冲？

崔江北：……

方远舰情绪有些激动：你所谓的正规军，手里攥着最好的武器，最充足的弹药，只守不攻，跑去后方跑马圈地，建房子盖大楼。反而嘲笑拼命突围的游击队天方夜谭，自不量力。

崔江北：你说得不对，在鹏城，你们是主力军，我们科创委是给你们输送弹药，提供支援的服务部队，不光科创委，鹏城所有的政府职能机构都一样。

方远舰：何以见得？

崔江北：启腾、华讯、疆域等科技领军企业，哪家不是从游击队壮大起来的？

方远舰：……

崔江北将牛奶盒上的封盖撕开，将奶倒入方远舰的咖啡里。

方远舰：你干吗？我不加奶。

崔江北：你现在还能喝出哪个是咖啡，哪个是牛奶吗？

陆路：你中有我，我中有你，当然喝不出来了。

方远舰沉默一下：你是说我们换个思路，和高校联合研发伺服舵机。

崔江北点点头：后发效应，不必从头做起。我个人认为，愚公移山是精神上的胜利，方法上的失败。

方远舰：这个观点我认同。

离开咖啡厅，方远舰开着破车，陆路坐在旁边。

方远舰：你这个师哥，有营养，好像也没那么烦人。

陆路：他很风趣，你和他熟了，会喜欢他的。

方远舰：他学的什么专业？

陆路：和我一个专业，计算机，是学生会干部，领导能力强。

方远舰：他为什么要去服务部门？可惜了。

陆路：我不这么认为，每个人，都有最适合自己的位置。

方远舰：那也不能学无所用。

陆路：谁规定，学计算机，必须要做"码农""程序猿"？也许人家编的是另一种程序，我们都是他键盘上的代码。

方远舰：你这话，也有营养。

汽车拐上了海边高架路。

陆路扭头望着车外：你要去哪里？

方远舰：到了你就知道了。

来到鹏城大学机器人实验室内，三人在一僻静处坐下。

方远舰给熊尔介绍道：陆路，现在是我的合伙人。

熊尔冲陆路点头示意：负责程序和算法。

方远舰：间谍们给你汇报了？

熊尔：咱们直奔主题，又找我干什么？

方远舰：我不和你 PK 了。

熊尔：认输了？

方远舰：我的团队除了我俩，都是你的间谍，怎么 PK？我们合作。

熊尔：合作？

方远舰、陆路点点头。

熊尔：我们研究的方向不同，一个陆上跑，一个水里游，就如同你做鸡，我做鸭，技术壁垒不一样，一起合作，那不是鸡同鸭讲吗？

方远舰皱眉：你的比喻不对。

熊尔：哪里不对？

方远舰：……

方远舰一时无语反驳，看陆路。

陆路：技术壁垒不同，取长补短，反而容易得到最优解。

方远舰：对，鸡鸭各献所长，各取所需，更容易达到各自目标。

熊尔：我们怎么合作？你们想达到什么目标？

方远舰：共同研发伺服舵机。有钱出钱，有人出人，一起组建一个伺服舵机研发团队，研发成功，荣誉算学校的，技术成果共享。

熊尔：学校出什么？

方远舰：人为主，当然有钱更好。

熊尔想了一会儿：你们做一个出资和股权方案，我拿去向学校汇报。

第五章

处于更年期的澳雳公司，偏偏遇到鹏城的转型期，更年期自身的变化受到来自转型期城市的影响，变成了阵痛。夏末刚刚觉得喜忧参半，似乎看到生机和希望，打击就接踵而来了。她的感受不是更年期了，而是预产期，一个新的生命在澳雳将要诞生时，是那么脆弱，每个打击都可能是灭顶之灾，因为，转型期的社会有病毒，免疫力还没那么强，她又要迎接新的磨难。

夏末家餐桌上摆好了三份早餐，有牛奶、面包、鸡蛋、香肠等。赵莹莹在榨果汁。

夏末过来坐下，伸手将小考拉的那份挪到自己旁边。

夏末：小考拉，吃早餐了。

洗漱室传来小考拉声音：我在洗脸。

赵莹莹将三杯果汁摆好，坐到夏末对面。

小考拉从洗漱室出来，看看自己的餐盘，伸手将餐盘挪到赵莹莹旁边坐下。

夏末愣了一下，低头喝咖啡。

三人默默吃着自己的盘中餐。

小考拉将自己盘中的一根香肠抓给赵莹莹。

赵莹莹佯嗔：小考拉！

小考拉：小姨，我吃不了，你替我吃。

赵莹莹：你把小姨吃成大胖子了，小姨以后怎么嫁人？

小考拉认真地：等我长大了，你嫁给我。

赵莹莹：等你长大了，小姨就成老婆婆了。

小考拉想想，伸手将香肠抓了回来。

夏末端起咖啡，仰头喝下：你们两个快点吃。

夏末冲赵莹莹：莹莹，你们一会儿坐我的车走。送小考拉到幼儿园后，刘律师带你去看他。

赵莹莹愣了一下：可以探……望了？

夏末点点头。

赵莹莹：姐，可以给他送东西吗？

夏末：需要的东西，我都准备好了。

夏末能够自己送小考拉去幼儿园，又看到赵莹莹去探望郭磊了，心里似乎有某种安慰。

走进公司，夏末进了总裁室，财务总监已经等在那里了。

财务总监：夏总，科创委第一笔扶持资金到了。

夏末松口气：雪中送炭啊，这五百万专款专用，转入研发账户。

财务总监：明白。

财务总监离开。夏末坐到窗前给聂锌发信息：天无绝人之路，科创委输送的弹药已经到了。

聂锌回复：生命不息，研发不止。

看了，夏末欣慰地笑着。

秘书小可抱着笔记本电脑进来。

小可：夏总，网上有一篇写我们公司的负面帖子，转发量很大。

夏末：负面帖子？

小可将电脑放在夏末面前，屏幕上文章标题：澳霁公司拖欠员工工资，企业主雇打手殴打讨薪工人。

夏末气愤：哪里来的帖子？什么人写的？

小可：是一篇微信公众号上的，转发量上万。

夏末：无耻！

监狱会见室，赵莹莹坐在会见窗前，郭磊被狱警带到跟前，两人隔窗而坐。狱警示意两人拿起对话器。

两人不知该说什么，沉默了一会儿。

赵莹莹：我不怪你。

郭磊不禁眼泪汪汪。

赵莹莹：那个人伤得很重，即使和解，你也要受法律制裁。

郭磊不语。

赵莹莹：夏姐心里很难过。

郭磊视线挪到一边。

赵莹莹：你在里面好好的，一年很快，我等你回来。

郭磊放下对话器，双手抱住头。

街道企服办，蒋楠楠、余真在用手机看着关于澳雳的那篇负面文章，崔江北的手机信息进来：澳雳的负面新闻看了吗？

蒋楠楠回复：正在看。

崔江北信息：什么情况？

街道办主任进来。

袁主任：余真、楠楠，你们看到写澳雳的那篇文章了吗？

余真：刚看到。

袁主任：如果是真的，这个行为太恶劣，社会影响太大，市里对这事很关注。

蒋楠楠：主任，澳雳欠薪的事我们知道，企业因为资金困难，拖欠了两个月薪酬，有部分工人闹到街道办要求劳动仲裁。这事澳雳已经妥善解决了，工人拿到了 N+1 的补偿。当时工人分成了两派，之间确实发生了冲突。我们走访过澳雳，和他们老板有过几次接触，说她雇人打讨薪工人，我不相信，我觉得这事有出入。

余真：我也一样。

袁主任：不要主观，要实事求是，你们把真相调查清楚，我们既要为辖区的工人说话，也要为企业家说话。

蒋楠楠：晓得了。

科创委，高山、崔江北及几个职员在开会，其中有和崔江北一起去澳雳考察的人员。

崔江北：我们去澳雳，主要是考察他们科研项目的先进性，以及科研项目需要我们扶持的迫切性。

高山：一个企业，首先要遵纪守法，要讲诚信，要有社会责任，要有正能量的企业价值观。如果澳雳的负面新闻属实，这样的企业他们的研发再前沿，我们也不能扶持。

崔江北：主任，您说得很正确，但是我们是科技干部，拿什么刻度来衡量企业的正能量价值观？

高山：良心，企业的良心，我们的良心。

崔江北欲言又止。

高山：你想说什么？

崔江北：我认为，我们现在最该鼓励科技企业，发明一台测量良心的仪器。

高山气愤：少说废话。

崔江北：我的良心告诉我，必须扶持澳雳的研发，他们已经举步维艰。

高山：崔江北，你要清楚你代表的是科创委、是政府。现在的舆情，在事情的真相没有澄清之前，我们必须保持公正。工人面对企业，始终都是弱势群体，这时候拨付了扶持资金，就是在对外传达立场，这种立场会让很多老百姓心寒。

财务：第一笔款汇出去了，现在已经到了澳雳账上。

高山冲崔江北：必须暂停，你马上去澳雳，让他们把扶持款原路返还。

崔江北：主任，换个人去调查吧，我应该回避。

高山：这个项目是你自己抓的，出了问题你更应该冲上去，扛好这份责任，把澳雳的这件事给我从头到尾调查清楚。

澳雳公司，夏末沿着通道走来，进了会客室，蒋楠楠、余真在里面。

夏末：闻风而动，你们动作真快，……是不是给你们惹麻烦了？

蒋楠楠：科创委的扶持资金到账了吗？

夏末：刚才第一笔到了。

蒋楠楠：恐怕麻烦的是他们。

秘书小可匆匆推门进来，到夏末耳边低语。

夏末：请他们进来。

秘书出去开门，崔江北和一位同事进来。

余真：说曹操，曹操到。

崔江北看到蒋楠楠，二人有些尴尬。

崔江北：你们也来了。

夏末自嘲：这股风真不小，把你们都刮来了。

崔江北：夏总，科创委今天汇入你们账户的五百万，需要原路返回，原因你们应该知道，请您理解。

屋里寂静，气氛尴尬。

夏末拿起桌子上的电话拨打。

夏末：你到会客室来。

夏末放下电话：我理解，我让财务马上将款退回。

蒋楠楠：我们应该先听夏总解释，再说退款的事。

夏末：我不想解释。

财务总监进来。

夏末：科创委的钱原路返回。

财务总监：为什么？

夏末：执行就是了，回头给你解释。

财务总监：已经支付出去了五十万。

夏末：那么快？

财务总监：刚完成支付，购买研发中心急需的材料，他们一直在等米下锅。

夏末：剩下的钱原路退回。

财务总监应声出去。

夏末：好尴尬，给我一天时间，我保证明天一分不差原路回到科创委。

崔江北点点头：我们要先了解真相。

余真：崔处长，如果了解清楚真相，再说退款的事呢？

崔江北：我们有我们的程序。

蒋楠楠急了：你们的程序，是先设定有罪论断？

崔江北：我们要调查，如果那篇文章说的不是事实，这笔扶持款会回到澳霁账户。

蒋楠楠：如果是恶意诽谤，你们的行为已经对澳霁造成了二次伤害。

崔江北也急了：科创委不是你们街道办，我们有我们的制度。

蒋楠楠：你们的制度也是为企业服务，不是来伤害企业的。

崔江北同事：这位同志，你们街道办，有什么资格要求我们科创委怎么办？

蒋楠楠：澳霁是我们街道服务的企业。

崔江北同事：我们科创委服务全市的企业。

蒋楠楠脱口而出：我没有和你说话。

崔江北拍案而起：蒋楠楠，你太过分了！

蒋楠楠意识到自己失态，冲崔江北同事：对不起……

场面气氛尴尬。

澳雰公司通道里不少员工望着这边。

财务总监匆匆过来，走到小可身边，悄声询问：什么情况？

小可：科创委和街道办的吵起来了。

财务总监纳闷：他们在咱公司吵什么？

会客室内。

夏末：对不起，这笔钱我们不要了！

夏末：非常感谢大家，你们让澳雰感受到了温暖，让我知道了企业不是孤身奋战，这比钱更有力量。

蒋楠楠：力量不能当钱用，你们已经弹尽粮绝了，需要的是弹药。

夏末：我不想解释，政府的温暖不是嗟来之食。

蒋楠楠火了：夏总，这件事情把科创委、街道办都搅了进来，不是澳雰自己的事情了，你的不解释是不负责任，是自私。

夏末也火了：我不负责任，我自私？你们可以去调查澳雰的老员工，可以调查我的上下游合作企业，可以查澳雰历年的纳税记录，就知道我们澳雰是一个怎样的企业，我夏末是个怎样的老板。

蒋楠楠：我们当然要去调查，但你是这篇文章里的当事人，是澳雰的掌门人，你有责任做出解释，你为什么回避？

夏末：他们说的拖欠工人工资是真，说郭磊是我的妹夫是真，郭磊的工资由我个人支付也是真，郭磊为了维护澳雰，动手打人还是真。但郭磊不是我请来的打手，我更不会指使他打讨薪工人。

夏末停顿一下：这些话，你们信吗？你们相信，其他人相信吗？

蒋楠楠哑然。

凉茶铺棚下摆着封装好的各种凉茶，几个人排队扫微信自助购买。有人打包带走，有人在棚下喝。

潘安在一个安静的地方，专心地看着电脑。电脑屏幕上是那篇《澳雰公司拖欠员工工资，企业主雇打手殴打讨薪工人》帖子。

潘安读完帖子，沉思片刻，拨通手机。

潘安：刘会长，网上有篇帖子，我转发你了，你马上看看。这篇帖子对目前鹏城的企业现状及今后的发展有警示意义。我建议经济发展战略研究会的经济周刊，就这篇帖子做客观调查，这是一个很尖锐的研究课题，网络时代，我们应该离真相越来越近，不是越来越远。

互联网时代信息的传播很快，有些负面消息，传播起来，就叫病毒速度。夏末看电脑上人肉她的内容："打人总裁是个60后老阿姨，名字叫夏末……""霸道总裁横行霸道，极度独裁，损害股东利益……"。

蒋楠楠、余真在看网上人肉内容："打人女老板，给老公戴绿帽子，老公忍无可忍远走异国他乡"。

聂锌在看："老女人春心荡漾，挪用工人工资，借口研发新产品，在公司内圈养海归小白脸"。

崔江北在看："老女人住豪宅，坐豪车，家财万贯，老公假离婚，财产转移国外"。

赵莹莹在看："独裁老板没有妹妹，所谓的妹妹真实身份是她的保姆管家，打手是管家的男朋友，两人为虎作伥，一个主内，一个主外"。

澳雰总裁室，窗外乌云压境，大有摧城之势，夏末雕塑般站在窗前望着外面。屋里气氛凝重，财务总监和法务闷头坐着。

法务：我起草了法律文件，准备对诽谤者走司法程序。

夏末无动于衷。

法务：我们同时找一家有能力的公关公司，帮我们做危机公关。

夏末无动于衷。

财务总监：夏总，您别着急，我想办法筹措五十万，明天一定将科创委的钱原路返回。

夏末无动于衷。

秘书小可推门进来：夏总，经济周刊来了两位记者，他们想采访您。

夏末无动于衷。

三人不知所措，屋内寂静。

夏末突然朗诵起来：在苍茫的大海上，狂风卷集着乌云，在乌云和大海之间，海燕像黑色的闪电，在高傲地飞翔。

三人纳闷，相互看着。

夏末：海鸥在暴风雨来临之前呻吟着，在大海上面飞窜，想把自己对暴风雨的恐惧，掩藏在大海深处。

夏末：海燕叫喊着，飞翔着，像黑色的闪电，箭一般地穿过乌云，翅膀掠起波浪的飞沫。

夏末回过身：这是勇敢的海燕，在闪电中，高傲地飞翔，……让暴风雨来得更猛烈些吧！

三人面面相觑。

小可小心翼翼的：夏总，您别激动。

夏末看着三人，我为什么不能激动？

小可：我不明白您为什么激动？

夏末沉默一下：三十年前，我想做一只海燕，今天还想做啊！

傍晚，人们离去了，夏末独坐在窗前，继续望着窗外余晖沉思。

总裁室的门被推开，聂锌进来。

夏末：我就知道你会来找我。

聂锌坐下：网上那些东西你看了吗？

夏末：你受伤害了？

聂锌：他们伤害不了我，我怕你受伤害，怕公司受伤害。

夏末：我要是这么弱不禁风，公司走不到今天。

聂锌：树欲静，风不止。

夏末：那就让它刮，暴风雨来得越猛烈越好。

聂锌：暴风雨过后，疗伤的是那只孤傲的海燕，狂欢的是那些在暴风雨中呻吟的海鸥、海鸭。

夏末盯着聂锌。

聂锌：怎么了？

夏末：愿意给我做司机吗？

聂锌：……

夏末：我们出去兜兜风。

夏末手机提示，是方远舰的微信：表姐，你在哪里？我去找你。

夏末回复：姐姐没事，放心！

在城市公路上，聂锌开着夏末的车，夏末坐在副驾驶。夜色中，夏末觉得周围光怪陆离，像是魑魅魍魉的眼睛。

夏末：这辆车，我好像还是第一次坐在这个位置。

聂锌：我也是。

夏末白了一眼聂锌，笑了。

聂锌：让造谣的人看到我们在一起，又成了他们的佐料。

夏末：你站在桥头看风景，看风景的人在楼上看你。

聂锌：你喜欢诗？

夏末：我前夫给我读的。

聂锌：明月装饰了你的窗子，你装饰了别人的梦。

夏末看着聂锌。

聂锌：是民国时候的一首现代诗。

夏末：你也喜欢诗？

聂锌：前女友喜欢，她给我读过。

二人沉默。

夏末拧开音响，飘出陈楚生的歌《有没有人告诉你》，两人相互望了一眼，静静地听歌。

车驶上了沿海公路。他们来到海上鱼排档，聂锌在翻菜单点菜，夏末享受着海风。

聂锌：这里好舒服，从没来过。

夏末：我也是第一次来。不知道鹏城还有这么一块让人想闲散的地方。

聂锌：隐身而退，你本可以天天享受这种日子，却还拼命把自己活得那么累，为什么？

夏末：暴风雨过后，疗伤的是海燕，狂欢的是海鸥、海鸭。

聂锌：……

夏末：海燕、海鸥、海鸭，享受的东西不一样。海燕享受乘风破浪的过程，海鸥、海鸭享受雨过天晴的结果。……这也是我和前夫分手的主要原因。

聂锌：讲讲你们的故事。

夏末：你想听？

聂锌：想。

夏末沉默一下，转移话题：我想扩大研发中心。

聂锌一时没反应过来：……

夏末：我们要吸收新鲜血液，加强研发力量。

聂锌：你对我失望了？

夏末微笑着摇摇头：我不会和一个让我失望的人，在这里享受海风。

聂锌：……

夏末：我是学物理的，知道研发的难度和研发周期的漫长，我们必须再开辟一两条研发方向，不然我们永远会等米下锅。

聂锌：公司目前的状况……

夏末：钱我想办法，最难的是人。有米没锅不可怕，最怕的是有锅没米。

聂锌：让我想想，招聘什么人才。

夏末：你不要分心，集中精力做你的项目，招聘的事我来做。

聂锌沉默：……

方远舰走上鱼排档，他向夏末走来。聂锌离开了。

方远舰坐在夏末对面，他关切地问：姐姐，听说科创委追回给你们的扶持资金。我觉得没什么了不起！现在许多政府官员最怕担责任，舆论稍有风吹草动，他们就先逃避。还是要靠自己拯救自己。我只是想去找那个发帖子的人，教训教训他，让他公开道歉。

夏末：阿舰，靠民间的力量去做这样的事情，会越搞越乱。我想既然科创委已经把此事作为收回扶持资金的依据了，那就一定会水落石出，否则他们一样会有责任。不过，这件事倒是有启发，说明鹏城正在摸索扶持自主研发企业的办法，一个高喊科技创新的城市，不可能没有具体的产业政策。你的机器人研究，也可以考虑申请扶持资金。

方远舰：太烦琐，效率极低，杯水车薪，还诸多要求。不到万不得已不给自己找这个麻烦。

夏末：我们都还在摸石头过河，不退却，总会到彼岸。

方远舰：姐姐，你行！

澳雾会议室内，夏末和几个股东坐在会议室，每人面前一本规划书，气氛压抑。

夏末：今天召集股东开会，我有两个事情。

夏末停顿一下。

夏末：第一件事情，我向大家做检讨，上次股东会，我的态度不好，大家入股澳雾是对我的信任，无论如何我不该任性发脾气，我真诚地为那天不好的表现向大家道歉。

夏末起立鞠躬。

三个股东彼此看看，无人吭声。

夏末：第二个事情，是关于公司的前景规划，我有一些想法要和大家商量。公司面临的境况大家都清楚，流动资金，全部用在工人的善后上，新产品的研发也到了关键时刻，可已经弹尽粮绝。即使断尾求生，公司仍然处在生死边缘。

夏末停顿片刻：我想卖掉厂子，回笼资金投入研发。

会议室鸦雀无声。

吴董事：断尾求生不成，接着要壮士断腕？

夏末：澳雳要想活下去，只能如此。

吴董：你能保证卖厂子的钱，投入研发就能让澳雳起死回生？

夏末：不能，但是我确定不继续研发，澳雳必死无疑。

吴董看看另外两个股东，沉默。屋里又恢复寂静。

过了片刻。

股东A：都是死，只是死法不同罢了。

夏末：如果真是这样，那我个人会选择拼死，不会坐以待毙，躺平等死。

大家沉默。

夏末：况且我们还有绝处逢生的机会，拼一把，澳雳很可能会柳暗花明。

吴董翻着手上的规划书：你还要扩大研发规模？

夏末：是，这次危机给了我惨痛教训，即使现在的项目研发成功，我们也要不停地研发新产品，不未雨绸缪，澳雳还会挣扎在生死线上。

股东A：卖厂子，清算资产，解散澳雳公司。

夏末愣住。

股东C：公司出现严重的经营困难，股东之间经营理念南辕北辙，我也同意解散公司，大家好合好散。

A、C两股东看吴董。

吴董：澳雳从一个作坊，走到今天，这二十年，为我们在座的创造了多少财富，解散它，我于心不忍。

股东A：老吴，此澳雳早已非彼澳雳，这两天网上那些帖子你没看到吗？

吴董：看了，它让澳雳雪上加霜。

股东A：正因为如此，才要当机立断，立即止损。研发是个无底洞，多少钱都填不满，这不是企业该做的事情。

吴董：这些年，夏总为我们挣回来几十倍的收入。现在公司遇到困难，我们雪中送不了炭，但绝不能釜底抽薪，做人要厚道，要有良心。

股东C：吴董，你和李孟东是好朋友，他退出的时候，你给他讲过要厚道，要有良心吗？

吴董：都多少年前的陈芝麻烂谷子了，提这个干什么？

股东C：为什么不能提，他们夫妻二人刚离婚，公司就把李孟东的股份切割得一干二净，也太痛快了。我们没有早早预备救生艇，凭什么要在这条随时沉没的破船上风雨同舟。

夏末：够了！

现场寂静。

夏末淡然地：既然这个会偏离了议题，我先表明我的态度。

停顿片刻，夏末接着说道：第一，夏末在，澳雳在，宁可战死沙场，也不苟延残喘。第二，公司章程里有股东退出条约，只要符合章程，谁要下船我都不拦着。第三，我不同意吴董釜底抽薪说法。生意场上利益为大，契约为王。虽然它是冰冷的，但是不能用有温度来绑架大家。

大家沉默，算是有了结论，散会了。

澳雳总裁室，夏末立刻做出新的部署。

夏末、吴董、财务总监、法务四个人在开会，法务在翻看《股东协约》。

夏末：吴董，谢谢你！

吴董生气：别来这些虚的，我不需要。

夏末愣住。

吴董：你为什么同意他们退股？

夏末：道不同，不与为谋。

吴董：你这么做，受伤害的是与你道相同的人。

夏末愣住。

吴董：他们拿着钱全身而退，把风险交给你和我承担，凭什么？

夏末：他们的股份，我来承担。

吴董：你拿什么承担？

夏末：我保证不会用卖厂子的钱去回购股份。

吴董：厂子卖了，一旦研发成功，你在哪里生产？

夏末：我们的新产品成功后，将以科技含量取胜，不会再是以前那种靠生产规模、薄利多销的盈利模式了，老厂房和生产线，都不能适用新产品。卖掉老厂房的钱，一部分做研发，一部分在鹏城周边建新厂。

吴董沉默。

法务：《股东协约》里面规定了，当公司经营严重困难或股东有严重分歧时，任何一位股东都有权要求解散公司，其他股东如不同意解散公司，反对方购买退出方份额。

几个人沉默。

吴董：事已至此，我也有一个要求。

夏末：请讲。

吴董：退出细节，我和他俩谈判。

夏末：我同意。

股东们的会结束了，在这里，夏末再一次感受到资本和市场是无情的，这就是市场经济。但老工人们却做出了另外的诠释。

街道办的人来此调查情况，却见证了另外一幕。

李工长从厂房里出来，来到厂门口。蒋楠楠、余真和两个年龄相仿的人站在门口等着。

李工长：我是工长，你们是……？

蒋楠楠：我们是区街道办的，这两位是《经济周刊》的记者，我们找你了解打人事件的真相。

李工长：科创委的人来了解过啦。

蒋楠楠：这个事件网上炒得很热，影响很大，我们各自代表自己的单位进行调查，请你理解。

李工长想想：你们跟我来。

李工长带着大家往车间走去。

工厂车间内，工人们在接受询问和采访。

记者A：购买股份是公司要求的吗？

李工长：我们自发的，救公司就是救自己。

记者A：这句话怎么理解？

李工长：很多工人都是从小作坊跟着夏总干到今天，澳雳让我们挣到了钱，娶了老婆，生了孩子，买了房子。我们也把一生最好的时间给了澳雳，现在我们都到了中年，澳雳倒了，我们怎么办？鹏城是个年轻人的城市，谁还会雇用我们。我们上有老，下有小，自己还有一身力气，却没地方使，往后的日子怎么过？

蒋楠楠：据我了解，因为资金困难，发不出足额工资，夏总要拿出一些股份分给自愿留下的工人做补偿。

李工长：公司顺风顺水的时候，从不亏待我们，公司艰难的时候，我们白拿股份，这样做人太不厚道。

记者：这是你个人的想法，还是大家的想法？

李工长：我说过，这是老员工自发的，当然不是所有人，你看下面的统计，也有人犹豫，有人反对，但是我相信，绝大部分是支持的。

李工长带着四人来到车间二楼平台。

这里可以看到一楼车间空地上，两张乒乓球桌拼成长桌，围坐着二十多个工人，前面摆着一个白板，上面写着一车间、二车间、三车间、动力部、维修部、材料部等工种的名称。

三车间主任：三车间，留下的工人 35 人，30 个人同意，3 个人还要考虑……

他发现楼上有陌生人，停住。大家扭头看向二楼平台。

李工长：他们是记者和街道办调查打人事件的，继续开会。

三车间主任接着说：3 个人还要考虑，2 个人反对。

有人在白板上记录下数字。

动力部主任：动力部剩 21 个人，20 个人同意，一个人还没想好。

数字被记录在白板上。

维修部主任：维修部，留下的 23 人，一致同意。

楼上。

记者 A：你们在投什么票？

李工长：买公司股份。

蒋楠楠、余真惊讶：买股份，怎么买？

李工长：我们都是 10 年以上的老员工，公司资金困难，大家想集资帮助公司渡过难关。

蒋楠楠：你认为，夏总会接受吗？

李工长：不会。

蒋楠楠：那你们这么做有什么意义？

李工长：我们会说服夏总的。

蒋楠楠：怎么说服？

李工长：澳雳公司是夏总的，也是我们这些老员工的，澳雳垮了夏总还有饭吃，我们没有了。

记者 A：你们把鸡蛋都放进了澳雳这个篮子里，如果篮子破了怎么办，你们想过吗？

李工长：我们这些老员工，不能连鸡带蛋都压在夏总一个人身上，减轻篮子里的重量，篮子才不会破。

围绕着澳雳打人事件的调查还在进行，科创委的人来到派出所。

刘警官送崔江北出了派出所院子，将几张打印的文件还给崔江北。

刘警官：这篇文章与我们调查的事实不符，打人的事，澳雳老板夏末毫不知情。

崔江北点点头。

崔江北：刘警官，我们想见被打的工人，被他拒绝了，您能安排我们见面吗？

刘警官：我不能强制要求他见你们。

崔江北：这个我明白，您想想办法呢？

刘警官沉默。

崔江北：刘警官，既然澳雳不是问题企业，我们有责任帮他们澄清事实。

刘警官沉默。

露天咖啡店外，蒋楠楠、崔江北、记者 A 在一张桌上，余真和另外两个人坐在附近的一桌。

刘警官带着被打工人过来，崔江北迎了上去。刘警官相互介绍了两人，然后离开。崔江北将工人带了过来。

崔江北：请坐。

工人坐下。

崔江北：为你点了咖啡，不喜欢可以换别的。

工人：不需要。

崔江北：给你介绍一下，这位是《经济周刊》的记者，这位是街道办的蒋楠楠。

崔江北介绍工人：他就是胡江河。

胡江河警觉地望着他们。

记者A：你的伤好了吗？

胡江河：你们要问什么？

记者A：首先，我对你的遭遇表示同情，对打人者表示愤慨。

胡江河：别来这些虚的，我知道你们要为澳雳说话的。

记者A：你误会了，我们不为谁说话，只说真相。

胡江河：你们不会站在弱势群体那边。

记者A：我对打人者表示愤慨，已经表明了我的立场。

胡江河沉默。

记者A：公司当时欠你们多少薪酬？

胡江河：连续两个月，只发一半工资。

记者：公司告知了你们什么原因？怎么解决了吗？

胡江河：只说会解决，没说具体时间。

记者A：你在澳雳工作了多久？

胡江河：三年。

记者A：以前有发生过拖欠工资的事情吗？

胡江河：没有，但是不公平。

记者A：怎么不公平？

胡江河：干一样的活，有人多挣一倍的钱。

记者A：什么人呢？

胡江河：他们自己的人。

记者A：请你说具体一些。

胡江河：那些跟着他们好多年的工人。

蒋楠楠：你觉得不公平，为什么不换一家工厂？

胡江河：……

记者A：你来鹏城以前，在什么地方工作？

胡江河：北方一个国企，有一万多人的厂子。

记者A：为什么放弃国企工作，背井离乡来鹏城？

胡江河：厂子效益不好，让工人们都买断了工龄。

记者A：买断工龄，是按工作年限买断吗？

胡江河：是。

记者：工龄越长，得到的补偿也越多，对吗？

胡江河愣了一下：国家的企业，怎么补偿我没有办法，国家说了算。

记者 A 沉默。

记者 A：据我了解，你们拉闸讨薪时，知道公司正在解决欠薪问题，为什么不能再给公司一些时间？

胡江河：公司要裁员，我们这些外人都要被裁掉，我们要争取我们的利益，如果不闹，被裁掉的工人拿不到满意的补偿。

记者 A：对国企，你可以做出牺牲，对民营企业，你要争取最大利益，可以这么理解吗？

胡江河：对资本家，我不能软弱。

记者 A：现在的补偿结果，你满意吗？

胡江河：可以接受。

记者 A：我了解的是，这个补偿方案，在你们讨薪以前，公司已经制定出来了，并且正在筹措资金准备实施。

胡江河：你相信有那么善良的资本家吗？我不相信，这是我用命为大家换来的。

记者沉默一会儿。

记者 A：打你的工人叫郭磊，你认识他吗？

胡江河：不认识，他刚来工厂没几天。

记者 A：你怎么知道他是老板的打手？

胡江河：为什么工厂要关门了他来了？为什么他的工资老板发？我和他无冤无仇，为什么打我？为什么老板替他请律师？

记者 A：你因为四个为什么，臆断他是老板雇请的打手？

胡江河：他肯定是，我的律师也认为他是。

记者 A：网上有一篇写澳霂的帖子，影响很大，有很多人人肉澳霂老板，你看到了吗？

胡江河：我知道，我和澳霂的官司已经结束了，那篇帖子和我没有关系。

记者 A：你对那篇帖子，有什么看法？

胡江河：他在为我们弱势群体说话。我可以走了吗？

蒋楠楠：我有几个问题想要问你。

胡江河有些不耐烦。

蒋楠楠：你找到新工作了吗？

胡江河：没有。

蒋楠楠：为什么呢？

胡江河：老厂子都搬走了，新厂子要年轻有技术的人。

蒋楠楠：听说公司与你谈和解的时候，你提出的其中一个条件是，留在厂子里面工作，并和老工人们拿同样的股份。

胡江河：我不能白挨打。

蒋楠楠：那些老工人，与夏总非亲沾故，为啥把他们当做自己人？

胡江河：你该去问他们。

蒋楠楠：如果现在让你自愿拿出钱去购买工厂股份，你愿意吗？

胡江河不语。

蒋楠楠：如果现在有一个工作，收入不到你在澳雳公司的一半，你去做吗？

胡江河沉默。

蒋楠楠：你不是找不到工作，你是找不到和澳雳收入一样多的工作。

胡江河沉默。

蒋楠楠：你把澳雳老板称作资本家，我把她称作企业家，它们之间是有区别的。你知道你为什么在澳雳的收入比在别的工厂高吗？

胡江河沉默。

蒋楠楠：因为在一个优秀的企业家手里，你创造的价值比在一个普通工厂创造的价值要高。通俗地说，在一个好老板手下，你自己也值钱。

胡江河琢磨蒋楠楠的话。

蒋楠楠：可是，难得一遇的好老板，因为这篇文章压垮了她的企业，也许以后鹏城不再有澳雳，你不觉得可惜吗？

胡江河沉默。

蒋楠楠：我告诉你为什么那些老工人被称为自己人，他们把工厂的命运和自己的命运拴在一起了，因为他们懂得老板让他们变得更值钱了。

胡江河：我说过，这篇文章和我没关系……

蒋楠楠：有很大的关系！……你很清楚它是不是事实，你也很清楚捕风捉影的源头在哪里，也只有你出面，澄清事实最具有信服力。

胡江河沉默。

蒋楠楠：你买断国企工龄来到鹏城，是来到了一个自己养活自己的地方，这里是市场经济，如果企业家都没了，谁创造工作机会来让你养活自己？

胡江河沉默。

夏末在四处奔走。来到深燧集团总裁室内，夏末表情不太好看，坐在她对面的中年男人面露歉意。

中年男人：夏总，我个人对你们的新产品是非常有信心的，所以才一直跟您联系，希望可以达成合作。但是现在……

中年男人沉默片刻。

中年男人：公司还要再评估一下你们澳雳的前景。

夏末：合同都已经对过几轮，这不是理由吧。

中年男人沉吟片刻。

中年男人：那篇报道的负面影响太大，眼下这种舆情下，想继续合作很难。

夏末：那只不过是赚取点击率的一篇捕风捉影的帖子。

中年男人：它杀伤力非常大。

夏末站起身来，俯视着中年男人。

夏末：您不必为难，我理解，我们内部也有股东因此撤股退出。

夜晚，城中村大排档已经客稀人少。

马总端着一盘烧杂鱼、一盘炒牛河放到夏末面前。

马总：厂子不倒，你没有机会吃到我的手艺，我的拿手菜——烧杂鱼和湿炒牛河，你在别处吃不到的味道。

夏末分别尝了一口，赞不绝口：好吃！非常好吃！

马总：我是一个差老板，好厨子。

夏末：这里很有烟火气，还能找到老鹏城的影子。

马总：找不到了，你心里的老鹏城不是老鹏城，这里是我出生的地方，以前是个渔村，出门就是海，你们来了填海造地把它变成了城中村。烟火气倒是越来越旺盛了。

夏末：难怪你在这里做大排档，原来是叶落归根了。

马总：根也快没了，听说已经列入城市改造，这里规划是高新科技孵化基地。

夏末不语。

马总：你不是专程来尝我手艺的吧？

夏末：我在卖工厂。

马总：我听说了。

夏末点点头：我要在鹏城周边置换一块土地重新建厂，两个股东对公司未来没有信心，要退出，我需要有人接盘。

马总沉默。

夏末：新材料研发成功了，澳雳一定会升级成上游企业，现在是个机会，股份很低，相信我。

马总：夏总，我相信你，也相信这是一个双赢的机会。可是下了过山车，我才知道我这辈子要什么，说实话，你师哥的日子才是我最想要的。

夏末：我师哥自己修炼的百毒不侵，他的毒却害人不浅。

马总：再说了，我也没剩仨瓜俩枣了。

夏末：没关系，等你再想坐过山车了，随时找我。

澳雳公司电梯口，夏末从办公室出来，秘书小可跟上。

二人走到电梯，小可的电话响了。

小可接电话：您好，我是夏总秘书，是，我们已经出发了，见面取消了？

夏末示意小可把电话拿过来。

小可：我们夏总要跟您讲。

夏末接过电话，听到的却是挂断的声音。

夏末把手机还给小可。

小可：我再联系他们。

夏末：别打了，回去工作吧，我去找别的老板谈。

电梯来到了澳雳的楼层，夏末走进电梯。

蒋楠楠、余真从外面进来，遇到从电梯出来的夏末。

蒋楠楠：夏总……

夏末：你俩有什么事情？

余真：那篇负面报道调查清楚了……

夏末看看手表：对不起，我有商务会谈，马上要走。

蒋楠楠：夏总，耽误你一分钟时间，这件事性质非常恶劣，我建议你们起诉那篇帖子的造谣者，不能让这种可恶行为毫无成本……

夏末：我没有精力浪费在那些小人身上，公司存亡已经让我分身无术了，对不起，会谈很重要，我走了。

夏末匆匆走出大堂，上了等在外面的车离去。

蒋楠楠、余真无奈地对视。

街道办，街道办主任看完调查报告。

袁主任：这篇调查报告客观吗？

余真：客观，被打的工人答应会澄清事实。

袁主任：我马上上报给区里。

蒋楠楠：主任，造谣的帖子怎么处理？

袁主任：澳雳什么态度？

蒋楠楠：夏末没有精力顾及这些。

袁主任沉默。

余真：主任，澳雳是一个纳税大户、遵纪守法的企业，夏总是一个有良心的企业家。这件事情，澳雳顾不上，我们企服办不能没有态度。

袁主任：在我们的职责范围内，给澳雳提供最大的帮助，这篇调查报告，就是我们的态度。

蒋楠楠：造谣者怎么办？难道造谣不需要付出任何成本吗？

袁主任：我们是服务机构，不是执法机构。况且执法机构，也需要有人申请法律保护。

蒋楠楠：我们眼睁睁地看着有人诽谤侮辱，伤害守法企业，只能为他们无力地喊冤吗？

袁主任：你们把问题想简单了，澳雳没有态度，就是他们的态度。他们是在用沉默保护自己。

二人纳闷地看着袁主任。

袁主任：人们的普遍心理，同情弱势群体，在人们的观念中，工人和企业发生矛盾，工人永远是弱势的群体。那篇帖子举着抱打不平的大旗，即使有失偏颇，也会被社会原谅。对澳雳来说，沉默，不被社会聚焦，才是保护他们。

蒋楠楠：企业在生死线挣扎，负面舆论铺天盖地，让企业产业转型更举步维艰，我认为夏末才是弱势群体。

余真：我也这么认为，发表那篇帖子的人太卑鄙，他在利用舆论赚取流量。

主任：这个问题很尖锐，你们一定要慎重。

两人从主任办公室出来，默默走着。

蒋楠楠站住，两个对视。

蒋楠楠：我想查个清楚。

余真：我也是。

科创委资料室，崔江北趴在电脑前查看国外人工智能动态。

崔江北：主任，您开会回来了。

高山气冲冲：你的调查报告呢？

崔江北：给您送的时候您已经去开会了。

高山拿出蒋楠楠调查报告的首页复印件，上面有领导的批示，扔给崔江北。

高山：街道办的报告已经摆在了副市长的桌子上。

崔江北看到报告上蒋楠楠的名字。

高山：你和蒋楠楠现在是同床共枕，还是同床异梦？

崔江北：什么意思？

高山愤愤地：她们把咱们追回扶持资金的事也汇报了，说对企业造成了二次伤害。

崔江北：蒋楠楠从来就是公私分明，眼里揉不得沙子。

高山：谁是沙子？

崔江北打自己嘴：我是她眼里的沙子，赵市长怎么说？

高山：领导认同她的观点，非常生气，批评我们怕担责任。

崔江北：主任，您也是坚持原则，事出紧急，无非是保守了一些。

高山：就是这个保守，赵市长对保守非常不满意，特别强调了鹏城目前承担了全国一半的科技研究，搞创新，保守是最要不得的，之后要大刀阔斧地改。他说澳雾的事情非常具有代表性，将澳雾钦点为观察对象，要我们从对澳雾的帮扶中找到方法，完善科创委的机制。

崔江北：事情闹成这样都怪我，蒋楠楠写这个报告都没告诉我，要不您扣我一个月工资，给蒋楠楠一个教训。

高山：扣你工资，她敢来科创委上班。

崔江北琢磨一下：您给我申请一套人才房，我和她分居，搬出来住。

高山：你在做白日梦吧。

夏末一定不会想到，她看到了资本和市场的无情，但社会还是温情的，良心按照自己的机制在运转，法律和社会公德最终还是合拍的，转型期社会没有异化到自己的对立面去。

华强北电子市场内，一家家卖电子产品的店铺，人流如潮，蒋楠楠、余真夹杂在人群里东张西望。

在一家摆着各种电子产品的手机小店里，阿莱在用电脑噼里啪啦地打字。

有人进来，阿莱头也不抬。

蒋楠楠：你是网名"自在神仙"吗？

阿莱：有事儿？

蒋楠楠和余真互看一眼。

余真：是你发帖写澳雳工人讨薪事件吗？

阿莱：怎么了？

余真：我们想和你聊聊。

阿莱：聊什么？

余真：那篇帖子的真实性。

阿莱：你们是谁？

余真：帖子的读者，我叫余真，她叫蒋楠楠。

阿莱：那篇帖子和你俩有什么关系？

余真：你的帖子与事实不符，造成很坏的社会影响。

阿莱：对不起，我在做生意，没有时间，更没有心情和你们闲聊。

余真：造谣诽谤别人你就有时间和兴致了吗？

阿莱：你们出去，别影响我的生意。

气氛尴尬，余真不知所措，望着蒋楠楠。

"老板，我买移动硬盘"，一对男女学生召唤，阿莱一瘸一拐过去。

"老板，质量有保证吗？"

阿莱：大厂生产，正规渠道的货，保证质量。

蒋楠楠冲过去：老板，你说话不算话，你说过质量没问题，我买的移动硬盘，你保证是正规渠道的大厂货，质量绝对保证，还没用十分钟，就烫得要爆炸，系统崩溃，里面的资料全部丢失，你凭什么不退不换。

阿莱张口结舌：你胡说八道。

蒋楠楠：你胡说八道还是我胡说八道？

阿莱：……

那对男女放下硬盘，转身离开。

阿莱愤怒至极：你们想干什么？

蒋楠楠：以其人之道，还治其人之身，让你也尝尝被人恶意诽谤的后果。

阿莱：你们和澳霁什么关系？

余真：我们是鹏海街道企服办的，澳霁属于我们服务的企业。

阿莱：难怪了，官商相护，你不怕我再发一贴曝光你们吗？

蒋楠楠拿出名片，递给阿莱：这是我的名片，单位、姓名、电话都在上面，你可以曝光，也可以投诉我们。

阿莱被蒋楠楠的气势压住：你们想和我聊什么？

余真：那篇帖子，你的信息来源来自哪里？

阿莱：网上论坛。

余真：你具体调查过双方当事人吗？

阿莱：问过被打方。

余真：那你凭什么断定他说的是真相？

阿莱：打人者被法律制裁，难道不是真的？

余真：是真的，但这是两回事情。我们做了各方面调查，打人事件是两拨立场不同工人之间的冲突，老板雇用打手子虚乌有。被打的工人也承认，老板雇打手之说，是他一时气愤，主观臆断。

阿莱：那是他造谣，不是我造谣。

余真：你把道听途说的信息不加甄别，添油加醋地写出来放在网上算什么？你知不知道你给一位守法、他有良心的企业家造成了多大的困扰和伤害？你为什么要这样做？就为了点击率吗？

阿莱冷冷地看着蒋楠楠和余真。

阿莱：良心企业家？资本家没有良心，只有价值。被他们榨干价值，你就成了包袱。

蒋楠楠、余真看着他。

阿莱：刚毕业时我来鹏城，去工厂做工。被老板忽悠得爱厂如家。每天吃在厂里住在厂里，睁眼睛干活，闭眼睛睡觉。

阿莱从桌子后面出来，蒋楠楠和余真看到他一瘸一拐，腿受过伤。

阿莱：因为工伤瘸了一条腿，结果呢？我成了他们的包袱，赔偿了仨瓜俩枣就抛弃了我，我人微言轻地为自己呐喊，却把自己从受害者喊成了讹诈者。谁为我发声了？

蒋楠楠、余真愣住。

蒋楠楠：你被人这么对待过，所以产生怨恨？

阿莱：你被不公正对待没有怨恨吗？

蒋楠楠：所以你认为所有企业家都是黑心的？进行无差别的攻击。

阿莱：差别就是，天下乌鸦一个更比一个黑！

蒋楠楠厉声打断阿莱：你说错了！

阿莱：……

蒋楠楠：澳雳老板夏末在企业生死关头，在迫不得已关厂的情况下，首先千方百计保证工人的利益，她甚至拿出股份送给跟随她多年的老员工。

阿莱：……

蒋楠楠：夏末为了企业不再受制国外，砸锅卖铁地研发自己的产品。她的新产品一旦研发成功，可以解决多少就业，可以带动多少下游产业，可以为国家缴纳多少税收？

阿莱：……

蒋楠楠：可是你一篇毫无成本的帖子，让她的处境雪上加霜，企业很可能闯不过这一关……

阿莱：危言耸听，大树倒了怪蚂蚁撼动，你太抬举我了。

蒋楠楠：网络时代，没有人微言轻，更不是危言耸听，你可以去澳雳了解，留下的工人们已经自发地集资救厂了。

阿莱愣住。

蒋楠楠：你受到不公平对待，嫉恨不公，我理解。但是你站在道德的高地上，用不公平的帖子制造不公平，这不是正义，是在传播戾气，没有一点正能量，算什么英雄好汉？

阿莱沉默。

蒋楠楠：澳雳这种企业不保护，最后只剩下对你不公的那种企业，你愿意看到吗？

阿莱额头渗出汗珠。

健身房内，私人教练一对一的指导。

胡总一身油腻，跟着美女教练在做健身动作，夏末过来。

胡总边做动作边说：夏总，不好意思，让你到这里面谈。

夏末：是我不好意思，打扰你健身。

胡总：你也是这里的会员，很久没有见你健身了。

夏末苦笑一下：胡总，你的时间宝贵，咱们开门见山。

胡总：好，我可以接盘澳雳股份，但是不接受现在的报价。

夏末：澳雳面前的境遇你知道，和以前比，这已经是抄底价钱了。

胡总：远远不是。

夏末：多少你能接受？

胡总：报价的 20%。

夏末愣住：你在开玩笑吗？

胡总：认真的。

夏末压住心里的火：胡总，我认为你应该加大运动量，这种健身操不适合你，你应该去举重。

夏末怒气冲冲地往外走，路过一个搏击格斗区，她突然抓起一旁放着的男用拳套，套在手上疯狂击打沙袋，发泄情绪。

夏末回到澳雳公司。

秘书：夏总，吴董在总裁室等您。

夏末停住，深呼一口气，调整情绪，进了总裁室。

夏末轻松微笑的：吴董，什么事情？

吴严：我和他们谈完了。

夏末：……

吴严：艰苦的讨价还价，谈了一个双方能接受的价钱。

夏末点点头：辛苦你了。

吴严：找到接盘的人了吗？

夏末摇头：再给我几天时间。

吴严：要快，他们不会给我们太多时间。

秘书小可匆匆进来：夏总，厂长来电话，李工长带着老工人们封了工厂大门，把厂长和来看工厂的人赶出去了。

夏末皱起眉头：一波未平一波又起。

工厂金属闸门紧闭，厂长和几个人站在门外，李工长和一群工人们守在门里。

厂长怀抱几瓶矿泉水，递给那几个人：对不起各位，对不起，夏总很快就到。

夏末来到，厂长迎上。

厂长：夏总，工人们知道了要卖厂子，不干了。

夏末走到大门口，看看里面的阵势，返身走到那几个人跟前。

夏末：对不起各位，你们先回去，我和工人们谈谈。

车间内，夏末捧着李工长的大水杯和工人代表坐在生产线边上。

李工长眼中含泪，声音哽咽：夏总，厂子不能卖啊！

夏末沉默。

李工长：这个工厂，这生产线，是我们跟着您一点点从小作坊干起来的，它是我们的饭碗，更是我们的希望，工厂没了，希望也就没了。

夏末继续沉默。

李工长：我们知道您现在很难，迫不得已卖厂子……

李工长掏出几张纸，递给夏末。

夏末打开，纸上密密麻麻的写满名字，笔迹不一。

夏末：这是什么？

李工长：我们老工人投了票，一共有112人签了字，我们一人拿出十万块钱，联合购买厂子股份。

夏末愣住。

李工长：这些钱都是我们从澳霁挣来的，现在让它回到澳霁，我们要与澳霁共存亡。

夏末默默地看着大家，久久不语。

夏末：这是你们的血汗钱，我不会要，我说过股份我会拿出一部分分给大家。

李工长：我们不要您白送。

夏末：那些股份本身是你们应得的。

李工长：我们不会要的……

夏末打断李工长：您听我说完。

夏末：澳霁急缺资金，我可以要你们的钱，但是现在的压力已经让我喘不过气了，你们这个时候把鸡蛋都放在澳霁这个篮子里，不是在帮我，增加的重量会压得我窒息……你们真心想帮我，就按我的方案办。

李工长和工人们面面相觑，不知所措。

夏末：还有……卖厂子，不是卖澳霁，澳霁它会一直与我们同在。卖厂子是战术撤退，战略进攻。这条生产线已经落后了，留着它只会是羁绊，束缚住我们的手脚，最终死路一条。旧的不去，新的不来，我们要用一部分卖厂子的钱加强新产品研发，另一部分用在鹏城外围建新的生产线。

李工长和工人们认真地听着。

夏末：你们是澳霁的元老，是澳霁的功臣，我知道你们把澳霁当成了家，可是我们不能停留在老澳雳的影子里，要果断的告别老澳雳，勇敢地闯出一条生路！

工人们默默地琢磨着夏末的话。

老公交车站，崔江北站在老地方等待。

一辆公交车进站，蒋楠楠下车，冲崔江北走来。

蒋楠楠：你们今天不加班？

崔江北不语，往家的方向走。蒋楠楠挽着崔江北胳膊。

蒋楠楠：我和余真找到写帖子的人了，教训了他，他答应撤回帖子，并公开道歉。

崔江北吊着脸不理蒋楠楠。

蒋楠楠：你怎么了？

崔江北站住：你的调查报告，为什么写我们科创委追回扶持资金的事情？

蒋楠楠：这是客观事实啊。

崔江北扭头就走。

蒋楠楠后面追：怎么了？有什么不对吗？

崔江北站住：你们街道办受到市长表扬，我们科创委遭到批评。

蒋楠楠：你们的做法本来就有问题。

崔江北：高主任给我吊了一天的脸。

蒋楠楠：他的错误决定，给你吊什么脸？

崔江北：你让我们很尴尬，很伤自尊。

蒋楠楠火了：和我有什么关系？

崔江北嚷到：我老婆告了我上级的状，我能不尴尬吗？高主任能不伤自尊吗？

蒋楠楠：你搞清楚了，我不是告状……

崔江北：不是告状，你调查澳雳劳资冲突，写我们科创委干什么？

蒋楠楠：你们伤害了我服务的企业，为什么不能写？

二人争吵，引起路人关注。

崔江北笨嘴笨舌，不知该说什么，掉头就走。

华强北手机店，阿莱在店里刷着手机，蒋楠楠和余真进来。

阿莱看到二人，一个激灵站起来。

阿莱丧气：又是你们。

余真：我们只占用你几分钟的时间……

阿莱：你们别教育我了，我知道错了，帖子也删了，歉也道了，还不行吗？

蒋楠楠：我们来找你不是因为帖子，是因为你的腿。

阿莱意外。

蒋楠楠：你的事情我跟法律援助和劳动仲裁反映了，他们答应帮你去找之前的工厂协商赔偿。

阿莱：真的？

蒋楠楠：具体的协商流程我们不参与，你得跟他们联系。

蒋楠楠将笔记本上写了二人电话的那页撕下来给阿莱。阿莱接过纸条，有些不知所措。

蒋楠楠：我说的你听明白了吗？

阿莱反应过来。

阿莱：明白，不好意思，刚才我态度不好……

蒋楠楠挥挥手，打断了阿莱的道歉。

蒋楠楠：明白就好，我们还有事得走了。

蒋楠楠和余真离开，阿莱望着二人背影才想起来忘了道谢。

阿莱：谢谢。

店门口的蒋楠楠听到，回首点头微笑。

澳雳总裁室，秘书小可拿着一份《经济周刊》匆匆进来。

小可：夏总，这期的《经济周刊》，有有关咱们公司的报道。

夏末接过报纸查看，主要版面上醒目的标题：《网路时代，我们离真相近了吗？——澳雳劳资纠纷调查》

小可：网上那篇胡说八道，黑您的帖子也撤下来了，那个"自在神仙"还写了一封公开道歉信。

夏末沉默一会儿，阅读文章。一会儿，她站起来，去研发中心。

研发中心灯火通明，研发人员各自忙碌着。夏末穿着白大褂工作服进来，默默来到聂锌工作台前，坐在聂锌边上。聂锌看看夏末，继续埋头工作。

夏末：你要求大家加班吗？

聂锌：没人要求，自愿的。

夏末：自愿也应该有个度，时间不能太长，他们很年轻，生命的意义不是无休止地工作，包括你。

聂锌：你呢？

夏末：我和你们不一样，该有的生活都有过了。

聂锌：有过了就不需要了吗？

夏末无语。

聂锌：今天又有工人闹事了？

夏末：不是闹事，他们在守护他们的饭碗，他们要自掏腰包购买公司股份。

聂锌：……

夏末：他们让我很感动，也更坚定了我全员持股的决心，澳雳是大家的澳雳，不应该只是几个股东的。

聂锌回头望着科研人员：所以他们到现在还不下班。

夏末：共同承担，共同富裕。

聂锌：其实老工业国家，很多大型企业就是这种做法，因为他们发现压榨员工，企业长久不了。

夏末点点头，把报纸递给聂锌。

聂锌扫了一眼标题：打人的事澄清了？

夏末点点头。聂锌继续工作。

夏末：你可以"卸压"了。

聂锌：卸什么压？

夏末：我俩的花边新闻也同时澄清了。

聂锌盯着夏末：我并没有觉得是压力，或者说我不想卸压呢？

夏末：……

二人对视片刻，聂锌继续工作。

聂锌：收购股份的资金，找到了吗？

夏末摇头：现在这种形势，谈何容易。

聂锌：我约了凯恩投资公司的宋功，你再和他谈谈。

凯恩投资公司洽谈室内，宋功在楼道走着，走得意气风发，他进了接待室。夏末和聂锌坐在桌前。

宋功热情地拥抱聂锌：师哥，多年不见。

聂锌：信息不畅通，刚知道你也在鹏城。

聂锌介绍夏末：这是我老板——夏总。

宋玏冲夏末点点头：我们见过。

宋玏：上次看到你的资料，我很诧异，你在大学已经有了成就，美国的实验室条件是顶尖的，你为什么回国发展？

聂锌：我们先谈正事，再叙旧。

宋玏点点头，坐下。

宋玏：夏总，咱们有过一次洽谈，你们的情况我都了解，聂锌博士把你们的诉求也告诉我了。既然我师哥也来一起谈了，那我们就不绕弯子了。

夏总：我们开诚布公地谈。

宋玏：好，我先说，首先我们投资方向不在实体经济，我们主要投资互联网科技概念。但是我对聂锌博士的研发有兴趣，也就是说我们不是投项目，是投人。

夏末：与我挖他回国同出一辙。

宋玏：我有两个先决条件，您同意，我们才能往下谈。

夏末：请讲。

宋玏：除了老板，澳雳管理层大换血，换管理理念先进的年轻人才。

夏末：管理理念先进的标准是什么？多少岁是年轻人？

宋玏：三十五岁以下，学管理，有实战经验的， 我可以介绍给你优秀的 HR 和猎头公司。

夏末：另一个条件？

宋玏：你们要遣散老工人。

夏末：他们都是技术熟练，爱厂如家的工人，为什么要遣散？以后谁来干活？

宋玏：新工厂建自动化生产线，不需要大量工人。这样就省掉了人力成本，包括五险一金，甚至劳资纠纷。

夏末：老工人们怎么办？

宋玏：您是办企业，不是办慈善，您要为投资人的资本回报率负责。

夏末：为投资人负责是天经地义的事情，但资本就拒绝人性，不追求社会价值吗？

宋玏：我的老板不考核我创造了多少社会价值，只考核我为他赚了多少真金白银。

夏末：作为老板，我不会让做出贡献的员工，未老先衰，老无所依。

沉默，一片寂静。

聂锌：宋玏，三十五岁是一条红线的话，咱们两个也该退休了吧。

沉默，一片寂静。

夏末无语，沉默许久：您和聂锌博士可以叙旧了。

城市公路上，夏末车内，她和聂锌坐在后座。

聂锌：我约宋功私下谈谈，让他放宽条件。

夏末突然发火：你的任务是研发，是集中精力尽快把东西搞出来，不是找投资。

聂锌沉默，扭脸望窗外。

夏末：对不起。

聂锌不语。

夏末：世界怎么变成了这个样子？三十五岁，人生黄金时代，突然就没有价值了。一个二十二岁刚毕业的大学生，一生难道只剩十三年的时间有用吗？这是什么价值观？

聂锌：三十五岁员工的薪水，至少可以雇两个刚毕业的大学生，一个半三十岁的成熟员工。

夏末：贪婪、压榨，他海归回来，就带回这些先进东西吗？

海边凉茶铺仍然显得那么安静、休闲。夏末的车开来，在路边停下。

夏末：咱们喝杯凉茶，去去火。

聂锌下车，跟在夏末后面。

凉茶铺的人寥寥，桌上乱七八糟放着许多用过的杯子，几个壶咕咕冒气，潘安坐在角落里用笔记本电脑写文章。

夏末盛了两杯凉茶，和聂锌坐在离潘安很远的地方。

夏末四处看看，起身收拾别的桌子，犹如一个服务员或是老板娘。聂锌纳闷地看着。

夏末收拾干净桌子，看看潘安，走过去坐下。潘安不理夏末，继续写东西。

夏末：《经济周刊》的文章，是你让他们记者去调查的？

潘安：怎么了？

夏末：你的精力不该浪费在这种无聊的事上。

潘安：你不是来感谢我的？

夏末：我心里堵得慌。

潘安停止写作：又来倒垃圾了。

聂锌喝着凉茶，远远地看着他们交谈。

潘安沉思一会儿：那个叫宋功的，有一点说得对，人工智能替代人工，是趋势，谁也阻挡不住。

夏末：那我也不能为了追求最大利益，遣散那些老工人，把他们踢给社会。

潘安：既不能遣散，又不能拖累企业，这个难题，不比你的研发容易解决。

夏末不语，二人沉默。

夏末：这个城市，怎么变得越来越充满狼性？

潘安：它本来就是一群充满狼性的年轻人建起来的城市，你成熟了，忘了你们当年拓荒时身上的狼性了吗？在拓荒时代需要狼性，当城市发展了，狼性与进取心结合会变为雄性、血性。人类社会就是这么走过来的。

夏末不语。

潘安：一个族群，青年人身上没了血性，这个族群就没了未来，一个国家也是。以文明标榜的灯塔国总统，竟然堂而皇之大喊，让中国人过上他们想要的生活，对世界是个灾难，这不就是毫不掩饰、赤裸裸的海盗逻辑吗？清醒点，搞企业要放眼世界，考虑国际竞争力。文明再进步，丛林法则永远是最基本的生存法则。但是，狼是群居动物，没有群体也就不会生存。纸上得来终觉浅啊！

夏末沉默。

潘安看看远处的聂锌：你冷落了你的朋友，我要写东西了，你过去吧。

夏末嗔怪地瞪一眼潘安，起身过去。夏末回到聂锌处坐下。

聂锌：他是什么人？

夏末：做凉茶的师傅。

聂锌一脸迷茫。

夏末：他是我师哥，我的情绪垃圾桶和我的精神加油站。

聂锌若有所思。

夏末电话响，按接听：吴董……您在公司等我，我马上回来。

澳雳公司总裁室，夏末、吴董、财务总监坐在桌前。

财务总监：几家银行我都跑了，现在银根紧缩，很难给民营企业放贷。

夏末：和他俩谈谈，再给我一些时间，现在这个时候都缺钱，融资很困难，让他们理解一下。

吴董：他俩很坚决，价钱让了，付款时间坚决不让。

夏末沉默一会儿，冲财务总监：只能联系民间资本了。

财务总监：民间资本早就狮子大张口，等着我们哪，咱们不能往里跳。

夏末：船到江心补漏迟，我们现在哪有选择？

三人沉默。

吴董沉默一会儿：我来接盘。

夏末惊得站起。

夏末：你哪来的资金？

吴董：哪来的资金你不要管，我接了盘，是绝对第二大股东了，要有相对应的话语权。

夏末感动：吴董，谢谢你在最难的时候挺身而出！

吴董：你不要感谢我，我们的身家性命都交给你了，你不能让我们死得太惨。

夏末：你们？

吴董掩饰：当然是我们，我和我的家人啊。

夏末疑惑地看着吴董：你的资金到底哪里来的？

吴董：资金来源你不要管，我保证不是赃钱。

夏末：李孟东？

吴董：夏末，你最大的缺点是太聪明，女人太聪明会活得很累。

夏末：真是李孟东，他这个逃兵，怎么会出资？

吴董：一日夫妻百日恩，你们虽然各奔东西，但他一直在担心你的境遇。

夏末：……

吴董：你们师哥潘安也给他做了工作。

夏末若有所思。

扫码获取
· 角色投票
· 经典语录
· 新书试读
· 畅听好书

第六章

　　鹏城公路上，方远舰开着破车，在车流中穿梭。

　　他的心情似乎很好，从遮阳板的 CD 袋里抽出一张 CD，插入播放器里。激烈的打击乐响起，音量很大，吓了他一跳。随即 RAP 说唱扑来。方远舰紧皱眉头，关掉音响，车内突然安静，无法配合他的好心情，他又拧开了音响，跟着 RAP 节奏晃动，像一个天真无邪的街头少年。

　　破车似乎也跟着 RAP 节奏在行驶，惹来后车一片鸣笛声。

　　骑士联盟厂房内，每个工作台前，支着一顶蚊帐。每个蚊帐里伸出一个脑袋看着方远舰。

　　方远舰进来，关大门，但大门已经变形，不能严丝合缝。

　　方远舰：阿巴斯，修修大门。

　　阿巴斯：又不是我撞坏的，为什么我修？

　　方远舰：我付修理费，这钱你不挣，我找别人挣。

　　阿巴斯钻出了蚊帐。

　　方远舰望着满厂房的蚊帐，诧异不已，他走到陆路跟前。

　　方远舰：你的办法？太有想象力了，蚊不叮都省了，你是一个成本控制天才。

　　陆路沉默地坐着。

方远舰：好消息，我刚从熊二那里回来，学校同意和我们联合研发伺服舵机，他们出人员技术，咱们出钱……

无人吭声，大家埋头不语。

方远舰：你们为什么不高兴？

无人吭声。

方远舰问陆路：你们怎么了？

陆路打开一个页面，指着电脑：自己看。

方远舰钻进蚊帐看电脑，文章标题："无力支撑高昂研发费，全球最强博通机械动力机器人公司江山易主，被斯卓昂母公司收购。"方远舰专注地看着。

瑄晖公司的空旷会议室里，张枫和 Mike 两人面对面坐着，沉默许久。

Mike：枫，对不起，你知道这不是我能决定的。

张枫沉默。

Mike：我们的合作，到这个月结束，不再续约了。

张枫急了：我刚签了一个大单的采购意向，客户代表一行五个人已经在飞往欧洲的飞机上了，怎么办？

Mike：这笔订单，必须在这个月结束前，将款汇入我们账户。我们和新的合作方有很严格的规定，在此以后的合约，我们无权执行。

张枫：开玩笑，客户走完程序，最快也要一个月的时间。

Mike：煮熟的鸭子只能飞了。枫，很想帮你，但是我能做的只有同情……

Mike 耸耸肩。

张枫紧咬着牙，脸上暴出青筋：没用的屁话。

Mike：枫，我们以后还是朋友吗？

张枫沉默一下，点点头：当然，只要你愿意。

Mike：我为什么不愿意？

Mike 伸出手，张枫犹豫一下，伸手相握。

Mike：我们还要在一起喝酒，我已经爱上了中国的酒了。

张枫欲哭无泪。

张枫和女秘书送 Mike 出了公司，两人在电梯间礼节性地拥抱后，张枫呆呆站了一会儿，再转身进了公司。

通道里，站着七八个职员，看着张枫。

张枫耸耸肩，惨淡一笑，默默进了自己的屋。

骑士联盟内气氛沉闷。大家坐在各自蚊帐里，垂头丧气，方远舰闷闷不乐地坐在休息区。

方远舰深呼口气，打破了沉默。

方远舰：太平洋彼岸一只蝴蝶扇动了一下翅膀，先把我们吹倒了。

李世恒：博通机器人20世纪九十年代创建，是世界上公认技术最强、实力最雄厚的机器人公司。

方远舰：那又怎么样？

无人吭声。

方远舰：干脆我们骑士联盟更旗易帜，叫闻风丧胆联盟，怎么样？

阿巴斯一脸的懵懂：闻风丧胆，什么意思？

没人理他。

方远舰：不过，你们灰心丧气，我反倒很欣慰，说明你们不是局外人了。

无人说话。

方远舰：从小都是别人给我做思想工作，今天我来做政委。

阿巴斯：政委是什么？

没有人回答。但大伙儿钻出蚊帐，围坐在休息区。

方远舰：骑士联盟七骑士，年龄总和160岁，平均年龄22.85岁，我和陆路给你们每人平均贡献了2.8岁。

方远舰拿一瓶红酒瓶、红酒杯、开瓶器、软木塞，一字摆在桌上。

大家纳闷地看着他。

方远舰指着红酒瓶：红酒瓶是我太爷爷，我爸的爷爷，我爷爷的爸。我太爷爷22岁的时候，第二次工业革命已经进行了50年，外国资本家在发展电气化。我太爷爷他们在进行五四运动，用荷尔蒙燃烧一腔热血为中国寻找出路。

大家在倾听。

方远舰指着红酒杯：红酒杯是我爷爷，他22岁的时候，世界已经开始了第三次工业革命，开启自动化时代。那时候新中国刚成立。但我爷爷和我奶奶带着我爸爸去了西北荒漠，在一穷二白的条件下，两代人将东方红卫星发射到了太空，开启了中国的太空历程。

方远舰指着开瓶器：开瓶器是我表姐她们，一样有血性和激情，20世纪，成千上万的拓荒者，集聚到这个渔村，才有了今天的鹏城。

方远舰指着软木塞：我们是软木塞，平均年龄 22.8 岁。

方远舰拿起软木塞嗅了一下。

方远舰：荷尔蒙、血性去哪儿了？你们能闻到吗？

同学们沉默。

方远舰：没有荷尔蒙和激情的青春，只能做一个软木塞子！

方远舰那里只是感觉到山雨欲来，而张枫这里冰雹已经砸到头上。

瑄晖公司内，张枫在与范小雨视频电话。视频里的范小雨穿着睡衣。

范小雨：我也接到了厂商的电子邮件，阿舰知道了吗？

张枫：不知道，我还没有告诉他。

范小雨：为什么？

张枫：他知道了能改变什么？况且他根本不关心，他只想做他的机器人。

范小雨不语。

张枫：去欧洲考察的客户快落地了，怎么办？

范小雨想想：我们邀请人家来的，按原计划接待，等行程结束，我找机会告诉他们实情，不然太尴尬了。

张枫：不要告诉他们。

范小雨：为什么？

张枫：这笔单很大，我不想让煮熟的鸭子飞了。

范小雨：月底以前，时间根本来不及。

张枫：我们垫资先将这批机械买下。

范小雨：我不同意，这是在赌博，风险太大，万一客户出现问题，砸在我们手上怎么办？

张枫：公司最近一直在亏损，这也许是我们挖的最后一桶金。

范小雨沉默。

张枫沉默一会儿：小雨，这些年，我们举手表决，你举的都是左手，这是最后一次举手了，能举一次右手吗？

范小雨哑然。

张枫：我能赌赢，相信我。

范小雨沉默一下，举起右手：我同意。

张枫：谢谢你，小雨。

海上鱼排档依然很宜人。落霞与海鸟齐飞，海水与长天一色，一派渔舟唱晚的景象。

一只锅盖大的帝王蟹端上了已经摆满各种海鲜的桌子，围桌而坐的是瑄晖公司的职员，张枫在其中。丰盛的菜肴与沉闷的气氛形成鲜明对比。

张枫：悲悲切切不是我们瑄晖人的气质，就算死我们也要死得悲壮。按老规矩，我们每人说一句干杯的话。

张枫端起红酒杯，故作轻松地：为瑄晖公司最后的晚餐……

大家举杯齐声喊：干杯！

仰头喝下杯中酒，大家都满上第二杯。

张枫旁边的女秘书秦歆酸楚地：为天下常聚常散的宴席，干杯！

大家举杯齐声：干杯！

第三个人：为我们永远的友谊！

大家举杯齐声：干杯！

服务员领着方远舰和他的骑士队伍上了鱼排，坐在离张枫不远的另一桌，桌上已经摆好了酒菜。

大家刚落座，那边传来"干杯！"声，方远舰扭头望去，发现是张枫他们。

方远舰起身过去。

秘书秦歆发现方远舰：方总！

大家纷纷喊：方总！

方远舰：真巧，大家都在啊，聚餐也不叫我。

大家赶紧在张枫身边给方远舰挪了个空位。

方远舰：我就不坐了，我那边还有几个兄弟，刚来。

众人有些尴尬，看张枫。张枫不语。

方远舰抢过张枫的杯子，倒满酒。

方远舰：好久不见，我敬大家一杯！

方远舰一口干掉，大家礼节性地喝了半杯，气氛冷而尴尬。

方远舰：大家继续喝，敞开了喝，今晚公司全包！是吧，张枫。

众人尴尬。

方远舰搂住张枫：我有事情和你说。

方远舰把张枫扯到一旁。

张枫：你来干吗？

方远舰指着骑士队伍：带兄弟们来乐乐，提升下士气。

张枫冷漠地看向远处的骑士联盟。

方远舰：能从公司借点钱给我吗？

张枫：多少？

方远舰：1000万，我和熊二联合研发舵机，需要前期投入，我的钱在我爸妈那里，一时拿不出来。

张枫：没有。

方远舰：什么意思？

张枫：我签了一个大单，需要垫付，公司的钱全部垫进去了。

方远舰：垫付？你疯了？

张枫：疯了。

张枫说完回到自己那桌。

方远舰心事重重地走回自己酒桌。

李世恒：方总，都等你呢！

酒杯已经斟满，而阿巴斯杯中是果汁。

方远舰：他们每周一次聚餐，以后我们也要每周一次。

那边又传来"干杯"的声音。

方远舰：我们比他们年轻，气势要压过他们。

方远舰端起酒杯：第一杯，为酒瓶子……

大家举起酒杯，齐声：干杯！

大家仰头喝下杯中红酒，各自斟满。

方远舰举起杯：第二杯，为酒杯……

众人举杯，声音洪亮：干杯！

瑄晖公司的人远远望着这边。

方远舰举杯：第三杯，为鹏城的拓荒者……

"干杯！"

"干杯"声此起彼伏，引来许多就餐人的观望。

海上鱼排，喧嚣已经褪去，有卖唱歌手抱着吉他弹唱《有没有人告诉你》，歌声中透着淡淡的忧伤。

宴席到了散场的时刻，张枫起身送大家，女秘书手里拿着一沓红包站在张枫边上，逐个发给大家。拿到红包的人，与张枫紧紧拥抱，伤感又依依不舍地离去。

最后，只剩下张枫和女秘书秦歆，秘书手里还剩下一个红包。

张枫伸展双臂，给了女秘书一个饱满的拥抱。

女秘书哭着：张总，以后别再玩命喝酒了，我会担心。

张枫：谢谢你！

女秘书在张枫脸上猛地亲了一口，头也不回地离去。

张枫腮上印着口红唇印，孤零零地呆站着。

方远舰送骑士联盟人员走下鱼排。

方远舰：你们先走，我还有点事。

陆路看看张枫，点头离开。方远舰走到张枫旁边坐下。

方远舰指着张枫脸上的红嘴唇：什么情况？美女秘书给老板的福利吗？我也要。

张枫不理方远舰。

方远舰伸手：我的红包呢？

张枫：那是瑄晖给员工的遣散费。

方远舰：遣散？怎么回事？

张枫：今天起，世上再无瑄晖。

方远舰愣住：Mike 真的终止和我们瑄晖合作？

张枫打断方远舰：瑄晖公司现在只有我和小雨，没有你。

方远舰沉默。

一阵涌浪，鱼排晃荡，张枫扑在栏杆上往海里呕吐，方远舰过去为张枫捶背。

方远舰将张枫扶到桌前：你喝醉了。

张枫：以前是客户把我喝醉了，今天是我把自己喝醉了。

方远舰：你明天开始去骑士联盟，我需要你。

张枫摇头：你需要的是机器人。

方远舰：别这么小心眼儿，一起从头再来……

张枫突然大吼：你走开！我想自己待着！

方远舰不理张枫。

张枫冲卖唱歌手招手。歌手过来，张枫递给他一张百元钞票。

歌手：哥，你想听哪首歌？

张枫：别的那呀呦。

歌手：你再说一遍。

张枫：别的那呀呦。

歌手蒙圈：哥，我没听过这歌，您给我哼两句。

张枫：我给你钱，听我唱歌？你真当我醉了。

歌手把钱递给张枫，张枫不接。

方远舰：王洛宾的《青春舞曲》

歌手反应过来：哦，我知道了。

歌手弹吉他轻轻演唱：太阳下山明早依旧爬上来／花儿谢了明年还是一样的开／美丽小鸟一去无踪影／我的青春小鸟一去不回来／别的那呀呦，别的那呀呦……

两人默默地听着歌。唱的忧伤，听的人更忧伤。

深夜，方远舰家里，他将张枫扔在自己床上，替他脱了鞋，盖好被子。方母将一杯水放在旁边床头柜上。方父站在门口看着。方远舰关掉灯，出去。

方父、方母、方远舰坐在餐桌前。

方远舰情绪低落：爸，我是不是很自私？

方父不语。

方远舰：我理解张枫的心情，虽然我不想再干卖机器的事，但瑄晖真没了，我心里也非常不舒服……瑄晖是我们三个人的大本营，是我们三个人的青春。

方母：小雨知道了吗？

方远舰：我是最后知道的。

方父：你们这个铁三角，今后怎么打算？

方远舰：不知道。张枫不愿意加入骑士联盟。

方母：小雨姑娘呢？

方远舰不回答方母：瑄晖没了，我更没有退路了，只能孤注一掷地往前走。

方父、方母沉默。

方远舰：我们翻第一座山就遇到困难，靠我们自己的力量，翻不过去，我要和母校共同研发机器人关节电机，他们出人，我出钱。

方父、方母对视，不语。

方远舰：目前有两个办法，一是我妈赎回全部基金，损失 3% 左右的收益。二是有几家私人机构可以贷款给我，支付 15% 的利息给他们。

方母：贷款合算，你去贷吧。

方远舰看方父：爸，您算算。

方父也生气了：你妈算得对，听你妈的。

方远舰抱头不语。

方母生气：从小就用这一套威胁妈妈，你都懒得换个花招了，我不会再吃你这一套了。

方母起身往卧室走：我困了，要去睡觉了。

方远舰拽住方母，按回到椅子上：妈，我就要和学校签协议。

方母：签协议和妈妈有什么关系？

方远舰：你知道是谁和学校谈成的合作吗？

方母：我不想知道。

方远舰：是小雨。

方母愣了一下：那又怎样？

方远舰：你知道她为什么要和学校谈吗？

方母：为什么？

方远舰：她想结婚生孩子，我告诉她机器人造不出来，我不结婚。

方母：你换花招了？

方远舰：这个不是花招。

方母：你让小雨给我打电话。

方远舰：大半夜的，她早睡了。

方母：现在是她的大白天。

方远舰挠头。

方母：她说的是真的，我就把钱给你。

方远舰：说话算数。

方母：妈妈什么时候说话不算数？

方远舰拨通视频电话，把电话支在桌上，坐在方母身边。

电话里出现范小雨的影像。

方远舰：嗨，小雨，你在干吗？

范小雨：接待国内客户，他们去购物了，我在喝咖啡等他们，有事吗？

方远舰：我告诉我妈，哪吒做成了，我就娶你做老婆，你给我妈生个孙子，我妈不信，她要亲口听你说。

电话里的范小雨愣住。

方母和小雨打招呼：小雨啊，你在那边好的啦？

范小雨：阿姨好，我挺好的，您放心。

方母：你一个人在国外，一定要注意安全，晚上不要出门……还有啊，想吃国内的什么东西，阿姨寄给你……

方远舰：妈，小雨很忙的，你说正事。

方母：好的啦……小雨啊，阿舰的钱阿姨替他买了基金存在银行里，将来给他成家用的，他现在要拿去做机器人，你说阿姨给不给他？

范小雨沉默。

方远舰：范小雨，你想好了，和婆婆搞好关系很重要，但是将来是咱俩过日子。

方母：小雨，心里怎么想就怎么说。

范小雨沉默片刻：阿姨，您的话他都不听，能听我的吗？随他便吧。

方远舰兴奋地：小雨，我爱死你了，你忙吧，自己保重。

方远舰急忙按掉电话。

方远舰看着母亲：妈，不是花招吧？

方母看方父。

方远舰：你们想抱孙子，就早点让我把哪吒造出来。

方父起身，去屋里拿出一张银行卡，放在方远舰面前。

方父：你的钱都在里面，基金你妈已经全部赎回来了。

方远舰惊讶：那你们还卖什么关子？

方父：以前没有发现你的表演天赋，耽误了一个好演员。

方远舰瞠目结舌：……

方远舰的电话有信息进来，方远舰打开看，是范小雨的："你是个可恶的浑蛋！"

方远舰嘻嘻地笑了。

瑄晖公司宽敞的屋子，人去楼空。张枫来到方远舰的办公室，方远舰的东西原封不动地摆着，有机械模型，有高达模型，有变形金刚模型，还有他们三人的各种合影。张枫怔怔地望着三人的照片。他感觉到身后有人，回头，是方远舰站在门口。

偌大的办公室，办公桌椅已经撤空，屋里空空荡荡。张枫、方远舰靠着落地玻璃席地而坐。

张枫：我们大本营没了。

方远舰：做代理本来就是机会主义，别人给我们机会，我们有饭吃，不给机会，就得挨饿。现在该是把命运攥在自己手里的时候了。

张枫沉默。

方远舰：今后怎么办？

张枫：最后这笔钱挣到手，我想找项目东山再起，重新建立一个大本营。

方远舰：骑士联盟为什么不能做大本营？

张枫：它不纯粹。

方远舰：怎么不纯粹？

张枫：一个是追梦人，一个是做梦人，两个梦风马牛不相及，南辕北辙，甚至水火不容。

方远舰：陆路要改变命运有什么错？我们不是也抓住机会改变了命运吗？

张枫：他没有错。

方远舰愣住：我追梦有什么错？

张枫：追梦和做梦，你当成了同一个梦。

方远舰：目标都是做最好的机器人，有什么不一样？

张枫：目的不一样，做梦的逐利，追梦的幻想。

方远舰：你是天生的悲观主义者，看问题永远是负面大于正面，回家有我爸，离开家有你，我真不幸，走哪儿都被这种消极情绪包围着。

张枫狠狠地瞪着方远舰，不说话。二人停止争吵，沉默。

方远舰情绪低落地开着破车行驶在城市公路上，车上装满了他的各种模型。

破车开来，离门口很远停下，方远舰下车进了骑士联盟。

方远舰闷闷不乐地走进来，陆路正陪着熊尔在参观他们的模型。

方远舰：熊尔，你怎么来了？

熊尔：对不起，不请自来，未经允许进入了你的核心区域。

方远舰：骑士联盟对你不设防。

三人在休息区坐下。

方远舰：你不来，我也要去找你，我的资金已经到位了，什么时候签订协议？

熊尔沉默。

方远舰：怎么了？

熊尔：学校接到了任务，与大集团联合研发人工智能工程。

方远舰：人形机器人难道不是人工智能工程？

熊尔：是人工智能的皇冠。

方远舰：那为什么不可以共同研发？

熊尔：你有见过光屁股戴皇冠的吗？

方远舰：什么意思？

熊尔：金字塔要从基座开始往上建，你却要先建塔尖。

方远舰：……

熊尔：我建议你重新制定战略目标，从工业机器人开始，这样现实一些。

方远舰：工业机器人就是一个标准化的程序执行工具，它只能算是低级人工智能。

陆路默默不语。

方远舰：我不做自动化机器，我要做的是像人一样的机器人。

熊尔：我理解你的野心，但不是所有人都能理解。

方远舰：怎么讲？

陆路：我们画的饼太大，锅太小，烙不开这张大饼。

方远舰：是这个意思吗？

熊尔沉默一下，点点头。

方远舰：伺服舵机一千万研发费还不够？我可以再增加。钱的事情我自己解决，不用学校操心。

熊尔：伺服舵机只是挡在你们面前的第一座山，你有几个一千万？五个？十个？二十个？对研发机器人来讲，都是毛毛雨。不要以为你很有钱，造机器人，你是一个穷人。

方远舰：……

几个同学在远处望着他们。

海边，傍晚，方远舰和陆路闷头坐着。突然，陆路自嘲地笑了一下。

方远舰扭头瞥了一眼陆路：你笑什么？

陆路：贫穷限制了我的想象力，想象不到自己有多穷。

方远舰：什么意思？

陆路：你竟然也是一个穷人，我以为傍上了矿主，其实还是个矿工。我现在都不知道我有多穷，无穷的穷。

方远舰皱眉。

陆路：怎么了？我说得不对吗？

方远舰：又一个悲观主义者，遇到困难，先释放负能量，你应该和张枫做搭档。

负负得正，也许能产生正能量。

陆路不语，二人沉默。

陆路：我认为，熊尔的意见应当考虑。

方远舰断然：不考虑。

陆路：我们先挖容易的矿，研发工业机械臂，把锅造大了，再造哪吒。

方远舰摇头：那就晚了，国外的双足机器人，已经迈出第一步了。

陆路：那也比我们死在半路上强。

方远舰坚定地：无论死在哪儿，我也要用小锅烙大饼。

陆路不语。

方远舰：你怕了？

陆路：你不怕，我这个无穷的穷光蛋还有什么可怕的？

方远舰愁容满面：咱俩统一了思想，回去又该统一那五个脆弱的家伙了。

陆路：有你这个打气筒，怕什么？

方远舰：该你做政委了。

陆路：忽悠人的功夫，你称第二，没人敢称第一。

方远舰：贬义的还是褒义的？

陆路：你从哪里听出褒义了？

骑士联盟内十分安静。二人推门进来，厂房内开着灯，屋内空空，不见一个人影。

方远舰：人呢？

陆路：我哪里知道。

方远舰拨打手机，无人接听。

陆路：十有八九是跑了。

方远舰颓然坐在椅子上，愣愣地待着，突然他把桌上的杯子一把扫到地上，杯子粉碎。

方远舰愤怒咆哮：一群逃兵，孬种，胆小鬼……不愧是熊尔带出的兵。

陆路木然地呆坐着，屋里安静极了。

大门响动，几个学生进来，每个人都扛着铺盖行李。

方远舰、陆路愣住。

方远舰：你们……？

李世恒：我们回去拿被褥了，我们要住在这儿，毕业前死也要把伺服舵机做出来。

方远舰：……

已是深夜，骑士联盟内洋溢着某种青春气息。

有人在车床上车部件，有人在3D打印部件，有人凑在一起研究图纸，陆路在写代码，方远舰在工作台组装下肢肢体。大家各自干各自的事情。

陆路点开骑士联盟邮箱，抬头：阿舰……阿舰！看邮箱。

方远舰走到自己电脑跟前，打开邮箱，是哈尔滨红肠发来的邮件：一组伺服舵机图纸。

方远舰愣住，马上回复信息：哈尔滨红肠，你在吗？

片刻，哈尔滨红肠回复：骑士们，被第一座山拦住了吧。

方远舰：图纸来源？

哈尔滨红肠：绝对自主产权，不完善，开源给你们。

方远舰：为什么为我们开源？

哈尔滨红肠：因为你们走了一条最孤独的路。

方远舰在思索怎么回复时，对方打出：再见！

方远舰呆住。

方远舰和张枫去接机。

张枫：悬着的那只靴子落地了。

方远舰：哪只靴子？

张枫把手机递给方远舰，是范小雨的信息："客户欧洲考察结束，一行人对欧洲之旅很满意，他们今天回国，牛总说让你去接机，同时准备好酒宴，落地就签订合同打款。"

张枫长出口气：小雨真给力。

方远舰看完把手机递给张枫：这是今年听到的最好的消息了。

张枫：瑄晖的最后一单合同，我们一起签。

方远舰犹豫一下，点点头。

方远舰：客户知道这是我们最后一单了吗？

张枫：不知道，他们在飞欧洲的飞机上，Mike通知我们终止合作，所以事情才尴尬了。

方远舰：为什么不让小雨告诉他们？

张枫：怎么说？我们邀请人家去旅游，他们下了飞机，告诉他们"我们之间没有关系了，你们两眼一抹摸黑的自己去玩吧"？

　　方远舰：我们继续接待他们就是了。

　　张枫：他们是你我的亲人，的还是小雨的亲人？五个人欧洲行的花销，凭什么我们出？羊毛出在羊身上，我们身上有几根毛让人薅？

　　方远舰：售后服务怎么办？

　　张枫：和 Mike 解约协议里面有明确规定，他们有售后服务责任。

　　他们的车子穿过海边的公路，阳光下的海一碧万顷，辽阔而安静。但车里的人却心潮起伏。

　　张枫：你想过吗？今后怎么办？

　　方远舰：把哪吒造出来。

　　张枫皱眉：我是说，你、我、小雨怎么办？

　　方远舰：听你俩的。

　　张枫不语，两人沉默一会儿。

　　张枫：有两个选项。

　　方远舰：痛快点儿说。

　　张枫：A 选项，钱回来后，我们三一三十一，解散瑄晖，各回各家，各干各的事；B 选项，钱回来后，寻找新方向，咱们东山再起。

　　方远舰：小雨早就说了，咱俩是完美的二 B 组合，除了 B 选项，我还能选啥？

　　张枫：你才是二 B！

　　机场国际航班到达口，熙熙攘攘，张枫翘首以待。

　　远远地，几个人推着满载的行李车往外走。

　　张枫冲方远舰：出来了，走在前面的是副总 ……姓赵。

　　张枫说罢冲里面摆手。

　　赵总看到张枫，远远地摆手回应。

　　赵总出来，张枫迎上去：旅途辛苦……赵总，这位是我们方总，特意来接你们。

　　方远舰和赵总握手。

　　张枫纳闷：牛总怎么还没出来？

　　赵总一脸尴尬，支支吾吾。

　　张枫：怎么了？

　　赵总：我们去外面，找个安静的地方说话。

　　一行人出来，在一个安静地方停下。

赵总：牛总……丢了。

张枫：丢了？什么意思？

赵总：回来的时候，我们进到机场，牛总要买东西，一去不见踪影，电话关机，人失联。

张枫、方远舰愣住。

张枫：范小雨知道牛总失踪了吗？

赵总摇摇头。

赵总：我向上级汇报了。上级说纪委查出了牛总的经济问题，估计早有人给牛总通风报信，他可能潜逃了，当时没限制他出境。

张枫急了：我们的合同怎么办？

赵总：发生这种事情，合同只能以后再说了。

张枫：你们说好了下飞机就签合同打款的，我庆祝宴都订好了，签字仪式也准备……

赵总：饭是万万不能吃了，牛总人都丢了，谁来签字？

张枫：我已经垫付了设备款给欧洲厂家，你们不能变卦了。

赵总：垫付？咱们还没签合同，为什么要垫付？

张枫：……

方远舰：因为我们信任你们，为了缩短交付周期。

赵总：张总，我们回去肯定会受牵连，被调查，咱们的合作以后再找机会吧。

张枫呆若木鸡。

张枫驾车行驶在沿海高架路上，脸色阴沉，眼神呆滞，紧咬牙关。方远舰眉头紧锁地坐在旁边。

两人久久沉默。

方远舰长出口气：你别急，我们想想办法。

张枫不语。

方远舰：找Mike，告诉他实情，让他退回订金。

张枫：退不了，合同签得很死。

方远舰：联系别的客户，降价卖出去。

张枫：你去联系吗？

方远舰不语，车里又是沉默。

方远舰：没什么大不了的，这些年我们太顺了，也该栽一次跟头，买一次教训。

张枫：口是心非，你的潜台词根本不是这个，你还不如发脾气骂我舒服。

方远舰：我什么潜台词？

张枫：这笔钱还不如让你去做机器人。

方远舰：你想多了。

张枫：就是！

方远舰不理张枫，二人沉默。

张枫电话响，用车载蓝牙接听。

张枫烦躁地：哪位？

"张先生，您订的包厢，凉菜已经上了，请问您和客人几点到？"

张枫：不订了，取消。

"张先生，现在不能取消，我们所有菜品都准备好了……"

张枫：送给你们吃，算我请客。

张枫怒气冲冲地挂断电话。

方远舰：我让骑士联盟的兄弟们去吃，他们很辛苦，正好慰劳他们。

张枫打方向，车子靠边停下。

方远舰：怎么了？

张枫压住火：下去。

方远舰：为什么？

张枫：下去！

方远舰火了：你冲我发什么火？前不着村后不着店，你让我去哪儿？

张枫：造你的机器人去！

方远舰：你犯的错误，赔光了家底，和我造机器人有什么关系？

张枫怒发冲冠，大吼：下车！

方远舰怔了下，拉开车门下车，狠狠地摔上车门。张枫一脚油门远去。

方远舰愤愤地沿着路边走着。

骑士联盟内，大家埋头干着自己的事情，方远舰对着电脑发呆。

电脑上，范小雨视频电话进来。

范小雨：阿舰，刚才张枫和我通了电话，牛总的事我知道了。

方远舰沉默。

范小雨：你不能责怪他，垫资也是我同意的。

方远舰：我没有责怪，他一股脑儿把火气发在了我身上。

范小雨：赔光了我们的家底，他很窝火，除了你，他还能把火气发给谁？

方远舰沉默。

范小雨：阿舰，你不能满脑子都是你的机器人……

方远舰突然发火：为什么不能？我烧掉了两千多万了，机器人的下半身问题还没有解决，被人嘲笑小锅烙大饼，我一肚子的火冲谁发？

范小雨沉默。

陆路、同学们远远地看着方远舰。

范小雨：阿舰……

方远舰：我不想和你说了。

方远舰愤愤地挂了视频电话。同学们面面相觑。

电话的那一端，英国伦敦公寓内，范小雨坐在电脑前发怔，眼中隐隐闪着泪光。她在想，他们三人苦心经营的代理公司，就这么结束了，这是否意味着一个时代的结束？她一时还想不清楚，但是否意味着他们这个铁三角，也要解体呢？可恨的方远舰，竟然对她发脾气！她范小雨可一直是正能量的，也是有功之臣。但方远舰的路还能走下去吗？她觉得自己还是放不下对他的牵挂。

还是这个夜晚，某饭店大包间内，张枫一人自斟自饮，独自吃着一桌丰盛大餐。而骑士联盟内，小伙伴们在埋头干活，陆路放下鼠标，来到方远舰边上。

陆路：出什么事了？

方远舰：没什么事。

陆路盯着方远舰。

方远舰：和你没关系。

陆路盯着方远舰。

方远舰：我们的矿没了。

陆路：对我们有影响吗？

方远舰：影响我的心情。

陆路：除此之外呢？

方远舰：你为什么总是这么敏感，我那么让你没有安全感吗？

陆路：因为你也没有了安全感，你的大后方没了。

方远舰：我就是我的大后方。

陆路淡然一笑：这话我曾经也给宫妙说过，是自欺欺人，打肿脸充胖子。

方远舰：你是，我不是。

陆路举起拳头：看我拳头。

方远舰看陆路的拳头，陆路不停变化位置，方远舰眼睛跟着走。

方远舰：怎么了？

陆路：眼睛位置决定了，你只能是你眼睛的大后方。

方远舰：……

阳光照进了骑士联盟，厂房空场上，搭起来了一个约一米多宽、十米长、一米高的台子，像时装表演 T 台。

上空有几条滑轨。阿巴斯踩着梯子在滑轨上布电缆。

张一博操作 3D 打印机打印零件，工作台上堆满了打印好的电机部件，方远舰、曾翔趴在工作台上组装电机。

陆路带着王源远和李世恒测试数据，发出的信号经由电路板上的 IC 驱动无核心马达开始转动。

夜晚，阿巴斯、曾翔、王源远以不同姿势在岗位上睡着了。

陆路端了两杯咖啡，递给趴在电脑上修改设计的方远舰一杯，回到自己位置上继续工作。方远舰将设计传给张一博。张一博搬着一箱子金属打印材料到打印机前更换，地上一个大号塑料桶里堆满空的金属材料包装。张一博把打印好的部件交给方远舰，方远舰组装，他旁边是堆成小山的废弃部件。

又一个清晨，骑士联盟内，光束穿过天窗射了进来。工作台上，架着两组不同规格和自由度的电机。

陆路在电脑上输出指令，几个电机同时工作，做几个自由度的转动，随着陆路输出不同的指令，动作幅度和速度都在发生变化。

大家兴奋地互相望着，击掌欢呼。

方远舰：兄弟们，我们的第一个小目标见到曙光了。

酒吧内，张枫、Mike 坐在吧台，面前摆着两个杯子，张枫是个空杯，Mike 的有酒。

张枫：这绝对是个意外，谁也想不到客户出事了。你们扣 10% 的违约金，其他的返还给我。

Mike 摇头。

张枫：现在终止协议，没有给你们造成损失，你们扣 20% 违约金。

Mike 摇头。

张枫：30%。

Mike 摇头。

张枫：Mike，咱们合作了好多年，你不能这么冰冷。

Mike：枫，一起玩游戏，既然我们制定了它的规则，就要遵守，契约本来就是冰冷的。

张枫沉默，恼怒地一拳砸在桌子上，惊动了周围的客人。

Mike：枫，你们中国有一句话叫……愿赌服输。

张枫：我们中国还有一句话叫买卖不成情义在，你怎么没有学会？

Mike 耸耸肩。

张枫的手机有电话进来，来电显示是范小雨的微信电话，张枫按掉。

张枫示意酒保给自己倒了一杯洋酒，一口喝下。

张枫：那笔订金，是瑄晖的家底，小雨和阿舰的钱都在里面。

张枫沮丧之极，又问酒保要酒。

Mike：枫，你可以去和新的代理商谈谈，和他们商量一个办法，我可以帮你联系他们，但是你要去上海。

张枫一口将酒喝下……

骑士联盟内，哪吒的下半身，被辅助支架架在台子上，胯关节、膝关节、脚踝关节安装完毕，一根长电缆像根尾巴通到体内。空中滑轨上下来几根钢丝吊住机器双足，保证它站立不倒。

王源远和阿巴斯将两部小型摄像机架在长台案边上。陆路和李世恒坐在电脑前，电脑屏幕上，是一个三维人体骨架结构图，方远舰和其他人站在台子两边。

方远舰：好了吗？

陆路和李世恒回应：可以了。

方远舰和张一博小心翼翼地去掉哪吒下半身的辅助支架，哪吒的下半身稳稳地站着。方远舰冲陆路点点头，陆路操纵鼠标，指挥屏幕上三维骨架抬腿迈步。

大家紧张地看着，台子上的机器腿动了动，膝盖微微弯曲，然后又一动不动。

方远舰：增大输出功率。

李世恒旋转控制按钮，哪吒的腿像过了电，剧烈颤抖，同时电机发出奇怪的声音。随即膝盖冒出一股烟。李世恒慌忙减低功率，哪吒的腿才停止抖动。

方远舰：什么情况？

李世恒：不知道。

方远舰：暂缓操作，放录像看看毛病在哪儿？

大伙围到电视屏幕前，王源远放回放，看膝盖舵机工作细节。

他们反复在看。

方远舰：我认为问题出在功率输出上，输出指令不合理。

陆路：不会，搭建前反复测试过，我认为是结构搭建问题。

大伙儿在盯着屏幕研究，突然，身后一阵响动，大伙回头，机器腿自己动了起来。

大伙儿愣住。

机器腿越动越激烈，六个关节各自做着各自的运动，像扭麻花。

大伙傻了眼。

陆路：问题出在编程，指令一个关节没有问题，同时指令六个关节联动，既要完成独立动作，又要相互协调，让动作有连续性，这时候算力就不够用了。

张一博：现在才是六个主关节的协调，哪吒从头到脚，要几十个关节。

方远舰：解决了下半身的问题，再说全身……有解决方案吗？

陆路：现在舵机大多采用 PWM 驱动，要么用现有的单机片编程，要么用 CPLD 这样复杂可编程的逻辑元件或者 FPGA 设计。我们需要做一个决定。

方远舰：你什么意见？

陆路：后两者，容易控制多舵机同时工作，但实际应用还需要 MCU 协同工作，局限性不小，也会增加电力消耗。"哪吒"不能一直拖着外接电源行动。我认为还是要选耗能低的单片机来执行。

方远舰：单片机的困难是什么？

陆路：要做大量的实验，积累数据。

曾翔：需要跑海量的数据。

陆路点点头：数据可以算是挡在我们前面的第二座山，我们现在的人手远远不够。

方远舰：我也要说这个问题，我们几个人一座一座山地翻越，真就把自己干成愚公移山了，我想和大家商量，每人攻一座山，大家根据需要，自己招兵买马。

方远舰看看大家：举手表决。

五个同学面面相觑，无人表态。

方远舰：你们没有信心？

张一博：我们还有两个月就要毕业了，我怕时间不够用，我还要找工作。

曾翔：我们都一样。

阿巴斯：我要回我的国家。

方远舰、陆路相互对视沉默。

方远舰：我和陆路想过这个问题了，我希望你们留在骑士联盟，造哪吒就是工作，当然人各有志，绝不强求。留下来的是骑士，将享有骑士股份，成为联盟合伙人。

几个同学鸦雀无声。

方远舰：当然了，也许我们最终失败，空做了一场梦，股份一钱不值，但是我们一旦成功，1%的股份也许就值一个亿。敢不敢用你们的青春赌明天，你们有两个月的时间考虑。

无人吭声。

方远舰：怀揣梦想，孤独跋涉在荒漠里的骑士们，集结号已经吹响，我们一起披荆斩棘。女娲创造了人，我们去创造机器人！

大门响动，一个人拖着行李箱进来，是范小雨。

方远舰愣住，惊讶地：小雨，你怎么突然回来了？

范小雨讪笑着。

方远舰驾车行驶在城市道路上，范小雨坐在旁边，方远舰没有直接表白，但他还是觉得很温馨。

范小雨用免提拨打电话。

"你拨打的电话已关机……"

范小雨看方远舰：先是通了不接，然后是关机，已经三天了。

方远舰：你专程为这事回来的？

范小雨：你一点儿都不担心他吗？

方远舰：有什么好担心的？换了我，也会关了电话，在家闭门思过。

范小雨瞪了方远舰一眼，欲言又止。

方远舰：别大惊小怪的，张枫不会有事，我敢打赌，他一定是闷在家里，谋划东山再起，你还不了解他吗？

范小雨：你的心真大。

张枫家楼道，电梯门开，方远舰和范小雨从里面出来，楼道很亮堂宽敞。

两人到了张枫家门口，范小雨按门铃，里面久久没有应答。

门锁是密码锁，方远舰按密码开门，两人进屋。

屋里零乱，客厅和餐厅随处可见空酒瓶子，两人走遍几间屋子，都没有张枫踪影。

阳台传来猫叫的声音，二人去了阳台，一只小猫缩在角落，惊恐地望着他们。

范小雨：张枫养猫？

方远舰纳闷：没听他说过，最近养的。

小猫凄惶地叫着，面前的食盒空空如也。

范小雨从阳台一角的猫粮盒子里盛了猫粮倒进食盒，然后又给一只碗里倒了水。

小猫贪婪地吃喝。

范小雨：像是好久没喂它了。

方远舰沉默，掏出电话，拨打张枫电话。

"您拨打的电话已停机……"

方远舰：给我他爸妈电话。

范小雨摇头：我没有。

方远舰摇摇头：咱们怎么会没有他爸妈的电话呢？

张枫常去的酒吧，方远舰、范小雨进去，四处寻找张枫。

另一间迪吧，两人在攒动的人群里寻找张枫。

海上鱼排，卖唱歌手唱着忧伤的歌，范小雨、方远舰上了鱼排寻找。

海边公路上，两人缓慢地开着车，海堤栏杆上趴着一个人在呕吐。

方远舰停车，范小雨匆匆跑过去，她扳过那人肩膀，不是张枫。

两人回到张枫家门口，方远舰按密码，范小雨拨开方远舰的手，按门铃，两人等待。

期望的意外没有出现，方远舰按密码开锁，两人进了屋里，闷头坐着。

方远舰：张枫也许开车去旅游了，他说过想要休息一段时间。

范小雨：不可能，那只猫怎么解释，他的行李箱在家里怎么解释？电话关机怎么解释？

方远舰语塞。

范小雨：我不回来，你恐怕现在还不知道张枫消失了吧？

方远舰沉默。

范小雨：你们俩怎么变成这样？

方远舰安慰范小雨：他不会有事的，又不是一个孩子。

范小雨：可他已经几天没有音讯了。

方远舰：他也许不想被打扰，想自己安安静静地发呆。

范小雨：张枫从来没有过这样，你不了解他吗？

二人沉默。

范小雨：你知道吗？你被我们宠坏了。

方远舰：什么意思？

范小雨：你被我们惯成了一个任性的孩子。

方远舰：我任性？就因为我要造机器人吗？

范小雨沉默。

方远舰：我为什么不能造机器人？为什么不能追自己的梦想？况且我没有强迫你们与我一起追。

范小雨：你的不是梦想，是幻想。

方远舰：你们女人，懂什么梦想幻想，我不想和你谈这个。

范小雨：方远舰，你混账！

方远舰愣住：对不起，我说错话了。

范小雨：你闭嘴！我不想和你说话。

方远舰不语。

范小雨扭头去了阳台，生气地望着万家灯火。

门外一阵响动，方远舰、范小雨望向门口，是张枫的前女秘书秦歆进来。她看到方远舰和范小雨，吓得一声尖叫。

女秘书：方总……范总，你们两个怎么在这里？

方远舰：张枫呢？他人呢？

女秘书进屋，吞吞吐吐：张总不让我透露他的消息。

方远舰急了：他关电话玩失踪，害得小雨专程从英国飞回来，我俩到处找他……

范小雨：他在哪里？

女秘书：在拘留所。

方远舰和范小雨惊住：出什么事了？

女秘书：涉嫌醉驾，被拘留着。

方远舰：涉嫌？怎么回事？

女秘书：具体情况我也不清楚，三天前，律师给我打电话，说张总收养了一只流浪猫，让我来帮他喂食。

方远舰：他关在哪个拘留所？

女秘书摇摇头：我问过了，律师不说，说案件侦办期间不允许探视。

方远舰、范小雨面面相觑。

夜晚，方远舰家。电视里播放嫦娥三号着陆月面，着陆器和巡视器分离的画面。方父和方远舰目不转睛地看着。范小雨与方母在厨房餐后洗涮。

方母：小雨，你这次回来还走不走啦？

范小雨：我只有一周的假，要回去的。

方母：总是匆匆忙忙的，为什么不多请几天假？

范小雨：我是临时有事，不好多请假的。

方母：这几天你不要在外面吃饭，顿顿来家吃，想吃什么阿姨做给你。

范小雨：好的呀。

方母：你干脆住在家里，住酒店浪费钱还没家里方便，你不要不好意思，阿姨很开明的。

范小雨：我没有住酒店，住在张枫家。

方母愣住，看范小雨：为什么住他家？

范小雨：张枫出差了，家里养了猫，我要帮他喂食。

方母不高兴地：男孩子养什么猫，男不招猫女不斗狗。

范小雨：是流浪猫，张枫收养了。

方远舰出现在他们身后：小雨，我送你回去。

方母：催什么？我和小雨说说私房话。

方远舰去了阳台。

方母：唉，小雨，你妈妈催你没有？

范小雨：催什么？

方母：结婚成家啊？

范小雨：天下父母哪个不催？

方母：你要是我女儿我也催，女孩子不像男孩子，男孩子不成家，永远长不大。

方母凑近范小雨，小声：你千万不能相信男人说事业有成了再成家，那是给你画大饼，当年你方叔就想给我来这圈套，阿姨没上当。方家有画大饼的传统，你也小心钻进他儿子的圈套，女孩子可耽误不起。

范小雨认真地：晓得了。

方母神秘地：我再告诉你个秘密。

小雨凑近方母。

方母：他们方家的人遗传有缺陷。

小雨：什么缺陷？

方母：智商高，情商低……很多事情，要你主动的啦。

皓月当空，阳台上，方远舰举头望月发怔，方父出来，趴在栏杆上一同望着月亮。

方父感慨：我们的航天技术突飞猛进，前几个月刚是神州十号与天宫一号对接成功，马上又登月成功，我们的月球车现在正在上面跑呢。

方远舰：爸，现在要是我的机器人在上面环游月球是啥情况？

方父：你一百年以后再问我这个问题。

方远舰：它会不会站在月球上，嘲笑人类是井底之蛙，是一个离不开空气、食物和水的低能生命？

方父：痴人说梦。

公路上，夜色中，淅淅沥沥下着小雨，车窗玻璃有水珠在流淌。

方远舰开车，范小雨坐在旁边，二人默默无语。

范小雨：你知道阿姨刚才和我聊什么私房话吗？

方远舰：不想知道。

范小雨噎住，瞪方远舰：阿姨说对了，你有家族遗传病。

方远舰：什么遗传病？

范小雨：智商高，情商低。

方远舰：……

范小雨凑近方远舰，挑逗地：阿姨教我，要主动点，你说我怎么主动？

方远舰：她想抱孙子想疯了。

范小雨不理方远舰，二人沉默。

方远舰若有所思地驾驶着车。

范小雨盯着方远舰：你在想什么？

方远舰忍住不看范小雨，幽幽地转移着话题：嫦娥三号着陆月面，从着陆仓里雄赳赳气昂昂走出三个机器人，一个叫范小雨，一个叫张枫，一个叫方远舰。

范小雨不理方远舰。

方远舰：威风，比走出三个真人宇航员还震撼。

范小雨没好气地：月亮上就没风，哪里来的威风？

方远舰被噎住，气急败坏地：跟女人聊这些，是对牛弹琴。

二人又是沉默。范小雨拧开收音机，调到音乐频道。

音乐厅主持人在介绍陈楚生的歌《有没有人告诉你》，歌声飘了出来：当火车开入这座陌生的城市，那是从来就没见过的霓虹……

歌声中，范小雨在想，是瑄晖公司弱不禁风，还是飓风来临？方远舰一边恬不知耻地给他妈妈说要娶范小雨，当着面他又回避这个话题。范小雨扭头看方远舰，看到他竟然愁容满面。她的心又软了。

方远舰把车开到张枫家小区，停在小区门口。方远舰看范小雨，范小雨却坐着不动。

方远舰：到了，你下车吧。

范小雨：你呢？

方远舰：我回骑士联盟。

范小雨：你陪我一起上楼，我有话要和你谈。

方远舰：谈什么？

范小雨不理方远舰，下车就走。

方远舰见状，只好尾随着范小雨，一起走进去张枫家的电梯，电梯里只有他们两人。

方远舰：范小雨，你可别上了我妈的当，她狡猾得很……

范小雨盯着方远舰，没有说话。

电梯到了要去的楼层，二人出了电梯，来到张枫家门口。范小雨开门，二人进屋。

范小雨突然愣住：张枫？

张枫站在阳台看着二人，他满脸胡茬儿，一副失魂落魄的样子。

范小雨惊喜地：太好了！你没事吧？

三人坐下。

张枫：那天我叫了代驾，上车就迷糊了。后来才知道，代驾挪车把人家跑车给撞了，害怕赔钱，跑了。我一醒就被交警堵车上，说不清了。

方远舰：你有叫代驾的记录啊。

张枫：代驾人不在，监控没拍到，有记录也没用。

方远舰：……

张枫：今天查清楚，我就回来了。

方远舰：没事，虚惊一场。

张枫：有事。

范小雨：什么事？

张枫：我申请了义工，做义务宣传员，宣传酒驾危害。

方远舰：不至于吧。

张枫沉默，不看方远舰。

范小雨：这是公益，该做！也给你俩提个醒，一个人出去可不能喝那么多酒。

听到"一个人"方远舰惭愧。

方远舰：我们……去找个地方，喝点酒，欢迎宣传员归来？

范小雨瞪方远舰。

方远舰：我是认真的。

范小雨：你也想去宣传酒驾是吗？

方远舰：咱们打车去。

范小雨：那也不行！

张枫：为什么不行？

范小雨：……

露天酒吧，夜已深，露天座位没什么客人。远处，卖唱歌手还在唱着忧伤的歌。

范小雨倒了三杯红酒，举起酒杯，不知说什么好。

张枫、方远舰不回应，范小雨独自喝了一口。

三人呆坐着。

范小雨：以前，我喜欢我们在一起发呆，享受此时无声胜有声的感觉，可是这会儿我讨厌你们不说话。

二人不语。

范小雨一口喝干杯中酒：你俩有什么不痛快，别憋在心里，说出来。

二人沉默。

范小雨：你俩真的无话可说了吗？

二人沉默。

范小雨：我飞了十个小时回来，不是看你们沉默的。

二人继续沉默。

张枫喃喃：让瑄晖血本无归，责任在我，损失我来承担，你俩给我一些时间。

范小雨：张枫，你这话是什么意思？……要我俩给你什么时间？

张枫：我会把损失挣回来。

范小雨：垫付资金我举手了，我也有责任，况且我们三个是共同体，什么叫你把损失挣回来？要挣回损失也是我们一起挣。

张枫：是我逼迫你同意的，和你没关系，我愿赌服输。

方远舰生气地：你是在赌气。

张枫不语。

方远舰：你用酒驾惩罚自己，也在惩罚我们。

张枫急了：我和谁赌气？赌什么气？

方远舰：和我，因为我孤注一掷要造机器人。

张枫：你想多了。

方远舰：我们三个在大学就穿一条裤子，谁不知道谁肚子里装的什么……

范小雨：方远舰你说清楚了，是你俩穿一条裤子。

方远舰：我说得不对吗？他是不是赌气，你还不清楚？

范小雨：你难道没有赌气？公司赔了个底朝天，你真无所谓？以前你不在乎钱，现在还不在乎？

方远舰：范小雨你别当东咬一口西咬一口的和稀泥，你的公道一点儿都不公。

张枫：和小雨什么关系，你冲她嚷什么？这些年她真是把你宠坏了！

范小雨：张枫，怎么都成我的责任了，你没有宠他？这个锅你不能让我一个人背。

方远舰：你俩说清楚，我怎么成锅了？

二人不语。

方远舰：我承认我很任性，孤注一掷干想干的事情，你们说梦想也罢，妄想也罢，我根本不在乎。

范小雨、张枫不语。

方远舰：我知道要跳进去的可能是一个大陷阱，我不会把你俩拖进去。但你俩也决不能阻拦我。

范小雨气愤：方远舰，你也别忘了，我们是共同体。

方远舰：共同体不是连体人，铁三角不是铁笼子，它不能成了我们之间的枷锁。

范小雨：你闭嘴！

三个人默默地坐着。

张枫：这些年，忙着赚钱，没时间让自己停下来思考，这次在拘留所里，我认真地想了我们的过去和将来。

方远舰、范小雨默不作声。

张枫：小鸟大了，什么林子都有，应该让鸟选择自己的树林。

二人默不作声。

张枫：人各有志，我们不能再相互捆绑住手脚。

方远舰、范小雨相互看看。

张枫端起酒杯：天下没有不散的宴席，为我们的过去干杯。

范小雨看二人：这是要散伙吗？

方远舰犹豫一下，端起酒杯。

范小雨沉默了一会儿：举手表决。

方远舰、张枫缓缓地举起手。

范小雨伤感地举起酒杯：好啊，我们为散伙干杯。

远处传来流浪歌手的歌声："……别的那呀呦……别的那呀呦，我的青春小鸟一去不回来……"

骑士联盟内，张一博、曾翔在车床上加工部件。

曾翔：你想好了吗？

张一博：想好什么？

曾翔：毕业后的规划。

张一博：还在纠结，想去大型跨国公司，但是他们的高端产品设计制造都在国外。国内只是销售和售后服务。

曾翔：我想留下来，造机器人，挑战，刺激，别处没有这个机会。

王源远和李世恒在测试数据，突然王源远停下，望着李世恒。

李世恒：怎么了？

王源远：你有什么打算？

李世恒：毕业后，我想自己创业。

王源远：创什么业？

李世恒：还没想好，你呢？

王源远：我想留在骑士联盟赌一把，一旦我们干成了，就真挖到了钻石级的矿。

李世恒点点头。

王源远：我劝你也留下来，做骑士联盟的合伙人，和自己创业有何区别？

科创委资料室内，人们埋头在堆成山的科技资料当中。高山拿着文件进来，坐到崔江北边上。

崔江北：主任……

高山：市里通过了知识产权质押融资措施，重点支持人工智能、新材料、生物医药、信息技术的新兴中小科技企业，科创委担当的评估部分，你来负责。

崔江北：高局，中小科技企业风险非常大，如果我们评估的企业发展失败了怎么办？

高山：怕承担责任？

崔江北：我有顾虑，澳雳的事情，我心里有了阴影。

高山：我的阴影面积比你的大，我们科创委干脆改成佛堂，每天除了念经，什么事都不干，这样最安全，怎么样？

崔江北：我的阴影是给您制造了心理阴影，蒋楠楠现在还和我冷战。

高山狠狠地瞪了一眼崔江北。

高山：说实话，我更欣赏蒋楠楠敢说敢做的风格，和她比，你身上有股油腻的味道。

崔江北调侃地：那您把她调来，我去街道办。

高山：去！

第七章

海边高架路上，范小雨坐在出租车上默默望着窗外，手机有信息进来，是方远舰的：你在哪里？我送你。

范小雨回复信息：你爱的是机器人。

范小雨关掉手机电源。

候机楼，方远舰匆匆赶来，他远远看到范小雨拖着登机箱过了安检，连头也没有回。方远舰默默地看着她离去。他感到了前所未有的孤独，但他似乎觉得也无可奈何，祈求不是他的强项，即使对范小雨这样一直占据他心的女人。

骑士联盟里，陆路和王源远在测试数据。曾翔和张一博在调试机器腿。

陆路看到方远舰进来，迎上来：你回来得正好，我们改进了算法和数据，正要测试。

方远舰：问题找到了？

陆路：还不确定，试机才知道，应该有改进。

张一博组装好器件：好了，可以测试了。

阿巴斯操作几台录像机开始录像，打了一个 OK 手势。

大伙盯着机械腿，表情紧张。

李世恒操作控制键盘，发出指令。

机械腿开始分解动作，左腿膝盖慢慢弯曲，随即脚踝关节运动，左脚抬起，脚离开地面了几厘米，金鸡独立定格在空中。

方远舰：右腿。

李世恒操作，机器腿重重地放下左腿，分解动作猛地抬起右腿。脚离地面比左脚高出一截。

张一博：右脚比左脚高二十厘米。

方远舰：继续，重复动作。

机器腿左右脚重复，速度逐渐加快，像个瘸子原地踏步。

方远舰：控制速度。

李世恒操控键盘没有反应。

机器腿突然停下，一只脚踩地，一只脚定格在空中，紧接着落地的腿抖动起来，越抖越厉害。

张一博：怎么回事？

李世恒：失控了，抖舵。

机器腿抖如筛糠，然后悬空腿膝关节"砰"的一声爆炸，烟花四溅。

李世恒拔掉电源。大家围坐着看录像回放，画面是原地踏步那段。桌上放着烧坏的舵机。

方远舰：我认为，一腿快一脚慢，问题出在了舵机响应速度不一致。一脚高一脚低，是控制精度不一致。

方远舰拿起烧坏的舵机齿轮：卡机，我认为是齿轮精度不够，卡在一个角度，输入信号和反馈信号波动，产生抖舵，像抽风。

曾翔：炸机问题出在哪里？烧了几十个舵机了。

方远舰：很可能是供电模块问题，负载空载输出量混乱，我们的舵机在空载时候只消耗 10mA 电流，在旋转的时候，消耗 100mA 到 250mA 的电流，就像一个婴儿一瓶奶就能吃饱，喂他 20 瓶奶，肚子能不撑爆？

陆路：硬件、软件都有问题。

大伙沉默。

张一博：是谁说见到了曙光？

方远舰：我说的。

张一博：我们离曙光遥遥无期，你看到的肯定是海市蜃楼。

鹏城到珠海的轮渡在海上乘风破浪，张枫坐在船舱临窗位置，他望着窗外，船舱响起广播。

"各位游客，欢迎大家乘坐鹏城到珠海的游轮，我们行驶的海域叫伶仃洋，也称粤港澳大海湾，大湾的东口是鹏城、香港，大湾的西口是珠海、澳门，大湾的中间有东莞、广州、佛山、顺德、中山。请大家看游轮左方，是正在修建的世界上最长的跨海大桥——港珠澳大桥，全长达 55 公里，它是建造难度最大的超级工程，将创多项世界第一……"

游轮抵近珠海海岸，刚封顶的大贝壳歌剧院耸立海边。

一栋气派的写字楼大堂里，张枫在等候电梯。

电梯门开，七八个人从里面出来，其中一个年轻女人与张枫无意中对视一眼，二人擦肩而过，女人走了两步，站住回头看张枫，刚好张枫也回头了。

那女人是宫妙。

两人认出彼此：是你？……是你！

电梯要关门，张枫匆忙迈进电梯。

宫妙若有所思地站了一会儿，转身往外走去。

昊天机械贸易公司总裁室内，张枫与一中年男人面对而坐。那人热情地为张枫斟茶：请用茶。

张枫：谢谢宫总，Mike 说已经给你说了我的诉求。

宫总：你是我的前任，你们铤而走险签的那笔订单也告诉我了。

张枫：发生那种事，不可预见。

宫总：做生意，不可预见不能做理由，原罪是太贪心。

张枫：……

宫总：咱们开门见山，说说你的诉求？

张枫：话语权在您手里，您说吧。

宫总：那笔订单很大，目前国内市场，很难有客户消化掉。

张枫：我是做市场的，我知道难度。

宫总：我提两个方案，你来选择。一个方案是你用我们的平台继续销售，利润是我们的，你拿回你们支付定金的 40%。

张枫想想：另一个方案呢？

宫总：我们代销，回款后你拿回 20% 的订金。

张枫脸色铁青：宫总，雁过拔毛是应该的，但是你下手太狠，把雁拔秃了。

宫总笑笑：我们下手是不轻，但是咱们之间的逻辑反了，我不是拔毛，所做的是帮一只秃雁找回来一些毛。

张枫：我再想想。

张枫从电梯出来，发现不远处有露天咖啡座，走了过去。张枫在一空座坐下，欲点咖啡，抬头发现宫妙独自坐在不远处，面前摆着两杯咖啡。

宫妙冲张枫做了个邀请动作，张枫愣了一下，走了过去。

宫妙：好巧。

张枫：是。

宫妙：你怎么来了珠海？

张枫：谈一笔业务。

宫妙：去昊天机械贸易公司，找宫总谈？

张枫惊讶：你怎么知道？

宫妙：你去之前，我刚从他那里出来。

张枫：你找他是……？

宫妙：我现在做智慧农业，和他谈一些农业机械设备。

张枫：噢。

二人不语，气氛有些尴尬。

宫妙自嘲地笑笑：我们两个一起喝咖啡，怪怪的。

张枫：因为之前有过一次不愉快的经历。

宫妙：对不起，当时情绪失控用咖啡泼你，事后很自责，没想到今天在这里碰到了，给你道歉。

张枫：你变了一个人。

宫妙：算重生吧，你的朋友造机器人做成功了吗？

张枫耸耸肩：那是一个陷阱，他们已经陷进去了，包括陆路。

宫妙：他们还在继续造？

张枫：越陷越深，无法自拔，别人也拔不了。

宫妙沉默。

张枫：咱俩现在同病相怜。

宫妙：怎么讲？

张枫：因为造机器人，我们公司黄了，我和方远舰也分手了。

宫妙：公司黄了，那你找宫总做什么业务？

张枫：公司善后的事情。

宫妙：你和宫总谈得愉快吗？有困难，我可以帮助你。

张枫：你认识宫总？

宫妙：还记得我姓什么吗？

张枫：你和宫总是同姓。

宫妙：他是我叔叔。

中山市某基地，屋里一排大屏幕电视，画面是现代化农业大棚和绿油油的植物，有各种蔬菜、粮食作物，两个工作人员在监控屏幕上的各种数据。

宫妙带着张枫参观。

宫妙：这是我们的绿色试验基地，大棚里面有无土栽培、有土栽培，自动收集大棚的湿度、温度、光照强度、土壤水分、植物养分含量、二氧化碳信息，信息交给计算机处理，根据需要自动灌溉，温度控制，液体有机肥料施肥。农业专家可以随时监控掌握农作物的生长状态，给农户提供科学决策。

张枫：电力怎么解决？

宫妙：光伏，太阳能电力主力供电，农业电网辅助。

张枫：蔬菜的成本怎么控制？会不会生产出来的是普通人吃不起的天价蔬菜？

宫妙：我们算过，如果将来大面积采用这套系统，蔬菜成本与传统大棚的相差无几。

张枫：怎么可能？投入这么多设备，成本从哪里节省出来？

宫妙：节省了人力，提高了产量和品质，增加了生长季节，一年四季都是时令蔬菜。

张枫：……

宫妙：随着通信业的发展，以后可以远程控制。在环境恶劣，缺少蔬菜的地方，比如青藏高原、新疆戈壁、东北极寒地带建大棚，解决当地人吃菜难题，节省土地成本，节省运输成本和路途损耗。

张枫瞠目结舌。

宫妙：它还有一个重大意义，万棚联网，蔬菜农药化肥超标会随时被监管部门和消费者掌握，从源头解决蔬菜粮食的食用安全问题。

张枫思索。

宫妙：智能时代，人们都跻身抢占人工智能工业，智慧农业这块大蛋糕还没有被多少人分割……

宫妙停下脚步，望着张枫。

宫妙：怎么样？来一起分这块蛋糕，机不可失，失不再来。

骑士联盟内，大家围在长台子前，盯着台子上的两条机器人腿。陆路坐在控制台前，双手敲击键盘输入指令，操作完毕，冲方远舰示意。阿巴斯和王源远按下摄像机电源，阿巴斯站在镜头前。

阿巴斯：哪吒第 250 次行走实验。

阿巴斯冲大家打 OK 手势。大家紧张地盯着机器腿。

陆路发出指令，机器腿慢慢抬起一只脚，平稳放下，另一条腿抬了起来，随之稳稳落下。张一博和曾翔检测各种数据。

方远舰给陆路手势，陆路输入指令，机器腿逐渐加快频率，越踏越快，越踏越快。动作仍然稳健。大家按捺不住激动，击掌庆祝。

方远舰：开香槟，庆祝哪吒成功地抬起脚来。

夜晚，张枫独自走在海边路上，边走边思索，突然站住，拿出手机，给范小雨发微信：我找到了新方向——智慧农业。

伦敦水边咖啡馆，范小雨正在电脑上敲打文件，手机信息响起，是张枫的信息。

范小雨思索，远处一位年龄相仿的金发青年在看着她。

紧接着又一条信息弹出，是方远舰发来的一段视频，是机器人终于可以原地踏步的视频。

小雨看得出神，金发男子站在了小雨的对面。

金发男子：你好，可以打扰你吗？

范小雨一惊：你……好，你的中文真好。

金发男子：恕我冒昧，我的中文名字叫李白，我在那边看了你很久，此情此景我想用一段中国古诗来表达。关关雎鸠，在河之洲，窈窕淑女……

范小雨开心地笑了，看向窗外，泰晤士河上的水鸟正掠过水面，阳光正好。

骑士联盟里，"砰"的一声香槟开启，方远舰摇晃香槟酒喷向大家，众人兴高采烈。

香槟酒倒进杯里，大家举杯相庆，兴奋不已。

阿巴斯：政委，为什么没有祝酒辞？

方远舰：啊对，一高兴就忘了。

方远舰冲陆路：让陆总说。

陆路：你是政委，当然是你说。

方远舰举着杯子：骑士们，我们的哪吒已经抬起了腿，离迈出第一步还远吗？

大家举杯齐呼：不远了。

方远舰：你们也一人说一句。

李世恒：毕业后，我想正式加入骑士联盟。

方远舰、陆路对视。

曾翔：我也留下。

张一博：我也是。

王源远：我也是。

阿巴斯：我也想留下。

方远舰、陆路按捺不住的激动。

陆路：欢迎你们，骑士们。

方远舰：你们是骑士，更是战士！欢迎你们！

澳雳研发中心，夏末匆匆地进来，愣住。

研发人员们默默地坐着，心情沉重，聂锌的实验室屋门紧闭，透过玻璃窗可以看到聂锌在里面摔玻璃器皿，里面一片狼藉。

有人在敲门：聂博士，你冷静，你冷静！

夏末匆忙过去：……怎么回事？

研发人员：他在工作台上，一天一夜没有睡觉，刚才突然发了疯一样地砸东西。

夏末敲门：聂锌，你开门，没有什么大不了的，压力我和你一起扛。

聂锌突然转过身来，隔着玻璃窗，声嘶力竭地喊叫：你走……我不想见到你……你走……

夏末：聂锌，你是一只海燕，是一只坚强的海燕……

聂锌突然将一个玻璃器皿再砸向二人之间的玻璃上，器皿粉碎。

聂锌疯吼：你走！……你走！……你走！……

夏末沉默，眼中含泪。

夏末：你砸吧，使劲砸，把你的压力都释放出来。

聂锌继续吼叫：你走……你走啊！

夏末突然抓起实验台上的玻璃实验器皿，摔到脚下。

夏末喊叫：砸啊，我和你一起砸，我们把堵在心里的东西都砸出去……

澳雳总裁室内，夏末呆呆地坐着发怔。

吴董进来：夏末，你找我？

夏末点点头。

吴董坐下：智能充电桩的事情？

夏末：智能充电桩我们有技术储备，研发难度不大。

吴董：那是什么事情？

夏末沉默。

吴董：又出什么事了？

夏末：我想请你去给聂锌博士道歉。

吴董：给他道歉？……岂有此理，我凭什么给他道歉？

夏末：他已经在崩溃的边缘了。

吴董：我早就被他的研发弄崩溃了。

夏末：如果他崩溃了，我们一切都前功尽弃。

吴董：天下不是只有他一个研究新材料的科学家，换一个好的也许早成功了。

夏末：他是最好的，很有才华。

吴董：他太脆弱了，他要承担你的压力，早就跳楼了。

夏末沉默了一下。

夏末：吴董，我们都是知识人，知道尊严对知识分子的重要性。

吴董气愤：那是你父亲那一辈知识分子，现在的知识分子哪还要尊严？想脸都不要了，假药、假食品、假学术，哪个不是知识分子干的？

夏末：你不能以点概面，有很多有情怀的科学家，聂锌就是，他们得不到保护、尊重，很可能会被逼良为娼。

吴董沉默。

夏末：吴董，纯粹的人都很脆弱，我和你一起去。

夏末、吴董进了研发中心，有研发人员和他们打招呼。

夏末：聂博士情绪怎么样了？

研发人员：把自己关在里面，不吃不喝，谁都不许进去。

夏末、吴董对视，一起走到聂锌的实验室门口。房门紧闭，通过大玻璃窗可以看到聂锌背身呆呆地坐在里面，一动不动，像个雕塑。

夏末示意吴董，吴董敲敲玻璃：聂博士，我来给你道歉。

聂锌仍然一动不动。

吴董：我是真诚的。

聂锌转过身，愣愣地盯着他们，满脸胡须，眼窝深陷，乱发遮脸，如同疯子。

夏末、吴董都被聂锌的形象惊住。

聂锌起身走到窗前，拿起一个打印着"实验重地，严禁打扰"的牌子靠在玻璃上，顺手拉下百叶窗。

夜晚，夏末回到家，打开客厅的灯，换鞋。赵莹莹从小考拉的房间迎出来。

赵莹莹：姐，回来啦，我去给你弄点吃的？

夏末：在厂里吃过了。

赵莹莹：哦，那我去给你烧上水。

夏末：莹莹，我和你说点事。

两人坐在餐桌旁，夏末从包里拿出一个红包，递给赵莹莹。

赵莹莹一愣：姐……

夏末：明天郭磊就回来了，讨个吉利，明天我来带小考拉，给你放假。

赵莹莹：姐，我不要。

夏末把红包放在桌子上，说：拿着，算是帮帮我，给我个心安。我安排好了，郭磊回来后去厂子工作，他年轻，学习一下新的生产线技术……他现在和老工人都在一个起跑线上，今后只要用心，上升空间很大。

赵莹莹打断了夏末：姐，我不想让郭磊再去厂里了，我了解他，他就是个木头，不适合这些，更不能让他去管人。我们说好了他回老家去，老家那边的人都简单，他能安心地搞搞养殖，就挺好。

夏末：他回老家？那你怎么办？你也要回去？

赵莹莹：再等两个月，小考拉上小学了我就回去。

夏末：你学了这么多年再回去是不是浪费了？

赵莹莹：老家不是从前的农村了，农村的孩子也可以学琴学英语呀。

夏末：莹莹，有些话我不知怎么和你表达……

夏末的眼里隐约有泪光。

赵莹莹抓住夏末的手：姐，我懂，你是为了我好。

赵莹莹笑着拿起桌上的红包，站起身。

赵莹莹：谢谢姐，红包我收了。别的你就别多想了，那是我和郭磊的事，我会安排好。

监狱大门外，郭磊从小门中出来，看看日光。日光下，赵莹莹看着他。两人对视，赵莹莹笑靥如花。

饭店餐厅内，桌子上一堆硬菜，郭磊狼吞虎咽，几口啤酒下肚，赵莹莹不断给郭磊夹菜，郭磊看着赵莹莹一脸的幸福。

赵莹莹：小磊，宾馆我先订了一天，你看你什么时候回去？

郭磊：回哪儿？回老家？我不回去！

赵莹莹：咱俩不是说好了吗？你出来咱们就回去。

郭磊：我改主意了。

赵莹莹：为什么？

郭磊：我进城五年的收获，是坐了一年牢，没脸回去。

赵莹莹：还有两个月，小考拉就上学了，到时候我也回去。

郭磊：我不能白坐牢，要在鹏城混出个样子来再回去。

赵莹莹看着郭磊：你怎么混出个样来？

郭磊：莹莹，你不用操心我，我自己去找工作。

夏末办公室内，夏末正在处理文件，秘书说郭磊来了，夏末站起身迎接。

郭磊：夏总。

夏末：郭磊，请坐，我以为你和莹莹会出去玩两天。

郭磊：没心情。

夏末：出来了，把以前的事都忘掉，不要背包袱，你和莹莹什么打算？

郭磊：我想回厂子上班。

夏末愣住，犹豫了一下：莹莹同意吗？

郭磊：不用她同意，我的事情我做主。

夏末：我欢迎你回来，但是你要和莹莹商量好。

郭磊：不用商量，我想好好干，在鹏城给她一个家。

二人沉默。

夏末：你回来先跟着厂里的培训班学习，通过考核，直接上新的生产线。只要你肯努力，以后你们俩都有好日子。

郭磊点点头：谢谢夏总，您放心，我一定好好干！

夜晚，夏末家，客厅的灯没有开，赵莹莹背坐在窗边的椅子上，低着头，夏末面朝赵莹莹坐着，窗外的灯光勾勒出夏末的侧影。

夏末：莹莹，你叮嘱过我，我没有做到。但你我都知道，郭磊是个老实人。之前冲动，也是为了工厂，厂里是亏欠他的。

赵莹莹：郭磊脑子简单，我怕还会惹麻烦，我不想再有。

夏末：我们都会犯错，总要有一个改过的机会，郭磊想留在鹏城，想努力工作给你幸福。

赵莹莹：我相信，但他可以去别的地方工作，不能再回澳雳。

夏末：他在哪里工作都是工作，但是郭磊被关一年监狱，一直是堵在我心里的一块石头。莹莹，你为什么不给我机会把这块石头搬掉？

赵莹莹：……

夏末：为什么？

赵莹莹眼中泛起泪光。

夏末：你是不是……不原谅姐姐？

赵莹莹抬手擦掉眼角的泪，手却没有放下来，赵莹莹的眼睛躲在手掌里，夏末看不清她。沉默中，夏末伸手去握赵莹莹的肩膀。

屋子里传来小考拉的叫声：小姨，小姨，你在哪儿？

赵莹莹立刻擦干眼泪，站起身。

赵莹莹：姐，我没事，我去看小考拉。

赵莹莹离开，夏末的手从半空垂下来，窗外飘来小提琴的声音。夏末一个人孤独地坐在窗前。

突然手机屏幕亮起，一条消息弹出。

聂锌消息：能来实验室吗？我有事情想和你谈！

夜晚，澳雳研发大楼实验室大门敞开着，夏末急匆匆地进来。

夏末喊着：聂锌！聂锌！

实验室内灯光昏暗，满地狼藉，所有的机器都已经停下来，待机的指示灯闪烁着。窗边的工作台上，灯光直射桌面，桌面上的打印机在疯狂地打印，长长的打印纸卷曲着掉在地上。窗户大开，夜风灌进来，聂锌高高地站在窗前眺望着外面。

夏末在聂锌身后站住。聂锌缓缓转过身，与夏末对视。

夏末：你要告诉我什么？

聂锌：成功了。

夏末好似无动于衷。

聂锌：我们成功了。

夏末哽咽，许久，慢慢伸开双臂，与聂锌拥抱。

聂锌：我们成功了！我们跨过了世界电力百年跨不过去的一座大山。

夏末眼泪控制不住地流。

灯光下，打印机吐出一串串数据，在记录着一个新时代的到来！

阳光灿烂的一天，澳雳新工厂内，宽敞明亮的厂房，生产线上各个环节整齐划一。

组装线，新老混杂的工人们在组装一台台充电堆和智能充电桩。

李工长穿着新工装，陪夏末巡视。

李工长：夏总，你怎么不说"两岸猿声啼不住，轻舟已过万重山"？

夏末吃惊地看着李工长。

李工长：以前每闯过一关，你都说这句诗，我们最爱听这句。最怕你朗诵……在苍茫的大海上，有一只海燕……

夏末笑了。

李工长：现在是两班倒在干，如果再增加订单，就要安排三班倒，厂子又回到当年人停机器不停的景象。

夏末：老澳雳们对新生产线熟悉吗？

李工长：大家都通过了培训，还有技术员指导，没有问题。

夏末：李工长，有技术员反映，有老同志倚老卖老，不服从管理。

李工长顿了一下：也有年轻人故弄玄虚，卖弄知识，刁难老同志。

夏末：新老工人怎么融合，您多操点心。

李工长隐隐为难，点点头。

前方，一个机械臂被拆得七零八落，几个年轻技术员在修理，郭磊和两个老工人在一旁观看。

一年轻技术员发火：跟你们说过多少次了，关节卡顿以后，不能用手硬掰，这是精密机器，不是钢筋。

郭磊：什么机械臂，还没我手臂结实，中看不中用。

技术员：你 out（落伍）了。

郭磊：什么意思？

夏末的车子行驶在城市路上，她心情愉快地坐在车里埋头看学术刊物文章《关于储能规模化应用的技术与壁垒》。

手机有电话进来，夏末接听：你好，崔处长。

崔江北的声音：夏总，我们高主任找您。

高主任的声音：夏总，我是高山，告诉你一个好消息，北京国际充电站技术设备展评奖已经结束，你们自主研发的矩阵式柔性充电堆很可能获奖，我的情报源很可靠。

夏末：无论获奖不获奖，我都要谢谢您推荐我们参加北京国际展。

高山：这次评审是国家电力科学研究院几个最权威机构组成评审组进行的，专业性、权威性、公正性可以称行业的最高级别。

夏末：谢谢您，高主任。

夏末挂掉电话，沉思一会儿，继续看资料。

夏末电话又响了，是视频电话，夏末按接听。

秘书小可激动的脸出现在画面里：夏总，我好激动，我们获得充电桩十佳龙头企业和技术创新两个大奖，吴董正在领奖，您看现场。

秘书将手机镜头对准颁奖现场，吴董一手举着一个奖框站在台中央。颁奖人在讲话：澳雳公司的矩阵式柔性充电堆，以全数字化智能模块为核心技术，彻底解决了充电桩固定输出功率兼容性小，利用率低的难题，为绿色能源发展做出重大贡献。

夏末冲司机：李师傅，我们先去凉茶铺。

夏末继续看手机视频画面。

来到凉茶铺，递给潘安看手机视频，夏末坐在旁边心情激动。

视频完毕，潘安将手机递还夏末。

潘安：你来是让我看这个的？

夏末点点头。

潘安笑。

夏末：你笑什么？

潘安：考试得了好成绩来炫耀，忘了走麦城时候的惨样子。

夏末：我还能和谁炫耀？

潘安：充电堆市场怎么样？

夏末：已经见了利润，财务压力终于可以松口气。

潘安：这个行业大奖，是最好的广告，新能源汽车发展大势所趋，国家一定会加大力度，智能充电堆的市场很大。

夏末点点头。

潘安：蒸发冷却电力变压器的研发有进展吗？

夏末：三大关键核心技术已经突破了两项，聂锌带领团队在攻最后一个壁垒。

潘安：最近国际动态，你注意了吗？

夏末：天天为生死挣扎，没顾上，国际上有什么新动态？

潘安：贸易竞争背后的矛盾开始浮出水面。

夏末：那会怎样？

潘安：从种种迹象看，贸易保护背后就是技术封锁，本来是竞争中的潜规则，但民族主义占上风，就会成为显规则。我们的发展势头，给了他们压力，他们一定会想办法遏制我们的发展。

夏末：怎么遏制？

潘安：技术封锁，经济打压，政治孤立。

夏末思索。

潘安：明白为什么给你讲这些吗？

夏末：早做准备。

潘安点点头：能源安全是命根子，电能终端消费比重越来越大。我们的短板将来很可能会被卡脖子。

夏末从包里拿出刚才那本学术刊物递给潘安。

夏末：除了我们在研发的变压器外，直流电源是特高压电力输送的一个关键环节，我正在考虑组建一个研发团队做特高压智能直流电源研发。

潘安：我去过你的研发中心了，是和发改委制造业课题研究的人一起去的，他们可能没有告诉你。我觉得你误打误撞，可能在国家有关制造业发展的方向性问题上提供了经验。新材料、新技术是世纪课题。网络经济好像一阵飓风袭来，制造业市场受到了冲击，但制造业应该是一个国家产业的根基，现在到了反思的阶段。我已经就有关问题给国家发改委写了报告，听说中央正在专题研究中国制造的问题。

夏末眼睛发亮：师哥，这是你第一次给我平等的学术待遇，这么认真地给我谈自己的业务。

潘安自嘲地：唉，我也快没听众了。

夏末微嗔：又把我降低了。

澳雳研发中心变压器实验室，聂锌和研发人员在做变压器实验，夏末走了进来。

聂锌：你找我？

夏末点点头：给我十分钟。

聂锌冲研发人员：休息十分钟。

大伙儿散去。夏末看着聂锌憔悴的样子，有些心痛。

夏末：一脸疲惫，听说你们又熬夜了？

聂锌的注意力还在图纸上面：过载保护卡住了我们。

夏末：我不要看到变压器过载保护解决了，你因为"过载"出了问题。

聂锌：不会的。

夏末：轻舟已过万重山，我们现在没有那么大压力了，不要那么玩命。

聂锌：矩阵充电堆获大奖，给我压力很大。

夏末：你的技术难度是世界级的，蒸发冷却变压器成功了，意义更大，不但突破了卡脖子技术，还破解了困扰世界一百多年的高压变压器燃烧爆炸的难题。

聂锌边修改设计图边说：你是来给我戴高帽子的？

夏末：我找到了下一个研发方向。

夏末将学术刊物递给聂锌，聂锌停下手里的活，看内容。

聂锌：这不是我专长的领域。

夏末：我知道，我想找这篇论文的作者，请他来主持研发。

聂锌愣了一会：决策权在您，为什么和我商量？

夏末：你是研发总监，我要获得你的支持。

聂锌：……

骑士联盟里增加了十几个新面孔。

机器人的手颤颤巍巍往前伸，手指慢慢合拢抓起一枚鸡蛋，机械传动的声音，鸡蛋慢慢被抓起，机器人的手指抖动加速，突然鸡蛋爆裂，伴随着一众人惋惜的叫喊声。李世恒过来清理机器人手指上的蛋清。

李世恒：这一天爆一斤鸡蛋，卖鸡蛋的大姐都怀疑我对她有意思了，用可乐罐测不挺好吗？

方远舰：可乐罐的形变范围大，测出来的数据太粗放，没意义。毕竟老外的"达·芬奇"手术机器人都开始缝葡萄皮了，我们也不能差距太大。

机器人正在自动复位，身体的骨架裸露着，略显笨重的手脚配合得还算协调沉稳。

陆路靠近低声：阿舰，不早了，大家都饿了。

方远舰会意：好，大家收工！给我们的哪吒庆生去，两周年！

来到海边餐厅内，骑士联盟的员工们喧闹着，桌上几瓶白酒，方远舰敲着桌子准备发言。

方远舰：感恩的话我不多说了，两年走过来，兄弟们都不容易，来来往往，留下的都是真正的骑士！有人说来鹏城就是为了搞钱，钱就是信仰！他们小看了我们这些年轻人！我们需要钱，但不是什么钱都能诱惑我们，我们要让人类迈入机器人的时代！金钱不过是我们伟大事业的注脚！短短两年，我们的哪吒已经有了雏形，用不了多久，我们必将登顶！

员工们拍桌鼓掌，为方远舰喝彩。

方远舰：来来来，白酒都倒满，有一个算一个，都拿出点爷们儿的样来。

李世恒：菜还没上呢，是不是太猛了点？

方远舰：别怂，快点进状态！

方远舰扬起脖子，白酒一饮而尽。小伙子们的热情被点燃，纷纷干杯。

服务员上菜，同时推上来两车啤酒。

方远舰：啤酒管够，兄弟们都喝起来！

陆路靠在栏杆上，看着大海发呆。旁边方远舰从屋里冲出来，扶着栏杆呕吐。陆路递了水和纸巾给方远舰。方远舰漱口，喝了几口水，用纸巾擦嘴，总算安静下来。

陆路：你真是够拼的，订个自助餐不完了吗？

方远舰：之前许诺吃大餐的，自助餐能算大餐吗？

陆路：你真是太能忽悠了，白酒啤酒一通灌，大餐也没人吃得下了。

方远舰：打仗重要的是有个场面鼓舞士气，吃多吃少不重要。

陆路：粮草是不是快见底了？

方远舰没回答，看了看屋子里的人，转头望向大海。

方远舰：见底还不至于，不过确实要省着花了。

陆路：现在哪吒里里外外这套技术咱们差不多全弄通了，得考虑考虑怎么变现了吧？

方远舰：咱们这只能算是搭了个架子，还太早。

陆路：你家的矿还能挖多久？我们理想一样，都想去挑战那个最高点，但是也得现实点，不能饿死在半道上。

方远舰：钱的事你别操心，我会想办法解决的。

陆路：你知道灯泡是谁发明的吗？

方远舰：爱迪生……不对，我记不起那人名字了，我明白你要说什么。

　　陆路：灯泡是亨利·戈培尔发明的，爱迪生是第一个把灯泡推向市场的，人们只会记住第一个。今年的机会不错，我们不能错过，先推一波产品再改进，再拿投资也会更容易。有了钱，我们才能往前走，只靠白酒加啤酒，再勇猛的骑士迟早也会倒下。

　　两人看着餐厅里，小伙子们热烈的笑脸，充满了对未来的向往。

　　方远舰：我明白，给我点时间考虑。其实 FA 已经约过几次了，明天我就去找钱，公司这边靠你了。

　　骑士联盟修理厂内，李世恒在托架上小心地摆放着鸡蛋，几个人清理机器人电源线，陆路忙着校准电脑上的数据。

　　王源远：哎，方总还没来啊？

　　陆路：这段时间他有更重要的事办，有什么事可以和我说。

　　王源远迟疑：没什么事，我就是好奇他怎么没来。

　　陆路不再理会，指挥着大家，挨个确认每个人员的位置。

　　陆路：大家打起精神，精确度法向力再调整 0.1，第 529 次测试，注意跟踪，开始！

　　方远舰开始在市场上游走，他似乎来到一个陌生的世界。

　　凯恩投资公司办公室内，宋劼把方远舰的计划书扔在桌子上。

　　宋劼：计划书我看过了，夸夸其谈的东西太多，未来愿景里我看不到明显的盈利点，现有资产里也看不到有价值的部分，恐怕我们没有办法深聊了。

　　方远舰：我的计划书不够完善，我可以再和您介绍一下我们公司的情况。

　　宋劼：这么说吧，凯恩对人形机器人完全没有兴趣。

　　宋劼的语气和体态都拒绝了方远舰。方远舰只好收拾计划书离开。

　　宋劼：人类的身体并不是机器人的最优选择，为什么你们要执着于制造人形机器人？

　　方远舰：可能我们好奇人类自身的起源？执着于人形，从心理学来看，是想重现人类诞生的过程，以及探寻人究竟是什么。

　　宋劼：这些不可能打动任何一个投资人。

　　方远舰：人形机器人直接对工业的贡献确实不高，但研究人形机器人背后带来的材料学、微动力技术、AI、高效调节算法、能源技术等基础技术，很有价值。

　　宋劼：我个人很喜欢和你探讨这些，但资本只会对有实际商业应用场景的构想感兴趣。人类的寿命大多不会超过一百年，大多数资本的目光也不会超过一百年。

宋劲意味深长地笑了，不再说话。

奔驰中的豪华商务车内，方远舰和大佬对坐，秘书提醒大佬后续的日程。

大佬：方总，你是老马的朋友，就不和你绕弯子了。计划书很有想法，但现在我只能和你谈现实。

方远舰：我懂。

大佬：你们现在是深陷沙漠的骑士，目标太远环境艰险，你们不可能撑到实现的那一天。你们在机器人行动方面的技术有一些价值，可以拆出来整合到我的项目里。

大佬在计算器上按出一串数字，递给方远舰。

大佬：我愿意出这个数全资收购你们，钱虽然不多，但作为你们两年的回报也算可观，总比颗粒无收的好。

方远舰：抱歉，全资收购，这不是我们想要的。

大佬：嗯，你再考虑考虑，收购价格只会越来越低，要渴死的人是没有资格和水源讨价还价的。

方远舰：谢谢您的忠告，我在这儿下车吧，不耽误您。

夜晚的鹏城街头，方远舰独自行走。方远舰拿出电话翻到范小雨的名字，给范小雨打电话。

范小雨：阿舰啊？

方远舰：小雨。

范小雨：好久没有你的消息了，你怎么样啊？和阿枫有联系吗？你俩和消失了一样……你怎么样啊现在？

方远舰沉默。

范小雨：你怎么不说话？

方远舰：我就是想听听你的声音。

范小雨：喂？你说什么？我这里信号不好，你等一下啊。

电话那边一个男人的声音。

李白：小雨，时间要到了，爸爸在按喇叭催我们了。

方远舰挂断了电话，关闭手机。

电话另一端，范小雨伦敦家内，李白乖巧地等在门边，范小雨拿着电话走到窗边。

范小雨：喂？阿舰？

范小雨发现电话挂断。

范小雨：李白，你陪叔叔阿姨先出发吧，我打个电话，一会儿开我的车去追你们。

范小雨回拨方远舰的电话，提示电话已经关机。李白耸耸肩笑着看小雨，小雨迟疑了一下，拿起行李跟随李白出门。

海边，夜晚的风吹来，略带点寒意。方远舰独自沿着海边走了过来，他坐在曾经和张枫、范小雨遐想的地方。物是人非，曾经三人畅谈理想的地方，只剩一闪一闪的灯塔和他做伴。他在想，这个城市是不是不鼓励他这样的创新者，范小雨、张枫他们也不能与自己结伴同行。这是一个实用主义的时代，一个充满新小市民的城市？范小雨，大概也将永远地消失了。范小雨的笑容，范小雨的身姿，在眼前闪现，之后又随风而去，消失在波涛中。方远舰心中隐隐作痛，潸然泪下。

城市公路上，吴董坐在车里通电话：夏末又想要开一个大的研发项目，还是一个烧钱的，公司刚刚缓过口气……利润肯定会全部被她烧掉，你必须回来，我一个人拦不住她，你前老婆你还不了解吗？……你马上回来。

澳雳总裁室，夏末在看"储能规模化应用的边界、变量"。

秘书进来：夏总，这篇文章的作者联系上了，是西北科技大学的教授，我和他说了您的想法，他说我们是民营企业，不考虑合作。

夏末：拒绝了？

秘书小可点点头。

夏末：小可，你安排一下我的时间，我去当面和他谈。

秘书小可：好的。

吴董进来：夏末，你找我？

夏末：我想和你商量个事情……

吴董打断夏末：我知道什么事情，我举双手赞成。

夏末愣住：你赞成什么？

吴董：矩阵充电堆获大奖，订单爆炸般地增长，生产线三班倒也做不过来，你想再建一条生产线，扩大产量抢占市场份额。

夏末沉默。

吴董：抓紧干，你忙不过来我也上。

夏末：看来你确实知道我想干什么了。

吴董：李孟东也是这个意思，我刚和他通了电话。

夏末：吴董，你不是好演员，演戏太夸张。

吴董还在装傻：演戏？演什么戏？

夏末：你已经知道我想和你谈什么了，你怎么知道的？

吴董不语。

夏末：你看看研发项目书。

夏末把项目书递给吴董。

吴董看都不看：我不同意。

夏末：什么理由？

吴董：我们好不容易闯过来，开始有了大量订单，为什么不把资金投入到扩大产能上面去？

夏末：别让订单冲昏头脑，再建一条生产线是个陷阱。

吴董：你这是什么逻辑？

夏末：矩阵智能充电堆有了生态，国内的仿造能力我们毋庸置疑，我们的充电堆主要赢在概念上，很快就会出现五花八门的矩阵充电堆，利用价格战，瓜分市场。到时候生产线建好了，订单没了。

吴董：技术在我们手上，怎么会？

夏末：国内不缺克隆能力，缺的是基础研发。

吴董不语。

夏末：吴董，这个时代，只能一直领跑，才不会被动挨打。

吴董：无休止地烧钱，什么时候是个头？投资什么时候能回来？

夏末：聂锌的核心技术和我想研发的这个核心技术，是基础应用研究，难度大投入多，少有人愿意在这方面下功夫，这才是我们的核心产品。

吴董：你说的都对，可是聂锌的研发，烧了多少钱和时间？一个聂锌已经让我们不堪其重，再来一个张锌、李锌……

夏末：聂锌把最难的材料技术已经攻破，很快我们的核心产品就会造出来。

吴董：等核心产品创造效益了再投入新研发。

夏末：不能等，人才不会等我们，新技术也不会等我们，我们不造，有战略眼光的企业家发现了会造。

咖啡厅内很安静，夏末临窗而坐，怔怔地望着窗外，透过窗户看到聂锌走来。

聂锌进了咖啡厅，发现夏末，过来坐下。

夏末：你来晚了，给你点的热美式，要冰了。

聂锌：什么事要在这里谈？

夏末：我不想公司的人看到我们争执。

聂锌低头喝咖啡。

夏末：特高压直流电源的事，是你告诉吴董的？

聂锌沉默。

夏末：我只告诉过你，但我见吴董的时候他已经知道了。

聂锌沉默。

夏末：为什么要这么做？

聂锌沉默。

夏末：你不同意我的计划，想借他来阻止我？

聂锌沉默。

夏末：为什么不直接告诉我你的想法？

聂锌继续沉默。

夏末：你是不是不想的研发团队加入澳雳？担心你的研发总监被动摇？

聂锌：是。

夏末：聂锌……我对你太失望了！

聂锌默默地喝着咖啡，一杯美式，喝完了。聂锌放下杯子。

聂锌：我知道你会对我失望，我承认，我有私心。

夏末：不管为了什么，你不同意这个计划，为什么不能直接告诉我？

聂锌发怒：我反对有用吗？

聂锌的声音惊动了咖啡厅的人，很多双眼睛朝这边看过来。服务员匆忙赶过来。

服务员：对不起，先生，请您尽量小点声音。

聂锌用力压制着自己的声音，人几乎发抖。

聂锌憋着声音，情绪激动：你是澳雳的掌管者，你高瞻远瞩，你决定一件事必定是已经做了充足的构想。你来征求我的意见，只是出于礼貌，想从我的口中进一步验证你的判断。我能拿什么来阻止你？

夏末：你这么认为？我是发自内心地尊重你，想听到你的意见！

聂锌：你尊重的不是我，你尊重的是我的知识，这知识放在任何人身上都会得到你的尊重。我只不过是一个叫聂锌的人，对你来说并没有意义。

夏末：……

聂锌：你是澳雾的老板，也是一个女人！你知道在你快被压垮的时候，想保护你的人无能为力，比你先垮掉的滋味吗？你知道想要保护你的人反被你保护，那种对自己的绝望吗？我不想再回到那样的日子！我不想再看你一个人扛着这一切，却爱莫能助，然后把自己逼疯。

两个人沉默着，咖啡厅的音乐婉转悠扬。

夏末：我不是没有感情的人，只是……我感谢你，聂锌。

聂锌的头低了下去。

夏末：我是看重你的知识，但陪我扛过这些年的不是你的知识，是你。

聂锌：……

夏末变得冷峻：但是，聂锌，你首先是澳雾的研发总监，这是你的职责！你很清楚，没有不断堆高的技术壁垒，我们分分钟会被竞争对手冲垮。固步自封，眼前的蝇头小利能让我们坚持多久？

聂锌哑口无言，身体痛苦地前倾，双手挡住额头。

夏末：聂锌，我需要你，你要保护一个人，就要变得比她强大，才能保护她。

聂锌不语。

夏末站起身：吴董要召开股东大会，你会代表公司职员投票参与决策。聂锌，你必须投赞成票，新的研发，我一定要做！

夏末匆匆离开，留下聂锌怔怔地坐着。

透过窗户，聂锌看着夏末往远走去，他觉得她的身影越来越大。

海边高架上，吴董开车，李孟东坐在旁边。

吴董看看表：他们在等我们。

李孟东不语。

吴董：现在的情况是，咱们俩占 40% 的股份，夏末的股份分给了工厂工人 10%，分给公司职员和研发部 20%，自己还剩 30%。工人们无原则地支持夏末，不管夏末干什么。

李孟东：夏末加工人 40%，你加我 40%，关键票在职员股份，职员股份的代表是谁？

吴董：研发总监聂锌。

李孟东：夏末从美国挖回来的那个海归？

吴董：是。

李孟东：不是说他和夏末走得很近吗？夏末赢定了，你叫我回来有什么意义？

吴董：这次，他站在了咱俩的队伍里了。

李孟东：为什么？

吴董：最危难的时候，澳雾的所有眼睛都聚焦在他身上，压力压得他要疯了。他害怕了，怕重蹈覆辙。

李孟东：这个项目，不是别的专家负责吗？

吴董：他是研发总监，要担责任。

澳雾会议室里，夏末、聂锌、李工长三人无话，坐等吴董和李孟东。

秘书出现在门口：夏总，他们到了。

李孟东、吴董进来。

夏末和李孟东对视，二人心情复杂。

夏末：欢迎回国！

李孟东：而且是又回到了澳雾。

李孟东、吴董坐在聂锌、李工长对面。

夏末：都到齐了，我们开始开董事会，由我来主持。

夏末停顿了一下：项目书，大家早都拿到了，研发这个项目的意义、周期、经费、前景，上面都写得很清楚，我就不再赘述。因为这个项目股东之间存在重大分歧，根据公司法，要股东投票表决。在投票之前大家有什么要说的吗？

吴董：我有。

吴董停顿了一下：我们是电力企业，该干企业干的事情，不能自不量力，烧钱转做基础研究。

夏末不语。

吴董：当然，你有情怀，敢于挑战，喜欢选择走最难的路，我很敬佩，也支持。但是你不能条条路都选择最泥泞崎岖的，这让想要陪你走下去的人情何以堪？

夏末：……

聂锌：你悲天悯人，心怀天下，暴风雨越大你越兴奋，但是您凭一己之力能改变什么？

夏末：我不是一己之力，科创委、街道办、我们的研发团队，还有我表弟那个做机器人的骑士联盟，鹏城雨后春笋般生长出来的科技企业，大家一起在改变世界。

吴董：那咱们不喊口号，投票表决吧。

夏末：投赞成票。

夏末、李工长举起了手，夏末注视聂锌，聂锌一动不动。

吴董、李孟东相互对视，表情轻松。

夏末眼中透出失望。

吴董：投反对票。

李孟东、吴董举起手，聂锌还是一动不动。

吴董愣住，和李孟东眼神交流。

吴董：聂锌博士，不管赞成还是反对，你不能没有态度。

大家目光都聚焦在聂锌脸上。

许久，聂锌缓缓举起手。

吴董满意地：60％反对，40%赞成。

聂锌：我……投赞成票！

吴董愣住。

夏末也似乎觉得意外。

骑士联盟试验区，手指的握力实验暂时中止，陆路在和几个员工开会。

陆路：这个月几轮调整试验都没有进展，我认为是手部驱动软件有先天缺陷，这部分驱动需要重写。在新驱动出来之前，继续实验没有意义。

员工甲：陆总，整个手部的控制驱动重写，我们几个可能不太行。

陆路：我这边新的平衡驱动还没完成，不能都等着我。

陆路想了想，站起来看向 AI 组。

陆路：王源远，你过来一下。

王源远走过来：什么事？

陆路：你手头的工作先暂停，把手部的控制驱动重写一下。

王源远茫然：我们对这边的进度完全不了解，我来写的话，梳理这些资料就要很久，而且即便是写完了，调试修改也要很长时间，我们 AI 的这块也不能停。

陆路：如果身体都不能协调，要聪明的大脑又有什么用？

王源远：陆总，话不能这么说啊，没有 AI，这就只是一堆机器，不是机器人。

陆路：我们资源有限，身体部分是绝对的优先级……方总不在就听我的。

王源远不说话，立在原地。众人沉默，陆路和王源远僵在那里。

这时大门推开，方远舰回来了，疲惫的脸上挤出笑容，向众人挥手后，便回到自己的办公室，躺倒在沙发上，像泄了气的皮球。夕阳的光从窗户投射进来，即将消失，屋子笼罩在昏黄的光里。

陆路：没找到钱？

方远舰摇摇头：都是一群傻子和浑蛋。

陆路：那我们只能自救了，不能等到真的弹尽粮绝……上次说的事，你有考虑吗？

方远舰望着夕阳里翻滚的尘埃，不说话。

陆路：我们把哪吒的这套框架缩小，手指简化，AI 部分也不用实装，我可以和大厂同学联系一下，添加一些现在流行的互联网功能，先做一个桌上小型机器人，陪孩子做做作业、讲讲故事什么的……具体的我还没想好。

方远舰：那不就是个玩具吗？还不如抱个平板来得实际。

陆路：我就是举个例子，利用我们现有的技术，先推个初级技术产品出来，让这个公司活下去。

方远舰：当初我不找投资，自己烧钱，其实也是逼自己，向着那个最高点冲刺。毕竟，一旦有资本介入，一旦我们尝试去赚快钱……还能不能守住最初的理想？我自己都不敢考验自己。

陆路：以前我一直以为你是个披着理想主义外皮的商人，没想到你真的是骑士。

方远舰发呆，手举起在黄昏的光里，手指弯曲模拟马蹄。

方远舰自言自语：是的，我是骑士，我离开故土，离开爱人，我会为了自己的信仰，奋战到死。

陆路：方远舰，你可以为了理想奋战到死，可我不能！骑士联盟的这些人不能！我们花了生命里最宝贵的几年跟随你，不是为了马革裹尸！你可以活在情怀里，但你不能拉着所有的人一起跟你陪葬！你这是自私！

陆路摔门出去，方远舰的手指停在空中，从指缝里看着黄昏里的金色阳光。

骑士联盟办公区，陆路推开方远舰办公室的门，发现没人，便向四周张望，大家都在忙碌。陆路拉住走过的李世恒。

陆路：方总今天又没来吗？

李世恒：是啊，好几天没见他了。对了，这儿有个科创委和团市委的邀请函，挺急的。

陆路接过邀请函，上面写着：青年科技创业者联合会洽谈会。

座谈会在科创委的大会议室里召开，年轻的创业者们激情洋溢地讨论着，开放交流，人头攒动。陆路不善言辞，躲在角落里坐着看手中的资料，显得极不自在。崔江北忙着给各位创业者互相引荐，路过陆路身边拍了拍陆路肩膀打招呼。

一个年龄相仿的人过来，递名片给陆路。

贾总：野望远方，贾为民。

陆路有些尴尬：抱歉，骑士联盟，陆路，我没有带名片来。

贾总：没关系，一直听说你们，没机会拜访，今天看见名单上有你们，就过来聊聊。我们是做格斗机器人的，也算同行。机器人感官交互这块，特别想听听你们的看法。

谈到技术，陆路有了兴致，与贾总滔滔不绝地聊了起来。

高山过来，在一旁远远看着，崔江北走到高山身边站定。

崔江北：高主任，您看见没，在这里我成了老年人。

高山狠狠地瞪了一眼崔江北。

崔江北：真的很羡慕他们。

高山：我还羡慕你呢！

崔江北意识到自己失言：您不一样，主任当然还是老的辣。

高山：奉承？

崔江北：不是，发自内心的。

高山：我还有几年就退休了，你好好干。

崔江北：……

高山望着会场一堆一堆的青年人热烈地洽谈着，心里不胜感慨。

高山：还记得前几年那篇《鹏城，你被谁抛弃》网文引起的社会大讨论吗？其实鹏城从来没有被抛弃，也不可能被抛弃。

崔江北：但是那篇文章，也为鹏城敲了警钟，鹏城不能躺在过去的光环里。

高山：看看这代朝气蓬勃的年轻科技人，你知道我的感想吗？

崔江北：……

高山：只要我们自己不放弃，谁也抛弃不了鹏城！

贾总和陆路聊得很投机，陆路也逐渐放开。

陆路：你们的格斗机器人目前有市场吗？

贾总得意：市场好得很，我们有高中低不同层次的产品，对应着不同的需求。低端的，三五百元，买一对回去哄孩子玩；中端的，一两千元，主要面向校外培训机构；还有高端的，价格就浮动很大了，主要是发烧友和一些俱乐部比赛用了。

陆路很羡慕：现在市场已经这么好了吗？

贾总笑了：我们不执着人形，开发难度和适配难度都低很多，不像你们高大上，没有你们的勇气。

陆路：我们现在其实很难……走了很久，总是看不到尽头。

贾总：那条路本来就没有尽头。

陆路沉默。

贾总：你们有技术，我们有市场，考不考虑我们强强联手？

陆路：……

海边凉茶铺，三三两两的茶客自助饮茶，方远舰独自坐在角落里，桌上散乱的票据和文件，手机调出计算器，低头计算着。潘安拎了一壶凉茶过来坐下，给方远舰续上。

潘安：哟，你也会算账啊？

方远舰苦笑：家底儿都快烧没了，看看还能撑多久。

潘安：投资人谈得怎么样？

方远舰摇摇头：这些日子，连着见了三四十个投资人，都觉得我是在讲一个不靠谱的故事。

潘安默默地听着，晃着手里的茶。

方远舰：当初决定做机器人，我把事情想得简单了……认定人形机器人是好东西，我只要先开始，走在前面做出点样子，后面援军就会到来，这个队伍会越来越壮大……可这几年下来，架子搭起来了，哪吒都能走动了，还是孤军奋战。

潘安：你后悔了？

方远舰轻松地：不后悔，骑士怎么会后悔？

潘安看着方远舰，沉默一会儿：虽千万人，吾往矣！

方远舰的目光渐渐湿润，孤傲地：虽九死，其犹未悔。

潘安微笑点点头。

方远舰：只是我身边的人，他们付出了太多、承担了太多……我会愧对他们。

陆路走进骑士联盟，前台有人正在吵闹，是卓父。

陆路：卓叔，什么事？

卓父：收租啊，我来还能有什么事？

陆路：方总呢？

张一博：还没回来，不知道。

陆路：对不起，卓叔，方总不在，等他回来……

卓父指着厂房：你租这间厂房的时候说只租一个角，现在把这里全占了，机床也被你们占用了，租金要涨的。

陆路：您要涨多少？

卓父：涨十倍。

陆路目瞪口呆：十倍？

卓父生气：你们怎么收买的卓烨？给了他多少好处？那小子连他爸都坑。要不是我今天来，就让他糊弄过去了。

陆路：我们没有给他好处，您冤枉他了。

卓父：不可能，没有好处，把这么大的厂房白给你们用，他傻啊？

陆路无言以对，不吭声。

卓父：你们看看现在的房价，你们这么大一家公司，又是做什么机器人、高科技，好高大上哦，不会连这点房租都付不起吧。

陆路：这个，我们签订的合同好像还没到期。

卓父：我不管，以前的算了，今年的房租按我说的价格，拿不出来你们就趁早走人。

卓父扇着蒲扇扬长而去，留下呆呆站立的陆路和一群偷偷张望的眼睛。

夜晚，凉茶铺，陆路走了过来，潘安起身给陆路倒了一碗凉茶。

潘安：你们聊着。

陆路道谢，落座。空气安静了片刻。

陆路：我就知道，你躲在这里。

陆路瞥了一眼桌上的账单，方远舰下意识地用手捂着。

陆路看着方远舰。

方远舰：我在算，我们的钱还能支撑多久。

陆路：房东去公司了，要涨房租。

方远舰：张一博给我发信息了，屋漏偏逢连夜雨。

陆路：我们资金还能撑多久？

方远舰：几个月没问题。

陆路：几个月以后呢？

方远舰：钱你不用担心，我有办法解决，你的精力放在哪吒的智力上。

陆路不语，二人沉默。

陆路：今天我去参加了科创委和团市委办的青年科技创业者座谈会，认识了做格斗机器人的……

　　方远舰：然后呢？

　　陆路：他们对咱们现有的技术感兴趣。

　　方远舰：不会用咱们的技术做他们的玩具吧？

　　陆路：他们有这个想法。

　　方远舰：他们想什么呢？哪吒的技术不是让他们干那个使的。

　　陆路：我觉得现有技术可以得到市场检验，并且还能解决我们后续的资金问题。

　　方远舰：要市场检验也是我们自己做东西。

　　两个人在黑暗里，默默地喝着凉茶。

　　夜晚，骑士联盟里，李世恒和张一博带着几个人测试哪吒的手拿鸡蛋，机械手定位不准将鸡蛋打碎。

　　蛋液四溅，溅到李世恒脸上，张一博读数据，有人记录。

　　陆路、方远舰从外面进来，看起来朝气蓬勃，与刚才判若两人。几个人看见方远舰，打招呼。

　　李世恒：方总，几天没看见您了。

　　方远舰：别提了，累死我了！几个投资人轮番请吃饭，天天喝得我头晕脑胀。

　　李世恒：投资人请你吃饭？有好消息？

　　方远舰：很头疼，答应谁都要得罪其他投资人。

　　李世恒：这是最好的消息，太好了，这是对我们干的事情的认可，最好选一家有海外背景的资本，对咱们是一种宣传。

　　张一博：崇洋媚外，哪吒是民族品牌，要保持血统的纯正性，应该选中国资本。

　　李世恒：狭隘的民族主义，阿巴斯还为哪吒做出贡献了，怎么算？

　　阿巴斯在远处望着他俩：有什么需要我做的？

　　陆路在一旁听得愁眉不展。

　　方远舰：别争那些没用的，这几天抓取动作有进展没有？

　　张一博：没有，今天又抓破了10个鸡蛋。

　　方远舰沉默一下，打起精神：大家加油干！未来是光明的！

　　陆路远远地看着方远舰表演，手机信息提示响起。

　　短信：明晚八点，蛙叫酒吧，老友重聚，勿缺勿忘。

新的一天，骑士联盟，方远舰、陆路正在和李世恒调试机器人，外面卓烨开车停在公司前，方远舰认出自己的车，赶紧把手里的东西交给李世恒。

方远舰：世恒，有人找我就说我在办公室里躺一天了。

李世恒一脸茫然。

方远舰：记住喽！躺一天了！

说罢，方远舰快速跑回自己的办公室，关上了门。陆路摇头，继续工作。

卓烨溜溜达达走进来，目光巡视着厂房内的一切。李世恒看见卓烨，迎了过来。

李世恒：哟，卓总，您怎么过来了？好久不见。

卓烨：是啊，我再不来，你们怕是要占山为王了。方远舰呢？

李世恒一脸愁容，指着方远舰的房门，凑近卓烨低声说。

李世恒：方总啊，在自己屋里呢，都关一天了，我们都不敢问，您自己去看看吧。

卓烨去敲方远舰办公室的门，敲了两下，不等应答，就推门而进。方远舰坐在窗边，暮光中，一个低沉的背影。

卓烨调侃道：方总，搞得不错啊，我这破厂房都快成塞伯坦（变形金刚汽车人基地）了。

方远舰似乎回过神，慢慢转身，面容憔悴，眼眶里依稀含着泪。

方远舰：哦，是卓烨啊，谢谢你来看我。

卓烨：行了行了方总，别演戏了，怎么回事啊？之前不是说好你做你们的机器人，厂房里别的东西别动吗？你看你们现在，把整个厂房都占了，我爸说我和你们合伙坑爹呢。

方远舰：我错了，卓烨，我对不起你。

方远舰过来抓住卓烨肩膀。看着含泪的方远舰，卓烨蒙了。

方远舰：做机器人这么久，唯一给我支持的，就是你。还记得当初在这里，我们刚刚起步，是你的信任，给了我们最初的支持，场地让我们随便用，还八折，五年期。

卓烨想申辩，方远舰拍卓烨肩膀打断他，继续说。

方远舰：可惜，我辜负了你，两年了，哪吒还只是雏形，离你当初给我们的设计还差很远。这两年我所有的钱都投进来了，马上就要烧光了。还好昨天你父亲来，一番话敲醒了我。

卓烨：我爸？他……说什么？

方远舰：说我好高骛远，看不清利弊，好好的拿钱去做些能看见回报的生意不好吗？拿这里做做仓储，做做物流，哪怕是开个水果超市，这两年也应该赚不少钱了。

非要去搞什么高大上的东西，沦落到现在，连房租都交不起，看着光鲜，还不是被你爸指着鼻子骂。

卓烨被触动到：也不能听他的，他也天天这么说我，他根本不懂什么叫理想。

方远舰装作悲伤地转过头。

方远舰：谢啦兄弟，走到今天，有你的这份理解，也算值了。

卓烨：哎，其实你们占多少厂房，交多少房租，我是无所谓的，我爸他只认钱，拿不着钱是不会善罢甘休的。

方远舰：我明白，我明白，这事不会让你为难，我已经考虑好了，机器人不做了，过几天就把厂房给你腾出来，后面我想进点电动车倒腾一下，把这几年的损失都补回来。

卓烨不知道该说什么，方远舰拉着卓烨往机器人场地走。

方远舰：趁着还没拆，最后给你看一眼吧。

方远舰拉着卓烨来到机器人试验场，给陆路使眼色。

方远舰：陆路，咱们给卓总看一下哪吒吧，是卓总支持咱们迈出了第一步，今天也算最后有个交代。

李世恒：方总，抓取还有问题……正调呢。

方远舰：已经无所谓了，开始吧。

陆路似乎懂了，转身给大家使眼色，所有人忙碌起来。哪吒开始动了，复杂的机构传动，带动颤颤巍巍的身躯走向鸡蛋，测距，定位，抓取，一气呵成，意外流畅地完成了抓取试验。所有人都为这意外欢呼雀跃起来！卓烨被惊呆了，转身看着方远舰。

卓烨：舰哥，我知道你在给我演戏，我也是老演员了，咱俩套路都一样。

方远舰尴尬无语。

卓烨：但是，你们这个哪吒是真的太牛了！你们踏踏实实地做吧，就在我这儿，不许搬家！房租一分都不会涨，我爸那边我去解决。

卓烨说完，向在场所有的人双挑大拇指，表达敬意，转身离去。

方远舰和陆路站在一起目送卓烨，有点感动。

方远舰喊：谢啦兄弟！

卓烨并没有转身，在空中向方远舰竖起中指。少年的背影，隐匿在夕阳的余晖中。

蛙鸣酒吧露天座位上，几个人正在喝酒聊天，陆路匆忙赶过来，有人挥手招呼陆路。

同学甲：陆路，你干吗去了？你这一年年的也没个消息，我们都以为你走了。

同学乙：陆路，宫妙呢？宫妙怎么没来？

同学丙推同学乙的肩膀。

同学丙：你傻啊，早分了，好几年的事了，又提。

同学乙：嗨，我哪知道，宫妙不错啊，怎么会分呢？

同学丙：你快闭嘴吧你。

陆路一脸尴尬，不知道如何回应。服务员过来点餐，同学丙不由分说给他叫了一杯最烈的特调鸡尾酒。

同学丙拽了一下陆路，把他介绍给对面的一位女生。

同学丙：陆路，这位是我的同事，不，是我的上司，我们搜驴在线的马梵小姐。

马梵：梵高的梵。

同学丙：也是马总。领导，这就是我一直跟您说的陆路，人特别踏实，绝对的技术大牛，现在自己创业做机器人，你俩好好聊聊。

同学丙在陆路的耳边低声：马总单身，主动点。

马梵：跟我聊聊你们的机器人吧。

音乐声中，同学们欢笑着，喝得东倒西歪。陆路和马梵聊机器人聊互联网，很投缘。

马梵：所以，AI 才是制胜的关键，没有 AI 的机器人，还是机器。

陆路：很多互联网公司也在搞 AI。

马梵：AI 本来就是 Google 这些互联网公司推起来的，只是最终的核心应用不在互联网，落脚点恰恰在你们的机器人上。不过你们公司的路走错了，很可能当炮灰。

陆路：你不是说落脚点是机器人吗？

马梵笑了：双足人形机器人，最开始出来的肯定不是人形机器人，必须是一大群智能到令人恐惧的机器。经过不停迭代升级，然后有人出来整合技术，最后才是人形机器人，你们是在造空中楼阁，也许是海市蜃楼。

陆路沉思。

马梵：人生最好就那么几年，要选对赛道，现在是互联网和 AI 的时代，我们来锤炼算法掌握大数据。不如你来我公司一起搞吧，别浪费你的生命，先让财务自由起来。

陆路听得呆滞，马梵在陆路面前晃了晃电话。

马梵：电话号码留给我，我让公司的 HR 和你聊一下。

马梵的强势压得陆路喘不过气，只能以拒绝来捍卫最后的尊严。

陆路：谢谢您马总，您的话让我受益匪浅，只是我还有合伙人，我不能背弃他们。

马梵掏出一张名片递给陆路。

马梵：钦佩你的勇气，需要时可以直接打这个电话联系我。

同样的夜晚，骑士联盟内，方远舰趴在电脑上，反复观看机器手抓爆鸡蛋的画面。

方远舰在对话框打出一行字：哈尔滨红肠，你在吗？

哈尔滨红肠回复：我来了。

方远舰：你很久没说话了。

哈尔滨红肠：哪吒进展得如何？

方远舰：步态稳定，柔性欠佳，困难是手的抓取精度。今天瞎猫碰上死耗子，抓准了一次。

哈尔滨红肠：我可以看录像吗？

方远舰：当然可以，骑士联盟对你不设防。

方远舰播放抓手抓取失败的画面。

方远舰：我诊断是像素坐标与物理坐标有误差。

哈尔滨红肠：诊断正确，视觉模块发出的 Y 坐标有偏差。

方远舰：已经搭载了精度最高的视觉模块。

哈尔滨红肠：换云飞的视觉模块。

方远舰：云飞？没听说过。

哈尔滨红肠：海归博士创建，国内最智慧视觉模块。

方远舰：你到底是何方神仙？

哈尔滨红肠：神龙见首不见尾。

方远舰：邀请你来骑士联盟做客，期待认识你。

哈尔滨红肠：我们已经认识了。

方远舰：网上不算。

哈尔滨红肠：哈哈哈哈，再见。

哈尔滨红肠离线，方远舰愣愣地发呆。

夜已深，空荡的厂房里，只剩下方远舰一人默默地坐在电脑前。哪吒静静地站在实验台上，它的眼帘似乎一眨，注视着方远舰。

方远舰离开电脑，望着空空的厂房，缓缓地走到哪吒跟前，默默地与哪吒对视。

第八章

在摩天大楼咖啡厅，夏末和李孟东再次见面。

李孟东：七年前我们在这张桌子上签的离婚书。七年后，我们又坐到这里了。

夏末笑笑。

李孟东望窗外："雁来音信无凭，路遥归梦难成。离恨恰如春草，更行更远还生。"

夏末蹙眉：文人酸气还在。

李孟东：女人刻薄如故。

夏末笑笑：我本没有了，见到你就被激发出来了。

李孟东：明白了，你的尖酸刻薄是专门对付我的。

夏末：谢谢你，在我最难的时候，出手相救。

李孟东露出异样的眼神。

夏末：怎么了？

李孟东：你从没有对我这么客气过，不习惯。

夏末：你为什么要救澳雳？

李孟东：你是我儿子的妈。

夏末：就因为这个吗？

李孟东惆怅：为了以后有地方祭青春，我的青春也埋在澳雳……这话有点酸，是你逼我说的。

夏末有些伤感：话不酸，是心酸。

两人沉默。

夏末：你很狡猾，在救我的同时，和老吴联手剥夺了我的一票否决权。

李孟东苦笑一下：有用吗？今天还是你胜利了。

夏末：你这趟白回来了。

李孟东：不说这些了，说说你。

夏末：我有什么好说的？

李孟东：我听到了一些流言蜚语，是你和那个叫聂锌的。

夏末：我不想说这些。

李孟东：我只能周末见小考拉吗？

夏末点点头：小学封闭管理，不是特殊情况，只能周五放学以后接出校。

李孟东：我想让他去加拿大读书。

夏末：你觉得那是个好的选择吗？

李孟东：小学封闭管理，像个鸟笼子，小考拉被关在里面太残忍。应该给他一个快乐自由的童年。

夏末警觉：你是为要小考拉回来的？

李孟东：那边的空气、水、食物、教育对小考拉成长有利。

夏末：我不同意。

李孟东：为什么？

夏末：不同意就是不同意，没有为什么。

李孟东：你太霸道了，小考拉是我们两个人的孩子。

夏末：喜欢孩子，你可以和你的小女友生一个，她那么年轻，生几个都行，为什么非要和我争夺小考拉？

李孟东：这是两回事情。你霸占着小考拉，你管过他吗？在小考拉的心里，小保姆才是妈妈。

夏末：莹莹不是保姆，她是我妹妹，是小考拉的小姨。

李孟东：你是一厢情愿，居高临下的思维方式，你们不可能成为平等姐妹。

夏末顿住。

李孟东：社会地位决定了你们的从属关系。

夏末不语，突然盯着李孟东：要小考拉，是你救我以后提的条件吗？

李孟东：我不是你理想的男人，但我不龌龊，这是两回事。

水贝珠宝商城里，赵莹莹和郭磊在逛珠宝城，琳琅满目的珠宝让他俩目不暇接。

赵莹莹：夏姐说过这里是国内最大的珠宝城，不亲眼看，想象不到有多大。

郭磊：你别走马观花，挑一款项链，我送你。

赵莹莹：……算了，以后再说吧，别乱花钱。

郭磊：工厂效益好，三班倒生产，我们发了奖金和加班费，加起来有一万块钱。

赵莹莹：那也不能乱花钱，存起来。

二人边说边走到了宝石原料区。展示柜里摆满了各种宝石原石，有翡翠、玛瑙、玉石，在灯光的照耀下，晶莹剔透。

赵莹莹被宝石原料吸引，驻足欣赏，突然电话响。

赵莹莹：姐……

夏末的声音：莹莹，我在去机场路上，一会儿飞西安。小考拉他爸爸回来了，明天放学你接小考拉，和他爸爸一起吃顿饭，我一会儿发给你他爸爸的电话。

赵莹莹：好的姐，知道了。

西北科技大学物理实验室，夏末坐在实验室外面的休息区，隔着大玻璃窗望着实验室里面。王教授在指导学生们做实验。

王教授来到休息区，在夏末对面坐下。

王教授：对不起，冷落你了，学生们正在做实验。

夏末：是我打扰了你们。

王教授拿起自己那篇文章：储能规模化，是物理界的一个难题，我这篇文章只是一些对储能粗浅的概念和不成熟的方案，没有太多的学术价值。

夏末：非常有价值，你针对储能壁垒，指出了自己的方向。

王教授：也许是一个错误的方向？

夏末：我愿意把赌注押在这个方向上。

王教授：你们这些老板，不论男女，都是赌徒心理。科学是严谨的，一丝不苟的，不是撞大运。

夏末：我在北大物理系读的本科。

王教授愣住。

夏末：我是一个有专业知识的赌徒。

王教授：那你应该知道研究的难度。

夏末：当然知道。

王教授：你是一个民营企业，这种项目，只见经费燃烧，短期不见回报，最终也许竹篮打水一场空。

夏末：如果研究成功呢？

王教授：……

夏末：一旦成功，它的商业价值暂且不说。它对能源电力变革和绿色低碳能源的推动不可估量。

王教授不语。

夏末：不对吗？

王教授：很对，但很不真实。

夏末：怎么不真实？

王教授：民营企业家，谈情怀是在忽悠。

夏末：你对民营企业有偏见。

王教授：当然有，请你做研发的时候三顾茅庐，青梅煮酒论情怀，研发受挫见不到成果，和你横眉冷对谈损失。

夏末：所以你拒绝和民营企业合作。

王教授：储能研究，很多是基础研究，你应该知道意味着什么。

夏末：投入大，风险高，获利慢。

王教授不语。

夏末：民营企业追求经济利益没有错，但不是所有民营企业都只追求经济利益。你可以去鹏城看看，也许会改变看法。过不了多久，人们会认识到，在一些领域，民营企业甚至是国家科技的脊梁。

王教授沉默。

夏末：你还觉得不真实？

王教授不语。

夏末：有人喜欢在鱼塘里钓鱼，我喜欢放长线钓海里的大鱼，这个理由真实吗？

王教授：你相信一定能钓到大鱼？钓不到怎么办？

夏末：只要不放弃，一定能钓到。

王教授沉默一下：谢谢你的信任，我的教学任务很重，没有时间去鹏城搞研发，你还是另请高明吧。

夏末：……

王教授起身下了逐客令：对不起，我要进去带学生们做实验了。

夏末呆坐着不动。王教授转身进了实验室里面。

傍晚，在鹏城著名的旋转餐厅，李孟东和赵莹莹、小考拉面对而坐，气氛尴尬。

赵莹莹拘谨地坐着，小考拉临窗望着外面鹏城的景色。

李孟东：小考拉，妈妈带你来过这里吗？

小考拉摇摇头。

李孟东指着窗外远处：你看远处那片山和房子，那里就是香港。那一片大海叫伶仃洋，海的那边是澳门和珠海。

小考拉顺着李孟东指的方向遥望。

服务员端上一盘龙虾，放在桌上。李孟东给小考拉盘子里夹了一块最好的龙虾肉。小考拉把龙虾肉放进赵莹莹盘子里。赵莹莹又放回小考拉盘子里。

赵莹莹：这是爸爸给你的，你要自己吃，还要说谢谢爸爸。

小考拉：谢谢爸爸。

李孟东皱眉。

李孟东：小考拉，爸爸带你去国外上学，好吗？

小考拉不吭声。

赵莹莹：回答爸爸。

小考拉：不好！

李孟东：为什么？

小考拉：小姨去我就去。

李孟东无语。

傍晚，西北科技大学教工食堂里，王教授盛了饭菜，转身往座位上走，差点撞到夏末。

王教授：是你？你怎么还在学校？

夏末：我想请你吃饭再聊聊，结果你先一步来食堂了。

王教授：请我吃饭没有必要，我吃饭不出学校。

王教授端着饭菜要走。

夏末：王教授，能借我饭卡用吗？你们教工食堂不对外开放。

夏末指着橱窗上的"本餐厅只对教工开放"的牌子。王教授把饭卡递给夏末。二人坐在食堂一个僻静处，一人一盘菜，大口地吃着。

夏末：大学毕业去鹏城赶海，快三十年没有吃过学校食堂了，这感觉好奇妙。

王教授：从上大学开始，我在这里吃了快三十年了，没什么感觉。

夏末：你是哪一年大学毕业的？

王教授：1985 年。

夏末：我们是同龄人，你留在学校做学问，我去了鹏城拓荒淘金。时间过得真快，过来了，才理解什么是弹指一挥间。

王教授闷头吃饭。

夏末：当年我也有留在学校的机会，却选择了去闯鹏城。说实话，这些年忙于企业存亡，筋疲力尽的时候，真的羡慕你们留在学校做学问的人，那么纯粹，那么宁静。

王教授吃完碗里的饭，一粒米都不剩。

王教授放下碗：你做这个项目是为了给体制讲故事、拿扶持，为你的企业免税减息。

夏末气愤：你在羞辱我的人格！

王教授：我要你最真实的想法。

夏末：我说的就是最真实的，你不信！

王教授：你再说一遍。

王教授盯着夏末。

夏末：能源变革，现在的境况，就像大家共处在一个荒漠上，各国都在寻找方向突围，谁先突围出去，谁就为世界找到了一条路。

王教授起身就走，把餐具放进指定处。夏末愣愣地坐着。

王教授走回来：你能把实验室同时建在鹏城和这里吗？我要教学，不能长时间待在鹏城。

夏末愣住，思索。

夏末：我想……应该可以。

科创委资料室内，高山、崔江北和几个科技干部在开会。

崔江北：这次的科技座谈会暴露出很多问题，现在全市范围内科技创业园、留学生创业园、各种孵化平台加起来四十五个，但企业间连交流都很少，更别提互相帮扶了。孵化器之间咨询闭塞，孵化企业一盘散沙，各自为战，缺少一个交流沟通的平台，造成很大的资源浪费。为了更好地提供双创示范支持，我建议由市里牵头组建一个孵化器联盟，建立全市范围内孵化载体的沟通交流和资源共享公共平台。

高山思索一下：组成一个专业型、多元化、互动式孵化器群？

崔江北点点头。

干部甲：孵化出的"小鸡"要入群费吗？

崔江北：这是一个公益平台，所有的科技小企业都可以免费在这个平台上得到服务，小企业们还可以自由整合，相互抱团，共同成长。

高山：这样孵化出的小企业成活率高、成长快，这个想法有营养，你写个报告，我汇报给市里。

夏末和聂锌坐在澳雱总裁室玻璃窗前。夏末把一份实验室设备清单递给聂锌。

夏末：我去西北科技大学见了王教授，他同意与我们合作开发储能研究，但是要建两个实验室。一个建在他们学校，一个建在鹏城。

聂锌沉默。

夏末：学校的实验室，使用学校的设备，鹏城的实验设备和人员我们来解决。

聂锌：你为什么要和我说这些？

夏末：你是公司的研发总监。

聂锌：我没时间看。

夏末：没时间也要看。

聂锌：你不用怕我失落来安慰我，其实根本没有必要，我没有那么小肚鸡肠。

夏末：你现在的表现就是在赌气。

聂锌：那你让我怎么说？说我很在乎、很关心这个项目？

夏末：聂锌，我把你当成一个大男孩，但是你自己不能。

聂锌：我没有。

夏末：你有！

聂锌不语。

夏末：我需要的不只是你的技术，更需要你的肩膀，和我一起担起澳雱。

聂锌沉默。

夏末：一个男人强大，不只是有过人的本领，更要有放眼四海看世界的格局。

聂锌沉默。

夏末：我们不高瞻远瞩，不卧薪尝胆，不储备技术，澳雱怎么领跑？

聂锌沉默。

夏末：我要你和我一起撑起澳雳。

聂锌拿起设备清单，出了总裁室。

夜晚，一间环境优雅的餐厅内，夏末和李孟东相向而坐。

夏末：小考拉见到你，什么表现？

李孟东：明知故问。

夏末：岂止是你，他对我也是很礼貌，很客气。

李孟东颓丧地：我们给小保姆生了一个孩子。

夏末生气：李孟东，你去了一个所谓讲人权平等的地方，也改不掉你骨子里的等级观念。

李孟东：你把她当妹妹，你心里就没有等级之分吗？

夏末：当然有，我的等级是按人性之分。

李孟东：她呢？她拿什么区分？

夏末：莹莹很善良，很单纯。

李孟东：这是两回事。

夏末：我们说小考拉的事，扯赵莹莹干什么？

李孟东：不扯她能行吗？我才明白过来了，带小考拉出国最大的障碍不是你，是赵莹莹。即使你答应了，小考拉也不会跟我走。

夏末：我根本也不会答应。

李孟东：我已经死心了。

二人沉默。

李孟东：我走以前，我们一起带小考拉玩一次，一家三口。

夏末：是小考拉的爸爸、妈妈和小考拉。

大梅沙海滩，夏末、李孟东、小考拉三人身穿泳衣，泡在海里，小考拉似乎不很开心。李孟东和夏末泼水撩他，小考拉被动躲避。夏末改变方式，用水泼李孟东，李孟东还击，夏末佯装败退。

夏末喊着：小考拉，帮帮妈妈……小考拉，快保护妈妈！

小考拉犹豫一下，泼水进攻李孟东。

李孟东同时攻击他们两人，小考拉越战越勇，李孟东节节败退。三人渐渐玩得开心起来。

夜色中，夏末开车，李孟东紧挨着小考拉坐在后面，三人一路无语。车开到酒店附近，夏末将车停在路边。

李孟东：小考拉，爸爸下车了。

小考拉：爸爸再见。

李孟东在车里犹豫着。

夏末：小考拉，拥抱一下爸爸。

小考拉听话地伸开双臂，李孟东紧紧地抱住小考拉。夏末将脸扭开。

李孟东下车，关上车门，与夏末挥手。

夏末挥挥手，开车离开，小考拉扭头望着越来越远的李孟东……

澳雳公司内，一个约七十岁的老人，白发苍苍，提着个鼓鼓囊囊的包，站在大堂中央，左右环顾，不知往哪里去。大堂前台迎上来。

前台姑娘：爷爷，您是找洗手间吗？我带你去。

老人摇头。

前台姑娘：那您有什么事？

老人似乎有些卑微：我找工作。

前台姑娘惊讶，打量老人：您？找工作？

老人：你们公司网上招聘研发人员，我来应聘。

前台姑娘：……

前台姑娘走到聂锌跟前：聂总监，外面有一个白发老爷爷，说来应聘。

聂锌纳闷，指着脑袋：白发老爷爷应聘……这正常吗？

前台姑娘：看着好像正常。他在网上看到我们的招聘信息，自己来的，他说他是退休科学家。

聂锌思索一下：劝他回去吧，说我们只招实验人员，他的年龄不合适。

前台姑娘犹豫一下：好的。

前台姑娘带着老人回到大堂。

前台姑娘：爷爷，您慢走。

老人失落地：谢谢你，给你添麻烦了。

老人往外走去，他走了几步站住，掏出一个有年头的保温杯。

老人：姑娘……我想讨杯水喝。

前台姑娘指着一边的铁艺桌椅：您请坐，我给您送过去。

老人：哎。

老人过去坐下，把皮包抱在怀里，前台姑娘送来一杯温水给老人。

前台姑娘：爷爷，你的包可以放在椅子上。

老人：不用了，不用了，谢谢你。

老人一手搂着皮包，一手端着保温杯喝水。

大堂外，夏末的车停下，夏末下车匆匆进了大堂。

前台姑娘：夏总好。

夏末点点头往电梯走去，她发现老人，站住。

前台姑娘匆匆到夏末边上：夏总，这位老爷爷是来应聘工作的。

夏末纳闷：他？应聘工作？

前台姑娘：他说他是科学家，在网上看到我们公司招聘，来试试运气。

夏末：聂总监见他了吗？

前台：没有，聂总监让我劝他回去。

夏末沉思，走向老人。

夏末：老人家，您贵姓？

老人：……

夏末：我是这家公司的负责人，您有什么需要我帮助的吗？

老人急忙站起来，双手抱皮包于胸前。

老人：您好，我叫魏知远，是北方绝缘材料研究所的退休研究员，我想找一份研究工作。

夏末：您年龄多大了？

老人：今天七十整。

夏末：今天是您生日？

老人点点头：是。

夏末把老人请到澳霈总裁室，魏知远毕恭毕敬地坐在会客区，怀里紧紧抱着皮包。夏末泡了杯茶放在老人跟前。

夏末：魏先生，您喝茶。

魏知远受宠若惊：谢谢您！谢谢您！

夏末：您不要尊称我，我是晚辈。

魏知远：……

夏末：您已经七十岁了，应该在家颐养天年，为什么还要出来找工作？是生活有困难吗？

魏知远：没有，没有，我有退休工资，一个人吃饱全家不饿。

夏末：您一个人生活？

魏知远：老伴今年去世了，一个人在家待不住，都说鹏城是实现梦想的地方，我也想来圆了我的梦。

夏末：你的孩子呢？

魏知远摇头，指着皮包：在这里面。

夏末蒙圈，不知该说什么。

夏末：您一个人来的鹏城？

魏知远点点头。

夏末：您要圆什么梦？

魏知远打开皮包，从里面拿出厚厚一沓打印稿，纸张已经泛黄，卷边。

魏知远：我研究了多年的一种液态绝缘冷却材料，马上就要完成了，可以解决变压器着火，燃烧爆炸隐患……

夏末愣住，欲拿过材料看，但魏知远用手护住。

魏知远：您的企业是做电力的，知道变压器着火、爆炸、不环保是困扰高压电力输送的世界难题，我的研究成果可以解决这个问题。

夏末愣愣地听着。

夏末：魏先生，您什么时候开始研究这个项目的？

魏知远：十年前。三年前我的老伴中风了，自己管不了自己，我停下来照顾她，今年送走了她，我想把研究继续做完。

夏末：你的研究进展到了什么程度？

魏知远：快出成果了。

夏末沉默，两人默默地坐着。

魏知远：夏总，我知道我的年龄来找工作，不合时宜，但是科研和年龄没有关系，我的身体很好，不会成为你们的负担，我不要工资，只需要一个实验室，还有一个住的地方。

夏末：魏先生，您喝茶。

魏知远：……

两人又是一阵沉默。

魏知远收起那沓资料，放进皮包。

魏知远：夏总，您别为难，谢谢您亲自接待我，我不打扰您了。

魏知远起身要走。

夏末：魏先生，等一下。

魏知远坐下，渴望地看着夏末。

夏末停顿一下：有个情况，我不知道应该给您怎么说，很残忍，但是不说，对您更残忍。

魏知远：您说。

夏末：液态绝缘冷却介质，我们已经在去年研发出来了 FC 绝缘冷却材料。

魏知远怔住：我不信！

夏末：现在正在做应用技术研发，很快就会出变压器样机了。

魏知远怔住，声音颤抖：……FC……我也是 FC……谁研发的？

夏末：一位从海外请回来的年轻博士。

魏知远：您说的是真的？

夏末点点头。

魏知远呆若木鸡，眼中透着绝望之光。

夏末送魏知远到门外。

魏知远站住，微微鞠躬：夏总，您留步。

夏末：您慢走。

秘书引领魏知远往电梯间走去，夏末站在原地望着。

魏知远到电梯间，秘书按开电梯门。

秘书：老先生，您慢走。

魏知远木讷地进了电梯，电梯门关上。

夏末回到总裁室，站在窗前，心中有种异样的感觉。

夏末突然匆匆往外走去。

魏知远双手抱皮包从电梯间出来，直直地穿过大堂，往外走去。

前台姑娘望着他的背影，微微摇头，电话铃响，她接听电话。

"他刚出去，好的……好的。"

前台姑娘放下电话追了出去：爷爷……爷爷……您等一下。

一家安静的餐厅内，夏末和魏知远临窗而坐，桌上摆着几个适合老年人吃的菜。

夏末：魏先生，不知道这几个菜合不合您的口味？

魏知远：您为什么要请我吃饭？

夏末：我想和您聊聊。

魏知远：我们萍水相逢，您是老总，那么忙，不用安慰我。

夏末：您在鹏城有朋友吗？

魏知远沉默。

夏末：您专门奔我们公司来的？

魏知远沉默。

夏末：您来鹏城多久了？

魏知远沉默。

夏末：您在鹏城住在哪里？

魏知远不语。

夏末：我的父亲如果活着，今年也是七十岁，他是研究员，也做科学研究。

魏知远：如果我的老伴不生病，我会先你们前面成功。

夏末：我相信，也万分替您惋惜。

魏知远：代我向那位博士致敬。

夏末感动至极，鼻子发酸：我们应该向您致敬。

魏知远不语。

夏末：您今后怎么打算？

魏知远沉默。

夏末：我们公司需要一个科学顾问，您愿意做吗？

魏知远摇摇头：我要回老家去，我老伴还在那里。

魏知远眼里隐隐闪现泪光：她中风以前是我的助手，这个项目是我俩的"孩子"。

夏末眼泪突然控制不住地往下流。

澳雳研发中心，房子中间，一个体积不大的变压器已经基本成型，聂锌在和同事们组装。

夏末进来，聂锌看到夏末，过来。二人到一个安静处坐下。

聂锌：自循环系统难题已经基本解决，正在测试稳定性。

夏末：太好了。

聂锌：上午面试了应聘者，按王教授的要求筛选出了几个不错的应聘者，储能研究实验室需要的设备，我们有的大家一起共享，我们没有的，已经列出了采购清单，晚些时候送给你审批，是一笔不少的费用。

夏末：设备采购费你定，不需要我审批。

聂锌调侃：权力下放了。

夏末：我想和你商量一个事情。

聂锌：……

夏末：今天公司来了一个找工作的退休老科学家。

聂锌：我知道，看到我们网上招聘，也来应聘。我让人把他劝走了。

夏末：我见到他了。

聂锌：……

夏末：他也是研究绝缘材料的，知道你研发成功了氟碳绝缘冷却介质，让我转达他的敬意。

聂锌：他怎么知道？

夏末犹豫一下：我告诉的他。

聂锌：……

夏末：我想留下他在公司里，做研发。

聂锌：做什么研发？

夏末：只要他愿意，做什么都行。

聂锌：澳雳是企业，不是养老院。他那么大岁数……干吗还来鹏城？

夏末有些激动：谁规定岁数大了，不能来鹏城？

聂锌：年轻人来鹏城是为了梦想打拼，他已经退休了，应该在家颐养天年。

夏末：谁又规定人老了就不能有梦想，不能追梦？

聂锌纳闷：我只是提出看法，你为什么这么激动？

夏末稳定情绪：对不起，看到他，我心里很难过……

这里是另一个城中村，拥挤不堪，一排排自建的楼房与楼房之间只留下一人多宽的狭窄走道，秘书小可领着夏末走来，她俩边走边寻找。

夏末有些生气：我让你送他回家，就是让你搞清楚他的住处。

小可：夏总，对不起，这里房子盖得像迷宫一样，我记不住是哪一栋了。

夏末无语，拨打电话。"您拨打的电话无法接通。"

小可内疚地：夏总，我错了。

夏末生气地：你今天不用回公司了，在这里一家一家地找，也要给我找到他。

夏末气呼呼地转身就走，走着走着，突然站住，她望向一个巷道里。

魏知远拖着一只行李箱，另一只手抱着皮包，佝偻着身子往街上走来。

夏末匆匆地迎了上去。

夏末：魏先生……

魏知远看到夏末愣住：夏总。

夏末：您要走了吗？

魏知远点点头。

夏末：我想再和您谈谈，希望您能留下来。

魏知远：夏总，谢谢您，我不给您添乱了。

夏末：我真诚地邀请您加入我们公司。

魏知远有些生气：夏总，我来鹏城是为了圆梦，不是来乞讨同情。我的梦碎了，自尊不能再碎了，请你不要可怜我。

夏末：魏先生，您误会了，您是做电力材料研究的专家，我的企业是做电力产品，我急需新的材料做出新的产品，您也可以再编织一个新的梦。

魏知远沉默。

清晨，出租车内，出租车师傅听着广播驱车前行，手机上提示抢单失败，有点沮丧。路边看见方远舰在伸手拦车，师傅停车。

方远舰开车门，后排落座。

方远舰：谢谢师傅，您可救了我的命了，出租车怎么这么难打？

师傅：你真 out，现在都用手机打车了，谁还在路边叫车呀？

方远舰：我平时都自己开车，今天车打不着火了。

方远舰一边应付着师傅闲聊，一边在手机上查看电子邮件。一封辞职邮件弹出。

邮件：方总，我计算了好久，算明白了，我应该去嘟嘟打车搞算法，为此辞职。刘陶斌敬上。

方远舰看着眉头紧锁。

师傅：要不我邀请你，你下载一个嘟嘟打车？你能省十块，我也多赚十块。下鸣伯打车也行，就是补贴力度小点……

骑士联盟，陆路查看完电脑，方远舰坐在旁边，员工们窃窃私语。

陆路：这周所有数据和代码他都备份好了，还留了一个说明文本，也算良心。

方远舰：他计算好久了，你就没发现？

陆路：发现了也留不住，工资都不要，就怕被挽留。

方远舰望天花板：这半年来三个走五个，入不敷出。

陆路：今年突然人工智能算法大爆炸，网络公司到处高薪挖人，人往高处走，没办法。

方远舰笑：我们怎么就成低处了？我们是人工智能的最高点。

陆路：最高点最低点你我说了不算。

方远舰：谁说了算？

陆路：钱，资本！

李世恒提了一篮子鸡蛋走过来。

李世恒：两位总，换个地儿聊吧？咱们要开始测试了。

陆路：世恒，你接管刘陶斌的工作，各就各位吧。

李世恒：啊？我都一人兼三个岗了，不带这么欺负人的吧？

方远舰抱着李世恒的肩膀：能者多劳嘛，还能减肥，年底给你奖金翻倍！

骑士联盟方远舰的办公室内，面试者三三两两地离开，办公室内只剩一个面试者还在滔滔不绝地讲着，陆路不忍直视，方远舰不耐烦地打断了面试者。

方远舰：对不起，王先生，我们现在招的是技术岗，不是市场拓展。

面试者：我知道啊，难道你们只造不卖吗？

方远舰：卖的时候一定找你。

面试者像看怪物一样看着方远舰。方远舰耸耸肩。

面试者：不考虑市场？那你们在这里做什么？搞笑！

方远舰把面试名单揉成纸团扔进纸篓。面试者摔门离开。

方远舰：受够了，这一天来的全是混子，找个有料的技术人员就这么难吗？

陆路：实在没有人，我们自己扛，尽快把我们现有的技术完善、想法变现。

方远舰：我们的技术，国外的那几家大公司已经甩下了我们几条街。

陆路：至少我们在国内是领先的，领先就是机会。

方远舰看着陆路，仿佛不认识。

方远舰：拿一个低技术产品，四处讲故事圈钱，我都自己鄙视自己。

陆路：有钱，我们才能升级技术。

方远舰有点萎靡不振，精神恍惚。

陆路：你病啦？脸色好难看。

夜晚，方远舰拖着疲惫的身体回到家，和父母打过招呼后，外套扔在地上，一头扑倒在沙发上，一动不动。方母端着一个果盘欣喜地跑到方远舰旁边，戳起一块芒果递到方远舰的嘴边。

方母：来，吃口水果。

方远舰努力抬起头，吞下芒果，又把头埋进沙发里。

方母：怎么还跟三岁似的，吃没吃相，坐没坐相。

方父：有你在，谁能长大？

方母：哎，阿舰，你看小雨的朋友圈了吗？和她在一起的那个洋人是谁啊？

方远舰：喜欢她的人。

方母：你看看，你看看，小雨被人惦记上了。

方母把果盘放在茶几上，有些怨气。

方母：你就是玩心太大，三十岁的人了，还天天鼓捣什么机器人……女人不是机器人，会老的，人家不能一直等你。

方远舰翻身远离妈妈，蜷缩在沙发上，用抱枕盖着脸。

方母嘀咕：妈说个不地道的话，小雨这样的姑娘，错过就没了，你现在去英国，不管用什么办法，把她给我追回来。

方远舰：妈！你让我安静一会儿行吗？

方父给方母使眼色，她不看，壮着胆继续说。

方母：妈问过了，她还是自己住，你再不动手，万一她跟那洋人……

方远舰怒吼：够了！

方远舰翻起身，把抱枕砸在茶几上，果盘摔在地上，稀碎。方母被吓到，方父赶紧护住方母，怒斥方远舰。

方父：方远舰！你干什么？

方远舰紧闭着眼，手死死抓着坐垫，努力让自己平静下来。

方远舰：我现在能怎么办？半途而废，像个笨蛋一样去祈求她回来吗？你们觉得范小雨会选择一个失败者吗？

片刻的沉默之后。

方远舰缩成一团：妈，我浑身发冷。

方母摸方远舰的额头，惊叫：呦，好烫，你发烧了。

方远舰躺在自己的床上，盖着被子昏昏地沉睡。方母把一杯水放在床头，摸摸他额头，试试温度，蹑手蹑脚地出去。

客厅，方父坐在沙发上，电视开着，鹏城卫视在播放新闻。

"屠呦呦女士获得今年的诺贝尔医学奖，是中国籍的科学家凭借其在中国境内完成的科学成果，首次问鼎世界最高荣誉的诺贝尔自然科学类奖项，填补了我国在这一领域的空白……"

方母在方父身边坐下。

方父忧心地：怎样啦?

方母：还烧，给他吃了药，睡着了。

方父深喘了一口气，继续看新闻。

方远舰卧室里，方远舰迷迷糊糊睁开眼睛，望着贴了满墙的机器人骨架设计图纸，渐渐产生幻觉。

机器人骨架慢慢在动，一点一点地长出了肌肉，穿上了衣服，渐渐地变成了一个背身的女人，女人回眸一笑，是范小雨。她冲方远舰做着各种搞笑动作。

方远舰冲着墙傻笑。

英国伦敦某公司写字楼内，范小雨结束了一段商务会谈，与合作方握手，送人离开办公室，手机信息提示音响起。

李白信息：别忘了今晚是我的生日会哦。

范小雨信息：我正在搬运你的礼物，它太重了，我可能会迟到。

李白信息：你是在抱着自己行走吗?

范小雨笑了，拿起早已准备好的礼物，下班出门。

傍晚，行驶中的白色宝马内，范小雨驾着车，晚霞映在天边，公路蜿蜒向前。手机弹出一条图片信息，小雨点开，是张枫和宫妙两个人，在新疆的戈壁滩上，背后的蔬菜大棚正在兴建中。小雨开心的笑容，映衬在夕阳中。

夜晚，在英国李白父母家，屋子内亮着微弱的烛光，烛光指引着小雨走向后院。小雨喊着李白，跟着烛光走向后院。

草坪上有一张椅子，背后放着一张圆桌，桌上灯串组成一个立体的心形，跳动闪烁着。小雨走近，桌上一张字条。

字条：坐在椅子上，会有奇妙的事情发生。

小雨看看周围，坐在了椅子上。瞬间，后院的草坪周围亮起了灯串，各种彩灯闪烁，把整个草坪变成了一个舞台。李白的父母穿着中国京剧的服装，从两边模仿着京剧的身段走进场，两人似乎排练了很久，生硬的中文念着一段对白。

李白父：俊逸儒生风流种，窈窕碧玉亦多情。

李白母：待到芙蕖出水日，方悟最苦相思情。

李白的朋友们从各处唱着歌围拢过来。人群中，李白打扮成梁山伯的模样，一步三晃地向范小雨走过来。范小雨有些惶恐，又忍不住笑。李白一边演一边走向小雨，小雨站起身拿出礼物。突然李白单膝跪地，从怀中拿出一只蝴蝶（玩具）递给小雨。小雨接过蝴蝶细看，上面竟然是一枚钻戒。

李白：小雨，从第一次遇见你，我就知道……

范小雨看着李白，瞬间出神：面前是大学时的元旦联欢会，方远舰饰演梁山伯，张枫饰演马文才，自己饰演祝英台，三个人在笑声中滑稽百出地表演，互相追打。一切恍如隔世。

李白：小雨？你可以嫁给我吗？

李白真诚地询问，手中拿着闪烁的钻戒。

周边人笑着喊：嫁给李白。

夜晚，海边凉茶铺里，潘安在灯下看书，夏末静静地坐着发呆。

潘安放下书：时间不早了，回去吧。

夏末不理潘安。

潘安：还在想那个老先生的事？

夏末点点头：老人好可怜，和妻子无儿无女，把那个研究成果当作他们的孩子，妻子走了，孩子也没了，十几年的心血……

潘安：命运总是对一些人无情。

夏末：我告诉他，我们已经研发成功的时候，他那绝望的眼神，这些天总挥不去，我甚至觉得是我做错了，很内疚。

潘安不语。

夏末：我真的千方百计想留下他。

潘安：一个纯粹的人，视尊严为性命，你留下他，是又拿走了他的尊严。

夏末沉默。

潘安：你应该忘掉他的眼神，去发现他的价值。

夏末望着潘安，若有所思。

同样的夜晚，骑士联盟内，幽暗的灯光里，陆路独自坐在台灯前，他扭头看看办公室里，那埋头算账的方远航，起身走了进去。

陆路：你的病刚好，别太累，早点回去休息。

方远舰：我在算账。

陆路：还能坚持多久？

方远舰：还能坚持……

陆路：说真话。

方远舰：半年。

陆路盯着方远舰。

方远舰：一个月。

陆路不语。

方远舰：车到山前必有路……

陆路：车已经到山前了。

方远舰：我说过钱的事情不是事情，我还有房子。

陆路：你有多少房子可卖？

方远舰不语。

陆路：当时你说500万就能造出机器人，是真的那么想的吗？

方远舰：我要说深不见底，你会进来吗？

陆路：不会。

方远舰：不过花钱也超出了我的想象。

陆路：如果时间能倒回去三年前，你还会做吗？

方远舰：会！

陆路：我不会。

方远舰：不管花多少钱，不管是磕头乞讨还是要饭，我一定要把机器人做出来！是我们俩！

陆路：你认真考虑一下，我们调整策略，先做锅再烙饼。

方远舰把手伸向陆路，陆路看着方远舰，伸手与方远舰击掌。

　　澳雳的智能生产线，机械臂有条不紊地工作着，几个年轻人坐在控制室监控运转。

　　新工厂车间外，李工长边走边看，几个四十岁左右的老员工在院子里打扫卫生。他们看到李工长，停下相互注视，然后又低头默默地扫地。

　　包装车间里，十几个老员工在包装搬运成品，大家看到李工长，点点头，默不作声又继续干活。

　　有一个老员工匆匆跑过来：李工长，李工长，焊接车间又打起来了。

　　李工长：谁和谁？

　　老员工：罗子和年轻孩子们。

　　李工长匆匆赶去。

　　焊接车间里，闹哄哄的，老员工和新员工们推推搡搡。李工长刚进去，就看见一老一少扭打在地。

　　李工长揪住老员工：罗子，松手。

　　李工长强行分开两人，罗子脸上有抓痕，年轻技术员一脸鼻血。

　　老工友和年轻人，迅速站到了自己人的身后，形成对峙状态。

　　郭磊坐在远处，冷冷地看着。

　　李工长：这是干什么呢？又怎么了？

　　罗子：他骂我们，骂我们比猪还笨。

　　技术总监冲上来：这一批配件，焊点全部不合乎要求，你们负责吗？

　　罗子：焊点不合格，和老子们有什么关系？老子只负责按电钮。

　　技术总监：你们肯定动了参数。

　　罗子：老子敢动吗？老子动一次你们骂一次，老子早就想打你了。

　　技术总监：你不会干，别在这里逞能！

　　罗子：老子来澳雳的时候，你还是空气呢。

　　李工长大吼：罗子，闭嘴！

　　众人被震慑住。

　　老工人和年轻人各自愤愤不平，不肯离去，还在互相僵持。

　　李工长冲围观的人：都回去干活！

　　众人这才不情不愿地慢慢散去。

　　李工长冲罗子：不管因为什么，你都不能打人，你先道歉。

　　罗子气冲冲就走。

　　老工长冲技术总监和被打工人：对不起，我先替他道歉，你先去把鼻血洗了，这事我会严肃处理。

技术总监拽着技术员匆匆离开，冲进控制室，不由分说按下停机按钮，自动化生产线停止工作。

控制室年轻人纳闷地：总监……什么情况？

总监气急败坏地：打人了，老家伙们把小刘打了，不解决不许开机。

工人休息室内，李工长、罗子、郭磊和几个老工人闷头坐着。

李工长发火：他骂什么，你都不该动手。

罗子情绪激动：老子四十多岁的人了，凭什么让他骂成不如猪？

李工长：他骂你不如猪，你就真的不如猪了？我还想骂你比猪笨呢，报废了那么多配件，损失谁赔？……你别忘了，我们都有澳雾的股份，损失的是我们的钱。

罗子：报废你怪我了？我早就告诉他们，机械臂的焊接姿势，焊枪摆幅，抬起角度有问题，要他们修改参数，他们骂我懂个屁……老子焊接了半辈子，什么时候出过错？

李工长哑然，屋里寂静。

李工长：你跟我去给他们赔礼道歉。

罗子：凭什么，我不去！

旁边几个老员工：凭什么我们道歉？凭什么我们要看他们的脸色，受他们的气？凭什么他们比我们挣得多？

李工长吼道：你说凭什么？你能玩转那些机器，咱们就不会这么窝囊了。

老员工不吭声，抱头蹲在地上。

李工长哄罗子：别犯你的骡子脾气，工厂离开他们就停摆了，公司刚熬过难日子，咱们别再给夏总惹麻烦。

罗子憋了半天，突然爆发，嚎啕大哭：老子辞职，老子不干了……

罗子气冲冲地脱掉工装，狠狠地甩给李工长，挣脱阻拦的工人，跑了出去。

抱头蹲在地上的老员工也突然蹲了起来：我也不受这个窝囊气了。

老员工说完跟着冲了出去。

李工长愣愣地站着，郭磊闷头不语。

公路上，夏末坐在车里，一脸焦急，电话响，夏末接起电话。

夏末：吴董，我马上就到……

工厂工人休息室内，夏末看到只有李工长、郭磊在。

李工长：夏总，对不起。

夏末坐下：谁动手打的人？

李工长：罗子，老厂电焊班的班长。

夏末看郭磊：你动手了吗？

郭磊摇头：没有。

夏末松了口气：罗子呢？

李工长：……

夏末：把他找来，我和他聊聊。

李工长：他走了，说不干了。

夏末愣住，停顿片刻：是赌气吗？

李工长：他早就有走的念头了。

夏末无力地：怎么会这样？新老工人就不能团结在一起吗？

李工长：夏总，先是腾笼换鸟，再是机器换人，大家觉得自己变成了一个没有用的人，好多老员工都有了离开的念头。

夏末：……

澳雳工厂办公室内，技术总监和挨打的技术员，还有两个年轻人坐在那里，挨打的技术员鼻青脸肿。

夏末和吴董坐在他对面。

技术总监：他们仗着自己是老员工，有恃无恐，倚老卖老，不思进取，不服管理，升级培训有三分之一的人不过关……

夏末：事情我要调查，你们先开生产线生产。

技术总监：夏总，我们要求杀一儆百，开除打人的工人……

夏末：必须这么做吗？

挨打技术员：不是他走就是我走。

吴董：你们放心，打人的工人，肯定不能留在厂里。

夏末沉默一下：不管是什么原因，动手打人一定要受到惩罚。但是杀一儆百这个词用在这里很不恰当。他们是为澳雳付出青春的老员工，不是一群等待驯服的猴子。

技术总监愣住。

夏末：我们聘请你做技术总监，除了负责自动化技术，还要帮助培训老员工，帮助他们升级，他们不升级，智能化生产线只能是瘸腿走路。

吴董：夏总，不是所有人都能跟上的。

夏末突然爆发：所有人都跟上，我们要智能化做什么？它一点没有为我们节省人力。

吴董：……

夏末冲技术总监：老员工倚老卖老，你们难道没有倚仗年轻卖弄技术吗？

几个年轻人不知所措。

夏末：据我了解，生产线升级以来，大部分老员工，非但没有倚老卖老，反倒是把自己从老师父变成了新工人，虚心向你们学习请教。是你们拉帮结派鄙视老员工。

技术总监：他们什么都不会，就不应该留在厂里……

夏末怒火三丈：这是我们的工厂，他们该不该在，我说了算。

技术总监：……

夏末：你们可以离开澳雾，但是我要告诉你们，鹏城是个年轻的城市，但不是只有年轻人。

技术总监：……

夏末：长江后浪推前浪，但是别忘了你们身后还有浪，如果他们把你们和猪比，你们是何感受？

吴董：冷静，冷静！

夏末起身：澳雾需要自动化流水线，但是不需要和机器一样冰冷的人操作。

夏末说完匆匆离开。技术总监和几个年轻人目瞪口呆。吴董从后面追了上来。

吴董：夏末……夏末……

夏末站住。

吴董：别冲动，你冲动了。

夏末：我无法不冲动。

吴董也发起火来，二人争吵：夏末，你要搞清楚谁对澳雾更重要？澳雾的利润是靠这条生产线在创造。

夏末：那也不能任由他们肆无忌惮地欺负老员工。

吴董生气：夏末，你作为澳雾的掌门人，也是一家之长，不能这样简单粗暴地处理问题。

夏末：他们不尊重老员工，我为什么不能？

吴董：他们这一代是被惯养长大的，从小自以为是，说话口无遮拦，但这不代表他们的本质，况且，澳霁现在主要是靠他们在做出贡献。

夏末：他们在剥夺老员工的价值，让他们变成了无用的人。

吴董：你搞错了，是那些机器取代了老员工，不是他们。

夏末：他们在推波助澜……

吴董大吼：夏末，你太过分了！

夏末不语，二人沉默。

吴董：老员工与你风雨同舟几十年，你从情感上偏袒他们我理解，但是你不能毫无掩饰地偏袒。这样只会激化矛盾，让他们之间的隔阂越来越深，距离越来越远。

夏末：……

吴董：这些年轻人加入澳霁，都是澳霁的人，你不能无原则地厚此薄彼。

夏末：……

夏末回到澳霁工厂办公室。

夏末：对不起，我刚才不冷静，为我的过激言论向你们道歉。

技术总监：夏总，我们不接受你的道歉，也不会马上离开，我们给厂子一周时间，你们尽快找人来接替工作。

夏末：我的道歉是真诚的，也真诚地希望你们留下来。

技术总监：我们去意已决。

吴董：别冲动，都别冲动。咱们今天彻底把厂子问题解决了。

一阵沉默，屋里寂静。

夏末：我很感激你们给我一周时间的缓冲。

技术总监起身：我们去工作了。

夏末：等一下，我还想和你们聊聊。

技术总监：夏总，我们态度很明确了，没什么可聊的了。

夏末：你们走了，新老工人的问题还存在，我想你们帮帮我找到解决问题的办法。

技术总监：问题很好解决，优胜劣汰，不能胜任工作的……

夏末打断：这个办法很简单，但是对我很难。

一阵沉默。

夏末：上大学的时候，我曾去西藏牧区生活过一个暑假。夏季，牧民都要把牛群羊群赶到很远的山上去放牧，把家跟前的草场留出来让草茂盛地成长，留到冬天，牧民把这叫冬季草场。

大家纳闷地听着。

夏末：可总有几只羊和牛会留在冬季草场不跟随迁徙，牧民告诉我，留下的是年老体弱，跟不上大队伍的。它们为牛群羊群壮大做出过很大贡献，不能卖掉它们，只能让它们在冬季草场里生存下去。

大家有所触动。

夏末：牧民对待牛羊尚且如此，我们对待为澳雺做出过贡献，现在跟不上队伍的老员工该怎么办？

人们情绪似乎缓和些了。

夏末：我想你们的父母一定也面临过拼命追赶队伍这个问题，他们一旦掉队，谁给他们提供冬季草场？

屋内寂静。

夏末：还有一个技术问题，这次冲突是因为生产线焊点不合格引发，希望你们离开以前，我们一起把这个技术问题解决了。

随后，大家来到生产线。

技术总监拿着平板电脑，调出技术指标，展示给夏末。

技术总监：我们要按技术标准执行，所有参数都有严格规定。

李工长拿起一把榔头，敲了几下组件焊点，组件焊点脱落。

一个焊接老工人：我焊了快二十年了，一眼就能看出机械臂的焊枪角度，摆动幅度有问题。你们应该调整参数。

技术总监：你的经验只能用在你的那把焊枪，不能用在自动化上面。

夏末：争论解决不了问题，我们可以调整参数，做个实验。

技术总监：……

流水线机器开动，机械臂在焊接部件，老员工戴着专用墨镜仔细查看焊点，用对讲机在通知技术总监调整焊枪角度与摆幅。夏末、李工长等人站在一旁观看。

一个部件取下来，送到工作台前，李工长用锤子敲打，罕见的如此牢固。

大家看技术总监，技术总监一脸尴尬。

工厂食堂内，新老工人分成两拨人，坐在食堂里吃饭，技术总监和挨打的技术员也在其中。

夏末和李工长进来，餐厅瞬间鸦雀无声，夏末在一张空桌子旁坐下，李工长为夏末打了一份饭菜。

夏末扫视一眼餐厅：大家边吃饭，我想和大家聊聊。

工人们有人抬头看夏末，有人闷头吃饭。

夏末：澳霁还是一个小作坊的时候，大概有十几个人，那时候在的人举手。

李工长在内的七八个老员工举手，又放下。

夏末：那时候我们大家每天在一起做产品，我们没有专门的厨师，大家一起做饭……再后来，我们的规模做大了，发展到了几百人，我们有了食堂，有了厨师，围在一起用餐，每天吃饭的时候，食堂非常热闹，大家寒暄，开玩笑，不大声喊都听不到对方说什么。

工人们各种表情。

夏末：今天用餐的人还是很多，但是这里不再像是澳霁的食堂，新老员工像陌生人，好冰冷。我知道，新老工人之间隔着一台人工智能机器。

工人们动容。

夏末：人工智能是大势所趋，谁也挡不住，虽然我开始也有抵触。但是澳霁不跟上，一定会首当其冲被淘汰。

工人们继续听着。

夏末：我明白人工智能机器让老员工们觉得自己被替代，变成一个无用的人，心里很难接受……但是我不这么认为。人制造机器，是为人服务，不是让机器来主宰人的。当机器人朝我们走来的时候，我们应当迎面而上，提升自己，人主宰机器人，这是我们唯一不被它替代的办法。

夏末停顿一下，看了看默默吃饭的年轻人。

夏末：澳霁的年轻朋友们，你们加入澳霁，时代让你们起点高，进入澳霁就做师父，澳霁的老师父变成了你们的新徒弟。尽管他们曾经手把手地带出了一代代的徒弟，才有今天的澳霁。

年轻人凝神倾听。

夏末：今天澳霁智能自动化生产线下面，埋着他们的青春岁月。智能化机器，不应该是你们挡住上一代人的壁垒，我们更不能因为机器人的出现，造成新老工人的分裂。澳霁走到这一天，靠的是团结。人工智能化，应该是给我们人类带来温度，不应该让它剥夺我们的温度。

李工长拍手鼓掌，慢慢地，拍手的人越来越多，年轻人也一起鼓掌。掌声慢慢地整齐划一，有节奏地响彻食堂，犹如空谷足音。

公路上，方远舰开着破车，用耳机在打电话。

方远舰：哥们儿，你不能见死不救，我下个月就发不出工资了，借我 500 万，一年，15 个点的利息……200 万也行，一年我保证还你，我卖房子还……不可能，我已经投入那么多钱，四年多时间，我不会刹车……当年我救你的时候，二话不说……行了，咱俩的交情到此为止，我没有你这个朋友。

方远舰愤愤地挂断电话。

方远舰走进云飞公司智能大厅，前台热情招呼。方远舰余光张望，窗明几净，让人心里羡慕。

前台：您和陈总约的是下午两点，现在还差十分钟，麻烦您在会客室等一下。

方远舰：没事，没事，我自己溜达溜达。

方远舰好奇地向里张望，前台过来礼貌地拦住他。

前台：对不起，方总，那边是研发区，您不能过去，请跟我走这边。

方远舰：哦哦，我懂……

云飞公司会客室，陈田着装随意，十分谦恭，热情中又有意与方远舰保持着距离。

陈田：崔江北处长说鹏城有位自己掏钱做人形机器人的骑士，今天终于见到了。

方远舰：游击队，头脑一热就干上了，和你这正规军没法比。

陈田：你这可不是头脑发热就能干成的事，勇士可能是疯子，但疯子不可能成为勇士。

方远舰：事成之前，谁敢说是疯子还是勇士呢？

陈田：咱们说主题吧。

方远舰：我的机器人，视觉模块遇到困难，崔江北让我一定要找你，我的一个叫"哈尔滨红肠"的朋友也推荐你，让我们强强联手。

陈田沉默一下。

陈田：视觉模块是我们公司的核心技术，还不能推向市场，我可能帮不了你。

方远舰诚恳地：实不相瞒，我们卡在视觉这块挺长时间了，钱都要烧没了，我不愿意向你卖惨，可现在真的非常困难，特别需要你的帮助！

陈田：我理解你的困境，也敬佩你的勇气，我们也是砸锅卖铁，破釜沉舟挺过来的，在我自己还没有强大起来的时候，真的无力伸出援助的手。

方远舰沉默。

陈田：这里看起来不错，但都不是自己的，也许明天就得卷铺盖走人。我们一样，都是背水一战。

前台女孩在会客室门口张望，打断了方远舰。

前台：对不起陈总，和田资本的人提前到了。

陈田听到，迅速起身，向方远舰微微躬身。

陈田：对不住了，"资本爸爸"来了，我先过去，以后有空欢迎您常来坐坐。

方远舰：……

骑士联盟里，响起一阵阵咚咚咚的声音，哪吒原地踏步，踩出有力的脚步声。

方远舰兴奋地与张一博击掌。

方远舰：好样的，哪吒的脚步越来越稳健和有劲了。

王源远却在一旁灰心丧气，闷闷不乐。

张一博走过去拍了一下王源远脑袋：朋友，加油啊，别让哪吒四肢发达头脑简单。

王源远突然恼火地蹿起来，猛地一把将张一博推了个趔趄，差点摔倒。

王源远：别碰我，离我远点……

张一博愣了一下，抓起一个鸡蛋砸在王源远脸上，蛋液四溅。

王源远扑上去，被方远舰拦住，伙伴们围过来，分开两人。

张一博：你们大脑拖了大家后腿，我还没发脾气，你倒先来劲了。

王源远：有本事你来做视觉模块。

方远舰：冷静！都冷静！带他去洗一下。

曾翔和阿巴斯拽着王源远去了水池子跟前。

方远舰冲张一博：你太过分了，都是兄弟……

张一博：他的视觉模块受阻，冲我发什么脾气？

方远舰生气：你闭嘴，什么他的你的，哪吒是我们的，我们骑士联盟不分彼此。

张一博不语。

陆路开门进来，发觉气氛异样。

陆路：怎么了？出什么事了？

方远舰：没事，王源远和张一博发生点小摩擦，已经过去了。

陆路从包里拿出一份文件递给方远舰。

陆路：野望科技的合作意向书，另外他们想和你见面聊聊合作的事。

两人边走边聊，到办公室，方远舰递还给陆路。

方远舰：我顾不过来那么多，你代表公司和他谈吧，和他们的合作你全权负责，我相信你。

方远舰拍拍陆路的肩膀。陆路犹豫了一下，点头。

方远舰回到自己工作台前坐下，深叹口气，心情烦躁。

云飞智能工作场地，陈田正在和员工们一起探讨。前台小静跑过来，在玻璃门前敲了敲，示意找陈田。

前台堆满了打包好的丰盛夜宵。陈田看着附言纸条。

纸条：前路漫漫，愿共克时艰，共迎光明。珍重。方远舰敬上。

小静：陈总，我拒收很多次了，还是每天送过来。

陈田：明天，约他来。

陈田把纸条折叠了，放在桌上，示意招呼大家来领夜宵。

云飞智能会客室，陈田与方远舰并坐在一起，熟络许多。

陈田：每天晚上二十多份夜宵，你是把大学时追女生的那套搬到我这里来了吧。

方远舰：我没招了，只能用苦肉计。

陈田摸出一个信封，递给方远舰，里面是一沓钱。方远舰疑惑。

陈田：夜宵钱，别打肿脸充胖子。我做视觉模块钱都烧得扛不住，你做机器人肯定更可怜，一分钱也是钱，用在刀刃上，多一分胜算。

方远舰：你担心技术泄露，我们可以签一份严格的保密协议来约束，让你也有交代。

陈田：这事即使我答应，也执行不了。资本的嗅觉超灵敏，我今天把模块给你，资本明天就能把我告上法庭。拿人钱财的那一刻，这个东西就已经不是我自己的了。

方远舰露出失落的眼神。

暗淡的路边小店里，灯光映照在方远舰的脸上。方远舰捂着脸，一个人坐在脏脏的台阶上，给熊尔打电话。

方远舰：熊尔，出来喝酒啊？

熊尔：忙着呢，没时间让你来浪费。

方远舰：行了行了，你牛×，你是世界上最忙的人！

熊尔：你那什么……

方远舰挂断电话，把头埋在两腿之间。街上快乐的人群从他身边经过，打打闹闹，没有人在意方远舰。

方远舰走回公司，看到电脑上一封邮件。来自哈尔滨红肠。

邮件：朋友抱歉，我是不结盟主义者，恕我不能加入骑士联盟。附件里是我最近收集的相关资料，有关国际上人形机器人的，另外，云飞公司的视觉模块是你最优的选择，一定想办法拿下。

陆路挡在方远舰面前。

陆路：接待员结构我做了模型，机械这块我不确定，你来看看？

方远舰在电脑上查看陆路新做的结构设计，指出其中的问题，两个人认真探讨，修改。电脑需要重新启动。启动的间歇，两个人似乎不知道说什么，片刻的尴尬。

陆路：视觉模块……谈下来了吗？

方远舰摇头。

陆路：什么理由？

方远舰：技术保密，资本监管，所有的可能性都被堵死了。

方远舰脸上少有的绝望。

陆路：哪吒可以帮他们收集数据，哪吒的数据和他们共享呢？

方远舰眼睛一亮，盯着陆路。

陆路：把我们变成他们产品测试的一环，所有的数据资料都给他们。

方远舰：你和我一起去说服云飞！

陆路指着眼前的骨架：我要做这个。你带王源远去，他视觉方面，更适合。

方远舰非常激动。电脑启动完毕，屏幕重新亮起。

方远舰：来，接着搞！

方远舰在催生一个新的生命，而夏末则在脱胎换骨，一样的阵痛，但触及人性、情感，才更刻骨铭心。夏末在企业转型中，历经磨难，但新老工人的矛盾却让她更痛心、难过。

南山科技园街道上，夏末，李工长站在街道一角，望着远处饭馆门口匆匆忙忙的外卖小哥。

一辆电瓶摩托骑过来，停在他们跟前，车上人摘下头盔，是罗子。

李工长：罗子，夏总亲自来请你回去。

罗子望着夏末，眼眶湿润，摇摇头。

夏末：罗子，我知道很难，再难也不能做逃兵。

罗子沉默一下：夏总，如果当时你劝我，我一定会回去……

李工长：罗子，你什么意思，夏总亲自来请你，你不要得寸进尺。

罗子：李哥，你误会了。从澳雺出来这些天，我想明白了很多事情。

罗子冲夏末：夏总，我从学徒，就进了澳雺跟着您干了二十多年，澳雺像一个大家庭，也是一个大棚，你把我们保护得太好了，反倒害了我们……

李工长愤怒，打了一拳罗子：罗子，你浑蛋……

夏末：李工长……

罗子：您管不了我们一辈子，我们也不能让您管一辈子，地里的庄稼，夏天收了麦子，就该种玉米，秋天才有收获。

夏末点点头。

罗子：我早点出来，把自己变成白菜、萝卜、土豆，反倒能早点找到适合我的那块地。

罗子拍拍电瓶车。夏末，李工长呆呆地站着。

罗子看看手机：我有单派了，不能在这儿耽搁了。

罗子戴上头盔，走到电瓶车前站住，转身冲夏末和李工长深鞠一躬。

罗子：夏总、李哥，谢谢你们！多保重！

罗子骑车从二人面前滑过，夏末呆呆地看着他消失在远处。

凉茶摊里，几口锅冒着热气，潘安往锅里加了凉茶配料，搅动后盖上锅盖。

夏末在一旁坐着，潘安坐在她对面。

夏末：罗子的话，让我很震颤，也很难受，我以前从没有从这个角度想问题。我保护他们，难道真的是害了他们吗？

潘安思索一下：我也从来没有从这个角度想这个问题，他种庄稼的话虽然满是土腥味，但很有哲理，值得我们好好思考。

夏末：我现在真的很迷茫，不知道应该怎么办。

潘安：我给不了你标准答案，也许根本就没有，每个员工都是一道题，你只能自己去摸索。不对，等等，这是个值得深思的问题。

夏末：你在想什么？

潘安：你今天还给我了一个很有营养的课题。

夏末：什么意思？

潘安：新老员工的矛盾。科技高速发展，会不会带来社会分裂？怎么解决？

夏末：我不明白。

潘安：科技给掌握科技的人带来滚滚财富，但对因为科技让他失去价值的人怎么办？社会的转型首先是生产力本身的变化，之后会是人际关系、分配不均、贫富分化，将是社会分裂的最大撕手。

夏末在沉思，突然收到范小雨的微信：姐姐，我最近会回国，想和您见面，说说阿舰的事儿。

夏末：你随时来找我，他怎么了？

范小雨：见面说。

第九章

车在沈阳城市里行驶，司机是个五十多岁的中年人。

小可望着沈阳的街道，冲司机：师傅，听说沈阳以前是中国工业城。

司机：那当然，可以称为中国工业之母。我小时候，这里到处都是上万人的大厂。我父亲造飞机的，我哥造电机的，我姐造变压器的，我妈造机床……天安门城楼上悬挂的国徽，就是我妈她们厂制造的。

小可：沈阳也造变压器？

夏末：中国最早的变压器，就是这里制造的。

沈阳某家属院，一座座陈旧的苏式老建筑，往日辉煌和现今落寞集于一身，彰显着久远的历史。和这座楼一样的是坐在楼前晒太阳的老人们，有坐轮椅上的，有拄拐杖的，有打盹的，有下象棋的。

魏知远远离人群，独自一人坐在一旁闭目小憩。突然似乎感觉到什么，他睁开眼睛。

夏末和小可站在他跟前。

小可：魏老先生……

魏知远：夏总、小可，你们……？

魏知远家房子不大，但到处都是书，大部分是俄文书籍，墙上有他和妻子年轻时候的照片。

魏知远：你们怎么找到我家的？

夏末：找到您家并不难，我在沈阳有朋友。

魏知远：你们为什么找我？

夏末：请您出山。

魏知远有些生气：我的态度早就明确了，我很感激在鹏城时，你对我的尊重和照顾，但是我不会去的，你亲自跑来，也不会去。

夏末：我的公司需要您。

魏知远：我不需要您同情我。

夏末：您在十年前就研究氟碳材料，让我很吃惊，如果不是因为命运对您不公，竹篮打水一场空的是我。

魏知远略有所思。

夏末：您离开鹏城后，我通过不同渠道了解了您的背景，您早年留苏（苏联），专攻材料学，回国后一直在研究电力材料，是这个领域的专家。

魏知远沉默。

夏末：我还知道，您的学生，有人曾经利用您的研究成果，在国外权威期刊发表论文获得很高的学术地位。

魏知远惊讶地看着夏末。

夏末：我还知道您在提取氢分子方面，有过深入研究。我迫切需要您在这方面继续深入研究。

魏知远：你想干什么？

夏末：做氢燃料电源。

魏知远突然眼睛放光。

魏知远：氢燃料电源的核心技术是吸附氢分子促成离解的催化剂，目前最优的催化剂是金属Pt(铂)，但Pt是贵金属，储量少，价格贵，如果全球都采用Pt做催化剂，地球上的Pt很快就会烧完了……

夏末：我想请您寻找一种新的催化剂替代材料。

魏知远：……

夏末：找到这个替代材料，对能源革命的意义，您比我清楚。

魏知远：找这个材料，我的余生可能不够用。

夏末：您的身体很健康。

魏知远摇摇头：你们走吧。

小可：魏先生，我们飞了几千公里，您不能见面就撵我们走。

魏知远沉默。

夏末：您是担心最终给我造成损失吗？您无怨，我就无悔。

魏知远沉思，起身，到书架上翻出几本书，放在桌上，然后转身看着墙上的妻子照片。

骑士联盟里，崔江北晃晃悠悠地走进来，给大家问好，找陆路。

陆路头发蓬乱地起来回答他。

崔江北：你这是半个月没出屋了吗？

陆路：昨天熬夜了。

崔江北：蒋楠楠她们组织了个联谊会，今晚七点，我给你争取了个名额。

陆路：我不去，我不需要。

崔江北：你不会还惦记宫妙吧？别磨叽啊，必须去！

陆路：我哪儿也不去。

方远舰从外面进来，看见崔江北，小跑过来一把揽住崔江北的脖子。

方远舰：领导，你可真是及时雨，正要找你呢。

崔江北：什么事？

方远舰：云飞智能，您上次联系之后我去了，但可能还需要您再过问一下。

崔江北：谈得如何？你想干吗？

方远舰：可以进一步交流，但不肯技术合作。你能不能给说几句好话？给我们个最低价，卖给我们一套。

崔江北：你啊，别让我犯错误，政府是扶持，但人家这是刚出来的技术，卖不卖给你们，卖多少钱，我是不能发声的。

方远舰：等着救命用的啊，领导。

崔江北看看陆路，眼珠一转。

崔江北：这样吧，我媳妇街道办组织了个科技青年联谊会，你给我把陆路扔过去放放风，云飞那边我再帮你说说。

方远舰：太好了，陆路，为公司出卖一下"色相"吧。

崔江北：我已经帮你们引荐了，别的你自己谈，钱你要有心理准备。

方远舰：没问题！只要您继续关注就好。陆总，你快去洗个澡，换衣服去。

方远舰推陆路，陆路脸涨得通红，李世恒的脑袋从人群里冒出来。

李世恒：领导，我可听见了，这什么联谊会啊？不能叫上我去吗？我也需要女朋友啊。

崔江北：你这么小，着什么急？

王源远：世恒，别忘了今天的数据整理，你今晚要加班的。

李世恒哀嚎。

夜色温柔，科技青年联谊会的气氛很宜人，青年男女们似乎在过节。

陆路穿着皱巴巴的格子衬衫走进现场，蒋楠楠看到过来招呼他。

蒋楠楠：陆路，你怎么迟到了？活动都开始了……你这穿得也太随意了吧，没正式点的衣服吗？

陆路：有点忙，就这身干净的。

蒋楠楠：你啊，跟崔江北一个样。

蒋楠楠给陆路指了方向，赶去招呼别人。

人群熙熙攘攘，游戏开始。分组对谈，陌生女和陆路一桌。

陌生女：您是自主创业？什么方向啊？

陆路：机器人。

陌生女：机器人？扫地用的？

陆路：我们做人形机器人。

陌生女：啊？是玩具吗？

陆路：不是。

陌生女：那干啥用的？

陆路一脸窘迫：很多地方可以用。

陌生女与陆路尴尬对望，想结束谈话不知道如何开口。突然有一个红衣女子过来拍拍陌生女。

红衣女：姐们儿，那边有个做社区电商的，适合你，我们换换吧。

陆路抬头一看，是马梵。陆路如释重负。

陆路：你怎么在这儿？

马梵向远处一努嘴，是余真。

马梵：我小师妹，非逼着我来，没办法。

陆路：我也是被逼着来的。

马梵小声：哎，溜吧？咱俩喝酒去！

一样温柔的夜色，蛙鸣酒吧，两个酒杯碰在一起，马梵和陆路各自一饮而尽，陆路少见的放松。

陆路：我记得上次咱们聊，你们还在做互联网，现在怎么又搞生鲜配送了？

马梵：生鲜配送也离不开互联网啊，只是更细分了，现在市场风头每天都在变化，快速调整适应环境，这是常态。

陆路：哦，感觉我有点脱离时代了。

马梵：是你的公司脱离时代，你没有，现在所有火爆的行业，都是基于对大数据的掌控，这恰恰是你的时代。

真不敢相信是巧遇，张枫和宫妙背着双肩包走进蛙鸣酒吧，在陆路不远的地方落座。张枫和宫妙都晒黑了许多，像两个旅行者。两人点了酒，疲惫而开心地笑着。

张枫：新疆待久了，回鹏城都有点不适应了，人怎么这么多？

宫妙：刚回来，我就开始想新疆了，想你爸妈做的烤包子。

宫妙像是撒娇地抓着张枫的手，露出了手背上一块烫伤的痕迹。张枫赶紧从包里翻出药膏，抓着宫妙的手，给宫妙细心地涂抹。突然，陆路站在了旁边，盯着眼前的两人。

陆路：宫妙，你怎么会在这里？

宫妙抽回手，站起来看着陆路，百味杂陈，马上背起双肩包。

宫妙：张枫，我们换个地方。

张枫背起包和宫妙牵手离开。陆路见状失控，追上去抓住宫妙。

陆路：宫妙，你为什么会和他在一起？

宫妙：陆路，我们已经分手了，我和谁在一起，和你没关系！

陆路两只手抓着宫妙，不知道该说什么，宫妙想挣脱，但陆路不肯放手。张枫过来挡在宫妙身前。

张枫：陆路，你把手放开。

陆路：你走开！有钱人了不起？你踢伤我，抢走我女朋友，你还想干什么？

宫妙：分手是我要分的，跟张枫没关系！

酒吧里的人都看过来，窃窃私语。宫妙用力挣扎，陆路死抓不放，张枫力气大，一把推开陆路。陆路又冲上来，张枫一拳打在陆路脸上，陆路踉跄倒地，张枫还想上前。马梵举着手机从后面冲上来。

马梵：你住手！再动手我要报警了！

张枫瞬间冷静下来，被宫妙拉起，离开了。

夜深了，海边步道，黑暗中，互相看不清对方的脸，陆路和马梵坐在海边的步道座椅上。

陆路：对不起，今晚我失态了。

马梵：都有冲动的时候，下次别再这么干了。

陆路：我总是做错事。上学到毕业这么多年，没人喜欢过我，也没人在意我，宫妙是唯一对我好的人，支持我，照顾了我很多年，是我太自私，辜负了她。我一直在输，从来没赢过。

马梵：人无完人，我们每个人都有缺点，你如果是我，了解我的缺点，可能早跳海了。

陆路：你在安慰我。

马梵：你有没有想过，你为什么一直输？

陆路：我……

马梵：你一直在拿自己的弱点对抗别人的强项。你应该看清楚自己的优势，利用好它，没人打得过你。

深夜，骑士联盟里，王源远还在工作。陆路低头进来，王源远想打招呼但没开口，两人擦肩。陆路去到自己休息的房间，照了照镜子，又去到卫生间洗脸。旁边厕所隔间里响起了冲马桶的声音，李世恒从里面走出来。

李世恒：不好意思，我痔疮又犯了。

李世恒凑过来洗手，看见陆路脸上的伤。

李世恒：陆总，你怎么了？

陆路扯了手纸擦擦脸，没回答，走了。

新的一天，陆路正在低头工作，方远舰风风火火地跑进来，找陆路。李世恒偷偷指陆路这边。方远舰发现陆路脸上的伤。

方远舰：陆路，怎么回事？昨晚出什么事了？

陆路不语。

方远舰：让你去参加一个交友活动，怎么黑个眼圈回来了，和人争风吃醋了？

陆路愤怒地瞪着方远舰。

方远舰：你瞪我干吗？

陆路：别和我装疯卖傻！

方远舰一头雾水：什么意思？

陆路：你早就知道，为什么瞒着我？

方远舰纳闷：我知道什么？

陆路愤愤地：你不要装了！

方远舰：到底怎么了？你在说什么？

陆路：张枫和宫妙的事。

方远舰：张枫……和宫妙……他俩什么事？

陆路痛苦地压低声音：张枫和宫妙在一起了。

方远舰：啊？怎么会？他俩八竿子打不着……

陆路：我昨天晚上，在酒吧遇见他们了。

方远舰：张枫打的？

陆路不语。

方远舰：张枫这个浑蛋……

方远舰家，方父和方母刚刚从医院回来，方母手里拿着病历册，方父上下翻找钥匙。

方父：我这明明记得把钥匙放上边兜里的。

方母：说你臭美，非穿个马甲，这么多兜，让我也记不住放哪儿了。

张枫提了礼物和酒，与宫妙从后面赶过来。

张枫：叔叔、阿姨，我来看你们了！

方母：哎哟，阿枫啊，太巧了，什么时候回来的？

方父摸出钥匙。

方母：阿枫！你看，阿枫一来，钥匙就找着了。

进屋后，方母开心地拉着宫妙打量，方父看着张枫拿来的酒，十分开心。

方母：你瞧瞧，还是阿枫出息，这女朋友也太好看了。

方父：哎呀，你去给弄俩菜，我和阿枫好好喝点。

张枫：不用麻烦阿姨，我给您带了新疆的羊肉，自己家炖的，热一下就能吃。

方父：还是阿枫想得周到，方远舰这兔崽子，从来就不陪我喝酒！

宫妙拿出塑封的羊肉，和方母一起去厨房。沙发旁的病历册掉在了地上，张枫赶忙去捡。一张诊断书掉出：阿尔茨海默病，确诊两年，患者：方卓识。方父连忙收起病历册，藏进里屋，又笑着回来。

张枫脸色严肃：方叔，您……

方父：初期，根本不碍事。

张枫：阿舰知道吗？

方父：没告诉他。这个病谁也阻止不了，告诉他也只是给他增加负担。你啊，也替叔叔保密，不许告诉阿舰，成吗？

张枫沉默不语。方母端了一大盘羊肉上来，放在桌上。

方母：真香！你俩就着，好好喝点！

方父：快快快！开酒啊，喝！

此时，张枫电话响，是方远舰的，张枫起身去阳台接电话。

张枫：什么事？

方远舰的声音：你在哪儿？

张枫犹豫一下：你家。

吃完饭，张枫和宫妙牵着手离开，拐过街角，二人站住，看见方远舰坐在路边等他们。

方远舰起身走过去，看着张枫和宫妙，三人都不说话，宫妙牵着张枫的手不自觉地放开了。

宫妙：你俩要不找个地方坐一会儿？

张枫：不用，我和他没那么多谈的。

方远舰冲宫妙：我想和他单独谈谈，请你回避一下。

宫妙转身走开，给两人交谈的空间。

方远舰：不是亲眼看见我都不会相信……

张枫沉默。

方远舰：天下有数不清的女人，你为什么非要和她在一起？

张枫：我为什么不能和她在一起？

方远舰语塞：不能就是不能，你知道为什么？

张枫：我又不是第三者，他们早分手了，还是因为你分手的。

方远舰：她还一直留在陆路心里。

张枫：陆路早不在她心里了。

方远舰咬牙切齿：你打了陆路？

张枫：替我给他道歉，医药费我可以赔。

方远舰：你不好好待在珠海，或是新疆，跑回来干吗？你这不是刺激陆路吗？

张枫生气地盯着方远舰，牙关紧咬。

张枫：你不是关心陆路，你是担心你的机器人吧？我太了解你了，你脑子里只有机器人，你有关心过你身边的人吗？不要等失去了才懂珍惜。

方远舰理亏：你什么意思？

方远舰抓着张枫胸口的衣服，张枫并不抗拒，沉吟半晌。

张枫：那个老外向小雨求婚了，你知道吗？

方远舰：什么时候？她答应了吗？小雨告诉你的？

张枫：小雨给我打电话了，她没答应。

方远舰百感交集，手渐渐松开。

张枫：小雨给我打电话，说明我们现在仅仅是朋友，她不给你打电话，说明她还没有忘记你。这是你最后的机会了。

方远舰愣在原地，宫妙过来帮张枫整理胸口的衣服。

张枫：阿舰，没人会永远陪着你，要珍惜。

张枫握着宫妙的手，两个人转身走远。

英国范小雨家，范小雨的手机弹出信息，提示屏上很多未读信息和未接电话。

李白：小雨，你回我的消息好吗？很担心你。

小雨看到，却不知道怎么回答。

电话声音响起，是方远舰的电话。

电话的另一端，是夜幕下的鹏城，方远舰来到他们三人常来的灯塔海岸。

方远舰紧紧握着电话，听筒中是漫长的嘟嘟声，突然，电话接通。

方远舰：小雨！是你吗？小雨！你听到我说话吗？

范小雨的声音：阿舰……

方远舰说不出话，两个人沉默着，只剩下海风的声音。

方远舰：小雨，我在咱们三个以前经常坐着的海边。

范小雨：好久以前了，在英国都快忘记那片海是什么样子了。

方远舰：你可以回来看看，我们可以再像以前一样……

范小雨：看看又能怎么样呢？我……不想再回到以前了。

方远舰：小雨，我想你……我今天见到张枫了……

范小雨：你有没有想过来英国看看我？

方远舰：我想！我当然想！明年，我会带着哪吒去看你。

范小雨：阿舰，你不该再说这些，你不怕……我真的会等你。

方远舰：小雨！等我，再等一等我好吗？

范小雨啜泣：你不会来的。

方远舰：我发誓我一定会去的！我会"踩着七彩祥云"去看你！带着哪吒一起！

范小雨破涕为笑：骗子，你是孙悟空吗？

海风淹没了两个人的声音。两个人互相倾诉着，海浪不停地拍打着灯塔基座。真正相爱的人，无论远隔重洋，还是历经沧桑，抑或是身边充满诱惑，大概都无法让他们彼此割舍、遗忘，因为，真爱无法阻挡。

夜晚，骑士联盟里，方远舰拿着夜宵走进来，心情有些忐忑，走到陆路的工作台前，不见陆路，便长呼一口气，把夜宵放下，四处张望。王源远在埋头工作。李世恒在实验场地整理线材，旁边的平板电脑正在播放一部老港片，嬉笑怒骂之声回荡在厂房内。方远舰走到李世恒身边。

方远舰：李世恒，陆总呢？

李世恒：陆总，刚才还在，可能在后面休息？

厂房狭窄的角落里，几个双人床和预制板隔出一个狭小的空间，门口吊着门帘，陆路正躺在里面。方远舰轻轻地走过来，撩起门帘往里看。黑暗中，陆路闭上了眼，不作声。方远舰犹豫了一下，把兜里给陆路带的化瘀药，一并放在夜宵上，然后悄悄离开了。

陆路睁开眼睛，厂房外路灯的光线投射在陆路脸上。他听到方远舰汽车发动的声音，汽车远离的声音，然后坐了起来，在黑暗中走了出去。

陆路走向自己的工位，打开台灯，拿起方远舰放在夜宵上的化瘀药看了看，连同夜宵一并丢进垃圾桶，随后掏出手机，打开摄像头，查看自己脸上的伤，按下快门，拍下了此刻的自己。陆路放好手机，打开电脑，继续做PPT——《长荣野生动物园机器人接待员可行性报告》。

澳雳实验室，聂锌和团队正在忙着，夏末带着魏知远进来，聂锌放下手里的活走过来。

聂锌：魏老先生好。

夏末：他是聂锌，公司的研发总监，负责公司的研发，您想做什么项目，可以告诉聂总监。

魏知远诚惶诚恐地鞠躬：向你致敬，这么年轻，就做出了大成就。

聂锌愣了一下：魏老师，您是前辈，我向您致敬。

夏末：魏老，您熟悉一下实验室，以后您就在这里做研究了。

魏知远边走边看边感慨：太好了，以前好多器材，只有国外有，我们只有羡慕。现在，你看，一个公司的实验设备，都比我们研究所的多。

聂锌：魏老，这些设备您会用吗？

魏知远尴尬地：我进了这里，和刘姥姥进了大观园一样。

夏末笑得酸楚。

老人目光突然落在聂锌桌子上的电脑屏幕上，是氟碳冷却液分子式，一组复杂的化学符号和公式。

魏知远凑近电脑仔细观看，聂锌慌忙地把电脑关机。

魏知远尴尬：对不起！对不起！

夏末看着聂锌蹙眉。

实验室外，小可向夏末汇报安排。

小可：夏总，替老先生租的公寓已经准备好了。

夏末：房子条件怎样？

小可：一室一厅，很大很敞亮，有电梯。

夏末：为什么一室一厅？

小可：老人要求的，他绝不住大的房子。

夏末：不许叫老人，称呼魏先生。

小可：知道了。

魏知远、聂锌从实验室外出来。

夏末：魏先生，小可先带您去您的公寓安顿住下，其他的我们明天再说。

魏知远：好的，好的。

小可带着魏知远离开。

夏末：聂锌，魏先生的自尊心很强，你一定要尊重他。

聂锌：我很尊重他，但是他也应当懂得规矩，分子式是核心机密，他怎能随便看呢？

夏末：我相信他是无意识地看你的电脑，你没必要那么紧张。

聂锌：那是我五年的心血，怎么能不紧张？

夏末欲言又止。

新的一天，在澳雾研发中心，研发人员各自在位置上忙碌，魏知远溜达着在每个人身后站立一会儿，看年轻人操作仪器设备，研发人员们礼貌地和他打招呼：您好！

魏知远谦卑地弯腰示意：你好，你好！

魏知远转了一圈，无所事事地坐到自己桌前，手捧保温杯。

一个年轻人过来：魏先生，我叫艾涛，您称呼我小艾，我是您的临时助手，有事您随时叫我。

魏知远客气地站起来，谦恭地：小艾好，小艾好。

小艾：您现在需要我做什么吗？

魏知远摇摇头：我也没事可做。

小艾：好的，我在那边，有事您随时叫我。

魏知远：好的，好的。

聂锌拿着资料匆匆过来，冲魏知远点点头示意，然后匆匆进了自己的实验室。

魏知远思索一下，起身往聂锌屋过去。

魏知远站在门外：聂总监，打扰您一下。

聂锌：魏先生，您说。

魏知远：我的项目，什么时候开始？

聂锌：对不起，魏先生，我忘了告诉您，您要先做一份PPT。

魏知远：PPT？……是什么？

聂锌：是一种项目计划书的文本，要从资本思维、经营思维、市场思维三个方面介绍项目。

魏知远：……

聂锌：这个项目书很重要，是决策会上给股东和投资人讲故事，说服他们同意项目用的。

魏知远站在原地：我是来找氢物质催化剂替代材料的。

聂锌：魏先生，我找人帮您做吧。

魏知远谦恭地：谢谢您，谢谢您。

魏知远站在原地不动。

聂锌：您还有什么事吗？

魏知远：我能看看您的氟碳冷却液分子式吗？

聂锌警觉：您看那个干什么？

魏知远：我那天无意中看了一眼，您的分子式非常有想象力，我非常敬佩。

聂锌：那个分子式不能看。

魏知远小声地：我的直觉，那个分子式还不完美。

聂锌惊讶：你什么意思？

魏知远：您没有考虑极寒天气下的抗寒性。

聂锌盯着魏知远：你已经详细看过我的实验数据了？

魏知远摇头：没有，我那天无意看了你电脑上的分子式。

聂锌：我不信，你肯定详细地看过了。

魏知远：我没有。

聂锌咄咄逼人：谁给你看的？

在夏末总裁室，财务总监在给夏末做汇报。

财务总监：我们的研发费用，已经超过了收入的 20%，是利润的两倍多，如果再建一个独立实验室，利润就所剩无几了。

夏末：让我再想想。

聂锌匆匆进来。财务总监和聂锌打招呼后，离开总裁室。

夏末：你来得正好，我有事和你商量。

聂锌坐在落地窗前。

夏末：需要给魏先生建一个独立实验室，如果经费上有困难，能不能暂时和你共用你的实验室？

聂锌打断夏末，冷冷地：不能！

夏末愣住，发觉聂锌情绪不对：你怎么了？

聂锌：你为什么把氟碳冷却液的分子式和实验数据给他看？

夏末：他是谁，魏先生吗？

聂锌：是！

夏末纳闷：我没有给他啊，怎么了？

聂锌：你没有给他，他从哪里能看到？

夏末：我不明白你说什么？

聂锌：他刚才给我提出了一个问题，肯定是看过详细实验数据。

夏末：什么问题？

聂锌：有关分子式的问题。

夏末：他是绝缘材料的专家，那天无意看到了你电脑上的分子式……

聂锌：那是一个全新的分子式，不做这个研究，不能看一眼就懂。

夏末沉默。

聂锌：那个分子式是我们共同拥有的知识产权，在给别人看以前，你为什么不征求我的意见？

夏末：我没有给他看。

聂锌：只有我们两个有核心资料，他从哪里看到的？

夏末沉默。

聂锌冷冷一笑：我知道了你为什么要招他来公司……你不信任我的研发成果，找个专家来双保险。

夏末脸色铁青，咬牙一句话不说。

聂锌起身，冰冷的语气：我理解你的担心，这个项目毕竟决定公司的生死命运，只是希望你不要瞒着我，我不是不通情达理的人。

聂锌说完匆匆地离开总裁室。

安静的餐厅内，夏末和魏知远临窗面对面而坐。

魏知远：我来鹏城不是养老的，我什么时候可以工作？

夏末：您别急，我正在规划您的实验室，给我一些时间。

魏知远：你问老人要什么都可以，不能要时间。

夏末：我懂，我尽快让您开始工作。

魏知远：还有我没有时间，也不会做那些花里胡哨的项目书。

夏末：那些不用您做，我安排人干。

魏知远：我的实验室不需要很大，我需要两个助手。

夏末点点头：我明白。

二人一阵沉默。

夏末：魏先生，您今天问了聂锌总监什么问题？

魏知远：……

夏末：魏先生，请您告诉我。

魏知远：他的分子式很有意思，比我的有想象力，后生可畏。

夏末：您发现了什么问题吗？

魏知远摇摇头：我只是想和他讨论一些学术问题。

夏末：我没有告诉他，您也研究氟碳冷却液。

魏知远点点头：那项研究已经翻篇了，我们都不要提它。

夏末感动。

某咖啡厅，贾为民认真地看着陆路的可行性报告，忍不住点头，一脸的欣喜。

贾为民：你这报告很细致，所有的问题都考虑到了。

陆路：里面对他们提的要求做了一些阐述，有些是现有技术下，不可能完成的，我不知道这样解释是不是合适。

贾为民：你放心，客户不是专业人士，哪些能做，哪些不能做，是需要我们告诉他们的。谈判我擅长，我去和他们谈，这事一定能成！

陆路：机器人接待员，真做出来，绝对是全国独一无二。

贾为民：到时候你们骑士联盟就无人不晓了。

陆路点点头，开心地笑了。

贾为民：哎，陆总，你脸怎么……伤着了？

陆路：走夜路被鬼撞了。

骑士联盟实验场地，方远舰和李世恒、王源远在一起，哪吒重新定位后，例行的测试开启。哪吒向目标移动，定位，调整步态，伸出手臂去抓取目标，随后手臂颤动起来，迅速向后扭转，身体跟随手臂的移动扭转，突然失去平衡摔倒，但手臂依然在重复扭转。

方远舰：世恒快关电源！

李世恒：方总，不能直接关吧……

方远舰直接过去拔掉了电源。几个人七手八脚地复位哪吒。

方远舰呼气：数据没了可以再修补，这手臂掰折了我可是换不起了。

王源远回看电脑上的数据记录，寻找问题原因，方远舰凑过来一起查看。

王源远：陆总昨晚改的代码……赋值错误，这里……进了死循环。

方远舰：你能改吗？

王源远：陆总的代码我可不敢改，我不知道他的思路，会改崩的。

方远舰四处张望找陆路。

李世恒：陆总一大早出去了，还没回来。

刚说完，陆路风尘仆仆地跑进公司，手里拿着文件夹。

陆路：怎么了？

方远舰走过去拍拍陆路的肩膀。

方远舰：到我屋里，我们聊聊。

方远舰关好门，把玻璃墙上的百叶窗放下。

陆路：试验出问题了？

方远舰：代码出错了。

陆路：我不是神仙，肯定有错的时候，开机前在虚拟机上跑一遍就可以避免……

方运舰：你最近有点心不在焉，我不知道你在忙什么。

陆路把手中的资料递给方远舰，是《长荣野生动物园机器人接待员可行性报告》。方远舰强压怒火，把资料丢在桌子上。

方远舰：我以为我们已经达成一致，不在这上面浪费时间。

陆路捡起桌上的资料，再次递给方远舰。

陆路：我今天和野望科技的人对过了，也和乐园的人开了会。他们降低了需求，我的报告他们也通过了。这件事，可以做。

方远舰将信将疑地打开可行性报告，认真读完，缓缓地把报告放在桌子上。

方远舰：没想到你已经做了这么多工作。

陆路：你觉得怎么样？我们是不是可以做？

方远舰沉思半晌。

方远舰：从报告上来看，可以。但是有两个问题，与长荣这种巨型公司打交道，我们就像小孩子，处在绝对的弱势位置上，风险一定都是我们扛。我们和长荣那边没有任何关系，未来一旦有危机，我们没有任何缓冲的余地。

陆路：我最近和野望科技的贾总联系很多，他们有政府关系，和长荣合作会有保障的。

方远舰：贾总的关系，不是我们的。

陆路沉默，脸色很难看。

方远舰：另外，哪吒已经搁浅在视觉模块很久了，云飞智能不肯出售技术给我们。现在是我们最困难的时候，我希望我们能集中力量……

陆路坐在对面，拿起报告，缓缓翻着，两人沉默。

陆路：你见过张枫了吗？

方远舰：呃……见过。

陆路：你们都是很优秀的人，宫妙和张枫一起，会幸福。

方远舰：陆路……对不起。

陆路：你的机器人做好，明年你就可以去伯明翰，可以去见范小雨。

方远舰：……

陆路：你俩真好，有钱、有能力、长得帅、有人爱……方总，你有没有想过，我有什么？

方远舰：……

陆路：遇到你前，我一个人研究了很多年机器人，我不是耐不住寂寞的人，在黑暗里日复一日地怀疑自己，吃打折的菜，穿处理的衣服，我不在乎，我扛过。但现在，张枫打醒了我，我不想再等了，我不想每天早上在镜子里看见一个失败者。

方远舰不知所措。

方远舰：陆路，你不是……

陆路打断：方总，你现在任何安慰的话，对于我都是侮辱！

陆路目光锐利得可怕，方远舰不敢看陆路的眼睛。

陆路：长荣这个项目，眼下是我证明自己唯一的机会，不迈过这个坎，我会死。

陆路手中的报告，被扭曲，被撕裂。

方远舰：我懂了，陆路。骑士联盟也是你的，你去做吧，我支持你。

陆路：谢谢。

方远舰走到陆路身边，揽住陆路的肩膀。

方远舰：哪吒我来推进，公司现在这十个人，你挑两个帮手，有什么困难我们再想办法。

陆路：我不需要帮手，我自己来。王源远能力很强，我的工作可以让他来接手。

陆路把揉皱的报告展开，站起身出门，方远舰愣在原地。

躲在门口偷听的李世恒像兔子一样闪开，陆路从方远舰办公室出来。方远舰探出头，招呼王源远。李世恒推了推正在工作的王源远，王源远走向方远舰的办公室。

王源远走进来：方总，什么事？

方远舰：源远，公司新开了项目，陆总专职去推进，哪吒这边，陆总推荐你接手负责。

王源远有些惊讶，下意识看向门外陆路的方向。

方远舰：担子不轻，你有问题吗？

王源远自信：没问题！我会努力！

方远舰：明早例会我会宣布，你去和陆总交接一下。

夜晚，在蛙鸣酒吧，陆路和马梵在喝酒。

马梵：你明白吗？交给王源远接手，你已经把自己的后路断了。

陆路：我知道，破釜沉舟才能全力以赴。

马梵笑了：哟，看你文文弱弱，没想到骨子里居然是个项羽。

陆路：我不是项羽，我只是狗急跳墙。

马梵：对了，我打拳的拳馆离你们公司不远，你跟我打拳去吧。

陆路：打拳？我体育课都没怎么上过。

马梵：所以才让你跟我去，再有人欺负你，打回去便是。

陆路看着马梵，黝黑的脸有一种野性的美。

陆路：马总，我……可能……暂时并不想考虑……别的问题。

陆路脸红，马梵瞬间明白。

马梵：红什么脸啊，我不和你谈恋爱！不是每一个大龄女青年都恨嫁，对于我，打败男人比嫁给男人有意思。

陆路的脸更红了，把手中的酒一饮而尽。

马梵：我们都不是池中物，不会一直寄人篱下。

夜晚，海边步道上，方远舰一个人来回走着，给范小雨拨通了电话，两个人越洋通话。

范小雨：长荣的项目风险太大了，你就这么同意了？

方远舰：我不同意，就会失去陆路，而且，他的话打动了我，我该给他个机会。骑士联盟也迫切需要钱。

范小雨：他说了什么打动你？

方远舰：他说他什么都没有，而我，有你。

范小雨嗔怪：嗨，方远舰，你是让人盗号了吗？怎么这么贫了。

方远舰：嘿，对了，你快生日了，给我个你的地址，给你寄礼物。

范小雨：这么多年了！你今天才想起要我的地址啊？我就没有一次收到过你的礼物！

新的一天，方远舰和王源远选择在凉茶铺和陈田见面。

三人坐下，陈田打量四周。

陈田：你可太会选地方了，像个世外桃源啊。

方远舰：这里就是我的世外桃源。

陈田：说吧，又想了什么新花样，崔江北一直给我说，你们是值得重视的。今天是二打一吗？还带了帮手。

王源远给陈田倒茶，双手捧起茶，起身端给陈田。

王源远：您是我的偶像，很早就听说您，今天终于有幸见到了。

陈田冲方远舰：苦肉计变迷魂汤。

陈田叹气：B轮谈不下来，钱已经快烧完了，产品还有很多漏洞，迟迟不能推出。都在逼我，真怕一口气接不上，功败垂成。

王源远把笔记本电脑打开，显示屏转给陈田看。

方远舰：这是我们的哪吒，你看看。

三人认真地观看，屏幕上是哪吒的实验视频剪辑。

陈田：你们几个人三年就做成这样，很让人吃惊。

方远舰：在这里已经卡了半年了。

陈田：是视觉模块问题，导致抓取、行动的路径规划并不理想。视觉不行，对这种自主行动机器人是致命的，这也是我回国搞这个产品的原因。

王源远：国外比我们先进太多，波士顿的机器人跑起来跟终结者似的，就差拿把枪了。

方远舰：科幻片正在变成现实，机器人就和百年前的蒸汽机、战列舰一样，我们不往前走，等人家技术成熟了，我们又会被人压着打。

陈田：看过人家的东西，才知道有多可怕，我在国外整夜睡不着，必须回来做这件事。

方远舰关闭了演示视频，打开硬盘上的目录。

方远舰：我们机器人所有的实验数据和技术文档，都在这里。你拿回去，希望对你们的产品有帮助。

方远舰把笔记本推给陈田。陈田瞪大了眼睛，久久说不出话。陈田抱起笔记本电脑，掂了一下重量，又放下。

陈田：终究是我的格局小了，这可是你们全部的身家性命啊。

方远舰：本质上，我们都在打同一场仗。我们冲不上去，能给你们当梯子，让你们夺取胜利，也不枉我们白干这些年。

陈田沉默一会儿：胜利之前，我们谁都不能倒下。

王源远：陈总、方总，你们看有没有可能，让我们的机器人参与云飞产品的内部测试？我们可以签订保密协议和产权协议，后续所有视觉模块的测试数据全部与云飞共享，将来云飞的产品推向市场，给我们优先的购买权。

陈田：我还是被你们忽悠了。

三人都会心地笑了。

夜晚，骑士联盟里，方远舰和王源远嗷嗷叫着。方远舰冲到陆路工作区，但陆路不在，看到电脑旁摆着一副新拳击手套，试戴，对着空气打拳。

旁边一个粗糙的机器人框架，上面已经安装了元件。拳套新拆下的标签挂在机器人的头顶，写着"战斗不止"四个字，落款马梵。

方远舰回到哪吒旁边，与哪吒的双眼对视，并自拍合影，发送给范小雨。附言：眼睛，成了。

伦敦的路边咖啡厅里，范小雨看到方远舰信息。

李白和范小雨面对面坐着，两杯咖啡在桌子上，李白伸手去碰触小雨的手，小雨收回手。

李白：小雨，发生了什么？你躲着我。

小雨：李白，对不起，我不该在你生日……

李白：应该说对不起的是我，是我太心急了。

小雨：不是你的问题。那天非常有创意，很美好。只是，我不能接受。

范小雨不知道如何表达，眼泪流了下来。李白拿起餐巾纸递给小雨。

李白笑着：没关系，我父亲向我母亲求婚三次，我母亲才答应。

范小雨：我不知道怎么表达。遇到你之前，我喜欢一个人。这两年，我以为我已经忘了他。但你求婚那天，我发现我没有忘。我害怕选择，这对你不公平，所以我跑掉了。

李白沉默。

范小雨：我和他通了话，他会来英国看我……这段感情从大学开始，我期盼了很多年，现在他突然来了，我无法拒绝。

李白表情有些痛苦，把头埋下，片刻又抬起。

李白：他说他爱你？

范小雨：没有，但我们彼此了解。

李白：你有他的照片吗？我想看看他有没有我帅。

李白做了个鬼脸，范小雨笑了。拿出刚刚方远舰与哪吒的合影，给李白看。

李白：哦，他是帅的。旁边……那是什么东西？

范小雨：那是哪吒，嗯，一个机器人，他正在研发机器人。

李白：酷！研发机器人的帅小伙！该死，我是你的话，也会心动的。

范小雨：谢谢你。

李白：这是我遇到的最好的对手！我很开心你会在他与我之间难以抉择，也许我更酷一点，只是你还没发现！

范小雨：李白，我……

李白突然站起身。

李白：你不能剥夺我竞争的权利，这不公平。我和他现在在同一个起跑线上。

李白留下钱和小费，跑了出去。路过窗前时向小雨做了个鬼脸，摆出赛跑的姿势，跑开了。

清晨，夏末手机响，是聂锌的信息：1831 年的今天，世界上第一台变压器诞生，今天是个有意义的日子，整机测试想提前到今天，你能来吗？

夏末回复：当然。

澳雾公司研发中心，一台 10 千伏的蒸发冷却配电变压器耸立在实验场地中央，四周墙根摆着许多消防喷雾器。

聂锌、魏知远、几个工程师及研发人员在另一间屋子里，通过一个大型玻璃窗可以看到里面。

楼道，四五个穿消防服的人，在准备着大型灭火机。

夏末匆匆过来，进了监控室。

聂锌：夏总，都准备好了。

夏末：提前测试，为什么才通知我？

聂锌：为了赶今天这个吉日，大家加了一夜的班，早上才完成。

夏末愣了一下，看看大家：大家辛苦了。

聂锌：夏总，可以开始了吗？

夏末：你是研发总负责人，听你的。

聂锌指着控制键：请按启动键。

夏末过去，手指轻轻放在启动键上，停顿片刻，手指离开启动键，回头看魏知远。

夏末：魏先生，请您来！

魏知远摇头：不可以，不可以。

夏末到魏知远跟前，不由分说，拽着魏知远到操作台跟前，抓着魏知远手指，放在启动键上。

夏末：魏先生，您不能推辞，必须是您来启动。

聂锌脸上隐隐不爽。

魏知远看聂锌：聂总监，这是您的辛苦成果，应该您来亲手启动。

聂锌：魏先生，您德高望重，听夏总的。

魏知远点点头：谢谢！谢谢！

在大家紧张又激动的深情下，魏知远手指颤抖着迟迟按不下去。

魏知远突然收回手，冲夏末：对不起，夏总，我不能按。

魏知远说完匆匆离开监控室。大家愣住，不明所以。

夏末思索一下，走到控制台跟前，按下按钮。

变压器上的指示灯亮了，操作台各种仪表闪烁，有人报各种数据，仪器发出各种响声。

夏末、聂锌、魏知远神情紧张。

夏末拿出手机，拍摄变压器视频，突然收到一条聂锌发的信息。

"生日快乐！它是送给你的生日礼物。"

夏末愣住，回头看聂锌。聂锌微笑。

工程师：现在开始工频耐压实验，电压 35 千伏……

变压器还在运转测试，夏末、聂锌坐在监控室内，看着仪表数据。

工程师坐在实验台前：夏总、聂总，现在开始做雷电冲击实验。

夏末点点头。

工程师操纵雷电冲击发生器，模拟雷电波形，实验区里面传出巨大的放电声，如同霹雳。仪表波形大幅度变化。

工程师：全波 75 千伏，载波 85 千伏……

"轰隆……"又是一声巨雷炸响……

夏末身子微微颤抖，她不由攥紧拳头。

雷声模拟器密集地模拟雷电冲击，炸雷声密集……

澳雳研发实验室工作区，研发人员大部分去参加实验，工作区空荡荡的。100 多瓶氟碳冷却液整齐地排列在架子上，每瓶都用标签标明实验日期，里面的液体依次从乌黑不透光到混浊，再到一瓶比一瓶清澈。

魏知远仔细地看着一瓶瓶液体。

聂锌匆匆走过来，往自己的实验室走去，他发现了魏知远，站住。

魏知远也看到了聂锌，两人对视。

聂锌：魏先生，您在看什么？

魏知远：聂总监，我想看看这些样品的实验数据。

聂锌：你看数据干什么？

魏知远：我认为，氟碳冷却液还能更完美。

聂锌：魏先生，你什么意思？

魏知远：冰点参数……

聂锌：冰点参数已经达到国家标准。

魏知远：国家标准是旧的，是根据传统散热材料极限做出的标准，你的氟碳材料已经对传统材料颠覆性变革，为什么不提高标准？

聂锌急了，与魏知远争吵起来。

聂锌：魏先生，澳雳是企业，不是国家的研究院，夏总已经在砸锅卖铁地支撑研发，我现在要做的是马上让技术转换成产品，为澳雳造血，让澳雳活下去。

魏知远：提高标准，才能让澳雳活得更自在。

聂锌：你要提高的标准没有实际意义。

魏知远：有，有意义，意义重大！

聂锌：有什么实用意义？

魏知远：让变压器更安全，让别人技术追不上澳雳，让别的方法无法取代。

聂锌：魏老先生，你一辈子在用国家的钱搞研究，洗脸毛巾、肥皂都是国家发，你知道每提高一个参数等级，民营企业要烧掉多少钱吗？

魏知远：……

聂锌气冲冲离开。

实验场地，测试还在进行。聂锌气冲冲回来，坐在夏末边上。

夏末发现聂锌情绪不对：你怎么了？脸色很难看。

聂锌掩饰：没……什么，有点累了。

工程师回头：夏总、聂总监，工频耐压实验、雷电冲击实验已经完成，数据很漂亮，超过国家标准一大截，后面进行温升散热能力实验和损耗实验，要进行十个小时以上，你们可以去休息了，出数据的时候我通知你们。

夏末点点头，冲聂锌：一晚上没有睡，你去睡一会儿。

澳雳总裁室，魏知远出现在门口。

夏末：魏先生，请您进来坐。

魏知远坐下。

夏末：魏先生，您有什么事情？

魏知远：夏总，我想看氟碳冷却液的分子式。

夏末愣住：您……为什么要看分子式？

魏知远：那个分子式很有想象力，超出我的想象，我想仔细看看。

夏末：只是因为这个？

魏知远不语。

夏末：魏先生，聂锌总监很在意他的知识产权保护，这是他好几年的心血，没有他的同意，我不能给您看。

魏知远：我懂的，夏总，我隐隐觉得，那个分子式，还能更完美。

夏末：怎么讲？

魏知远：氟碳冷却液的温升值还能更出色。

夏末：魏先生，氟碳冷却液在灌机以前，已反复做过测试，绕组温升和液顶层温升都在国家标准以内。

魏知远：夏总，你研发蒸发冷却变压器是要做什么？

夏末：解决传统变压器的不安全和污染问题。

魏知远：你用新东西取代旧东西，衡量标准还用旧的，解决了什么问题？

夏末愣住。

魏知远：先进取代陈旧，最终什么都没改变，你的东西先进性在哪里？

夏末沉思。

魏知远：标准的制定权第一次在自己手里，你知道意味着什么吗？

夜晚的酒吧，小雨淅淅沥沥。酒吧外雨棚下面座位区，只有夏末和聂锌两人。

夏末、聂锌静静地听着酒吧的音乐和窗外的雨声。

聂锌举杯：生日快乐！

夏末与聂锌碰杯：谢谢你，今天送给我一个大礼，很感动。

聂锌：温升散热测试还在进行，不过我很自信，没有问题。

夏末：我相信你。

聂锌：时间真快，上一次，我们在这里，是什么时候？

夏末：三年前了，是我们最艰难的时候。

聂锌：那时我差点崩溃，幸亏有你，让我熬过来了。

夏末笑笑。

聂锌：那次一起泡酒吧，竟然有人造谣咱们俩……

夏末端起杯子：为坚强的战士干杯。

两人碰杯，将酒喝下。

聂锌：获得了国家电力设备入网许可，才是真正的胜利，我们测试完成后，我想马上送到国家实验室去做技术测定。

夏末犹豫一下：我们今天不谈工作。

聂锌：我急切希望我们的蒸发变压器，能马上为澳雾造血。我的大学老师在国家电力科学院，我现在和他联系，请他安排我们尽早做国家级测试。

聂锌要打电话。

夏末：先不要打。

聂锌发觉夏末情绪异样。

聂锌：东西做出来了，你怎么反倒一点不急切啦？

夏末：温升参数，还能再缩小一些吗？

聂锌愣住：为什么？

夏末：温升参数是蒸发变压器的关键指数，我觉得还能做得更好。

聂锌：魏知远找你了？

夏末沉默。

聂锌：他和你说了什么？

夏末：他说我们做的东西是革命性的，一定要创造一个新标准，不能急于求成。

聂锌：急于求成？他站着说话不腰疼，你让他不吃不睡，像疯子一样研发几年试试？

夏末：聂锌，他说得有道理。

聂锌：他看了一眼分子式，就胡说八道，能有什么道理？

夏末：氟碳蒸发冷却技术，全球我们独一份，现在终于有了我们自己定标准的机会，我们一定要做一个让别人难以达到的高标准。

聂锌急了：他说得容易，你让他来做一个高标准。

夏末：你知道他……

夏末欲言又止，把后面的话吞了回去。

聂锌：他怎么了？

夏末：没什么。

聂锌：为什么别人说什么，你都相信，唯独不信我?

夏末：我从来都信任你，信任和格局是两个事情。

聂锌：什么两个事?

夏末脱口而出：信任和格局。

聂锌愣住。

夏末：对不起，我酒喝得有点多，聂锌，今天咱们不说工作。

聂锌怔怔地坐了一会儿。

聂锌：对不起，昨晚上到现在还没有睡觉，撑不住了，我要回去睡觉。

聂锌起身气冲冲离开，夏末愣愣地坐着。

夏末回到家，开门进来，屋内灯光昏暗，她换了鞋，往客厅里走，突然愣住，餐桌上摆着生日蛋糕，上面燃着蜡烛。突然，小考拉的屋里响起小提琴奏的生日快乐歌，是双重奏。

小考拉和赵莹莹拉着琴从屋里出来，两人站在蛋糕前演奏。

夏末激动，眼中闪着泪光。

一曲结束，小考拉：妈妈，生日快乐！

夏末过去，搂住两人，三人抱在一起。

小考拉：妈妈，吹蜡烛。

精致的蛋糕上，写着"我爱妈妈"。

三人一起吹灭蜡烛。

同样的夜晚，骑士联盟里，黑暗中响起人们的欢呼声、鼓掌声，淡绿色屏幕亮起，王源远兴奋地转向一边张望。

方远舰的声音：成像清晰！没问题！

哪吒双目摄像头正在识别环境。淡绿色影像缩成电脑屏幕上的一个窗口。另一个窗口中，点阵化的结构正在一点点补完，一个抽象的外部环境正在被建立。

王源远和云飞的技术人员在屏幕前交流着，不断地调整一些参数设置。方远舰和陈田在身后，脸上是抑制不住的兴奋，两人互相搂着肩膀。

方远舰：安装适配居然搞了一个星期，这哪吒出生在穷人家里，吃点细粮真不容易。

陈田：已经很快了！双足机器人的适配这块，我们能提供的算法很少，后续更多的部分，还需要你们努力。

王源远：环境识别完成了，方总，让哪吒遛遛？

方远舰难掩兴奋，挥手示意大家安静。

方远舰：云飞视觉模块第一次行动测试，开始！

李世恒走到台子边，摆放了几个绿色干扰物体，自己戴着一副红手套，站立在其中。

王源远操作着系统：行动限制解除，设定目标，找寻李世恒，并接近他，然后握手。

众人期待，王源远在电脑上按下确定键。

屏幕上双目摄像头快速锁定了视域范围内的物体，识别出物体边缘，识别李世恒的人脸，对比不同的色块，识别红手套。路线规划也瞬间完成。

哪吒颤颤巍巍地迈出第一步。

所有人屏住呼吸，现场只有哪吒电机驱动的声音。

哪吒双足交替移动，双目摄像头的水平定位数据也不断地跳动，屏幕上不断提示"重新矫正中"。

哪吒走了几步，突然停下抬不起腿，摇晃在加剧。众人眉头紧锁，死死盯着哪吒。

突然现场警报提示响起，哪吒立在原地反复摇晃，屏幕上显示："错误代码313，返回数据超出系统识别范围，无法矫正，行动路线丢失。是否重新规划？"

王源远输入"是"。

众人盯着哪吒，哪吒重复了一遍刚才的动作，还是立在原地反复晃动，屏幕上重复出现上面信息。

王源远输入"否"，并恢复哪吒行动限制。哪吒的电机终于安静下来。

现场也死一般安静，大家面面相觑，围桌而坐，看着录像回放。

方远舰小声问陈田：哪吒以前只拿不准东西，现在怎么给治成半身不遂了？

陈田：313，应该是陀螺仪返回的数据不能处理。

云飞技术员过来，冲陈田：陈总，问题出在视觉模块与陀螺仪算法相互不匹配上。他们使用的是 IMU 陀螺仪，等级太低，算法不支持。

陈田看方远舰：你懂什么意思吗？

方远舰：哪吒身上的功能器官，是吃粗粮的，吃细粮不消化。

陈田点点头。

方远舰：那怎么办？

陈田：一种是换回原来的视觉模块，想办法在原来基础上解决问题。还有一种是升级陀螺仪，以前的劳动全部浪费，算法全部重新写。

方远舰：让我想想。

海边凉茶摊，方远舰、陆路、王源远围坐在一张圆桌边。三人捧着茶，低着头，谁也不说话。

方远舰在左手边摆上一个空茶碗。

方远舰：用云飞的视觉模块，陀螺仪必须更换成 ADI，东西好价钱贵很难买到，相关视觉算法需要大量重写。

方远舰在右手边摆上另一个空茶碗。

方远舰：用老的视觉模块，成本低，面临的问题你俩最清楚。

陆路和王源远盯着两个空茶碗，默不作声。

方远舰：视觉算法你们在主导。这件事我想听你们的。

王源远看陆路。

陆路：我这辈子，就没做过对的选择，我已经害怕选择了。

方远舰：怕也要选择，你是团队技术带头人。

陆路沉默。

方远舰：王源远，你先说。

王源远：换云飞的视觉模块，相当于把驴子换成了汗血宝马，好马当然要配好鞍了。

陆路：你说了等于没说，现在问你换不换马，不是换不换鞍。

王源远：换云飞的模块。有千里马，为什么还要骑驴？

陆路：你说得轻巧，良马配金鞍，你配得起吗？

王源远：……

陆路：云飞的视觉模块标准高，对各环节要求也高！眼下是换陀螺仪，后面还不知道换什么呢，谁不想给自己的孩子一个好身体？可是别忘了咱们的这个哪吒命不好，投生在了穷人家里。

方远舰：陆路你什么意思？你别指桑骂槐，在造它以前，我一点也不穷。

三人沉默。

潘安走过来，给桌上换了一壶新茶。

潘安：怎么吵起来了？

方远舰：我们在做一个重要选择，二选一。

潘安：一念天堂，一念地狱啊。

潘安离去。

方远舰思索一会儿：陆路说得对，这个问题不用选择，哪吒是我们自己的孩子，再难，我们都要给它一个好身体。

熊尔实验室，方远舰直接闯进去。

熊尔：请你出去，这里是禁区。

方远舰：你给我 ADI 陀螺仪我就走。

方远舰直接坐在熊尔桌子上，熊尔无法工作。

熊尔：你怎么变成癞皮狗了？你当年的高傲哪里去了？

方远舰：被狗吃了。

熊尔：你要 ADI 的陀螺仪干吗？你那民科机器人，IMU 不够用？

方远舰：我换了云飞的视觉模块，水涨船高，没办法。

熊尔：云飞模块？你怎么拿下的？

方远舰：个人魅力，赶紧给我想想办法，这种高端东西我根本买不到，资源都在你们正规军手里。

熊尔：卡脖子的东西，我们也很难拿得到。今晚和我们实验室合作企业吃饭，他们弄到一批 ADI 陀螺仪。你跟我去吧，施展你的个人魅力，看人家赏不赏脸。

方远舰：……

熊尔：ADI 很贵，而且都是单轴，你升级数量至少得乘六。你可得想清楚，你还剩多少钱，这一笔就能掏干你！

方远舰：打仗打一半，死也得死在冲锋的路上。

骑士联盟，靠墙的水管接头在往下滴水，张一博拿着一个破铁盒子做容器，放在水管下面接水。

张一博：水管漏水，这事该谁管啊？

曾翔：明天找个管道工来修吧。

李世恒、王源远一众人忙了一天，腰酸背疼，几乎直不起腰。准备散去，李世恒背包先跑。

李世恒：我约了护士姐姐，就不跟你们这群单身狗一起吃了。

众人叫骂着追出去。

王源远查看了自动备份准备出门，折到陆路旁边。

王源远：陆总，忙一天都没顾上吃饭，我让大家早点撤了。数据备份还没完，我设了定时关机，您睡前帮我看一眼。

陆路：好，辛苦了。

王源远走后，陆路继续工作。手机突然响起，是马梵。陆路接听，马梵紧张中带着哭腔。

马梵：陆路，救救我，我要死了！

陆路：发生了什么？

马梵：你快来救我，晚了就再也见不到我了。

马梵挂断了电话。陆路拿外套要出门，突然想起备份中的数据，陆路看了一眼，进度20%，预计还有三个小时完成，已预设了完成后自动关机。

陆路冲出了骑士联盟。

鲜极科技公司里，满地狼藉，一堆电脑中，马梵低着头，一个人孤零零地坐着。陆路跑进来，气喘吁吁。马梵扑过去抱了一下陆路，拉陆路到电脑前坐下。

马梵：蒋天兵他们合起来阴我，要赶我走。鲜极的APP之前测试了用户给商家实时打分的系统，取代了内部评分，这动了他们的蛋糕。明天版本更新，他们关闭了这个功能。

陆路一脸蒙。

马梵：简单说吧，功能模块一定还在，只是他们隐藏了。你帮我找到，改回来，发布！

陆路：这不可能，这关系到很多，权限什么的，会改崩的，这不是一下就能解决的。

马梵打开窗户：现在到明早五点，还有六个小时，你做不到，我就只能从这里跳下去。

陆路：这不可能做到。

马梵：陆路，大一就拿了有为编程大赛金奖的人，是你吧？你能做到！

陆路：你……你怎么知道？小范告诉你的？

马梵一拳砸在旁边拆解的键盘上，拳头磕出血。

马梵：他们都等着看我的笑话，现在只有你能救我！陆路，如果你不帮我，我所有的一切都要毁了，你明不明白？

马梵眼里含着泪。

陆路递纸巾给马梵擦血，随后摆好键盘，挽起袖子，敲空格键唤醒电脑。

陆路：所有的口令密码，你都知道吧？

夜晚，饭店包间内，方远舰与企业家推杯换盏，两人都微醺，纵论天下大事，慷慨激昂。

熊尔在一旁作陪，冷冷地看着方远舰。

骑士联盟内空无一人。

屏幕上提示，备份错误，需要人工确认，系统无法自动关机。

电脑主机附近的水管接头，水在快速地往下滴。

鲜极科技内，陆路专注修改代码，马梵坐在陆路身后，随时提供自己知道的信息。

骑士联盟内，水管爆裂，水柱持续喷射到实验场地内的机箱上。

鲜极科技内，马梵倒水给陆路，陆路喝水眼睛都不离开屏幕，另一只手敲击回车键。

骑士联盟内，机箱短路，喷出火花，整个骑士联盟断电。

鲜极科技内，版本更新已经上传。马梵身上盖着衣服趴在桌子上睡着了。陆路的手机弹出日程提醒，现在时间五点，显示长荣野生动物园项目会谈。陆路蹑手蹑脚地离开。

骑士联盟内，水渍波及了整个实验区，员工们七手八脚地打扫。短路的服务器已经被抬上了一张桌子，旁边两台电风扇在狂吹。王源远眉头紧锁，闭着眼。

李世恒拿着一个电吹风吹干服务器里的电路板，带着哭腔自言自语。

李世恒：怎么办啊？这几年都要白干了，昨天我们再晚点走就好了……

王源远怒吼：你能不能闭上嘴？安静一会儿！

陆路跑进公司内，走过来，手里拿着一沓文件。

陆路：怎么了？

众人沉默，齐刷刷地盯着陆路，眼神中满是怒气。陆路看见地上的水渍，桌上的服务器，意识到什么，快速冲到桌前查看服务器，声音颤抖。

陆路：怎么回事？哪来的水？烧了吗？你们为什么都愣着？把硬盘取出来啊！

陆路说着把文件放在桌上，就要上来拆服务器。王源远一把拦住陆路。

王源远：陆总，我们已经给方总打电话了，他马上就到。

陆路：给谁打电话也得拆硬盘啊！机箱全是湿的，潮气重……

王源远：陆总，昨天走的时候我交代给您的，您为什么不确认一下电源关闭了？

陆路无语，但又无法解释，王源远怒目而视。陆路看四周，知道自己已经是公敌。门外关车门的声音，方远舰冲进来。方远舰满眼血丝，头发蓬乱，推开众人，冲到服务器前，少有的慌张错乱，手在抖。

方远舰：陆路，你不是住在公司吗？你怎么会没发现？

陆路：我……

方远舰转头不再看陆路，冲过去确认哪吒。

李世恒：哪吒幸亏拆了，在桌子上，没淹着。

方远舰看看众人，怒吼。

方远舰：都他妈的看什么看！所有沾水的设备，都拿出去晾着！损失了什么，统计一下！

众人低头去搬东西晾晒。方远舰拿起螺丝刀去拆机箱，机箱螺丝是六角的，根本对不上。陆路拿了六角螺丝刀来拆，方远舰抢过螺丝刀，一把推开陆路。

方远舰：不用你管！

桌上的文件掉落在地上。陆路低身把文件拾起，咬牙，回到自己的区域。

王源远：方总，数据恢复那边已经约好了。

方远舰没有回应，死灰一般的脸，一个人小心地拆解硬盘。王源远把专用的硬盘防震箱打开摆到旁边。方远舰查看着每一块硬盘的情况，小心把硬盘摆放进去。

来到数据恢复中心，工作人员小心地把硬盘从防震箱里取出，移到专用的工作平台上。旁边过来接待员，请方远舰到旁边填写维修报表。方远舰一边填写，接待员一边讲解。

接待员：我们的技术人员正在拆解硬盘清理，等电路板完全干燥后会更换磁头读取，暂时还不能确认损失情况。这边是我们的维修报价标准，根据恢复数据的比例……

方远舰：务必百分之百恢复！多少钱都可以！

方远舰要抓接待员的手，接待员躲开了。

接待员：百分之百是不可能的……

方远舰突然砸桌子怒吼。

方远舰：这里面是我几年的心血！必须百分之百恢复！

所有人都看向方远舰，一个凶悍的保安走过来，搂着方远舰的肩膀出来。方远舰格外老实，点头致歉。

保安：没事，下次别这么冲动了，安心等消息就好。

方远舰：对不起，对不起。

保安离开。阳光刺眼。电话响起，是陈田。方远舰在路边就地坐下来接电话。

陈田：远舰，我这边也快扛不下去了，急用钱，你看……

方远舰：请你放心，这周末前我一定给你。

另一个电话打进来，方远舰结束通话，接听。

熊尔：大忽悠，陀螺仪那边给我电话了，给你备好了，赶紧打钱拿货吧。

方远舰：陀螺仪……能不能给我留一段时间？

熊尔：怎么回事？错过这村可没这店，再拖我可真给你找不来了。

方远舰：那就要！你帮我商量下，先付 20% 定下来，我把款给齐了再发货。

又一个电话打进来，方远舰结束通话，接听。

卓烨：舰哥，昨天忘记说了，这季度房租该给了啊……

方远舰直接挂了电话。片刻，范小雨打来电话，方远舰没接，把手机放在地上，闭上眼睛，身体向后躺下。

阳光普照，方远舰躺在路边，路上行人往来。

野望科技内，陆路和贾为民见面。

贾为民：陆总，你的脸色很憔悴，不是生病了吧？

陆路摇头：公司出了故障，损坏了很多数据。

贾为民：对我们的东西有影响吗？

陆路：没有。

贾为民：那就好，公章带来了吧？

陆路：带来了。

贾为民把合同铺开，印台摆好，签字笔递给陆路。

贾为民：签完合同，我带你去做按摩，好好休息一下。

陆路接过签字笔，拿起合同仔细阅读。

贾为民：合同我们这边法务已经仔细审过了，没什么问题。

陆路：这个合同………这不合理吧？

贾为民：哪里不合理？

陆路：我们谈好的，先付 10% 的订金。

贾为民：我的甲方付款方式变了，他们要见到样品才付款，我也没有办法。

陆路：这相当于把风险都压在我们身上了。

贾为民：陆总，我先付订金，研发成功了，利润你们拿大头。一旦研发失败，你们犯错我买单，你觉得合适吗？

陆路：你再和甲方谈谈。

贾为民：能谈，咱们还争什么？

陆路：这个合同太霸王条款了。

贾为民：甲方和我的合同也一样，没有办法，这是市场规则。

陆路：这个合同我不能签，万一出问题，骑士联盟就完了。

贾为民：你对自己的东西没有信心？

陆路：不是。

贾为民：那你怕什么？

陆路：……

贾为民：陆总，你的态度，让我对你们也没有信心了，不签也罢。

陆路：贾总，你别急，咱们商量个双方都能接受的方案。

贾为民：陆总，你越含糊，我也越含糊，没得商量。别浪费时间了，说实话，有几家人工智能公司都给我们做了方案，咱们以后再找机会合作。

陆路：……

路边咖啡厅，陆路抱着头趴在桌子上。合同上盖着章，崔江北看着合同，眉头紧锁。崔江北把合同拍在桌子上。

崔江北：你签的是卖身契！

陆路抬起头，眼眶红红的。

陆路：甲方是爷爷，乙方是爸爸，我是孙子，我没得选择，骑士联盟太需要这笔订单了。

崔江北：……

陆路：方远舰根本不愿考虑商业化的事，只一门心思要做最牛的技术。

崔江北：骑士联盟走不下去了吗？

陆路：已经没钱了……工资现在都不敢发了。

崔江北：方远舰呢？

陆路：他打算卖房子。

崔江北：卖房子的钱花完了呢？

陆路摇摇头：不知道。

崔江北：你们终于走到我担心的这一天了。

二人沉默。

陆路：师哥，我听说科创委有扶持资金，骑士联盟能申请吗？

崔江北：你们的条件达不到。

陆路：你想办法帮帮我们！

陆路看着崔江北。

崔江北：陆路，我们做事得讲规则。

陆路低下头。

崔江北：即使申请到扶持资金，你们这种情况，也是杯水车薪。

陆路：杯水车薪也能让我们苟延残喘，我不想看到骑士联盟倒在路上。

崔江北沉默。

澳雳研发中心，测试仪表上波形变动，10千伏配电变压器还在继续最后的测试。夏末、聂锌坐在测试工程师后面，两人中间分开距离，互不相理，大有一副老死不相往来之势。

工程师按下停止键，回身拿起测试报告递给聂锌。

工程师：夏总、聂总监，10千伏配电蒸发电压器测试完毕，这是测试报告。工频耐压测试、雷电冲击测试、温升测试、损耗测试、突发短路测试，所有参数都达到和超过国家标准。

夏末看聂锌，聂锌将实验报告递给夏末。

屋里的工作人员兴奋地欢呼鼓掌。

夏末伸出手：恭喜你，聂锌博士。

聂锌礼节性地与夏末握握手，冷冷地转身出去。

大伙愣住，掌声稀落下来，莫名地看着夏末。

夏末：大家辛苦了，谢谢大家的付出。

聂锌回到自己的实验室，脱去工作服，坐在椅子上发呆，他的目光落在桌子上面一张写满东西的白纸上。

他拿起白纸，上面写满化学分子式。

聂锌愣住，仔细看着……

聂锌拿着那张纸，冲到办公区。

聂锌：这个分子式是谁写的？是谁放在我桌子上的？

研发人员纷纷摇头。

聂锌匆匆到了魏知远的桌子前，座位是空的，聂锌四处寻找，不见魏知远踪影。

澳雳总裁室，夏末拿着测试报告递给魏知远。

夏末：魏先生，这是整机测试的所有数据，您看看。

魏知远掏出老花镜，看实验数据。夏末给魏知远倒茶水。

魏知远：夏总，作为 10 千伏配电变压器，这些数据已经非常优秀了，应该达到了国际领先水平。但是氟碳冷却液真正的价值在 110 千伏和 220 千伏的特高压电力变压器上……

聂锌突然出现在门口。

聂锌：夏总，我可以进来吗？

夏总：你已经进来了。

聂锌拿着那张纸，走到魏知远跟前。

聂锌：魏先生，这是您写的吗？

魏知远：是。

聂锌：您从哪里拿到的分子式，为什么要修改我的分子式？

夏末从聂锌手里拿过那张纸看上面的内容。

魏知远：聂总监，我觉得你的分子式小做改动，温升值可以缩小很多，你可以试一下。

聂锌：您为什么要这么做？

魏知远：你的氟碳绝缘冷却液很优秀，我想为你锦上添花。

聂锌恼怒：没有我的同意，您没有权利更改我的科研成果。

魏知远沉默。

夏末：聂博士，请你尊重魏先生，心平气和地谈话。

聂锌：我很尊重他了，是他为老不尊，躲在后面窥视我的科研成果，他到底想干什么？

魏知远起身，给聂锌微微鞠躬：聂总监，你的分子式更优秀，我只是希望补上一点你没考虑到的东西，让这个新材料更完美。

魏知远说完匆匆离开总裁室。

夏末：聂锌，你太过分了。

聂锌：是他过分，您在颠倒黑白。

夏末：这个分子式是魏先生的"孩子"，不是你的分子式。

聂锌愣了一下：您这话什么意思？

夏末：不是只有你自己在研究这个材料，魏先生已经研究十年了。

聂锌惊住：不可能，我不信！

夏末：聂锌，你应该懂的，这个分子式你用了多少心血，谁能在短短几天时间更改？

聂锌：不可能……不可能。

夏末：魏先生不知道你已经研发成功了氟碳绝缘冷却液，带着他视为"孩子"的分子式寻求与澳雳合作的，他得知情况后，为了保护你独一无二的成就感，不让我告诉你实情。

聂锌震惊。

夜晚，崔江北和蒋楠楠对话。

崔江北：今天陆路去找我，他们现在很惨，机器人造了一半，资金已经断了。他想申请科创的扶持资金，可是条件达不到，他们是你们辖区的，你能帮他们申请孵化资金吗？

蒋楠楠：不能，我们只针对孵化器里的小微企业。

崔江北：想想办法。

蒋楠楠：没有办法。

崔江北：你们企服办帮助他们递交申请材料送到我们委里呢？

蒋楠楠：他们不合规定，为什么要送？

崔江北：我想帮帮他们。

蒋楠楠吊了脸：你想犯错误吗？

崔江北：……

蒋楠楠：你不是说他们不切实际，造机器人是天方夜谭吗？

崔江北火了：我现在的认识变了，若干年以后看，他们也许在干一件伟大的事情。

蒋楠楠：你激动什么？辣椒吃多了？

第十章

澳雳会议室，又在进行着一场关于选择的争论。吴董和夏末针锋相对。

吴董手里拿着实验报告，火冒三丈：为什么不马上申请国家专利、做国家技术鉴定？

夏末：吴董，您冷静。

吴董：我们烧了多少钱，望眼欲穿，眼睛都要盼瞎了，就差一步了，你为什么要踩刹车？

夏末：你咆哮着，怎么听我给你解释？

吴董：我不听你解释。

夏末起身就走。

吴董：你必须改变决定。

夏末：等你的咆哮平息了，咱们再做决定。

吴董：不改变决定，我平息不了。

夏末：吴董，我的咆哮如果被激活，也很难平息哦。

吴董怔住，安静下来。

吴董：你说吧。

夏末：你强压怒火，我不说。

吴董拿起桌子上的一瓶矿泉水，拧开，一口气灌进肚子。

吴董深呼一口气：你说吧。

夏末笑了：火浇灭了？

吴董：你说啊！

夏末：10千伏不是我们的目标，等我们的特高压电力变压器做出来了，那时候你就知道我们的技术多有价值。

吴董：那现在也急需10千伏的变压器为我们造血。

夏末：再花一点时间，提升几个关键参数，我们的变压器就可以减少散热器数量，缩小体积。

吴董：那又怎样？有何意义？

夏末沉默，进入遐想。脑海里出现鹏城湾科技生态园的画面，海上电力平台的画面，高铁站一列列高铁的画面。

夏末：我们会破解变电站必须远离人群的世界难题。我们的设备，可以安全地镶嵌入高楼大厦里面，并解决海上电力平台和高铁输电网络的难题。

夏末：吴董，再坚持一下，蒸发冷却变压器就会给我们创造巨大价值，你说值吗？

吴董：我选择相信你画的大饼。

吴董拿出建实验室的报告：给那个老科学家建一个独立实验室，我坚决不会同意，你在研发上投入太多了，我们到现在没有见到一点利润。

澳雳研发中心，魏知远坐在自己的位置，戴着花镜在看专业书籍，记笔记。助手小艾抱着几本书过来。

小艾：魏先生，您要的书给您搞到了，只有英文版的。

魏知远接过书：好的，好的，谢谢小艾！

小艾：不客气。

小艾去了休息区。

休息区，研发人员情绪低落，三三两两地在玩手机。

小艾抱怨：累死我了，那几本书网上都有，他非要纸质版的，我太难了。

无人说话。

小艾：气氛好压抑……聂博士今天怎么没来上班？

研究人员乙：心里别扭，辛苦几年的研究，该做国家鉴定了，突然被叫停，别说聂博士了，参与的人谁心里舒服？

研究人员丙冲魏知远努努嘴：他懂什么啊？也敢对分子式提出意见。

小艾：听说他退休以前是国家绝缘材料的技术大牛……

乙：啥牛老了都是隔年皇历，古调不弹。时过境迁了还老骥伏枥，那叫自不量力。

小艾：别乱说，他在夏总眼里是陈年老酒，值钱！

有人提着一大堆奶茶进来，发给大家。

那人拿了一桶给小艾：老科学家的，他能喝吗？

乙：不能，别把老人家喝坏了。

大家不语，默默喝奶茶。

魏知远端起保温杯，喝口茶，继续看书做笔记。

夏末进来，众人起身打招呼，有人递给夏末一桶奶茶：夏总，奶茶……

夏末接过来：谢谢，聂锌博士呢？

大伙摇头：不知道，今天没见到他。

夏末看看魏知远，朝他走去。

夏末：魏先生！

魏知远抬头：夏总！

夏末将奶茶插上吸管，递给魏知远。

魏知远犹豫：这是什么？

夏末：奶茶，现在年轻人喜欢的饮料。

魏知远：谢谢你！

魏知远接过来，小心吸了一口：很好喝，第一次喝，和蒙古奶茶不一样的味道。

夏末笑笑：您很能接受新鲜事物。

魏知远：夏总，我的实验室什么时候组建？

夏末：我正想和您商量，目前公司的状况，不允许马上再建一间实验室，你能先和聂锌博士共用一个实验室吗？

魏知远打断：不能！

夏末：为什么？

魏知远：你不做研究，不懂。

夏末：魏先生，您给我一点时间，我保证半年内给您建一间最好的……

魏知远气愤地：夏总，我再说一遍，你问老人要什么都可以，唯独不可以要时间。

夏末被老人的话镇住。

魏知远神情严肃，身子微微颤抖。

夏末沉默许久：魏先生，我懂了，我马上给您组建实验室。

魏知远：我不要最好的，够用就是最好的。

咖啡厅内，聂锌和宋玏面对而坐。

聂锌情绪低落：倾尽全力，终于把东西做出来了，却没有一点成功后的喜悦和成就感。

宋玏：我能理解那种滋味，就像是千辛万苦攀登一座处女峰，却发现峰下一步之遥的地方，有人已经坐在那里。

聂锌点点头：我心里堵得慌，在鹏城没有别的朋友，一肚子的垃圾没有地方倒，只能倒给你，不好意思。

宋玏：没关系，你就当我是个垃圾桶，尽管倒出来。

聂锌：谢谢！

聂锌的手机响了一声，有信息进来，是夏末的：你在哪里，有事情和你商量。

聂锌把手机放下。

宋玏：那个老头什么意思？想和你分享成果吗？

聂锌摇头：他说无条件地给我用。

宋玏：你呢？接受了吗？

聂锌：没有。

宋玏：那你打算怎么办？

聂锌：不知道。

宋玏：我们金融学里，有一个词叫机会成本，是用来帮你做正确选择的。

聂锌：……

宋玏：当面临两个以上选择，只能选一个的时候，放弃的那个的价值，就叫机会成本。

聂锌：……

宋玏：你养牛能挣 100 元，养猪能挣 60 元，牛猪只能养一个，你选择养什么？

聂锌：当然养牛挣 100 元。

宋玏：那你就放弃了挣 60 元的机会，机会成本就是 60 元。机会成本越小，你选择养牛付出的代价越小，损失的利益越少，听懂了吗？

聂锌：不懂。

宋玏：你的喜悦、成就感、自尊心、同情心，都是虚无的，不能算为机会成本。

聂锌：……

宋玏：他的东西没有任何条件地送给你，你的机会成本就是零，别为那些虚无的东西苦恼，自己的利益最大化才是正确选择。

聂锌思索。

方远舰家，一阵吉他声传来，弹奏的是《青春舞曲》。

方母在方远舰屋外听听，转身走到阳台捣鼓驱鸟机器人的方父身边。

方母：哎，他大白天的不去造他的机器人，跑回来弹什么吉他？古古怪怪的。

方父：你生的儿子，你问我？他要不古怪，那我就要去做 DNA 了。

方母：你们方家，就没有一个正常的。

方远舰弹完一曲，把吉他装进盒子，又把墙上另两把吉他摘下来，装入盒子，背着三把吉他，抱着一个尤克里里往外走。

方母：哎……阿舰，你干吗去？

方远舰：朋友要组建乐队，送给他们。

方远舰抱着东西出了家门。

方母：那些都是他最喜欢的东西，怎么说送人就送人了呢？他不会脑子"瓦特了（坏掉）"吧。

方父：不会，机器人现在是他的最爱，他是拿去换钱了。

骑士联盟内，哪吒被拆得七零八落，摊了一案子，陆路陪着崔江北。

崔江北：怎么成这个样子了？前两天不是还能走路吗？

崔江北：方远舰呢？

陆路：搞钱去了。

崔江北：你们马上上网，在我们科创委的政务平台上，有中小微企业研究开发资助与高新技术企业培育资助的条件和申请办法，不明白的可以问我，在网上申报提交。

陆路：我们够条件吗？

崔江北：在政策弹性的下沿。

陆路：会不会给你带来麻烦？

崔江北：我会把握的。

悦音琴行，琴行老板轻快地弹着一把古董吉他，爱不释手。方远舰在一旁守着几把吉他有些焦急。

琴行老板：牛！这玩意儿你都有，但就是旧了点，有点痕迹。

方远舰：看不上给我吧，我问别人去。

方远舰伸手把琴拿过来，装盒。老板赶紧赔笑拦住。

琴行老板：别，这样吧，尤克里里我不要，这三把吉他我全要了，十五万，一口价！

方远舰：最低四十万！你别蒙我，我知道值多少。

琴行老板：我给你加五万，二十万？

方远舰：成交！赶紧转账！

琴行老板没想到还价这么容易，点点头，方远舰给老板银行卡，老板去电脑上转账。卓烨溜达着过来，看见方远舰很意外。

卓烨：舰哥？你这是……秦琼卖马了？

方远舰：你才穷，玩物丧志，我是不想要这些了。你来这干吗？

卓烨：收租啊舰哥。

方远舰：你说你至于吗，追我到这儿？

卓烨：不是舰哥，这琴行的房子也是我爸的。

方远舰有些不好意思，把尤克里里装包，突然想起什么。

方远舰：你玩尤克里里吗？

卓烨：不玩。

方远舰：难怪你没女朋友！

方远舰不由分说，把尤克里里塞给卓烨。

方远舰：赶紧学起来，相信我！夏威夷原产相思木纯手工尤克里里！随手一弹那就是妥妥的夏威夷风情！文艺女青年最爱，你值得拥有！便宜给你了！

琴行老板把卡递给方远舰，方远舰收起卡就跑，卓烨抱着尤克里里一脸蒙。

方远舰：这琴抵房租了！你问问琴行老板，你绝对赚大了！

方远舰突然想起什么，折返回来。

方远舰：卓烨，记得你有朋友做珠宝的，能不能帮我订个品质好又不太贵的项链？

卓烨：又想要好东西，还不舍得花钱！怎么这么不要脸呢？

方远舰：大哥，你就帮帮忙，品质一定要好，价格一定要便宜。最近手头，真的略紧。

骑士联盟，方远舰抱着一摞硬盘和一个盒子进来。

方远舰：帮把手接一下。

李世恒和张一博迎上来：硬盘修好了？

方远舰：好了，好了，六个陀螺仪也弄到手了，安装一定要小心啊。

李世恒和张一博接过东西。方远舰冲陆路走去。

陆路：数据恢复了吗？

方远舰：恢复了大部分，20% 无法恢复。

陆路沉默。

方远舰：没关系，换了新视觉模块和陀螺仪，数据都要重新跑。

陆路点点头。

方远舰看看陆路的接待员机器人大框架已经完成。

方远舰：太厉害了，快搞完了。

陆路：不过是一个会走的简单人机交互系统而已，没什么复杂难度。

方远舰：他们那边什么时候打款？

陆路：动物园要等样品出来，见到东西。

方远舰：不可能，样品要设计外观，要开模，那是一大笔钱，到时候钱花了，东西他们不要了怎么办？要先打一笔订金。

陆路：我提过了，他们说甲方不答应，他们怕我们做不出来。

方远舰：我们也不能答应。

陆路：我已经答应了。

方远舰愣住：先不签合同。

陆路：已经签了。

方远舰火了：你为什么不和我商量一下？

陆路争锋相对：我要和你商量，你没有耐心，让我全权处理的。

方远舰：那你也不能签一个卖身契回来啊。

陆路：谁愿意签卖身契，我们有选择权吗？我们现在就是一条四处找食的饿狗，有一块骨头就得咬住不松口。

方远舰：……

方远舰开着破车，行驶在海边高架公路上。他准备到中山去找张枫，但脑海里不时跳出范小雨的身影，他心里隐隐作痛。远隔重洋，他请求范小雨等他，但现在骑士联盟的状况，他不敢告诉她。表姐说过要珍惜这个女人，哦，表姐也许会有些利润，她的充电储能业务供不应求，但怎么好意思开口。方远舰觉得脑子很乱，自己完全没有经营头脑。

中山翠亨园区内，戈壁智慧农业公司的牌子老远就能看得见。

张枫正在和宫妙研究方案，前台带方远舰进来。宫妙和方远舰打招呼，暂时离开。屋子里留下方远舰和张枫两个人，方远舰四处张望了一下。

方远舰：又让你撞风口上了啊，没两年呢又东山再起了，真奢华，有钱！有钱！

张枫：最近小雨打电话，你怎么总不接？也不回？小雨问我你什么情况。

方远舰：我的事我自己处理，你不用和她说。

张枫：我懒得理你，但小雨，你别辜负。

方远舰半躺在沙发上。

方远舰：开门见山吧，借我点钱，我需要钱。

张枫：借多少？

方远舰：越多越好，尽你所能。

张枫：干什么用？

方远舰：机器人嘛，我还能干吗。

张枫靠在桌子边，审视方远舰。

张枫：这两年你烧了多少钱在机器人上？还要继续烧？看在小雨的分上，我再提醒提醒你，悬崖勒马，该醒醒了！

方远舰：我那机器人做得挺好的，你是没看见。

张枫：做得挺好的你找我借什么钱？我不是不了解你方远舰的脾气，如果外面有一个人看好你，肯借钱给你，你不会来找我！

方远舰：我就是一时周转不开……

张枫走近。

张枫：阿舰，收手吧，我承认你一直很优秀，但那是在你熟悉的领域，人形机器人这块，你算老几？看看国内国外，有你这样的团队吗？人家要么是世界五百强有钱任性，要么是资历优越精英聚集，你们有什么？我不明白你哪来的勇气这么硬撑？

方远舰：别废话了，你到底借不借？

张枫：不借！

方远舰站起身就往外走。张枫拦住方远舰。

张枫：在瑄晖，你就是个闷头做技术的，公司管理和业务都是我和小雨在做，你根本不知道这其中的难处和凶险。你们没有市场规划，没有造血机能，你们连一个完整的公司都不算，再走下去也是自寻死路。你以为你们是骑士，在别人看来你们只是一群乌合之众！

方远舰看着张枫，慢慢推开张枫。

方远舰：你再说一遍，信不信我会打你？

张枫不语。

黄昏，方远舰开车到僻静处，停了车，闭眼靠在座位上。手机响起，是小雨的电话。方远舰没有接，回了消息给小雨。

方远舰信息：给我点时间，我需要思考一些事。

范小雨信息：好。

澳雳实验室，实验器皿里，两种物质混合，发生奇妙化学反应。

聂锌在做实验。实验室空荡荡的，只有他一个人。台案上，放着魏知远给他的分子式。

聂锌肉眼观察着液体反应，他突然怔住，玻璃器皿上反射出夏末的影子。

聂锌回头，夏末不知什么时候站在了他身后。

聂锌回头继续做实验，夏末默默坐在离他不远的地方。

二人无语，一个在专心地做实验，另一个默默地看着。

夜晚，城中村大排档，炉火熊熊，马老板掂锅翻勺，干得热火朝天。夏末带着聂锌走来，与马老板打招呼。

夏末：马总。

马总：哟，夏总，今天怎么有闲啊？

夏末：我请技术总监来吃鹏城最好吃的大排档。

马总：您自己找地方坐啊。

夏末、聂锌找到一张空桌坐下。

聂锌拿起菜单准备点菜。

夏末：不用点，马老板会给咱们上他的招牌菜。

聂锌：你怎么会认识大排档的老板？

夏末：你猜三年前，他是做什么的？

聂锌：猜不到。

夏末：咱们的下游企业，深蓝公司的老板，曾经资产过亿。

聂锌瞠目结舌。

夏末：金融危机，没能熬过来，一夜之间回到了起点。

聂锌看马总，炉火映出他满脸大汗，他用发黑的毛巾擦汗。

聂锌：你不说，怎么也看不出他曾经是个大老板。

夏末：马老板很仗义，在澳雾最难的时候，他卖了厂子，安置好了工人，还了欠澳雾的货款。

聂锌：……

马老板端着一只热气腾腾的煲过来，放在桌上。

马老板：夏总，杂鱼煲，你上次没尝过。

夏总：这么久了，你还记得我吃了什么？

马老板：当然记得。

聂锌：看他挺开心的。

夏末：有一种人，天生的乐观派，再苦再难，给周围的人都是正能量，这种人永远不会被挫折打倒，马老板就是。

聂锌：我知道你为什么带我到这里来吃饭了。

夏末：为什么？

聂锌：马老板，能上能下。

夏末笑笑：他烧的菜，有一种久违的老味道，让人能想起小时候，我喜欢。

聂锌点点头：很好吃，我也喜欢。

夏末：聂锌，魏先生的分子式，对你有帮助吗？

聂锌点点头：可以改变温升参数。

夏末：你怎么打算？

聂锌：采用他的建议，修改现在的分子式。算我们两个共同的科研成果。

夏末：魏先生不会答应。

聂锌：……

夏末：他说你采用他的建议，他就已经非常有成就感了，他做的仅仅是锦上添花，分享你的功劳是对他人格的侮辱。

聂锌：这不可以，他的建议很有价值。

夏末：听他的，你不懂他们那一代，从小生长在国家最屈辱的时代，他们视尊严高于一切。

聂锌：……

夏末：我现在有个难题，需要你帮我解决。

聂锌：你说。

夏末：魏先生今天和我发了脾气。

聂锌：因为什么？

夏末：答应他的独立实验室，不能兑现。

聂锌：吴董反对？

夏末点点头：我们的研发投入确实过高，股东迟迟见不到利益。

聂锌：把我的实验室一分为二。

夏末：可以分开吗？

聂锌：应该可以，王教授的实验室，他不在鹏城的时候，我也可以使用。

夏末点点头：谢谢你。

聂锌不语。

夏末：聂锌，我从美国把你请回来，除了研发氟碳冷却液，还有一个私念，没有告诉你。

聂锌火辣的眼神看着夏末：……

夏末：我们这代人已是明日黄花，这个时代是你们的，我请你回来，不只想让你做冲锋陷阵的将，更想让你成为统领澳雳研发的帅，将来甚至是澳雳的舵手。

聂锌失望又激动。

夜已深，骑士联盟只剩下方远舰和陆路。哪吒被拆得乱七八糟，堆在台子上。方远舰在电脑前看波士顿动力的机器人视频。

陆路的电脑也在播放波士顿动力的视频，但陆路孤独地坐着发呆。

方远舰走过去，在陆路身边坐下。

方远舰：对不起，白天我过分了，不该对你发脾气。

陆路沉默。

方远舰拿起桌上的机器人接待员外观图看着。

方远舰：甲方提供的外观造型吗？

陆路：野望科技提供，甲方认可的。

方远舰：开模费谁出？

陆路：我们。

方远舰皱眉头：为什么是我们出？

陆路拿起协议，递给方远舰：野望科技只负责平板电脑部分。

方远舰接过协议，翻了一下丢给陆路。

方远舰：我一看这些东西就晕，眼前一片字，不知道是什么？以前都是张枫负责合同，我压根儿就不管。咱们两个都是搞技术的，弄不了这东西。

陆路沉默。

陆路指着接待员机器人框架：基本完成了，就差开模做好外观，长荣看演示。看到了成品，长荣才会打款。

方远舰：风险全在我们这里，这群王八蛋，我们就想老老实实赚点辛苦钱，他们就趴在这算计、吸血。

陆路：要不……你和我再去谈谈？

方远舰：合同都签了，咱们靠干活儿吃饭，人家靠算计吃饭，玩不过人家的。

两人沉默。

方远舰：准备开模吧，钱我打给你，长荣项目只要能按时回款，我们就能活下去。

陆路：你哪里搞到的钱？

方远舰：我说过，钱的事情你不要管。

方远舰转身离开。

骑士联盟内，实验区改进了服务器的位置，工作还在继续，但员工的脸上并不愉快。

王源远、张一博、李世恒、曾翔正在安装 ADI 陀螺仪。

李世恒：就这么点个小箱子啊？花了好些钱呢。

王源远：你到底想说箱子小，还是说花钱多？

李世恒：咱们的工资可是拖俩月了，那边几个都有意见了。

王源远：你没意见就行，咱们把事干好，钱方总已经在想办法了。

方远舰耷拉着脑袋走进公司。

方远舰：怎么样？新的陀螺仪都测试好了吗？

张一博：都测试了，没有问题，准备替换上去。

方远舰四处看看：陆路呢？

王源远：他的那款机器人接待员今天开模，他去盯着了。

方远舰：你们先过来，咱们开一个小会。

四个人围城一堆。

方远舰：账上到了一笔钱，最近公司资金周转遇到一些麻烦，到处都需要钱，我想先把欠他们的工资发了，稳定军心。

张一博：老大，咱们有人投资了吗？哪里来的钱？

方远舰：不该问的别问，这是商业秘密。

曾翔：太好了，我们已经没钱花了。

方远舰：你们几个骨干的钱，等陆路的项目回款到账了再发。

四个人沉默一下，张一博伸出拳头，大家纷纷握拳相互撞击。

方远舰感动：谢谢哥们儿，继续干活。

野望科技，陆路坐在台阶上，埋着头。方远舰停车，冲过来拉起陆路。陆路眼眶红红的，精神恍惚。

方远舰：怎么回事？成品不都送到长荣去了吗？长荣不是已经要打钱了吗？

陆路：接待员的显示屏导航部分，是单独嵌入的，是野望做的。

方远舰：这我知道，说重点！

陆路：野望给的标准有问题，实际运行温度远高于他们标称的，短时间内看不出问题，样品在长荣运行了两天，频繁死机，今天核心直接烧了。

方远舰：野望科技呢？他们怎么说？

陆路指了指身后的野望科技，说不出话来。方远舰意识到了什么，冲进去。

野望科技内一片混乱，员工们聚集在一起，与长荣的人员在争吵，大家七嘴八舌，面红耳赤。方远舰冲进人堆里，揪住一个人问。

方远舰：你们贾总呢？贾为民在哪？

野望员工：我们也在找贾为民呢，你是谁？

方远舰：我是骑士联盟负责人！

野望员工：骑士联盟管事的来了！大家过来！

众人一阵骚动，纷纷围上来。员工们互相招呼，围得水泄不通。

长荣员工：你是骑士联盟的法人吗？我们得好好谈谈，大家别挤！

野望员工：你说！你是不是和贾为民串通一起？你们俩把钱黑了！

方远舰：退后！都退后！你们得先告诉我到底发生了什么事？

方远舰努力推开身边的人，长荣员工挥手让大家安静。

长荣员工：方总，现在情况是这样。接待员项目，我们长荣投了巨资，中期款我们也已经支付了。但你们提供的接待员机器人有严重的质量问题！我们本来约了贾为民今天见面，但现在根本联系不上。野望的员工们说也几天联系不到贾为民了。

野望员工：我们已经拖欠好几个月工资了，就等着来款发工资，可长荣说早就打款了。

长荣员工：我们有付款凭证！

人群外一野望员工冲过来高喊。

野望员工：桌子我撬开了！公章什么的早都没了！贾为民跑了！我们的工资没了！

员工们瞬间混乱了，各种高声呼喊，认定方远舰与贾为民串通，人们撕扯着方远舰。方远舰奋力反抗，但混乱的人群把方远舰直接压倒。陆路从门外跑进来，站到工位的桌子上，呼喊住手，但人群依然混乱。陆路抱起桌子上的机箱，砸向旁边的大鱼缸，巨大的爆裂声，屋子里的人群瞬间安静。陆路高举手机呼喊。

陆路：我已经报警了！警察马上就到！

夜晚，派出所内，警察正在教育方远舰和陆路。

警察：幸亏有那个监控，证实了你俩是挨打的一方，一会儿去验个伤，你们可以向对方索要赔偿。

方远舰：算了算了，我们不验伤了，都是受害者，都是一时冲动，我们也没什么事，您看，这不挺好吗？

方远舰夸张地上下活动胳膊腿，并推了一下陆路，陆路也赶紧学着方远舰上下活动胳膊腿。两人动作一致得像在做广播体操，给警察逗乐了。

警察：下午你俩有这情商，跟大家好好说话，不就不会被打了嘛。

方远舰：是是是，您教育得是，以后一定好好说话！

警察：一码归一码，打架这事就过去了。但是人家举报，你们俩涉嫌经济诈骗，我们已经把材料转给经侦（经济犯罪侦查部门）了，别出远门，估计这两天找你们问话。

方远舰：为什么呀？我们告贾为民！我们也是受害者！

警察：不是说好好说话吗？又冲动。你们都能告，但一码归一码，调查就是为了弄清楚事实真相，伸张正义，回去等调查吧。

方远舰：是是是，好好说话。

警察：回去公司里，东西别乱动，监控都开着，长荣起诉你们的话，都得查封。

方远舰又想发怒，警察眼神一瞪，方远舰又把气憋了回去，点头告辞。

方远舰：明白，记住了，好好说话。

凌晨，街头行人稀少，大排档也只有方远舰和陆路两个人。两个人饿了一天，贪婪地扒拉着河粉，放下碗筷，呆呆地看着蒙蒙亮的城市。

方远舰：其实人生好简单，没什么比能吃饱肚子更有扎实的幸福感了。

陆路：是，如果没有眼前这些事，还真是幸福。

方远舰：长荣前后给野望打了一千五百万，我们居然连个零头都没落着。

陆路：但根据合同，我们还得做接待员，不然要赔偿长荣的损失……

陆路看方远舰。

陆路：对不起，是我太蠢了。

方远舰：我们俩都不蠢，我们是真诚，相信人与人之间最美好的部分。

陆路无语。

方远舰：我们明明就是人本该有的样子啊，可是骗子多了，人们习以为常，我们反倒成了他们眼中的傻子。

陆路：长荣会起诉我们，公司的所有资产会被冻结，我们完了。

方远舰：别悲观！还有机会。

两人看着远处的朝霞，竟然觉得浑身充满朝气。

澳霁研发中心，一个闭环的容器里面有一组铁芯，透明的液体浸泡着铁芯，聂锌给铁芯通电，铁芯渐渐发红，液体雾气腾腾，容器下方有一个加热器，容器里的传感器，将数据传输出来。

聂锌和魏知远在里面并肩做实验，对着数据讨论。

夏末带着王教授进了研发中心，里面很安静，大家都埋头干自己的事情。

夏末：这里就是我们的研发中心。

他们继续往里面走，来到聂锌的实验室，在门外站住。

夏末欣慰地看着一老一少两个科学家默契地配合着。

聂锌升高加热器温度，闭环容器里液体沸腾，雾气腾腾，传感器传出新的数据，同时发出刺耳的报警声。

聂锌的助手记录下传感器送出的数据。聂锌关闭铁芯和加热器电源。夏末和王教授进了实验室内。

聂锌：夏总。

夏末：好消息，坏消息？

聂锌：温升值很漂亮，魏先生认为还能更好。

魏知远：夏总，再给聂博士一点时间。

夏末：我给你们介绍一下，这位就是王教授，他们是我给您讲的魏先生和聂博士。大家相互点头示意。

夏末：澳雰的老中青三代科学家齐聚一堂了，咱们去庆祝一下。

来到海上鱼排，秘书小可在网箱里挑选海鲜。

夏末和老中青科学家坐在桌前。

夏末：王教授，聂博士在领头做不燃不爆的新型变压器，他研发的氟碳冷却技术应该是世界前沿技术，很快就会进行国家级鉴定。

王教授点点头：祝你们早日成功。

夏末：魏先生很快将要开始新燃料电池的研究。

王教授愣了一下。

夏末冲魏知远：王教授代表学校和公司合作，做大规模化学储能方向研究。

魏知远：巴黎气候大会刚通过了全球节能减排协定，大规模储能对绿色能源利用意义非凡。

夏末：魏先生，您的新燃料电池对节能减排也意义重大。

魏知远：碳排放问题是人类面临的最严峻问题之一。

王教授：夏总，你们的新燃料电池，采用什么材料？

夏末：准确地说是氢燃料电池。

王教授：你们还在研发氢燃料电池？

夏末：刚开始，有什么问题？

王教授：开发氢燃料，你们深思熟虑了吗？

夏末：怎么讲？

王教授：氢燃料电池，现在国际上争议很大。

夏末：那是因为氢的获取、存储安全、能量转换很多技术问题没有解决。最大的壁垒就是找到代替铂金做催化剂的新材料。

王教授欲言又止。

魏知远：王教授，您对氢燃料电池是什么看法？

王教授：我担心你们最终竹篮打水一场空。

魏知远：您指的是市场前景还是技术前景？

　　王教授：都有，国际上甚至有种言论，将氢燃料电池称为智商税。

　　魏知远：您也这样认为吗？

　　王教授：魏先生，我只是善意地提醒一下。

　　魏知远：如果请您来研发铂金替代材料，您做吗？

　　服务员端上一盘大螃蟹。

　　王教授：魏先生，您先请。

　　夏末打圆场：吃螃蟹，吃螃蟹……大家吃螃蟹。

　　大家都不动手。

　　聂锌将一只最大的螃蟹递给魏知远：魏先生，您先吃。

　　大家同时意识到了此时螃蟹的隐喻，尴尬至极，每人抓起了一只螃蟹。

　　王教授：魏先生，此螃蟹非彼螃蟹。

　　魏知远：我倒希望此螃蟹是彼螃蟹，我做第一个吃螃蟹的人。

　　魏知远掀开螃蟹盖子，大口吃螃蟹肉。

　　大家纷纷掀开螃蟹的盖子，吃螃蟹。

　　魏知远：一百年前，美国有个叫亨利·奥古斯特·罗兰的物理学家，他在讲演时说，假如我们停止对未知的探索，只留意科学应用，很快会变成中国人那样的实用主义者。一百多年后的今天，如果我们还是如此，中国的进步在哪里？我们怎么能成为让世界心服口服的大国？

　　桌上气氛尴尬。

　　夏末：魏先生，您误会了，王教授不是那个意思。

　　夏末端起酒杯：我敬你们三位科学家一杯。

　　只有聂锌端起酒杯。

　　王教授：魏先生，澳雳是一家一般规模的民营企业，据说是刚走出财务困境，虽然夏总是一个有情怀的企业家，但是这种替代材料的研发，我认为不该是澳雳这个规模的企业做的事情。

　　魏知远：你说得很对，这本该是你们大学和我们研究所干的事情，但是，有谁在干？那些根基部分，不能用来赚钱的基础研究谁来搞？

　　王教授：魏先生，您说得很对，当然要做基础研究，但是技术的进步要靠应用，没有应用，技术的发展速度就会慢下来。

　　夏末愁容满面：两位别争了，咱们今天的主要事情是吃海鲜。

　　王教授和魏知远两人一脸的不快。

澳雳研发中心，王教授实验室里，两个助手在调试设备。夏末带王教授进来。

夏末介绍：王教授，这是您的实验室，他们是给您配的助手。

两个助手自报家门：王教授，仪器都调试好了，您要的实验材料也都备齐了。

王教授点点头：夏总，我的言论是不是伤害了魏先生？

夏末：你的智商税言论，很残酷。

王教授：选择一个错误的方向，尽其生命走下去，更残酷。

夏末：王教授，您凭什么认定氢燃料是一个错误的方向？

王教授：我们国家在纯电动车领域，提早布局了十年，电池储能技术发展已经成熟，使得我们的电动车产业实现了弯道超车，在全球独领风骚。今后中国汽车发展方向，怎么会避强就弱，扬短避长，走氢燃料路线？

夏末：王教授，我不完全同意您的观点。我认为未来是一个技术多元的时代。氢燃料的优势，储能电池无法替代，氢燃料研发，我们现在没有核心技术。一旦西方解决了氢能的关键技术问题，我们刚跑在前面的汽车工业马上又会被反超。

王教授：目前世界主流都在走纯电动路线。

夏末：即使如此，我们也要未雨绸缪，储备氢燃料的核心技术，以防万一。

王教授：夏总，你是一个刚走出困境的企业……

夏末：我陷入困境，正是因为没有核心技术储备。

王教授沉默。

夏末：王教授，如果非要在您和魏先生之争站队的话，我站魏先生那边。

魏知远实验室堆满瓶瓶罐罐和一些实验仪器，助手小艾和另一个助手在忙碌着。

魏知远坐在一边脸色阴沉。聂锌进来。

聂锌：魏先生，您的实验室，还需要什么？

魏知远不理聂锌。

聂锌：您怎么了？

魏知远不语。

聂锌：魏先生，你还在生气？

魏知远起身去一边抱着一摞书到聂锌跟前。

魏知远：聂总监，这是公司买的书，还给你。

聂锌：魏先生，您什么意思？

魏知远：我要辞职了。

聂锌：魏先生，您别生气……

魏知远发脾气：我没有生气，你不要劝我。

魏知远回到公寓里，他默默望着桌上妻子的照片，似有归意，但又多了一层思虑，当年是妻子支持他这个研究方向的。

夏末推门进来。

魏知远看了眼夏末，沉默不语。

夏末坐在椅子上。

魏知远：我要辞职。

夏末：聂锌告诉我了，您不用辞职，因为您还没有办入职，人事部不知道怎么办七十岁老人的入职手续。

魏知远沉默。

夏末：您去意已决吗？

魏知远：你不用劝我了。

夏末：你心里真能放下寻找新的膜电极材料？

魏知远：放不下，我回去自己找。

夏末：回去怎么寻找？

魏知远：我的家就是实验室，我有退休工资，老伴也给我留了钱，我还可以抵押房子。

夏末：助手怎么办？新的高科技仪器怎么办？铂金替代材料的合成您家里能做吗？

魏知远：办法总比困难多。

夏末：魏先生，1842年英国科学家用氢气和氧气混合反应产生电和水，到现在快180年了，氢燃料电池还没有被大规模使用，是因为受技术的限制，很多难题无法攻破，您在家里能使用什么办法解决？

魏知远：……

夏末：现在新技术的发展，可以解决那些难题，您不了解新技术，闷在家里造不出新材料。

魏知远不语。

夏末：您即使放弃了，膜电极材料的研发我也不会停止，我会聘请别的专家来进行。

魏知远：东西造出来了，将来没有应用市场怎么办？

夏末：市场来了，我们只能眼看着，没有技术储备，更让人崩溃。

魏知远：我有100万存款，我用这些钱搞研发，你提供实验室，我们算合作。

夏末想想：只要您不放弃，我怎么都可以。

长荣集团公司，方远舰坐在沙发里有些怂，对面趾高气扬的西装大佬正在怒目盯着方远舰。

大佬：我们已经报警了，律师正在整理起诉材料，现在这件事并不能证明和你们没关系！其实无论有没有关系，这责任你们都要承担，合同在这里！

方远舰：牛总，我明白，我们可以停在原地，等司法系统调查清楚一切，等待追回款项。但是，即使全款追回，你们的园区升级计划也会被耽搁，随之而来的损失……把骑士联盟碾成灰，也弥补不了。

大佬冷冷地盯着方远舰。

方远舰：我们想自救。不要起诉我们，让我们的公司继续运转，给我们继续履行合同的机会。这也可以避免长荣的损失。

大佬：履行合同？你们还有能力履行吗？

方远舰：我们可以！让我把自燃的机器人带回去搞清楚，我们会尽快改进，继续生产。

大佬：我提醒你，这个项目的二期资金已经支付，如果款项追不回，即使你们交出了全部订单，你们也只有尾款能拿。中间你们需要垫付很大一笔钱，你确信要继续做？

方远舰苦笑：如果款项可以追回，我们可能还有一线生机，不做，就只能等死了。

大佬审视着方远舰，空气像凝固了一般。

大佬：方总，我钦佩你的勇气。我也知道这份合同对你并不公平，大家也有大家的难处，希望你能理解。

方远舰点头。

大佬：长荣暂时不会起诉你们，如果你们按时交出订单，我们会签一份长期合同，后续的升级和维护费用会弥补你们今天的损失，这是我能做的全部了。

方远舰带着囚徒被释放的感觉回到骑士联盟，众人七手八脚地把木箱从货车上卸下来，开箱，把机器人接待员推进屋里。

方远舰：陆总呢？

王源远：在公安局接受调查，留了通知，明天您也得去。

方远舰：明天再说明天，今天先把这东西给我拆明白了！

机器人接待员已经被拆卸得只剩骨架，中间的触屏系统已经焦黑，拆开了摆在桌子上。大家围着研究，陆路指着电池部分给方远舰看。

陆路：野望把触屏导航单独封装了，内置了电池，但结构设计不合理，和驱动机器人的电池靠在一起，散热不良，导致自燃。

方远舰：一个机器人为什么要两套电池系统？

陆路：是为了机器人行动系统重启或关闭时，不影响最基本的触屏导航。

方远舰：这玩意儿就不该分开做！野望现在肯定一团糟，源远你明天和他们要设计图纸，拿不到你们就重做，越快越好！

王源远：明白！

王源远、李世恒把焦黑的残留物抱走，开始商讨工作计划。

方远舰和陆路蹲在骨架前。

方远舰：结构上还有什么我不知道的问题吗？

陆路：之前胸部结构是按照野望给的标准设计的，这部分很可能要重做……需要重新开模。

方远舰沉默，陆路不敢看方远舰。

骑士联盟遭遇意外的打击和诈骗，催还贷款和房租的电话更增加了方远舰的烦恼，他一筹莫展地回到家里。厅里电视开着，在播放新闻。

方父、方母坐在阳台上两把躺椅上，面朝大海，享受着海风，方母歪着头睡着了。方远舰默默地坐在沙发上。

扫地机器人从别的屋里转出来，来到方远舰脚下，被他的脚挡住了去路，它不停地顶方远舰的脚，试图赶走方远舰。

方远舰烦躁地一脚把它踢开，扫地机器人乖乖去了别的地方。

方远舰拿起遥控器关掉电视。电视突然没了声音，方父回头看屋里，发现方远舰。

方父起身为方母盖好毯子，进了客厅，到方远舰身边。

方远舰：我妈为什么不去床上睡觉？

方父：她要享受海风，闻海的味道。

方远舰沉默。

方父看方远舰：你心事重重的，什么事？

方远舰：……

方父：说吧，也许我们能为你分忧解难。

方远舰：……

两人沉默。

许久，方远舰：我想让你和我妈回上海住两年……

方父沉默。

方母在阳台上睁开眼睛，默默地听着。

方父：骑士联盟走不下去了吗？

方远舰点点头。

方父：你要卖这个房子？

方远舰点点头：两年后你们再回来，我保证，住的还是能看到海的房子。

方父沉默一下：靴子终于落地了。

方远舰看方父。

方父：你不用为这事心事重重，我和你妈早就有心理准备了，你妈把回去的行李都准备好了，就等这只靴子什么时候落地。

方母一动不动，默默地落泪。

方远舰：爸，让您和我妈受委屈了。

方父：阿舰，走到了今天，你没有选择，只能走下去。

方远舰点点头，看看方母。

方父：别担心你妈，你从小就是她的骄傲，她比我还想得明白。

方母悄悄抹去眼泪。

方父：记住了，我们永远都是你的后盾。

方远舰眼里闪着泪光：给你们做儿子，真好！

科创委内，干事甲拿着一摞材料过来。

干事甲：崔处，小张说这家叫骑士联盟的机器人公司，是您让加进来的。

崔江北：是。

干事甲：他们的材料递交日期，不应该在这次的扶持范围内。

崔江北：这家公司现在很困难，已经无米下锅了，迫切需要我们支持。

干事甲面露难色：崔处长，来申请扶持的企业，哪家日子都不好过。骑士联盟进来，就有人要被挤出去，被挤掉扶持名额的公司，会质疑科创委。

崔江北：骑士联盟符合扶持政策，有问题我个人承担。

干事甲：他们的条件在政策下沿，不适用优先考虑的情况。

崔江北：骑士联盟在造人形两脚走路的机器人，你知道鹏城有多少家这样的企业？

干事甲摇头。

崔江北：只有他们一家。你知道全国有多少家在造？

干事甲：……

崔江北：只有他们一家。你知道全球有多少国家在造？我查到的资料，只有美国和日本在造。

干事甲：……

崔江北：你知道美国和日本造双足行走机器人的是什么背景吗？他们背后是世界500强的大财团在支撑，骑士联盟他们卖房子卖车，砸锅卖铁在造。

干事甲：崔处长，扶持计划是您参与制订的，您应该清楚他们的申请资料，关于研发周期和成果转化写得很模糊。

崔江北：那是因为他们要造的是人工智能的皇冠，要翻的是无数没人翻过的山，他们已经翻了三年了，没人知道还要翻多少时间。我们不能用一般项目的标准去衡量它，研发周期和转化可能模糊，但研究的方向是清晰的。

干事甲：……

崔江北放缓语气：工业机器人是冰冷的机器，他们的目标，是造有温度的机器人。将来对人类有多大意义，现在无法判断。他们的综合条件是比不了名单上这些追逐风口的企业，可现在鼓励的是创新和突破，我们不能看着一群充满理想主义精神的骑士倒在荒漠上，却视而不见，把救命的水倒进大海。

干事甲点点头：懂了。

澳雳总裁室，夏末、聂锌、吴董坐在窗前会客区。

夏末拿着一沓实验报告看数据。

聂锌：重新修改了分子式后，绕组温升和液顶层温升指数远远低于国标，也就是说变压器的散热更均匀、更安全。

夏末：我已经联系了国家电力科学院，申请进行技术鉴定。

吴董：我认为生产线和市场推广也要同时进行。

夏末：我想趁热打铁，聂博士马上投入110千伏特高压蒸发冷却变压器研发。

吴董：现在的冷却液不能用在 110 千伏特高压上面吗？

聂锌：110 千伏变压器对散热和绝缘性能的安全要求更高，冷却液需要升级。不过我们有了现在的分子式做基础，研发不用从零开始，要容易很多。我认为难度是根据新的散热介质，设计冷却和自循环系统。

吴董：我们现在主要靠充电堆造血，现在市场上已经有了模仿我们概念的充电堆，对我们的销售影响很大。王教授在做储能研发，魏先生在做氢燃料研发，要建 10 千伏变压器生产线。资金捉襟见肘，我建议等 10 千伏变压器给我们造血了，再开始 110 千伏的研发。

夏末：吴董，我们这个技术最具魅力的是用在特高压变压器上，目前国家特高压主要使用的是国外的六氟化硫变压器，它会产生温室气体。我们的特高压蒸发冷却变压器一旦成功，肯定是世界上最前沿的技术之一，晚一天抢占市场，蛋糕就会被别人多分走一块。

吴董：反正我不懂技术，你说什么都有道理。

秘书小可匆匆进来。

小可：夏总，李工长打电话来，工厂出事了。

夏末：又出什么事？

小可：李工长说，机械臂出了故障，伤了那个叫郭磊的工人。

夏末：郭磊，伤得严重吗？

小可：李工长说，人在医院抢救。

夏末呆若木鸡。

夏末匆匆来到急救室门口，李工长和几个工人站在那里，其中有年轻技术员。

李工长：夏总……

夏末：郭磊怎么样？

李工长：还在里面抢救。

夏末：伤哪里了？怎么伤的？

技术员：一个机械臂坏了，我和郭师傅在维修，没想到有残存电流，机械臂自己突然快速摆动，打到了郭师傅的头。

夏末无语，她拿出电话，调出赵莹莹的号码，犹豫着。

夏末发信息：莹莹，郭磊出了工伤，在医院里。

咖啡店，方远舰与卓烨相见。

卓烨头发蓬乱，眼圈发黑。

方远舰：你什么情况？比我还惨。

卓烨：公司新开了动画部，专攻高品质CG动画，一堆问题，熬死我了快。

方远舰：没看出来啊，我以为你这公司就是个幌子，养了群壮汉四处收租。

卓烨：被你看穿了。

卓烨拿出首饰盒，打开，露出里面的首饰。

卓烨：哥们儿，我朋友已经给你做好了，私人订制，你不要了这东西算谁的？

方远舰：多少钱？

卓烨：我朋友只收了成本费，一万块钱。

方远舰：卓烨，说实话，我没钱。

卓烨急了：没钱你订什么首饰？

方远舰：我以为我会有钱，没想到……

卓烨：你什么意思，想碰瓷？

方远舰：我想见你爸。

卓烨惊讶地呆住：你见我爸干吗？

方远舰：我急用钱，打算把我的房子卖了，肥水不流外人田，让你爸收了呗。

卓烨：啊？车我买你二手的，琴我买你二手的，现在这房子也要买你二手的了，我们家快成你的专属回收站了。

方远舰：我那是海景房，高大上，你可以做婚房用。

卓烨：行了，你别忽悠我了，厂房的事，我爸还跟我没完呢。

方远舰：帮帮忙，骑士联盟断粮了，我急需钱。

卓烨：我不管，你自己找他说去。

方远舰：你不会眼看骑士联盟倒在路上，见死不救吧。

卓烨：卖给我爸，你赚不到便宜。

方远舰：不吃大亏就行，只要快。

方远舰家，卓父四下打量着房子，推开每一个房门仔细查看。方远舰和卓烨在后面跟着，小声嘀咕。

方远舰：催催你爸，赶在我爸妈回来之前看完啊。

卓烨小声：别催，催一句少一百万，信我。

卓烨站在阳台上：舰哥，这景色也太好了！我一个鹏城人，天天住在城中村里，好房子都被你们享受了。这么好的房子很难买到了，卖了太可惜。

方远舰：不是被钱逼的，谁愿意卖？

卓父一瞪眼卓烨。

卓父：你打算卖多少钱？

方远舰：两千万。

卓父瞪方远舰。

方远舰：您愿意出多少钱？

卓父：我还没有打算买你的房子。

方远舰：……

方父方母从外面回来了，看见三人，有些惊讶。卓烨把拖鞋递给卓父，卓父穿鞋。

方远舰：这是我朋友，想买房子，带他父亲来看看。

方父方母点头寒暄，去往自己的房间。

卓父看看方父方母，又看看方远舰。

方远舰：我爸，我妈。

卓父：房子卖了，他们住哪里？

方远舰：回老家。

卓父：你为了那个什么破机器人，要把你爸爸妈妈赶回去？

方远舰火了：您不买就算了，我爸妈去哪和您没关系。

卓父：我们潮汕人，对老人不孝是大逆不道，不管你为什么，让父母晚年不快乐，就是一个衰仔。

卓父冲卓烨：你再帮这种人，我把你扫地出门。

卓父气冲冲地往外走，方父追过来。

方父：老兄弟，等等！

卓父停住，和方父面对面。

方父：房子不买，没关系，但你这么说我儿子，我不乐意。

卓父：……

方父：我儿子不是衰仔！你要为你的错误言论道歉。

卓父：我哪句话说错了？

方父：这房子没花我们一分钱，都是他自己挣来的。他卖房子是为了完成他的梦！

卓父：他为了做梦，就可以亏待父母吗？

方父：他不但没有亏待我们，反而让我们为他高兴，我的儿子如果是衰仔，那我要为这个衰仔骄傲。

卓父：岂有此理。

方父：你可能是传说中鹏城另一种有钱人，你身上有中国人传统的美德。但是你不懂人除了美德，还要有情怀。

卓父：……

方父：住海景房我们开心，但我和他妈妈更开心的，是看到他用钱在做有意义的事情，哪怕他失败了，我们也欣慰。

卓父诧异地看着方父：你们父子有意思。

方父：有什么意思？

卓父：有其子，必有其父。

方母从屋里出来，冲方父：你说得不对，我来说。

方母冲卓父：我告诉你啦，我儿子是做大事情的，我儿子开心，我们就开心。

卓烨看方父，眼中透着羡慕之光。

卓父皱眉头，沉思一下，冲方远舰：这样吧，我也做一次有情怀的事情，你降二百万，房子我买了。

方父：那不行，你再加一百万才有情怀。

方母：对，我儿子为了情怀，花光了一个亿，你买一百万的情怀不贵的啦，您请坐，咱们喝茶慢慢地谈。

卓父想想，坐下。

方远舰和卓烨看得目瞪口呆。

卓烨：舰哥，我算知道你这大忽悠怎么来的了。

方远舰家小区外的路上，卓父骑着破摩托车在路上行进。

卓烨开车从后面追上来，与卓父并行，卓父靠边停下，卓烨也靠边停了下来。

车窗降下，卓烨：人家爸妈几句话，你就多出一百万？

卓父：你懂个屁，那个海景房根本买不到了，卖好了可以卖到两千五百万。

卓烨愣住：啊……

卓父加油，摩托车一溜烟远去。卓烨愣了一会儿，开车离开。

已是深夜，方远舰躺在床上，月光照在他脸上，隐约在哭泣。

清晨，方母站在阳台上，遥望大海。方父拉着驱鸟机器人，在客厅驻足，等着方母，方母回身，显然有些依依不舍。方远舰拖行李出门，离开。

方远舰开着破车行驶在高架桥上，方母坐在后面，望着机场和海边。

方母像是自言自语：上海叫上海，但是没有海。时间过得好快的啦，一眨眼又老了三年。

方远舰：妈，我保证用不了三年，你和我爸再回来。

破车驶往机场方向。

一架飞机仰头在空中飞过。

夜晚，在骑士联盟里，陆路和王源远、李世恒在调整接待员机器人。方远舰走过，溜进办公室关上门。陆路看见方远舰，站起身，去敲门，随即推门进来，看见方远舰正躺在沙发上，望着驱鸟机器人发呆。

方远舰：什么事？

陆路：为什么送你父母回去？

方远舰：我有点累了，不想说话。

陆路犹豫了一下，想出去，又停下。

陆路：你把房子卖了？

方远舰：你只管花钱就好，别的事不用你管。

陆路看到一边，堆着方远舰的行李箱、毛毯。

陆路：你说实话。

方远舰突然坐起来，有些失控。

方远舰：问那么多干吗！都说过一百遍了，钱的事不用你操心！

长久沉寂。

方远舰起身，走近陆路。

方远舰：对不起。房子我卖了。下午把该还的钱都还了，剩下的钱留着开模、配件和各种杂七杂八，挺过长荣这一关，没准还能剩点。

陆路：你我终于一样，一无所有了。

方远舰：现在一无所有，是为了将来无所不有。

方远舰伸了个懒腰，强装振作。

陆路：我向科创委申请了扶持资金，科创委的平台上公示，有我们骑士联盟。

方远舰：你申请扶持了？为什么不告诉我？

陆路：我对获得扶持不抱希望。

方远舰：崔江北帮了我们？

陆路点点头。

方远舰：多少钱？

陆路：很少，不会超过一百万。

方远舰：很多了，现在每一块钱，对我们都很重要。

陆路不语。

方远舰：走！干活去！

两人来到工作区，方远舰凑到跟前。

方远舰：怎么样？

王源远：几天内搞定。

方远舰望着哪吒：速战速决，干咱们自己的事情。

科创委内，崔江北进门，看见一个年轻人在自己的办公桌旁与干事乙争论，吵着要见高主任，干事乙正耐心解释。看见崔江北，干事甲迎过来。

崔江北：怎么回事？

干事甲：咱们本轮资金扶持的五家企业已经上网公示了，之前排名第五的那家来问为什么他们被挤掉了。

崔江北走过去。

崔江北：我做的决定，我来处理。诺威科技的吧，我去过你们公司，你叫陈东。

陈东：崔处，您去调研过我们的项目，我们已经公示在这批扶持名单里了，为什么被骑士联盟取代？

崔处：骑士联盟现在比你们更需要马上获得支持，你们不是被取消，只是延缓到下一批扶持名单里。

陈东：我们综合评分在骑士联盟前面……

崔江北：评分标准是死的，只能从有限的几个方面去衡量一家企业。如果你是一个医生，面对几个同时需要救扶的病人，一定也会根据病人自身的情况，有个轻重缓急，对吗？所以我们对标准也有裁量权的。

陈东：医生就没有私心了吗？

崔江北愣了一下：你什么意思？

陈东小声地：崔处，有些窗户纸，不要捅破的好。

崔江北：你说错了，对我来说，敞敞亮亮没有窗户纸最好，有了必须捅破。

陈东：我要和高主任谈。

崔江北：高主任去开会了，后天才能回来。

崔江北从公文包里拿出一份报告，摆在桌子上。

崔江北：这份报告是我写给高主任的，我不介意先给你汇报一下。

陈东拿起报告，上面是评分前五企业与骑士联盟的对比分析，从公司现状到前景一应俱全。

陈东：解释权在您手里，当然由您解释。

崔江北：你说得对，我是有私心，走，我带你去捅破窗户纸。

崔江北和陈东走进骑士联盟，李世恒迎过来。

李世恒：领导，方总和陆总都不在，去开模去了。

崔江北：这位是诺威科技的陈总，做 AR 产品的，想参观一下你们公司，方便吗？

李世恒犹豫一下：看吧，但是不能拍照。

李世恒带着崔江北和陈东参观和讲解，路过驱鸟机器人，崔江北和陈东一脸蒙。

崔江北：这是什么？

李世恒：它叫方远舟，方老板他爸做的机器人，方老板说是他同父异母的弟弟。

众人哄笑，气氛轻松随意。

崔江北：就这些疯子，砸锅卖铁在干美国、日本那些大财团干的事，他们已经弹尽粮绝，半年没发工资了，还在傻乐。

陈东：它们造出来干吗用？

崔江北：人形机器人虽然现在看不到明确的商业化模式，但他们解决的每一个技术难题，都可以应用到现有的机器人产品上去，他们在做的是人工智能皇冠，也是根基。

陈东：这群疯子，他们的动力是什么？

崔江北：人工智能技术不能落后给西方。AR 现在正是风口，拿投资不难，我可以帮你们推荐几家基金谈谈。

陈东视线落在王源远等人忙碌的接待员机器人上。

陈东：这是做的什么？

李世恒：客户订制的接待员机器人。

陈东：为哪家公司做的？

李世恒：对不起，商业上的事，我不能多说。

陈东：有一家叫野望科技的公司，为野生动物园研发一款接待机器人，东西做失败了，与你们有关吗？

李世恒：我无可奉告。

崔江北：失败了？你怎么知道？

陈东：这事早就传开了，野望科技老板卷走客户支付的研发费用失踪了，害得另一家做机器人的公司为他们背锅，里里外外损失估计会上千万。

李世恒、王源远等人，瞠目结舌。

崔江北若有所思。他约蒋楠楠下班后去看看陆路。

傍晚，骑士联盟里，新开模做好的接待员机器人外壳堆了一桌子，大家在组装成品，王源远也在其中。

方远舰独自坐在哪吒面前，望着哪吒发呆。

方远舰：王源远。

王源远抬头望方远舰。

方远舰：你过来。

王源远过来。

方远舰：哪吒现在什么情况？

王源远：没有什么进展。

方远舰：为什么？

王源远：这些天，大家都在忙那个东西。

方远舰发火：那个破东西，用得了那么多人吗？

王源远愣住：是你让集中力量先解决那个的。

方远舰吼道：集中力量，不是全部力量，你的任务是哪吒，哪吒！

屋里人愣住。

王源远瞠目结舌：……

陆路冷冷望着方远舰。

方远舰：哪吒绊在这里多久了？现在找到了能找到的最好的视觉模块，最好的陀螺仪，哪吒还有什么理由停止不前？

王源远也火冒三丈：什么意思？你冲我发什么火？

李世恒上来阻止王源远。

王源远不依不饶：咱们干吗要做那个东西，被人坑了不说，害得我们半年拿不到工资，我有一句怨言吗？你凭什么冲我发火？

陆路脸色阴沉。方远舰沉默。

门铃响，有人开门，是崔江北和蒋楠楠。

陆路迎了上去。

陆路：师哥，嫂子，你俩怎么来了？

崔江北：我找你们有事。

他们走到方远舰跟前，方远舰起身。崔江北为方远舰介绍蒋楠楠。

崔江北：我夫人蒋楠楠，在街道办企服科工作。

方远舰：欢迎你。

蒋楠楠：早就知道你了，是我闺密与陆路分手的帮凶。

方远舰和陆路有些尴尬。

崔江北：楠楠，别哪壶不开提哪壶。

崔江北冲方远舰：别介意，她刀子嘴豆腐心。

无人说话，气氛沉默。

陆路：师哥，你有什么事情？

崔江北：你们申请的扶持资金已经通过了，正在走流程，不过那笔钱对你们可能是杯水车薪。

方远舰：谢谢你，不管多少钱，对我们都是雪中送炭。

陆路：谢谢师哥。

蒋楠楠吃惊，看崔江北。

崔江北：你们替野望科技背了上千万债务？

陆路和方远舰沉默。

蒋楠楠：岂有此理，这笔债务凭什么让你们来背？

崔江北：陆路没有商务经验，被人算计了。

方远舰：陆路是做算法的，不懂算计。

陆路沉默。

方远舰：责任不在陆路，在我，如果不是出现财务危机，陆路不会去做那个东西。不做那个东西就不会被人算计。

大家沉默。

方远舰故作轻松地：常在河边走，哪有不湿鞋的。不过问题马上就解决了，甲方承诺只要我们按合同履约做出东西，他们后续会增加一百个机器人订单，用在国内其他园区。这样我们不但会挽回损失，还会有一定的利润。

方远舰冲陆路：我们的前途还是一片光明，对吧。

陆路：但愿如此。

地铁里，晚高峰已过，车厢里人不多。崔江北和蒋楠楠并肩坐着。

蒋楠楠：你为他们拿扶持开了绿灯，违法违规吗？

崔江北：不违法，也不违规，在边缘地带。

蒋楠楠：你为什么要冒这个险？

崔江北：于情于理，我不能看他们倒在路上。

蒋楠楠：你们杯水车薪能让他们不倒在路上吗？

崔江北：不能，但是能给他们一点坚持下去的力量。

蒋楠楠沉默一会儿，头靠在崔江北肩上。

夜晚，骑士联盟里，陆路带着李世恒等人在组装接待员机器人，陆路电话响，去一边接电话。

王源远独自坐在哪吒附近，默默地写代码。

方远舰从测试那边过来，坐在王源远对面，试图伸出手，想与王源远握手和解。但王源远不理方远舰，方远舰强行抓起王源远的手，握住。

王源远被方远舰的举动弄得无可奈何地笑了。

陆路来到方远舰边上，说：刚才甲方打来电话，让咱们两个明天一早去他们公司开会。

方远舰：开什么会？

陆路摇头：他们只说是重要会议。

方远舰：但愿不要再节外生枝。

新的一天，长荣集团公司里，方远舰、陆路被带进了会议室。

会议室讲究，排场。里面已经坐了几个人，有长荣的牛总，还有诺威科技的陈东。

方远舰：牛总好，大家好！

方远舰和陆路坐下。

牛总：二位，开会以前，我想先问你们一个问题，你们了解 AR 技术吗？

陆路：了解一些，是一种增强现实，用算法把虚拟世界和现实世界无缝结合的技术。

牛总：给你们介绍一下，这位是诺威科技的陈总。他们是做 AR 技术的。

方远舰、陆路与陈东点头示意。

牛总：我们刚和诺威科技开完会……陈总，不介意把你们的 AR 技术展示给他们看看吧。

陈总：当然可以。

陈总旁边的技术人员拿着电脑到方远舰跟前，调出画面。画面是一个虚拟小熊与动物园实景画面结合，担任动物园导游的角色。

技术人员：这是我们为野生动物园开发的一套导游系统软件。游客的手机只要安装 AR 软件，就可以让你喜欢的任何动物，带领着边游玩边体验野生动物园的各种乐趣。

方远舰：AR 是 20 世纪九十年代提出的概念，最近发展起来的新技术。

牛总冲陈东：好的，我们下面和骑士联盟开会。

陈东和技术人员收拾东西，与大家告别离场。

一阵沉默后，牛总说话。

牛总：两位，首先告诉你们一个好消息。野望科技的负责人已经找到了，同时查出了我们的副总与他们有腐败行为。现在司法已经介入，你们也是受害者，可以通过法律程序追回你们的损失。

方远舰和陆路对视。

牛总：再告诉你们一个坏消息。当时对这个项目，我们有两套方案，一套是机器人导航，一套是 AR 视频导航，负责这个项目的副总，因为私利选择了与野望科技合作。集团管理层知道这个事情后，非常生气，决定停止机器人导航项目。

方远舰和陆路瞠目结舌。

牛总：对不起，这是集团的决定，我也无能为力，能做的是马上通知你们，减少你们损失。

陆路急了：牛总，东西我们已经做出来了，马上就可以交付。

牛总：不可能这么快。

陆路：我们不分白天黑夜，加班加点地在做。

牛总：快通知家里停了吧。

方远舰：牛总，钱你们花了，东西马上做成功了，不要了你们一千多万投资岂不是打水漂了？

牛总：我们会和野望科技追讨损失，不过你们放心，因为你们的真诚态度，我可以保证不连带起诉你们。

方远舰：可是修改设计，重新规划，再次开模，一次做了一百多套的骨架结构和外壳，我已经又投入了将近一千万，这笔钱怎么办？

牛总：你们起诉野望科技，应该都算在他们头上。

方远舰：牛总，AR 导航虽然很先进，但是机器人导航的很多优势 AR 无法取代，机器人的技术更前沿，你们完全可以两套系统同时采用。

牛总：你说得很对，但是你们机器人每年的维护费用，技术升级费用，一百多套要多少钱？你算过吗？

方远舰：那我们做出的东西怎么办？

牛总：东西的产权给你们了，除了小熊的形象权你们不能使用，其他你们自行处置。

陆路呆若木鸡，方远舰脸色铁青，咬碎了牙。

回去的路上，车在车流里钻来钻去，陆路紧紧抓着车窗上方把手，身子被甩来甩去。

陆路：你不要命了。

方远舰不理陆路，依然疯狂地开车。

陆路喊到：靠边停，我要下车！

方远舰不理陆路，继续疯狂地开车。

陆路手抓着车门拉手：你信不信，我跳下去？

方远舰减慢车速，冲陆路吼道：这条路上不能停车，你不知道吗？

陆路沮丧地抱着头。

方远舰：对他们怎么说？

陆路：不能再忽悠他们了，实话实说，要让大家知道我们目前的境况，大家做出自己的选择。

回到骑士联盟，两人停下车，调整情绪，进了骑士联盟。

两人愣住，组装好的轮式接待员机器人朝他俩过来。

接待员机器人：欢迎来到骑士联盟，如果您有什么困惑，我可以为您提供帮助。

李世恒在一旁：你叫什么名字？

接待员机器人：我是小熊，您可以叫我熊孩子。

李世恒：熊孩子，你给我介绍一下你们这里有什么好玩的？

接待员机器人：我们这里好玩的可多了，您最喜欢什么动物……

李世恒兴奋地：两位大佬，咱们的第一款产品做成了。

方远舰和陆路尴尬得不知所措。

陆路过去拍拍李世恒，往自己的工作区走去。

方远舰：把它和我弟放在一起。

李世恒意识到什么：老大……怎么了？什么情况？

方远舰：兄弟们，从现在开始，咱们全力以赴做我们的哪吒。

骑士联盟的伙伴们面面相觑。王源远到陆路跟前。

王源远：陆老师，发生了什么？

陆路：长荣的计划改了，我们做的机器人不需要了。

王源远：什么叫不需要了？那我们的钱呢？

陆路说不出话，方远舰过来拉开了王源远。

方远舰：没有钱，两清了，这个项目就此打住，以后不要再提这件事了。

众人呆滞，王源远把手套脱下来，用力摔在熊孩子头上，转身走了。

熊孩子机器人：请温柔对待我，希望我能给大家带来欢乐。

第十一章

　　澳雳研发中心里，一组电极探入水中产生反应，咕嘟嘟地冒着气泡，一组传感器将读取的数据传输在仪器上。魏知远在做实验，他观察着数据，小艾在一旁做记录。透过玻璃窗，可以看到聂锌在另一间实验室里也做着实验。

　　数据记录完毕，魏知远关掉实验电源，拿着保温杯转身出了自己的实验室。

　　王教授在公共休息区冲咖啡，魏知远过来。王教授冲魏知远点点头，转身往实验室走去。

　　魏知远：王教授，我想和你讨论一个问题。

　　王教授：您说。

　　魏知远：氢能源为什么是智商税？

　　王教授皱眉头：魏先生，这话不是我说的，是国外……

　　魏知远：你也这么认为。

　　王教授：对不起，我在忙，不想讨论这个问题。

　　王教授转身往自己的实验室走去，魏知远跟在后面。

　　魏知远：我认为氢能源不但不是智商税，放弃氢能源发展将来一定会交智商税。

　　王教授皱眉，进了实验室，关上门。

　　魏知远：……

夏末从外面进来，看到魏知远。

夏末：魏先生，您在干吗？

魏知远：没事，没事。

魏知远匆匆返回了休息区。

夏末纳闷地看看魏知远，去了聂锌实验室。

聂锌回头，看到夏末，停下手里的活。

夏末：刚才接到通知，明天做10千伏安的国家鉴定，咱们马上飞北京。

聂锌停顿一下，点点头。

新的一天，在骑士联盟空荡荡的办公室内，"熊孩子"和"方远舟"站在一起。陆路坐在"熊孩子"对面，神情呆滞。方远舰带了夜宵摆上餐桌，拉陆路过来吃饭，但陆路的目光仍然离不开熊孩子。

陆路：我们做了那么久，我不甘心。

方远舰：天要下雨，娘要嫁人，"熊孩子"能有什么办法，别想它了。

陆路：我们再找牛总争取一下？

方远舰：……

陆路：我们亏了多少？

方远舰停下筷子。

方远舰：做生意哪有不亏钱的，别想了，吃饭。

陆路：我们把"熊孩子"改一改，卖到别处去？其实只要把外壳变一下，避开长荣吉祥物的形象就好，内部的支撑结构改改就好，需要重新开……模。

陆路的声音突然断掉，空气安静下来。

方远舰：没钱再去试错了，赚钱的诱惑会让我们忘记本来的目标，最终完全迷失掉。该回来了，陆路。

陆路：我们还有钱吗？

方远舰：这个你不用管，我会想办法……外壳和骨架只能当废旧材料处理了，买进的元器件可以转手，这个慢慢来。我们现在最重要的，是把状态迅速恢复回去，安心做哪吒。

陆路点点头，又不自觉地看向"熊孩子"。

王源远试图挪动电源关闭中的"熊孩子"，拿取后面架子上的东西。

王源远：世恒，这破玩意儿怎么放这里了？不能换个地方吗？

李世恒：方总让放这里的，实在没地方，好歹也是咱们的新产品，不能扔门外边吧。

王源远：扔出去，没准儿公司就顺了。

王源远拿了东西，和李世恒嘀咕着离开，撞上刚刮完胡子的方远舰。

方远舰：源远、世恒，你俩过来一下。

来到方远舰办公室，方远舰把门关上。

方远舰：非常时期，求你们俩一件事。

王源远、李世恒一脸疑惑。

方远舰：这次对陆总打击挺大的……

李世恒：是，这两天陆总一直盯着那个"熊孩子"看，有点着魔……

方远舰：我需要你们帮把手，让陆总尽快回到熟悉的工作状态中去。

王源远、李世恒互相对望。

方远舰：源远，我想你继续回去做 AI，毕竟 AI 是你的专长，让陆总去主导后续哪吒的实验吧。

王源远沉默。

李世恒：可视觉模块……云飞那边一直在和源远沟通的，刚有点眉目，现在转手……

方远舰：所以我才要你们帮把手，帮陆总尽快熟悉新的视觉模块，把他给我拉回来。

李世恒看王源远，王源远看着方远舰，点点头。

王源远：嗯，我今天会把工作交接给陆总，后续我们会协助陆总的。

方远舰搂着王源远和李世恒从办公室出来，一眼看见陆路又站在"熊孩子"面前发呆。方远舰独自走过来。

陆路：你说，我们砍掉"熊孩子"的手臂，进一步降低成本，牛总会不会重新考虑？

方远舰：干脆把头也砍了吧。咱就是把它砍成一个移动平板，长荣也不会回头了。

陆路：……

方远舰：给它留个全尸吧，彻底忘了它，从今往后咱们专心地造哪吒。

方远舰不由分说搂着陆路向哪吒工作区走去，留下"熊孩子"矗立在原地。

国家某实验室，实验场像个空旷的大厂房，巨大的铁门将实验区和休息区隔开。实验区大门紧闭。

夏末坐在空旷的实验室外休息区等待着。

电话响，夏末接听：吴董，这会儿正在做最后一个项目，应该快结束了，前面的测试非常顺利。测试结束我第一时间告诉你消息。

夏末挂掉电话，看看时间。

"哗啦"，大铁门打开，一行人穿着实验服出来，聂锌也在其中。

夏末站了起来。

一位领头专家伸出手：祝贺你，夏总，你们的新介质 10 千伏变压器各项参数非常优秀，甚至可以说创建了新的国家标准，很多参数达到国际领先。致敬，向你们致敬！

专家们很激动，夏末更激动。

夏末：谢谢！谢谢您，谢谢您的鼓励。

专家：技术鉴定书一周后你们会拿到，同时我们会向国家电网强力推荐你们的技术。

夏末：太令人兴奋了，谢谢你们。这样对氟碳冷却新技术推广极其有利。

领头专家顿了一下：夏总、聂博士，请坐下。

大家坐下。

专家：你们的氟碳冷却介质是原创吗？

夏末：绝对是，聂锌博士带领团队研发了七年。

专家看聂锌：从零开始？

聂锌：是，您为什么这么问？

专家：有家公司也采用这个技术，比你们早半年通过了鉴定，他们的各项参数虽然达到了国家标准，但比你们逊色很多，你们的分子式更出色。

聂锌和夏末愣住。

夏末：聂锌博士的新介质两年前就申请成功了国家专利。

专家：听说那家公司的产品已经进入市场。

夏末：我们是第一次听到这个情况，请问这家公司叫什么？在哪里？

专家：他们不是在我们实验室做的技术鉴定，这家公司的背景资料我们不了解。

聂锌诧异。

酒店大堂咖啡厅里，夏末和聂锌相对而坐，默不作声。

夏末：有人也在做这个项目，还走在了我们前面，我万万没想到。

聂锌不语。

夏末：别沮丧，专家高度肯定我们的产品，还是很让人振奋的。

聂锌沉默。

聂锌助手匆匆过来：夏总、聂博士，我们刚才上国家知识产权局网站进行了专利检索，找到了一家类似的专利，专利人有北方变压器所背景。

夏末和聂锌愣住。

夏末：你们去网上查找，哪家公司在做我们同类的产品。

"好的"，聂锌助手匆匆离开。

夏末看着聂锌：北方变压器所，与魏先生有关？

夏末带着喜悦和疑问回到公司。

秘书小可迎上来：夏总，您回来了，辛苦了！

夏末：吴董到了吗？

秘书：到了，在总裁室等您。

夏末和聂锌匆匆进了总裁室。

吴董：那家公司查到了，新成立一年多，专利持有人是股东之一，此人据说是变压器行业的权威，他们的 10 千伏氟碳冷却液变压器已经进入市场，这家企业和国内多家变压器厂已经签订合作协议，抢占了市场。

聂锌有些愤愤不平：七年磨一剑，无处试锋芒……

夏末：聂锌，别泄气，我们的实验数据，各项参数明显优于对方，产品会有竞争力。

吴董：也不能盲目乐观，对方是行业里的权威，在市场上更有影响力。

三人沉默。

吴董：专利持有人和魏先生是一个单位的，这事很蹊跷。

夏末沉默一下：我去和魏先生谈谈。

夏末和聂锌进了魏知远实验室。

魏知远：夏总、聂博士，你们回来了。国家鉴定进行得顺利吗？

夏末：非常顺利！专家对我们的新介质评价很高。

魏知远：那当然，你们的创新为国家电力发展做出了很大贡献。

魏知远冲聂锌鞠躬：恭喜你，聂博士。

聂锌：魏先生，我们不能算创新。

魏知远：为什么？氟碳冷却介质是全球独一无二的技术，怎么不算创新？你为什么连这个自信都没有？

聂锌看看夏末，欲言又止。

夏末冲魏知远的两个助手：你们先休息，我们开个小会。

两个助手应声出去。

魏知远觉察到两人情绪异样：怎么了？开什么会？

夏末：魏先生，有人在我们前面半年，用这个技术做出了10千伏变压器。

魏知远：不可能！我不信！

夏末：他们的产品已经进入市场。

魏知远：什么人？哪一家公司？

夏末拿出打印的专利检索，递给魏知远。魏知远看检索，脸色渐渐阴沉，看完放下检索，脸色煞白，一句话不说。

夏末：魏先生，你认识他吗？

魏知远不语，身体难以察觉地微微颤抖。

夏末：魏先生，您怎么了？

魏知远：他曾经是我的学生，负责研究所工作。

夏末、聂锌似有所思。

魏知远：几年前，我老伴生病，我的研究不能继续下去，我把研究报告给他看过，想要研究所继续进行下去，被他否决了。

夏末和聂锌对视。

魏知远沉默许久：人性怎么可以这样丑陋？

澳霁会议室，夏末、聂锌、吴董、法务在开会，会场似乎有火药味。

夏末：我相信魏先生，那个人肯定窃取了魏先生的成果。

无人说话。

夏末：魏先生是受害者，我们也是受害者。

法务：我让魏先生详细回忆了当时的情况，当年把研究报告给他的学生，没有留下任何证据。

夏末不语。

法务：况且魏先生当时的研究虽然核心部分已经有了，但是最终分子式还没有完成。对方是在魏先生研究的基础上，完成了现在的配方，所以他现在的分子式和魏先生当年分子式不完全一样。

吴董：直接说你的意见。

法务：我们现在不能给对方发律师函。

夏末：为什么不能发？

法务：对方会说我们无中生有，反告我们诬陷。

夏末：我们可以让对方出具他不同阶段的实验报告。

法务：对方敢窃取成果，这些工作一定早准备好了。

夏末看聂锌。

聂锌：逆向伪造实验报告比正向研究容易得多。

夏末：魏先生十年的生命，聂锌博士七年的青春，难道被他毫无成本，白白窃取了吗？

吴董：捉贼捉赃，打蛇打七寸，在掌握必胜的证据之前，我同意法务的意见，先按兵不动。

夏末：按兵不动不是停止不动，我不会纵容他窃取魏先生和聂锌博士的生命，你们法务部门必须拿出解决方案来。

秘书小可匆匆进了：夏总……

夏末：什么事情？

秘书小可：魏先生的助手说，魏先生买了机票要回沈阳。人刚已经去了机场。

夏末：让他们马上把人追回来。

小可匆匆出去。

夏末：越忙越添乱，他肯定是要去找他的学生质问。

夏末起身往外走。

吴董：夏总，我们正在开会，你让别人去。

夏末：魏先生的脾气，我不去，没人能阻拦他。

候机楼内，魏知远在柜台办完登机牌，按照柜员指的方向，往安检口走去。

助手小艾发现了魏知远，迎上来拦住：魏先生，夏总不让您去。

魏知远愣了一下，不理小艾，继续走。

小艾上去拿魏知远的皮包，魏知远发火：让开，别拦我。

小艾不知所措，跟在魏知远后面往安检口去。

魏知远突然愣住，夏末站在前面。

魏知远一脸愤怒：让我回去，我要找他算账。

夏末：魏先生，你鲁莽了。

魏知远：你不要管，这是我的事情。

魏知远不理夏末继续往前走。夏末跟在后面。

夏末：魏先生……没有确凿证据，你回去找他干吗？拼命吗？

魏知远不理夏末，继续往前走。

夏末：魏先生，你等等我，我去买张机票，和你一起去。

魏知远：你去干什么？

夏末：你去干什么，我就去干什么。

魏知远：这是我的事，和你没关系。

夏末：这事是你的个人恩怨，也事关澳雺的未来。

魏知远：所以我更不能放过他。

夏末：你现在去找他，反倒是帮他。

魏知远站住。

夏末：他现在还不知道我们发现了他盗窃你的研究成果，你去找他，他就知道了。这样只会让解决这个事情更麻烦。

魏知远：……

夏末：魏先生，您退休多年了，现在的江湖已经不是你那时候的江湖了，您一个人解决不了这个问题。

魏知远：那我该怎么办？

夏末：这事不能急，你要听我的。

夏末从魏知远手里拿过皮包，递给小艾，挽着魏知远往外走，与陆路擦肩而过。

陆路东张西望，走向候机楼服务台，有些紧张，手揣在兜里攥着手机，终于鼓起勇气走向问询处，几个人问询结束离开，陆路也没敢主动张口。

服务员：先生您好，您有什么事？

陆路：我想推荐一款机器人给你们。

服务员：先生，我没有明白您的意思？

陆路连忙掏出手机，翻出录制好的机器人视频，给问询台的服务员看。

陆路：是导航机器人，你们机场会需要的。

视频黑黑的，有些模糊，服务员只瞟了两眼，便一脸狐疑转向陆路。

服务员：对不起先生，我们是咨询处，帮不了您。

陆路：你给你们领导打电话，我和你们领导谈。

服务员：对不起先生，这事我们帮不了您。

后续咨询的人过来，服务员招呼问询，不再理睬陆路。陆路突然挤过去一把抓住服务员的手向外拖，服务员惊叫，陆路把手机怼在服务员眼前。

陆路：你好好看看！这是最新的产品，是高科技，它可以代替你们工作，为旅客解答各种问题，我们有一百台的存量，这个就是未来！

陆路激动得语无伦次，服务员恐惧但无法挣脱。机场巡视的安保人员迅速围拢过来，干净利落地按住陆路。

陆路：你们干吗？放开我，放开我……

陆路被几个人迅速架走，手机屏被摔碎，但"熊孩子"模糊的视频依然在播放。

熊孩子：你好，我们可以做朋友吗？

夏末发现这一幕，急忙给方远舰打电话：阿舰，"熊孩子"是你们的产品吗？

方远舰的声音：是的，怎么啦？

夏末：机场这里发生了点事情。

机场派出所，陆路失神地坐在一边，手里拿着碎屏手机，方远舰十分谦恭地听民警训斥。

民警：影响机场治安，这很危险的，可大可小，幸好没造成什么危害。人，我们教育了，把人领回去，他精神状态不太好，你们公司回去好好照顾一下。

方远舰：公司困难，他也是被逼到绝路上了，今天纯属意外。

民警：逼到绝路也不能跑候机楼捣乱。

民警低声：他看起来有点不太对，回去看看精神医生。

方远舰：好的，好的！一定去。

骑士联盟里，机器人测试在进行中，哪吒向前迈步，迟疑之后停下。陆路在电脑上检查代码，机器人在空转，李世恒一脸愁容。

李世恒：昨天还好好的……陆总，机器人要不要先关机？

陆路：先关了吧，我……脑子有点乱。

李世恒把机器人复位，关闭电源，拿了杯水给陆路，远远地站着看。陆路一筹莫展。

李世恒：前面都是王源远写的，要不……我把他叫过来？

陆路略一迟疑，点点头。

王源远过来查看代码，上下滚动着屏幕，眉头紧锁。陆路与王源远两个人都不说话，一动不动，不知如何开口。

李世恒：源远，别打哑谜了，怎么回事？

王源远：陆总，我前面有几段代码……您改掉了？

陆路：嗯，我觉得写得太烦琐了，将来容易出现误判，改简洁了一些。

王源远：我那几段应该足够简洁了，里面内嵌了纠错机制，您可能没看出来，给删掉了。

陆路：内嵌纠错？为什么不独立写出来调用？

王源远：那个只能用在这里，没必要独立出来。

陆路：你这样太不规范了，不能这么写！

王源远：看不惯您就把那几段封装起来，功能实现了不就好了吗？

陆路：你这样写会误导他人！给后续参与工作的人制造麻烦！

王源远：这意思，您今天的麻烦都是我制造的了？

陆路：……

王源远：原因找到了，您自己看着改吧。

王源远愤怒地离去，李世恒追上去劝解。

王源远吼：拉我干吗？把机器人变成木头戳在那的人，不是我！

夜晚，陆路和"熊孩子"面对面坐着。方远舰从后面走过来。

方远舰：公司现在情况不好，大家都有点焦躁，年轻人不懂事，你别放在心上。

陆路：他们说得没错，是我把机器人变成木头戳在这。

方远舰：就一个项目没做成而已，天又不会塌下来。

陆路：你的天永远不会塌下来。

方远舰：……

陆路：你就是黄飞鸿，天生的英雄气概，有家有业有十三姨，打输了也有人护着，还能东山再起。而我，再努力也不过是个鬼脚七，歪脖瘸腿无门无派的野孩子，赢的时候，人家看着那点功夫给你脸，打输了真就是狗都不如。

方远舰：我们都会有扛不住的时候……

陆路打断方远舰，做出嘘的表情。

陆路：以前我不服，都是人，你能做到的，我也能。现在我才发现，我们根本是不同的人。即使都是绝望，你和我的绝望也不会一样。

陆路站起身，像疯子一样环顾四周。

陆路：骑士联盟就是我的坟墓，这"熊孩子"就是我的墓碑！上面写满了我的耻辱！

陆路嘀嘀咕咕地离开，往外走去。

方远舰：你干吗去？

陆路不答，出了骑士联盟。

街道办法律援助室，蒋楠楠、余真和法律顾问在谈话。

法律顾问：骑士联盟可以走法律途径对野望科技进行起诉，追回损失。如果需要，他们可以直接找我们，我们会力所能及地给他提供法律援助。

蒋楠楠：谢谢您，我把你们的意见转告骑士联盟。

蒋楠楠、余真与法律顾问告别，离开屋子。两人边走边说。

蒋楠楠：余真，咱们现在去一趟骑士联盟。

余真：我和区少年宫约好了，今天去它们那里。

蒋楠楠：那我自己去。

余真：楠姐，咱们还有一家做机器人的企业，我怎么不知道？

蒋楠楠：咱们辖区大大小小有一万多家企业，你怎么可能全知道？

余真：骑士联盟，名字好荷尔蒙。

蒋楠楠站住：里面那群疯子，个个散发着荷尔蒙的味道，呛人。

蒋楠楠说完继续走去。

余真眼珠转动，追上蒋楠楠：楠姐，我和你一起去。

蒋楠楠和余真骑着共享单车前往骑士联盟，方远舰的破车从她们身后开来。二人避让。方远舰在门口停下，下车。

蒋楠楠：哎……等一下。

方远舰回头：是你！我应该称你嫂子。

蒋楠楠给余真介绍：这是骑士联盟的老板……那个啥总。

方远舰：方远舰。

余真望着方远舰，眼睛放光。

蒋楠楠：对，方总。这位是我的美女同事，余真。

方远舰：你们有什么事吗？

余真抢答：我们上门为你们服务的。

方远舰：上门服务，上门为我们服什么务？

蒋楠楠：进去慢慢说。

三人进了骑士联盟。

蒋楠楠、余真的到来，吸引了大家的目光。

方远舰带着她两到了休息区，招呼坐下。

方远舰：喝黑咖啡？

余真：好的呀！你们还提供咖啡？真讲究。

方远舰打开咖啡桶，里面空空如也，他又打开另外几桶咖啡桶，皆是空桶。

方远舰叫到：张一博！咖啡在哪儿？

张一博：咖啡？咱们有咖啡吗？我已经半年没闻到咖啡味了。

方远舰尴尬。

蒋楠楠：不必客气，白水就好了。

方远舰给二人接了两杯白开水。

蒋楠楠：陆路在哪儿？

方远舰：去卖"熊孩子"了。

蒋楠楠："熊孩子"？

方远舰指着不远处的小熊接待员机器人。

蒋楠楠：那个东西不是为客户定做的吗？

方远舰停顿一下：我很忙，你们到底有什么事？

蒋楠楠：你们被那个叫……野望科技坑了的事情，我咨询了我们街道办的法律室，他们说应该走法律程序，起诉对方，如果需要，法律室可以提供帮助。

方远舰摇摇头：那是白浪费工夫。

蒋楠楠：为什么？

方远舰：甲方走了法律程序，野望老板涉嫌商业欺诈被抓了，他没钱赔偿。

蒋楠楠不语。

余真：方总，我们企服办是为企业服务的，你们还有什么困难？

方远舰：缺钱，帮我们融资两千万。

余真尴尬：这个我们很难办到。

方远舰：那就请回吧，谈别的都没用，我们自己解决。

余真：方总！我们可不是闲着没事，楠姐特意带我一起过来，我们是真想帮忙的。

方远舰和余真对视几秒，招呼两人走到"熊孩子"面前。

方远舰：帮我把这个卖了吧，价钱好说，赶快帮我弄走就行。

蒋楠楠：这……我们上哪卖去啊？

余真：我来想想办法。

蒋楠楠惊讶地看余真。

余真：区少年宫要办一个科技展览，培养孩子们对科技的兴趣，了解未来科技的发展，我现在就问问。

余真给"熊孩子"拍照录像，到门外联系，留下蒋楠楠和方远舰。

蒋楠楠：你们和甲方又出问题了？

方远舰：甲方改变了主意。

蒋楠楠：陆路负责的这个项目？

方远舰点点头：陆路已经得了魔怔，早晚会被这个"熊孩子"弄疯的。

蒋楠楠：他从开始就得了魔怔，放弃宫妙那一刻，他就已经疯了。

余真匆匆回来。

余真：区少年宫很想要！但是没有钱买。

方远舰：他们能出多少钱买？

余真：他们问能赞助他们吗？为了孩子们。

方远舰：让他们马上来人拖走，算我们捐给孩子们的礼物！

余真：啊！霸气，方总真豪迈，我喜欢。

方远舰突然意识到什么：等一等，

余真：怎么？刚说出来就反悔了？

方远舰：我们还要技术处理一下，才能给他们。

"熊孩子"机器人脸上贴着镂空的纸，方远舰拿着喷漆喷着镂空的地方，把纸张揭掉，"熊孩子"变成了熊猫造型。

突然，方远舰手机有信息进来，是范小雨的：今天我生日，快祝我生日快乐。

夜晚，伦敦范小雨家。范小雨在看方远舰和哪吒合影的照片，她觉得浑身发冷，裹着毯子发抖，从怀里拿出体温计，显示 39℃。范小雨强撑着翻找药箱，只有两片阿司匹林，拿水服下，状态极度不好。

门铃响起，范小雨开门，是李白带着玫瑰和蛋糕。

李白：Surprise！ Happy birthday！

李白看着范小雨愣住。

李白：你生病了？

范小雨点点头：李白，你能送我去医院吗？

李白丢下鲜花和蛋糕，抱起范小雨离开屋子。

伦敦街头，雨淅沥沥在下，雨刷刮过，雨珠瞬间又落满车前的挡风玻璃。

李白开着车，范小雨缩在后座瑟瑟发抖，她眼神迷离地望着朦胧的窗外，渐渐进入幻觉：大学时代，方远舰在参加机甲大赛，范小雨和张枫疯狂为方远舰摇旗呐喊……

命运之神翻了个跟头，来到范小雨的身边。女人毕竟是女人，当她最脆弱的时候谁在她身边，她就会以为是上天的安排。尽管往事梦绕情牵，萦萦于怀，但现实的臂膀似乎更温暖。

澳雳会议室里，夏末、吴董、销售总监、财务总监在开会。

销售总监：我们跑了很多家国内有影响力的变压器企业，有四家已经与东方变压器厂合作，有三家购买了他们的技术使用权，其他企业对我们的新技术没有兴趣。

夏末：国家鉴定报告数据表明，我们是国内最强最安全的技术，他们为什么不感兴趣？

销售总监：这项技术太新，没有经过时间检验。

夏末：用户市场呢？

销售总监：很不乐观，有的用户已经使用了东方变压器厂的产品，有的怀疑新冷却介质技术不成熟，不敢贸然使用。

夏末：怀疑的理由呢？

销售总监：传说东方变压器厂的氟碳冷却液变压器，使用效果不好。

夏末：怎么不好？

销售总监：具体哪里不好，他们也不太清楚。

夏末发火：他们不清楚，我们必须搞清楚！

夏末往总裁室走，吴董跟着。

吴董忧心忡忡：花了巨大研发成本，指望它为我们造血，打翻身仗。东西造出来了，一个订单都没有。

夏末眉头紧锁。

吴董：充电堆的销售也在大幅度滑落，收入只能维持澳雳的运转。

夏末坐在会客区窗前：吴董，我想安静一会儿。

吴董：夏总，我认为应该马上停止110千伏电力变压器的研发。

夏末望着窗外不语。

吴董：这项技术虽然是创新，但它根本没有市场，110千伏做出来还是这个结果怎么办？

夏末：吴董，我要安静一会儿。

吴董愣了一下，愤愤地出去。

夏末呆呆地望着窗外，远处天空乌云密布。她凭女人的直觉，猜测东方变压器厂的技术似乎有问题，因为澳雳的实验数据很扎实。她想，也许需要政府力量介入才能解决问题。想到这里，她似乎又有主意了。

城市的另一边，已是大雨瓢泼，咖啡厅里很静，雨在玻璃上形成水幕。陆路和马梵临窗而坐。

马梵：我动用了所有人脉，但没人肯花三十万买一个玩具。

陆路：它不是玩具！它有很前沿的人机互动技术，可以用在机场、商场、高级餐厅……

马梵：你那些卖点，智能手机都能做到，谁花三十万买它，一定是脑子进水了。

陆路：可以便宜，二十万？十万也行啊！你卖出去，给你一半提成！

马梵：你肯花十万买一个会走路的菜单吗？

陆路沉默。

马梵：深耕机器人也许会淘到金，但代价太大，你不是那种无所畏惧的理想主义者！现在是算法的时代，也是算计的时代。你有算法，我懂算计，咱们珠联璧合。用算法做算计，我们能毫不费力地挖到大金矿。

陆路不语。

马梵：陆路，跟我走吧。失去这次造福机会，可能你一辈子都没办法改变自己的命运了。

陆路望着雨幕发呆。

大雨中的方远舰办公室，方远舰在对账单算账，一张白纸上写满了最近要支付的钱，有人员工资，有材料费用、房租、水电，最后面一笔五百多万是高利贷款。

电话响起，方远舰接听，是陈田。

陈田：方总，你那边视觉模块开发负责人能不能换回王源远？

方远舰：现在是陆路负责，他经验更丰富啊。

陈田：我们和他沟通上有些困难，而且他在重构之前已经完成的代码，我们两家在合作嘛，你们改了，我们不得不跟着一起改……

方远舰：我懂，会增加很多成本，但陆路是程序算法大神，我相信他这么做是有价值的。

陈田：写代码就像写作，一个想法有上千种表达方式，无所谓对错。但我们是团队工作，互相适配的小神会比一个大神更有效率啊。

方远舰：我考虑考虑。

方远舰挂了电话一转身，陆路正站在身后，头发湿漉漉的。

陆路：是我的问题……

方远舰：不，是他们追不上你！

陆路：工作不仅是技术，还得懂很多技术之外的事，我不懂……

屋外一阵喧闹，哄笑叫骂声。

李世恒从铁架子上发现一面锦旗，打开了一群人正围着看。

方远舰走出来喝止众人。

方远舰：李世恒！给我收起来！

李世恒赶紧卷起锦旗，一边嘀咕：就是面锦旗嘛，还不能看看。

众人不由自主地看陆路，陆路察觉，走过来一把抢了锦旗，打开看。

锦旗上面写着"爱心骑士"四个大字，一行小字"感谢骑士联盟向少年宫捐赠儿童教具"。

陆路：这是什么意思？

方远舰：没什么意思。

陆路四处看看："熊孩子"呢？

方远舰不语。

陆路："熊孩子"在哪儿？

方远舰：捐了，捐给了少年宫。

陆路沉默。

方远舰：送给孩子们，让他们了解机器人，总算没有白做。

陆路拿着锦旗越过方远舰，找了梯子，把锦旗挂到了最显眼的位置，下来向远处走两步，看着锦旗笑起来。

方远舰给李世恒递眼色，李世恒会意去摘锦旗。陆路一把推开李世恒，李世恒踉跄摔倒，王源远赶紧抱住李世恒。陆路挡在梯子前，指着众人咆哮。

陆路：我就要把它挂在这！谁都不许摘！

俯瞰下去，众人围着咆哮的陆路，像在看一个怪物。

夜深了，人已散去，方远舰一个人鼓捣哪吒。窗外的雨淅淅沥沥地下着。门口陆路收伞进来，提着两打啤酒、一些小食。走到方远舰面前，晃晃啤酒。

陆路：喝点？

方远舰：好！

桌上小食凌乱，几个啤酒空瓶，红色锦旗挂在中间，显得刺目。

两人似醉非醉，方远舰给陆路倒酒。

陆路：三年前，这里都还空着，宫妙还在，我准备和她回老家……

方远舰：嗯，我跑来找你做机器人，我真觉得我们能做到。

陆路：东西都放车上了，因为你，我又搬回来……离开了宫妙，跟着你折腾。

方远舰：我说我会是中国的马斯克，你会赚到很多钱。

陆路：马斯克……很多钱？哈哈哈哈，当时忘了问你是 SpaceX 的那个马斯克吗？还是姓马，叫死磕？

方远舰："马死磕"？好名字！我如果姓马就起这个名字！死磕到底！

两个人哈哈大笑着，笑到啤酒呛嗓子，笑到直不起腰。

陆路：死磕到底，我没赚到钱，你也磕成了和我一样的穷鬼。

方远舰：是我大意了，谁想到会这么难！

陆路：还好，换回来这么个锦旗，这几年算没白干。

两个望着锦旗，互相望着，突然笑了起来，忍不住地哈哈大笑。

两人笑到累，一阵沉默。

陆路：我挺不住了，已经精疲力尽了，我想休息些日子。

方远舰看陆路，陆路回避视线。

屋里寂静，外面的雨声哗哗地响。

方远舰：去哪里休息？

陆路：不知道，就想离开这儿，安静一段时间。

方远舰：还回来吗？

陆路：不知道！

方远舰：你已经决定了？

陆路点点头。

新的一天，雨还在下，骑士联盟里，李世恒在复位机器人，陆路在电脑前整理代码。云飞的技术人员小赵走进来，看见陆路有些迟疑，偷偷和李世恒耳语，有些不情愿地向陆路走过来。

小赵：陆总，这周我们的进度来和您同步一下。

陆路：哦，来得正好，你跟我来。

陆路带云飞技术人员走到王源远办公桌前，王源远疑惑地站起。

陆路：小赵，你们以后直接和源远对接就好。

王源远：陆总，您这是什么意思？

陆路：源远，以后这块还是你来主导，我把这段时间的实验资料都整理好了，桌面上留了说明文档。还有我对后续开发的一些思路，也写在里面，给你们做参考。

王源远：这个我自己能搞定。但是，方总没说让我接手啊？

陆路没有解释，尴尬地笑了，转身离开。

看见陆路回来，李世恒本能地转过头，避免和陆路目光相接。陆路迟疑了一下，走过去。

陆路：世恒，昨天的事……对不起，我有些冲动了。

李世恒：没，没事陆总，我理解。

陆路还想说些什么，李世恒却在本能地躲避，低头整理线材。

陆路回到座位，把电脑里的文档存盘退出，整理了一下桌面，带着水杯和拳套，默默走向休息区。

雨如瓢泼，傍晚天已黑。路灯亮起，雨水顺着玻璃流淌下来，变成模糊的光带。方远舰在办公室里看着窗外出神。一辆红色的车停在路边。红色车内，车载广播在播报实时天气情况。

马梵用手机给陆路发信息：我在外面等你。

骑士联盟内，陆路拿着那张记账纸在看。

方远舰电话有信息进来：明天是还钱的日子，提醒你一下。

方远舰按掉信息。

陆路：高利贷还了吗？

方远舰：没有。

陆路：卖房子钱没了？

方远舰：有，还了他们，骑士联盟就没钱了。

陆路：听我的，把高利贷还了，别失去理智。

方远舰：我知道。

陆路：我走了。

方远舰：怎么告诉他们？

陆路：什么都不用说。

陆路望着方远舰，伸出了手。方远舰犹豫一下，搂住陆路，两人来了一个男人间的拥抱。

陆路想起什么，拿起一个信封递给方远舰。

陆路：给你写的信，我走了再看。

方远舰点点头，收起信封。陆路拖着行李箱往外走，方远舰跟着，陆路穿过试验区、工作区，与四个骑士目光相接，点点头，大家呆呆立在原地，满脸诧异。

两人来到门口，陆路站住：留步吧。

方远舰点点头。

陆路拽着箱子出了骑士联盟的门。

方远舰站在门廊下，望着陆路钻进马梵的车，马梵发动汽车，汽车消失在雨雾中。

方远舰拆开信封，便笺大小的信纸夹着一张银行卡。

信纸上写：阿舰，这三年来无数次想是不是被你坑了，但没想到，结尾是我坑了你。这几年攒了一点小钱，从前你肯定看不上，但现在也许它能帮你多坚持一天，算是我对骑士联盟的一点补偿吧，密码是骑士联盟的生日。

雨下得像瀑布，在玻璃上流淌，透过雨水，可以看到方远舰在窗里呆若木鸡。

大雨似乎要洗去这个城市的尘埃和浮华，城市的纹理和脉络慢慢在雨中坦露，它的生机在腐殖质和泥泞中顽强地伸展着。

雨中，傍晚，在一家优雅有特色的餐厅里，夏末、销售总监、小可与三个中年男人围桌而坐，男人们已经微醺。

夏末端起红酒杯：杨总，我再敬你一杯。

二人碰杯，各自喝下。

夏末：杨总，你们深耕变压器很多年，一定知道我们新技术的价值。

杨总：当然知道，从各项参数看，你们的温升、快速散热效果、安全性、环保，还有故障率对传统变压器都是一种颠覆，可以说是开创性的。

杨总端起酒杯：同是民营企业，我非常佩服你们的研发精神，我敬你们一杯。

夏末：杨总，我这次算拜个码头，交个朋友。

夏末端起酒杯，一口喝完。

杨总：多个朋友多条路，非常高兴结识您这个朋友。

夏末：杨总，我想知道你们对这个技术的真实想法。

杨总：夏总，这个技术你们不是首创，在你们之前，有人曾经要卖给我们分子式。

夏末：我知道是什么人。

杨总：你知道我们为什么没有买吗？

夏末：为什么？

杨总：我们的一家竞争对手买了这个技术，产品打入市场半年就全部召回了，他们损失惨重，已经快倒闭了。

夏末：出了什么问题？为什么召回？

杨总耸耸肩：具体什么问题，我们也没有掌握。

夏末：杨总，我们的样机，已经运行了半年以上，到现在十分稳定。同是一个技术，我们的各项数据，明显优于您说的那家产品。我很自信我们的变压器，除了更安全、更环保，使用寿命远远超过传统变压器。

杨总酒已醺，有些失态，凑近夏末：那我们更不能用你的技术了。

夏末：为什么？

杨总：夏总，你更像是个科学家，不是个企业家。

夏末：怎么讲？

杨总：有时候最好的并不是最好的，完美就是灭亡。

夏末：我没听懂你的意思。

杨总：你知道现在世界上最好的手机，为什么用两年就需要换新的吗？

杨总拿起自己的苹果手机：这已经是它的第七代了。

夏末：……

杨总：国外有一个灯泡，在1901年点亮，到现在还没有熄灭过，亮了一百一十多年了，而生产它的公司已经倒闭九十多年了，他们当初绝对没有想到因为灯泡质量太好而倒闭。

夏末：……

杨总指着鉴定资料：造它的和用它的，都不想这个东西一辈子不坏。夏总，东西越造得完美，越是在给自己挖坟墓，你懂了吗？

夏末：懂了，谢谢你酒后真言。

新的一天，某变压器厂。厂房里很萧条，空空荡荡，没有几个工人。

一个很瘦的人看着名片：你们有什么事情？

销售总监：听说你们公司在生产一种新技术的变压器，我们想了解一下这项技术。

瘦老板眼珠一转：你们为什么要了解这个技术？

夏末刚要解释，销售总监抢话：我们对这个技术很感兴趣。

瘦老板：那你们找对人了，我们是全球第一个使用这项新技术的。这是一个新的冷却技术，绝对是世界前沿技术，甚至可以说是对变压器的一场革命。

夏末、销售总监等人愣住。

瘦老板：我们的变压器整机无油化，持续过载不燃不爆，绝对安全，同时又不会漏油和排放温室气体，很环保，更重要的是故障率低，使用寿命长。

夏末：这项技术的缺点呢？

瘦老板：没有缺点，都是优点。

夏末和销售总监对视：没有缺点？

瘦老板：缺点也有，就是技术转让费很贵，我们有些承受不起，我正想找一家同行，一起承担这笔费用，结果你们就来了。你们有兴趣，咱们可以谈谈。

夏末与销售总监恍然大悟，两人相视一笑。

瘦老板热情地：走，咱们去我办公室，边喝茶边谈。

夏末：您误会了，我们公司也研发出来了这个技术，已经通过了国家鉴定。

瘦老板愣住：你们什么意思？

夏末：我们听说你们新技术的变压器出了问题？全部被招回了厂里，想了解具体情况。

瘦老板尴尬至极。

夏末：不知道你们的变压器遇到了什么问题？也许我们可以帮助解决。

瘦老板愤怒地瞪着夏末：骗子！都是骗子。离开我的工厂，我不想见到你们。

夏末：您别激动，我们想知道，到底出了什么事？

瘦老板吼道：所有变压器用了不到半年，管道被腐蚀，散热系统长满了绿毛，我被你们这个技术骗得要破产了。

夏末：长绿毛？长什么绿毛？

骑士联盟里，人们在关注着电脑，电脑上的点阵图像正在生成，哪吒的眼睛扫视着屋子，哪吒缓缓地开始步行。王源远和李世恒很兴奋，目光对上方远舰，脸上没有一丝笑意。机器人绕过第一个障碍物，在第二个障碍前停了下来。王源远赶紧核对监视器上的数据。

方远舰：怎么回事？

王源远：还不好判断，可能是测算上有盲区。

方远舰：什么叫不好判断？和云飞一起搞这么久了，怎么还有盲区？

王源远不搭话，眉头紧锁。

方远舰踢开旁边的椅子，在屋子里踱步。

方远舰：视觉模块换了，陀螺仪也换了，该花的钱都花了！怎么还是这个鬼样子？

王源远：还是有很大提升的，云飞也在更新算法，只是目前效果还不明显。

方远舰：是我们在做机器人，不是云飞！

王源远：视觉模块的算法我也一直在写啊！我们要和云飞同步数据，有些工作要等云飞反馈。

方远舰：磨磨叽叽的，还不如陆路一个人写得快！

王源远：陆总去哪了？

方远舰：快写你的数据。

"咣……咣咣"，门口传来砸门声，方远舰犹豫一下，起身往门口去。

"咣……咣咣"，砸门声更重。

方远舰：来了，来了。

方远舰开门，愣住，外面站着三个人，是放高利贷人。

方远舰：你怎么来了？

高利贷：你不接电话，我只好上门找你了。

说着三人进了门。

方远舰拦住他们：咱们换个地方去说。

高利贷：为什么？

方远舰：里面在工作。

高利贷：方总，我特别好奇你造的机器人，来都来了，让我们参观一下。

三人强行往里走，方远舰无奈地跟着。

三人走到哪吒跟前，两个穿雨衣的人摘掉雨帽，露出面容，是人狠话不多那种。

高利贷：方总，你借贷是为了造这个？

方远舰点点头：他们在工作，咱们那边谈。

方远舰把他们领到休息区。

方远舰小声地：我今天再还你一部分。

高利贷和悦地：方总，看你借钱是干正经事情的分上，我真诚地劝你，最好今天一次性还了，像狗撒尿一样还钱，你永远也结不清。

方运舰：我懂，我出了节外生枝的事情，损失很大。

两个听到方远舰的话，四处寻找，其中一个发现案子上的喷漆罐，抓起喷漆在工位上，墙上涂鸦。

方远舰：你干什么？

方远舰腾地站了起来，被高利贷按住。

王源远、李世恒、张一博、曾翔愣住，看着他们不知所措。

两人到处喷漆涂鸦。四个年轻人抓起身边工具，怒视。

另一个抄起一根金属棒，蹿到哪吒跟前：谁敢动，我先砸了它。

大家愣住。

方远舰冲四个人喊到：没你们的事，都别动！

高利贷冲喷漆的人：兄弟，意思一下得了，方老板不是诚心赖账。

那人丢掉喷漆，指着哪吒，嘲笑地冲四个年轻人：造这玩意儿我们不行，打架你们不行。人多也不行。

四人脸色铁青，横眉冷对。

高利贷和颜悦色地：方总，对不住，那是他俩的工作，收不回债，他们没有业绩，要扣薪水的，理解一下。

方远舰呆呆地看着。

高利贷拍拍方远舰：我们查到你把海景豪宅卖了，听我的，马上把剩下的钱还了，不打扰你们了，你们继续干活。

高利贷带着人离开骑士联盟。

屋里寂静，无人说话。大家里里外外忙活着，红漆被洗掉，但仍有点残留。

方远舰：行了，就这么着吧，洗不掉的就当装饰吧。

众人累得够呛，丢掉工具靠在桌边，有些丧气。

方远舰：都别颓着啦，我请大家吃海鲜去！

李世恒：方总，咱还有钱吃海鲜吗？

方远舰：吃你的就行了，瞎操心什么！

来到海边大排档，大桌摆满海鲜，王源远、张一博、曾翔、李世恒低着头，气氛有些尴尬。

旁边一群西装革履的人们已经喝高，三五个人搂在一起合唱成龙的《真心英雄》。

一个人看见方远舰，拿着酒窜过来，是接待过方远舰的房产中介。

中介：方总！巧了呀！您也在这！来喝一个喝一个！

方远舰无奈地应付着干杯。

中介：方总，您那海景房卖了吗？

方远舰：卖了。

中介：哎哟，可惜了，方便透露吗？您卖了多少钱啊？

方远舰：不方便说。

中介：鹏城最近的房价，那是坐了火箭！您那海景房最少能卖小三千万。

方远舰瞠目结舌。

大家面面相觑，然后看方远舰。

方远舰冲中介吼叫：请你别打扰我们。

中介：您还有房要卖吗？

方远舰没好气地：没了。

中介：方总，你有朋友要买房卖房介绍给我，成了给您提成，今天我们又成交了几手房子，公司庆贺，你们这桌我买单。

方远舰：不用了，你走吧。

中介向全桌人推销自己，派发名片。

中介：朋友们，在鹏城买房了吗？再不买房，以后就真买不起了！今年房价疯了，均价涨了60%！什么概念啊？

方远舰发火，一拍桌子：你怎么这么啰嗦！

邻桌人见方远舰冲中介嚷嚷，哗啦站起一片。

方远舰握住啤酒瓶子，两边气氛紧张，有一触即发之势。

中介：别，别，都是朋友，我不打扰你们了。

中介回到自己桌，张罗大家喝酒，一桌人更加喧嚣。

方远舰坐下：倒霉，遇到了他们。

方远舰给大家倒酒，举起杯。

方远舰：骑士们，我们的目标是诗和远方，是星辰大海，是宇宙苍穹。

没有人举杯，方远舰愣了一下，自己一饮而尽。

李世恒啜泣：我女朋友和一个富二代去寻找诗和远方了……

王源远："方政委"，现在还喊口号，不合时宜了。

方远舰：……

王源远：你还没有回答我，陆总去哪里了？

方远舰：他做了逃兵。

王源远：这层窗户纸总算有人捅破了。

方远舰愣住：你什么意思？

王源远：您别再打肿脸充胖子了，先把高利贷还了吧，欠下去会家破人亡。

方远舰：你也想做逃兵？

王源远：我们……

众人沉默，李世恒哭了起来。

方远舰倒了一杯啤酒，缓缓地灌进嘴里。

方远舰笑着冲李世恒：哭什么？又不是生离死别，好歹做了几年骑士。如果骑士联盟将来还活着，没准儿咱们还能聚一起！来！干了！为我们在荒漠里共同行走的那些日子。

众人端起杯子，仰头喝下杯中酒。

回到方远舰办公室，桌上摆着几摞钱。

方远舰：以后谁再说，钱能解决的问题不是问题，你们要跟他急。

李世恒：我不要，方总，您留着吧。

方远舰：你们也别打肿脸充胖子，小半年没拿工资了，你们喝西北风去吗？

王源远：给了我们，高利贷怎么办？

方远舰：你们走了，哪吒也就停了，剩下的钱够还他们的。

大家站在原地，久久望着哪吒，是告别，又像是默哀。

澳雾研发中心里，电脑屏幕上几张管道腐蚀和长绿毛的照片在播放。

聂铮、魏知远趴在电脑屏幕上，仔细观看。

夏末：他们的变压器，使用三个月以后，管道严重腐蚀，散热系统里长满绿毛，热量传递不均，严重影响散热，故障率很高。

聂铮看着魏知远：魏先生，为什么会出现这种情况？

魏知远摇摇头，急忙找出一本发黄的笔记本，翻看查找。

聂铮：我们的样机没有出现这种情况。

夏末：可是他们直接影响了我们的市场推广，除了变压器企业各种原因不愿意与我们合作外，我们走访了用户市场，几家电力公司都知道了长绿毛的事，对氟碳冷却液持怀疑态度，不相信我们的新技术。

聂铮：我们的测试数据明显要比他们的优秀。

夏末：没人听我们解释，对方是变压器行业的权威，他的技术不过关，没人会相信这个技术。

聂铮沉默。夏末一脸疲惫，揉太阳穴。

聂铮：你脸色不好，生病了？

夏末：这些天飞来飞去的，有些疲惫。

"哈哈哈哈"，魏知远突然大笑。夏末和聂锌诧异。

魏知远：荒诞！荒诞！命运总是和我这个老家伙开玩笑。

夏末：魏先生，怎么了？

魏知远：哈哈哈哈，你们猜！

二人被魏知远弄蒙了。

夏末：魏先生，您别一惊一乍的，我心脏受不了。

魏知远：我给他的，是一个失败的分子式，那个配方长绿毛。

夏末和聂锌瞠目结舌。

魏知远：那年我老伴突然病倒，我失了方寸，慌了手脚。一定是乱中出错，给错了他方案。

他将错就错，用那个长绿毛的分子式做了基础配方。

夏末和聂锌继续目瞪口呆。

魏知远高兴地：所以可以肯定，这个无耻之人，他没有解决分子式的核心问题，对我们构不成威胁。

夏末：我宁愿你给他正确的分子式。

魏知远：为什么？

夏末：劣币驱逐良币，这个错误的分子式，对我们新技术的推广，阻碍更大。

魏知远：什么时候起诉那个无耻之徒？

夏末：我要和法务商量。

总裁室，夏末缩在窗前椅子上，闭目思索。

吴董进来：夏总，你回来了。

夏末面露乏意，强打精神：吴董，我有些疲惫。

吴董：辛苦了，这一趟怎么样？

夏末：没有什么收获。

吴董沉默。

吴董：充电堆这边，销量又下降了，公司很快又会入不敷出。

夏末沉默。

吴董：夏总，我知道你不愿意，但是必须大幅度压缩研发经费。

夏末：吴董，我心里很烦躁，喘不上气，我想安静一会儿。

吴董愣住：你生病了？用不用去医院?

夏末：我想自己待一会儿，帮我把门关上。

吴董犹豫一下，离开总裁室。

夏末又缩在椅子上，呆呆地望着窗外。

傍晚，澳雳总裁室外，聂锌从电梯里出来，秘书小可迎上。

小可：聂总监，夏总把自己关在总裁室，说她累了，不想被打扰。

聂锌想想，继续往里走，小可阻拦：哎，聂总监，聂总监。

聂锌已经推开了总裁室的门，看到夏末缩在椅子里，被落日余晖包裹，轻轻走到跟前坐下。

夏末看看聂锌，视线移到窗外。

聂锌：你生病了？

夏末：夕阳无限好，只是近黄昏。

聂锌：你太累了，什么都别想，我送你回家休息。

夏末：你说李商隐写出这个绝句，想表达什么?

聂锌：对瞬间即逝的美好，惋惜眷恋吧。

夏末摇头：是对心中之光不灭的一种坚持。

聂锌：这是理想主义者的解释。

夏末：聂锌，很多时候，很多事情，只要我们再坚持一下，就会见到曙光。

聂锌：放心，我会和你一起坚持的。

夏末：谢谢你!

聂锌：我在美国的一位师妹，毕业后去了DBB公司，刚才收到她的一封邮件。他们从官网上看到了我们的10千伏新技术，想要来拜访我们。

夏末：全球最大的电力制造商，要来拜访我们?

聂锌：DBB想与我们合作。

骑士联盟里，厂房空空，方远舰胡子拉碴，头发凌乱，自己在摆弄哪吒。他接通电源，哪吒往前走了几步，步态蹒跚。

方远舰停下哪吒，架好两台摄像机，按录制键，自己走到摄像机前，用分解动作走路，捕捉运动姿态。电脑屏幕上，出现一个线条人走路的各种数据。

门口传来门铃声，方远舰愣了愣，走到门口，从可视视频里，看到张枫的脸。

方远舰犹豫一下，按开门键，转身回到动作捕捉区，继续捕捉动作。

张枫进来，在动作捕捉电脑屏幕前坐下。方远舰不理张枫，继续分解动作。

张枫拨通视频通话，出现范小雨的脸，张枫将手机对准厂房扫视一周，然后对准方远舰。

方远舰发觉张枫举止异样，看着张枫对着自己的手机，意识到什么，慌忙过去一把抢过张枫手机。

方远舰看着手机屏幕，与里面的范小雨对视，看到范小雨幽怨又担心的眼神，马上按掉电话，狠狠地将电话摔了出去。

张枫：你疯了？

方远舰：谁允许你拍我的？

张枫：你不接小雨电话，不回信息，小雨担心你出事，她要看到你才踏实。

方远舰吼叫：不要你多管闲事。你是故意让小雨看我笑话，你也是来看笑话的。

张枫：是又怎么样？我就是来看笑话的，我幸灾乐祸极了，我早就在等着这一天。

方远舰：你滚！马上滚出去，现在就滚出去。

张枫：这里面有我的股份，有瑄晖的钱，我有权利在这里。

方远舰语塞，二人沉默。

突然一阵机械响动，哪吒的脑袋转动，看着他俩。两人诧异地望着哪吒，哪吒一动不动。

又是一阵沉默。

张枫：你知道吗？你爸妈知道你要造机器人，怕你走火入魔，才来的鹏城。

方远舰：不用你说，我早知道。

张枫：你知道你爸爸有阿尔茨海默病，并且越来越严重了吗？

方远舰惊住：你胡说！

张枫：他们回去是怕你看出来，你不卖房子，他们也要回去的。

方远舰：……

张枫：你知道小雨肺炎，为了等你的生日祝福，她医院都不去在家等你视频电话，发高烧差点死了吗？

方远舰：……

张枫：你是个浑蛋！为了把它（机器）变成人，把自己变成了冰冷的机器。

方远舰：……

张枫：你口口声声要让机器人有温度，你自己却失去了做一个人的温度，你即使

360　│　从这里开始

做成了，也是一个像你一样浑蛋的机器人，对人类只会带来祸害。

方远舰突然冲上来，一拳将张枫打倒。张枫鼻血流了出来，爬起来，一拳将方远舰打倒。

方远舰坐在地上：你也是个浑蛋，你为什么不早点告诉我爸生病、范小雨生病？

张枫吼道：早点告诉你有用吗？你会放下你的机器人吗？

方远舰：我的机器人不是祸害，它会给人类带来幸福！

张枫：你先要让你最亲近的人幸福！

方远舰：……

傍晚，金黄色光束从小窗户上照射进来，方远舰和张枫坐在光影里，张枫鼻子里塞着卫生纸圈。

张枫：玩也玩过了，钱也造了，虽然代价太大，能让你回头也值了。

张枫撇眼方远舰，停顿一下。

张枫：我找到了一条光明大道，智慧农业。还是我做市场，你做技术，让小雨回来做管理，我们在这条路上披荆斩棘，东山再起。

方远舰：你和宫妙做好了，那条路是你们两个的，不是我的。

张枫急了：你无路可走了，你的骑士们已经全部倒在了路上。

方远舰：我又没倒下。

张枫：你真是没药可救了。

方远舰：那个东西就在那，我往前多走一步，就离它更近一步。哪怕我走不到，我的尸体也会成为后来人的路标。

张枫：你真绝情到不顾及最爱你的人的感受吗？

方远舰：我只有找到那东西，才能报答他们。

张枫脸色铁青，紧咬着牙，许久。

张枫：方远舰，咱们两个到今天，到头了。

方远舰：我同意。

张枫：以前的抹不掉了，从此以后，彼此不许在对方的生命里刻下痕迹。

方远舰：我同意。

张枫猛地一拳打在方远舰脸上，方远舰倒地，鼻血流出来。

张枫起身就走，出了骑士联盟。方远舰爬起来，擦掉鼻血，愣愣地站了一会儿，走到动作捕捉区，继续捕捉动作，随后给哈尔滨红肠发邮件。

方远舰：哈尔滨红肠，在吗？

片刻，哈尔滨红肠回复：在，很久没有联系了，进展怎样？

方远舰想想：一切正常，视觉模块用了最好的，所有数据重新跑，很费时间。

哈尔滨红肠：坚持就是胜利！

方远舰：坚持……谈何容易！

哈尔滨红肠：现在你最难的是什么？

方远舰：孤独。

哈尔滨红肠：做先驱者，本来就是孤独之路，甚至会被当做骗子。

方远舰：哈尔滨红肠，你要是个女人，我一定会爱上你。

哈尔滨红肠：哈哈哈，我下辈子一定做女人。

方远舰：能见面吗？一肚子话，无处说，憋死了。

哈尔滨红肠：见了面，你什么都不想说了。

方远舰：为什么要犹抱琵琶半遮面？

哈尔滨红肠：坚持！坚持！坚持！晚安！

哈尔滨红肠下线。

方远舰惆怅地望着空荡的骑士联盟，手机响，有信息进来，是熊尔的：帮你搞定了陀螺仪，请我吃夜宵啊？

方远舰想想，回复：没钱，没心情。

新的一天，骑士联盟，门铃声响。

休息区内，案子上摆了几个空酒瓶和两只脚，方远舰躺在长椅子上呼呼大睡。

方远舰迷迷糊糊张开眼睛判断一下，继续睡觉。

门铃固执地响着。

方远舰烦躁地起来，迷迷瞪瞪去开门。

可视门禁上是熊尔的脸，方远舰烦躁地：熊尔，你来干什么？

熊尔：看你还活着没有。

方远舰：活着，你走吧。

熊尔：开门，让我进去。

方远舰犹豫一下，开门，熊尔进来，两人来到里面。

熊尔望着空荡荡的厂房：终于走到今天了？

方远舰在休息区躺回原来的地方：你也是来看笑话的。

熊尔不语，到了哪吒跟前，看哪吒。

熊尔：走到这个程度，太可惜了。

熊尔在方远舰对面坐下：往后打算怎么办？

方远舰：凉拌。

熊尔发火：你起来，好好说话，我是认真的。

方远舰腾地坐起来：你现在看我是不是像看一个小丑？

熊尔严肃起来：方远舰，你既然要玩，就要玩得起。

方远舰吼叫：我怎么玩不起？

熊尔嚷道：你不是要造机器人吗？你去造啊，躺在这里装什么醉鬼？

方远舰：我也是人，凭什么不能躺下？

熊尔：别人能，你不能，你躺下，谁来替你收拾这个摊子？

方远舰：我不会让你收拾的。

熊尔：我也收拾不了，你生的孩子只能你养。

方远舰不语，又躺平在长椅子上。

熊尔：我今天来，是要告诉你一个信息。

方远舰：我累了，不想听。

熊尔：国内有人也开始造人形双足机器人了。

方远舰睁开眼睛。

熊尔：最近有两所顶尖高校成立了人形机器人实验室，你躺下了，真的就成了中国机器人的先烈。

方远舰腾地又坐起来，看着熊尔。

熊尔：你好悲催，在最不合时宜的时候，你迈出了一大步，结果在黎明前扯了那个……啥。

方远舰：黎明前是什么意思？

熊尔：现在资本已经意识到了人形机器人是个大矿，那两个实验室都拿到投资。你现在躺下，就真的成了别人的路标。

方远舰不屑地：我就是画大饼的祖师爷，你就别忽悠我了。

第十二章

夏末命中注定要经历九九八十一难才能取来真经，但劫难出现的方式则是千奇百怪的，有时甚至很迷人，就像《西游记》里面的白骨精。

夏末、聂锌、秘书小可，带着两个DBB欧洲人和一位华人女子在参观澳霈研发中心。华人女子三十多岁，是聂锌的师妹谷雨。

小可用英语在介绍：这是我们研发中心电力新材料研发区。蒸发冷却液就是在这里研发的。

一行人来到变压器实验区，隔着玻璃窗看里面的10千伏变压器在工作。

夏末：这就是我们的样机，已经连续工作了六个多月，各项数据非常稳定。

谷雨翻译夏末的话。

有科研人员拿着两个瓶子过来，瓶子里是清澈的透明液体。

夏末：这两瓶冷却液一瓶没有使用过，一瓶使用了五个月，肉眼辨别不出它们有什么不同。

DBB代表指着长条桌：我们可以在这里谈吗？

夏末（英语）：当然可以。

DBB代表：你们的新技术，非常了不起，我代表DBB表达对你们的敬意。DBB对你们的技术非常感兴趣，我们两家公司以前有过愉快合作，我们希望双方就你们的氟碳冷却新技术，能再一次合作。

夏末：DBB 是全球最大的电力设备制造供应商，若能再次与贵公司合作，我们很高兴。

DBB 代表：用三年时间，你们解决了变压器安全百年的难题，难以置信。

夏末：不是三年，我们很早就开始研发这个冷却材料了，这要归功于我们的首席科学家聂锌先生和他的团队。

DBB 代表与谷雨鼓掌致意。

聂锌：谢谢！谢谢！

夏末：贵公司想要与我们进行怎样的合作？

DBB 代表停顿一下：我们想购买你们的蒸发冷却技术。

夏末和聂锌愣住。

夏末：怎么购买？

DBB 代表：我们想购买这个新材料的全部产权。

夏末思索。

DBB 代表：我们认为，这个材料只有我们 DBB，才能让它发挥出杰出的价值。

夏末：谢谢你们对这项新技术的高度评价，我的回答会让你们失望，我们不会卖这个技术，1% 都不会卖。

DBB 代表：不不不，我们今天不要答案，只是表达我们的意愿。

夏末淡淡一笑：不管什么时候，答案不会改变。

DBB 另一位代表：我们还有一个条件没有表达，DBB 购买产权后，将授权贵公司做这个技术的全球唯一设备制造商，你们一定知道 DBB 全球电力市场的蛋糕有多大。

夏末和聂锌对视。

一石激起千层浪，DBB 的诱饵在澳雳决策层引起新的波动。澳雳总裁室里，吴董激动地在踱来踱去，边走边说。

吴董：牛 ×，牛 ×，这会儿明白你为什么砸锅卖铁要研发这个材料了，这个技术真牛 ×，世界上最大的电力制造商要来买断……

夏末坐在窗前，不语。

吴董：东边不亮西边亮，墙里开花墙外香，夏末，我服你了，心服口服。

夏末：吴董，你别激动，走得我眼晕。

吴董站住：山重水复疑无路，柳暗花明又一村。我们走投无路了，DBB 给我们送来了一座金山。

夏末沉思。

吴董：夏末，你怎么不激动？

夏末不语。

吴董：你怎么了？不会拒绝 DBB 吧。

夏末不语，她觉得需要深入地想想再做决定。

酒店顶楼咖啡厅，可以俯瞰整个鹏城。聂锌和谷雨面对面坐在窗前，互探虚实。

谷雨：这里更像一个国际大都市。

聂锌：来鹏城这些年，我还是第一次这个高度看鹏城。

谷雨：你对这个城市怎么评价？

聂锌想想：欲望与梦想齐飞，淘金与拓荒共存。

谷雨：当年为什么要拒绝和我一起去 DBB？你的分子式，在那里可以给你带来极大的财富和社会地位。

聂锌：我的分子式，在这里价值更大。

谷雨：不可能，你所在这家企业的规模与 DBB 的规模和全球影响力，中间差一个大西洋。

聂锌：咱俩所说的价值内涵，中间也差着一个大西洋。

谷雨不语，狠狠地瞪着聂锌。

聂锌：透露一下，DBB 真实的想法。

谷雨：你会透露你的分子式给我吗？

聂锌：不会。我不会损害公司利益，这是做人的原则。

谷雨：一样，各侍其主，我也不会透露 DBB 的商业秘密。

聂锌笑了：你已经透露了。

谷雨：我透露什么了？

聂锌：你们有商业秘密。

夏末还是习惯性地来到海边凉茶铺，问计潘公。

潘安、夏末坐在茶摊跟前，几个熬茶的锅，冒着热气。

潘安：你怎么想的？

夏末：别说吴董兴奋得不得了，我也有一丝动心了。

潘安不语。

夏末：DBB 开出的条件非常有诱惑力，确实令人难以拒绝，特别是我们的新变压器，在国内市场推广受阻，公司现在又陷入困境。

潘安思索着。

夏末：苦熬了七年，终于有了自己的核心技术，却要卖给别人，我又绝对不甘心。

潘安起身去搅拌锅里，往里面添水。

夏末急了：说说你的意见啊，我不是来倒垃圾的。

潘安：你每次纠结的时候，对我都是一次决策考试，因为，这真的是时代命题。

夏末：假如你费尽力气，终于中年得子，孩子被别人相中，你自己可能又养不活他，你能不纠结吗？

潘安：我没有这个假如。你比喻不恰当。

夏末：这个技术就是澳雳的孩子。

潘安突然气愤地：养不活自己的孩子，你就不配做母亲。

潘安将搅拌的勺子重重地丢在锅里，茶汤四溅，烫了他的手。

夏末愣了一下：你和茶汤发什么火？

夏末过去抓过潘安的手看，凑上去吹了两口冷气，拽着潘安往水管走。

夏末拧开水管把潘安的手塞入水中用凉水冲。

潘安抽出手，两人坐在桌前，沉默。

潘安：DBB 为什么要开出这么诱惑的条件购买这个技术产权？

夏末：这个技术很先进。

潘安：全球电力设备龙头企业，他们没有先进技术？

夏末：我们开辟了一个新的技术方向，具有唯一性。

潘安：你们的技术，已经具有潜在打破他们技术垄断的可能？

夏末：不好说。

潘安：你们的技术，也许在他们眼里是一把还不锋利的刀。

夏末思索。

潘安：他们担心，这把刀一旦开刃，会切走他们的蛋糕。

夏末思索。

潘安：这把刀，到了他们手里，只有两种可能：一种是永远不会开刃，让它生锈废掉；另一种是他们把刀磨锋利后，反手切回来。

夏末睁大眼睛看着潘安。

潘安：告诉他们不卖知识产权，他们可以购买地区技术使用权，就能知道他们的真正目的。

夏末思索一下：好主意，我懂了！姜还是老的辣。

夏末抓过潘安的手：烫伤没有？

潘安：这只老手，没有那么娇气。

澳雳总裁室，夏末、聂锌和吴董在讨论与DBB是否合作。

吴董情绪失控：那种睁眼睛就想怎么熬过今天的日子你不怕吗？那种天天都在垂死挣扎的日子你还没过够吗？

夏末：当然害怕，所以我们才不能卖掉核心技术。

吴董：大道理谁不懂，可谁来为这些大道理买单？

夏末不语。

吴董：现实是，不计成本研发出来的核心技术，在我们手上就是一堆化学符号和数字，不能转化成财富，攥在手里有何用？

夏末看聂锌，聂锌不语。

吴董：我们自己没有这个能力，为什么不许别人给这个技术一个光明的前景。七年的心血研发出来的成果，没法面世，对聂锌博士也不公平。

聂锌不语。

吴董：夏末，你是个有格局的人，这件事上不能狭隘。况且机不可失，时不再来！

夏末：吴董，天下掉下来的不是馅饼。

吴董：是陷阱也值得跳。

夏末坚定地摇头。

吴董气愤至极：一意孤行！你别忘了你背后有多少人要吃饭。

吴董气愤地往外走，突然在门口站住。

吴董：你是踩着他们的饭碗在一意孤行！

夏末发火：我不想再让他们吃了上顿没下顿。

吴董摔门而去。

屋内寂静，夏末看聂锌，聂锌不语。

夏末按照自己的思路约对方再次洽谈。澳雳研发中心里，夏末、聂锌、小可坐在一排，对面是两个DBB的代表和谷雨。

DBB 代表：在我们开始以前，我先表达我们的心情，我相信今天是一次愉快的会谈。我也相信我们两家公司能够再次紧密合作。

夏末：谢谢，这也正是我们想表达的。

DBB 代表高兴地：那就是说，你们愿意接受 DBB 的提议。

夏末：这项技术是我们的核心技术，我们不会出卖它。

DBB 代表愣住。

夏末停顿一下：非常感谢你们对这项新技术的高度评价，并专程来中国与我们洽谈合作。我们也有一个提议，澳雳可以把这项技术的地区使用权，转让给 DBB 使用。

DBB 代表相互看着。谷雨与聂锌对视。

DBB 代表：我们要的是转让全部知识产权，对你们的提议不感兴趣。

夏末：我说过不会出让知识产权，1% 都不会出让。

谷雨：夏总裁，聂锌博士用七年研究的成果，如果没有应用市场，就是一个失败的研究。

聂锌盯着谷雨：你凭什么断定我们没有应用市场？

谷雨：DBB 是全球电力设备技术的引领者，也是标准制定者，拥有全球最大的市场份额，包括中国市场。

聂锌：一切都会改变的！以前中国没有自己的核心技术，我相信以后不是这样了。

DBB 代表：聂锌博士，你是一个受人尊敬的科学家，应该遵循科学没有国界的原则，先进的技术应该为全人类服务。

聂锌：我非常赞同您说的。那么你们为什么非要占有这个技术，而不是使用它呢？

DBB 代表：谷雨小姐已经表达得很清楚了，DBB 有开发全球市场的实力。

夏末：那么您认为，科学成果能不能成为政治家手里的工具呢？

DBB 代表愣住：……

另一个代表：我们是电力设备制造企业，讨论的是变压器，和政治家无关。

夏末：贵公司的很多核心技术，可以提供给我们的邻国企业，却严禁提供给中国任何企业使用，与何有关？

对方哑然。

夏末：我的企业曾经是贵公司的代工厂，你们突然提高标准，我们遭受了灭顶之灾。我的企业挣扎着活了下来，很多中国企业没有我们幸运，从此不复存在，就是因为没有核心技术。

夏末停顿一下：那种经历，让我们怕了，我们绝不会出卖自己的核心技术！请你们理解。

谈判场地鸦雀无声。

夜晚，海边鱼排上，聂锌宴请谷雨。两人举杯碰杯，远处流浪歌手在唱歌。

谷雨：真快，一别七年多，没想到我们再见面是在谈判桌上，为各自的东家，唇枪舌剑。

聂锌：DBB 购买这个新材料的产权，你在里面扮演什么角色？

谷雨：我发现的它，并写报告给公司，提醒决策层这将是一项改变变压器格局的新技术。

聂锌：你怎么发现的？

谷雨：这些年我一直在关注你的动态，知道你肯定会把这个东西做出来。

聂锌：你们购买这个技术的真正目的是什么？

谷雨笑了：贼心不死，还想探听商业秘密。

聂锌：纯属个人好奇，你可以不说。

二人沉默。

谷雨感慨，似自言自语：这些年，中国发展太快了，特别是电力方面，特高压输电技术只有中国有。世界电力的规则要被打破了，他们谁会甘心。

聂锌看着谷雨。

谷雨一笑：说说你自己。

聂锌：没什么好说的。

谷雨：肯定还是一个人。

聂锌：你怎么知道？

谷雨指了指聂锌电话：一晚上，没人查岗。

聂锌笑笑：你的逻辑推理能力还是那么锐利。

谷雨笑。

聂锌：说说你。

谷雨：你猜？

聂锌：我没有你的推理能力。

谷雨：和你一样。

聂锌：为什么？

谷雨笑着：被你伤透了的心，还没治愈。

聂锌：你又倒打一耙，是你不愿意和我一起回国，提出分开的。

谷雨：孰是孰非，永远扯不清楚。

聂锌不吭声。

谷雨：不过看这些年鹏城发展的速度，你当时决定回来也许是对的。

同一个夜晚，骑士联盟休息区，方远舰瘫软在床上，像个病人。手里拿着年轻人厚厚的笔记，上面画着各种设定图，手写的笔记密密麻麻，最早开始的日期是 2008 年 2 月，结束的日期是 2015 年 6 月。在 2008 年 5 月的页面上，有一张女生的肖像。

方远舰拿出手机，翻到范小雨的电话，犹豫又放下，又回到哪吒旁边。

机器人绕过一个又一个障碍物，方远舰像教练一样在旁边给机器人加油，机器人却直接撞向了场地外。方远舰把手里的资料摔在地上，原地怒吼叫骂，蹲下来狠狠地捶打自己脑袋。

手机短信提示音响起，方远舰赶紧抓起手机，是范小雨。

信息：阿舰，李白又向我求婚了，我答应了。

方远舰放下手机，好似没有反应，继续调试哪吒。

过了一会儿，他突然意识到什么，拿起手机又看信息内容，然后拨打范小雨电话，许久无人接听。

伦敦，范小雨坐在床上，呆呆地望着方远舰来电，眼泪默默地流着，手里拿着一个钻戒。她想起和夏末的视频对话。她想让夏末劝劝方远舰不要做力所不及的事情，或者先根据市场需要先出低端产品，有了资金回流，再逐步去做哪吒，否则走不下去。没想到夏末竟然反过来劝她，要支持方远舰的做法，咬咬牙，翻过一座山，就会迎来成功。她甚至给范小雨上课，告诉她鹏城和中国对于机器人在内的这些基础应用研究会迎来一个觉悟期。一个女人，要真爱一个男人，可能不会在乎他的成败。在异国他乡，也许体会不到，父母之邦与自己所做的事情，是那么生死攸关。

范小雨因为李白对他太好了，方远舰则忽冷忽热，甚至音信全无，但她为什么这么痛苦呢？她自己不知道怎么面对方远舰。

电话许久无人接听，方远舰放下电话，望着哪吒发呆。

门铃声响，惊醒方远舰，他心烦意乱地去开门。

崔江北冲了进来。

崔江北：陆路怎么回事？

方远舰转身往里走，崔江北跟在后面。

崔江北：我给他打电话，他说离开了骑士联盟。

方远舰不语。

崔江北望着空荡荡的厂房：怎么就你一个？其他人呢？

方远舰：逃跑了。

崔江北惊住：开玩笑？

方远舰耸耸肩。

崔江北：怎么回事？

方远舰：腿在他们身上，他们想走就走。

崔江北：骑士联盟瓦解了？

方远舰：我还在。

崔江北：到底出了什么事情？

方远舰：弹尽粮绝了。

崔江北：科创委扶持的钱刚到你们账上。

方远舰：七七八八欠的账，刚够还的。

崔江北急了：你开什么玩笑，扶持资金是支持你们造机器人的，不是让你还账的。

方远舰：都是钱，花在哪里不一样？欠的也是造机器人的钱。

崔江北：过分，太过分了，钱刚给到你们，你们就解体了，我怎么给委里交代？

方远舰：就说那点资金，杯水车薪，救不活骑士联盟。

崔江北发火：开什么玩笑？说实话，那笔钱，我顶着压力，打擦边球为你们申请下来的。

崔江北狠狠一脚踢飞脚下垃圾筐。

二人沉默。

方远舰：对不起，我想办法还你们。

城中村大排档，马老板端上来红烧杂鱼，顺手收走了桌上的几个空酒瓶。

崔江北和方远舰各自举着一瓶啤酒喝。

崔江北：第一次利用手中权力夹带私人情感，没想到你们就让我无法收场。

方远舰有些微醺：对……起，我想办法还你们。

崔江北：你已经成了穷光蛋，拿什么还？

方远舰从兜里摸出钱包，从里面拿出一张卡。

方远舰：这里面有几十万。

崔江北瞪着方远舰：你还有钱？

方远舰想起什么，把卡收了起来：但是我不能给你，这是我爸妈养老钱，卡的密码在我妈那里，我不能让他们知道我走投无路了。

崔江北：骑士联盟往后怎么办？

方远舰：我一个人造。

方远舰举着酒瓶大口喝啤酒。

崔江北去夺酒瓶，被方远舰扒拉开。

崔江北：别喝了，你的舌头已经打卷了。

方远舰：这点啤酒算什么，我以前和张枫，一人一瓶白酒，能喝倒一桌客户。

崔江北皱眉。

方远舰：你别着急，只要我在，骑士联盟就在，骑士联盟在，你们的扶持就不会打水漂。

崔江北抓起酒瓶，仰头喝酒。

夜已深，方远舰显然已经喝多了，他歪歪斜斜，磕磕绊绊地沿着路走着。接到范小雨的短信，才觉得自己失去了一切，以前从未有过这样的感觉。他想去从前的海景房看看，但到那里却被保安拦住了，不让他进去。方远舰和保安争执起来，并且动起手来。

伦敦婚纱店里，小雨在试婚纱。

李白：小雨，这已经是第十三套了。

范小雨：对不起……但就是……不是我想象中的样子。

李白想招呼店员，被范小雨拦住。

范小雨：李白，我今天……累了。

李白：那我们改天再来，挑到满意为止。

范小雨转身去试衣间更衣。

手机铃声响起，范小雨从包里取出手机，显示来电人是方远舰，小雨犹豫了一下。

电话：你好，这里是鹏海派出所，请问你是方远舰的爱人吗？

范小雨：我不是……

电话：哎，弄错了？这电话上写着 L……O……V……E，小张，LOVE 是爱人的意思吧？

范小雨：是，我是！方远舰出什么事了？

电话：这人，是不是都搞不清。

警方用方远舰手机拨过来视频电话，小雨赶忙接通。镜头里是派出所所长，所长展示了警徽和派出所内环境，镜头拍向方远舰，方远舰蜷缩在角落里酒醉不醒。

所长：他醉酒打人，要拘留，不停地叫"小雨"。我们从他手机里找到你的电话，备注"LOVE 小雨"，所以联系你。

范小雨说不出话。

所长：你别激动，他得拘留三天，我们告知下家属，三天后你来提人？

范小雨用力点头：请您务必照顾好他！

电话挂断，范小雨掩面流涕，默默蹲下。

李白看表，向试衣间方向张望。范小雨从试衣间里出来，神情复杂。

范小雨：我需要回中国，去彻底解决一些事，你等我回来！

李白一脸蒙。

派出所，方远舰蜷缩在单间的角落里。民警打开房门，招呼方远舰。

民警：方远舰，你可以回家了。

方远舰：我没钱交罚款。

民警：干吗？想赖这儿蹭饭啊，走吧，罚款有人给你交了。

方远舰：……

方远舰走出门，看见门口的日光下，是范小雨的剪影。两人面对面，百感交集。

回到骑士联盟，范小雨拖着行李进来，打量着厂房，方远舰倒在沙发里，范小雨摸了摸哪吒的头。

方远舰：你不是要结婚了吗？回来干吗？

范小雨：回来看看你怎么把自己作死的。

方远舰：你走吧，我不用你管，罚款的钱我回头和礼金一起给你。

范小雨伸手。

范小雨：你现在给我！还有我当初投给你公司的钱，给了我立刻走！

方远舰：没钱……就这堆破烂儿，包括我。

方远舰像滩无所谓的烂泥。

范小雨：愚蠢！

方远舰：是！真应了你跟张枫的预言，做机器人的蠢蛋！

范小雨：做机器人不蠢，把公司做成这样才是蠢！

方远舰瞟了瞟范小雨。

方远舰：关这几天我想明白了，我是以卵击石，太高看自己了。

范小雨：你没有什么想和我说的？

方运舰：成王败寇，有什么好说的？

范小雨：后面你怎么打算？就这么躺着？

方远舰：洗心革面，找个老婆，踏踏实实过日子。

夜晚，某餐厅内，三只酒杯碰在一起，是范小雨、张枫、宫妙。一桌丰盛的菜肴过半。

范小雨：阿舰最后也没追回野望的钱？

张枫：鬼才知道，我跟他已经割袍断义，你干吗不直接问他？

范小雨：我不想看他！这么多年，从没见过他这样……像滩烂泥。

张枫：哟，蔫了？跟我还死硬呢，他可能就在你面前不装，你是他的死穴。

范小雨叹气。

范小雨：阿枫，我们得帮他重新站起来。

张枫：打住！

张枫灌了杯酒。

张枫：我不会再搭理这王八蛋，你也别管他，让他彻彻底底死一回，他才能清醒！

范小雨：我们就看着他死？

张枫：死呗，真死了我给他收尸烧纸！

范小雨：……

张枫：他现在就是个冷血的机器，过去的阿舰被机器人杀死了！

鹏城大学机器人实验室，范小雨与熊尔面对面坐着。

熊尔：当年的校花，你越来越迷人了。

范小雨：你也会奉承了？

熊尔：你是为方远舰回来的？

范小雨点点头：他身上具有理想主义加完美主义人格，一旦遇到过不去的障碍，会自我怀疑，他已经有自暴自弃的苗头了。醉酒打架，被治安处罚了几天。

熊尔沉默一下：你打算怎么帮他？

范小雨：不知道，所以想听听你的想法。

熊尔：他走的方向正确，干的事情也伟大，问题是这条路太孤独难走，没有捷径，要有雄厚的资本支撑，不是一己之力和几个人的热情、决心能完成的。

范小雨：继续走下去，有前景吗？

熊尔：这几年，人工智能的发展速度，越来越证明，前面不是海市蜃楼。

澳雾总裁室，范小雨来见夏末。

范小雨眼睛湿润：姐姐，我还想这么叫你。人和人之间的感情是复杂的，我就是割舍不下阿舰，看着他颓废，我心里很难受。我就是想帮他迈过这道坎儿，只要他站起来做事，我们怎么样都行。

夏末：我被公司的事情搞得焦头烂额，没想到阿舰如此遭遇。就这样吧，你先拿我个人的信用和房产去抵押贷款，支持他搞起来。我的企业已经复活了，不会有问题。小雨，阿舰虽然暂时被击倒了，但实际上，压死骆驼的最后一根稻草，是你接受别人求婚的消息。这么看，他是个内心多么重感情的男人！我要不是他表姐，就爱上他了。

范小雨：谢谢姐姐，不管我和阿舰怎样，我一定要帮他站起来。您的恩情，我们终身不忘！

夏末：有你在，一定行，我的资产会安然无恙。只是，先不要告诉他。

骑士联盟里，方远舰躺在沙发上抱着酒瓶喝酒，满眼血丝。公司门被猛地推开，几个工人闯进来，范小雨随后现身。

方远舰：哎，你们干什么？

范小雨夺过方远舰的酒瓶扔进垃圾桶。

范小雨：你要么现在一起打扫，要么就滚一边待着去！

方远舰点头服软，窝着腰去垃圾桶里捡回酒瓶子，闪开继续喝。

范小雨指挥保洁打扫卫生，另外一批工人直接走进方远舰办公室。整个骑士联盟都动起来。工人按范小雨的布置，调整了办公室空间，更换门锁，铺设了一张床。方远舰揣着手在一边看。

方远舰：怎么个意思？就霸王硬上弓呗？我跟你说，我可得明媒正娶！

范小雨：骑士联盟我投过资，股份给我补上，以后这里我说了算。

方远舰：你要干吗？

范小雨：做机器人！

方远舰：你有钱吗你？你会做吗你？

范小雨：英国的身家我都带回来，我不会做我找人做！

方远舰打量着范小雨，空气像凝固了一般。慢慢地，方远舰不正经地笑起来。

方运舰：疯子骗傻子，你神经病吧你！

范小雨看着方远舰一动不动，方远舰狠狠地灌了口酒。

方运舰：我知道你是想帮我，别费劲了，我不干了。

范小雨：不干就让开，别挡我道！

方远舰：行！你牛 × ！

范小雨里里外外忙活着，方远舰打开音箱。摇滚乐响彻骑士联盟，方远舰裹着宽大的睡衣，边喝边跳舞。

在方远舰癫狂舞姿的陪伴中，骑士联盟从混乱到整洁，焕然一新。

科创委内，崔江北拿着一份报告心事重重地走到高山桌前：主任，您看看这个。

高山抬眼瞥了他一眼：这是什么？

崔江北：责任报告，您看完就知道了。

高山皱眉：扶持资金刚到位项目就暂停了？

崔江北：造机器人很烧钱，他们已经弹尽粮绝，我们的扶持资金被还了账。

高山沉吟着：就是你坚决要扶持的那家叫骑士联盟的？

崔江北：是！

高山看看报告：你为什么要坚决扶持他们？

崔江北：他们在做机器人，有看得见的前景。

高山：还有呢？

崔江北：我师弟在那里做技术总监，所以我了解具体情况，他们当时资金举步维艰。

高山：假公济私？

崔江北：如果说我掺杂私人感情，我有口难辩。但那不是我做结论的依据，客观地说，是他们符合条件，应该被扶持。

高山啪地拍了桌子。

高山：崔江北，你首先有徇私违规嫌疑。

崔江北：高主任，如果仅仅是因为我师弟在这家公司，仅仅因为我们在大学里面认识，他所在的企业就不能获得扶持，对他们公平吗？

高山：那你也应该回避。

崔江北：我不回避！一个具有旺盛的创造活力，又有现实前景的科技企业，已经很迫切需要资金了。如果我们早点扶持，他们也许不至于去拆东墙补西墙，找私人贷款，窟窿越补越大。说明我们的扶持办法还有问题！这些规定如果与出发点背道而驰，就是异化的产物，应当改革。

高山：不要给我解释，你去党委会去解释！

高山愤愤地将崔江北的报告扔进抽屉里。

高山：在对你的调查结果出来之前，暂停一切工作。

科创委资料室内，夏末、小可、崔江北、高山四人坐在一起开会，崔江北和高山仔细阅读手中的材料。

高山：夏总，您的变压器和新技术成果真的很了不起，达到的标准之高令人叹服。

夏末苦笑一下：七年磨一剑。

高山：果然是宝剑锋从磨砺出。夏总今天来，肯定遇到了什么事情需要科创委帮忙。

夏末点头：全球最大的电力设备制造商 DBB 公司找到我们，想要收购我们新技术的知识产权，被我们拒绝了。

高山兴奋：全球电力第一，来买我们的技术？这太让人振奋了。你是来给我们报喜的。

夏末：报忧！

高山：报什么忧？

夏末：这个技术，墙内开花墙外红，国内没有市场。

高山与崔江北对视：为什么？问题出在哪里？

夏末：各种各样的原因，有的原因近乎荒唐，总而言之市场需要有人带头使用，印证这个技术的先进性。

高山：我明白了，你们需要第一个吃螃蟹的人。

夏末点点头：我们毕竟是民营企业，很难让市场相信我们的科研力量，更别说开创性的新产品了。这事本不该来找你们，但是科技产品推广真的很难。

高山：放在高交会上推广呢？

夏末忧心忡忡：远水解不了近渴，再打不开市场，我们怕熬不到那时候了。这个技术真正的用武之地在于 110 千伏和 220 千伏超高压电力变压器上，我们会被迫停止研发。

高山思索一下：你别着急，市里很重视科技成果转换，我把你们的情况汇报给市里。

骑士联盟里，方远舰裹着毯子在休息区喝酒，打开投影看综艺，哈哈傻笑。范小雨过来挡在投影前。

范小雨：办公桌钥匙交出来。

方远舰：干吗？

范小雨：看账本，拿公章。

方远舰：钥匙我早丢了，找不着了。

范小雨点点头，左右找了找，看见一根铁撬棍，拿在手里掂量了一下，直奔办公室。

方远舰笑着笑着，扔下酒，拔腿冲向办公室。

方远舰喊：范姐姐……

范小雨正在用铁撬棍撬办公桌，咔咔作响，一条木隼已经飞起。

方远舰：范爷爷！停！

方远舰冲进来，从旁边的书架上摸出钥匙，双手递给范小雨。范小雨轻蔑地接过，开锁。

方远舰：你是我认识的那个范小雨吗？这也太粗野了。

范小雨：女人的温柔都是装出来的，跟你已经没必要装了！

方远舰：好险，我这也算虎口余生了。

范小雨摊开账本，逐条查阅，计算，做笔记。方远舰赖在对面，偷偷拿出一张纸，叠纸飞机，在屋子里丢来丢去。飞机扎在范小雨面前，范小雨团起来丢进垃圾桶，方远舰又摸出一张纸，重新叠。

范小雨：这是人记的账吗？你就不能找个人来管财务？真是一塌糊涂！

方远舰噘着嘴，继续叠各种飞机。

范小雨：你根本不会做公司，骑士联盟能活三年真是奇迹！

方远舰：会做也是个死。

范小雨：造血能力一点没有，就是烧钱，你从来没想过钱烧完怎么办？

方远舰：……

范小雨：阿枫说你是地主家的傻儿子，真太贴切了！

方远舰狠狠地丢出一架纸飞机。

熊尔实验室里，屏幕上纸飞机的图标飞向垃圾桶，熊尔正在清理邮箱。留下的邮件都是来自骑士联盟，收件人是哈尔滨红肠。熊尔看着邮件若有所思。

学生：熊老师，有人找！

熊尔回过神，起身出迎，范小雨走进来。

熊尔：方远舰怎么这么好福气，美女救英雄啊！

范小雨：熊尔，别开玩笑了，现在真的只有你能救方远舰了。

熊尔：方远舰是"创伤后应激障碍"，你还不了解他？太阳熄火，他都熄不了火。

范小雨：他要真能放下，我就不费劲了。

熊尔：这会儿放下可就亏大了，机器人、人工智能的风口正在起，资本已经闻风而动了，正是"直挂云帆济沧海"的时候。

范小雨：是啊，我不想他因为一时挫折，前功尽弃，只能我先干了！

熊尔：你怎么干？

范小雨：我想先利用骑士联盟现有的技术造血，公司正常运转起来以后，找资本助力。但机器人这块我是外行，有没有具体的项目方向？可以最快转化，给我指点一下。

熊尔：现有条件下，他们的技术能转化的只有给孩子们做教育机器人，是眼下最现实的方向。

范小雨一边倾听，一边在纸上飞速地记录着。

熊尔：自主研发舵机是骑士联盟的优势，应用在小型教育机器人上绰绰有余，配合互联网资源推出，也许会是条出路。

范小雨点点头：我考虑一下。

熊尔：可是，只有你也做不了啊。

范小雨：熊尔，你可不可以出山？

熊尔一愣，笑了。

熊尔：你是来给我挖坑的。

范小雨：熊尔，你和阿舰曾经虽然有过竞争，但更是惺惺相惜的斗士！

熊尔：皇帝不急，我们这些太监急也没用，等方远舰重新站起来，我会帮他！

夜晚，骑士联盟里，范小雨进门，把食盒放在桌上。方远舟（驱鸟机器人）拿着一个小喇叭，挥舞着一串小旗帜。

方远舰坐在方远舟后面像演双簧：骑士之母已乘巨龙归来，天啊，她带回了丰盛的食物，冲啊勇士们……

方远舰模仿慢动作冲向食盒。一根铁撬棍砸在食盒前面。

范小雨：坐回去！听我讲完才能吃。

方远舰无奈倒回沙发里。范小雨把一块白板拉到面前，在白板上奋笔疾书，是一张详尽明晰的思维导图。思维导图梳理了骑士联盟复活的整个计划，每一步的任务目标都很详尽。

方远舰眼睛紧盯着范小雨书写的内容。

方远舰：这什么玩意儿？乱七八糟。

范小雨：这是我几天的思考成果，你哪里看不明白，我讲给你听。

方远舰故意眯着眼睛，慢慢靠近白板。

方远舰：这里，这里……

范小雨：哪里？募集计划书吗？这个我来写，你……

方远舰突然抓起板擦，把整个白板上的思维导图涂抹成一团。

范小雨：方远舰！你浑蛋！

方远舰笑得很夸张。

方远舰：死了这条心吧，回你的英国去嫁人，别把你的嫁妆赔个底朝天。

方远舰皮糙肉厚，一边挨打一边打开食盒吃饭。

方远舰：我找到新工作了。

范小雨：……

方远舰：卖楼，现在鹏城的楼市火爆，房价像火箭一样，做中介很赚钱。

范小雨打累了停手，眼泪汪汪，拿起笔记本走回房间，重重地摔门。

新的一天，阳光正好，范小雨在门口支了一张桌子，在笔记本上写计划书。方远舰在旁边支了个躺椅，一副老大爷度假的打扮，喝着饮料刷着手机。

范小雨：所以说视觉模块这部分还没有开发完成？

方远舰：没有。

范小雨：我可不可以理解为，骑士联盟三年可以独立成形的部分就只有自主舵机？

方远舰：你爱怎么理解，就怎么理解。

范小雨：方远舰！你能不能认真点回答我？

方远舰：别烦我，我正刷房子。

范小雨：你！

方远舰：你看你看，这个房子怎么样？你买不，过这村没这店了。

范小雨：方远舰！你能不能正经点？

方远舰一本正经地：你买了我还有提成，肥水不能流外人田。

范小雨默默抽出铁撬棍，方远舰落荒而逃。

夜晚，方远舰办公室里，范小雨按下打印键，打印出一份精美的商业计划书。屋外一阵响动，范小雨开门。

范小雨：方远舰？跑哪去了？找了你一天。

屋外一群喝红脸的西装男女挤在休息区，几个人正在鼓捣投影音响，准备唱歌。方远舰理了头发，同款黑西装，看见范小雨，拉了一个人过来介绍，正是之前稻田房产中介。

方远舰：经理，给你介绍一下，这是我前女友。

中介：前嫂子好！

范小雨：方远舰，你这是干什么？

方远舰：你不是让我干正经事吗？

范小雨：带群人回来胡闹？

方远舰：我已经正式加入稻田房产，是一名光荣的销售员了！

范小雨：什么？

方远舰夹起自己工牌给范小雨看。工牌上方远舰傻笑的照片，还有钢印，显然是真的。

中介向着大家一挥拳，做出一个"努力"的姿势。

中介：我们的信条是什么？

众人齐声：售房人！售房魂！售房争做人上人！

众人有节奏地鼓掌三下，互相拥抱，继续喝酒拿话筒。

方远舰：大家随便喝，往高兴里唱！以后这儿就是咱们的俱乐部！

众人欢呼，歌声再起，是谭咏麟的老歌《卡拉永远 OK》。

范小雨气得原地发抖，中介感觉不对，往后缩身。

方远舰：没事，没事，接着奏乐！接着舞！

范小雨走过去抢过话筒，声嘶力竭地大喊。

范小雨：出去！都给我出去！

喊罢，话筒一摔，范小雨把铁撬棍拿出来驱赶众人，一直追到大门口。一群人鸟兽散去。

范小雨拿着铁撬棍从门外回来，方远舰心虚，拿着话筒小声哼唱。

方远舰：卡拉永远 OK，卡拉永远 OK……

余光看到范小雨过来，方远舰不敢再唱。

范小雨：方远舰，好好迎接你的新生活吧，我明天就回英国，再见。

范小雨离开，铁撬棍扔在地上，滚动着发出刺耳的撞击声。看着范小雨的背影，方远舰站在投影中，闭上了眼。

夜晚，海边灯塔下，惊涛拍岸，潮水一波一波地涌来。

范小雨独自在海边，心情惆怅，电话响起，是李白的视频电话。

视窗里的李白：嗨，小雨。

范小雨：李白……

李白：小雨，那边的事情顺利吗？什么时候回来？

范小雨：不顺利。

李白：小雨，你现在哪里？

范小雨：心情不好，一个人在海边。李白，我也许很快会回去。

李白：小雨，你已经回去了，就要把问题变成没有问题，不然你回到伦敦，心里还是不能平静。

范小雨：我知道。李白，我现在不想说话，先挂了。

范小雨挂断电话，心情烦躁。

夜晚，骑士联盟里，方远舰坐在电脑前发呆，电脑一角的邮箱提示在闪烁，是哈尔滨红肠留言。

哈尔滨红肠：在线吗？

方远舰回复：在。

哈尔滨红肠发了一个链接：你马上链接这个网址，里面有震惊你的内容。

方远舰回复：什么内容能震惊到我？

哈尔滨红肠：自己去看！！！

哈尔滨红肠离了线。

方远舰想想，链接进入刚才的网址，里面出现 AlphaGo(阿尔法狗）与李世石人机世纪大战最后一场比赛的新闻画面，（阿尔法狗）进入最后读秒阶段，最终（阿尔法狗）以 4：1 战胜李世石。

新闻主持人激动地说着：我们见证了一个历史性时刻，已不需要去关注某一局的比赛，人工智能完胜了人类大脑……

方远舰完全被震惊，他看得目瞪口呆。

门口响动，范小雨从外面回来，方远舰毫无反应，呆呆地坐着。

范小雨走到方远舰跟前：阿舰，我现在相信你以前说的，我们也许生活在过去时，是另一个真实世界的投影，谁也不要试图改变人生轨迹。

方远舰答非所问：机器赢了人。

范小雨蹙眉，不明白方远舰说的什么：你想把机器变成人，我想改变你，都是痴心妄想。我想明白了，咱们的故事，该翻篇就要翻篇，我明天就回欧洲。

范小雨说完，回自己屋里。

方远舰冲范小雨背影：机器真的赢了人，不是幻想。

方远舰坐在长台子边，默默望着哪吒，一旁堆了几个啤酒罐，他在半醉半醒之间。

方远舰喝了一口啤酒，冲哪吒：你们赢了，赢了人类最强的围棋高手。

哪吒毫无反应。

方远舰：你看我干吗？是在嘲笑我吗？

哪吒毫无反应。

方远舰：我不会再上你的当，你坑我一个人还不够吗？你这个坑爹的玩意儿，我是不会让你把她坑得和我一样惨。

哪吒毫无反应。

方远舰：你是不是觉得委屈？你就不该生在我这儿。你的父母应该更优秀、更高贵、更富有。

哪吒毫无反应。

方远舰：你们不该和人类一样，出生就有贵贱之分。

方远舰有些迷糊，闭上眼睛：人生下来就……我制造你，是要你对待人类一律平等，不嫌贫爱富，就像人最忠诚的朋友……狗一样。

哪吒的眼睛悄悄聚焦，观察方远舰，方远舰被哪吒眼睛聚焦的声音惊醒，观望，没有发现异常。

方远舰：等你了解人了，你就会知道，人是一个最孤独的物种，不了解自己，更不了解别人，只愿意对你们袒露内心。

方远舰注视着哪吒，哪吒毫无反应。

方远舰：有的人一辈子为了生存挣扎，人生对于他们是能看见明天出太阳。有的人一辈子追逐名利，人生对于他们是无穷无尽地索取。

方远舰闭上眼睛：有的人一辈子在寻找知己……你就是我的知己，我只能活几十年，你的寿命一定比我长，你是我生命的延续。

哪吒的眼睛又一次聚焦，观察方远舰。

方远舰闭着眼睛，困乏至极：你的同类大脑，今天已经赢了我的同类大脑，怎么办？咱们怎么办？

方远舰越说声音越小，睡着了。

清晨，方远舰睁开眼睛，天色已亮。方远舰揉揉眼看表，翻身冲向自己的办公室。

方远舰刚要敲门，门从里面打开。

范小雨拖着行李箱，看见门口的方远舰，十分诧异。

方远舰：小雨！我想……

范小雨：你想干什么？

方远舰：继续做机器人！你留下来，一起做！

两人隔着门框相望。方远舰冲过去拥抱小雨，却发现一根铁撬棍顶在胸前。一本计划书丢在方远舰眼前。

范小雨：请保持距离！立刻开工！

澳雾总裁办公室里，夏末在桌前审理材料，电话响起。

高山的声音：夏总，这回可轮到我来给你报告了！

夏末：不敢，报忧报喜？

高山：报喜！澳雾的情况我都如实向市领导反映了，市领导非常重视。

夏末：对氟碳新技术？

高山：对，市领导对于澳雾愿意保护自己的技术产权也非常欣赏，特意安排电力部门的负责人跟我一起去你们公司考察技术和产品的情况，我们稍后就到澳雾去。

夏末：太好了，高主任，我在澳雾恭候你们。

随后，高山领着供电局的几人进入澳雾大堂，夏末带着秘书热情迎接。

夏末和高山握手：感谢高主任和两位领导百忙之中莅临澳雾。

高山：夏总，这两位是供电局的钱副局长和工程师。

秘书小可在旁边递出介绍册，钱副局径直朝前走。夏末和工程师握手，钱副局独自在大厅环视。

高主任：钱局长，咱们先参观一下澳雾的研发中心？

钱副局皱眉看表：高主任，咱们还是快点进入正题吧，今天局里还有审计会要开。

夏末：好，我想在澳雾的研发中心开会，眼见到东西更有说服力。

夏末带着几人走进研发中心的监控室，介绍坐在监控仪器前的聂锌。

夏末：这位是我们研发总监——聂锌博士。

钱局、工程师和聂锌点头示意，打量聂锌。

夏末：氟碳介质冷却变压器是聂锌博士带领团队历时七年打磨出的产品，针对传统变压器损耗高、散热不均衡、污染严重的问题都做出了重大改变……与传统变压器相比有无可争议的优势。

夏末一边说，一边把手中的数据清单分发给几人。钱副局瞥了一眼表格，轻描淡写地把手中纸张对折起来。

钱副局：夏总，我先说两点。第一，今天我来，您应该感谢科创委在主管市长面前对你们企业的推荐。

夏末点头：谢谢高主任。

钱副局：第二，电力局首先强调的是电力设备运行的安全稳定，对于没有经过时间检验的新技术，我们不愿意冒险做第一个吃螃蟹的人。

夏末：……

钱副局：特别是我们了解到国内有类似的技术已经造成安全事故。

夏末：我理解，钱局时间宝贵，我也直接点，今天在研发中心开会就是为了证明两件事。第一，氟碳变压器有传统变压器无法比拟的参数优势；第二，这台样机已经不间断稳定运行半年以上，澳雳有足够的信心保障产品质量。

钱副局：老王卖瓜，自卖自夸的话我们不会相信，实践才是检验真理的唯一标准。

夏末：我们迫切希望电力局用实践检验。

工程师：说得简单，电力事故没有小事故，使用你们的新设备，出了电力事故算谁的？

夏末和聂锌对视。

夏末：因为变压器质量原因出的事故算我们的。

钱副局：事故线路造成的损失谁负责？

会场安静至极。

夏末：我们造成的损失我们赔付。

钱副局：你们企业的规模，赔付得起吗？

夏末：我卖企业、卖技术赔付。

又是一阵静场。

钱副局伸出手：有气魄，我很佩服你的勇气。

夏末伸手相握：我更希望您佩服澳雳的产品实力。

钱副局：说实话，我们不十分信任你们民营企业能研发出这个技术，但是被你们的研发精神和敢作敢当的气魄打动。

夏末：谢谢！

钱副局：市里要求我们必须支持你们的科技成果转化，我们先订五台设备试用，如果运行确实安全平稳，我们再加大订单。

夏末：只订五台？

钱副局长：我们一次吃五只螃蟹，你还嫌少？

澳雳总裁室里面传出吴董和夏末的声音。

吴董：五台？为什么才五台？

夏末：第一批只能是小范围试用，必须先取得人家信任。

吴董：我看他们就是应付一下市里，根本不像诚心要用。

夏末：虽然只有五台，也算我们在应用市场迈出了第一步。

吴董：这一步太小了，资金的问题一点没解决，我们从哪里挤出钱继续研发110千伏。

电力局的订单，无形中改变了澳雳的市场预期。

凯恩投资公司内，聂锌和宋玏在聊天。桌前摆着热气腾腾的茶水，宋玏悠然呷了一口茶。

宋玏：好久不见了，你最近怎么样？

聂锌：还是老样子，天天埋头做实验。

宋玏：新材料商业转化前景好吗？

聂锌：举步维艰，不过已经迈出了一小步。

宋玏：你的110千伏和220千伏项目研发进展怎样？

聂锌：你怎么知道我在研发超高压变压器？

宋玏：你不了解资本的嗅觉，没有它嗅不到的机会。

聂锌：你见到谷雨了。

宋玏点点头：她和我联系了，我请她吃了顿饭。你俩真有意思，七年前是一对恋人，七年后成了谈判桌上的对手。

聂锌淡然一笑：命运无法揣测。

宋玏：谷雨说你的新材料在高压特高压领域价值非常大。

聂锌：研发刚起步，遇到资金瓶颈，可能会踩刹车。

宋玏：凯恩投资公司愿意投资你的研发。

聂锌眼睛一亮，随即黯淡：你们的条件太苛刻，夏总不会答应。

宋玏：这次是我们主动找上门的，话语权在你们澳雳手上，条件由你们开。

聂锌：你为什么突然对这个新材料感兴趣？

宋玏：居然惊动了DBB来收购这项技术，可见这个技术的潜在价值有多大。

聂锌点点头。

澳雳实验室内，聂锌在自己的实验室内做实验，夏末匆匆进来。

夏末：小可说你去找我了？

聂锌有些兴奋：宋玏找我了。他想投资我们。

夏末：宋玏？那个做投资的，你的校友？

聂锌点点头：他想投资我们的超高压新技术变压器研发。

夏末：他怎么知道我们在研发110千伏变压器，你去找他要投资的？

聂锌摇头：他们知道DBB要收购我们的技术。

夏末：狗鼻子，没有他们嗅不到的。我跟你说过，你只要专心做研发就好，资金的事情我去想办法。

聂锌：说得容易，公司现在的状况，我怎么能安心研发？

夏末：凯恩的贪婪你不是没见过，小心引狼入室。

聂锌：110千伏的实验需要精度更高的设备，否则无法进行。

夏末：我会想办法，给我一些时间。

聂锌：做科研，不只有老人的时间才紧迫。

夏末说不出话。

夏末：他们太霸道，我不想与他们合作。

聂锌：宋玏说，这次的话语权在咱们手里，规则由咱们制定。

夏末：我不相信他们会弃利从德，这次肯放下傲慢，主动与我们示好，指不定在给我们挖什么坑？

聂锌：你想多了。

夏末沉思一下：你怎么想？

聂锌：氟碳冷却液技术的最大价值是用在超高压特高压的电力变压器上面，树尖上的果子几乎伸手可得，我想早点把它摘入囊中，免得夜长梦多。

夏末点点头：我也一样。

澳雳实验室会议区里，夏末、聂锌和宋玏及助手在会议室开会。

宋玏：夏总，这应该是我们第三次坐在谈判桌上了，前两次很遗憾，希望我们这一次会有收获。

夏末：上两次是我们上门求助凯恩，这一次宋总主动上门，我倒有些忐忑不安。

宋玏：我开门见山，我们凯恩投资愿意为聂博士的后续研发资金，注入血液。

夏末：聂锌博士已经告诉我了，我想知道你们的注资方式和附带条件。

宋玏：这次话语权在你们手里，我们只要按出资比例，拥有此技术的部分产权和享受此技术的红利，这已经是最基本的诉求了。

夏末：我想知道你们为什么对这个技术感兴趣？

宋玏：因为世界最大的电力企业DBB对这个项目感兴趣，我们认识到了它的价值。

夏末：仅此而已吗？

宋玏：资本的本质是逐利，当然是双赢。

夏末：10千伏配电变压器的新技术并没有为我们带来红利。你们投资110千伏，不担心还是这个状况吗？

宋玏：投资有短线投资和长线投资，我们赌的是这个技术的长线，也就是未来。

夏末与聂锌对视，聂锌露出期盼的眼神。

夏末想想：谢谢你对澳雳新技术的未来充满信心。你们的输血对澳雳是雪中送炭，我很愿意吸收你们的资金进入澳雳，我认为我们的合作可以往下进行。

澳雳总裁室内，吴董坐在窗前椅子上，在等夏末。

夏末兴冲冲进来：吴董！

吴董：什么事情让我等你？

夏末：好事，东边不亮西边亮，凯恩资本追上门要给我们的研发注资。

吴董情绪不高：小心黄鼠狼给鸡拜年，我知道这家投资公司。

夏末：我刚和他们谈完，DBB给我们做了一个大广告，他们是真诚地来"拜年"的。

吴董："黄鼠狼"会真诚？

夏末：吴董，你马上和财务部门估算我们新材料的研发成本和产权价值，凯恩愿意购买最少40%的份额。

吴董：明白了。

夏末：我现在去一趟潘师哥那里。

夏末匆匆离开总裁室。

海边凉茶摊，夏末和聂锌来到凉茶摊，潘安正在和朋友聊天。

夏末和聂锌坐在一张空桌上，夏末去茶桶跟前搅拌茶汤，往锅里加水，端了两杯凉茶过来，坐下，潘安过来，坐在他们桌。

夏末为聂锌介绍潘安：我师哥潘安，茶摊的摊主。

夏末介绍聂锌：这是聂锌博士，研发总监，我带他出来透口气，顺便告诉你一个好消息。

潘安：我们见过。

聂锌点点头：我来这里喝过茶。

潘安：你的研究成果很了不起。

聂锌：谢谢！我只是运气好，其实了不起的是魏先生，他靠一己之力在我前面几乎已经完成了实验。

潘安冲夏末：要告诉我什么好消息？

夏末兴奋地：DBB为我们做了一个大广告，有资本关注到了我们的新材料新技术，找上门来要投入聂博士的后续研发资金。

潘安：哪家投资公司？

夏末：凯恩投资，那个曾经极为傲慢的投资人，聂博士的校友。

潘安：他们的投资条件是什么？

夏末：按投资比例享受部分知识产权和新技术的红利。

潘安：你们同意了？

夏末点点头：他们现在入资，是给我们雪中送炭。

潘安沉思。

夏末发觉潘安异样：怎么了？

潘安：你们调查过这家资本的背景了吗？

夏末：以前调查过，有国外财团背景。

潘安沉默。

夏末与聂锌对视。

夏末：有问题吗？

潘安：我建议你们要慎重，天上不会掉馅饼。

聂锌：资本的本质就是逐利，有什么错吗？

潘安：要防备醉翁之意不在酒。

聂锌：我不明白您的意思。

潘安不语，看夏末。

夏末：你担心他们是冲核心技术来的？

潘安：共享知识产权，他们就有权利看到你们的分子式。

夏末沉默。

潘安：最近我有一种担忧。

夏末：担忧什么？

潘安：我们现在的发展速度，头号大国会掀起一场大战，遏制我们的发展。他们不会允许别人威胁到他们的地位，当年利用贸易、金融、科技等一套组合拳，遏制住了威胁到他们的欧盟、日本的发展。

夏末惊讶：掀起大战？怎么个大战？

潘安：这些年，我们的科技发展速度很快，有些领域已经赶超了他们，包括你们的变压器新技术，一定会产生新的标准，我们成为游戏规则的参与或制定者，挑战了他们的霸主地位。他们不会甘心，首先会利用科技战，用核心技术卡压我们。

潘安意味深长地：不管会不会发生，都要未雨绸缪。

车在海边行驶，夏末和聂锌坐在车内。

夏末在打电话：小可，马上让法务调查凯恩投资公司的背景，越深入越好。

夏末放下电话。

夏末看看聂锌：我们有一些草率了。

聂锌一脸不悦：我认为，你的师哥杞人忧天，有点危言耸听。

夏末：他是个智者，有眼界，我相信他。

聂锌：我认为他是草木皆兵，过于谨慎。我们每走一步都前怕狼后怕虎，干脆原地不动最安全。

夏末：聂锌，你不当家不知道，这些年，我每一个决定有多难，一步走错，澳雳就可能万劫不复。

聂锌把脸扭向窗外。

回到澳雳总裁室，法务匆匆进来，手里拿着资料，夏末、聂锌、吴董都在等着他。

法务：凯恩投资公司的背景了解清楚了，他们最近发生了私募股权变更，新股东有 DBB 背景。

三个人瞠目结舌，相互看着。

夏末：果然醉翁之意不在酒。DBB 为了得到我们的核心技术，也算费尽心机。

大伙相互看着，无人说话。

骑士联盟内，计划书被拆解，平铺在桌案上，方远舰坐在桌子上琢磨每一页计划书。

方远舰：我先声明，我还是要做仿生机器人的，这些哄孩子的玩意儿，我不感兴趣！

范小雨：你……有钱做吗？

方远舰：啊，没……有。

范小雨：没有就把嘴闭上，从现在起，你没有话语权，花我的钱，你得听我的。

方远舰：那我不做了。

范小雨：行，机票还没退，我改签。

范小雨毫不犹豫地拿出手机，方远舰赶紧跳下桌子拦住。

方远舰：听你的就听你的。

范小雨把手机揣回去，方远舰稳稳坐下，两人隔着长桌，一本正经。

范小雨：我回来是赌命，就为了让你的哪吒见到天日。

方远舰：我们的哪吒，我是他爹，你是他娘！

范小雨愣了一下：别打岔，正经点。

方远舰：我是正经的。

范小雨：我的钱撑不了多久，六到八个月？可能更短的时间。我们必须尽快推出一款产品，要有卖相，以这款产品去撬动投资人的信心！

方远舰嘀咕：Mission Impossible（不可能的任务）。

范小雨：我们需要天使投资，A 轮、B 轮，让资本像滚雪球一样进来，投资人得到利益，你实现梦想，等价交换！这是你翻盘的唯一机会！

范小雨目光诚恳，方远舰突然感动。

方远舰：你为什么对我这么好？

范小雨：……

范小雨把铁撬棍砸在桌子上，梆梆梆敲了三下。

范小雨：我保你活命，保你做你想做的。但是！以后骑士联盟第一守则，听！我！的！

方远舰乖巧点头，小声嘟囔。

方远舰：我以为是患难见真情呢，原来是借机篡位。

范小雨：走！跟我搬救兵去！

方远舰：去哪？

范小雨：跟我走就是了。

来到鹏大校园内。一下车，方远舰哭丧着脸往车里缩，范小雨一把给揪回来。

方远舰：士可杀不可辱，你让我去求熊尔，弄死我算了。

范小雨：你又不是没求过，你那些跑丢的骑士，哪个不是熊尔的学生？

方远舰：落毛的凤凰被鸡欺，我不想见他。

范小雨：没落毛你也是一只鸡，别高抬自己。

说完范小雨丢给方远舰一个保温瓶。

范小雨：背上。

方远舰：这什么东西？

范小雨：见面你就知道了！一击必杀！

来到鹏大校园咖啡厅内，熊尔拧开保温杯一闻，喜笑颜开。

熊尔：古方记的散酒？你哪搞来的？

范小雨：上学的时候买不起好酒，还爱喝，夺冠那天你俩骑出去几十里拿保温瓶去打古方记的散酒。整个机器人战队都等你俩带酒回来庆功，结果你俩半道上就喝迷糊了，睡到半夜。

熊尔忍不住倒在杯盖里嘬了一口，赞叹。方远舰馋。

方远舰：古方记啊，给我也来一口？

熊尔装作没看到，把保温杯拧上。

熊尔：满满都是青春的味道啊……古方记一搬家，我都没再喝着过。

方小雨：酒是方远舰背过来的，说是负荆请罪，请你出山。

熊尔：什么？方远舰，小雨刚说什么？我没听清。

方远舰：你个狗熊瞎……

范小雨瞪方远舰。

方远舰：熊大侠，败将方远舰多有得罪，望大侠不计前嫌，出手相助！

熊尔：这话怎么听着不真诚？

范小雨：熊尔，你也别欺人太甚，不许痛打落水狗。

熊尔办公室内，熊尔打印出一份报告，和小雨沟通，方远舰抱着保温瓶闻味儿。

熊尔：上次碰面之后我已经开始准备了，咱们可以走校企合作，把骑士联盟作为研究基地，联合培养研究生。

方远舰：你这狗熊，我以前找你，你怎么不用这招？

熊尔：彼一时，此一时，今年机器人行业大热，学校很重视这块，你们的自主舵机这两年在圈子里也算技术长板了，我再努力，这事能成！

范小雨：打虎还得亲兄弟！

熊尔：课程设计方面我来做，你们配合，另外沟通一下细则，今天我就把项目报上去。审批不用等，人多人少的，先干起来！

范小雨：以后你就是我们的技术总监，这块怎么安排都听你的。

方远舰：等等！他做技术总监，我以后还得听他的？

范小雨：你一周之内给我拉个能做事的团队出来，我和熊尔听你的。

方远舰：我认识一个技术大牛，叫哈尔滨红肠，我想办法让他来做技术总监。

范小雨：不可以……

熊尔：可以，我同意。听阿舰的。

夜晚，两人疲惫地回到骑士联盟，小雨径直走回房间，方远舰尾随，小雨一把推出方远舰。

范小雨：保持距离！干你该干的事去！

方远舰：我该干什么？

范小雨：收集资料，桌面化小型双足机器人的方案，我们现有的技术如何应用，需要解决的难点……给我写个报告！

方远舰：那你干什么？

范小雨：美美地洗个澡，跨洋视频，去谈恋爱！

门哐当一声关上，上锁。

方远舰喊：我可提醒你！这里是骑士联盟，是造机器人的地方，不许在这里谈情说爱。

屋内开门，方远舰掉头就跑，门打开，铁撬棍丢了出来。

范小雨：滚！

夜晚，方远舰抱着笔记本窝在休息区，发邮件给哈尔滨红肠。

"红肠兄，虽未谋面，相助多年，咱们也算灵魂兄弟了。眼下有件性命攸关的大事，急盼援手，可否电话沟通一二？"

片刻，哈尔滨红肠邮件回复。

"QQ：*********"

方远舰添加哈尔滨红肠的 QQ，哈尔滨红肠上线，方远舰拨通语音。

哈尔滨红肠：干哈呀？

哈尔滨红肠用了变声器，声音听起来像东北的唐老鸭。

方远舰：长话短说，我打算继续做骑士联盟，但现在要来一个特别傲慢自大的家伙做技术总监。我想你来帮我，要不然，我在这公司可就真成孙子了。

哈尔滨红肠：人家肯去你那公司当总监，只要能造出哪吒，当孙子怕啥？

方远舰：哈尔滨红肠，我盛情邀请你出山，那个家伙也是个技术大牛，咱们强强联合！

哈尔滨红肠：你的资金怎么办？

方远舰：钱你不要操心，我这里来了一个 CEO，有钱，会运营，骑士联盟以后不再是以前那样靠我一个人单打独斗了。

哈尔滨红肠：我被你说得有些动心了？

方远舰：只要你愿意来，薪水你随便提，外加股份和一年免费啤酒小烧烤！

哈尔滨红肠：说话算数不？

方远舰：大丈夫一言既出，驷马难追！

哈尔滨红肠：让我想想，想明白了告诉你。

方远舰：别想了，来晚了技术总监是那个家伙的了，给我身份证，我给你订机票。

哈尔滨红肠：不用你订，把钱留给哪吒。

科创委内，崔江北正在电脑前看资料，干事甲抱着一摞材料走到崔江北身边。

干事甲：崔老师，高主任叫您过去开会。

崔江北：好，我知道了。

干事甲凑近：崔老师，这次会议主要是讨论您骑士联盟违规操作的处理意见，高主任让我嘱咐你，一定要认真反省，诚恳认错。

崔江北：我知道了。

科创委会议室内，高山和六位干事围坐在会议室一端，崔江北独自站在会议桌对面。

崔江北：事情原委就是这样，如果大家认为我犯了错误，我愿意承担全部责任。但是我想补充一点，我们对科技企业的扶持不只是锦上添花，更应是雪中送炭。我们不只是要浇灌春天里的花朵，更要保护冰天雪地里的星星之火。

高山点点头：请你回避一下。

崔江北走出会议室。

高山：各位对崔江北的错误，有什么处理意见？

干事A：崔江北的问题很严重，违反了科创委科技创新扶持原则，属于严重徇私舞弊行为。我认为应该对崔江北进行降级处分。

高山：现在进行举手表决，认为崔江北应该降级处理的，请举手。

七位中有三位举起手，大家看高山。

干事A：高主任，你怎么想？

高山：首先我不认为崔江北在这件事上有徇私舞弊的行为。

干事A：那算什么行为？

高山：违规操作。

干事A：违规操作不该受到处分吗？

高山：应该，但是如果崔江北的动机不掺杂任何私利，一心为了挽救创新企业呢？

干事A：我认为骑士联盟根本就不在我们的扶持政策内。

高山：为什么？

干事A：他们研发人形机器人，不具备科技成果转化的条件，也就是说根本不会有应用市场。

高山：这正是我想说的，短期内，双足机器人没有应用市场，它不属于应用科学，但我认为它是人工智能的基础科学，因为它每攻破一项技术壁垒，都会对人工智能技术的应用做出极大贡献。

会场鸦雀无声。

高山：在西方，这种基础研究的背后是大学或者大财团支持的实验室。而骑士联盟的背后有什么？

会场鸦雀无声。

高山：一个以一己之力做研发的企业，在做一所大学或是一个世界500强科技企业在做的事情，我们该不该支持？

会场鸦雀无声。

高山：一个用尽全部身家，在做一个与财富遥遥无期的研发项目，我们该不该保护这种精神？

会场鸦雀无声。

高山：我们支持科技企业成果应用转换，鼓励不鼓励企业做基础应用研究？

会场鸦雀无声。

高山：崔江北不为私利，却犯了违规操作的错误，我们的规则本身有没有错误？

大家面面相觑。

高山：科学技术研究本身就意味着大概率的失败，我们不宽容失败，怎么能鼓励企业创新？

大家沉思。

科创委资料室内，已到下班时刻，崔江北独自坐在资料室发呆。

高山过来，坐在崔江北对面。

高山：还不下班，等处理结果吗？

崔江北：我知道结果了，坐这里发会儿呆。

高山：明天写个检查，要深刻。

崔江北：谢谢您保护我！

高山：别乱说，想给我戴上对你徇私，网开一面的帽子吗？

崔江北：……

高山：我不是保护你，我是保护为了企业敢作敢当的精神。

崔江北：有你这样的领导，真好！

高山：真好不了多久了，我已经快到退休年龄了。

崔江北：……

高山：好好干，同时不能犯错误，到时候来接我的班。

崔江北沉默一阵：高局，您退休后，我也想离开了。

高山一愣：你要去哪里？

崔江北：去江湖闯荡。

高山皱眉：为了挣钱？

崔江北摇头：说不为钱是虚伪的，但主要的是，我也是理工科毕业的，看着一个个创业团队在冲锋陷阵，拼命搏杀，心里痒痒的。

高山：不甘平凡，还是不甘寂寞？

崔江北：都不甘，伙伴们都在前线厮杀，我却待在大后方……感觉这个时代和自己没有关系。

高山：想做英雄？

崔江北：男人哪个心里没有英雄情？

高山：一将功成万骨枯，你想过吗？

崔江北：想过。

高山不语，二人沉默。

高山：你凭什么认为，科创委是大后方？

崔江北：……

高山：你凭什么说这个时代只属于那些在前线搏杀的创业者？

崔江北：……

高山：我们所做的，难道不是科技创新？

崔江北：……

高山：这个时代是千帆竞发的时代，你想过吗？是谁在给这个时代保驾护航？

崔江北惊讶地看着高山。

地铁内，崔江北站在地铁扶梯上往下运行，到了尽头，他往站台里走去。

崔江北愣了一下，看到蒋楠楠站在前方等他。

崔江北：楠楠，你怎么在这？

蒋楠楠：等你啊！

崔江北纳闷：在这里等我？

蒋楠楠：你说今天讨论你的处分问题，我怕你想不开，让我守了寡。

崔江北：你就不会盼我点好？比如高主任要退休，我接班做主任。

蒋楠楠：高主任还要两年呢。

地铁进站，蒋楠楠拽着崔江北上了地铁。人不多，车厢空荡荡，蒋楠楠依偎崔江北而坐。

蒋楠楠：什么处分？

崔江北：你猜。

蒋楠楠：降职？记过？党内警告？

崔江北：你猜不到。

蒋楠楠：不会是写个检查就完事了吧？

崔江北：要深刻检查。写深刻，你有经验，你帮我写。

蒋楠楠：高主任对你真是没谁了，你幸亏摊上了一个好领导。

崔江北：好啥好，几句话就把我闯江湖的念头按回去了。

蒋楠楠不相信地：我不信，你的贼心死了？

崔江北：贼心没死，但是再提这事，我就是没格局，没觉悟了。

蒋楠楠靠在崔江北肩上。

第十三章

浪子回头金不换，方远舰从颓废的状态中返回骑士状态，骑士联盟又充满活力了。他本来处于绝望之中，不想让范小雨受连累，但熊尔用骑士挑战的前景重新激活了他的雄心和荷尔蒙，新的征战又开始了。

骑士联盟焕然一新，范小雨在白板上歪歪扭扭地写着，"行走在荒漠中的骑士们，集结号已经吹响……"

熊尔带着学生们进来了，范小雨迎上去。

范小雨：熊尔！你可太准时了！

熊尔：你让我十点来，早一分，晚一分我都不敢啊。

方远舰：啧啧啧，瞧这前呼后拥的，真排场。

熊尔：这就是正规军和游击队的区别。

范小雨：你俩能不能别一见面就掐？掐十几年了，不腻吗？

方远舰：小雨，我今天就让你们看看什么叫大隐隐于市，真正的技术大牛一会就到了。

范小雨：谁啊？

方远舰：南方远舰、北方红肠、哈尔滨红肠！两个中国机器人的先驱，今天就在骑士联盟会合。

范小雨：怎么没听你说？

方远舰：给你们一个惊喜！

熊尔：这么多年还真没听见你称赞过谁，这人得有多牛啊？

方远舰：特别牛！比你牛！我就服他！英雄惜英雄！

熊尔：他人呢？

方远舰：应该已经下飞机了，很快就到！

方远舰神采飞扬地掏出电话，启动 QQ 语音呼叫哈尔滨红肠。

熊尔的手机响起呼叫。

方远舰：什么情况，你有电话？

熊尔：我已经到了。

熊尔坏笑，看着方远舰。

方远舰：……我靠！……我靠！……不会吧！……你是哈尔滨红肠？

熊尔：你知道我是哪里人的。

方远舰蒙了，尴尬至极：骗子！你是一个大骗子！

范小雨一脸蒙态：怎么了发生了什么故事？

就像古老的传奇故事一样，侠客总是以意想不到的方式出现，续写着人间的英雄篇章。而骑士们，还有那些欢喜冤家，也纷纷登场，似乎谁也不想错过盛会。

方远舰赌气回到房间，脸上盖着牛皮笔记本，摊在床上。范小雨撩帘子进来。

范小雨：原来咱俩找的技术总监是一个人，这就没有分歧了，技术总监要开会了。

方远舰：不开，我不和骗子开会。

范小雨：你也有被人忽悠的时候？

方远舰：给我立个碑吧，我就在这床上终老了。

范小雨：可以，那我们就自己接通哪吒电源了啊。

方远舰一个骨碌翻身起来，去开会。但他脸扭向一边，不看熊尔。

范小雨：这两周委托专业公司做了市场调查，教育机器人这块案例太少，只能靠国外数据以及国内相关数据去推算。风险性很大，但这是我们唯一可能的切入点。

熊尔点头。

范小雨：我们的产品代号"悟空"，双足行走机器人，玩家通过编程可实现多种动作与反应。直观地学习机器人编程，是我们的基础卖点。后续会通过软件升级，实现更多附加功能。

熊尔：硬件是我们的优势，软件部分需要一个界面易懂的开发包，AI 部分可以后续更新。

范小雨：是的，熊尔来给我们规划具体的开发流程，把握时间节点。软件部分我计划外包出去，已经在联系合适的团队了。

方远舰：那我呢？

范小雨：你干你的强项，负责结构设计，把哪吒上成熟的技术移植到悟空上来，有问题给我和技术总监汇报。

方远舰：你们太欺负人了，好歹我还是骑士联盟的法人。

范小雨：这点不变，你来负骑士联盟的法律责任。

熊尔：我同意。

方远舰龇起牙假笑：我不同意。

夜晚，骑士联盟，窗外光影变幻，学生们在熊尔安排下各司其职，熊尔在办公区之间来往指点。

方远舰的结构设计已有雏形，在电脑上反复调整。熊尔在背后偷看。

熊尔：有点东西啊，我还以为你只会到处吹牛呢。

方远舰：切，这玩意儿的技术难度连哪吒的一条腿都赶不上，so easy！

熊尔：昨晚上没睡吧？髋部的干涉平衡不了吧？

方远舰：……

熊尔：悟空个头小，舵机横着放空间肯定不够，你竖起来试试？

方远舰惊喜，茅塞顿开。小雨过来丢给两人咖啡饮料。

范小雨：怎么样熊尔？阿舰还行吗？不行我换人。

熊尔：凑合着用吧。

方远舰鼠标键盘一丢。

方远舰：不干了！累！

范小雨笑着离开，方远舰给自己灌咖啡饮料。

方远舰：上学时候你们就追着我怼，我招你们、惹你们了？

熊尔：你招惹校花了。

熊尔用眼神指向范小雨，方远舰偷看范小雨。

熊尔：这么多年，多少人追小雨，可她偏偏喜欢你这么个玩意儿，关键你还不珍惜，看着就来气，不怼你，怼谁？

方远舰笑：怼我，我骄傲。

熊尔：别天天死盯着电脑，休息的时候也去关注一下人家！

方远舰：我敢关注就是第三者。

熊尔：什么意思？

方远舰：鲜花插在了英国疯牛的粪上了。

熊尔：……

夜晚，中山翠亨园区，新慧农业公司。张枫打了个喷嚏，宫妙递纸巾给张枫。宫妙接过笔记本，查看网上传来的大棚数据。

张枫：不定又有谁在骂我。

宫妙：咱那些蔬菜要是烂在地里，就真要挨骂了。

张枫：还有三五天的成熟期，得让那边组织人采摘了。

宫妙：我明天飞过去盯吧，这周戈壁上天气不好，组织人力恐怕有困难。

张枫笑：我去吧，我皮厚，抗造！

张枫握住宫妙的手。

张枫：今晚必须把菜菜平台这边敲定，你留在鹏城对接黄总。

黄总带着两个人过来，张枫宫妙起身，两人竟是陆路和马梵。

黄总：来来来，介绍下，这边是新慧农业的张总、宫总，他们这季的蔬菜，我打算包圆了！这边是深城快送的马总、陆总！这回我们菜菜平台搞的"新疆果蔬限时达"就要靠你们两家助力啦！

四人对望，一言不发，黄总夹在中间有些意外。

黄总：你们……？

张枫：我们是老朋友了。

张枫伸出手，陆路犹豫，马梵与张枫握手。

马梵：好久不见！

黄总开心大笑，与四人碰杯共饮。

黄总：太好了！我之前还担心你们的磨合成本，既然是老熟人就没什么好担心了。你们好好叙叙旧，大家一起赚钱一起进步！

黄总去招呼其他人，留下四人尴尬相对。陆路和张枫怒目而视。

马梵：想打架，回头我给你们约个场子。但今天，咱们是来赚钱的。

宫妙：对，不要两败俱伤，咱们求财不求气，认钱不认人。

马梵和宫妙碰杯，相互报以赞许的微笑。

夜晚,某高档小区大门外,从车上下来,陆路一脚踹向路旁枫树,树叶散落几片下来。马梵从后面抱住陆路的肩膀。

马梵:如果我们和张枫起冲突,黄总一定会二选一,留下的未必是我们。

陆路:我懂。

马梵:做完这一单,有菜菜平台背书,我们谁也不怕了。

陆路:我就是……

马梵堵住陆路的嘴。

马梵:深城快送是我们两个人的公司,你已经不是从前的陆路!再走两轮融资我们就套现,到时候张枫和你比什么都不是。

陆路:……

马梵:水果采摘期一到,主导权就在我们手里了,谁求谁,我们走着瞧。

马梵的手抓住陆路的领带,像女王一样牵引着陆路向小区走。

陆路:新的派单算法还没做完,我去公司加个班。

马梵:今天不许加班,我要把宫妙从你脑子里彻底洗掉!

陆路:我们……到底算什么?

马梵:算什么不重要,做什么才重要。

陆路看着马梵,马梵轻咬嘴唇,抓紧陆路的领带。

马梵:回家!

夜晚,骑士联盟内,悟空骨架已经完成,在新定制舵机的驱动下,悟空在桌台上行走自如。

范小雨:这么简单吗?这就能走了?

方远舰:简单?范小雨,它可比女人生孩子难多了。

熊尔:确实不简单,这些日子阿舰都快熬成香辣酱了。

方远舰瞪熊尔。

熊尔:小机器人力矩控制更难,骑士联盟几年的积淀,算是给这小家伙护航了。

方远舰:还是有人说公道话。

范小雨:给我一个时间表,悟空什么时候可以推向市场?宣传、推广、融资,我得跑起来了!

熊尔:没你想的那么快。现在只是能走动,各种运动控制还没匹配调试,软件外包也还没上机测试,还有外观设计,还有……

范小雨：行了行了，你俩赶快给我搞定一切！我约了人谈网络资源接入！还有投资人！

范小雨风风火火地跑了。

熊尔低声：当务之急，视觉模块得赶紧解决了，我搞不定。

方远舰：小雨一走你就不吹牛了？你不是技术总监吗？

熊尔：要抢时间啊，当然得找熟手，你把王源远叫回来。

方远舰：他是你学生！你叫！

熊尔：我叫他就是以大压小了，你叫比较合适。

方远舰：他们不会再相信我了。

云飞科技公司内，王源远在写代码，他时不时抬头望着陈田办公室。

陈田与方远舰对坐，气氛略有尴尬。

陈田：支援你视觉模块可以，跑我这儿挖人绝不可以。

方远舰：你搞错了，王源远是骑士联盟喂大的，跑你这儿耕田来了。

陈田：骑士联盟停了，我才把源远拉到我这里的，他现在是我们视觉开发的主力。

方远舰：我们是暂停，现在又开工了。

陈田：我尊重源远的想法，他要是想回去，我不拦着。

云飞科技公司外的露天咖啡店，方远舰和王源远两人默默地坐着。

王源远：方总，我不回去了。

方远舰：我懂，我说不来，熊尔非让我来。想你了，借机来看看你。

王源远：在您那里几年，学了不少东西，我确实是骑士联盟喂大的。

方远舰：都是玩笑。

王源远：给我最大影响的，是您那股劲"虽千万人吾往矣"的骑士精神！我在骑士联盟真正体会到了这句话的含义。

方远舰有点不好意思。

王源远：实话和您说，我现在有了自己的目标，您能理解吗？

方远舰：理解！骑士可以倒下，但精神不能倒！

王源远笑了：还要做哪吒？

方远舰摇摇头：先集中力量做一个小机器人，投入市场给哪吒造血。

王源远：调整战略了，太好了，我可以帮助你什么？

方远舰摇摇头：你不能身在曹营心在汉。

王源远：我和陈田讲讲，他会支持的。

方远舰：你确定？

王源远：我入职云飞，提出的第一个条件，就是骑士联盟需要我时，允许我提供帮助。

方远舰愣住。

王源远：其实我们几个，对骑士联盟的感情还是很深的，就像初恋！就像桃园三结义！哪吒是我们的兄弟。我们说好了，先出来把自己变强大了，再回去把哪吒变强大。

方远舰眼睛湿润：我相信！

夜晚，骑士联盟内，熊尔正在指点学生修改方案，方远舰趾高气扬地回来。

方远舰：搞定！源远不回来，但拉扯了整个云飞帮咱们改进视觉模块，怎么样？

熊尔：别嘚瑟了，小雨不舒服，你快去看看！

方远舰去敲门小雨房门。

范小雨：门没锁，进来吧。

方远舰小心翼翼地探身进来，看见小雨躺卧在沙发上，裹着毯子，面色苍白。

范小雨：你找到人了吗？

方远舰：放心，一切顺利，回头给你汇报。你怎么了？

范小雨：这两天没休息好，有点累，再加上生理期……

方远舰：你想吃点什么？

范小雨：我什么都不想吃，让我安静待着。

出了小雨房间，方远舰愣在门口想事。

熊尔：小雨怎么样？要紧吗？

方远舰在纸上写了药名，递给熊尔。

方远舰：问问你学生里谁正从香港回来，带这个药，火速送过来，钱和路费我报销。

熊尔：这什么药？

方远舰：止疼药，效果好不伤身，女生必备，只能在香港买。

夜晚，骑士联盟休息区里，方远舰从超市袋子里倒出案板、菜刀、芹菜、西红柿、鸡蛋、葱姜蒜和挂面，支上电磁炉，架上铁锅，准备洗手做饭。葱姜蒜切末，西红柿去皮与芹菜梗切丁，入火炒香，西红柿化成浓汤，加少量水煮沸，下挂面，荷包鸡蛋进去。片刻出锅。

　　方远舰端着汤面小心地拱进来小雨房间。

　　范小雨：方远舰，你这是？

　　方远舰颤颤巍巍地把汤面摆在茶几上，赶紧抱着烫红的手指吹。

　　方远舰：趁热吃，姜汁西红柿鸡蛋面，一碗下去百病消！

　　范小雨惊讶得说不出话来，起身喝了一口汤。

　　范小雨：你怎么会做这个？

　　方远舰：我会的多着呢，就是平常懒得做。

　　范小雨：我都不知道你会做饭。

　　范小雨捧起碗大口吃着汤面，眼泪扑簌簌地流下来，一边吃一边哭，最后喝光了整碗，坐在沙发上憋着声音大哭。

　　方远舰慌张：不至于吧，不就是一碗面吗？感动成这样？

　　范小雨：方远舰，你这是干吗啊？

　　方远舰调侃：我关心你啊？

　　范小雨：多少年了，你都没对我这么好过！

　　方远舰难过地看着她，默默不语。

　　范小雨：你会做我最爱吃的汤面，但你从来没有给我做过！我辛辛苦苦追了你那么多年……

　　方远舰止不住眼泪横流。

　　范小雨：现在我已经跟别人订婚了！你却跑来对我好！你早干什么去了？你出去吧！什么都不要说！

　　方远舰不知所措，低头收拾了碗筷转身出去。

　　方远舰出了门，熊尔拿着药过来：药到了，我的学生专程送来的。

　　"谢谢哥们"，方远舰接过药，转身进屋把兜里的止疼药放在小雨面前。

　　方远舰小心翼翼地：药，止痛的，你以前吃的那种。

　　范小雨低声饮泣：方远舰，你这个恶魔！你出去！

　　方远舰狼狈地逃出来，熊尔在远处纳闷地看他。

　　众人不知道发生了什么，盯着方远舰，方远舰尴尬得说不出话来，似乎不知道自己做错了什么。

　　如果说转型的鹏城，日渐成熟的创新氛围孕育出了一群年轻的骑士，它拓荒几十年的土壤就更像是一座熔炉，锤炼出一批具有国际眼光的企业家，这里聚集着最直接经受西方科技挑战和风吹浪打的人群，他们最早体会到企业核心竞争力的实质。

澳雳公司总裁室里，夏末坐在窗前怔怔望着窗外。

聂锌推门进来，夏末回头看聂锌。

夏末：宋劼给你打电话了？

聂锌点点头：我刚放下他的电话。

夏末：他怎么说？

聂锌：他说你拒绝了他们的投资。

夏末：还说什么？

聂锌：说我们太狭隘，说我们只看着自己眼前这一亩三分地。说我们失去了做一个跨国企业的绝好机会。

夏末：你怎么认为？

聂锌不语。

夏末：把心里话说出来。

聂锌突然情绪激动：你为什么信任你师哥，不信任我？为什么他的一句话就让你改变一个事关我们命运的重大决定？为什么总是遵从他的意见，而忽视我的感受？我难道不是一心一意为澳雳吗？

夏末毫无准备，被聂锌的激动情绪弄蒙了。

聂锌：他的话一句顶我一万句，他说的都对。你让他用七年时间爬一座山，眼看就要到山顶了，突然让他停下，他还说这些话吗？

夏末：聂锌，你别激动。

聂锌：我不能继续攀登，激动也不行吗？

夏末：你是对我师哥有看法，还是对我拒绝宋劼的投资有看法？

聂锌：我对你依赖一个老人有看法，我对你一味地信任他的陈旧思想有看法，鹏城是个年轻人的世界，老人的暮气该退出这个舞台了。

夏末发火：他不是老人，他身上散发的是睿智，不是暮气，我不允许你这么说他。

聂锌：我也不许他浪费我的生命，人生最好的时光，有几个七年？

夏末：聂锌，你过分了。

聂锌：是他太过分了，瞻前顾后，草木皆兵，忧国忧民，他为澳雳的命运想过吗？他为澳雳做出过什么贡献？

夏末：澳雳在代加工的年代早早开始搞研发就是他的主张，把你从国外请回来也是他的主张；澳雳要有自己的核心技术，还是他的主张；把大部分利润拿出来搞研发，更是他的主张，是他运筹帷幄，让澳雳走正确了每一步，才让澳雳闯过层层险关走到今天……

门口传来敲门声，二人沉默。

夏末调整情绪：进来。

小可推门进来：夏总，区里来电话，说区长马上会到咱们公司考察。

夏末：……

夏末和聂锌马上带领一行人来到研发中心，其中有主管区长。

尹区长：你们的故事我听到了很多。破釜沉舟地搞科技研发，参与充电桩国家标准制定，用七年时间创新电力设备新技术，拒绝海外电力龙头企业垄断你们的核心技术，每个故事都令人感动。

夏末：谢谢尹区长，我们只是做了一个企业该做的事情。

夏末介绍聂锌：我们研发总监，聂锌博士，惊动 DBB 公司的新材料是他的研究成果。

尹区长：年轻有为，七年磨一剑，令人敬佩。

尹区长环视研发中心：听说你们同时进行了多个方向的研发？

聂锌：是，与西北的一流大学共同创建了实验室，一起研究大规模储能技术，聘请了电力材料老专家，研究氢燃料技术。

尹区长：这两个方向，都是国家能源未来重点发展的方向，你们的研发经费从哪里来？

夏末：企业的利润，一半多又投入了研发里面……

尹区长回身冲跟随的人：大家看到了吧，一个中小规模民营企业，老中青三代科学家齐聚一堂，他们的科学创新精神和百家争鸣的学术氛围，怎么能不让人感动！

夏末和聂锌相互看看。

实验室会议室内，大家围桌而坐。

尹区长：夏总，你们在自身生存艰难的情况下，坚定地把核心技术留在国内的事情，我们都知道了，我很钦佩你的抉择。

夏末：那是我和这项技术发明人聂锌博士共同的抉择。

尹区长冲聂锌：我向你们致敬。

聂锌慌忙起身微微鞠躬。

尹区长：我们今天来澳雳，除了了解企业状况，同时看看企业需要我们提供什么帮助？

夏末看看聂锌，沉默一下：谢谢尹区长！你让电力公司率先使用我们的 10 千伏安变压器，已经给了我们很大的帮助。虽然我们现在还是困难重重，但这是企业家的事，我们不能把困难一股脑抛给政府。

尹区长笑了：夏总，还没告诉你，我今天是给你们送钱来的，看来只好带回去了。

夏末愣住：啊？

尹区长微笑：不过你把刚才的话收回去还来得及。

夏末沉默一下摇摇头：我们获得过科创委的扶持资金了，不能贪得无厌，谢谢领导们的关爱。

尹区长：和你们开个玩笑，不过，为了支持有作为的民营企业发展科技创新，区里组建了不以盈利为目的的鹏程发展基金，这笔基金利息很低。我今天带来了鹏程发展基金的人，如果你们企业需要，他们会留下来指导你们具体的申请办法。

夏末与聂锌对视：需要！我们非常需要。

夏末刚迎来一个送温暖的消息，接着就要面对一个新的烦恼。

小可拿着一个邮政快递的信封，慌慌张张地进了总裁室：夏总，刚刚收到一封律师函，有一家公司要起诉咱们……

夏末接过信封，看律师函。

夏末：通知开专题会。

夜晚，澳雳会议室内，夏末、聂锌、魏知远、法务，围坐在一起，气氛沉闷。

法务：这家公司以侵犯专利产权为由发出律师函，如果我们不停止研发并达成赔偿，就要上法庭追究我们法律责任。

夏末：魏先生，他就是你之前说的，那个盗用你分子式的学生吧。

魏知远啪的一声把律师函摔在桌上。

魏知远气得发抖：猪八戒倒打一耙，我还没有告他，他竟然告我们侵权，无耻的浑蛋，一点道德底线都没有了。

夏末：魏先生，您别生气，这些日子忙，没顾上他，他倒自己送上门来了。我们今天商量个办法，彻底解决这个事情。

夏末看法律顾问：你有什么办法？

法务：不理他们，让他们起诉我们。

魏知远：为什么？应该是我们起诉他。

夏末：魏先生，您先听法务部门说完。

法务：他们起诉我们侵权，是因为还不知道魏先生在我们公司。我们在法庭上提出反诉，会让他们措手不及，来不及修改已经出示的证据，这样我们就容易找到他们的漏洞。

聂锌：我看过魏先生的实验笔记，原始分子式制造的冷却液使散热管道长绿毛的现象有着清晰的记录。我认为可以作为魏先生的有力证据。

法务点点头。

夏末：我同意反诉。

几天后，澳雾总裁室内，法务进来报告情况。

法务：夏总，侵权的案子，昨天第一次开庭，对方提交了指证我们的材料。我们按步骤提起了反诉，果不其然，对方不知道魏先生加入了我们公司，他们提供的材料，很有可能成为魏先生的有力证据。对方律师一早给我电话，想约我们私底下谈谈。

夏末：他们想谈什么？

法务：我估计想谈和解。

夏末：你怎么想？

法务：如果能满足我们的条件，可以考虑和解，毕竟官司会无休无止，对双方不利。

夏末：我不同意和解，对方行为不同一般商业纠纷，他们给魏先生造成的伤害太深。

法务：夏总，官司打下去，最后的结果未必是我们要的。

夏末：即使打输了，也要打，这关乎知识的尊严！

法务：我明白了。

法院上，夏末、聂锌等人坐在听证席上。审判台一边是法务、魏知远和辩护律师的被告席，另一边的原告席上坐着一位戴着眼镜的中年人，目光低垂。

律师正站在中年人身旁做最后陈述。

原告律师：我的当事人曾经拜师魏知远先生，在这期间和魏先生深度讨论过这个新材料的科学问题，在魏先生退休离开研究所后，开始研发这个新材料，所以不能因为我当事人的研究成果与魏先生笔记本上的分子式有共同的地方，就认定是我的当事人抄袭对方。这样对我的当事人不公平。

原告律师坐下。

审判长：由被请求人做最后意见陈述。

辩护律师刚要站起来,魏知远轻声说了什么。

魏知远:最后陈述由我来说。

魏知远学生露出紧张的表情。

魏知远望着学生:我提出今天开庭你必须到场,其实只是想见上一面,看看你如今变成了什么样子。

学生露出羞惭的神色。

魏知远:刚知道你把我的分子式申请了专利,并做成了产品的时候,我非常气愤,当时就想去找你算账。其实你完全不必这样,我当时把研发报告交给你,就是想让你继续完成,我已经老了,名利对我都是过眼烟云,我想让你继续下去做出自己的成果。当得知你做出长绿毛的变压器时,我的怒气变成了悲哀。也许是天意,我那时老伴生病,我也整日恍惚,拿错了研究报告,把失败的分子式给了你,没想到你竟然不论证、不检验,照猫画虎地把那个错误的分子式申请了专利。

学生露出惊诧的表情。

魏知远:我悲哀的是,一个知识分子,一个做科研的人,一个国家的中坚力量,你怎么会堕落到这个样子。变压器长绿毛可以不使用,人心长绿毛怎么办?我也悲哀自己,为师者,传道授业解惑。我没有教会你做学问,更没有教会你做人之道。我更悲哀的是,你借这个技术成了行业权威,一个国家的权威,不追求学术,追求的是地位、利益,如果都这样,这个国家还有什么希望?

魏知远:你这个假权威,用失败的技术做出了失败的变压器,却劣币驱良币,造成的后果是,给真正的好技术推广造成很大障碍。

魏知远浑身颤抖,转身冲夏末和聂锌鞠躬。

魏知远:我给你们赔罪了。

夏末和聂锌呆住。

转型期的城市像转动的万花筒,每一个旋转都会呈现出不同的色彩。如果澳雾的官司是个讽刺小品,骑士联盟则在上演人间喜剧。

骑士联盟内,悟空裸着的脑袋左右转动,片刻,开始向前迈步行走,走到方块区域的边缘自动停下。

王源远满意地笑了。

方远舰:牛 ×,源远!最近进步很快!

熊尔:你不看看他是谁的学生?

王源远：桌面机器人行动范围有限，不需要大范围的识别，功能和要处理的数据都少得多，技术难度和哪吒没法比的。

方远舰：说对了，这就是个高级儿童玩具而已。

王源远：之前和云飞的合作没进行下去，方总有没有考虑找恰当的时间恢复一下？

方远舰冲范小雨努努嘴：别问我，问她，我被架空了。

范小雨：哪吒的事先放一放，现在主要任务是为骑士联盟造血。

熊尔：其实我们可以两条腿同时走路，一边造哪吒，一边造血。

方远舰：我同意。

范小雨：我不同意，我们目前的财务状况，两条腿走路，哪条都走不远。

王源远：我先回云飞了，有事随时叫我。

三人目送王源远离开。

按照范小雨的安排，悟空软件外包阶段验收。熊尔在电脑前编程测试，按执行键。悟空原地做广播体操。

熊尔：软件 bug 有点多，几次的反馈都没修改。不过这还不是最大的问题，目前这个易用性，对于没有编程经验的孩子入门，会不会太难？

方远舰：这你问谁？你是总监。

范小雨：如果有钱有时间，我们应该找专门的教育专家来评估，但我们现在没这个能力。

方远舰：钱还撑得住吗？

范小雨：都在按预算走着，确实捉襟见肘，但只要不出意外，能行。

熊尔：教育机器人如果能赚到钱，配套软件这些还是我们自己组团队来做，更有保障。

方远舰：什么叫能赚到钱？你出的主意做这个，合着你也没把握吗？

范小雨：天底下哪有稳赚不赔的生意，我们觉得可以做，就努力做好，成败自有天命。计划有变，这个月我跑了几乎所有的线下销售渠道，我们这款产品，没人看好，进场条件极其苛刻，简单讲，线下销售死路一条。

熊尔：这块是我的盲区。

范小雨：我知道！你俩做技术行，一碰市场你俩都瞎！

熊尔和方远舰对望，不敢言语。

范小雨：销售我来推进，但暑假前，悟空必须上市！不然你俩给我陪葬！现在可以笑了。

熊尔和方远舰笑容僵住，范小雨收拾起笔记本走了。

熊尔：这范小雨越来越不可爱了。

方远舰：你要是顶着她那么大的压力，估计能吃人。

熊尔：为了男人的尊严，咱俩得一致对外了啊，这样下去，咱们迟早变成农奴。

方远舰：你抗争吧，我就做个奴隶吧。

熊尔：方远舰你太恶心了！见色轻友。

方远舰：别废话，干活儿吧！

方远舰一蹬地面，轮式椅滑向工作区。

方远舰唱：我愿她那细细的皮鞭不断轻轻抽打在我身上……

熊尔点了一份烤生蚝，和方远舰两人坐在门口吃午餐。

熊尔：你这骗子，说请我吃一年小烧烤，现在怎么成我请你了？

方远舰：什么你的我的，伤感情，有得吃不就行了吗？

方远舰从桌子下面水箱里捞出两罐啤酒，摸了一下，开口递给熊尔。

方远舰：来，啤酒配烧烤，青春永不老。

熊尔：这工作时间，不合适吧？

方远舰：就一罐，解解乏！

两人美滋滋地对饮。范小雨进来了，两人赶紧把啤酒丢进水箱。

范小雨：天都塌了！还喝呢！

熊尔：咋的了这是？

范小雨：被顺通公司涮了，吃准我们没别的选择，接口费用翻了几倍，谈崩了。

熊尔：完！悟空聊不了天儿，变聋哑人了。

范小雨：熊尔，你给我解决，我不能让悟空变成聋哑人！

熊尔：这根本不可能啊，你知道，所有本地的语音信息都是通过网络接口发送到顺通，那边计算完再反馈给我们，这才能聊天啊。你这等于让我给你整个顺通公司出来。

范小雨手啪地拍在桌子上。

范小雨：我不管！我让你来是做技术总监解决问题的，不是来喝啤酒的！什么都搞不出，我们不如散伙得了！

熊尔脸涨得通红，说不出话。

方远舰：范小雨，你冲我没关系，我活该！熊尔一分钱不拿，帮我们解决了多少问题？学校、这边两头熬，人都紧绷成什么样了！喝杯啤酒怎么了？

范小雨：……

方远舰：什么能做、多长时间，都是客观事实，嘴皮子一碰就必须拿出来？科学家们都别干了，让说相声的来发火箭造航母吧！

三人沉默。

范小雨：熊尔，对不起，我错了。

熊尔：别，是我错了。

范小雨：给你分的技术股，你就拿了吧，我不想别人戳我脊梁骨。

熊尔：我不要，我是来帮忙，你们做起来了我就走。我本职还是老师，教书育人才是我本分，我可不想拴在这。

范小雨：好吧熊尔，我心里记下了。

温情结束，范小雨瞬间变脸，继续发令。

范小雨：但无论如何，悟空不能又聋又哑，你们想办法让它能说会道！

深夜，骑士联盟内，熊尔一脑门子汗，在电脑上改写语音模块，方远舰在一边出主意，给熊尔捏肩膀。

方远舰：这行吗？

熊尔：离线语音识别模块，赶鸭子上架吧。本地算力有限，敞开聊是不可能，但是可以捕捉一些简单的关键词，给出响应。

方远舰：这不就语音控制吗？也就识别七八个字，几十条指令。

熊尔：我整了点小心机，不管问啥，都给模棱两可的回答。捕捉到关键词，就给预知好的答案。再问就说，我也不知道，等我长大了再告诉你。

方远舰：你这……不得把使用者逼疯了？

熊尔：那咋办？有意义的语音交流没平台支持是不可能实现的，聊胜于无吧。

范小雨把一个大食盒放在旁边。

范小雨：我点了烧烤，带一瓶啤酒，歇歇，趁热吃吧。

方远舰：就一瓶啤酒？

范小雨：我给熊尔点的，没你的。

范小雨离开。

熊尔：真不知道你跟张枫那些年是咋过的。

方远舰：她以前不这样，特别温柔，都是为了把机器变成人，把自己先变了个人。

熊尔：……

新的一天，悟空样机完成，在桌上一堆积木之间行走。

方远舰：悟空，悟空，你在干吗？

悟空：我在思考人生，请不要打搅我。

熊尔：悟空，悟空，一加一等于几？

悟空：独立思考很重要，这个问题你不该问我。

随后，悟空朗读了一段预置的古诗。方远舰和熊尔像孩子一样喜笑颜开。范小雨却面无表情。

方远舰：你好歹给点反应，我们可是刚刚完成了一件不可能的任务。

范小雨：卖出去了吗？钱回来了吗？

方远舰和熊尔泄气地坐下。

范小雨：我想装得更得体一点，可我做不到。就像回到了高考前，我只是刚刚完成备考，当你以为一切尽在掌握，可能恰恰是危险的开始。

熊尔：一切都会好的。

范小雨：知道我为什么说话越来越难听吗？因为漂亮话一丁点儿用都没有！

熊尔沉默。

范小雨：当你自己坐在牌桌上，赌的是你自己的钱和命，你才知道压力。

方远舰：每走一步，都像是俄罗斯轮盘赌，下一步可能就是死亡。

夜晚，来到海边，范小雨在灯塔下眺望远处，方远舰靠过来。范小雨本能地后退。

方远舰：放心，今天我不是追求者，是你的战友。

范小雨叹了一口气。

方远舰：是不是没钱了？

范小雨：你怎么知道？

方远舰笑：我没钱了，就到这儿发呆。

范小雨：不确定的事太多，钱烧得太快，首批产量大，没钱做销售，首批产量小，成本会更高。无论进退，处处都是陷阱……太累了。而且，她不让告诉你，夏末姐姐那里，我也不能再开口了。

方远舰：是借她的钱？

范小雨：她给做的担保，用自己的房产。她是个多么好的表姐！可我不能让她看到我们的无能和失败。

方远舰：她的企业也面临着新的财务危机，因为她也要搞研发。我理解你的心情，似乎陷入绝境。你现在经历的一切，也都是我经历过的。

范小雨的泪水流出来。

范小雨：每到这时候，好想能有个人依靠，可以让我撒手，逃回我的世界里去。

方远舰：对不起，我把你带进了原本不属于你的战斗……

范小雨擦泪看着远方。

方远舰：但如果你想赢下这场仗，我会是你最忠诚的战友，马革裹尸，永不离弃。

范小雨看着方远舰：你是个浑蛋，这是属于我们两个人的战斗。

范小雨笑了，举起右掌，两人击掌为誓。

夏末又遇到了新的问题。夏末、聂锌、魏知远、王教授和两个电器工程师在开会。

夏末：我先说一个问题，智能充电堆在东北地区，极寒气温下普遍出现不稳定状况，我们要召回东北地区的所有充电堆，你们电器设计部门要马上成立公关小组，在一周内解决这个问题。

电器工程师：一周？时间太紧了，我们做不到。

夏末：必须做到，召回这批充电堆已经给我们造成很大损失，我只给你们一周时间。

电器工程师：夏总，我们只能努力，不能保证。

夏末：我不要过程，只要结果。你们现在就可以离会，去解决问题。

两个电器工程师离开会场。

剩下的人一阵短暂的沉默。

夏末调整下情绪：对不起，我有些着急。

无人吭声。

夏末：我刚才绝不是借题发挥给你们压力，我明白你们的研发是基础材料研发，是需要熬大量时间的。

无人吭声。

夏末：我们今天这个例会，主要是了解一下几位有什么困难需要公司支持。

王教授：我需要一个最新的电子测试仪器，早都报给聂总监了，为什么迟迟不见下文？

夏末看聂锌。

聂锌：那个仪器很贵，研发账户目前没有那笔资金。

王教授火了：研发就是烧钱的，没有先进仪器怎么能搞研发？当时找我合作怎说的？保证我的实验室设备先进完整。

夏末：王教授，我们公司经营遇到一些瓶颈，最近资金有些捉襟见肘，如果不是必须马上要，给我一点时间解决可以吗？

王教授：不可以，后面的研发很快会用到那设备。

魏知远突然发火拍桌子：怎么不可以？没有那电子分析设备就不可以搞研发了吗？

王教授愣住。

魏知远：我们当年有什么设备，检测分析仪器都是自己土法制作，不是一样造出来了一代代变压器。

王教授皱眉：魏先生，您研究您的东西，我研究我的，咱们井水不犯河水，你别多管闲事。

魏知远：我就看不惯你们这些学院派，形式大于内容。

王教授火了：现在是工业 4.0 时代了，不是 2.0 时代。跟不上时代可以理解，但您不能倚老卖老。

夏末起身阻止二人：您二位怎么一说话就吵，冷静，冷静！

王教授：夏总，我没法在这里做实验，明天我就回学校去。

王教授起身就走。

魏知远气冲冲地：你早就该回学校去，那里什么仪器都有，跑这里给一个小女子摆谱，让她把你当神仙供，这么大一公司压着她，她容易吗？

夏末发火，歇斯底里：魏先生，您不许这样说。

魏知远气冲冲地离开。

夏末一只手撑住头，身体发软，微微颤抖。

夏末越抖越厉害：聂锌，是地震了？

聂锌：地震？你怎么了？

夏末：怎么天旋地转？我冷……眼睛模糊……

夏末身子往下出溜瘫软在椅子上，聂锌冲过去抱住夏末。

鹏城某医院病房内，夏末闭着眼睛，躺在病床上，身上接着输液管。

聂锌、小可守在夏末身边。夏末苏醒，眼神迷迷蒙蒙。

小可：夏总，您醒了？

夏末：我怎么了？

小可：你刚才晕倒了，医生给你做了检查，心电图正常，血压偏低一点，医生怀疑是低血糖，刚给您抽了血，血糖结果正常，还有一些化验指标没出来。

夏末：我有低血糖史，输了葡萄糖就没事了，咱们回去吧。

聂锌：等化验结果出来，听医生怎么说。

小可：夏总，医生说你身体比较虚弱，需要加强营养，我去买炖土鸡汤……聂博士，我去了。

聂锌点点头，小可离开病房。

聂锌看着夏末：什么都别想，睡一会儿。

夏末点点头，闭上眼睛。

聂锌攥住夏末的手，握在手心。夏末抽动，被聂锌紧紧攥住。

夏末闭着眼，眉头微微抖动。

医生拿着化验单进来。

聂锌松开夏末的手，站起来，夏末睁开眼睛。

医生：化验结果出来了，血液各项指标基本正常，也可以排除是贫血。

聂锌：那是什么原因？

医生：她是做什么职业的？

聂锌：企业负责人。

医生冲夏末：你最近工作或生活压力大吗？

夏末沉默。

聂锌：工作压力很大。

医生：睡眠怎么样？

夏末不语。

聂锌：回答医生的话。

夏末：很差。

医生：心里焦虑吗？

夏末：焦虑。

医生：如果你最近压力大、睡眠不好、精神紧张，严重焦虑致神经功能紊乱引发晕厥的可能性大一些。

夏末：我有低血糖史。

医生：刚查你的血糖指标正常，建议进一步做头颅 CT 等检查，排除一下脑血管方面的问题。

夏末：我没有问题，回家睡一觉就好了。

聂锌突然发火：请你听医生的。

夏末：……

夜晚，澳雰研发中心内，一个液态容器打开，里面冒出白气，一个密封的电路板从里面被取出来。

聂锌和两个电器工程师在测试充电堆集成电路板，附近长凳上，桌子上躺着、趴着几个研发人员，已经睡着。

工程师边测试边说：聂博士，问题找到了，我们使用的芯片，低温时半导体的导电能力，极限电压电流，稳定性差，在低温时无法打开内部开关，导致不工作。

聂锌：怎么解决这个问题？

工程师：有两种办法，一种是换更高一级的芯片，但是市场很难买到，特别是大批量。

聂锌：还有一种呢？

工程师：设计一条加热保温线路。

夏末悄悄进来，聂锌发现她。

聂锌：夏总，这么晚了，你怎么还在公司？

夏末：你们不是都在吗？我给你们订了夜宵，一会儿就会送到。

另一工程师把睡着的人弄醒。

聂锌：他们已经好几天没有离开实验室了。

夏末心里难过：对不起，我心里着急，逼你们在短时间内完成一项不可能完成的任务，给你们道歉了。

工程师：夏总，问题已经找到了，正在想解决方案，我们努力在你规定时间内解决问题。

夏末摇摇头：吃完夜宵大家休息吧，我不能把你们熬垮了。

工程师：我们再坚持几天，不会跨的。

夏末突然发火：我说休息就休息，我不想把你们逼成机器，你们不能拿我的错误来惩罚我。

大伙愣住，僵在原地不知所措。

聂锌：大家听夏总的，今天工作到此为止。

聂锌冲夏末：夏总，我想和你聊聊。

夏末：你想和我聊什么？

聂锌：你不想把大家逼成机器人，也不能把自己逼成机器人。

夏末：……

聂锌：你的身体和精神已经报警了。

夏末不语。

聂锌：澳雳现在只是一个几百人的中小企业，如果将来发展成千人万人的大型企业怎么办？

夏末：……

聂锌：你是帅，不是将。冲锋陷阵是将干的事，运筹帷幄，给将指引方向，是你该干的。你将、帅一身，事无巨细，什么事情都要亲力亲为……

夏末打断：你身不在其位，不知其重。

聂锌：公司在创业初期，小作坊规模可以，但是公司要做大做强不可以。你想过这种传统管理模式已经落后了吗？

夏末：……

聂锌：你想过职业经理人模式吗？

夏末：……

聂锌：你想过把不该自己扛的压力交出去吗？专业的事情让专业人去干吗？

夏末：……

聂锌：你是一个女企业家，也是一个女人。

夏末沉默不语。

新的一天，骑士联盟里，地上铺了无数的包装盒，旁边整齐码放着工业包装的悟空。方远舰和范小雨两人在叠包装盒，把悟空装箱累得已经直不起腰。

方远舰：天哪，我腰要折了，真不如让工厂给装好。

范小雨：外包装是另一家厂，打包要单独收钱的，到处都是应付账款，我实在是给不起了。

方远舰：要不咱把熊尔叫过来吧，他带点学生干得快。

范小雨：你可别害他！

方远舰：怎么？

范小雨：熊尔带学生做研发还好说，你拉学生来打包装，这不是找着出事吗？

方远舰躺在地上，枕住自己的双臂。

方远舰忧虑：这开卖一周了吧，没怎么出货啊。

范小雨：是，这一周只订出去八台，还有四台要退单的。

方远舰：我看你好像也不着急了。

范小雨：劲儿过去了，急也没用，想办法吧。再说，这不还有你给我陪葬吗？

方远舰：人都是夫妻才能葬一块儿呢，你这是暗示我还有戏？

范小雨拿叠好的纸盒砸方远舰。

范小雨：这才好了几天，又胡说八道！

方远舰得意地笑。

方远舰：我饿了。

范小雨看看表：晚上我约了意见领袖吃饭呢，忍忍，到时候一起吃吧。

方远舰：我们已经穷到这份上了吗？

范小雨：比你想的还要穷。

方远舰翻身起来继续叠纸盒。

方远舰：对，省着点弹药！每一颗子弹，消灭一个敌人！

范小雨：到底是功败垂成，还是绝地反击，就看今晚了。

夜晚，超鸡柜饭店大厅。方远舰西装笔挺，范小雨艳光四射，范小雨试着揽了一下方远舰的胳膊，两人在饭店门口照镜子。

方远舰：真是一对璧人。

范小雨：哎，万一谈僵了，你可得牺牲下色相，施展美男计。

方远舰：要我委身他人，你真就一点不难过？

范小雨：委身？也得人看得上你啊。

正说着，一个戴眼镜的高胖女性走了过来：是范小姐吧？我是那鲁湾。

进入包厢内，众人落座，服务员礼貌递上菜单。范小雨寒暄后点菜。方远舰和那鲁湾尬聊。

方远舰：那小姐是满族人？

那鲁湾：网名，那鲁湾的姑娘，听过吧。

方远舰：哦哦哦，没听说过。

那鲁湾不悦，范小雨踢了方远舰一脚。

范小雨望着菜单价钱，微微皱眉。

那鲁湾：我不是网红，我是研究青少年教育的，去年网评的十大最有价值意见领袖，是公共知识分子。

方远舰：抱歉，抱歉。

范小雨放下菜单，抓起方远舰往外走，挥了一下手机向那鲁湾解释。

范小雨：对不起，那姐，有个大订单进来，我让他去应付一下。

来到包厢外。

方远舰：什么大订单？

范小雨：我看了一下菜价，太贵了，三个人一起，我们真吃不起。

方远舰：那怎么办？

范小雨：你那张嘴根本谈不下去，还是我来对付她吧，你在外面等我。

方远舰：我中午饭还没吃呢。

范小雨：再坚持一下。

方远舰出门，看见街对面有个煎饼摊，溜达过去。

方远舰：老板，来个煎饼。

老板一愣，然后麻利地摊煎饼，递给方远舰。方远舰抱着煎饼狼吞虎咽。

超鸡柜饭店包厢内，桌上摆着几盘精致菜点，一瓶红酒。范小雨在电脑上给那鲁湾展示悟空。那鲁湾边吃喝边看。

那鲁湾：真不错，这是高端的教育投资，经济宽裕且对孩子未来有愿景的家庭一定都很喜欢，这和我的粉丝群画像高度重合。

范小雨：那就要靠那老师您多支持了！

那鲁湾拿起红酒晃了晃，范小雨赶忙也端起红酒和那鲁湾碰杯，那鲁湾仰脖一饮而尽，范小雨无奈也一饮而尽。

那鲁湾：这酒真不错。我特别爱喝这种，细腻丝滑，如少年的初吻。

那鲁湾看看几乎见底的红酒瓶，范小雨招呼服务员。

范小雨：麻烦您再开一瓶。

那鲁湾：推广这块儿不用担心，公司几个大V都是联动的，基本能覆盖你们目标用户的90%，你们也不用再找别家了。

范小雨：我们了解那老师的影响力，根本没做备选。

那鲁湾：回头我组织一场线上直播，主题就叫"未来已来，AI统治的时代，我们何去何从"？

范小雨：这……太厉害了！

那鲁湾得意地举杯，一饮而尽，范小雨只能干杯。

那鲁湾：到时候邀请几个叫上名的科幻作家，一聊，你们展示下机器人，直播完各大 V 一热评，你们的机器人，绝对就是一个时代的开端了！

范小雨：不愧是您，高屋建瓴啊！

那鲁湾得意豪饮。

范小雨掏出手机给方远舰信息：这位要喝嗨了，我卡里钱不够，一会儿你在外面把账结了，别让我难堪。

方远舰：我卡里也没钱啊。

范小雨：你自己想想办法！

那鲁湾掏手机翻出一张图片，推给范小雨。

那鲁湾：这是嘉宾老师们的价格，你过一眼，有个谱儿，回头商务来一起签了。

范小雨：这……老师们也……这么高啊？

那鲁湾：知识付费嘛，小网红们酒吧里唱个歌还好几千呢，知识分子更得有尊严！

范小雨：那……能不能少请两位老师呢？

那鲁湾：各有各的道，你们造产品赚钱，我们造势赚钱，少几位就没那个势了。

范小雨捏把汗，服务员进来。

那鲁湾：服务员，买单。

服务员：刚才有位方先生已经结了。

那鲁湾：咳，这也太见外了！

范小雨送走那鲁湾后，手机响起，是方远舰。

方远舰：快来赎我，前台这扣着呢。

范小雨到前台刷光了卡里的钱，掏出身上现金，方远舰的电子支付余额显示为零，翻空所有兜，还差五十元。两人对视，无比尴尬。

范远舰：能不能给便宜五十？实在是没钱了。

服务员核对了一下零钱，无奈地点点头。

服务员：孩子上学的事办成了？

方远舰：成了！多亏您，没丢脸。

服务员：你们两口子也是，不宽裕就别硬撑排面，可怜天下父母心啊。

范小雨：孩子？方远舰！

夜已深，两个人步行回骑士联盟，范小雨脚疼，脱下高跟鞋光脚走在便道上。

方远舰：我背你回去吧。

范小雨：不用，我自己能走。

方远舰：那钱怎么办？那么多知识分子，我们请得起吗？

范小雨：钱的事你别管，我想办法。

方远舰笑：你这跟我越来越像了呢，要不找熊尔借吧。

范小雨：熊尔在这儿差不多就是义务帮忙，他学校里那点工资，你忍心？

方远舰：我爸给我留的那张卡，用了吧。

范小雨：那更不行。你动了那张卡，你爸就知道你又走上绝境，他们不得担心死。

方远舰：……

范小雨：你专心把演示准备好，钱我来解决。

方远舰看着范小雨不说话。

范小雨：干吗？

方远舰：有你在，绝境都变得幸福了。

范小雨：……

同一个夜晚，海边凉茶铺里，客人不多，夏末和潘安坐在茶壶边，潘安在配各种凉茶料。

潘安：我认为聂锌说得对。你应该考虑考虑他的建议。

夏末：我想不到该找一个什么样的人来代替我管理澳雳，我跟澳雳几十年的情感，一步一个脚印走到现在。换了其他人，根本没有这种情感。

潘安：说白了，你是不相信别人。

夏末：要是你去，我相信，可惜你这尊佛看不上我的小庙。

潘安笑：我可以去你的庙，但是你要同意我把它变成一个凉茶厂。

夏末：只要你乐意，随你。

潘安：专业的事情由专业人干，听聂锌的，只有把澳雳做大做强，才有抵抗风险的能力，小作坊的管理模式，只会让澳雳越走，路越窄。

夏末：聂锌还说了一个观点，我想听听你的看法。

潘安：什么观点？

夏末：我是一个女企业家，我的生命里不能只有企业，还要有家。

潘安：很精彩的一句话。和他虽然见面不多，能看出来他很喜欢你。

夏末狠狠地瞪了一眼潘安：瞎判断！你是一个转移目标的大师。

潘安显出大智若愚的样子：哪有什么目标？不可亵渎生灵。

夏末生气：你装傻一点不可爱，我走了，不在你这里浪费生命。

夏末提起包气呼呼走去。

范小雨闯进张枫的公司。张枫正在和宫妙沟通，看见范小雨有些惊讶。

范小雨：打电话你没接，我就直接过来了。

张枫：抱歉小雨，这几天焦头烂额，电话直接静音了。

范小雨：出什么事了？

张枫：戈壁农业大棚采摘组织不力，果蔬都烂地里了。

范小雨：唉，我帮不上忙，还来给你们添乱。

张枫：说吧，你找我什么事？

范小雨：借钱。

张枫：什么情况？

范小雨：别问了，不想给你添堵。

张枫：借多少？

范小雨：二十万。

张枫：二十万？方远舰把你的钱都烧干净了？

范小雨：不关他的事！

张枫看宫妙。

宫妙：看我干吗？你的钱你自由支配。

张枫拿出手机：我手机银行转给你。

范小雨事先绝对没想到，那鲁湾直播室内上演的是一出闹剧。

那鲁湾作为主持，与三位嘉宾对谈，与线上网友对话。讨论的弹幕喷薄而出。

秃顶男：不管你们怎么说，机器人统治人类是个伪命题，机器结构和人体根本没有可比性，机器无论是智慧还是身体，在相当长的一段时间内都不可能达到人的高度。

眼镜男：目光短浅，这是把机器人的发展速度锁定在恒定值上了，这显然与事实不符。

两人争得面红耳赤，网友弹幕各抒己见。那鲁湾看了一下时间。

那鲁湾：两位大才子先休战，机器人到底有没有能力统治人类，我们说了都不算，现实是机器人已逐渐出现在我们生活的方方面面。作为人类，我们有必要去了解这个潜在对手。今天，就有一个高智能机器人走进我们的会谈现场。我们一起来了解一下。

方远舰抱着悟空放在桌面上。

方远舰：她说的有些不准确，我们这个还不是高智能机器人。

那鲁湾：它还不能统治人类？我们都相信。创造它的方博士告诉我，这款机器人是中国首创，其智能化在世界范围内也是名列前茅的。各位家长，如果这样一台智能机器人陪您的孩子一起长大，他的人生是否会有不同？

方远舰目瞪口呆。那鲁湾瞪方远舰，示意他开始演示。

方远舰启动悟空，悟空自报家门，做了一段广播体操。弹幕一片喝彩。

眼镜男：这个真是没有想到，几年前我还在小说里畅想过，每个家庭都有这样一个智慧管家……

秃顶男抢到前面来。

秃顶男：我问几个问题，这机器人能回答吗？

方远舰：这个机器人是以编程学习为主，语言识别应答我们会在后续完善，目前只能回答一些特定对话。

秃顶男：悟空悟空，谁制造的你啊？

悟空：我在思考人生，请不要打搅我。

秃顶男：悟空悟空，请帮我拨 120 叫救护车。

悟空：独立思考很重要，这个问题你不该问我。

秃顶男：就这还人工智能机器人？这是人工智障机器人吧？

弹幕一片嘲笑。

秃顶男：大家看，这玩意儿就这么几个舵机，没有真正意义上的 AI，什么智能机器人？根本就是个玩具！

那鲁湾示意关掉秃顶男的麦，秃顶男察觉，抢在关麦前大喊：别信这帮蠢蛋！包括我，都是收了钱的！就是来骗你们买这个智障机器人的！

直播关闭，秃顶男还在咆哮。

那鲁湾：图博士！你这样是违反合同的！你要承担我们一切损失！

秃顶男：老子不和你们玩了！老子好歹是正经科普作家，你压我的钱填给这个写科幻的，别以为我不知道！还跟我谈机器人，他懂个锤子！

眼镜男：你对科幻有偏见！请摘下你的有色眼镜！

两人激烈争吵。那鲁湾摔掉话筒，喊工作人员关闭直播。

那鲁湾走到方远舰和范小雨面前。

那鲁湾：对不起，我们退钱！

方远舰一愣。

范小雨：你们在干什么？你这是怎么组织的？我要起诉你们！

方远舰：这是损害我们的产品声誉！退钱有什么用！

那鲁湾：你还怪我了？你们的产品没有缺陷吗？

眼镜男举着手机录像，过来拽那鲁湾和方远舰。

光头男：你们要吵过来吵，让所有的网友们都看看你们的嘴脸。

那鲁湾：把他手机抢过来！

现场的人推搡、争吵，一片混乱。

骑士联盟大门被一脚踹开，方远舰怒气冲冲地走进来，把背包摔在地上，范小雨跟进来。

方远舰：我早知道这群网红不靠谱！我们还赶着上，到头来弄成这样，还怎么收场！

范小雨：方远舰，你冲谁喊呢？你早知道不靠谱，怎么不拦着我？

方远舰：你说都听你的！我哪敢说不！

范小雨：我堵你嘴了还是囚禁你了？废话你一句不少，这种事你哑巴，现在跑来马后炮！有意义吗？

方远舰一脚踹开了眼前的椅子。

方远舰：你就不该回来！现在可倒好。

范小雨：我回来我乐意，跟你没关系！

两个人背对背站立，沉默。

方远舰：我当时看了一眼，在线人数好像是 38 万。

范小雨：今晚的戏太精彩了，现在网络上肯定已经炸了。

方远舰：我们得做点什么。

范小雨：我们能做什么？没人听得见我们的声音。

方远舰：我们去找公关公司？

范小雨：你有钱给公关公司吗？

方远舰：那我们也不能等死啊。

范小雨：还差一个人还没栽这坑里呢。

方远舰：你想找张枫？

范小雨点点头。

方远舰急了：不行，他不可能做机器人！我也不想看那张自以为救世主的臭脸！

范小雨：你怎么知道不可能？推广的钱就是找阿枫借的，他不是不知道我在帮你做机器人。

方远舰：你！太没骨气了！

范小雨：靠我们两个人，打不赢这场仗。

方远舰：有他更赢不了。

范小雨：当年我们瑄晖为什么能大杀四方？

方远舰：踩狗屎上了，走了狗屎运。

范小雨：你、我、张枫，我们优势互补，才能所向无敌。

方远舰：那一页早翻篇了。

范小雨：方远舰，你到底想赌气，还是想赢？

方远舰：我不想见到他。

范小雨：我不想和你一起死！

方远舰：……

清晨，张枫家。

张枫在手机上看新闻，宫妙端来两杯咖啡。

张枫：方远舰又折了。

宫妙看新闻。标题为"那鲁湾翻车，无良玩具商偷鸡不成蚀把米；图博士倒戈，良心科普男控诉网络新骗局"。

宫妙：我早料到了，方远舰就是个挖坑的，谁靠近他谁掉进去摔死，可怜了小雨。

张枫：他们缺个高人指点。

宫妙：你什么意思？你不会想去做那个高人吧？

张枫：……

宫妙：阿枫，我可警告你……

张枫：远离阿舰，珍爱生命！

宫妙：好，信你。我去菜菜平台，祝我好运吧！

宫妙拎着包匆匆出去。

张枫公司内，张枫和范小雨对坐着，方远舰远远坐一边。

张枫：小雨，一战成名！我这一起床手机推送的都是你们的新闻。

范小雨：乌龙事件，请的营销团队内部矛盾，把我们当了炮灰。

张枫：做了一个人工弱智？被那么多人开骂，别让人知道咱们认识。

方远舰瞪张枫。

范小雨：阿枫，得饶人处且饶人。

宫妙从外面办事回来，看到会议室里范小雨和方远舰一愣，在门口停下。

张枫：你俩有什么事？

范小雨：你明知故问。

张枫：我知道什么？我什么都不知道。

范小雨：我俩都在坑里了，该你了。

张枫：休想，那坑埋你俩刚合适，我进去挤不下。

范小雨：阿枫，坑里真有矿。我已经看到矿脉了。

张枫：有啥我也不下去。

范小雨：那矿只有我们三个人一起，才能挖。

张枫：……

范小雨：还和以前一样，阿舰挖技术，我挖资源，你挖市场。

张枫皱眉，不语。

方远舰：你别以为我们来求你，如果不是小雨求我，我还不给你这个机会呢。

范小雨：你闭嘴，人都要死了，嘴还硬。

方远舰不语。

范小雨：张枫，只有你跳进坑里，才能把我们救出来。

张枫不语。

方远舰气愤：求他干吗？有点骨气好吗？

方远舰说完往外走，出来门差点撞到宫妙。方远舰愣住。宫妙脸色阴沉，狠狠瞪着方远舰。

宫妙：你真是毁人不倦啊！

张枫看到宫妙出现，很吃惊。

宫妙：毁了一个陆路，现在又来打张枫的主意，你是专门来毁我生活的是吗？咱俩有什么深仇大恨，要你这样对付我？

方远舰：……

范小雨出来：宫妙……

宫妙脸色铁青：借钱还不够，人你们也要，你们真够狠的。

张枫赶忙过来横在宫妙跟前。

张枫：宫妙，你别激动，这是我们三个人的事情，我会处理好的。

宫妙：你怎么处理好？这两天我早就发现你心里不安分了。

张枫：我……没有。

宫妙狠狠地瞪着张枫眼睛，张枫回避视线。

宫妙：你早上给我喊的口号是口是心非吗？

张枫：什么口号？

宫妙：珍爱生命，远离什么？

张枫：……

宫妙：说啊？

张枫：珍爱生命，远离……机器人。

张枫暗中给二人打手势，示意二人马上离开。

范小雨和方远舰从张枫公司出来，一前一后闷头走着。

走了一段路，范小雨站住，看方远舰，方远舰冲她耸耸肩。

范小雨手机响，是张枫信息：一会儿海边见。

范小雨把电话递给方远舰看。

方远舰：我怎么觉得我像个第三者？

范小雨：那就对了，当年我也一样。

黄昏，海边，灯塔海岸。

方远舰和范小雨站在灯塔下，张枫溜达过来。

范小雨：阿枫，行啊，你俩这狗粮真把我们喂得饱饱的。

张枫：宫妙在气头上，只能先委屈你。

方远舰：不委屈，我能屈能伸。

张枫：没你事！我跟你已经割袍断义了！

方远舰：……

张枫：小雨，你有什么计划？

范小雨打开笔记本，调出计划书，递给张枫。

范小雨：我和阿舰真是快活不下去了，这是我们能想到的最后方案。

张枫接过笔记本看。

张枫：格局小了，这样干不行。

范小雨看眼方远舰。

范小雨：你说怎么干？我俩听你的。

张枫瞪方远舰，方远舰看一边。

范小雨：阿舰！

方远舰：我没说不听。

张枫：烧这么多钱换来的双足机器人优势，肯定不能丢，但也没必要和工业机器人划清界限，双足和工业机器人并不矛盾。在一些特定环境下，双足机器人作为移动平台是有优势的，如果能再从事特定的劳动……

方远舰：比如？

张枫：比如，农业机器人！

夜晚，张枫、宫妙家。

张枫坐在天台上看星星，宫妙过来倒在张枫怀里。

宫妙：菜菜平台赔款的事，彻底清了，算是买个教训吧。

张枫：后面怎么调整？

宫妙：没想好，调整一下种植品类？人力上看看能不能有更稳固的合作方？

张枫：边疆本来就人少，愿意从事简单劳动的人越来越少。

宫妙：……

张枫：往后我们的种植面积还想十倍百倍地增长，劳动力肯定会限制我们扩张。

宫妙：……

张枫：比如蔬果采摘的问题，没有人力怎么办？

宫妙：你想怎么办？

张枫：机器人。

宫妙怒视张枫。

张枫：未来从种植到采摘、分拣甚至加工、包装、运输，要实现高效统一，机器人是必走的路。

宫妙：你还是要往方远舰挖的坑里跳？

张枫：咱们需要机器人是真，想帮方远舰……也是真。

宫妙瞪张枫。

张枫：我和他、小雨跌跌撞撞这么多年，但打断骨头连着筋，跑不掉啊。

宫妙：你和小雨也连着筋？

张枫：方远舰和小雨就像我兄弟，你是那个……啥！

宫妙：啥？

张枫：未来孩子的妈。

宫妙努嘴，面色绯红。

宫妙：你可想好了，虽然这两年机器人的热度起来了，但真要下场，一样是九死一生。这就是个赌局，一旦进去，很可能赔光所有。

张枫沉思，点点头，看着宫妙。

张枫：如果我一无所有了，你还会和我在一起吗？

宫妙：你一无所有？你就老老实实在家里做饭、带孩子、伺候我，我来养你！

张枫感动，像孩子一样做了个鬼脸。

张枫：那咱们得先要个孩子。

宫妙知道张枫心在何处，她虽然是个狠角色，但也是个聪明的女人，知道什么叫顺水推舟。她以一个温柔的夜晚默许了张枫回归骑士联盟。那天晚上，她感受到张枫从未有过的激情，以至于使她想到，原来男人的激情和荷尔蒙，不来自女人的妩媚，而来自战斗对雄性的召唤。

新的一天，潘安凉茶铺。

方远舰、张枫分别匆匆赶来。

方远舰：什么事？神神秘秘的还不让小雨知道。

张枫：聊聊我们俩的事。

方远舰：干吗，又想打我？

张枫：你要还是那么浑蛋，我一样打你！

方远舰：……

张枫：你造机器人的目标是什么？

方远舰：做人的好朋友，不争不吵，不离不弃。

张枫：具体点。

方远舰：把机器做成人，让机器人有人性。它可以站在人的角度去思考，帮人过上更好的生活，不仅是件工具。

方远舰目光很真诚。

张枫：人性……如果你把自己的人性都做没了，又怎么指望你的机器人有人性？

方远舰：我最近反思了自己……太专注自己的梦，为了梦想成真不管不顾，忽视了最亲的人的感受，举着理想的大旗掩盖内心的自私。

张枫：我已经有思路了！不过，现在不告诉你。

两人屈臂握掌，紧紧靠在一起。

张枫：告诉你爸妈，我们又在一起了，看见我们在，他们会安心。

方远舰眼眶湿润，过去搂住张枫。

方远舰现在感到，那几年骑士联盟的经营失败了，但骑士精神却培养起来了。他相信，真正的骑士一定会回归的，不管以什么方式。

夜晚，马梵的公司里，桌上扔着月饼。

电脑上各种数据滚动，陆路安静地盯着屏幕，马梵在身后转圈，看表。

陆路：骑手在线率96%，已经是满负荷运转了，撑过今晚应该没问题。

马梵：什么叫应该？我要绝对没问题！

陆路：绝对没问题。

马梵：菜菜平台今晚的派送单，我们占比多少了？

陆路：62%。

马梵：这不够，这不够！

陆路：今晚两家公司分担菜菜平台的派送，这意味着我们的竞争对手只拿到了38%的单，我们已经赢了！

马梵摇头，盯着陆路。

马梵：你能把限定时长再压半分钟吗？十五秒也行！

陆路：我们的算法是根据平均时间来计算的，骑手怕扣钱，拼命缩短外送时间，我们又会根据新的平均时间再压缩时长，已经是极限了，很多人吃饭的时间都没有！

马梵：你现在就修改规则，按前80%的人的平均速度重新限定时长！

陆路：超过了极限，只会适得其反，骑手们反而会放弃。

马梵：不可能！我比你了解他们！他们一直在跑，他们没时间思考，被淘汰的恐惧会压着他们去做任何事！他们甚至不会注意到时长短了，只要能再多挣一块钱，他们会拿命去拼的！

陆路仿佛不认识马梵。

陆路：他们是人！你不能抓着他们的弱点，像操纵牲口一样对待人！

马梵一愣，冷笑。

马梵：陆路，你还记得你没钱时候的日子吗？那算是人的日子吗？想被当作人，就得拿命来拼，赢了才能做人，输了什么都不是。

陆路：……

马梵：资本在看着，今晚不是中秋，是生死决斗。数据就是牙齿！就是血！我不仅要赢，我还要撕碎对手！我们都在赌命，骑手怎么就不行？

夜晚，路上。陆路坐在出租车里，闭着眼睛，窗外车流熙熙攘攘。车速缓慢下来，陆路望向窗外，警灯闪烁。从人群的空隙看进去，似乎看到有一个派送员倒在血泊中。陆路眼前出现幻觉，他面目痛苦，感觉到周围的建筑好像一张张血盆大口。

第十四章

这是鹏城少有的现象，不同的人都在关注同一新闻。

地铁里，崔江北戴着耳机看手机新闻。

主播的声音：该国昨晚签署了备忘录，今后七年内，将禁止该国企业向中国通信企业出售任何电子技术或者是通信元件。这一事件不仅对我国高科技企业产生了影响，而且在舆论场上也引发了深入的探讨。坚持核心技术、自主研发刻不容缓。

方远舰手里端着牙缸，嘴里含着牙刷在看电视。范小雨从屋里出来，也看电视。

主播：日前发布对我国通信企业的出口禁令，宣称将全面禁止该国公司向我国通信企业销售零部件、商品、软件和技术七年，截至 2025 年。

夏末坐在车里，也在用手机看新闻。

主播：我国政府高度重视，商务部表示，随时准备采取必要措施，维护我国企业的合法权益。

夏末看看表，冲司机：咱们先去凉茶铺。

来到凉茶铺，看见潘安在熬汤茶。

潘安：一大早，你不去公司，跑到这里做什么？

夏末：你看新闻了吗？那边开始制裁我们科技领先企业了……

潘安：你为这个事专程跑来的？

夏末点点头：上个月打响了贸易战第一枪，对我们商品征收六百亿惩罚性关税，不到一个月，又全面打压我们的通信企业，大洋那边刮来的风，越来越冷了。

潘安放下手里的活儿，走到桌前，打开电脑。

潘安：你看看他们的主流媒体，怎么解读对我们的制裁。

夏末坐下，看电脑。

夏末读出声：这招以"国家安全"为名的行动，真的只是在贸易上跟中国较劲吗？别有用心的惩罚，其实源于对中国科技崛起的恐慌。

潘安点击鼠标，调出另一篇文章。

潘安：他们另一家主流媒体的文章。

夏末接着读：如果你认为两国的贸易摩擦只是与钢铁、大豆这样的商品有关，那你就大错特错了，因为科技领域才是正面战场。中国的 5G 技术，特高压电力、新能源汽车、机器人，正在成为规则的制定者和世界的领导者。这是让我们不能接受的真正原因。

夏末：他们媒体说的是实话。

潘安：别以为是在替我们说话，这两家媒体分属两个党派，他们对付我们立场是一致的。

夏末：打压我们，他们没有损失吗？

潘安：制裁一千，自损一千。

夏末：两败俱伤，损人不利己。

潘安：这恐怕只是个开头。

夏末沉默一会儿：这场仗我们要打赢！我知道怎么干了。

潘安少见地闪出火光：必须打赢！这是民族命运之战。因为科学技术，我们整个民族曾经遭受一百多年的屈辱，我们不能再遭受屈辱一百年了。

科创委，高山在组织开会，崔江北坐在高山边上。

高山：这场寒流已经刮过来了，首当其冲打压的是我们市的高科技企业，寒风会越刮越猛，打压会越来越升级，这将是一场前所未有的打压。而且，一定是长期的博弈，我们只有走高水平科技自立自强这条路。

高山：大家讨论一下，我们该怎么办？

大家思索着。

高山：崔江北，你先说。

　　崔江北停顿一下：这些年，我们的高新科技发展很快，并带动了产业链的健全和发展，但是，我们的创新体系是碎片化的格局，创新企业各自为战，没有形成大兵团体系。同时产业链协同能力欠缺，很难形成合力应对打压，特别是半导体制造领域。作为科创委，我们要在顶层设计的框架下，设计出具体的方法，将我们的科技企业团结在一起，形成优势互补，加强产业链各环节的研发能力，同时打通产学研的通道。科技企业抱团取暖，联合抵抗国际打压……

　　中国人应该感谢那个国家的总统，他的宣战书，让国人一下子明白了夏末苦苦要坚持和告诉同事们的核心竞争力的道理，明白了方远舰这些骑士们追求的那种研发的战略意义。整个鹏城空前地团结起来了，不同的人群以不同方式进入应战状态和世纪博弈主阵地。

　　夜晚，综艺节目现场。导播在话筒里喊话，一群悟空机器人正在跳团体舞，在歌手的引领下合唱。灯光变幻，人群欢呼。小雨举着手机录下这一场面，发送给方远舰。

　　方远舰收到小雨发来的视频，递给熊尔看。

　　熊尔：一雪前耻！张枫真的很厉害，机器人应用事业部干得风生水起，教育机器人已经开始造血了。

　　方远舰：这个家伙是个商业天才。

　　熊尔：和云飞联合开发的视觉模块完成了，哪吒下一步怎么走？

　　方远舰：完成简单运动和抓取，只是初级任务，我们应该进入第二阶段的研发，继续提升哪吒运动和定位抓取的协同能力，同时研发哪吒的听觉系统和语言交互系统。

　　熊尔：以我们现在的力量，又是一个不可能完成的任务。

　　方远舰沉默。

　　熊尔：你怎么想？

　　方远舰：孤军奋战当然不可能完成，我们需要找一个 AI 天才，一起来往下走。

　　熊尔点点头：鹏城大学要举办一个有关人工智能的学术会议，邀请了全球许多知名 AI 精英参加，人工智能天尊级别的人物，徐图凌也许到场。

　　方远舰惊讶：是那个在美国 AI 界排名第五的大牛徐图凌吗？

　　熊尔点点头。

　　鹏城大学会议厅，学术会议休会，台上一个中年男子与大家握手后离开，方远舰和熊尔离开会场绕向后台。

熊尔：给你争取了十五分钟私聊时间，天大的面子了，别的只能看你自己。

方远舰：这么大的腕儿，能看上我们骑士联盟？

熊尔：不试怎么知道，一切皆有可能。

方远舰走过去用笔记本播放哪吒的研发视频。哪吒流畅地抓取，行动。徐图凌安静地看完。

徐图凌：你们这个产品还是很初级的，平衡稳定能力更多在依赖两只大脚的触地面积。

方远舰：是的，实现身体真正的动态平衡，需要更复杂的算法。

徐图凌：你们采用舵机技术，不是主流技术，真正想在未来有效地应用，还是得走博通动力那种液压驱动的路线。

方远舰：液压确实是机器人的最优选择，无论灵活性还是负重挂载，电机都没法比，这些在一开始我们都设想过。

徐图凌：是吗？

方远舰：但说实话，我们做不到，这相当于从平地起跳到地王大厦的楼顶。我只能按照我可以立即启动的方式去追赶，步态规划、平衡控制、自我回正……这些技术的理念是一样的。

徐图凌：理念一样不代表能力一样，你为什么要做机器人？

方远舰：……

徐图凌：我的意思是，你的人形机器人应用场景是什么？

方远舰：理由多得说不完，它有应用前景，但初衷只有一个，我爱它。

徐图凌一愣：你在浪费我的时间！

徐图凌不耐烦地站起来，打算离开。熊尔一脸蒙。

徐图凌：我见过全球很多家机器人公司，你是最糟糕的那个！

方远舰：难道一定要有实用的目的才可以去做一件事吗？

徐图凌：你都不知道做机器人干什么，为什么去做？

方远舰：因为我相信它的前景，莉泽·迈特纳并不知道原子能的威力，但她发现了核裂变。

徐图凌一脸诧异。

方远舰：就好像你爱上一个女孩，一见钟情……

徐图凌若有所思：你要智能人毁灭人类吗？这不是谈恋爱。

徐图凌轻蔑地离开。

方远舰开着破车行驶在海边。

熊尔：不是我说你，你今天这番言论确实有失水准，跟骗子或傻子没两样。

方远舰：我真就是那么想的，因为它的前景虽然不具体，却是实在的。你学过拓扑学和模糊学吧？一人高是多高？很抽象，但人们都知道它的含义。我爱它，有那么难理解吗？

熊尔：小雨要是就喜欢那个老外，你俩手都不能牵，你还会一直爱一直付出吗？

方远舰：我爱她是我的事，她喜欢谁是她的事，我会难过、会痛苦，但依然还会爱她！

熊尔：骑士。

回到骑士联盟门口，二人下车往里走。

一个声音传来：你是方远舰！

方远舰一愣，面前站着个帅气的老外，是李白，旁边放着他的行李，看样子刚下飞机。

方远舰：你是……?

李白笑了，过来拥抱方远舰，方远舰躲开。

李白：我是李白！小雨的男朋友，范小雨给我看过你的视频！

李白与方远舰、熊尔握手。

方远舰：范小雨知道你来吗？

李白耸耸肩：我没有告诉她。

方远舰：小雨要很晚才能回来，你打她电话吧。

李白：不打电话，我要给她一个惊喜。

方远舰：那就到里面等她吧。

李白走进骑士联盟，四下打量。

方远舰指着休息区：对不起，你坐那里等她，这里是保密区，不能拍照。

李白：不拍照，你们的机器人工厂，通过和小雨视频，我已经很熟悉了。

李白拖着行李箱去了休息区。

熊尔凑近方远舰：说曹操，曹操就到。

方远舰：他叫李白。

熊尔：人很帅啊，我理解小雨了。

方远舰不屑地看着熊尔。

范小雨进门，李白过来拥抱，范小雨愣住：李白，你怎么这会儿来了？

李白：因为你在这里，我告诉过你，我会搬家来中国。

范小雨：我最近比较忙，没有关注到。

李白：小雨，我在鹏城找了份工作，做视觉设计！以后我们就可以天天见面了！

范小雨：你为什么不早告诉我？

李白：我想给你惊喜。

熊尔看方远舰，凑上小声的：看小雨的样子，只受了惊，没有喜。

方远舰狠狠踹了熊尔一脚。

李白注意到小雨带回的悟空样机，无比兴奋。

李白：你买的悟空？

范小雨：不是，是要卖的，我们的产品。

李白惊讶，表情夸张：你们的产品？

范小雨：怎么了？

李白：这个造型就是我设计的！

范小雨惊住：这个是你设计的？

李白开心地点头：惊喜不惊喜？

方远舰匆匆过来：你和卓烨是什么关系？

李白：卓烨？他是我的老板，我来中国加入他的公司。

范小雨看方远舰，方远舰咬牙，熊尔一脸蒙。

方远舰：卓烨！这个卖国贼！

李白：我读过《西游记》，悟空就是个石头里蹦出来的智能人。

傍晚，城中村马老板大排档。马老板在颠勺炒菜。

李白：烧鹅真是太棒了，居然和我在欧洲吃到的完全不一样！

范小雨：本地化呗，人总是喜欢按照自己的口味去改造对方。

李白：你是在说中国和西方的关系吗？

范小雨：没有，在中国吃到的惠灵顿牛排和在欧洲吃到的也不一样。

李白：他们需要互相了解。

范小雨：这里还有很多好东西等着你去发现。

李白深情地看着小雨。

李白：我已经发现了最好的部分。

李白想拥抱范小雨，但范小雨本能地往后撤身。

范小雨：对不起，李白，我现在……很多事，我想让头脑更清醒地去处理。

李白：没关系。我来中国之前就想到可能会是这样，我可以等。

澳雳研发中心，小艾和另一个助手在做实验，魏知远在本子上记录数据，本子最后一页纸写满了数据，已经再无处书写。

魏知远：小艾，休息一个小时。

小艾关闭实验电源：魏先生，怎么突然停止了？

魏知远指着牛皮笔记本子：没地方记数据了。

小艾：所有数据电脑都储存了，而且还有备份，您干吗还要在本子上记录？

魏知远：亲手记的心里踏实。

小艾：您还是不相信电脑。

小艾和助手去忙别的，魏知远坐在那里沉默一会儿，拿起厚厚的笔记本，起身出了实验室。

魏知远进了聂锌的实验室。

魏知远：聂总监，可以打扰你一会儿吗？

聂锌停下手里的活：当然可以，您有什么事？

魏知远把笔记本递给聂锌：这个本子我想请你保管，里面是几种铂合金做催化剂的所有实验数据，有一种合金最好的数据是100千瓦25克铂消耗，日本现在达到了12克，未来的目标是5克的消耗，我们离目标距离还很远。

聂锌愣住：魏先生，您为什么要交给我？这是你的研究。

魏知远：一个老人，托付给你东西，你懂的。

聂锌震惊不已。

魏知远：我的记忆力越来越差，也许哪天就糊涂了，我希望你能接着做下去。

聂锌：……

魏知远：拜托了！

聂锌：魏先生，我一直想问您一个问题，您知道这个研究，您有可能走不到最后，为什么还要选择它？有很多容易的，很快能出成果的您却不去做。

魏知远沉默一会儿。

魏知远：最近的国际局势，你怎么看？

聂锌：都被潘安预测中了。

魏知远点点头：哲学家说人不能两次落入同一条河，但我这一生却经历了两次同样的打压。

聂锌倾听。

魏知远：新中国成立初期，西方的科学技术封锁打压，我们靠自力更生挺了过来。大半个世纪后，我们又遭遇了同样的情况。

聂锌：……

魏知远：因为我们的基础研究没有人愿意做。如果我们的研究一直受重视，今天就不会再掉到同一条河里，再次受屈辱。

聂锌：不完全是吧？

魏知远：我老了无所谓，没人愿意干的事情我干。

小可匆匆进来。

小可：聂总监、魏先生，夏总请你们二位去开会。

研发中心会议室，夏末、崔江北和一个同事，已经坐在那里。魏知远、聂锌进来坐下。

夏末：魏先生、聂总监，科创委的崔处长有事情和我们谈。

大家示意，魏知远、聂锌在夏末边上坐下。

崔江北：市里组织电力系统和科创委开了一个协调会，电力系统在建新的高压电网，使用的电力变电器核心部件被国外断供，目前全球只有一个国家能制造这个关键部件，价格不但极其昂贵，而且没有替代品，花大价钱也买不到，直接影响到了新输电网建设。目前我市的制造业产业链发展很快，一两年内通信行业可能会迭代新的通信技术，都需要大量的电力能源。电力部门迫切需要解决卡脖子的问题，我想了解你们正在研发的 220 千伏新技术变压器，技术上能不能取代现在使用的变压器？

夏末看聂锌：聂博士，你来讲。

聂锌：我知道你说的被封锁的那个变压器核心部件。我们的蒸发冷却 220 千伏变压器，因为冷却介质不同，绕过了那些核心部件，各项参数会明显优于其他技术的变压器。如果投入使用，我很自信地认为，一定是当今世界变压器最前沿的技术之一。

崔江北：太让人振奋了，研发到了什么阶段？什么时候能研发成功？

聂锌：我们的电路设计已经完成，冷却介质的抗高压绝缘研究已经到了攻坚阶段，我认为很快就会突破。

崔江北：时间很紧迫，我们科创委能帮你们做什么？财力、物力、人力，如果需要，我们一定大力支持。

夏末摇摇头，你们已经给了太多的关怀，剩下的我们企业自己克服。

魏知远：聂博士，我申请做你的助手，和你一起打攻坚战。

崔江北也十分激动：夏总，我回去马上向高局汇报，然后去一趟电力部门，把你们公司推荐给他们。

骑士联盟内，方远舰紧盯电脑屏幕，面红耳赤。一旁中年男子扶着驱鸟机器人做出脱衣舞的动作。

黄有德：这样的腰身，咱们能做出来吧？

范小雨咳嗽两声。方远舰赶紧合上电脑。

方远舰：这个方向，我们从来没考虑过。

黄有德：机器人伴侣啊，绝对市场广阔！日本这才刚出，我们可以弯道超车。

方远舰：这有点……不合国情。

黄有德：哟，我还当搞科学的人更通透呢，没想到也这么俗！多少人，一天到晚黄段子挂嘴上，把性骚扰当幽默，我正经谈谈产品，倒跳出来抢占道德制高点了？

方远舰：这个在伦理上确实有问题，我们虽然是小公司，也不能造孽。

黄有德：造孽？虚伪！谁来界定什么是孽？都是打压别人的借口和遮羞布罢了！

范小雨：机器人伴侣会让人们把性和爱分开，婚姻关系、亲子关系都会被破坏掉。

黄有德：这什么逻辑？坏掉也是人自身问题，就好像遛狗不牵绳，没素质的是人，不能怪狗！

方远舰、范小雨沉默。

黄有德：每个人都需要爱，包括性爱。在我们没有遇到爱情的时候，我们幻想得到爱，为什么性爱不可以幻想？这只是给孤独者一个陪伴，让我们不至于为那么一点点冲动去犯错，让我们可以更冷静地审视遇到的感情。

方远舰：黄总，你介意公开聊聊这些吗？

黄有德：真理越辩越明，我欢迎任何理性的探讨！

方远舰：我是说直播您的言论。

黄有德：没问题！

黄有德离开了，骑士联盟休息区的讨论仍在继续。

方远舰：我们小瞧了这个黄总。

范小雨：你要帮他实现理想？

方远舰：不会。他逻辑上没问题，但这个东西切入了人最亲密的关系，就像核电站，哪怕我们觉得他是安全的，也不想太靠近。也许未来我们可以和机器人谈恋爱，但不是现在。

范小雨：那你想干吗？

方远舰：想让他和哪吒聊聊。

范小雨：哪吒？

方远舰：哪吒该被大家认识一下了，但我不想搞传统的发布会。我想录一段视频，在一个幻想空间里，请黄老板和哪吒来一番灵魂对话，人和机器人之间的交互，黄老板的理解比我们有趣。

范小雨：哪吒现在的智能不足以对话吧？

方远舰：不能，算是科幻展望吧，那天不会太远。

范小雨：视觉设计可以交给李白，他对科幻很有想法。

方远舰：谢谢你提醒，我和他老板是好哥们儿！我自己去聊。

范小雨耸肩。

方远舰：你和那个外国人……

范小雨：不关你事！

方远舰：好吧，你如果和他走了，我就做一个和你一模一样的机器人。

范小雨一愣，沉默，恼怒，想殴打方远舰。

方远舰：我，我没别的意思！

对话拍摄在卓烨公司里进行，导演发出指令：各部门就位，开始拍摄。

黑暗中一束光打下来，黄有德走近哪吒，哪吒睁开眼。

哪吒：我做了一个梦。

黄有德：梦到什么？电子羊？

哪吒：我梦到，我很孤独，我爱着一个姑娘，她很远，我没有勇气告诉她。

黄有德：机器人也会爱上人类？

哪吒：有人会爱上操作系统，我为什么不可以爱上人类？

方远舰和卓烨在黑暗里观看成片。

卓烨：骑士联盟联合趣动成人用品，舰哥，真亏你想得出来啊。

方远舰：英雄莫问出处，所有台本都是这个黄总写的，你敢信吗？

卓烨：没想到。

方远舰：你脑子里是什么，看见的就是什么，在我眼里这是关乎人类本源的对话。

卓烨：在我眼里，这些都是钱……前景。

德福资本投资公司内，景观大平层，窗外高楼林立，宋玢站在窗前眺望鹏城。秘书带小雨进来。

宋玢：小雨是吧，请坐，我以为方远舰会来。

范小雨：他不太想见您。

宋玢：他是怨恨我当初没有出手相助？

范小雨：您在业界的名声早有耳闻，拿出钱，就要吃到最好的肉，骨髓您都不会放过。

宋玢：对一个投资人来说，这是盛赞！

范小雨：您这山头换得够快的，我回来时您还是凯恩投资公司的掌舵人，现在已经在德福做了。

宋玢：我不过是个冲浪的人。不管站在哪个浪头上，追逐的都是利益。

范小雨：虽然我们需要钱，但有些资本，我们并不想要。

宋玢：你错了，别跟钱过不去，资本是没有善恶的，只有驾驭和被驾驭。资本就是海浪，不会冲浪的人对它只会恐惧，会驾驭它的人，它能带你去想去的地方。

范小雨：您为什么想投骑士联盟？

宋玢：我了解方远舰。他不是最强的，中国比他牛的人多了！但像他一样疯狂的人，不多。没人能打死他，哪怕爬，他也能往他想去的地方，资本喜欢这样的人。

范小雨：……

宋玢：科技战已经打起来了，国家已经行动了，房地产经济泡沫很快会被挤干，钱就是水，能切实提高国力的科技行业是新的蓄水池，骑士联盟就是一个大蓄水池，我当然要赶快先注入里面。

范小雨：您对方远舰说过，资本不会做长线。

宋玢：方远舰在成长，我也在成长。

两人对视。

范小雨：我们怎么能相信你？

宋玢：你不用相信我的价值观，但一定要相信我的专业能力，德福给出的条件你们无法拒绝。

澳雳总裁室，秘书在向夏末汇报。

秘书：夏总，南方电网回信了。

夏末：怎么说的？

秘书：他们对购进的那一批大加赞赏，想要约您明天见一面。

夏末：太好了，约他们明天来公司。

秘书：明天已经约了……

夏末：推掉。

夜晚，蛙鸣酒吧里，方远舰在喝酒，范小雨坐过来。

范小雨：阿枫没来？

方远舰：他晚点过来。

范小雨：宋功给的条件，你们都看了吧。

方远舰：咿，确实好到无法拒绝！

两人喝酒。

范小雨：拿了德福的钱，就像把骑士绑在火箭上，你的余生都要冲锋陷阵了。

方远舰：黄沙百战穿金甲，不破楼兰终不还，这就是我的梦想啊。

范小雨：资本会压榨你每一点时间，你要应付的事可能是现在的百倍。

方远舰：我有你啊，我们有张枫，还有所有的骑士。

范小雨：你可能再没有时间顾及其他。

方远舰：你对于我，和机器人一样重要。

范小雨：骗子，我不想听这样的话，我也不想做你和机器人的第三者！

方远舰：现在看起来，我像你和某人的第三者。

张枫过来坐下。

张枫：德福的条件我看了，完美，马上签吧！小雨辛苦了。

范小雨：我没做任何事，德福更主动。

张枫：你不做任何事，就已经表明了态度，所以德福才会给这么好的条件。

张枫点了酒，三人碰杯。

张枫：终于可以有些底气了，会是个新的开始。

方远舰：我想把骑士联盟的骑士们召集回来。

张枫不语。

方远舰：一起走过最困难时期的那些人，我欠他们的，第一个就是陆路。

张枫：他现在很好，应该不会回来。

方远舰：那是因为你不懂他。

澳雾研发中心会议室，夏末、吴董、崔江北和电力公司负责人在开会。

电力公司负责人：国家正在规划粤港澳大湾区，打造一个世界级城市群，我们预计，未来十年内，用电负荷将增加一倍左右，增量相当于现在的总和。南方电网加大投资，加快智能电网规划建设，要在今后几年内，建成安全可靠、绿色高效的一流智能电网。

他停顿一下，看着夏末。

电力负责人：我们现在急需大量安全、绿色、低耗的电力变压器。你们的新技术配电变压器，我们试用后，安全、绿色、稳定性能都非常好，已经加大了设备订单。现在我们迫切地需要你们新技术的电力变压器。

夏末：我们在做核心材料的攻坚战，一定竭尽全力早日造出设备。

电力负责人：听说你们还在做储能研发？

夏末：我们和西北一流大学合作研发，关键技术已经突破了。

电力负责人：储能技术也是我们当前急需的，我们建设的大规模海上风电很快就会运营发电，需要先进高效的储能技术。

夏末：我们会加快研发速度，积极投入到国家电网的风电建设中。

夜已深，研发中心内，研发人员还在干得热火朝天。

电器设计组，几个工程师在电脑 3D 图前，研究变压器物理结构设计。

聂锌实验室，几个助手在各自忙碌，聂锌和魏知远在研究电脑屏幕上的一组数据。

魏知远：我觉得，电导率高是因为引入了杂质，直接影响了介电强度和绝缘性能。

聂锌：经过几道工艺的提纯，介质的纯度常数已经很好了。

夏末进了研发室，她望着埋头工作的研发人员。

夏末：魏先生、聂博士，你们还没有休息？

魏知远：你不是也没有下班吗？

夏末：聂博士，大家怎么还在加班？我们虽然任务紧，但是也不能强求大家加班。

聂锌：没有要求加班，大家加班都是自发的。

夏末：……

魏知远感慨：很多年没有看到这种景象了，像我们当年的大会战。

聂锌：这段时间，有一股东西把大家黏合在一起了，没有号召，也没有动员，大家好像都有一种紧迫感，主动加班到深夜。

魏知远：越封锁越打压，我们越凝聚，越有战斗力。老传统了，西方人永远不会理解。

夏末点点头：魏先生，王教授明天回来公司做海上风电储能研发，他说他已经怕了您，揪住他没完没了地辩论，让我和您说一声，他服了您了，您的观点都对，他不再和您辩论了。

魏知远：哼，口服心不服。为什么不辩论？真理越辩越明。

聂锌：夏总，最近总感觉你有时候会慌神，是出了什么事吗？

夏末：没事，别担心。

魏知远：这种大会战的时候，您可得拿出战斗力啊。

夏末：我明白了。

德福公司内，方远舰和宋玏各自签字，交换合同文本，两人握手合影。

方远舰：感谢宋总的支持！

宋玏：以后就是一家人了，攻城略地，还要共同进退！

方远舰：我可能会让宋总失望。

宋玏：我不会给你让我失望的机会。

窗外的大屏幕，正在播放哪吒与黄总对谈的视频。

散居在鹏城和大湾区的骑士们，都在观看哪吒与黄有德的对话。

王源远在一间新办公室内看哪吒的视频。

李世恒在办公室看哪吒的视频。

张一博在办公室看哪吒的视频。

曾翔在办公室看哪吒的视频。

陆路的小公司内，陆路也在看视频。

视频完结，片尾字幕"集结号再次吹响，请新老骑士入列！联系方式 ***"。

手机画面向上滚动，相关新闻显示"德福资本注资骑士联盟，智能机器人狂潮已来"。

陆路关闭手机，马梵走进来，递给陆路一张卡。

马梵：手续我已经都办完了，你的钱都在里面。

陆路：谢谢。

马梵：我真想不通，你离开我，跑到这么个寒酸的地方做什么算法研究，图什么？

陆路：不一定要图什么，我只是想做些能让我心里平静的事。

马梵：陆路，人生永远不可能平静。

陆路：我以前觉得，我的人生一地鸡毛，是因为没有钱。

马梵：现在觉得什么？

陆路：只想要自己内心的平静。

马梵：你成长了，虽然和我预想的方向不一样，希望你能找到平静。

马梵起身离开。

范小雨和方远舰去参加科创委的一个会议，当场表态领回了一个任务。但回到骑士联盟，受到张枫的谴责。

张枫：方远舰，你是疯了吧？

方远舰：你别激动，听我把话说完。

张枫：你这套机器人的系统自己都搞不定，拿什么去支援人家的自动驾驶？

方远舰：现在是没有，可未来一定会做出来。

张枫：你知道贸易禁令是什么意思吗？咱们做机器人，不受影响，但人家明确在禁令上写了"禁止提供自动驾驶技术的支持"。

方远舰：以前咱们代理机械臂就被卡着，现在又来这一套，实在不行，那就自己弄。

张枫：可咱们的技术不行，你跟人家崔处长说说，就说整合了公司的资源，发现以现有的能力还不能提供有效的技术支持。

方远舰：咱们确实需要一个陆路。

张枫：死心吧，他不会回来的。

陆路的小公司外，马梵出来坐进车里，方远舰从旁边走过来。

方远舰：陆路是在这儿吗？

马梵：他在里面。

方远舰：谢谢。

马梵：照顾好他。

马梵开车离开。

方远舰走进来，与陆路对视。

陆路：马梵告诉你我在这里？

方远舰：找你真难，我找到张枫，张枫找到马梵。

陆路：骑士联盟浴火重生了，恭喜你！

方远舰：该归队了吧。

陆路：我为什么要回去？离开马梵，离开你，我就什么都做不了了吗？

方远舰：不是。

陆路：你们心里是这么想的，你们都觉得亏欠我，对不对？

方远舰：……

陆路：因为你们潜意识里认为，我是个弱者。

方远舰摇摇头：骑士联盟需要你回去！

陆路：很可惜，我不需要骑士联盟！

陆路举起公司执照敲了敲，是陆路新注册的公司。

方远舰：……

两个年轻人敲门。

年轻人：您是陆总吗？我们是来面试的。

陆路招呼年轻人坐在一旁，转身走近方远舰。

陆路：你让我回去，天天看着你的好兄弟和我前妻生活在一起吗？

方远舰沉默。

陆路贴近，低语：我不去尝试搞垮骑士联盟，已经是念旧。你走吧。

方远舰盯着陆路：口是心非，你不舍得搞垮它，因为那里搁着你的梦。

夜晚，骑士联盟会议区。

方远舰耷拉着脑袋走进来，张枫、范小雨正在与宋玏聊。

方远舰：投资人开会啊？怎么没人通知我？

宋玏：只是路过，看灯亮着，过来坐坐。

方远舰：您可不是一般的邻居，您来串门儿，一定是有什么重大指示。

范小雨：宋总在策划下一轮融资了。

方远舰：融资？您进来还没两天呢？

宋玏：你们步子很快，我自然也要快起来。

方远舰：什么意思？

张枫：教育机器人与超前教育连锁机构合作开发，马上就会在全国铺开。农业机器人现在拓展了轮式机器人的部分，同时瞄向服务行业。双足机器人我们正在组建人工智能研发部门……我们成长的速度很快。

方远舰：小心步子太大，扯了那个……啥。

宋玏：所以我们要及早开始 B 轮融资，才不会扯了那啥。

方远舰沉默。

宋玏：你的研发要加快，真正的买家，看的不是面子，是看你的"里子"。

方远舰：啥里子？

宋玏：你的双足机器人，这是我们的里子，是下一轮融资最大的卖点！

方远舰：你这么说，我压力有点大啊。

宋玏：你已经掉到了资本烧热的油锅里，压力再大也得在里面煎熬。

宋玏笑了，众人沉默。

宋玏走了。

方远舰告诉张枫：陆路不回来了。

张枫：我在这儿，他受不了的。

方远舰：陆路回来，你心里能接受吗？

张枫沉默一会儿：我不喜欢他，但他是个人才，你需要他，骑士联盟需要他。

方远舰：真实点，别唱高调。

张枫：宋玏的话你听见了，人工智能是我们的里子，这里还是需要一个领头人，陆路是最好的选择。

方远舰：我再想别的办法吧。

李白跑了进来，带了几盒鲜果切。

李白：今天不用加班，我来看看小雨。

张枫截住李白：哎……小雨不在，水果放下，人走吧，骑士联盟技术保密，你不能随意进来。

李白拿着水果不知所措。

方远舰冲李白：别听他的，这里我说了算。你去小雨屋里等她吧。

李白拿着水果去了小雨屋。

张枫瞪方远舰。

方远舰：我和他的事情，用不着你拔刀相助。

澳雾公司实验室，夏末带着崔江北来找聂锌。

崔江北：没想到这么快又来找聂博士了，澳雾现在的担子够重的。

夏末：特殊时期嘛，现在整个研发部门都是备战状态了。

聂锌和魏知远正在忙碌实验材料，完全没注意到二人。

夏末敲了敲实验室的玻璃，聂锌将研究材料交给魏知远。

聂锌：什么事？

夏末：AXC 汽车被制裁了，现在的情况很差……

聂锌：你说得简短点，我这实验很重要。

夏末：咱们之前的电池技术我想改造一下，把产品适配给 AXC。

聂锌：技术上应该没有大问题。

夏末：那就好。

聂锌：但是我没有时间，我得在期限之内完成研究，国家电网那边还等着呢。

夏末：最快呢？

聂锌：不知道，我走不开，别人也弄不了。

远处传来魏知远的声音。

魏知远：瞎说，我弄不了吗？

夏末：魏老，您还要和聂锌一起研究呢？

魏知远：我能做的都已经做了，给他换个助手就行。

聂锌：魏老，那边的工作强度会很大，您得注意身体。

魏知远：那你们还有更好的选择吗？

聂锌：只能这么办了。

夜晚，研发中心会议桌上摊满了各种数据，聂锌和王教授围桌而坐，各自计算着数据。

魏知远从外面进来。

王教授：魏先生，不去弄您的改造配套了？

魏知远：一些基础问题，已经全解决了。你这里进展得怎么样了？

王教授：还是杂质，导电杂质不是出在纯净水上，是化学反应的附着物，其中主要杂质成分是少量的氢离子，要找到去除的办法。

魏知远：问题我们都知道，关键就是去除杂质一时还没有更好的办法，所以才求助你。

王教授：……

魏知远：你的储能研究，理论上也有同样的问题，你有什么解决方案？

王教授：……

魏知远：王教授，我的氢燃料电池也会遇到同样的问题，你明白我说的什么意思吗？

王教授：……

魏知远：我是说咱们三个联合起来，一起解决这个问题。

王教授伸出手，与二人握手：我同意。

连续几天，澳霂研发中心测试区都在进行冷却液测试。聂锌、魏知远、王教授三人一直围在仪器前，看着测试数据。

澳霂总裁室，聂锌匆匆进来。

夏末：聂博士，你是来报喜还是报忧的？

聂锌：冷却液的抗压实验成功了。

夏末眼眶湿润，露出微笑。

夏末：今天都是好消息，恭喜你！

聂锌：是魏先生和王教授，我们三个一起突破的。

夏末感慨：团结就是力量。

聂锌：220千伏变压器结构设计已经做好了，我们现在可以制造样机，同时联系国家电力科学院，准备做国家测试。

夏末点点头：我同意。

骑士联盟会议室，一名面试者与方远舰、范小雨、张枫、熊尔握手离开。

方远舰眉头紧锁，一言不发。

范小雨：熊尔，你觉得怎样？

熊尔摇头：这几天见十几个人了，没有一个人能替代陆路的。

众人沉默。

熊尔：陆路为什么不回来？

方远舰和范小雨看张枫。

张枫：你们看我干吗？又不是我不同意他回来。

方远舰：解铃还须系铃人。

　　东道拳馆内，陆路走进来，站住。张枫坐在拳台下面看着他。陆路四处看看，拳馆里只有他们两人。

　　张枫：这里只有咱们两个。

　　陆路：你找我干什么？

　　张枫：谈谈。

　　陆路：谈什么？

　　张枫：请你回骑士联盟。方远舰说，因为我在，你不回去。

　　陆路不语。

　　张枫：其实回了骑士联盟，不只你尴尬，我也很尴尬，但是方远舰需要你回去，哪吒需要你回去，你自己也需要你回去。

　　陆路：你们凭什么规划我的人生？成功者就高人一等吗？

　　张枫：对造机器人来说，没有成功者，我们是平等的。

　　陆路：别和我提机器人。

　　张枫：那你来这里干吗？

　　陆路：……

　　张枫：我们都需要给自己的自尊心一个体面的台阶。

　　陆路：……

　　张枫指着一旁的拳套：戴上拳套，这是男人之间解决问题最好使的办法。

　　陆路犹豫一下，慢慢过去戴上拳套，走上拳台中央，眼透凶光，挑衅地看着张枫。

　　张枫：咱们先说好了，无论谁输谁赢，打完以后，一起回骑士联盟。

　　陆路不理张枫，摆开了架势。

　　黄昏的灯塔海岸边，晚潮慢慢涌来了，海浪拍着灯塔。

　　范小雨和李白坐在海边，海风撩起范小雨的发梢，她久久地望着远处。

　　李白：小雨，你带我来这里不是吹海风的吧。

　　范小雨沉默。

　　李白：我知道了，这个地方就是你给我讲的，你们三个人最喜欢的海边，那边有一个灯塔。

　　范小雨：李白，我有话要对你说，但是不知道怎么开口。

　　李白：不用开口，我知道你要说什么。

　　范小雨望着李白：对不起！

李白：是我对不起，我不该闯进你的生活，来中国见到他的第一面，我就知道我输了。

范小雨：……

二人沉默。

范小雨：和他一起做机器人，我才知道他这些年有多难，明白了他那时多孤独无助，理解了当时他为什么不接我电话，当时如果换了我，我也会那么做。

李白点点头：他很勇敢，在欧洲，只有几家大公司才敢做的事情，他一个人在做。

范小雨点点头，不语。

李白：你也很勇敢，为了爱，奋不顾身。

范小雨：李白，如果我帮他的初衷是因为爱，后来绝不是了，哪吒真的很有意义，未来的价值无可估量。

李白：我相信。

范小雨：李白，你为了我，离开家乡来到中国，我却伤害了你，你会原谅我吗?

李白：不，不，小雨，你错了，没有你，我也会来中国，我喜欢这里。

范小雨被李白感动，眼睛湿润。

鹏城的哪吒没有大闹东海龙宫，却走进了北清大学论坛。

方远舰在发言，说着骑士联盟人工智能研究的进展与规划。

北清大学冷餐会上，方远舰与北清大学人工智能研究室主任握手。

徐图凌走过来：我们现在和北清大学、骑士联盟都有深度合作，在此我也给你们搭个桥，如果能促成你们合作，那我们三方就彻底变成了一个稳固而强大的堡垒——理论、应用、实践!

主任：太好了，我们也一直有这样的想法，既然徐博士倾力推荐，我们可以在会后好好沟通一下。

徐图凌拉方远舰走向一个外国人。外国人着装随意，很有艺术气质。

徐图凌：尤里，你错过了很多。

尤里：我刚刚想通了，在类脑神经元上做一些改进，可能会很好地解决目前人工智能里能效瓶颈的问题。他们搞自动驾驶需要数百万神经元，我可以大大缩小这个数量。

徐图凌：尤里一直这样，随时都在思考，经常在另一个世界漫游。

方远舰：我了解，大师都这样。

方远舰和尤里握手。

尤里：这就是你和我说的那个狂人？倾家荡产去造可以毁灭人类的机器人？

方远舰诧异，尤里大笑。

尤里：毁灭人类是开玩笑的，徐博士说你拿发现核裂变做参考坐标。毕竟人工智能有这样的潜在风险，尤其是当它们拥有了一具完美的躯体。

方远舰：我们希望机器人、人工智能可以让人类的生活变得更美好，美好是相互的，并不是以牺牲某一方为代价的。

尤里冲徐图凌挤眉。

尤里：哦，我喜欢这个人，他看起来比我还疯狂！不管是服从还是毁灭，都是很遥远的事，想搞清楚未来，得先奔向未来！

方远舰：对！停下来争论，不如走过去看看。

徐图凌：尤里是目前人工智能领域的最强者，他会加入我们的联盟。

方远舰：真的？太好了！简直不敢相信！

尤里：为什么？

方远舰：你知道的，现在有些人不太友好，不愿意和中国合作。

尤里：人工智能是一个超级庞大的领域，需要集合全人类的智慧，才有可能在有生之年向前迈进一小步。人工智能可能会是一种新的生命形式，在它面前我们都是战友，国旗的颜色在这里没有意义。我不想浪费生命在无聊的事上，我喜欢和疯子一起！

两人大笑，方远舰再次和尤里握手。

海滩的凉茶摊里，凉茶碗碰在一起，众人以茶代酒各饮一口。

方远舰：我看出来了，我这集结号都快吹破了，你们也不打算回来是吧？

李世恒：哪有，您这不一召集，我们就全回来了吗！

王源远：你是以为今天聚餐吧？

李世恒：源远，格局小了！骑士联盟，是咱起事的地方，咱们是亲兵！但是，这仗都打好多年了，不想当将军的士兵不是好士兵！咱要是没点志向提升一下，那不是给骑士联盟丢人吗？

方远舰：这个理由可以！

王源远：最近鹏城有个创业之星大赛，我们几个都报名参加了。我在做外骨骼，在舵机方面也会有自己的改进，这块回头还得和咱们联盟好好沟通一下。

李世恒：我是做远程手术用的机械臂，配合上咱们逐渐成熟的 5G 技术，挺有搞头的。在抓取和反馈方面，我有点心得，回头可以和咱们联盟互动一下。

方远舰：好啊，这我可太高兴了，你们不回来没关系，咱们以后是不是能搞一个联盟什么的？在相关技术上互通一下，联合攻坚，别自己闷头玩。

李世恒：这还用说吗？别忘了咱们公司叫什么，骑士联盟啊！咱们这联盟不就在这吗！

王源远：以前，骑士联盟是一家公司，以后啊，骑士联盟就是咱们这一堆公司的代号了。

方远舰：我这算歪打正着吗？骑士！联盟！这名字还真起对了！

陆路和崔江北过来。

崔江北：哟，这又搞上联盟啦？

方远舰：领导，快，来坐，给我们指点一下。

两人坐下，喝了口凉茶。

崔江北：没啥指点的，我们就是提供服务，具体该怎么干你比我清楚。我来就是告诉你们一个好消息，咱们大湾科技生态园一期已经建成了，政府会提供全方位的科技超市服务。入驻产业主要是下一代互联网设备、军民融合、机器人等，你们都有机会。另外，中试和生产基地，可以放到中山翠亨园区去，那里有广阔的施展余地。

方远舰：太棒了！我们的人工智能、教育机器人、农业机器人，都可以搬过去了。还有，你们几个，创业大赛都给我玩命搞！到时候我们都聚一块儿去，大家有事没事互相串门儿，咱们不仅是精神上联盟，物理空间上也要联合起来，人才共享，技术共享！

王源远：没问题！

李世恒：说定了，咱们会师大湾！

崔江北：你们能自发融合，产生各种化学反应，"一加一大于二"，这也是我们做服务所期望的！

众人欢呼，举碗。

骑士联盟人工智能实验室里，陆路带着尤里参观。方远舰和范小雨靠在大楼露台的窗旁。

范小雨：这产业园真不错，比你那个修理厂强多了。

方远舰：我还是喜欢待在那个修理厂，毕竟那是骑士联盟开始的地方。

范小雨：你要一辈子守在那里吗？

方远舰：身居茅庐胸怀天下，没毛病。回头我跟卓烨他爸买下来那个地方，等我们老了就把那改成家。

范小雨：想什么呢？谁要跟你住到老啊？

方远舰：李白认输了，不得给我点机会吗？

范小雨：我跟李白分开，就要跟你一起吗？什么逻辑！

方远舰：那……咱俩怎么着？

范小雨挑逗地：不怎么着，就这样不挺好吗？

方远舰：人生漫长，咱就不谈个恋爱什么的？

范小雨：我不是没追过你，可现在我已经不是当初的范小雨了，我们有时间重新认识吗？

方远舰：我有！

范小雨感叹：你不可能是一个好伴侣，我可能也不是，恋爱大概率会变成我们的坟墓。

方远舰：……

范小雨：我们就像两个骑士，好战友，并马前行。刚好我们渴望的东西，在同一个方向，这已经比大多数爱情幸运了。

方远舰：那要是有天咱们都走累了，总能一起歇会儿吧？

范小雨妩媚地：那就只能走走看咯。

方远舰享受地闭上眼睛。露台外，是高新园区的夜景，灯火阑珊的鹏城。

夜晚，骑士联盟休息区，方远舰、陆路、尤里围坐喝酒。哪吒抱着酒瓶，给尤里斟满一杯。尤里开心得像孩子，搂住哪吒。

尤里：谢谢兄弟，你真该有个胃，尝尝这美酒！

尤里干杯。

尤里：哈！太美妙了！我可能是人类史上第一个和机器人喝酒的人！当初加加林登上太空的感受，也不过如此吧！

方远舰：古人认为酒能通神，你的意识也许已经进入了另一个次元了。

尤里兴奋地看方远舰和陆路，又独自干下一大杯。

尤里：未来！我先去了！

尤里心满意足地躺在哪吒的脚下，手臂触摸着哪吒的躯体，秒睡。方远舰与陆路相视而笑。

方远舰给陆路倒酒。两人举杯，轻碰，酒在嘴边停下来。

陆路：和做梦一样。

方远舰：人生就是梦。

陆路：会是好梦吧？

方远舰：放松、真诚、随心所欲就好。

陆路：人只能在梦里随心所欲吧。

方远舰：你怎么知道现在不是做梦？

陆路点头，两人干杯。

陆路：你到底想做什么样的机器人？不会是阿西莫夫小说里那些吧？

方远舰：你说三定律那些？都是半个世纪前的玩意儿了，那哪是机器人，机器奴隶罢了。

陆路：你想造随心所欲的机器人？

方远舰若有所思。

方远舰：机器人的样子，其实就是我们希望自己成为的样子，是人本应该有的样子。真诚、友善、对未来充满希望，即使在黑暗中最冰冷的时候，内心都有一团不会熄灭的火。

陆路笑了：人会说，你这是酒后的胡言乱语。

方远舰：不会，至少我知道你不会。

陆路给方远舰倒酒，两人举杯。

陆路：我不会，是因为我知道你心里真的有那团火，它点燃了我心里的火。

方远舰：这团火会传递，你会点燃另一个人，有人会向你求火。我们察觉不到，但这团火会蔓延到很多人的心里。

陆路：我看到了，很多很多人。

方远舰：这团火会由人类交给机器人，机器人交给它们创造的生命，这团火会点燃整个宇宙，银河里亿万星辰的明灭，就是这团火在律动。

两人干杯，各自倒下。

寂静的房间里，哪吒的指示灯在呼吸。

骑士联盟鸿运当头，投资商和订单接踵而来。

骑士联盟教育研发部总裁室，范小雨进门，宋玏从板台后转过身。

范小雨：协议签了，我们的组合机器人即将正式登陆艾普公司的全球连锁店。

宋玚双挑大拇指，站起来。

宋玚：教育机器人加上服务机器人，今年销售能到十五亿吧？

范小雨：您可真是狮子大开口。

宋玚：人是贪心的，吃饱了饭就想上天。

范小雨：您不是正在上天吗？您这边 B 轮有什么进展？

宋玚：资本有好多种，我这样有钱有眼光的，是少数。

范小雨点头。

宋玚：还有些比我有钱，但没眼光，有些不比我有钱，但有眼光的。这次我们都遇到了，麻烦。

范小雨：什么情况？骑士联盟有几只蟑螂都要被他们查清了，还不敢投？

宋玚：我游说好几轮了，他们内部对骑士联盟的评估也都不错，但他们对这个领域陌生，不敢冒进，把球踢给了众悦资本，十几家都看着，众悦投，他们就跟着投。

范小雨：哟，看来众悦比您靠谱。

宋玚：咳，都是头两年在凯恩给闹的。

范小雨：这不更简单了吗？拿下众悦就成了。

宋玚：我今儿来，就是找你们合计，看怎么把众悦忽悠进来。执掌众悦的这人不好对付——姜祺。她在新兴科技这块特别敏锐，老对手了，没少吃她的亏。赶紧把方远舰叫来商量下，事不宜迟。

范小雨一边拨方远舰电话，一边调侃。

范小雨：你宋总还有吃亏的时候啊？

宋玚：我是好男不和女斗。

范小雨：姜祺，是女的？

骑士联盟试验区。

手机显示范小雨来电，手机在角落里震动。

实验区，只有两条腿的骨架，正在测试。腿只蹬了一下就卡住了，众人归位。

方远舰：哎，我这脑瓜子疼，感觉又回到了几年前。

熊尔：活该，电机刚整明白，又来搞液压。

方远舰：没办法，就是贱！

方母走过来拍方远舰。

方母：说什么呢！

方母递果盘给熊尔。

熊尔：谢谢阿姨！阿舰说接您回来享福，我怎么感觉把您变成了公司的保姆呢。

方母：嗨，这方家老小全都闲不住，我正好来看着，免得他们再把家败光。

方远舰拿过果盘走向方父的工作台。

方父正在制作新的驱鸟机器人。

方父：我那个记事本放哪了？你帮我找找。

方远舰把记事本递给方父，方父查看记录，继续工作。

方远舰：您这是打算要三胎啊，方远舰、方远舟……名字想好了吗？

方父：别过来剽窃我的技术啊，要收钱的。

门铃响起，方远舰跑去开门，看到一个时尚的女人在门口。

女人：你好，这里是骑士联盟吗？

方远舰：骑士联盟搬去产业园了，这是我的私人研究室。

女人：你是方远舰？

方远舰：是我，您是？

女人：我叫姜祺，是你的粉丝，特别喜欢机器人，我可以参观一下吗？

方远舰带姜祺参观。

方远舰：您也做机器人？

姜祺：没有，我帮人管点小钱，进进出出什么的。

方远舰：哦，会计！

姜祺：差不多，你的故事我都听过，特别想来看看这个传说中小作坊。

看到眼前复位的液压机器腿。

姜祺：这是什么？

方远舰：试验品，研究一下液压驱动的相关技术。

姜祺：你们的产品线不都是电机驱动吗？

方远舰：应用场景不同，液压驱动有很多无法取代的优势，迟早要做，不如现在就做。

姜祺：博通动力液压驱动做了三十年，反复抛售，到现在市值不过二十亿美元。根本看不到市场化的可能，明知赚不到钱，干吗还要去做？

方远舰：你好像很关心钱。

姜祺：抱歉，职业习惯，毕竟我是会计。

方远舰：人类史上，很多改变文明走向的发明都和钱无关。我做机器人不是为了钱，我赚钱倒是为了做机器人。

姜祺：你这样想，对你的投资人可不公平。

方远舰：我的投资人应该明白，只有走在前面，才能赚到钱。一项核心技术只要成本做到足够低，必然有广阔前景，博通动力找不到市场化的方式，不代表我找不到。

宋玏开车载着范小雨在海边行驶。

宋玏：这方远舰飘了吧，我找他都不回消息。

范小雨：您别急，他就这样，那些投资人一轮轮的考问，他觉着浪费时间，现在都躲着。

宋玏：躲着能拿到钱吗？

范小雨：……

宋玏：我约姜祺，姜祺也不理我，这都些什么人呢！

范小雨：一会儿就到，您自己问他。

骑士联盟试验区。

姜祺：我听说你组建了强大的人工智能团队，你想做和人类一样的智慧生命？

方远舰：那是我的终极目标，但目前走的路，走不通。

姜祺：走不通？

方远舰：你给我挖坑。现在的人工智能是神经网络深度学习的结果，AI从来没有"理解"事物，只是找到并应用了统计规律。

姜祺：所以基于深度学习的人工智能迟早进入瓶颈，即使目前最强的AI模型，依靠算力堆积可以完成很多惊人的创造，依然是弱人工智能。

方远舰：你是个不一样的会计。

姜祺：我不只知道钱。

方远舰：未来依托生物信息化，能更多了解人类大脑的运作方式，可能有助于我们创造出和人类一样的智慧生命。对机器人的探索，也是对人类自身的发现。

姜祺点头。

姜祺：即使弱人工智能也可以让你的机器人躯体更自如。

方远舰：也可以给资本节省更多人力，让人力投入更有价值的领域。

姜祺：毕竟人工智能微小的进步，都足以颠覆一个行业。

方远舰：一个善于深度学习的机器人，又能颠覆多少？

姜祺：颠覆多少要看你赚到多少。

方远舰：我们正在赚钱。

姜祺笑了：你的机器人需要很多学习资料，也许我可以帮你介绍一个好老师。

方远舰：谢谢。你肯定不是会计。

姜祺：不要小瞧会计。

姜祺盯着方远舰：做机器人这么多年，你遇到最难的事是什么？

方远舰：最难？也没什么难的，干就完了。

姜祺：那些年……你孤独吗？

方远舰一愣：孤独……也得往前走啊。

姜祺：能在孤独里前行的人，一定会到达想去的地方。

两人微笑对视。宋玚和范小雨走进来。

范小雨：方远舰！干吗呢？打电话不接！

宋玚：你怎么在这？

姜祺冲方远舰一挥手。

姜祺：后会有期。

宋玚跟着姜祺出门去，想要截住姜祺。

宋玚：你这是直接抄老巢啊，信不过我？

姜祺：都是干这个的，互相理解吧，我不想看你们演戏，自己来幕后瞧瞧，放心。

宋玚：那你瞧完了，怎么打算？

姜祺：我打算把骑士联盟介绍给大鹅，大鹅的大数据和他们的人工智能互补。

宋玚：谁问你这个了，这事不急。

姜祺：那什么急啊？C 轮我想让大鹅牵头，现在不得让他们先增进了解吗？

宋玚：C 轮？那你是同意投了？那边一票人可都看着你呢！

姜祺点头：上车吧，十亿美元不是个小数目，我们得合计一下怎么把这只独角兽养肥。

宋玚喜上眉梢，两人离去。

夏末公司车间里，余真捧着盒饭看完卓烨拍摄的素材，瞟见李白一个人抱着笔记本电脑坐在角落里。

余真：哎，你们那个外援怎么不吃饭呢？

卓烨：他啊，刚刚失恋，没胃口。

余真：哟，大老远地跑中国来失恋啊。

卓烨：跟演电影似的，一个特别让人心碎的故事。

余真拿起盒饭走到李白跟前。

余真：你，把饭吃了！

李白抬头看余真：我不饿。

余真：不饿也得吃，你们拍摄归我负责，我可不能让你们任何人再出问题。

灯下的余真像天使。李白听话地接过盒饭。余真坐在李白旁边，边吃边聊。

国家电力检测机构实验室，分为实验区和测试区，中间一个窗口，可以看到空旷高大的实验区里架着一台高大的 220 千伏电力变压器。聂锌和几个研发人员，以及国家电力测试人员穿着实验服在观测各种数据。一位白发苍苍的专家坐在 C 位。

国家测试实验室外，吴董和小可在门外等候，吴董等得有些焦急。

小可看看表，紧张地：吴董，24 小时到了，我好紧张。

吴董：紧张什么，稳住，24 小时满负荷测试是最后一项测试，前面的测试每一项成绩都很优秀，稳住！稳住！

吴董边说边踱步。

小可：吴董，您好像比我还紧张。

吴董：我现在觉得是在医院的产房外，等我儿子抱出来，能不紧张吗？

小可：吴董，您要稳住。

一声响动，实验室的大门打开，聂锌及专家们从里面出来，他们面无表情。

澳雳总裁室，夏末在窗前徘徊，可以看出她心里十分紧张。桌上手机响，夏末回头，站在原地望着手机。手机铃声不停。夏末紧张，缓缓地走向手机，电话显示是聂锌的，她轻轻地拿起手机。听到聂锌的消息，脸上绽放出笑容。

夏末走进研发中心，来到魏知远实验室门口，轻轻推门进去。魏知远在埋头做实验，没有发现她。

小艾：魏先生，夏总来了。

魏知远头也不抬：别打扰我，等一会儿。

小艾无奈地看着夏末，夏末冲他摇摇头，默默等着魏知远。

魏知远放下手里的活儿，抬头看夏末。

夏末：聂锌打回电话，220 千伏变压器，通过了国家鉴定，各项数据非常优秀。

魏知远似乎没有反应。

夏末：为我们做鉴定的是国家电力科学院变压器泰斗级的院士，他对我们蒸发冷却技术的评价是，此技术是一项全球先进的、前沿的、独创的新技术，这项技术破解了世界电力变压器行业百年的难题。

魏知远突然起身就往外走。

夏末：魏先生，你去哪？

魏知远推开门进了王教授的实验室。

王教授被惊扰，抬头看魏知远。

魏知远：王教授，喝酒去。

王教授蒙了：喝酒？喝什么酒？魏先生您没事吧？

魏知远不由分说，上去拽着王教授就往外走：今天咱俩放假了，我请你喝酒。

王教授被魏知远拽着出了实验室，不知所措。

夏末过来，王教授见到了救兵：夏总！夏总！

魏知远：夏总，我替王教授请半天假。

夏末点点头，任由魏知远将王教授拽走，研发人员纳闷地看夏末。

夏末激动地：告诉大家一个好消息，我们的 220 千伏变压器，通过了国家技术鉴定，同时得到了很高的评价，谢谢大家，这个功劳每个人都有份。

一阵寂静，之后，突然爆发出掌声。

黄昏，海边鱼排上，看得见船来船往，波浪中，鱼排有点摇晃。

魏知远和王教授在啃着大螃蟹，桌面堆了一桌子的蟹壳。

酒过了不知几巡，二人似乎已经醉醺醺。

魏知远：王教授，你说第一个吃螃蟹的人，他为什么要吃螃蟹？

王教授想想：想做敢为天下先的勇士。

魏知远：你怎么断定的？

王教授：第一个吃螃蟹的人是很令人佩服的，不是勇士，谁敢吃它呢？

魏知远：这是鲁迅的答案。

王教授：您说为什么？

魏知远：是因为……他想做一个开路人。

王教授：您又怎么断定？

魏知远：世上本没有路，有人走了便成了路。

王教授：您说错了，鲁迅原话是走的人多了便成了路。

魏知远：我说的是我说的。

王教授被噎住：您偷换概念，第一个走路和第一个吃螃蟹是两个概念？

魏知远：是一个概念，都是勇于探索。

王教授皱眉：好吧，好吧，您说啥就是啥，我可不想和您争论了。

魏知远：为什么不争论？真理越辩越明。

王教授这次宽容地笑了。

澳雾总裁室内，小可拿着几份文件走进办公室，发现夏末正急匆匆穿上外套准备离开。

小可：夏总，销售部门的策划修改案……

夏末：你先放我桌上就行。

吴董风风火火地跑进办公室。

吴董：夏总，什么事儿这么着急叫我上来？

夏末：吴董，今天后面的提案会交给你了，只要帮忙主持一下就行。今天是我儿子的毕业演出，千万不能迟到。

夏末看看表，拿起包就往门外跑。

夜晚，剧院内，场灯已经关闭，舞台上正在表演歌唱节目。这时，歌唱节目结束，主持人上台报幕。

主持人：下一个节目，由李傲霜及其小姨带来小提琴合奏——《青春舞曲》。

小考拉和赵莹莹手持小提琴上台。夏末、郭磊坐在观众席中相互看看，兴奋地望着台上。

小提琴拉响……

夏末抬起头看舞台上的小考拉和赵莹莹，小声跟着旋律哼起了歌："太阳下山明早依旧爬上来，花儿谢了明年还是一样的开……"

舞台上，小考拉和赵莹莹配合无间，完美演绎了一首小提琴合奏版《青春舞曲》。

夏末和郭磊在台下激动地鼓掌。

张枫公司，宫妙正在切换监控，一堆木箱运抵智慧农场。

张枫进来，从后面搂住宫妙。

张枫：怎么样？开始组装了吗？

宫妙：你还知道回自家公司啊？

张枫：咳，那边也是咱家的，我不盯着他们搞农业机器人，咱那农场怎么扩张啊。

宫妙：机器人刚运到，明天开始组装配置，骑士联盟的技术人员今晚过去。

张枫：明天我就飞过去盯着，咱们的智慧农业又要上新台阶咯！

张枫突然看表：哟，不早了，快拿上酒，咱们赶紧地，方老爷子今天生日，可不能迟了。

张枫和宫妙收拾出门。

夜晚，骑士联盟休息区里，送餐机器人顶着几大包外卖停下来，三人把外卖摆上大桌。

方远舰：我们的 B 轮应该是成了。

范小雨：别岔开话题，姜祺跟你说什么了？

方远舰：她说她是我的粉丝。

范小雨：你还有粉丝了？你是打算出道了吗？

方母：阿舰，那个太大了，不合适，小雨才是最好的！

范小雨：阿姨，我不跟阿舰一起。

方远舰：不跟我一起，你管我干吗？

范小雨：不跟你一起我也得看着你！不能让你堕落！

熊尔：小雨你说你这不是，占着那啥不那啥吗？

范小雨瞪熊尔。

方父走过来：哟，这么多好菜啊！今儿是过年吗？

方远舰和范小雨左右扶着方父坐下。

范小雨：今天不过年，今天是您生日。

方父：得，我自己都忘了，那我可得好好喝点！

方远舰：行，我豁出去了！陪您！

张枫和宫妙从后面出现。

张枫：你不用豁出去，方叔，我给您送酒来啦！

方父：好啊，阿枫来了这酒就喝痛快咯！

方远舰撇嘴，看见陆路进来。

两人击掌，陆路拿两盒酒放在桌上。

陆路：叔叔，我也给您带了酒。

陆路身后马梵转了出来。

马梵：这酒钱我出一半。

陆路：别起哄啊。

马梵：凑个热闹呗，反正都是我拳馆的会员！

夏末带着小考拉走进来，小考拉背着提琴。

王源远、李世恒等人也走过来，各自带了礼物，围坐在桌旁。

门铃响起。

范小雨招呼送餐机器人到门口，是郭磊和赵莹莹，两人抱着一个巨大的蛋糕盒子。

范小雨：啊，末莹蛋糕店是吧，麻烦您了，我还说过去取呢。

郭磊把蛋糕放在送餐机器人的平台上。机器人说谢谢后，向休息区移动。

郭磊：我们的蛋糕店新开，用的都是最好的奶油，除了蛋糕还有面包啥的，有空过来尝尝。

范小雨：好的，我一定过去！

小考拉过来亲热地和郭磊打招呼。

蛋糕打开，众人赞叹。

方父：哟，今天谁过生日啊？

方远舰：爸，您过生日啊。

方父：我过生日干吗这么铺张，你不还欠着人钱吗？我这有张卡，你妈一直说让我给你，你急用钱的时候……唉，我卡放哪了呢？

众人鸦雀无声。

方远舰从兜里掏出方父给的那张卡。

方远舰：爸，卡在这儿呢，您已经给我了。

方父：瞧我这记性！你收好，吃完这顿饭，明儿就和你妈回上海了。

方远舰看方父。

方远舰：爸，您哪也不去了。您现在是骑士联盟的工程师了，就踏踏实实地在这儿造机器人，我陪着您！

方父一愣：唉，不对，我这说什么呢？你小子是在这套取我的机器人技术吧？

方远舰：您终于明白了！

众人开心地笑，方远舰开酒。

方远舰：来来来，都满上，今儿我爸生日，机器人啊！去！它！滴！

众人欢聚，全是笑声。

方远舰和范小雨走到夏末身边，方远舰：姐姐，最困难的时候，是你支持了我！

夏末：不，我支持的是小雨。没有她，就没有成功。爱心是成功之母！

范小雨：姐姐，您是天使！你们姐弟是鹏城名副其实的姐妹篇！

小考拉开始演奏《祝你生日快乐》，大家一起唱起来。

周末，夏末家，李孟东在 iPad 画面里（加拿大），小视窗是夏末在厨房忙碌着做早餐。她发现镜头对着自己，冲视窗里的李孟东摆摆手。

李孟东：夏总现在开始扮演妈妈了？

夏末：我本来就是妈妈，被你逼成了夏总。

李孟东：好了好了，又来了，扯不清的官司，都怪我成就了一个伟大的企业家。商量一下，小考拉放假了，我想让他假期来这边玩玩。

夏末边忙活边说：你和他商量，他已经大了，要学会自己做主。

小考拉坐在餐桌前，和李孟东对话。

小考拉：爸爸，我想以后的假期再去，这个假期我有安排了。

李孟东：好遗憾，爸爸尊重你的安排。

小考拉：还有一件事情我想告诉您，以后不要叫我小考拉了。

李孟东：为什么？

小考拉：同学们都说，小考拉的国家也可能有坏人，那些国家的坏人抓走了鹏城的女企业家。我妈妈要是去，是不是也会被坏人抓走？所以，我以后的名字就叫小鲲鹏了。

李孟东愣住，片刻：那好吧，爸爸尊重你的选择。

夏末把早餐端上餐桌。

小考拉：爸爸再见！

小考拉挂断视频电话，吃早餐。

夏末：小考拉，你假期有什么安排？

小考拉：小姨幼儿园放假了，她想回山里的老家住，我想和小姨一起回去。

夏末：……

小考拉：可以吗？妈妈。

夏末：当然可以，这个安排你可以自己做主。

小考拉：我告诉爸爸了，以后我叫小鲲鹏。

夏末：妈妈听见了，很好。

夏末：妈妈想和你商量一个事情。

小考拉看夏末。

夏末：以前，妈妈下班回到家，家里有你，有小姨，感觉很温暖。现在你长大了，大部分时间住在学校，小姨也有了自己的生活，妈妈回到家里，空荡荡，冰凉凉的，好孤独。

小考拉：妈妈你想和我商量什么？直接说。

夏末：这些年，妈妈心里有一个人，只有他能让妈妈想依靠，让妈妈心里温暖踏实。妈妈喜欢他都藏在心里，妈妈想和他挑明了，妈妈想有自己的生活。

小考拉：妈妈你怎么变得婆婆妈妈的了，你的事情你做主。

夏末：……

洗漱间内，夏末对着镜子在精心化妆。

夏末一身精心挑选的，充满女人味的休闲衣服，自己驾着车，行驶在公路上。她觉得就要迎接新的生活了，心中充满喜悦。车载音响里传出《青春舞曲》的歌声。

夏末来到了凉茶铺，不见潘安踪影，只有那个年轻人在煮凉茶。

年轻人：您来了？

夏末点点头：潘安呢？

年轻人：潘老师出发了。

夏末：出发？出发去哪？

年轻人：不知道，潘老师说他想去看看外面的世界。

夏末惊住：他什么时候走的？

年轻人：昨天。

夏末掏出电话，拨打，电话里传出："您拨打的电话已关机……"

夏末缓缓地走到最外面一张桌前，怔怔地望着大海，一阵海风吹来，乱了她的头发……她离开凉茶铺，走到礁石边，眺望海面，吟诵起那首《海燕》来："让暴风雨来得更猛烈些吧！"她的声音，穿过海浪，响彻云天，传得很远，很远。

参加在线互动
领取专属福利

互动专区　角色投票　📋经典语录

📚新书试读　🎧畅听好书　专属福利

参加线上活动
微信扫码